83년째 농담 중인 고가티 할머니

83년째 농담 중인 고가티 할머니

Good Eggs

레베카 하디먼 지음

김지선 옮김

북로드

일러두기

저자의 의도를 살리기 위해 역자와의 협의하에 비표준어 및 일부 비속어를 삭제하거나 순화하지 않았음을 밝힙니다.

차
례

I

집에서 신문 가판대까지 4분의 3쯤 간 지점에서(나중에 그리로 가는 게 아닌데 하고 깊이 후회하게 되겠지만), 밀리 고가티는 자신이 모는 르노가 배 속 깊숙이에서 뱉어내는 가느다란 후두음을 듣지 못한 채 2단 기어로 질주하고 있었음을 뒤늦게 깨닫고 기어를 바꾼다. 그렇다. 밀리의 머릿속은 전혀 엉뚱한 곳을 헤매고 있었다. 케빈을 티타임에 초대할 생각, 대망의 여행길에 읽으면 좋을 것 같은 신간 페이퍼백, 고장 난 텔레비전. 어젯밤 〈골든 걸스〉(1980년대에 제작된 미국 시트콤-옮긴이) 재방송을 보는데 숙녀들이 늙은 매춘부로 오해받는 대목(말도 안 돼. 미국인들이란, 항상 너무 나간다니까. 하지만 절대 지루하지는 않지)에서 그만 화면이 나가버리고 말았다. 부활에 대한 희망을 품고 텔레비전 양 측면에 몇 차례 강한 타격을 가했지만 소용없었고, 밀리는 피터가 세상을 뜨기 전 병실로 쓰던 방으로 후퇴했다. 깜짝 놀라 기절하는 줄만 알았던 램프 폭발 사고 때문에 겁을 집어먹고 영영 2층을 멀리하게 된 이후로는 쭉 여기가 밀리의 침실이었다. 건전지로 작동하는 라디오를 찾으려고 케케묵은 양모 담요를 뒤적인 밀리는 믿음직한 필립스 라디오를 베갯잇 없는 베개와 잘 들리는 귀 사이에 안정적으로 끼운 후 그대로 자리를 잡았다. 마치 세상의 종말이라도 닥친 듯 포효하는 바닷바람 소리가 집을 에워쌌지만, 인류애가 다시 샘솟으면서 뒤집혔던 속도 서서히 가라앉았다. 오후 5시에 마시는 셰리주 한 잔의 효과와 그리 다르지 않았다. 심지어 불황과 부패 그리고 폭우를 이야기하는 우울한 방송 내용조차 이상하게 기분을 북돋아주는 효과가 있었다. 저 바깥 어디선가는 사람들이 활기차게 살아가고 있다는 것을 알려주니까.

순간 BMW 한 대가 밀리의 시야 가장자리로 거칠게 들어오더니 날카롭게 이리저리 방향을 튼다. 내가 좀 헤맸나? 운전자는 밀리를 향해 날카롭게 경적을 울린다. 밀리는 답례로 기분 좋게 손을 흔든다. 교통 신호에 멈춘 두 차는 이제 나란히 서고, 밀리는 창을 내려 동료 운전자에게 똑같이 하라고 수신호를 보낸다. 남자의 매끈한 유리창은 위엄 있게 스르륵 내려간다.

"미안허우!" 밀리가 외친다. "사고 난 뒤로 어깨가 뻣뻣해져서!" 비록 다친 것과 아슬아슬한 운전은 아무런 관계가 없었지만, 뭐라고 해명을 하는 게 의무일 것 같아서다. 밀리는 오른쪽 팔꿈치를 닭 날개마냥 파닥거리며 쌀쌀한 공기를 가른다. "아직도 꽤 쑤시거든." 밀리는 얼굴이 혼란스러운 안개로 뒤덮인 남자를 향해 경적을 낮고 친근하게 세 차례 울린 후 액셀을 밟는다.

집을 나서기 전, 밀리는 아들 케빈에게 전화를 걸었다. 엄밀히 말해 케빈은 친아들은 아니다. 그리고 밀리는 원래 엄밀한 것들이라면 원수 보듯 하지만, 그보다 중요한 건 케빈의 나이를 겨우 몇 개월로 세던 시절부터 케빈은 밀리의 아들이고 밀리는 케빈의 엄마였다는 사실이다. 밀리는 어처구니없는 텔레비전 드라마의 비극적 사연으로 말머리를 뗐다.

"블랜치는 아무것도 모르고 그 여자들을 창녀들이 가는 호텔에 집어넣은 거야." 밀리가 설명했다. "그리고 경찰은…"

"전 지금 애들을 학교에 데려다주러 가는 길이에요, 엄마."

"좀 와서 봐줄 수 있니? 난 텔레비전 없이는 견딜 수가 없어."

"배터리는 확인하셨어요?"

"배터리는 무슨 배터리. 텔레비전이라니까."

"**리모컨** 배터리요."

"아하." 밀리가 말했다. "음, 그럼 내가 어떻게…"

"제가 금방 다시 전화 드릴게요."

"아니면 좀 와서 봐주고 저녁도 먹고 갈래?"

"네?"

"잊었니? 우리 집에 오려면 그때밖에 기회가 없어, 알지? 난 토요일에 떠나잖니."

"암요, 알다마다요."

"다신 안 돌아올지도 몰라."

"헛된 희망 주지 마시고요."

"그리고 애들 중에 누구 하나도 같이 데려오면 좋고. 아니다, 전부 다 데려오렴! 램찹이랑 구운 감자가 있으니까."

실은 둘 다 없었다. 아들과 통화 중임을 잠시 잊고 휴대전화를 높이 들어 캐비닛을 잠깐 뒤져 봤지만 올리브도 감자도 없었다. 냉장고를 슬쩍 열어 봤지만 언제나처럼 훅 끼쳐오는 시큼한 냄새와 눈이 멀 것 같은 찰나의 빛을 제외하면 상한 우유 반 파인트, 시들한 브로콜리 서너 조각, 그리고 깨진 달걀 하나가 다였다.

"아니, 어쩌면 내가 깨진 달걀일지도." 밀리는 수화기를 귀에 가져다 대면서 웅얼거렸다.

"그거 하나는…" 아들이 대꾸했다. "그거 하나만큼은 의문의 여지가 없죠."

#

도넬리의 상점에 들어선 밀리는 그 안의 모든 사람을 향해 표범 얼룩무늬가 찍힌 자신의 인조 모피 페도라를 기울여 인사한다. 밀리 고가티는 던리어리와 그 근처 마을들(달키, 킬리니)에 모르는 사람이 없었고, 가능한 한 언제 어디서고 멈춰 서서 모든 사람과 잡담을 나누는 것을 일종의 사명으로 삼고 있었다. 바람이 거센 이스트피어를 건너다 말고, 쇼핑센터 주차장에서, 은행 창구에 줄 서 있을 때(밀리는 아일랜드 은행 대기실에서 커피를 뽑아 먹는 데 아무런 거리낌 없었다. 어차피 예전에는 공짜였으니), 그리고 말 나온 김에 바로 이 가게에서도.

밀리는 가게 주인의 여드름투성이 십 대 아들 마이클 도넬리 주니어에게 게걸음으로 슬금슬금 다가간다. 평일에 학교를 다녀와 카운터를 맡는 아이는 구부정하니 서 있다.

"내가 사흘 후에 제시카 월시랑 같이 크리스마스를 보내러 뉴욕에 가게 된 거 아니? 내 증증증조카가…" 밀리는 버릇대로 증을 한두 개쯤 더 추가한다. "예전에 오하이오에 살았지만 거기 가는 건 아니야. 당연하지. 거기 무슨 볼 게 있다고! 전에 그 애네 집에 간 적이 있는데… 언제더라? 모르겠다. 하여튼 그게 문제가 아니고." 밀리는 가슴 앞에 팔짱을 끼고 자세를 잡는다. "크리스마스 아침인데 길거리에 개미 새끼 한 마리 없지 뭐니. 케빈이랑 나는, 그 애가 막 열여덟 살이 됐을 땐데, 같이 산책을 했단다. 온 사방이 눈 덮인 산이었지. 우린 길 한

복판에 서서 이랬단다. '저기요? 안녕, 미국? 아무도 없어요?'"

"그러세요, 고가티 할머니?" 마이클은 그만 가줬으면 하는 미소를 지으며 대꾸하고는 다음 손님인 브렌던 도일을 향해 몸을 돌린다. 밀리는 당연히 브렌던도 알고 있다. 비록 브렌던은 질질 끌리는 로퍼 때문에 정신이 하나도 없어 보이지만.

밀리는 두 사람을 향해 환히 웃어 보이고 밀리의 또래 아니고서는 아무도 눈여겨보지 않을 먼지투성이 축하카드 진열대가 두 개쯤 놓인 비좁은 문구 코너를 향해 느릿느릿 물러난다. 젊은이들은 더는 종이에 펜을 끼적이지 않는다. 문자 메시지를 보낸다. 당장 밀리의 손자들도 노상 휴대전화만 들여다보며 밀리가 영영 부러워만 할 미친 듯한 속도와 정확성으로 문자를 찍고 있다. 그 어떤 상황을 막론하고 그렇게 시급한 소통이 필요한 시절이 있긴 했는지, 밀리는 도무지 기억도 나지 않는데.

은박지 꽃 부케로 장식된 카드를 집어 들어 그 안에 적힌, 감상이 줄줄 흐르는 메시지를 읽는다. "오늘은 네게 특별한 날이란다, 딸아!" 딸이 없는 밀리 고가티에게 세상에서 그보다 쓸모없는 물건도 없을 텐데, 카드를 손에 쥔 순간 그걸 슬쩍하고 싶은 근질대는 욕망에 확 불이 붙는다. 그리고 밀리는 결국 자신이 그 카드를 훔쳐야만 한다는 것을, 훔치게 될 것임을 깨닫는다.

계산대를 슬쩍 돌아본다. 마이클은 브렌던이 산 초콜릿 바를 계산하고 있다. 브렌던과 마지막으로 마주친 것은 약국에서였는데, 튜브형 엉덩이 크림을 고르느라 정신이 없어 보였다. 이제 그 생각을 떠올리니 왠지 현기증이 난다. 핸드백의 주름 잡힌 입구를 여니 잡다한 내용물이 이루는 카오스가 드러난다. 이제는 쓸모없어진 펀트 동전들, 딱딱하게 굳은 티슈 뭉치, 뭐라고 끄적인 건지 알아볼 수도 없는 종이쪽지들. 그 아가리, 어서 먹이를 달라고 구걸하는 아가리를 쩍 벌려 가며 속을 뒤적거리는데 겨드랑이가 축축이 젖어 온다. 위가 꿀렁 뒤집힌다. 오랫동안 일상적이고 생물학적인 임무를 지루하게 수행하고 있던 심장이 이제는 야만적인 힘으로 쿵쿵 뛴다. 움찔, 하는 거친 동작(나중에 이 동작을 자신의 몰락의 원인으로 돌이켜보게 될 것이다)으로 밀리는 카드를 가방 속에 던져 넣는다.

숨을 고른다. 짐짓 아무 일도 없었다는 듯 태연하게 다른 카드를 집어 든다. 이 카드에는 토실토실한 갓난쟁이와 코끼리 한 마리가 그려져 있다. 비어져 나오는 웃음을 간신히 억누른다. **어쩌면 케빈 말이 맞는 걸까. 어쩌면 내가 결국 돌아버렸나 봐!** 마이클을 한 번 더 훔쳐본다. 마이클은 눈을 맞추고 알아볼 수 없을 정도로 미세하게 고개를 끄덕인다. 밀리는 마치 텔레파시로 각별히 마음에 드는 말이라도 전해 들은 양 킥킥 웃는다. 평생 줄곧 무대가 자신을 부른다고 느껴 왔고, 자신이 언젠가는 스타가 될지 모른다는 남모를 희망을 여태 놓지 못한 밀리다. 사실, 밀리 고가티는 맥박이 쿵쿵 뛰는 와중에 던리어리의 모든 사람에게 뜻하는 대로 차분한 모습을 보일 수 있는 자신의 대담함에 잠시 경이로움마저 느낀다. 생각이 저녁식사로 옮겨 간다. 손주들 중에 누가 올지도 몰라. 그리하여 밀리는 간 크게도 타이토 과자 진열대로 가서 치즈와 양파맛 하나랑 훌라후프 하나를 슬쩍한다.

밀리는 아침의 전리품들을 안전하게 뒤춤에 감춘 채, 밀려드는 유쾌함과 안도감 속에서 말 그대로 깡총깡총 뛰어 차로 돌아간다. 왼발은 클러치에, 오른발은 엔진에 올려놓고 마르게이트의 집을 향해 쌩하니 출발하려는 순간, 소심하게 창을 두드리는 소리가 들린다.

노크의 주인공은 마이클인데, 얼굴에 웃음기 하나 없다. 순간 밀려오는 공황에 밀리는 눈앞이 캄캄해진다. 망설이다 창문을 내린다.

“저도 이러고 싶지는 않지만, 고가티 할머니. 가게로 다시 가주셔야 할 것 같아요.”

“내가 뭘 두고 왔나?”

마이클은 밀리의 가방을 빤히 보며 대꾸한다. “제가 알기로는 거기에 계산을 안 하신 것들이 몇 가지 들어 있는 것 같아서요.”

뒤따르는 긴 침묵은 많은 말을 들려준다.

“방금 뭐라고 했지?” 밀리는 후진기어로 바꾸며 묻는다.

“그거 말씀이에요.” 마이클은 통통하고 지저분한 손가락으로 밀리의 가방을 쿡 찌른다. 갓 열여섯 살쯤 됐을까, 밀리는 생각한다. 남자애는 밀리의 쌍둥이 손녀 또래다. 아마도 고교 졸업 자격시험 준비를 시작할 나이 아닐까. 아이의 시선이 운전대에서 가방으로, 도로 운전대로 춤을 춘다.

“아빠가 만약 또 이런 일이 있으면 경찰에 신고해야 한다고 하셨어요.”

경찰에 신고한다고!

밀리는 무력하고 무고한 할머니처럼 보이려고 안간힘을 쓰며 최대한 진정성 있어 보이게 ‘어이쿠 이런’ 하는 웃음을 띤다. 하지만 밀리의 몸은 말을 듣지 않는다. 얼굴이 화끈 달아오른다. 이마에 땀방울이 송글송글 맺히기 시작한다. 몸이 여전히 명석한 머리를 따라오지 못하게 된다는 것이 모든 노인네들의 서글픈 사연이다. 종양이 생기고, 그저 얼음판에 미끄러지기만 해도 뼈가 부러지고, 밀리의 남편 피터처럼 심장이 어느 날 그냥 뚝 멈춰 버리고. 한편 밀리의 심장은 이제 어찌나 격렬하게 뛰는지, 가슴을 뚫고 나와 새처럼 파닥거리며 날아가 버릴 것만 같다. 오늘만 벌써 두 번째다.

마이클은 그대로 밀리를 빤히 보고 있다. 밀리는 마치 툭하면 기절하던 이전 세기의 아가씨마냥 이마를 손등으로 짚는다. 남에게 이런 모습을 보일 수 없다는 듯. 그때 무시무시한 생각이 하나가 슬금슬금 떠오른다. 만약 경찰이 끼어들면 케빈도 알게 될 거야.

케빈이 알아서는 절대 안 돼.

안 그래도 이전부터 뭐 엮을 건수 하나 없나 킁킁대며 염탐하고 다니던 녀석이다. 밀리를 공포에 질리게 하는 그 연극적인, 사람 잡게 점잔빼는 태도로 딱한 제 어미를 오래되어 시들해진 채소들이나 가는 우울한 양로원에 처박아넣을 속셈이다. 밀리 고가티는 구석에 웅크려 앉아 침이나 질질 흘리는 쭈그렁방탱이들하고 같이 살 계획은 전혀 없다. 친한 친구였던 그레텔 시시는 저기 5킬로미터도 안 가서 있는 윌리엄스 하우스에 버려졌다. 그리고 말할 필요도 없겠지만, 거기서 살아 나오지 못했다.

뒤이어 똑같이 무시무시한 또 다른 생각이 떠오른다. 만약 우리 손주들, 몇 집 건너 사는 피츠제럴드네, 또는 남더블린 사람들 전부가 내 도벽에 관한 소문을 듣게 된다면? 생각만 해도 강렬한 수치심이 밀어닥치고, 밀리는 그 생각을 전면적으로 거부한다. 뒷일은 에라 모르겠다 하고 오랫동안 다른 달갑잖은 생각들을 숱하게 쑤셔넣어온 머릿속 금고에 도로 처박아버린다.

정신없는 머릿속으로 꾀병을 부릴까 생각해본다. 뇌졸중은 어떨까? 아니면 그 비슷한, 전에 먹혔던 거. 하지만 머릿속은 이미 뒤죽박죽이 되어 자신이 마지막으로 그런 속임수를 써먹은 게 언제인지조차 떠오르지 않는다. 어렴풋이 여기 던리어리에서가 아니었던가 싶은데.

"정말 죄송합니다." 마이클이 말한다. 사실 여드름만 빼면 그리 못난 외모는 아니다. "실은 이미 경찰에 신고했어요."

2

케빈 고가티는 브래스 벨에서 맥주를 마시던 중 전화를 받는다. 시 중심가에서 가장 오래된 펍으로 손꼽는 이곳은 위층에 유망한 코미디언들의 데뷔 장소로 이름이 난 작은 임시 무대를 두고 있다. 아주 오래전 일이지만 케빈 역시 스탠드업 코미디언이 되겠다는 꿈을 품고 그 무대에 올라 운을 시험해 본 적이 있었다. 오럴 섹스와 사제들에 관한 농담으로 아주 제대로 죽을 쒔는데, 이제 와 생각하면 시대를 좀 앞서갔던 게 아닌가 싶다. 그래도, 케빈은 그곳의 마호가니 조각 장식과 놋쇠 맥주 펌프 손잡이, 그리고 허름한 빅토리아풍 건축양식을 사랑한다. 전 직장동료이자 제일 가까운 친구인 믹과는 항상 이곳에서 만난다. 술 마시러 나올 수 있는 경우가 드물다 보니 항상이라는 말에는 좀 어폐가 있지만.

크리스마스를 몇 주 앞둔 지금, 가게 안은 술꾼들로 미친 듯 끓어 넘친다. 전국의 모든 국민이 술에 취해 있다. '죄송합니다'를 남발하며 모르는 사람들의 등에 손을 잠깐잠깐 얹어가며, 꼬박 1분 걸려 군중을 헤치고 나아가 마침내 바에 도착한 케빈은 안도의 한숨을 내쉰다. 집을 나와 믹과 함께 있다. 믹은 분명 예전 잡지사에 관한 헛소리를 잔뜩 늘어놓아 케빈을 한껏 즐겁게 해줄 것이다.

바텐더는 언제나처럼 눈코 뜰 새 없이 바쁘다. 파인트 잔에 각각 에일과 스타우트와 사이다를 가득 채우고 긴 바에 늘어앉은 손님들에게서 주문을 받는다. 절대 실수하는 법이 없다는 게 기적 같다. 계산기도 필요 없이 총액을 계산하고, 재빨리 거스름돈을 쥐어주고, 바카디와 코크, 서던 컴포트와 레드불, 아이리시 커피, 원하는 건 뭐든 섞어 준다. 바텐더들이 국가를 운영했다면 경제가 이 모양으로 시궁창에 빠지는 일은 절대 없었을 텐데, 하고 케빈은 생각해본다.

가게 바로 앞에서는 한 줌도 안 되는 애연가들이 추위에도 아랑곳없이 한데 옹송그리고 동병상련을 나누며 발암물질을 허공에 날려 보내는 호사를 누리고 있다. 실내 흡연이 금지되다니, 누가 이런 세상을 꿈이나 꿨을까? 뒷방 노인네가 된 기분이지만, 아일랜드가 얼마나 많이 변화했는지를 생각해보면 한편으로 신기함을 억누를 수 없다. 예전에 이곳은 평일 점심시간마저 연기로 매캐하고 지금처럼 손님이 꽉 들어차 있었다. 이른바 '켈트의 호랑이'(경제적으로 급부상하던 1995년~2007년 당시 아일랜드를 부르던 별명-옮긴이)가 인정사정없이 비참하게 도륙당한 이후로, 돈푼 좀 가졌다는 사람은 이제 아무도 없다. 케빈은 지난 몇 달을 자신의 특대형 미니밴으로 아이들을 데려다주고 데려오고, 살살 달래서 숙제를 하게 만들고, 형제 간 다툼에 심판을 보고, 피시앤드칩스와 완두콩 요리로 식사를 차려주면서 보냈다. 이젠 아주 딴 세상이 되어버린 것 같다. 최근 좀 부푸는 듯했던 더블린 경제에서 바람이 빠져버린 듯하다. 대충 흘려보내던 나날, 흥청망청하던 나날은 이제 가고 없다.

휴대전화 수신음이 울린다. 모르는 번호다. 케빈은 수신 거부를 한 후 멀리 있는 믹의 얼굴을 포착하고 손을 들어 올린다. 음악 소리가 소음과 경쟁을 벌인다. 아아, 제플린이군. '오버 더 힐스 앤드 파 어웨이.' 전문가처럼 양손에 기네스를 한 잔씩 든 채 조심조심 사람들 사이를 헤집고 믹이 어렵게 잡아놓은 테이블로 돌아간다. 옆자리에는 매우 젊고 아름다운 여성 두 명이 앉아 있는데, 절대 우연은 아닐 것이다. 아마 20대 초반, 어쩌면 그보다 더 어릴지도 모른다. 각자 샤블리스 작은 병과 유리잔을 하나씩 앞에 놓고 앉아 있다.

"저희가 합석 좀 해도 될까요?" 케빈이 묻는다.

1,000분의 1초 만에 케빈을 견적 내고 바로 무시하는 것은 더 예쁜 쪽이다. 크고 총명한 눈, 적어도 젖먹이한테는 물려 본 적 없는 게 분명한 가슴, 눈이 멀 것처럼 새하얀 치아. 케빈은 여자의 무심함에 속으로 움찔한다.

"난 이제 일 끝났어." 믹이 말한다. "어쨌거나 올해 일은."

"개새끼." 두 남자는 긴 악수를 나누고, 케빈은 마음이 한없이 너그러워지는 걸 느낀다. 트리는 세워 놨고, 부엌은 음식과 술로 가득하다. 그리고 그레이스가 어쨌거나 며칠간은 집에 있을 테니 어쩌면 오랜만에 잠자리도 할 수 있을지 모른다. 크리스마스의 기적! 케빈은 믹을 포옹한다.

"들어 봐, 너한테 줄 건수가 있을지도 몰라." 믹이 말한다.

"글쎄, 내가 요즘 좀 바빠서."

"좆 까시고. 너네 업계에 로이스턴 클라이브라고 알지?"

"장난하나. 재수 없기로 유명한 인간 아니야?"

"그래, 맞아. 그런데 그 유명한 왕재수가 여기서 뭔가 새로 시작할 거래. 그걸 총괄할 사람을 찾고 있어. 그리고 자금이 엄청 빵빵하고."

케빈의 휴대전화가 다시 울린다. 역시 아까와 동일한, 모르는 번호다. 불안에 좀먹기 일쑤인 케빈의 머릿속을 걱정벌레가 꿈틀대며 기어가기 시작한다. 그레이스가 출장 중에 전화한 걸지도 모른다. 엄마가 또 어떤 측은하고 딱한 부탁을 하려는 걸지도. 아니면 에이딘이 또 지각을 했거나 수업을 빼먹어서 마거릿 수녀님이 알려주려고 전화한 건 아닐까. 아니면 에이딘이 또 가출했거나 히치하이킹을 했거나 어쩌면 어떤 역겨운 개새끼가 케빈의 사랑하는 딸을 폐가의 헛간에 묶어놓고 클로로포름을 적신 천 쪼가리를 입에 쑤셔넣고는 몸값을 내놓으라고 전화하는…

꼬마 반항아 에이딘에 관해서라면, 염병할 무슨 생각을 하든 터무니없는 공상은 아니다.

케빈은 믹에게 다시 집중하려 애를 쓴다. 믹은 케빈이 예전에 다니던 잡지사 사장의 사무실에서 야밤에 벌어지는 밀회에 관한 음담패설을 늘어놓고 있다. 케빈은 그 이야기에 특히나 관심이 많은데, 왜냐하면 예전 상사인 존 번이 그 주인공이기 때문이다. 그 으스대는 척척박사, 얼굴에 개기름이 줄줄 흐르는 똥덩어리. 케빈은 이 이야기를 즐기고 싶은 마음이 간절하다. 이 더러운 불륜의 추악한 세부사항을 깊숙이 파고들고 싶다.

"그게, 넌 잊어버렸을지도 모르지만…" 믹이 목소리를 낮춘다. "우리의 존경하는 사장님께서는 역할극을 하셨는데, 극이라고 해서 셰익스피어 같은 걸 생각하지는 마. 염병할." 믹이 음흉하게 말한다. "넌 그 인간이 제일 좋아하는 역할이 뭔지 못 믿을걸. 장난 아냐. 엉덩이를 제대로 맞고 싶어 안달이 난 발랑 까진 남자 초등학생이라니까." 믹은 누렇게 변색된 송곳니를 번뜩이며 너털웃음을 터뜨린다.

케빈은 이 상황에 어울리는 표정을 지어 보임으로써 적절하게 반응한다. 하지만 세 번째 울리는 모르는 번호가 다시 신경을 잡아끈다.

"잠깐만, 믹." 케빈은 양해를 구하고 전화를 받는다. "케빈 고가티입니다."

실직한 지 얼마 되지도 않았는데 케빈은 벌써부터 과장된 텍사스 억양으로 "일시적인 전업 주부 아빠"라고 미리 변명하는 버릇이 들었다. 그리고 어쩌면 어떤 출판사나 출판 기획자나 영업사원이 자신을 찾을지도 모른다는 생각에 절대 전화를 수신 거부로 돌린 적이 없다.

"고가티 씨? 이쪽은 던리어리 경찰서의 브라이언 오코너 경사입니다."

케빈은 순간 얼어붙는다. "네? 에이딘은 괜찮은가요?"

"에이딘요? 무슨 말씀이신지… 아뇨, 성가시게 해 드려 대단히 죄송합니다만 실은 어머님이 여기 와 계십니다. 좀 오셔서 모셔 가실 수 있을까요? 상태가 좀 안 좋으셔서요."

"뭐라고요?" 케빈은 반대편 귀를 엄지손가락으로 틀어막는다. "저희 어머니 괜찮으세요? 무슨 일이 있었나요?"

케빈의 목소리가 다급해지고 높아지는 걸 알아차린 예쁜 여자들이 즉시 대화를 멈추고 이쪽을 건너다본다. 하지만 이제 케빈에게 그들은 단지 흐릿한 배경에 불과하다.

"혹시 낙상하셨나요?"

"아, 아뇨. 멀쩡하십니다." 오코너가 말한다. "놀라게 해 드리려던 건 아닌데… 아뇨, 상태는 아주 좋으십니다. 그러니까 몸 상태는요. 다만… 사건이 좀 있었어요. 훔친 물건을 핸드백에 넣어 두신 게 발각돼서요. 유감입니다만."

뒤따르는 긴 침묵 동안 케빈은 친숙한 감정의 굴곡을 경험한다. 분노에서 시작해 이글이글 타는 격노로 고조되다 마침내 서글픈 자기연민으로 방울지며 잦아드는. 경관에게 고맙다는 인사를 하고 전화를 끊은 후 믹을 응시한다. 더없이 행복한 독신 생활을 즐기고 있는, 고민거리라고는 오늘은 술 한잔하러 어디로 갈까, 어떤 축구선수가 가십란을 장식할까가 전부인 친구를. 믹은 가족이 없다. 딸린 새끼들이 없다. 이쪽은 아이가 무려 넷인데! 케빈은 18년이 지난 지금도 그 4라는 숫자만 생각하면 등골이 서늘하다. 새벽 3시까지 걱정으로 잠을 못 이루게 하는, 보살피고 밥을 차려줘야 하는, 멀쩡하고 올바른 어른으로 자라도록 기틀을 잡아줘야 하는 아들 둘과 딸 둘. 그거로도 모자라 이번에도 또 구해주러 가야 하는, 좀도둑질이나 하는 엄마까지 있다. 케빈은 술잔을 비우고 자리에서 일어선다.

"미안, 믹. 그만 가봐야 해."

"심각한 일은 아니지?"

"어, 아니. 엄밀히 말해 지극히 평범하고 한심한 짓거리야." 케빈이 쓰디쓰게 내뱉는다. "어머니가 방금 좀도둑질로 경찰에 잡혀 가셨어. 경찰들이 같이 있는데 아무래도 어머니 때문에 집단 자살하기 일보 직전인가 봐. 짐 존스(900명 이상의 신도들과 함께 집단 자살한, 미국의 사이비종교 교주-옮긴이)였나? 그 자식도 밀리 고가티 여사에 대면 아무것도 아니야."

3

던리어리에서 남쪽으로 3킬로미터쯤 떨어진 작고 예쁜 바닷가 마을 달키에서, 에이딘 고가티는 아버지의 노트북 컴퓨터 앞에 앉아 시소러스닷컴(동의어, 반의어를 검색하는 인터넷 사이트-옮긴이)의 검색창에 "연모하다"라는 단어를 입력하고 있다. 주로 70년대 중반에서 80년대 초까지 사랑받은 소프트록을 감성적으로 리믹스해 아일랜드에서 대중적으로 큰 인기를 끌고 있는 클린컷에게 바치는 시를 쓰는 중이다. 추레한 행색에 구레나룻을 기르고 대걸레처럼 지저분한 염색 금발에 키는 미국 농구선수처럼 껑충한 클린컷은 네 명의 작디작은 백업 가수들과 날카롭고 우스꽝스러운 대조를 이룬다. 에이딘은 유사어로 제시된 아파하다, 고뇌하다, 곱씹다, 은애하다, 탐내다, 갈구하다, 욕망하다, 꿈꾸다, 조바심치다, 애도하다, 갈망하다, 그리워하다, 탐하다, 맥을 놓다, 애도하다, 한숨짓다, 절절하다, 애면글면하다, 원하다, 바라다, 동경하다, 열망하다를 하나하나 곱씹으며 고민하지만 어째 전부 다 오글거리고 좀 거지같아 보인다. 이건 아니야.

책장과 아빠 책상을 뒤덮은 종이 더미를 훑어보며 아빠가 대학생

때 쓰던 유의어 사전을 찾는다. 아빠도 할아버지한테 물려받은 거다. 에이딘은 그게 구식이고 따라서 진짜라는 이유로 그 사전을 가장 선호한다. 에이딘은 진정성을 열망한다… 아니, '갈망한다'인가?

낡아서 다 해진 〈로제 유의어 사전〉 표지를 발견한 순간, 우연히 갈색 교복을 입고 다홍색 공책을 양팔로 꼭 끌어안은 채 주근깨 난 얼굴로 환히 웃는 여학생이 찍힌 사진이 눈에 들어온다. 뭔가 학교 홍보 책자 표지 비슷해 보인다. 오글거리는 사진이다. 얼마나 멍청하면 하찮은 학교 홍보 따위를 위해 신나서 포즈를 취한담? 하지만 호기심이 생긴 에이딘은 반짝이는 펼침면 양쪽으로 인쇄된 다른 사진들을 뜯어본다. 새것처럼 깨끗한 경기장에서 크리켓 배트를 쥐고 승리의 표시로 양팔을 위로 들어 올린 여자애들이 떼를 지어 서 있다. 후크시아색에 '열심히 하자'라고 적힌 쿠션들을 놓아 둔 "공동주거 공간". 그리고 그중에서도 가장 강렬한 것은 풀로 뒤덮인 둔덕에 세워진, **밀번 여고**라고 새겨진 연철 간판 사진이다. 그 아래에 적힌 교훈, **명예와 리더십 그리고 탁월한 학업 성과**는 그곳에 관련해 에이딘이 들은 소문과는 다르다. "고개는 빳빳하지만 속옷은 잘 내린다"는.

마지막 장을 넘긴 에이딘은 화들짝 놀란다. 빈 지원서 양식의 오른쪽 맨 위 구석에 스테이플러로 찍혀 있는 것은 다름 아닌 에이딘의 증명사진이다. 콧대에 난 작지만 보기 싫은 얼룩 하나가 선명하게 찍혀 있다.

에이딘은 너무나 명백하지만 믿기 힘든 이 상황을 납득하려 애쓴다. 하지만 머릿속에 떠오르는 말은 **엥?** 한마디다. 최근 집안에서 벌어진 분쟁들을 하나하나 돌이켜보며 이런 과격하면서도 은밀한 조치를 유발한 원인을 따져 본다. 그렇다, 에이딘은 최근 '말썽을 피웠'다. 동생의 거울을 고의로 깨뜨렸고(이 점에 후회는 없다), 엄마의 핸드백을 또다시 뒤졌고, 학교에서도 살짝 문제가 있었다. 그리고 다음으로, 성적이 약간 거지같긴 했다.

그래도. 신청서 작성이 아직 완료되지 않았다는 건 좋은 신호일까?

하지만 사진은.

그때 고함소리가 들려온다. 창밖을 내다보니 남동생 키아란이 집 뒤편 정원의 놀이터에서 철봉을 팔로 이리저리 건너다니고 있다. 그 뒤편으로 을씨년스러운 더블린 하늘을 등지고 날카롭게 모여드는 흐릿한 구름들이 보인다. 그리고 으윽, 쌍둥이 언니인 누알라(암호명 철천지원수)가 보인다. 원수는 집 앞쪽을 향해 걸어온다. 주위를 둘러보고 있는데, 어디 남자 없나 찾고 있는 게 분명하다. 인어공주라도 되는 양 길게 기른 흑단 같은 머리를 처음엔 왼쪽으로, 그 다음엔 오른쪽으로, 다음엔 다시 왼쪽으로 넘긴다. 마치 머리카락으로 길이라도 건너려는 것처럼, 마치 자신이 케이티 페리 비디오에 나오는 캘리포니아 계집애라도 되는 것처럼. 현실은 따분하기 짝이 없는 촌동네 달키의 멍청한 시골뜨기인 주제에.

노트북의 지난주 인터넷 검색 기록을 찾아본 에이딘은 아빠가 하루에 서너 번씩 밀번 웹사이트에 접속하고 있음을 명확히 확인한다. 심장이 철렁 내려앉으며 침대에 철퍽 엎어지고 싶은 갑작스러운 욕망이 치솟는다.

씨발.

에이딘은 아빠의 책장과 서랍을 샅샅이 뒤지기 시작한다. 정확히 뭘 찾는지는 자신도 모른다. 뭔가, 추측이 맞는지 아닌지 확실히 알려줄 증거 같은 것. **제발 아니어야 해.** 아주 완전히, 돌이킬 수 없이 망한 건 아니어야 한다. 밀번은 아마 저 잘났다고 나대는 거만한 여자애들이 우글거리는 **'기숙'** 학교일 테고 그 애들은 에이딘을 싫어할 게 분명하니까. 그때 뒷문이 꽝 닫히는 소리가 들린다. 원수와 그래도 착한 편에 속하는 원수의 새 떨거지 개빈 무니가 문간에 나타나는 순간에 딱 맞춰, 에이딘은 브로슈어를 재빨리 원래 있던 난장판 아래로 밀어넣는다.

언니의 미모는 에이딘의 인생에서 고통스러운 현실 중 하나, 또는 어쩌면 **단 하나의** 고통스러움일 것이다. 고통을 한층 더 가중시키는 것은 두 자매가 쌍둥이라는 사실이다. 에이딘은 언니와 자신의 삶이 직접적으로든 간접적으로든 거의 매일 비교당하는 것처럼 느끼고, 비록 아무도 대놓고 그렇게 말한 적은 없지만, 자신이 얼굴보다는 머리 담당임을 안다. 한번은 스티븐스 그린을 지나가는데 모델을 캐스팅하는 사람이 원수를 멈춰 세우더니 윙크를 하며 명함을 내밀고는 프로필 사진을 찍어 보자고 했다. "가능성"(뭐, 철저한 쌍년이 될?)이 보인다느니, 시내 중심가에 자기 스튜디오가 있는데 거기서 사진을 찍으면 된다느니 하면서. 원수는 자기 화장대 거울에 그 명함을 스카치테이프로 붙여 놓고는 지겨워서 욕지기가 날 때까지 그 이야기를 떠벌렸다(따라서 에이딘이 거울을 박살낸 것은 정당했다). 남자애들이 **매일** 전화를 걸어 왔다. 그 어떤 남자도 에이딘 고가티에게는 단 한 번도 전화를 건 적 없었고, 에이딘은 그 사실에 대해 터무니없을 정도로 수치심과 슬픔을 느낀다. 제발 그 사실을 언제까지나 그 누구도 모르기를 간절히 바란다.

그리고 거기다 원수 이야기만 나오면 역겹기 짝이 없게 구는 엄마와 아빠까지. 우리 누알라는 글쎄 운동을 얼마나 잘하는지, 학교에서 체조 1등이라니까! 우리 누알라는 재능 덩어리야. 학교 연극에서 주연을 맡았지 뭐야! 우리 누알라는 애가 너무 상냥하고 완벽한 우리 가족을 이렇게 그림으로 그렸고 너무 사랑스럽기 짝이 없어!

착해 보이는 여자애가 살았다네
배우에 체조선수에 육상선수로
모든 남자애들의 눈길을 한몸에 받았지
그 애는 세상을 속였네, 그래서 난 사라지네.

"나 컴퓨터 써야 돼." 누알라는 조바심 나는 듯 발끝으로 통통 튀면서 선언한다. 아주 맡아 놨다는 투다.

"안녕." 개빈이 웅얼댄다. 남색 운동복에 흰색 퓨마 농구화를 신고 있다.

"개빈한테 인사 좀 하지?"

하지만 에이딘은 아버지의 컴퓨터 화면에 여봐란 듯 띄워져 있는, 고딕체로 된 밀번 학교 이름에 정신이 팔려 있다. 세상 사람들이 다 알아도 내 쌍둥이 언니만큼은 절대 이것, **기숙학교!**에 관해 몰라야 한다고 작심한 에이딘은 누알라의 요구를 무시하고 뒷걸음쳐 화면을 가린다.

"이야, 무슨 엄청난 비밀이라도 있나 봐?" 원수가 사악하게 코웃음 친다.

"안녕, 개빈."

"됐고." 원수가 말한다. "나 컴퓨터 써야 돼."

"내가 쓰는 중이야." 에이딘이 말한다.

"나 써야 돼."

"좆까."

원수는 에이딘을 째려보지만 남자가 옆에 있으니 더 어쩌지 못하고 그냥 콧김만 씩씩대며 자리를 뜬다. 개빈은 이전의 다른 남자애들과 마찬가지로 그 꽁무니를 졸졸 좇아간다. 에이딘은 나중에, 다들 잠든 틈을 타서 염탐하기로 마음먹는다. 에이딘이 고가티 집안에서 일어나는 일들에 관해 뭔가 진짜 정보를 얻는 시점은 주로 꼭두새벽이다. 엄마 아빠는 개방성이 어쩌고 솔직함이 어쩌고 하는 헛소리를 맨날 거창하게 늘어놓지만, 막상 뭔가 흥미롭거나 가치 있는 정보는 꽁꽁 숨기고 절대 알려주지 않는다. 에이딘은 전에 엄마 화장실에서 임신 테스트기를 발견한 적이 있다. 그리고 상자와 막대기를 열심히 연구한 결과 음성이었음을 알게 되었다. 아마도 엄마가 그 이후 며칠간 그렇게 우울해 보였던 이유가 그것이었던 모양이다. 에이딘은 엄마가 그렇게 쉴 새 없이 일하면서도 아이를 더 갖고 싶어 한다는 게 도무지 믿기지 않는다!

그런가 하면 아빠한테 온 서신도 있었다. 에이딘은 쓰레기통 윗부분에서 그 찢어진 조각을 슬쩍 훔쳐보았다. "저희 회사에 지원해주셔서 대단히 감사하오나 안타깝게도…."

에이딘은 부엌으로 가 아빠가 남긴 성가신 지침에 따라 라자냐를 데운다. 아빠는 뭐든 지나치게 설명하고 지나치게 걱정한다. 에이딘은 약해지는 불에 땔감을 더 넣고 쿡쿡 찔러 본다. 여전히 충격에서 벗어나지 못한 상태다. 특히 엄마의 관광 회사가 대형 고객을 새로 유치하고 잡지사에서 일하던 아빠가 일자리를 잃은 후로 고가티 집안의 분위기가 약간 위태로웠던 건 사실이다. 요즘 들어 뭔가 갈구하는 듯한 눈을 휘둥그레 뜨고 맥없이 돌아다니며 온갖 사소한 일에 일일이 참견하는 아빠의 모습이 자주 보였다. 부모님이 아무리 에이딘더러 영리하고 관찰력이 좋다는 둥, "감정 지능"을 지녔다는 둥(…근데 그게 무슨 뜻이지?) 쉴 새 없이 떠들어대도, 에이딘은 자신이 지속적으로 부모님을 실망시킨다는 것을 잘 알고 있다. 에이딘은 "나쁜 선택들"을 한다. 나쁜 선택이란 부모님이 자기들이라면 하지 않았을 행동을 가리킬 때 하는 말이다. 좋아, 알았다고요. 하지만 그렇다고 날 무슨 추방자인 양 내쫓아서 모르는 사람들 틈에 끼어 살게 만들겠다고?

"에이딘! 이게 네가 찾던 사이트니?" 원수가 서재에서 부른다. 노래하는 듯한 어조에 조롱하는 낌새가 느껴진다. 다시 서재로 가 보니 원수의 사디스트 같은, 재수 없는 미묘한 미소가 에이딘을 맞이한다. 에이딘이 제라드를 가장 간절히 그리워하게 되는 것이 바로 이런 순간이다. 부모님과 달리 에이딘의 말을 진짜로 귀담아 들어주던 오빠는 9월에 심리학을 공부하러 코크 대학교로 떠났다.

개빈은 고개를 숙인 채 눈길을 피하며 뒷걸음치기 시작한다. 에이딘이 컴퓨터 앞으로 가서 보니 피부 병변들의 확대 사진이 화면을 꽉 채우고 있다. 온통 얼룩들로 가득하다. 딱딱한 껍질로 뒤덮인 병변들, 둥글납작해서 터뜨리면 터지는 패립종들. 원수는 고개를 뒤로 젖히고 마녀처럼 깔깔 웃으며 1950년대의 여드름박사 틴에이저가 괴로운 표정을 짓고 있는 복고풍 흑백 광고를 확대한다. 아래쪽 말풍선에는 이렇게 씌어 있다. "선생님, 이 여드름 때문에 제 얼굴에 흉이 질까요?"

누알라가 옳다. 에이딘은 충분히 매력적이지 못하고, 앞으로도 그렇게 될 일은 없을 거고, 그건 진정 비극적이다. 왜냐하면 다른 모든 건 제쳐놓고라도, 에이딘은 열망의 대상이 되는 걸 남몰래 열망하기 때문이다. 클린컷은 HMV 음반점 사인회와 백스테이지 VIP 팬 사인회에서 에이딘에게 너무나 잘해주었고 심지어 트위터에서 직접 멘션을 보내기도 했다. 딱 두 번뿐이었지만. 하지만 그건 에이딘이 그 가수와 키 작은 백업팀을 숭배하는 충실한 팬이기 때문이었다. 그들은 라스판햄 출신의 듣보잡에 불과하니까. 그 어떤 남자애, **진짜** 남자애가 에이딘 고가티를 선택하겠는가. 가뜩이나 광채를 발하는 쌍둥이의 그늘에 가려져 있는데? 심지어 에이딘의 끔찍한 가족조차 에이딘을 원하지 않는데. 어떤 추한 분노, 아니 어쩌면 불의, 아니 어쩌면 그냥 흔한 형제 간 질투의 앙금이 에이딘의 안에서 깨어난다. 잠들어 있던, 몇 달째 곪고 있던 자기혐오의 불씨가 다시 화르륵 타오른다.

그 뒤에 일어난 일은 그것 때문일 수도 있고 아닐 수도 있다. 에이딘은 제일 처음 손에 잡히는 무기를 낚아챈다. 이제 활활 타오르는 난로에, 땔감에 불을 붙이느라 쓰고 나서 잊어버리고 그대로 꽂아놓은 불쏘시개를. 막대는 네온처럼 환히 빛나고 지글지글 끓도록 뜨겁다. 소에게 낙인을 찍는 도구나 CIA가 고문용으로 쓸 것이 분명한 끔찍한 연장 같다.

이거면 완벽하겠어.

에이딘은 언니에게 덤벼든다. 둘은 동시에 비명을 올린다. 원수가 도망치기 시작하고, 자매는 1층을 전력 질주한다. 어렸을 때 신나서 그랬던 것처럼. 비록 누알라가 6분 더 일찍 나오긴 했지만, 어린 시절 둘이 같이 놀 때 대장은 의심할 바 없이 에이딘이었다. 실무적 결정은 대부분 에이딘의 몫이었다. 모노폴리를 할지 스크래블을 할지, 2층 침대 자리는 어떻게 정할지(둘이 같은 방을 쓰던 시절), 누가 숨고 누가 술래를 맡을지. 몇 년 동안 에이딘을 졸졸 따라다니던 누알라는 마침내, 점점, 알 수 없는 이유로 그러지 않게 되었다. 자매는 이제 난폭하게 발을 구르며 천정이 높은 웅장한 방들을 지난다. 에이딘은 간담을 서늘케 하는 괴성을 토하고, 겁에 질린 원수는 동시에 훨씬 여자애스러운 고함을 지른다. 멈추라고 고함을 지르며 자매를 쫓아오던 개빈은 도중에 포기하고 만다.

물론 에이딘은 진심으로 누알라를 꼬챙이로 지지려는 건 아니다. 그냥 멍청한 계집애를 겁 좀 주려는 것뿐이다. 그리고 나중에 그 점을 해명하게 되겠지만 아무도 들어주지 않을 것이다. 에이딘의 말을 들어주는 사람은 아무도 없으니까. 자매들은 시작한 곳, 난롯가에서 마침내 끝장을 볼 때까지 겨루게 된다. 침묵 속에 기묘한 끙 소리가 드문드문 점을 찍는다. 머리끄덩이를 잡고, 살갗을 찰싹찰싹 때리고, 서로 꼬집어 대고. 개빈이 마침내 자매를 따라잡아 싸움을 말렸을 때, 에이딘은 언니의 몸통을 깔고 앉아서 뼈투성이 무릎으로 누알라의 가냘픈 팔을 짓누르고 있다. 벌벌 떨면서 하늘로 쳐든 부지깽이에서 여전히 새어나오는 가느다란 연기 꼬리가 누알라 위로 드리워진다.

4

밀리는 담배 냄새에 전 ('아, 담배 한 대만 피웠으면!') 조잡하고 창문도 없는 방의 철제 의자에 앉아 있다. 잘생긴 아들이 가르다 경찰서로 슬그머니 들어서는 모습이 얼핏 보인다. 아들이 외투를 벗자 말쑥한 회색 점퍼와 바짓단 없는 울 바지가 드러난다. 군살 없이 날씬한 케빈의 눈에 띄는 외모는 나이가 들수록 오히려 더 빛이 난다. 풍성한 머리숱도 도움이 된다. 새치는 드문드문 보이는 정도고 이마 선은 거의 그대로다. 짧은 수염이 가볍게 그림자를 드리운 얼굴은 상냥하고 표정이 풍부하다. 뚜렷한 턱선과 이마에 예이츠를 연상시키는 철테 안경. 밀리는 책벌레의 얼굴이라고 생각한다. 거기다 유머 감각까지 있으니(자조적으로 한쪽 눈썹을 찡긋하는 것, 장난스럽게 얼굴을 찌푸려 의심을 표현하기, 항복한다는 뜻으로 큼지막한 양손을 내뻗기) 케빈은 노동자들의 단골 펍이든 상류층 파티든 상관없이 방 안 가득 모인 사람들을 쉽게 매혹시킬 수 있다. 밀리가 듣기로는 최근 집에서 즉석 댄스플로어를 만들기 위해 의자들과 탁자들을 한쪽 구석으로 밀어 놓고 파티(알 수 없는 이유로 밀리 자신은 초대 명단에서 제외됐지만)를 열었는데, 거기서 마치 유명한 DJ처럼 혼자서 분위기를 띄웠단다.

하지만 그 매력이 과연 던리어리 가르다 경찰서에서도 잘 먹힐 것인가?

그 순간, 밀리를 여기로 데려온 축구선수 출신 오코너 경사가 케빈에게 뭐라 말을 걸고, 케빈은 몸을 옹송그려 경청한다. 밀리는 케빈이 달리기, 테니스, 스쿼시 같은 운동선수로서 혁혁한 공로를 떨친 것이 피터가 그 오랜 세월 동안 투병하는 걸 바로 곁에서 보았기 때문이 아닐까 하는 생각을 자주 했다. 마치 성장 과정에서 아버지와 같은 운명을 피하는 데 온 노력을 쏟은 것처럼. 거듭 고개를 주억거리던 아들은 경사의 말을 끊고 뭔가 긴 연설을 늘어놓더니 가슴 앞에 팔짱을 끼고는 다시 고개를 끄덕인다. 밀리는 갑자기 자신의 평생 동안 남자들끼리 만나서 자신의 인생에 대한 결정을 내려 온 것 같다는 생각이 든다. 그리고 궁금해진다. 골든 걸스가 만약 이와 똑같은 상황에 처했다면 어떻게 했을까?

마침내 남자들이 움직이고 있다. 파멸의 작은 먹구름이, 세상이 온통 뒤죽박죽된 듯한 현기증에 사로잡힌 밀리 고가티를 향해 위협적으로 밀려온다. 마치 아들과 자신의 위치가 바뀌어 자신이 어른인 아들 앞에서 말 안 듣는 어린애가 된 것 같다. 케빈은 날 꾸짖거나 위협하거나 고함치러 온 걸까? 아니면 늙은 어미가 저지른 별스러운 짓거리에 연민을 보여주고, 용서하고 잊어주려고 온 걸까?

오코너와 더 젊은 경관과 아들이 들어와 밀리를 향해 끼익 소리를 내며 의자를 당겨 앉는다. "괜찮으세요, 고가티 여사님?" 경사가 묻는다. 남자들 여럿에게 연행당하는 건 고사하고 눈길이라도 한 번 받아본 게 그 언제 적 일이던가. 일평생 이성에 관심이 많았던 밀리는 기분이 살짝 들뜬다. 이 상황에 잘 대처할 수 있겠다는 자신감이 차오르는 걸 느끼며 남자들에게 수줍은 미소를 지어 보인다. 누가 뭐래도 피터의 뇌졸중을 세 번이나 견뎌내고 피터에게 말하는 법을 처음부터 다시 가르친 밀리다. 피터의 죽음, 그리고 그 한참 전에는 아기 모린의 죽음이라는 아픔도 이겨냈다. 확실히 이 일은 그저 지나갈 찰나의 사건일 뿐이다.

케빈은 밀리에게서 30센티미터도 떨어지지 않은 자리에서 어머니의 눈길을 한사코 피하며 엄하고 냉랭한 표정으로 앉아 있다.

"뭐 좀 갖다 드릴까요?" 오코너가 묻는다. "커피, 아니면 차?"

밀리는 제의를 거절하고 고개를 끄덕여 자신이 침착하고 준비됐다는 것을 보여준다.

"여기서 우리가 처한 문제는 여사님이 도넬리 씨의 상점에서 몇 가지 물건을 집어 가신 게 이번이 처음이 아니라는 겁니다. 그렇지 않습니까? 아시죠, 그분은 한두 번쯤은 기꺼이 넘어가 줄 생각이셨지만, 이제 여사님은 그분을 대놓고 조롱하고 있어요. 제 말이, 무슨 뜻인지 이해하시죠?"

"신사 양반…" 밀리는 용감하게 입을 열지만 목소리에 작은 떨림이 묻어난다. "난 이 모든 게 사소한 오해라고 믿어요. 왜, 내가 가게에 있을 때 내 친구 카라 오셰이가… 그이 알아요? 헨리랑 다라 오셰이의 엄마인데. 둘 다 뛰어난 뱃사람이죠. 기껏해야 욕조만 한 배를 타고 영국해협을 건넜으니. 어, 그게 언제였더라? 아니, 한데 내 생각엔…"

"죄송해요." 케빈이 갑자기 고막을 긁는 끽 소리를 내며 벌떡 일어선다. "제가 어머니와 둘이서만 잠깐 이야기해도 될까요? 제발, 잠깐만요."

방 안은 이내 텅 비어 버린다. 빙그르르 돌아서서 눈을 부라리는 아들의 얼굴에서 자비심이나 너그러운 망각의 낌새는 전혀 찾아볼 수 없다.

"저 사람들은 어머니를 절도로 기소할 생각이에요." 아들이 씩씩거린다. "정신이 온전치 못한 할망구인 척 연기해서 넘어가려 해봤자 여기서는 **안 통한다고요**." 터져 나온 침방울 하나가 밀리를 향해 솟구치고, 밀리는 본능적으로 몸을 피한다. 침방울은 아마도 이 동네에서 가장 험악한 범죄자들의 엉덩이를 수도 없이 받쳐줬을 철제 의자에 착륙한다.

경찰들이 〈로앤오더〉에 나오는 양방향 거울이 있는 방으로 가서 상황이 어떻게 돌아가는지 지켜보고 있는 것일까 하는 궁금증이 밀리의 머리에 떠오른다. 문득 보니 이쪽을 면한 벽에 상자 모양 창이 나 있다. 밀리는 짐짓 태연한 척 아들을 올려다보며 웃음을 짓는다. 결국 누가 뭐래도 절절히 사랑하는 아들이다.

"도대체 왜 그렇게 웃으시는지 알 수만 있다면…" 케빈이 말한다. "제 오른팔이라도 내놓을 수 있을 것 같네요."

"이 상황은 깨끗이 정리될 수 있어. 내가 도넬리에 다닌 세월이 얼만데. 난 충직한 고객이라고."

"충직한 고객이라고요!" 케빈의 입이 쩍 벌어지고 눈은 두 개의 무시무시한 구멍이 된다. 마치 유치원생이 점토로 만든 얼굴에 플라스틱 칼로 쑤셔 판 것 같다.

"전 슬슬 어머니가 제정신이신지 진지하게 궁금해지려고 하네요."

밀리의 살갗이 근질거린다. 방금 그건 자신의 모친이 정신이 온전치 않은 것처럼, 그래서 요양원에 처넣어야 할 것처럼 보이게 만들 방법을 궁리하는 자의 입에서 나오는 기술적 전문용어다.

"여기, 그냥 몽땅 도로 가져가! 난 훌라후프 먹지도 않아!" 밀리는 그렇게 외치며 가방을 뒤집어 내용물을 바닥에 쏟는다. 놀랍도록 많은 물건들이 비처럼 쏟아진다. 이건 뒤에 가서 이야기지만 밀리는 이때 자신의 어리석음을 나중에 돌아보고 경악하게 되는데, 만약 경관들이 실제로 지켜보고 있었다면 이건 그들에게 연기 나는 총을 증거로 건네는 행위나 다름없기 때문이다. 훔친 과자와 생일 카드가 흘러나오고, 갈색으로 변해 가는 바나나 하나가 작심한 듯 쿵 소리를 내며 바닥으로 떨어진다. 밀리는 재빨리 낚아챈다. 이날 벌어진 소동 때문에 점심 먹는 걸 깜빡했다.

"제발, 그걸 드실 생각은 아니라고 말씀해 주세요."

"굶어 죽을 것 같아."

"보세요, 어머니가 지금 얼마나 곤란한 상황에 처해 있는지 감은 오세요? 알긴 하시는 거죠, 네? 어머니가 기소되면 신문에 날 수도 있다는 걸?"

"하!" 밀리는 고함친다. "우라질 감자칩 한 봉지 가지고!"

"우라질 똑같은 상점에서 우라질 매주 그러셨죠! 제가 저번에 말씀드렸잖아요." 케빈은 일어나서 흑표범처럼 작고 팽팽하게 원을 그리며 방 안을 서성인다. 아들이 분노를 가라앉히려는 것인지 아니면 엄마를 점점 미치게 만들려는 것인지, 밀리는 판단이 서지 않는다. "저 사람들은 어머니가 지금까지 슬쩍한 것들의 내역을 몽땅 가지고 있다고요."

"무슨 소릴 하는 거니?"

"도넬리가 한 달 전에 CCTV를 설치했어요." 케빈이 대꾸한다.

밀리는 휘청거리며 자리에서 일어선다.

"제발, 케빈! 제발! 난 감옥에 절대 못 가! 절대. 절대. 절대로." 밀리는 어지러움을 느끼며 비틀대는 탁자를 양 손바닥으로 힘주어 짚는다. 테이블은 힘을 줄 때마다 바보 같은 삐걱삐걱 소리를 낸다. 어쩌면 이번엔 정말로 쓰러질지도 모른다. 쇼가 아니고. 어렸을 때 페퍼민트나 연필을 몇 번 슬쩍했지만, 늘 엄했던 아버지가 가게 주인한테 신고하겠다고 겁주는 바람에 그만뒀었다. 가게 주인에게 끌려가 마운트조이 감옥에 갇힐까 봐 너무 무서웠다. 하지만 요즘은 손가락이 미꾸라지처럼 제멋대로 움직이는 것만 같다. 슬쩍하고 싶은 이 아찔하고 근질거리는 충동.

이제 밀리의 귀에 발소리가 들린다. 한 사람이 아니다. 유리 뒤의 경관들이 밀리를, 이 선의로 가득한, 잘 웃는, 신문실에 끌려와 탁자에 몸을 의지한 채 끝내 자비를 구걸하는 여자를 보고 마음이 움직인 걸까. 갑작스레 희망이 솟구친다. 하지만 발걸음 소리는 문 앞을 지나쳐 이내 멀어진다.

"좀 기다리세요. 진정하시고요." 케빈은 뒤로 물러나서 어머니를 의자에 앉힌 후 자신도 앉는다. "아직은 아무도 감옥에 안 가요. 우리 오버하지 말자고요." 케빈은 어머니에게 한 손을 내밀려다 허공에서 멈춘다. 케빈의 애정은 생기려다 마는 일이 너무 잦은 듯하다. "보세요, 저분들은 확실히 해두고 싶어 해요. 어머니에게 사태의 심각성을 보여주고 싶어 한다고요. 어머니는 기소될 거예요."

"공개적으로?"

"조용히 처리하려고 해보겠지만, 말이 새어나가지 않을 거란 약속은 못 드려요."

밀리는 양손에, 예전엔 외모의 자랑거리 중 하나였지만 이제는 두껍고 지렁이 같은 혈관들이 지도처럼 죽죽 그어진 닭발 같은 두 손에 얼굴을 파묻는다. '우리 피터'가 앙증맞다고, 여자다운 손이라고 했었는데.

아들은 한숨을 쉬고 탁자를 오른 주먹으로 부드럽게 두드린 후 정수리를 앞뒤로 문지른다. 스트레스를 나타내는 가장 명확한 지표다.

"저 사람들은 기꺼이 합의를 해 줄 의향이 있대요… 하지만 조건이 있어요."

"뭐든 좋아."

"잘못한 걸 인정하시고 도넬리한테 사과를 하세요. 그리고 어머니가 이 문제를 극복하려는 의지가 있고 성실하게 노력할 마음이 있다는 걸 보여주세요."

"알았어, 알았어. 할 수 있어."

"이 짓을 그만두셔야 해요. 알아들으셨죠, 엄마? 이 짓을. 그만두셔야. 해요."

밀리는 어마어마한 안도감을 느끼며 손 안에 고개를 떨군다.

"너 없었으면 내가 어쩔 뻔했니?"

"한 가지 더 있어요." 아들이 헛기침을 한다. "우리는 가정방문 도우미가 마르게이트를 방문하게 해야 할 거예요."

"무슨… 미?"

"집에 들러서 봐줄 사람… 도우미요."

"우리 집에?"

"아뇨, 마구간에요… 가 아니라, 당연히 집이죠. 맙소사. 그게 싫으시면 기소당해 법정에 서시고 뒷일은 운에 맡기는 수밖에 없어요. 그리고 저쪽에는 도넬리의 잡동사니들을 가방에 쑤셔넣는 어머니를 찍은 영상이 있으니 너무 큰 행운을 기대하지는 마시고요."

"난 썩 내키지 않는구나, 케빈. 내 집에 모르는 사람을 들이라고?"

"그냥 일주일에 몇 번이 다예요. 20시간."

"20시간이나!"

"3개월 보호관찰 기간이에요. 당장 오늘부터요. 사람이 구해지는 대로 당장… 믹네 누나가 직업소개소 비슷한 걸 하니까 어쩌면 거기서 알아봐 줄 수 있나 물어볼게요. 어머니가 어머니 쪽 조건을 지키시면 기소는 조용히 무마될 거예요."

"협상은 불가능한 거겠지?"

"그게 **바로** 협상이에요, 엄마. 범죄를 저지르셨잖아요. 여기서 어머니는 협상력이 없어요."

"사과하는 건 괜찮아. 그건 응당하니까. 하지만 도우미 건은…"

"기소보다는 낫죠."

밀리는 허리를 굽혀 바닥에 쏟아진 물건들을 주워 들고 탁자 위에 천천히 질서정연하게 늘어놓는다. 하나하나 차례로. 애초에 원하지도 않고 필요도 없었던 우스꽝스러운 물품들의 전시관. 굳이 말하라면 밀리는 자신이 물질숭배의 반대편에 서 있다고 생각한다. 이 지구에 밀리가 쥐똥만큼이라도 관심이 있는 물품은 한 줌에 불과하다. 오래전 피터가 처음 보여준 케빈의 사진, 아기 모린의 장례식 때 쓰인 조그만 기도서, 그리고 피터의 약혼반지. 반지는 양쪽에 다이아몬드가 박힌, 그리고 사실 돈푼깨나 나가는 가보 에메랄드컷 에메랄드다.

"그럼 저 잠깐 나가서 오코너 경사님하고 이야기 좀 하고 와도 되죠?" 케빈이 묻는다.

"알겠다." 밀리는 말한다. "그래, 좋아. 미국 갔다 온 후에 전부 정리하면 돼."

"아뇨, 엄마." 케빈이 시선을 피하며 말한다. "유감이지만 미국행은 미뤄야 할 것 같아요."

5

앞문을 열고 지저분한 신발들과 콘플레이크 그릇(**씨발 좀!**)이 나뒹구는 어수선한 복도로 성큼 들어선 케빈을 반겨주는 유일한 생물은 그레이스의 태비 고양이 두 마리, 베킷과 캣뿐이다. 둘 다 평소 케빈을 썩 좋아하지 않는데, 오늘은 경쟁하듯 야옹거리며 케빈의 바지에 대고 끊임없이 몸을 비비적댄다. 케빈은 한숨을 내쉰다. 나를 필요로 하는 또 다른 존재를 이토록 빨리 또 다시 마주해야 한다니. 에이딘이 고양이에게 먹이 주는 걸 깜빡한 모양이다. 그뿐만 아니라 휴대전화도 깜빡한 모양인지, 케빈은 기적처럼 조용해진 어머니를 마르게이트에 도로 안전히 데려다 놓기 전에 세 번이나 전화를 걸었지만 매번 에이딘의 무례한 녹음 멘트만 들어야 했다. "나야. 뭐 해야 하는지 알지." 삑. 세 번째 걸었을 때 케빈은 이렇게 말했다. "**너도** 뭐 해야 하는지 알지." 휴대전화의 통화 종료 버튼을 거칠게 두들겼지만 아무런 만족감도 느낄 수 없었다. **이젠 심지어 전화를 꽝 하고 끊는 것조차 할 수 없다니.** 지금쯤 위층에서 잔뜩 부루퉁해 있을 딸의 모습을 그려 본다. 보나마나 노트북을 붙들고 인터넷 서핑 중이겠지. 그 재능

없는 얼간이 녀석이 외는 염불로 가냘픈 고막이 찢어지기 직전이겠지.

베킷을 쓰다듬어주려고 허리를 굽히지만 고양이는 케빈의 손을 할퀸다. 케빈은 잽싸게 도망가는 조그만 맹수를 찰싹 때려준 후 외쳐 부른다. “에이딘, 누알라, 키아란!” 집 천장 높이는 최소 4미터고 모든 방이 운동장만 하다. 고가티 집에서 식구들을 부르려면 고함을 쳐야만 한다. 케빈은 자신이 무슨 일이 있어도 피하고 싶었던 것이 현실로 닥쳤음을 문득 깨닫는다. 고성이 난무하는 가정.

점점 조여오는 긴장감 속에서 케빈은 앞으로 몇 시간 동안 자신이 처리해야 하는 모든 업무를 하나하나 따져본다. 엄마가 가장 최근 저지른 절도 소식을 그레이스에게 알릴 것. 단 아내는 두바이에 있으니 아마도 그곳 기준으로 다음 수요일이나 되어야 가능할 터다. 믹에게 전화해서 도우미를 알선해달라고 할 것. 그렇지 않아도 정신없는 이 집구석에서 걷잡을 수 없이 쌓여가는 크리스마스 선물들의 산을 정리할 것. 그리고 아이들의 목구멍에 채소를 억지로라도 좀 욱여넣을 것. 그레이스의 양육 철학은 대체로 느슨한 편이지만 단 한 가지 예외가 있으니, 아이들이 채소를 대량으로 다양하게 섭취하게 하려는 고집이다. 응당하다. 영국에서 나고 자란 그레이스는 항상 혈기왕성한 싱글맘 슬하의 다섯 아이 중 다정하고 열심히 공부하는 맏이였다(아버지는 유부녀지만 남편과 별거 중이던 옆 동네 파산 전문 변호사에게로 튀어버렸다). 그레이스네는 과자 봉지가 당근 역할을 하고, 튀기지 않고 다른 식으로 요리한 고기를 먹는다는 건 생각만 해도 놀라 자빠질(심지어 빵도 튀겨 먹었다) 정크푸드 가족이었다. 수년간 부엌에만 있다가 나중에는 부엌을 나와 저임금 일자리 여러 곳을 동시에 전전하던 엄마의 모습은 그레이스에게 동기를 부여했다. 커리어가 얼마나 중요한지를 사무치게 깨달은 것이다.

사실 그레이스의 어머니는 처음 만난 예비 사위에게 칩과 소시지를 억지로 먹이려 했다. 서리에 있는 그레이스의 단골집에서 맥주를 몇 잔 한 직후였는데, 그레이스의 어머니에게는 늦은 시간이었지만 케빈과 그레이스에게는 그렇지 않았다. 두 사람은 처음 만난 장소인 영국의 대학교를 휴학 중이라 아직 한참 더 밤을 즐길 여유가 있었다. 그레이스는 부엌에 있는 엄마 뒤로 다가가더니 엄마에게 양팔을 두른 채로 **가만히 있었다.** 가족 간 애정 표현이라면 가볍게 스치는 입맞춤이나 등을 두드리는 정도밖에 알지 못했고, 그것조차 민망한 요식행위라고 생각하던 케빈에게 그 모습은 숨 쉬는 것만큼이나 자연스러우면서 못내 아쉬워 보였다. 그레이스의 식구들 전부, 가족 전체가 다들 그런 식이었다. 그레이스는 엄마에게 내 남자친구(그렇게 말한 건 그때가 처음이었다)는 알아서 저 먹을 걸 만들어 먹고도 남으니까 조금도 신경 쓸 것 없다고 말했다. "그런가?" 케빈은 몹시 당황한 표정을 지어 보이며 그렇게 물었다. 장모님은 깔깔 웃었다. 딸과 마찬가지로 웃음이 많은 분이었다. 얼마나 좋은 성품인가. 케빈은 그렇게 생각했더랬다. 애쓰지 않고도 스스로 즐거움을 만들어 낼 수 있다니. 그레이스는 나중에 동생들을 몽땅 침대로 몰아넣은 후 케빈을 라운지로 데려가 문을 닫고 영화(〈버니스의 주말〉)를 틀었다. 비록 첫 장면조차 제대로 보지 못했지만. 그것은 둘 사이의 암호가 되었다. '〈버니스의 주말〉 볼래?'

이제 케빈은 무거운 몸을 끌고 부엌으로 가 마지막 하나 남은 깨끗한 컵에 말백을 한 잔 가득 따른다. 이 플라스틱 공룡 빨대 컵은 어떻게 아직까지도 유통되고 있는 걸까. 멀리서 들려오는 흐릿한 소음이 서서히 케빈의 의식으로 스며든다. 마치 나무판자를 반복적으로 두

들기는 듯한 쿵쿵 소리. 집 뒤쪽으로 다가가자 두드리는 소리는 더한 층 커진다. 누알라가 바깥에 서서 뒷문을 주먹으로 때리고 있다. 케빈은 잠긴 문을 열면서 말한다. "아빠가 말했잖아. 그만 좀 하라…."

"아빠!" 누알라가 아빠 품 안으로 뛰어들며 비명을 지른다. 몸은 얼음장처럼 차갑고 술꾼처럼 새빨개진 코에서 콧물이 줄줄 흐른다. 울먹이는 동시에 말하고 있다. 눈물로 뒤범벅되어 엉망진창인 꼴로 흐느낀다.

"천천히, 우리 아가… 잠깐만." 케빈은 딸의 등을 두드리며 집 안으로 데리고 들어온다. "침착하고." 내가 하루에 도대체 몇 명이나 되는 여자를 달래 줘야 하는 거지? 속으로 드는 생각이다.

하지만 다시 생각해보면 이 아이는 자신의 딸, 누알라다. 고가티 팀에서 가장 명랑하고 자신감 넘치는 누알라가 예전처럼, 한때는 케빈의 아이들 모두가 그랬던 것처럼 케빈에게 매달려 있다. 그래서 케빈은 안아준다. 품에 안긴 누알라가 마치 깃털처럼 한없이 가볍게 느껴진다. 케빈은 자신의 아이들이 어리고 무고한지, 얼마나 작고 세상을 모르는지, 그리고 얼마나 취약한지를 깜빡하곤 한다. 그리고 문득 생각한다. 어떻게 된 망할 개자식이 이런 걸 까먹지? 아이의 샴푸 향에는 신경에 거슬리는 인공 코코넛 냄새가 섞여 있다. 설마 독성이 있는 건 아니겠지. 케빈은 누알라의 머리에 몇 번이고 거듭 입을 맞춘다.

"아, 세상에. 밖에서 죽는 줄 알았어요." 누알라가 경련하듯 공기를 들이마시는 사이사이 끅끅댄다. 케빈은 누알라를 부엌으로 데려가 코코아와 설탕을 꺼내고 우유를 데운다.

"불쌍하기도 하지." 케빈은 말한다. "어쩌다가 문은 잠겨 가지고 못 들어오게 된 거니?"

"에이딘이 그랬어요!"

케빈은 조리대를 손바닥으로 철썩 갈긴다. 아프다.

"그리고 저한테 부지깽이를 들고 덤벼들었어요." 누알라가 말한다. "저를 진짜로 태워 죽이려고 했다고요."

"이런 맙소사! 그건 안 되지…" 케빈은 아이의 어깨를 꼭 쥔다. "키아란은 어디 있니?"

"옆집에요."

케빈은 숨을 내쉰다. "그리고 에이딘은 지금 어디 있고?"

"몰라요." 누알라가 말한다. "알고 싶지도 않아요."

피해자가 된, 하마터면 화상을 입을 뻔한, 그리고 북극의 날씨에 집 밖으로 내쫓긴(!) 딸의 복수를 해주려는 욕구가 가해자를 사냥하려는 욕구와 손을 잡는다. 거기다 이 난장판을 영리하고 속을 알 수 없는, 늘 불행해 보이는 십 대 딸의 탓으로 돌리고픈 강렬한 욕구가 케빈의 엉덩이를 걷어차고 있다. 육상선수 같은 늘씬한 다리로 계단을 한달음에 두세 칸씩 뛰어 올라 아이의 방문을 향해 질주한다. 터무니없이 긴 노크와 들어가도 되느냐는 조심스러운 요청 없이는 고가티 집안의 그 누구도 감히 발을 들일 수 없는 그 방문을 향해.

오늘 밤, 케빈은 곧장 안으로 돌진한다. 방 안의 상태는 딸의 연령대 또는 머릿속, 또는 양쪽 다를 정확히 보여준다. 오직 클린컷을 위한 제단만이 새것 같은 상태일 뿐, 그 바깥은 무질서가 지배한다. 바닥에 나뒹구는 것들은 다음과 같다. 카펫 보풀로 뒤범벅인 스틱형 데오도란트, 뒤집힌 채 내팽개쳐진 수많은 청바지와 양말들, 최근 엄마와 다녀온 쇼핑(최근의 외출이 대부분 그랬듯이 충돌로 마무리되었다)의 기념품인 브라 한 줌이 쏟아져나오는 던스 체인점 쇼핑백 하나. 침대 옆에는 우유 같은 막으로 표면이 팽팽하게 뒤덮인, 차갑게 식은 차가 담긴 머그잔이 놓여 있다. 오늘 아침 먹은 토스트 빵 껍질이 담긴 접시도 눈에 띈다. 은둔 생활이 점차 잦아지면서 에이딘은 방에서 식사를 하기 시작했다.

집 안의 다른 방들을 하나하나 빠짐없이 확인한다. 그리고 한 방을 나와 다른 방에 들어갈 때마다 케빈의 수색은 이전보다 더 광기를 띤다. 급한 마음에 서두르다 그만 제라드의 철제 침대 틀에 두꺼운 발가락을 찧은 케빈은 자제력을 버리고 요란하고 속 시원하게 "빌어먹을!" 하고 내뱉는다. 지하실로 뛰어 내려간다. 에이딘이 이따금씩 숨는 곳이다. 케빈이 그러지 말라고 백 번은 말했는데도, 짐을 두는 좁은 공간의 곰팡이 핀 빈백 의자에 앉아 있곤 한다. 하지만 거기서도 에이딘의 흔적은 찾아볼 수 없다.

케빈은 이제 거친 숨을 몰아쉬며 부엌으로 돌아가 자신의 휴대전화를 난폭하게 집어 든다. 그레이스와 제라드에게 차례로 전화를 걸어 본다. 에이딘은 제 오빠한테라면 가끔 속을 털어놓으니까. 하지만 둘 다 받지를 않는다. 케빈은 제라드가 걱정이다. 눈 감으면 코 베어가는, 가뜩이나 단골로 삼을 만한 펍들이 이토록 넘쳐 나는 세상에서, 아들은 전반적으로 야망이 부족하다. 하지만 제라드는 열여덟 살이고, 케빈은 자비롭게도 더는 그 애의 꽁무니를 쫓아다닐 **필요가** 없다.

아무하고도 연락이 되지 않는다.

케빈은 이제 완전히 기운을 차린 누알라에게 코코아 한 잔을 갖다준다. 와인을 꿀꺽꿀꺽 마시고 부엌을 서성이며 이 거지같은 하루 동안 있었던 일들을 머릿속으로 쭉 펼쳐놓는다. 경찰서에서 어머니를 모셔 와야 했고, 다루기 힘든 딸은 행방이 묘연하고(그래도 완전히 상황을 망쳐버린 건 아니라고, 케빈은 음울하게 생각한다. 적어도 나머지 셋은 안전하게 살아 있으니까), 아내는 평소와 마찬가지로 충고도 지지도 보내줄 수 있는 상황이 아니다. 어떤 연단에서 거들먹대고 있거나 아는 사람들끼리만 모이는 회원제 클럽에서 외국인 고객들에게 환심을 사고 있지 않으면 사막의 천막에서 튀긴 사모사를 먹고 있겠지.

마지막 하나 남은 고양이 사료 캔을 따는데 휴대전화가 울린다.

"거기 무슨 일 있었니?" 어머니다.

"무슨 말씀이세요?"

"에이딘이 여기 왔는데 도무지 입을 꾹 다물고 한마디도 안 하네."

"에이딘이 어머니 댁에 있다고요?"

"여기 오면 나야 좋지. 혹시 와서 텔레비전 좀 봐 줄 수 있니? 우린 기분전환이 좀 필요해. 그 미국인 창녀가 쇼핑을 가는 영화가 뭐였더라? 그거 제목이 뭐니, 에이딘?"

"오늘 밤 거기서 재워주실 수 있어요?"

"애가 그러고 싶어야 말이지."

"다른 방법은 없다고 전해주세요. 걔가 여기서 완전 개판을 쳐놓는 바람에 제가 분위기를 좀 바꿔야 해요."

"〈프리티 우먼〉. 맞아, 그거야. 똑똑하기도 하지."

케빈은 전화를 내려놓고 곧장 책상으로 향한다. 밀번 학교 입학신청서를 찾는다.

6

케빈이 차로 데려다주고 간 후, 밀리는 보통 특별한 일이 있을 때나 마시는 셰리주 병을 꺼냈다(비록 '특별한'이란 분명 이 상황에 적절한 형용사가 아니지만. 예컨대 '무시무시한'이나 '몸서리쳐지는' 같은 형용사가 더 적절할 것이다). 잔을 가지러 부엌으로 가는 도중에 자동응답기의 환히 빛나는 빨간 불이 눈에 들어온다. 유일하게 들어와 있는 무시무시한 메시지를 들으며 밀리는 몸서리를 친다.

"자기가 그때 나더러 가져가도 된다던 그 남는 여행용 베개 혹시 가지고 있어? 번거로우면 그냥 놔두고, 혹시 찾을 수 있으면 가져오면 정말 좋을 것 같아서."

즐거운 제시카. 밀리는 뉴욕 여행 계획의 주동자였던 제시카 생각을 까맣게 잊고 있었다. 반년 전 부엌 벽의 브라이언 프리얼의 침울한 초상화 밑에 걸린 〈아일랜드의 유명 작가들〉 달력의 12월 20일 칸에 붉은색 볼펜으로 의기양양하게 "빅 애플"이라고 적어놓은 제시카를. 시내 여행사 직원과 마주앉아 버스 관광 안내 책자들과, 브로드웨이 목록들을 놓고 고심한 그 몇 달이 이런 식으로 조롱거리가 되다니. 어리숙한 두 할매가 커피와 크리비지 게임을 앞에 놓고 처음에는 그저 허황된 꿈으로만 이야기하던 것을 용감하게 현실로 만들었는데. 기껏 애써 실현시킨 것을 사실상 다시금 무(無)로 돌리다니! 그 생각은 이미 축 처진 밀리의 사기를 완전히 절망 속에 처박아버리기 충분했다.

밀리가 저지른 환장의 좀도둑질 쇼, 굴욕적인 체포와 신문실에서 겪은 끔찍한 상황을 자세히 이야기해주면 제시카가 얼마나 재미있어 할지 상상해보라! 경찰차 뒷좌석에 앉아서 몸을 낮게 웅크리려고 애쓰는 것만으로도 충분히 힘들었다. **그나마 페도라를 쓰고 있었으니 예수님 감사합니다.** 밀리에 대한 제시카의 평가는 되돌릴 수 없이 곤두박질칠 것이다. 제시카 월시는 해롤즈 크로스에 있는 성모 마리아 병원 환자들에게 정기적으로 꽃다발을 선물하고 밀리에게 집에서 만든 하찮은 공예품들(뜨개질로 "M.G."라고 새긴 벨벳 파우치, 샌디마운트 스트랜드에서 주운 조개껍데기들로 장식해 만든 사진액자들)을 주는 사람이다. 포장도로에서 누군가가 반 페니 동전을 떨어뜨리는 걸 보면 두꺼운 허리둘레와 천식 따윈 아랑곳없이 그걸 주워 들고 그 사람을 뒤쫓아 달려가는 게 바로 제시카다. 그게 제시카라는 사람이다. 따라서 밀리에게는 다른 선택지가 없다. 거짓말하는 수밖에. 밀리는 씨도 안 먹힐 헛소리를 지어내기 시작한다. 뭐시기 의사 선생님이 그러시는데 무슨무슨 증상이 있어서 방금 처방받은 어쩌구 약 때문에 비행기를 타는 게 아무래도 안전하지 않을 것 같아서 안정될 때까지는 여행을 미루는 게 좋겠다네. 한 3월쯤까지, 그때면 보호관찰 기간이 끝나니까.

그때 벨소리가 울리고, 문간으로 간 밀리는 손녀딸이 서 있는 걸 보고 깜짝 놀라고 만다. 케빈의 네 아이 중 가장 속을 알 수 없는 이 아이가 이렇게 불쑥 찾아온 적은 그동안 한 번도 없었기 때문이다.

아이는 재킷도 없이 추위에 이를 딱딱 마주치고 있다. 꿔다 놓은 보릿자루인 양 한마디도 입을 열지 않는다. 에이딘의 고수머리는 제 오빠와 남동생처럼 갈색이지만, 조명에 따라서는 캐러멜색을 띤다. 잘 웃지 않지만 웃을 때는 퍽 매력적이다. 무릎이 아주 살짝 앞으로 튀어나온 편이라 발이 어찌 보면 넓고 투박한 물갈퀴처럼 보일 때도 있다. 하지만 물론 이것 역시 큰 단점은 아니다. 밀리가 보기에 에이딘은 십대다운 자의식이 너무 터무니없이 민감한 게 문제다. 낯가림이 너무 심해서인지 어쩌면 그냥 내키지 않아서인지, 상대와 오랫동안 친근하게 눈을 맞추는 법이 없다.

딱한 새끼오리.

첫 한 시간이 지날 때까지, 아이는 채 두 마디도 내뱉지 않는다.

두 시간이 지났을 무렵, 밀리는 마치 방금 생각났다는 듯 자고 가라고 권한다.

밀리가 사랑해 마지않는 아일랜드해를 면한 창가 의자에 잔뜩 긴장한 채 도사리고 앉아 있던 에이딘은 그 제안에 고개를 끄덕인다. 아니, 어쩌면 그냥 무의식적으로 고개를 움찔한 것일까.

"배고프니?"

다시금 움찔.

밀리가 꺼져가는 불에 조개탄을 좀 더 넣는 사치를 과연 저질러도 될지 고민하는데 에이딘이 자리에서 일어난다. "옛날 아빠 방에서 잘까요?"

"아, 아직 시간이 이른데. 토스트 정말 안 먹을래?"

에이딘은 대식가는 아니다. 굳이 말하자면 애가 좀 비리비리한 편이랄까. 어쩌면 발육부진이라고 하는 게 정확할지도. 태어났을 때 쌍둥이 언니보다 500그램쯤 덜 나갔던 에이딘은 영 시원찮은 폐와 풀로 붙인 듯 꺼벙한 눈을 가지고 분홍색 작은 주먹을 양 귀 옆에 꽉 쥔 채 그레이스의 몸에서 끄집어내졌다. 밀리는 에이딘이 아직도 그 주먹을 펴지 않은 게 아닌가 하는 생각을 몇 번인가 한 적이 있었다.

"무슨 일이 있었는지 말해보려무나." 밀리가 말한다. "덮어놓고 뭐라 하지 않을게. 얼른, 아가. 기분이 나아질 거야."

서러움에 무너지기 직전이지만 억지로 참으며 태연함을 유지하려 애쓰는 에이딘의 얼굴은 약간 전쟁터가 된다. 코를 훌쩍이고 눈을 깜빡인다. 떨리는 입가 근육이 아래로 처지려는 입매에 맞서 용감하게 씨름한다.

"저 여기 들어와 살아도 돼요?"

밀리는 그 말에 처음 드는 충동을 거부한다. 와 하고 함성을 지르며 공중으로 펄쩍 뛰어 오르고 싶은 충동을. 네 방은 여기야, 하고 말하고 싶다. 타월은 저기 있고, 담요는 찾으면 나올 거야! 그리고 뭐, 그러니까 비누나 치약 또는 우유 같은 건 좀 공급 부족일 수도 있지만, 어떻게든 변통하면 돼. **난 도우미가 필요 없어.** 밀리는 생각한다.

오히려 내가 도우미가 되는 거야.

하지만 그 단순한 제의가 아무리 감동적이고 유혹적일지라도, 밀리는 그게 미친 생각임을 안다. 케빈은 밀리를 기껏해야 정신이 살짝 나간 금치산자 정도로 여긴다. 에이딘을 마르게이트로 들어와 살게 하느니 차라리 신새벽 셰리프 스트리트 아래쪽의 불 꺼진, 낙서 가득한 모퉁이에 갖다 버리고 말 것이다.

"무슨 일 있었니? 언니랑 싸웠니?"

"걔가 너무 싫어요."

"아 그건 말이지…."

"할머니는 걔가 어떤지 모르세요. 걔는 못돼 처먹은 년이에요."

"에이딘."

"덮어놓고 뭐라 하지 않으신다면서요." 에이딘은 이글이글 타는 눈으로 방 건너편의 밀리를 노려본다. "밀번 일은 알고 계세요?"

"뭐라고?"

"기숙학교요."

에이딘은 의자에 다시 몸을 축 늘어뜨린다. 이젠 그냥 대놓고 울고 있다. 자제력을 잃었다. 밀리는 로툰다의 산부인과에서 사랑스러운 손녀딸들을 처음 보았던 때를 아주 선명히 떠올릴 수 있다. 피터가 자주 놀렸듯 늘 어미닭 같은 기질이 있는 밀리는 아기 침대 위로 손을 뻗어 조그만 에이딘을 들어 올렸다. 순면으로 된 구속복을 입은, 소름 끼치도록 가벼운 그 몸을. 마치 포대기에 싸인 공기를 든 듯한 그 느낌은 경이로웠다.

밀리는 아기의 반투명한 살갗에 입을 맞추고 살살 흔들며 음침하고 어두운 병원 복도를 서성거렸다. 물론 끊임없이 말을 걸었다. 지나가는 환자 한 사람 한 사람과 커다란 가슴을 가진 통통한 간호사의 모습을 설명해 주었다. 밀리와 눈이 마주친 간호사들은 뭔가 깔보는 듯, 못마땅한 듯한 눈길을 보냈고, 밀리는 어린아이가 된 듯한 현기증이 일었다. 하지만 어지러우면 안 될 게 뭐람? 여기에 삶에서 얻는 게 거의 불가능한 선물이 있는데. 한 인간, 내 아들의 딸과 함께 새롭게 시작할 기회. 모든 걸 망쳐버리기 전에.

"밀번 학교가 왜?" 밀리가 묻는다."절 거기로 치워버리려고 해요!" 에이딘이 외친다. "절 치워버릴 생각이라고요."

"뭐라고?"

에이딘이 얼굴을 문지르며 묻는다. "그 일에 관해 아셨어요?"

"내가?" 밀리는 멈칫한다. "잘도 알겠다. 너희 아빠는 나한테 아무 말도 안 해. 이 일이 언제 일어났는데?"

"저도 몰라요. 심지어 저한테 알려줄 생각도 없나 봐요. 그냥 음, 제가 서류를 발견했어요."

"하지만 왜?"

"그야 절 미워하니까요."

"말도 안 돼. 아무도 널 미워하지 않아. 아마도 네가 내년부터 고교 졸업 자격시험을 준비해야 하기 때문일 거야. 본격적으로 학업에 집중하라는 거겠지."

"말도 안 돼요."

"뭐 하나만 물어보자, 에이딘. 그 서류를 어디서 찾았니?"

"아빠 책상에서요."

"거기 혹시 무슨 요양원 서류 같은 건 안 보이던?"

에이딘은 아무런 대꾸도 하지 않는다.

"휠체어에 앉은 노망 든 노인네들 사진은? 보행기를 밀고 있는 할머니나 뭐 그런 거?"

"그 말 맘에 드네요. '노망 든'."

밀리는 한숨을 쉰다.

"내 생각엔 네 아빠가 나도 치워버리고 싶은 것 같다. 어쩌면 우리는 같은 배에 탔을지도 모르지."

"그건 아닌 것 같은데요, 할머니."

"네가 모르는 게 많단다." 밀리는 음울하게 내뱉은 후 다시 입을 연다. "나한테 맡기렴. 우리 같이 어딘가로 도망가는 거야. 우리 둘이 같이. 항구에 있는 그런 커다란 배를 몰래 올라타는 거지. 행선지 같은 건 전혀 모르고. 그리고 2주 후에 어두운 벽장에서 기어 나와서 햇빛에 눈을 깜빡이는데, 알고 보니 아프리카에 와 있는 거지. 우린 사파리 여행을 가는 거야."

"제가 보기엔 지금 어떤 분이 노망 든 것 같은데요." 에이딘은 그렇게 말하고는 오늘 저녁 처음으로, 아주아주 미약한 웃음을 내보인다. 밀리는 생각한다. **어여쁜 새끼오리**.

7

케빈은 고심 끝에 '도빈스'를 오늘 밤 까다로운 저녁식사 자리에 가장 어울리는 곳으로 선택한다. 케빈과 그레이스(마침내 집에 온!)는 밀리의 새로운 도우미에 관해 구체적으로 논의하고 싶다. 이미 예상했던 바지만 밀리는 체포 이후로 그 논의에 참여하기를 확고부동하게 거부해왔다. 엄마가 도우미를 집으로 반갑게 맞아들일 마음의 준비를 했는지 어떤지 케빈은 알 수 없다. 사실, 마이애미의 자유분방한 숙녀들을 불건전할 정도로 연속 시청하는 것을 제외하면(케빈이 결국 리모컨 배터리를 갈아주었다), 길 맞은편에 사는 피츠제럴드에게 몇 년 전 자기가 억지로 떠안긴 궤짝을 도로 내놓으라고 들볶는 게 현재 엄마의 최대 관심사인 것 같다.

유리병에 든 아주 작은 흰색 봉헌초들이 주요 조명인 도빈스는 격식 있고 고요하고 진중한 분위기다. 케빈이 이곳을 고른 이유에는 식당에서 틈만 나면 자기 가족을 내팽개치고 더 흥미를 느낀 딴 테이블의 모르는 사람들에게 초대도 없이 슬금슬금 다가가기로 악명 높은 엄마가 이곳 분위기에 위축당해 가만 앉아 있어 주기를 바라는 마음도 있었다.

일행은 자리를 잡고 주문을 마친다. 케빈은 엄마가 금세 술기운이 돌면서 매복기습할 표적들을 눈으로 스토킹하는 걸 눈치챈다. 살짝 굽은 허리와 듬성듬성한 콧수염 때문에 다소 바보같아 보이는 외양에 어울리지 않게 거만한 태도를 가진 중년의 담당 웨이터가 일행의 바로 옆 식탁에 마가리타 잔에 든 새우 칵테일을 배달한다. 거기엔 눈이 번쩍 뜨일 정도로 서로 안 어울리는 커플이 앉아 있다. 여자는 올리브색 피부와 부스스하고 야시시한 머리를 한 눈부신 미인인 반면, 동행인 남자는 커도 너무 큰 덩치에 생강색 머리카락을 가진 유쾌한 표정의 고릴라다.

"이야, 저거 맛있어 보인다." 엄마는 짐짓 자기 가족을 향해 말하는 척하지만, 케빈은 그렇게 순진하지 않다. "맛있는 새우 칵테일이라면 내가 또 좋아하지. 안 그러니, 케브?" 엄마는 커플을 응시하며 목소리를 높인다. "물론 새우를 제대로 먹으려면 발리보(아일랜드 북동쪽 더블린시의 도심 지역-옮긴이)에 가야지. 그게 제1 조건이야."

케빈은 나지막이 말한다. "1절까지만 하시죠."

"제2 조건은 당연히 칵테일 소스지. 필요한 건 서양고추냉이인데…" 엄마는 학교 때 배운 프랑스어를 쓸 때면 늘 그렇듯 겸연쩍은 미소를 지으며 말을 잇는다. "딱 수프송(아주 조금이라는 뜻의 프랑스어-옮긴이)만큼만." 그 후, 커플 중 여자에게 곧장 말을 건다. "혹시 물어봐도 괜찮다면, 인도계유 아니면 파키스탄계유?"

"엄마, 어디서 술 드시고 오셨어요?" 케빈이 커플에게 눈을 찡긋하며 말한다. "우리 저 두 분을 가만 놔두죠, 네?"

"저희는 괜찮습니다." 남자가 말한다.

"전 트리니다드 출신이에요." 여자가 말한다.

남자는 엄마에게 상냥한 미소를 지어 보인다. "부인도 새우를 시키셨어요?"

"누구, 나?" 엄마가 되묻는다. "말도 안 되지… 새우가 너무 많아!" 그리고 케빈에게 묻는다. "내가 뭘 주문했더라?"

이건 거의 반복훈련이다. 엄마는 늘 자신이 뭘 주문했는지 까먹은 척하고, 그 후 요리가 도착하면 엄청나게 충격받은 척한다. 마치 더블린 베이 홍합이나 로켓 샐러드 요리를 자신이 주문한 건 고사하고 살면서 본 적도 없다는 듯.

"훈제 연어… 였니?" 엄마가 묻는다.

"전혀 모르겠는데요." 케빈이 말한다.

"아니면 수프나." 엄마가 말한다. "뭐든, 그냥 양이 적었으면 좋겠어. 미국에서는 어떠냐면… 아 거기서는 얼마나 큰 접시가 나오는지, 못 믿을 거유! 그게 미국의 문제지, 접시들!" 엄마가 깔깔 웃는다.

"엄마, 두 분을 그냥…"

"하지만 그 사람들은! 그렇게 유쾌한 사람들은 어딜 가도 못 본다우. 아유, 난 미국인이 정말 좋아. 그야 집채만큼 뚱뚱하지만, 귀엽고 마음씨가 선량하지. 거기 가 보셨수?"

엄마는 잔 바닥에 남은 포도주 찌꺼기를 들이켠 후 여자에게 미처 대답할 틈도 주지 않고 말을 잇는다. "내가 이런 말 해도 괜찮으려나? 난 다인종 커플에 대해 관심이 아주 많다우. 그쪽 피부는 물라토(백인과 흑인의 혼혈을 말한다-옮긴이)에 더 가까우니까, 물라토라는 말 써도 괜찮지? 사실…" 엄마는 음모라도 꾸미듯 몸을 기울여 속삭인다. "혹시 그쪽이 궁금해할지 몰라서, 난 백인보다 유색인종이 더 좋더라고." 엄마가 환히 웃는다. "항상 그랬어."

평소 같으면 아무리 민망한 상황에서도 어떻게든 농담을 짜낼 수 있는, 늙은 바보 엄마의 다양한 굴욕적인 사회적 실수들을 무마할 수 있는 자신의 능력에 자부심을 느끼는 케빈조차 이 말에는 멍해지고 만다.

한 박자 후, 빨강머리가 대답한다. "그럼 저랑 똑같으시네요." 남자는 그예 웃음을 터뜨리고, 다들 함께 킥킥대기 시작한다.

하지만 이 분위기는 얼마 가지 못할 것이다.

전채요리(빌어먹을 수프였고, 엄마는 확실히 알고 있었다)를 입에 밀어넣는 어머니를 응시하던 케빈은 마음의 각오를 다지고 마침내 입을 연다. "우린 엄마를 도와주실 분을 찾았어요. 아니, 우리가 아니라 믹의 누나가 찾았죠. 실비아 페닝이라는 여자분이에요. 전 아직 못 만나봤지만 꽤 좋은 분이라나 봐요. 깔끔하게 정리 정돈하는 걸 좋아하고 요리도 좀 하신대요. 실은 미국인이에요."

"미국인이라고?"

"네, 플로리다 어딘가에서 왔대요."

"아, 미국인은 안 돼."

"방금 미국인들을 그렇게나 사랑한다고 말씀하셨잖아요."

"흠, 미국에서는 그렇지."

"그런데 여기 아일랜드에서는 아니라고요?" 케빈은 비어져 나오는 웃음을 도저히 억누를 재간이 없다.

"내 나라에서?" 밀리는 생각만 해도 어처구니없는 소리라는 듯 도리질을 친다.

케빈은 아내와 미묘하기 그지없는 표정을 교환한다. 그레이스 말고 이걸 이해하는 사람은 아무도 없다. 나머지 세상 사람들은 오로지 밀리의 변덕스러운 매력만을 본다. 반짝 힘을 얻은 케빈은 다시 어머니에게 말한다. "가장 좋은 점은 그분이 바로 일을 시작해주실 수 있다는 거예요… 엄마도 잘 아시잖아요. 크리스마스 직전에 사람을 구한다는 게 얼마나… 우린 무척 운이 좋았어요."

"그러니?"

"전 좋은 생각인 것 같아요." 케빈은 말한다. 엄마 혼자 휑뎅그렁한 마르게이트에서 지내려면 외로울 게 분명하다. 동반자 비슷한 존재가 있으면 딱 좋을 것이다. 그리고 감시해줄 사람이 한 명 더 는다고 해로울 것도 전혀 없고. 어차피 엄마가 가스 불에 손을 데고서는 감염의 위험 따윈 아무래도 상관없다는 듯 아무한테도 말을 안 하거나 계단에서 넘어져 멍이 들거나, 해 다 넘어간 시간에 잠옷 바람으로 정원사의 아들한테 다가가 같이 브랜디 한 잔 하면서 비스킷이나 먹자고 할 때마다 케빈이 달려오는 데도 한계가 있다.

케빈은 다시 말한다. "한번 고려해 봐도 좋을 것 같아요. 단순히 지금 상황만 이야기하는 게 아니라 더 나아가서 이런저런 상황이랑 이런저런 건강상 문제를 감안하면…"

"건강상 문제?" 밀리가 말을 자른다. "난 아주 멀쩡해." 혹시 자신을 편을 들어주지 않을까 싶어 커플을 건너다보지만, 청중을 잃은 밀리는 다시 가족을 돌아보며 뻣뻣하게 굳은 자신의 어깨를 두드린다. "겨우 이것 하나 가지고 내가 못쓰게 되진 않아."

"그야 당연하죠." 그레이스가 맞장구친다. 시크하게 층진 검은 단발에 부드러운 회색 카울넥 드레스 차림의 아내는 오늘 밤 조금 특별하게 사랑스러워 보인다. "어깨는 좀 어떠세요, 어머님? 요즘도 스트레칭하고 계세요?"

케빈은 늘 그렇듯 자신이라면 뚜껑이 벌컥 열릴 개소리를 태연하게 넘기는 아내의 능력에 경이로움을 느낀다. 아내는 노련한 무장해제 전문가다. 일촉즉발의 상황을 순식간에 통제하고 케빈을 포함해

이야기의 힘! 반전의 제왕!
나카야마 시치리

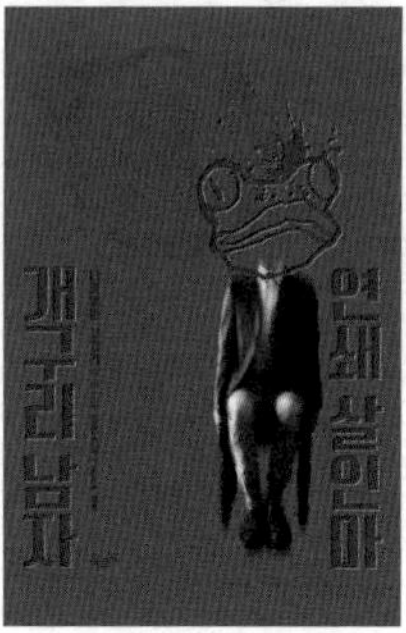

연쇄 살인마 개구리 남자

반전이 휘몰아치는 전율의 사이코 미스터리
마지막 한 줄을 읽는 순간, 반드시 놀라게 될 것이다!

맨션 13층 쇠갈고리에 매달린 채 발견된 여성의 시체. 그 옆에는 마치 아이가 쓴 듯한 쪽지가 남겨져 있었다. 전대미문의 엽기적 범행에 경찰이 허둥거리는 사이, 이번에는 차 트렁크에서 으깨진 남자 시체가 발견된다. 불안에 떠는 언론과 대중은 개구리 잡듯 사람을 죽이는 범인에게 '개구리 남자'라는 이름을 붙이는데…….

나카야마 시치리 장편소설 | 김윤수 옮김 | 352쪽 | 13,800원

연쇄 살인마 개구리 남자의 귀환

다시 시작된 악몽 끝에 마주할 진실에
당신은 충격과 공포의 밤을 지새우게 될 것이다!

폭파된 집 안에서 산산조각 난 시체와 함께 발견된 어린아이가 쓴 듯한 치졸한 범행성명서. 이후 황산 탱크 안에서 머리를 제외한 온몸이 용해된 시체가 발견되고……. 개구리 남자의 재등장으로 불안에 휩싸여가는 도시와 절대 벌할 수 없는 연쇄 살인마의 흔적을 쫓는 경찰. 완벽한 모방범인가, 아니면 개구리 남자의 귀환인가. 더욱 강렬해진 '개구리 남자'가 선보이는 전율의 사이코 미스터리!

나카야마 시치리 장편소설 | 김윤수 옮김 | 336쪽 | 13,800원

살인범 대 살인귀

나를 늘 앞질러 살인하는 살인귀가 있다……
주인공 살인범과 정체불명 살인귀의 대결!

사회가 필요로 하지 않는 우리는 외딴섬으로 추방되었다. 그리고 내가 원하는 것은 위로가 아니라, 빈틈이다! 폭풍이 몰아치는 외딴섬에 갇힌 서른아홉 명의 아이들. 어른이 한 명도 없던 그 밤, 그리고 그 이튿날 일어난 일들. 이 섬에 무서운 살인귀가 있다. 일본 미스터리 문단을 충격에 빠뜨린 젊은 작가의, 전율의 클로즈드 서클! "이런 연쇄살인, 이런 반전은 본 적이 없다!"

하야사카 야부사카 장편소설 | 현정수 옮김 | 275쪽 | 13,800원

당신의 심장을 겨냥한 가장 완벽한 스릴러
마이클 로보텀

완벽한 삶을 훔친 여자

"진정 원하는 삶을 이루기 위해
인간은 어떤 일까지 저지를 수 있을까?"

내게 남은 시간은 2주도 안 된다. 그래서 나는 생각을 잉태하고 있다. 꿈에게 젖을 먹이고 있다. 훔칠 수 있는 것들은 많다. 그리고 나는 내가 마땅히 가져야 할 것을 가질 것이다. 내가 원래 살았어야 할 삶을 살 것이다. 남편 하나, 아이 하나와 함께. 모든 사람에겐 저마다 완벽한 삶에 대한 이상향이 있다. 슈퍼마켓 파트타임 점원으로 일하는 애거사에게 완벽한 삶은 바로 메건 쇼니시의 삶이었다.

마이클 로보텀 장편소설 | 김지선 옮김 | 576쪽 | 15,800원

나를 쳐다보지 마

"두 눈을 감고 심장이 뛰는 걸 느껴봐.
너에게 가고 있어, 곧 나를 보게 될 거야……"

한 집 안에서 두 모녀가 살해됐다. 어머니는 서른여섯 차례 난도질당했고, 딸은 잠자는 숲속의 공주처럼 침대에 고이 누워 죽은 채로 발견됐다. 큰 온도 차를 보이는 모녀의 살인사건 외에도 이마에 상징이 새겨진 피해자들이 줄줄이 발견되고, 수사 도중 조의 딸들과 아내까지 위험에 처하게 되는데…….

마이클 로보텀 장편소설 | 김지선 옮김 | 536쪽 | 14,800원

이름 없는 여자들

"내가 너를 자유롭게 해줄게.
이제 다시는 힘든 일을 할 필요가 없도록……."

피오르 해안에 자리한 평화로운 소도시 크리스티안순. 그곳 광고대행사에서 한 여성의 시신이 발견된다. 하지만 범인의 흔적이 전무한 데다, 살해된 여성의 국적이나 진짜 이름도 모조리 오리무중인 상황. 때마침 그 회사에서 일하는 단 소메르달은 단짝 친구 토르프의 수사를 어깨너머로 들여다보며 직장에선 죽어버린 호기심과 직관력을 되살리는데……. 평생 절친이자 라이벌이었던 두 사람의 7일간의 공동 수사!

아나 그루에 장편소설 | 송경은 옮김 | 420쪽 | 14,800원

전 세계 1억 3천만 부 판매 신화 데이비드 발다치

모든 것을 기억하는 남자

사랑하는 아내와 딸이 살해당한 순간,
모든 것을 기억하는 그의 능력은 저주가 됐다

좁은 여관방에서 하루하루 죽지 못해 사는 에이머스 데커. 한때는 그에게도 집과 직업과 사랑하는 가족이 있었다. 어느 날, 가족이 처참하게 살해되기 전까지는.
그로부터 이 년 뒤, 한 남자가 경찰서에 찾아와 데커가 자신을 무시했기 때문에 그의 가족을 죽였다고 자백한다. 그러나 데커는 그가 진범일 리 없다고 생각한다. 그 사람은 데커의 기억에 없고, 데커는 과잉기억증후군, 즉 모든 것을 기억하는 사람이기 때문이다.

데이비드 발다치 장편소설 | 황소연 옮김 | 488쪽 | 13,800원

폴른 : 저주받은 자들의 도시

다시 한 번 치명적인 변화를 맞게 된
'모든 것을 기억하는 남자'의 숨가쁜 대활약!

한때 번성했으나 지금은 폭력과 마약만이 들끓는 소도시 배런빌. 이곳에서 뭔가 불길한 일이 벌어지고 있다. 지난 2주간 네 차례의 살인사건이 일어났고, 경찰은 갈피조차 못 잡는 상태다. 때마침 FBI 동료와 함께 이곳에 들른 '모든 것을 기억하는 남자' 에이머스 데커는 몇 시간도 안 돼 잔혹한 이중 살인사건과 맞닥뜨린다. 곧이어 또 다른 죽음이 가까운 사람에게 닥치고, 데커의 위기감도 극에 달하는데…….

데이비드 발다치 장편소설 | 김지선 옮김 | 576쪽 | 14,800원

열세 번째 배심원

"사기꾼 출신 변호사와 천재 연쇄살인마의
불꽃 튀는 진검승부!"

살인은 어렵지 않다. 게임의 시작에 불과하니까. 이번 재판은 세기의 법정 다툼이 될 것이고, 나는 법정 내 최고의 자리에 앉을 것이다. 하지만 누군가 내 뒤를 쫓고 있다. 피고석에 앉은 자가 범인이 아니라고 확신하는 사람이. 시간은 흐르고 있고, 나는 사건 해결을 막을 확실한 방법을 알고 있다. 마이클 코넬리, 리 차일드 등 전 세계 스릴러 거장들이 먼저 읽고 추천한 화제의 스릴러!

스티브 캐버나 장편소설 | 서효령 옮김 | 512쪽 | 14,800원

모든 사람들의 말을 귀담아 들어줌으로써 격렬해진 감정을 누그러뜨리는 그 능력은 마치 마법같다. 요구가 많은 고객이든, 말이 안 통하는 어린아이든 상대를 가리지 않는다.

하지만 따지고 보면 밀리는 **그레이스의** 엄마가 아니다. 원래 가족은 더 다루기 힘든 법이다.

그레이스가 말을 잇는다. "저는 그냥 어머니 댁에 손 갈 데가 많은 게 걱정이에요. 아무리 어머니처럼 에너지가 넘치는 분이라도요. 그 일을 계속하는 건 그 누구한테라도 무리일 거예요."

"난 그냥 아주 잘 계속하고 있단다." 엄마가 받아친다.

케빈은 무겁게 숨을 내쉰다. "우린 전반적인 이야기를 하는 거예요. 그냥 한번 생각이나 해보시라고요. 그러니까 실비아가 거기 없을 때 엄마한테 무슨 일이라도 생기면 어떡해요. 지난 겨울에 넘어진 거 기억하세요?"

"그건 6월이었어!"

"6월 **아니었거든요**. 빙판길이었잖아요."

"난 햇빛 가리개를 쓰고 있었다고."

"그건 빙판에서도 쓸 수 있고요."

"버터 좀 건네줄래, 아가?" 엄마가 말한다.

그레이스는 손을 뻗어 케빈의 팔을 꼭 쥐지만 케빈은 그 메시지가 '진정해, 등신아'라는 뜻인지 계속하라는 뜻인지 알 수 없다. "그리고 그뿐만이 아니라…" 케빈은 말을 잇는다. "운전도 문제죠. 작년 한 해에만 적어도 두 건이나 사고를 내셨어요. 제가 아는 것만도요."

"그렇게 말하면 너도 바로 얼마 전에 사고를 냈었잖니. 내 말 맞지?"

"우린 제 이야기를 하고 있는 게 **아니잖아요.**"

"흠, 왜 안 되는데? 왜 네 이야기를 하면 안 되니?"

이제 필사적으로 눈길을 피하고 있는 옆 테이블의 커플을 제외한 다른 손님들이 이쪽을 건너다보기 시작한다. 한두 명은 대놓고 이쪽으로 시선을 고정하고 있다. 흥미로운 집안싸움 구경에 군침을 흘리는 사냥개들. 케빈은 눈부시게 환한 웃음을 지으며 건너편을 향해 고개를 한 번 끄덕여 술을 한 병 더 주문한다.

고가티 가족은 평소답지 않게 조심스러운 긴장 완화 분위기 속에서 메인코스를 간신히 끝낸다. 케빈은 음식을 씹고 있지만 아무 맛도 느낄 수 없다. 얼른 계산서를 달라는 신호를 보내고 싶어 안달이 난다. 하지만 웨이터는 못 본 척, 작은 초콜릿 얼룩을 조심스럽게 문대고 시럽을 점묘화법으로 떨어뜨린, 휘황찬란한 디저트들이 든 유리 카트를 밀며 다가온다. 각 접시를 향해 손짓을 하며 일일이 이름을 알려주고 호들갑스러운 설명을 덧붙인다. 생강과 크렘 프레슈를 곁들인 파인애플, 헤이즐넛 수플레, 몽블랑 크로캉.

"무슨 펜 이름 같구먼." 밀리가 끼어든다. "아니면 구운 치즈나." 밀리는 킥킥거린다. "아니면 구운 치즈 펜인가."

"그리고 이건…" 웨이터는 밀리의 지방 방송에 인상을 찌푸리며 말을 잇는다. "전통적인 플럼 푸딩에…"

엄마의 손이 잽싸게 날아가 접시를 낚아챈다.

"그래, 이거야."

"아, 마담, 이건 그냥 전시용입니다. 저희 페이스트리 셰프가 기꺼이 새로 만들어 드릴 겁니다." 웨이터는 접시를 잡지만 엄마는 놓아주지 않는다. 두 사람이 푸딩을 놓고 줄다리기를 벌이는 그 순간은 마치 코미디의 한 장면 같다. 케빈은 뱃속에서 신경질적인 웃음이 치받는 걸 억누르기 힘들다.

"아니에요, 어머니." 그레이스가 상냥하게 말한다. "그건 옻칠이 되어 있어요. 못 드시는 거예요." 그레이스는 시어머니의 손을 접시에서 떼어내려 노력하지만 밀리는 손에 힘을 풀지 않는다.

"아, 그냥 드시라고 해." 이 저녁식사가 완벽한 실패로 돌아갔음을 깨달으며, 케빈이 낮은 목소리로 말한다. 엄마는 요양원은 결코, 꿈에도 생각조차 해보지 않을 것이다. 절대 자신의 자동차 열쇠를 포기하지 않을 것이다. 그냥 죽을 때까지 계속해서 아들을 돌아버리게 만들 것이다. "운이 좋으면 독이 들어 있겠지."

8

크리스마스 새벽, 밀리는 부엌 서랍들을 뒤지면서 케빈의 집에 가져갈 재활용 선물을 장만하려 애쓰고 있다. 케빈과 그레이스의 선물로는 각각 시드니 관광명소가 그려진 잔받침 세트를 찾아냈다. 에이딘은 어쩌면 김 한 봉(밀리가 듣기로는 스시를 만드는 데 쓴다는)이면 좋아할 것도 같고. 막내인 키아란에게는 세트로 된 장갑과 모자를 주면 되겠지. 장갑 엄지에 소스가 좀 묻어 있긴 하지만, 비누칠을 살짝 하면 뭐든 지울 수 있으니까. 누알라에게는 매니큐어를 줄 거고(미용사가 늘 억지로 떠넘기는 것들), 방학을 맞아 집에 온 제라드에게는 중국 요리책을 주면 된다. 하지만 다시 생각해보니, 그 애의 단칸셋방에 주방이 있었던가?

밀리는 거리와 텔레비전, 시계를 몇 번이고 번갈아 건너다보며 남은 오전 시간을 보낸다. 즐거운 제시카, JJ가 교회에 갈 시간이 되기를 기다리는 중이다. 그때를 틈타 전화해서 자동응답기에 "해피 크리스마스!"라고 메시지를 남길 것이다. 체포된 다음날, 밀리는 JJ에게 전화를 걸어 자신의 지어낸 병력을 전했다. 제시카는 잠자코 듣더니 애써 명랑한 척하며 "아무렴, 우린 꼭 갈 수 있을 거야, 밀리" 하고 말한 뒤 전화를 끊었다. 그 후 밀리는 여행사에 전화를 해서 여행을 미뤘는데, 그러기 위해 어마어마한 금전적 손해를 봐야 했다. 이제 손에서 떠나고 나니 여행은 심지어 더욱 큰 중요성을 띠게 됐다. 밀리는 종종 제시카와 함께 타임스 광장에서 관광버스를 내려 붐비는 거리를 쏘다니는 자신의 모습을 상상한다. 어쩌면 네온사인이 번쩍이는 브로드웨이의 어느 길모퉁이에서 모자를 땅에 내려놓고 아일랜드 가곡을 구성지게 한 곡조 뽑을지도 모른다. 〈대니 보이〉 아니면 〈아덴라이의 들판〉 같은. 양키들은 그런 거라면 아주 환장하니까. 어쩌면 저녁식사로는 거대한 냉장고에 들어 있는 케첩 바른 핫도그를 사서 즐길지도. 새로운 자신을 찾아서, 다시는 고향으로 돌아오지 않을 것이다.

1시 30분, 낮의 온기 따윈 조금도 느낄 수 없는 싸늘하고 적막한 집을 더는 견디지 못한 밀리는 차를 몰고 몇 분 거리의 아들 집으로 가 문을 두드린다. 선제공격. 이건 밀리와 아들 사이의 수많은 복잡미묘한 전쟁 중 하나인데, 밀리는 무슨 일이 있어도 항상 초대받은 시간보다 조금 일찍 찾아가는 반면 아들은 반드시 어머니가 왔으면 하는 시간보다 족히 한 시간은 더 늦은 시간에 어머니를 초대한다는 것이다.

"해피 크리스마스." 아들은 씩 웃으며 말한다. "우리가 3시로 합의를 본 줄 알았는데요?"

"그랬니? 해피 크리스마스, 내 사랑!" 밀리가 노래하듯 말한다.

"들어오세요, 들어오세요. 선물을 가져오셨네요." 아들은 〈인도〉지의 스포츠 면으로 포장된 물건들을 받아 들고는 허리를 숙여 엄마의 뺨에 입을 맞춘다.

"아, 정말 별것 아니야."

"네."

밀리는 아들을 따라 거실로 들어서자마자 숨을 헉 들이켠다. 거실은 포장을 풀어놓은 선물들, 온 사방에 널린 종이와 리본, 봉제 동물 인형과 새 운동화와 향수병과 스웨터와 작은 장신구함과 둥글게 구겨서 뭉친 선물포장지들로 폭발하기 일보 직전이다. 마치 IRA가 다녀간 광경 같다.

"알아요." 케빈이 말한다. "막 정리하려던 참…"

"맙소사, 성모마리아님! 무슨 선물이 이렇게 많니! 아프리카의 어린이들은 쌀 한 사발도 없는데."

"이번만은 제발 그 소리 좀 안 하시면 안 돼요?"

검열당해서 살짝 심술이 난 밀리는 자신이 가져온 하찮은 것들을 거대한 상록수 밑에 내려놓는다. 방 안은 수수께끼처럼 텅 비어 버리고, 정신을 차려 보니 어느새 밀리는 혼자다. 점점 허기가 지고 조금씩 원망이 차오른다. 지나치게 빵빵한, 납득할 수 없이 하얀 안락의자에 아들이 자신을 무시하듯 털썩 주저앉힌 방식이 마음에 들지 않는다. 마치 동작이 굼뜬 늙은이라도 다루는 것처럼. 가족이 사는 집안에서 흰색 의자 덮개를 사용한다는 그 오만함, 그 말도 안 되는 퇴폐를 못마땅하게 곱씹는다.

"해피 크리스마스, 밀리!" 그레이스가 말한다. 얼간이 같은 산타 모자를 쓰고 크리스털 샴페인 잔을 든 채 다가오고 있는 그레이스를 보니 어째 친아들보다도 며느리가 더 자신에게 우호적인 것 같다는 생각이 든다. 케빈이 돌아오고 세 사람은 축하의 잔을 부딪치지만, 아이들의 부산함이 느껴지지 않으니 밀리는 마치 적의 영토에 와 있는 듯한 기분이다.

이내 고함소리가, 그리고 뒤이어 계단을 쿵쿵대는 젊은 애들의 발소리가 들린다. 삶의 활력. 제라드와 누알라 그리고 꼬마 키아란이 차례로 아치형 식당 입구에 나타난다. 아이들은 애정 넘치는 포옹으로 밀리를 반긴다. 제라드는 말상에 감정이 풍부한 눈동자가 밀리의 피터를 아주 쏙 뺐다. 그래서 밀리는 제라드가 좋다. 사실 고가티 아이들은 전부 다 아름답고 상냥하고 영리하고 자신감이 있다. 잘했어. 밀리는 케빈과 그레이스를 칭찬해주고 싶다.

누알라는 새 롤러블레이드를 타고 비틀거리는 웨이트리스 연기를 시작한다. 부엌과 식당 사이를 스케이트를 타고 오가며 끝도 없이 많은 플레이스매트와 식기, 그리고 접시들을 위태롭게 운반한다. 그예 문간에 부딪쳐 우유를 손에 엎지르고는 제풀에 웃음을 터뜨린다. 늘 완벽함보다는 실수에 이끌리는 밀리는 그 광경을 즐긴다.

밀리는 앞 창문 밖으로 보이는 젊은 가족과 커플들, 모자를 쓰고 길을 따라 산책하는 나이 든 남자들, 그리고 희뿌연 회색이지만 햇살이 살짝 비치는 하늘을 물끄러미 바라본다. 온 사방에서 동료 더블린 시민들이 제각기 집으로 향하고 있다. 이게 밀리가 가장 좋아하는 부분이다. 아직 어린 소녀였을 때처럼, 해피 크리스마스라는 인사를 서로 주고받고 같이 술 한잔하고 즐겁게 수다도 떨고, 미국이나 런던 또는 오스트레일리아… 어디든 고향을 떠나 이민을 갔다가 집으로 돌아온 모든 사람을 반갑게 맞아주는 것. 아일랜드 직업 시장은 한때 너무도 끔찍했고 지금도 다시 그 지경이 됐으니까.

뜻밖인 것은 맏이인 제라드가 할머니를 식탁 상석에 앉히고 포도주를 따라 주고 의자를 밀어넣어 주고 자신의 학업과 코크의 생활에 관해 수다를 떠는 것이다. 평생 눈앞에서 보아온 어른들의 태도가 눈에 익어 비로소 행동으로 나타나는 듯하다. 밀리는 그런 손자의 모습에 자신을 잊고 말 그대로 속눈썹을 깜빡인다. 이렇게 수선 피우는 모습은 생전 처음이다. 손주들을 한참 동안 물끄러미 응시한다(밀리는 늙었으니 누구도 뭐라고 하지 않는다). 강력한 전류가 전신을 훑고 지나가고, 움찔하게 만드는 친숙한 공황이 따라온다. 이 순간은, 모든 순간과 마찬가지로, 이미 지나가고 있다. 그리고 가버렸다.

에이딘은 어디 있지? 밀리는 갑자기 궁금해진다.

마침내 밀리가 굶주림으로 기절하기 직전 그레이스가 위층의 딸을 소리쳐 부르고, 밀리는 그 곤란해 하는 표정을, 케빈과 아내 사이에서 오가는 말없는 대화를 알아차린다. 가족은 그레이스의 엄마가 매년 영국에서 보내는 크리스마스 폭죽을 터뜨리고 종이 왕관을 펼쳐서 쓰고는 그 안에 적힌 실없는 농담을 차례로 읽는다. 접시들이 분배되고 음식으로 채워진다. 햄, 구운 감자, 방울다다기양배추, 깍지콩, 그레이비… 마침내 얼굴을 잔뜩 찌푸린 에이딘이 무슨 부엌방 하녀마냥 슬금슬금, 아니 엉금엉금 기다시피 해서 들어온다. 눈에 띄고 싶지 않은 게 너무나 분명하다. 사실 구석구석에 우아한 반짝이 고드름들이 매달리고 상아색 양초를 꽂아놓은 은촛대로 꾸며진 축제 같은 식탁 광경에, 그 애의 존재는 손에 잡힐 듯한 불운을 훅 불어넣는 것처럼 보인다.

"해피, 해피 크리스마스, 에이딘!" 밀리는 그렇게 외치며 아이를 포옹하려고 자리에서 일어선다. 에이딘이 마르게이트에서 자고 간 후로 처음 보는 자리다. 에이딘은 슬쩍 지나치려 하지만 쉽게 단념할 밀리가 아니다. 양손으로 손녀딸의 어깨를 꽉 붙들고 아이의 귀에 축축한 입맞춤을 하고는 속삭인다. "뭐 좀 알아냈니?"

에이딘은 고개를 젓고는 마치 뭔가 큰 걱정거리가 있는 모르는 사람을 달래듯 밀리의 등을 어색하게 두드린다. 그리고 몸을 비틀어 할머니의 품에서 벗어나지만 밀리는 기분 상해 하지 않는다. 가족의 애정 표현이라면 질색할 나이 아닌가. 에이딘은 자리에 앉아 냅킨을 무릎에 펼치고 텅 빈, 속을 알 수 없는 사춘기의 눈빛으로 자기 앞에 펼쳐진 잔칫상을 뜯어본다. 좌중은 침묵에 싸여 있다.

"와, 이건 뭐 기절하게 놀라운데." 밀리가 말한다. 이미 자신이 술을 얼마나 마셨는지 기억도 나지 않는다.

아이들은 금세 잘 배운 테이블 매너를 잊고 각자 앞에 놓인 음식을 들이파면서 대화의 주인공이 되려고 경쟁한다. 케빈은 시무룩한 십대 반항아 쪽으로 말없이 몸을 기울여 팔을 꽉 붙잡는다. 웃음을 이끌어내려는 몸짓이지만 에이딘은 무시한다.

식사가 끝나갈 무렵, 케빈은 자리에서 일어나 자신의 포크를 길쭉한 샴페인 잔에 부딪친다. 하지만 그 행동은 전체 무리를 더 시끄럽게 떠들게 만드는 역효과를 불러온다."축사!" 키아란이 식탁을 철썩 때리며 고함친다. "축사! 축사!" 그러고는 아버지에게 생긋 웃어 보인다. 벌어진 앞니와 명랑한 목소리로 누구에게나 귀염받는 아이다. 그리고 그 사실 때문에 밀리는 그 애에게 약간 냉정해진다. 밀리는 천성적으로 늘 세상의 역사적인 루저들에게 친밀감을 느끼는 경향이 있다.

"다들 해피 크리스마스!" 케빈이 말한다. "온 가족이 한자리에 모인 데다 할머니까지 함께 계시니 너무 좋네요. 제라드가 집으로 돌아온 것도 아주 신나고요." 케빈은 맏아들을 향해 고개를 끄덕이고는 말을 잇는다. "우선 여러분 모두의 사려 깊은 선물에 감사하고 싶습니다. 이미 툰드라의 얼음 벌판 같은 우리 침실 타일 바닥에서 저를 포근하게 지켜주는 털북숭이 남색 슬리퍼는 말할 것도 없고요. 그리고 당신한테도, 달링." 케빈은 그레이스를 보지만 그레이스가 준 선물에 관해 자세히 설명하지 않고 거기서 말을 끊는데, 밀리는 그게 왠지 신경에 거슬린다.

"전 정말 행운아인 것 같습니다. 이번이 제 생각에는 아마 이 집에서 열여덟 번째 맞는 크리스마스일 겁니다." 케빈이 그렇게 말하는 순간, 밀리가 갑자기 불한당 같은, 도저히 못 들은 척할 수 없는 트림을 내보낸다. 노망인지 뭔지, 밀리는 요즘 가장 그래서는 안 되는 순간에 몸의 다양한 구멍들로부터 폭발하듯 공기를 내보내는 경향이 있는데 도무지 어떻게 해 볼 도리가 없다. 희극적으로 길고, 거의 십대 남자애가 친구들 앞에서 과시하려고 내는 수준의 트림 소리가 충격으로 침묵에 싸인 방 안을 가른다. 이윽고 네 아이 모두 포효하듯 웃음을 터뜨린다. 그렇다. 심지어 에이딘까지.

"할머니!" 아이들은 환희로 전율한다. "어쩜 그러세요?"

이 소란스러운 무리에서 참을성 있는 아버지의 역할을 맡고 있는 케빈은 잔을 더한층 높이 공중에 쳐들고 말한다. "흠, 어머니, 어머니한테 또 한 번 제 조명을 빼앗겼네요. 그만 하면 저도 할 말은 다 한 것 같아요. 다 함께 축배를 듭시다! 해피 크리스마스!"

"미안하다, 내 사랑!" 비록 의도한 바는 아니었지만 분위기가 이처럼 밝아지는 데 나름 한몫했다는 사실에 기뻐하며 밀리가 말한다. 터놓고 말하자면 좋은 쪽으로 붕 뜬 기분이다. 체포당한 일이나 예정대로라면 지금 즐거운 제시카의 딸들이 사는 브루클린의 아파트에서 크리스마스 정찬을 즐기고 있어야 한다는 것, 또는 마르게이트에 곧 생판 모르는 낯선 사람이 찾아오리라는 생각은 잠시 잊고 있다.

이제 인상적인 트림이 두 번째로 터져 나온다. 더 길고, 더 요란하고, 더 무례하다. 용의자인 키아란은 낄낄 웃고는 작은 트림을 연달아 내보낸다.

"키아란!" 누알라가 말한다. "더럽게!"

"그냥 놔 둬." 에이딘이 말한다. "장난으로 그러는 거잖아."

"네가 뭔데 이래라 저래라야?"

"얘들아…" 제라드가 말한다. "그만 좀 해."

"넌 하나도 안 귀여워." 에이딘이 쏘아붙인다. "그리고 인성도 바닥이야."

"에이딘." 케빈이 끼어든다. "그만 됐다."

"친애하는 일기장아." 누알라가 허공에 글씨 쓰는 시늉을 하며 말한다. "오늘 난 너무너무 슬픈 소녀야. 흑흑!"

"그만하라니까!" 케빈이 말한다.

"속이 안 좋아요." 에이딘은 자리에서 일어나 접시를 손에 들고 그 물갈퀴 같은 발로 터벅터벅 계단을 향한다.

"제발 앉으렴, 예쁜아." 그레이스의 어조에 위축된 에이딘은 마지못해 식탁으로 도로 돌아오지만 쿵 소리를 내며 의자에 주저앉는다. "크리스마스잖니. 우리 가족이 함께 식사하는 자리야."

에이딘이 그 말에 콧방귀를 뀐다. "우리 가족은 거지같아요."

그 말로 인해 분위기는 위태롭게 변한다. 이젠 되돌릴 수 없다.

"에이딘!" 케빈이 목소리를 높인다.

"저랑 식구들한테 제 기쁜 소식을 언제 알려주실 거예요?"

"아주 드라마퀸이 따로 없다니까." 누알라가 내뱉는다.

"전혀 아무 일도 없는 척." 에이딘이 말한다. "흥, 그건 아니죠. 그리고 전 안 가요."

케빈의 낯빛이 창백해진다.

"어딜 가?" 제라드가 묻는다.

"에이딘, 우리 좀…" 케빈이 달랜다.

"저한테 언제 말해주려고 했어요, 아빠? 뭐, 그 전날 밤요? 막, 잘 자렴. 아 참, 그건 그렇고 오늘은 네가 집에서 보내는 마지막 밤이야, 하고요?"

"뭘 말해?" 남의 불행의 기미를 감지하고 신이 난 누알라가 열을 올리며 묻는다.

"지금은 때와 장소가 아니야." 그레이스가 말한다. "심호흡 좀 하고, 우린…"

"싫어요!"

"그 일에 관해서는 너랑 이야기를 할 거야, 에이딘. 정말이야." 케빈이 말한다. "우린 그냥 크리스마스 전에 그 이야기를 꺼내고 싶지 않았을 뿐이란다, 아가. 크리스마스를 망치고 싶지 않아."

"잘하셨어요, 아빠." 에이딘은 아버지에게서 배운 쓰디쓴 냉소에다 날것 그대로인 십 대의 분노를 수북이 얹어 그렇게 내뱉는다. "하나도 안 망치셨어요." 그러고는 방문을 쾅 닫고 나가버린다.

9

자신의 여행가방 위에 아버지가 올려놓은 하키 채만 아니었어도, 에이딘은 그렇게 공격적으로 보복하지 않았을지도 모른다. 하지만 에이딘이라는 인간 그 자체에 대한 아버지의 어마어마한 실망을 선명하게 드러내는 그 하키채는 에이딘을 돌아버리게 만들었다. 에이딘이 그걸 절대 쓰지 않을 걸 누구보다도 잘 알고 있으면서도, 딸이 실현하기엔 이미 물 건너간 모든 가능성을 끈질기게 포기하지 못하고 그걸 가져가라는 무언의 압력을 넣고 있는 것이므로. 마치 그 학교에 가면 에이딘이 다른 사람이 되기라도 할 것처럼.

에이딘은 냉장고에서 달걀 한 상자를 꺼내어 위층으로 몰래 올라간다. 크리스마스 휴일에서 신년 첫날까지, 내내 울고 빌고 말다툼을 벌이느라 고가티 가족은 가진 감정적 에너지를 모두 소비했다. 할 수 있는 건 이제 다했다. 그 무엇도 소용없음을 확인했다. 에이딘은 평소 자신이 의지하는 유일한 힘의 근원으로 물러났다. 침묵. 새벽에 세수하면서 거울 속에서 얼핏 본 눈은 지독하게 부어 있었다. 생각을 거듭 곱씹고 작년에 글래스고로 이사 간 가장 친한 친구 샤론과 메시지를 주고받으며 한숨도 자지 못하고 뜬눈으로 밤을 보냈다. 클린컷에게 트위터 멘션을 보내고 답장으로 받은 **넌 우리의 최고의 팬이야 포옹과 키스를 보내며**를 정신이 나간 게 아닐까 싶을 정도로 반복해 읽었다. 그건 에이딘이 살면서 받아 본 것 중 가장 사랑의 밀어에 가까웠다. 어젯밤, 엄마 아빠는 에이딘의 괴로움에 대해서는 한 톨의 연민도 없는 듯 잔인하게도 드르렁드르렁 코를 골며 잤다. 에이딘을 곧 기숙학교에 치워버릴 수 있다는 사실에 더없이 행복해하며.

오늘에 이르기까지 하루도 거르지 않고 벌어진 셀 수 없는 말다툼과 에이딘의 협상 시도에서, 엄마는 지겹도록 말했다. 밀번 전학은 그냥 최근 집안의 잡음과 에이딘의 선택들 때문만이 아니라고, 어쩌면 쌍둥이 언니와 다른 학교에서 다른 길을 가는 게 알고 보면 아주 즐거울지도 모른다고. 더욱 중요한 점은, 에이딘이 고교 졸업 자격시험을 준비할 시기가 다가왔으니 이제는 학업에 관해 진지하게 생각해볼 때라고. 게다가 기숙학교라고 해도 그냥 월요일부터 금요일까지일 뿐, 매주 주말마다 집에 올 수 있다고.

에이딘은 이 설명을 있는 그대로 이해했다. 부모들이 맨날 부리는 개수작.

처음에는 짐 꾸리기를 거부했다. 내가 들어갈 무덤인데 내가 삽질까지 해야 해? 하지만 뭘 모르는 엄마 아빠가 결국 온갖 거지같은 것들(하키채 안녕?)을 꾸릴 걸 생각하자 결국 누그러져서 키아란과 심지어 누알라의 측은해하는 눈길을 받으며 불만스럽게 자신의 필수품들을 한데 모았다. 그리고 샤론의 조언을 따라 새벽 2시에 주류 수납장으로 가 술 한 병을 몰래 쌔볐다. 보드카가 향이 없어서 좋다나. 그리고 아빠의 미지근한 라거 캔 여섯 개도. 에이딘 자신은 술을 마시고 싶은 욕망이 전혀 없지만(맛이 싫다) 밀번 학교의 여자애들에게 호감을 사는 데 도움이 될 수도 있다는 게 샤론의 귀띔이었다. 에이딘은 더플백 속 똥색 학교 유니폼 밑에 술병을 깊이 쑤셔넣었다.

엄마는 출근하기 전 에이딘의 침실 문간에 와 섰다. 이것은 에이딘이 가장 많이 상상한 이별 장면이었고, 목석처럼 굴겠노라던 결심은 어디로 사라졌는지 에이딘은 곧 자신도 모르게 흐느끼고 있었다.

"아, 사랑하는 우리 딸." 엄마가 에이딘의 머리카락에 대고 한 그 말은 에이딘의 가슴을 미어지게 했다. "울지 말렴. 금요일이면 집에 올 수 있어."

"제발 엄마, 절 보내지 마세요. 제발요."

"넌 괜찮을 거야." 엄마는 그렇게 말했더랬다. "괜찮은 정도가 아니지." 엄마는 그 후 포옹을 풀고 에이딘의 어깨에 양손을 얹고는 웃음을 지었다. 웃음을 지었다!

에이딘은 아일랜드 역사 시간에 스캔런 선생님에게서 서거한 아일랜드 영웅들에 관해 배운 적이 있다. 패트릭 피어스와 에몬 드 발레라와 그 동지들, 독립과 자결을 위해 헌신한 지도자들, 정의의 투사들, 반역자들. 그들과 마찬가지로, 에이딘도 자신의 무력함을 혁명으로 돌려놓을 것이다. 부모님 침실로 가서 두 분이 사랑하는 그림인 〈핸젤과 그레텔〉에 갈색 달걀 하나를 서슴없이 투척한다. 원색들로 마구 문대진, 위쪽 구석의 얼굴 없는 동그라미 두 개를 제외하면 뭐가 핸젤이고 뭐가 그레텔인지 전혀 알아볼 수 없는 이 그림은 그림 수집가인 친구에게서 선물로 받아 결혼식 날 이후로 줄곧 침대 위에 걸어 놓았던 것이다.

첫 달걀은 속이 확 풀리는 쩍 소리와 함께 청록색 물감 두 줄 사이에 철퍼덕 뭉개진다. 둘째 달걀은 천천히 아래로 뚝뚝 떨어진다. 노른자의 무게가 고무 같은 흰자를 아래로 끌고 가다 뒤집혀 침대의 촘촘

한 회색 헤드보드 위에 예의고 뭐고 없이 착륙한다. 에이딘은 또 하나, 또 하나, 또 하나 그리고 또 하나를 투척한다(고가티 식구 한 명당 하나씩!). 그리고 마무리로 달걀 상자를 이불 한복판에 던져버린다.

에이딘은 뒤로 물러서서 자신의 파괴행위를 가늠해본다. 엄밀히 말해 급진적이지는 않다. 엄밀히 말해 총을 난사해 더블린 중앙우체국에서 영국 병사들을 저지한 마이클 콜린스 급은 아니다. 좀 더 피해를 입힐 필요가 있다. 에이딘은 부엌 서랍에서 가장 크고 가장 날카로운 칼을 가져와 달걀이 문대진 그림 한복판을 푹 찌른다. 이쪽 끝에서 저쪽 끝까지, 마치 환자의 몸뚱이를 찢어발기는 외과의사처럼. 상처가 어찌나 긴지, 치유는 절대 불가능하다. **이제 됐어.** 에이딘은 생각한다. **완전히 좆됐어. 나처럼.**

10

학교 이미지(와 등록금)는 완연히 더블린 4지구(더블린의 중산층과 상류층 거주 지역-옮긴이) 수준이다. 그 말은 고급스럽고 배타적이라는 뜻이지만, 캠퍼스 자체만 놓고 보면 과연 그런지 의심스럽다. 일단 웅장한 일련의 장식용 철문을 지나 과시적인, 바람 부는 진입로로 차를 몰아가면, 밀번 학교는 들판에 아무렇게나 흩어진, 음침하고 빗물에 삭은, 납작하고 네모진 베이지색 건물들이 전부다. 마치 어떤 눈 먼 비행기 조종사가 창공을 맴돌며 시들어가는 잔디밭 여기저기에 성냥갑들을 떨어뜨리다 점점 지루해져서 다 관두고 고향으로 돌아가버린 것 같다. 케빈은 그 미학적 결여에 다소 모욕감을 느낀다. 기왕 뭔가 만들 거면 아름다움을 좀 염두에 두라고.

끈질긴 빗줄기도 한몫 거든다. 지역의 상업 시설이라고는 믿을 수 없게도 학교와 스파(Spar) 편의점 하나와 교회 두 개, 그리고 18세기에 지어진 시골 펍 코커 두들이 전부인 밀번까지 차를 몰아오는 내내 에이딘은 '끙' 소리를 동반한 '네'와 '아니오'만을 드문드문 내뱉었다. 심지어 클린컷이 리믹스한 '아임 낫 인 러브'가 라디오에서 나오고 케빈이 딸을 위해 볼륨을 올렸을 때조차, 에이딘은 꿈쩍도 하지 않았다. **씨발, 됐다.** 케빈은 포기한다. 내가 저 나이였을 때, 난 저 정도 침착함은 꿈도 못 꿨지.

그동안 줄곧 케빈은 본능적으로 에이딘이 벌인 일들을 그저 하나의 성장 단계로 축소하고 싶어 했다. 심지어 그 상태가 된 지 이제 몇 달이나 지났는데도. 발끈하는 태도, 부루퉁한 표정, 자발적 고립. 케빈은 믹과 그 이야기를 나눌 때면 그걸 농담처럼 **골칫거리**라고 불렀다. 외동이었던 케빈은 에이딘이 쌍둥이라는 사실에 연민을 느낀다. 경쟁, 내키지 않는 공동 소유, 특히 그처럼 서로 다른 두 여자아이라면 도저히 피할 수 없는 비교.

케빈은 마음을 달래려고 다른 아이들의 힘들었던 시기들을 떠올려본다. 비록 당시에는 아무리 힘들어도 늘 금세 지나갔고, 돌이켜보면 그렇게만 기억에 남았다. 딴 아이가 자기 장난감을 가져가면 한바탕 뒤집어지던 제라드, 요거트 말고 다른 건 입에도 안 대려고 하던 누알라, 걸음마를 떼고 한참 지나서까지도 공갈젖꼭지를 빨던 키아란. 아, 마지막 것은 그리 오래전 일이 아니어서 케빈은 그 지저분한 젖꼭지를 아들이 딱 좋아하는 만큼 질척거리고 축축하게 데우려고 물을 끓이곤 했다.

방문객 주차장을 향해 차를 몰아가면서 케빈은 부푸는 희망을 가라앉히려 애쓴다. 불합리하고 무의미하고 잘못된 희망이다. 처음 에이딘을 등록시키러 왔을 때 만났던 학교 행정 담당 직원 로즈 버드를 다시 한 번 자신의 안구로 영접하고 싶은 희망. 운동선수처럼 탄탄한 동시에 육감적인 몸매의 젊은 금발 여신인 버드는 블라우스를 팽팽하게 압박하는 작은 지구본 같은 완벽한 가슴을 소유했는데, 그 블라우스가 또 하필이면 어울리지 않게 단정한 크림색 버튼 블라우스라는 사실이 케빈을 미치게 만들었다. 케빈이 보기에 따라서는 대단히 민망할 수 있는 방식으로 행동하고 만 것은 바로 그 탓이었다. 버드의 비좁은 사무실에서 이루어진 짧은 첫 만남에서, 자신의 학창시절 이야기를 주절대면서 익살을 부리고 방탕하고 진부하게 군 것이다. 기껏해야 조금밖에 알지 못하는 어느 희곡 작가의 이름을 입에 올렸지만, 버드의 멍한 표정은 케빈이 누구를 말하는지 전혀 모른다는 것을 명확히 보여주었다. 케빈은 나중에 그 멍한 눈길에 관해 많이 생각했고, 자신의 장난기 어린 플러팅을 뻔하고 발정난, 전형적인 중년 남자의 짓거리로 인정하게 되었다.

이제 케빈은 시동을 끄고 딸을 돌아본다.

"너, 할머니가 200년 전에 아빠를 티퍼러리의 낙농장 캠프에 보냈던 그 따분한 이야기 아니?"

에이딘이 의도적으로 아빠를 상처 주기 위한 한숨으로 반응하자 케빈은 입을 다문다. 청소년 청자에 맞도록 순화된 자신의 어린 시절 이야기를 통해 에이딘을 한 번쯤은 위로해주고 싶었다. 특히 주제 면에서 아주 많은 유사점이 존재하니까. 유배, 향수병, 절망 같은. 사실 케빈은 그 캠프에서 보내는 1분 1초를 증오했다. 시커먼 새벽에 암소 젖을 짜야 했던 것, 도시 남자아이의 양손이 달걀 같은 물집으로 온통 부풀어 오를 때까지 풀을 벤 것, 퀴퀴한 군용 모직 담요를 덮고 농장의 야전침대에서 잔 것, 매일 밤 두 시간씩 머리가 멍하도록 아일랜드어를 배워야 했던 것, 그리고 동네 아이들이 더블린 아이들을 도시의 번드르르한 똥덩어리 취급하며 따돌리던 것. 그래서 하고 싶은 말이 뭐지? 난 정확히 어째서 내 딸을 비슷하게 비참한 운명으로 밀어넣으려는 거지? 내가 성인기의 어두운 저편으로 건너와버린 것일까? 아버지가 되기 전에는 절대 그러지 않겠다고 엄숙히 맹세했음에도 불구하고. 그로부터 수십 년이 지난 지금, 아직도 자유로운 사고와 비타협적인 성격을 유지하고 있는 건 어느 정도 반항적이었던 젊은 시절 덕분 아닌가? 생각해보면 코카콜라가 아파르트헤이트를 지원한 것 때문에 학교에서 불매운동을 주도했던 사람이 바로 케빈이었다. 부모님의 차고에서 라이트 웨일링 윌리스라는 밴드를 결성한 적도 있었지. 맞다, 연습한 시간은 얼마 되지 않았는데, 멤버 둘 다 아무런 악기도 없었고 하나는 몰래 비지스 앨범 몇 장을 가지고 있었기 때문이었다. 그래도, 그 모든 것 아래에는 체제를 들이받는 혈기가 있었다.

이제 53세의 케빈을 보라. 준 문제아인 십 대 딸을 더블린에서 가장 상위층으로 손꼽는 여자학교로 끌고 가는 중이다. 얼마 안 남은 예금 잔고를 닥닥 긁어 등록금을 내고. 그 이유는? 애가 좀… 뭐, 불행해서? 좌절해서? 힘들게 해서? 케빈의 평범한, 심지어 진짜도 아닌 문제들을 보라. 그동안 차곡차곡 쟁여 온 부르주아의 이 사소한 고통들. 내가 뭘 **하고 있지**?

"아빠가 하려는 말은…." 케빈이 말한다. "넌 지극히 강인하고 말도 안 되게 뛰어나다는 거야."

아침 내내, 케빈은 이 역사적인 순간을 절대 그냥 흘려보내서는 안 된다는 위기감이 불러오는 공황과 맞서 싸우려 애쓰고 있었다. 에이딘이 언제까지고 잊지 않을 순간을. **부모로서** 에이딘에게 인품, 사랑, 반성, 애정 같은 것들을 불어넣어 줄 시간이 2년밖에 남지 않았다. 케빈은 뜨거운 온풍기 바람 너머로 손을 뻗어 딸의 손을 쥐려 한다. 사실 이건 케빈의 아버지나 어머니는 단 한 번도 하지 못한, 또는 하지 않았던 행위였다. 어머니의 애정을 느낀 건 나이가 든 이후였던 것 같다. 그리고 병석에 눕기 전 아버지는, 지금 남아 있는 흐릿한 기억들을 바탕으로 생각해보면 동떨어진, 속을 알 수 없는 거인 같은 존재였다.

케빈은 에이딘의 손가락을 꼭 쥐고 말한다. "아빠가 정말 많이 사랑해."

에이딘은 케빈의 손을 찰싹 때려서 치우고 차 문을 연다.

그때 벨이 울리고, 진흙갈색 치마와 점퍼에 다홍색 타이를 맨 형체들이 캠퍼스 구석구석에서 나타난다. 마치 그동안 내내 숨어서 도사리고 있었던 것 같다. 무거운 배낭을 아등바등 메고 빽빽한 군집을 이루어 지그재그로 건물들 사이를 오간다. 그리고 에이딘은, 마치 이미 그들 사이에 배정된 것처럼 미니밴에서 멀어져 고분고분 그 대열에 합류한다. 케빈은 에이딘의 가방을 기숙사 건물 안에 떨구고 급히 뒤쫓아 달려간다.

본관이 가까워지자 케빈은 헛기침을 하고 손바닥의 물기를 셔츠 앞섶에 문질러 닦는데, 거기 들러붙어 있는 뭔지 모를 부스러기가 만져진다. 씨발. **지랄 좀 하지 마.** 자신이 헛짓거리를 하고 있다는 걸 모르지 않는다. 케빈은 유부남이다. 하지만 알고 보니 버드의 사무실은 비어 있다. 순간 낙심한 케빈은 이윽고 자신이 느낀 감정의 강렬함에 경악한다. 내심 지금 이 순간이 오늘의, 이번 한 주의 하이라이트가 되기를 기대하고 있었다. 차를 몰고 달키로 돌아간 후에는 구직 사이트를 헤매야 하고, 드라이클리닝 맡긴 옷들을 찾아온 다음 점심을 먹고 애들을 이리저리 데려다주고 데려오고 간식을 먹이고 숙제와 하키를 챙기다 보면 머지않아 저녁이 될 것이다. 이 사이클, 케빈의 이판에 박힌 단조로운 생활, 이 **삶**은 계속된다.

케빈은 버드의 사무실 안쪽에 있는 교장의 사무실에 머리를 집어넣는다. 방은 광활하다. 쾌활하게 '안녕하세요' 하고 외칠 생각이었지만 지난 세기 중반 이후로 줄곧 엄격하기 그지없는 아일랜드 성공회 기풍으로 학교를 이끌어 온 그 괴짜 같은 곱사등이 여자, 머피의 기척은 전혀 느껴지지 않는다. 면도날의 존재를 한 번도 접한 적 없음이 분명한 다리에 검은 로브를 걸친 무시무시한 형상. 전하는 바에 따르면 교장은 학생들에게 충격적인 생존 실화를 들려주기로 악명 높다고 한다. 화장지가 다 떨어지면 파라핀지로 엉덩이를 닦으라거나 팬티를 지나치게 자주 빨 필요 없도록 뒤집어서 한 번 더 입으라거나 하는 기이한 생존 요령들을 제공한다나. 하지만 머피의 속옷 생각을 하기에 지금은 너무 이른 아침 시간이다. 케빈은 부대끼는 속을 진정시키며 무거운 발걸음을 옮긴다. 딸은 지나가는 길에 있는 모든 사람에게 공포와 얇은 베일에 가려진 자기혐오를 일정한 양으로 내뿜으며 앞서 가고 있다.

두 사람은 곧 강당에 모여 소젖 짜는 아낙 같은 둔중한 여자가 줄줄이 읊어대는 따분한 발표 내용에 귀를 기울이고 있는(것처럼 보이지만 물론 실제로는 그렇지 않은) 학생들의 갈색 바다에 도달한다. 케빈은 버드를 찾아낸다. 대체로 아줌마 같은 직원들 뒤에 거의 가려져 있다. 운이 안 따라주는군. 오르간이 시작되고 단체로 빈혈이라도 걸렸는지 빈약한 목소리로 합창하는 '주 하나님 지으신 모든 세계'가 따라 나온다. 실제로 노래하는 건 오로지 노인들과 아주 어린 학생들뿐이다. 나머지는 립싱크를 하거나 자기 반 줄에 부루퉁하니 서서 백일몽에 빠진 눈빛으로 강당 안을 응시하며 생각에 잠겨 있는데… 무슨 생각일까? 남자애들? 생리? 인생의 의미? 씨발 내가 알 게 뭐냐. 그러고 보니 아마도 지금쯤 공포에 질려 있을 내 딸은? 케빈은 줄을 따라 시선을 훑지만 에이딘은 학생들 사이에 뒤섞였거나 아니면 벌써 튀어버렸다. 아이는 아무 데도 눈에 띄지 않고, 케빈은 심지어 행운을 빈다는, 잘 지내라는 말조차 할 수 없음을 깨닫고 찌르르한 아픔을 느낀다.

11

밀리는 지저분한 난로 속 빈사 상태인 불 옆에서 양손을 양쪽 겨드랑이에 마치 새 날개처럼 끼운 채 커도 너무 큰 전망창 너머로 흠뻑 젖은 정원을 응시한다. 멎을 줄 모르는 더블린 바람에 흔들리고 있는, 이곳에 영 안 어울리는 한 쌍의 야자나무를 볼 때마다 자신이 사랑하는 해변 아래쪽에 있는 붐비는 항구 생각을 떨칠 수 없다. 멋진 범선들과 선박들, 빨간 모자를 쓴 등대 그리고 험준한 해안선. 어쩌면 언젠가는 이스트 피어까지 걸어가 아이스크림 노점 테디에서 99(그 옛날 밀리의 소녀 시절부터 지금까지도 팔리고 있는, 한쪽에 초콜릿 스틱을 꽂아넣은 시그니처 휩트 아이스크림 콘)를 사서 맛있게 먹는 날이 올지도 모른다.

그때 케빈이 창틀의 액자 안으로 들어선다. 어머니의 시선을 알아차린 아들은 보이지 않는 올가미에 머리통을 집어넣는 시늉을 한다. 케빈 옆에는 훤칠한 키에 눈에 확 띄는 금발머리 여자가 무릎까지 올라오는 굽 높은 가죽 부츠에도 아랑곳없이 성큼성큼 걷고 있다. 여자가 굴리고 있는 여행 가방을 보자 공포가 밀리를 날카롭게 찌른다. 이 여자가 **아주 들어와 살 셈인가**?

어젯밤 밀리의 꿈자리를 사납게 만든 모든 시나리오 중 가장 큰 걱정거리는 이 새 가정 도우미가 자신의 주름진 손을 덥석 붙잡고는 부엌이 지저분하다고 혀를 차며 마치 자기가 주인이고 밀리가 손님인 양 으스대는 가식적인 인간이면 어쩌나 하는 거였다. 밀리는 범생이들, 참견쟁이들, 도서관 사서들, 특정한 나잇대의 초등학교 교사들, 사회복지사들과 수녀들(비록 훈계가 너무 심하지 않은, 이따금씩 위스키 몇 모금 정도는 거절하지 않고 받아 마실 줄 아는 신부라면 참을 수 있지만)을 무릎반사 수준으로 싫어한다.

"좋은 아침." 무슨 영문인지 케빈은 혼자 집 안으로 들어와 등 뒤로 문을 닫고 어머니의 주름진 뺨에 형식적으로 입을 맞춘다.

밀리는 아들의 팔을 붙든다. "냉장고에 멀쩡한 달걀이 하나 있는데 네가 네 몫을 제대로 해주기만 하면 그걸 삶아 줄 수도 있다."

"실비아 페닝이 왔어요… 엄마를 만나려고 밖에서 기다리고 있어요."

"오늘?"

"네, 음, 전화를 드리려고 했는데 전화가 안 되는 것 같더라고요."

"누가 그걸 어디다 잘못 놨어."

"변기 안은 확인해 보셨어요?" 아들이 씩 웃는다.

"그건 어쩌다 한 번 그런 거야."

"있잖아요, 저분은 정말로, 진짜 진짜 착해요. 엄마도 꼭 마음에 드실 거예요."

"나한테 대장 노릇할 사람이 마음에 든다고?"

"전혀 아니에요. 대장은 엄마예요. 하지만 들어보세요. 엄마는 약속을 지키실 **생각이시죠**, 맞죠?" 케빈은 엄마와 눈을 맞출 수 있도록 몸을 살짝 굽힌다. "맞죠?"

밀리는 어깨를 으쓱하고 생각한다. **어디 두고 보시지.**

#

실비아 페닝은 커다란 눈과 거의 비현실적일 정도로 완벽하고 하얀 피부 그리고 말 같은 커다란 치아에 야한 반투명 산호색으로 입술을 칠한 젊은 여자다.

"만나서 너무 반갑습니다!" 실비아의 어조는 마치 노래처럼 들린다. 밀리에게 손을 내밀어 정식으로 악수를 청하자 팔길이 절반을 뒤덮은 금팔찌들이 댕그랑거리며 서로 부딪친다. 밀리는 실비아가 손에 은근하게 힘을 주는 걸 느낀다. 마치, 이 상황이 썩 내키지 않는 걸 알지만 다 잘 될 거예요, 하고 말하는 것처럼.

"짐을 가져왔어요?"

실비아는 자기 여행 가방을 두드린다. "아, 이거요. 주말을 보내러 친구네 집에 가는 길이에요."

일단 위기는 하나 넘겼군.

"미국인이유?" 밀리가 묻는다.

"어떻게 아셨어요?" 실비아는 그렇게 대답하고는 과하다 싶게 웃는데, 밀리가 알기로 그건 아주 미국인다운 짓이다. 전혀 웃기지 않은 농담에 과하다 싶게 웃는 것.

"실비아는 플로리다 출신이에요." 케빈이 마치 엄청나게 놀라운 사실이라도 선포하듯 말한다.

"마이애미?" 밀리는 블랜치와 도로시(〈골든 걸스〉의 등장인물들-옮긴이)를 떠올리며 묻는다.

"아뇨, 클리어워터라는 곳이에요. 탬파에서 멀지 않아요."

"아, 하지만 플로리다는 무지무지하게 더울 텐데! 나 같으면 그런 더위는 도저히 못 견딜 거야." 밀리가 말한다.

속마음은 어떨지 몰라도 실비아는 겉으로 티를 내지 않는다. 오히려 웃음을 지으며 음모를 꾸미듯 연극적인 투로 속삭인다. "무슨 말씀이신지 알아요. **항상** 선크림을 발라야 하죠."

실비아는 마르게이트의 배치를 한눈에 꿰뚫어 보았는지 거실 쪽으로 가더니 산더미처럼 쌓인 쓰레기 더미와 방치로 인한 누추함을 단번에 파악하고는 곧장 앞창으로 가서 바다를 보며 우우우 아아아 하는 감탄사를 발한다.

밀리는 뒤에서 얼쩡거린다. "잠깐 물 좀 빼고 오겠수."

"네?"

밀리는 앞으로 얼마나 많은 통역이 필요할까 하는 생각을 하며 거실을 나선다.

돌아오는 길에 실비아의 가방에 대롱대롱 매달린 여행 가방 태그를 본 밀리는 호기심이 동해 가까이 다가선다. 밤색 가죽 띠로, 아름다운 물건이다. 덮개를 뒤집어 본다. 태그 안에는 줄이 쳐진 작은 종이쪽지가 들어 있고 글자와 숫자들이 마구 휘갈겨 쓴 글씨체로 적혀 있지만, 가까이에 돋보기가 없으니 밀리의 눈에는 그저 검은 것은 글씨요 흰 것은 종이일 뿐이다.

밀리는 두 번 생각하지 않고 바로 행동으로 넘어간다. 비록 그 생각에 잠깐 숨이 멎긴 하지만. 그동안 내 삶에서 얼마나 많은 결정들을 별 생각 없이 내렸던가? 아아, **그 생각만큼은** 절대 피하고 싶다. 밀리는 황급히 가방에서 그 벨트 달린 태그를 풀어낸다. 옷에 주머니가 없다는 사실을 깨닫고 꽤 넉넉한 네크라인에 슬쩍 집어넣는다. 마치 휘하에 거느린 여자애들한테 주려고 팁을 챙기는 술집 마담처럼. 블라우스 주름을 펴고 복도 거울로 옷매무새를 확인한다. 베드로와 바울, 그리고 모든 어질고 성스러운 분들의 이름으로, 어차피 누가 밀리 고가티의 풍만하지만 통탄스럽게도 이제는 무용지물인 가슴에 눈길이나 주겠는가? 젊은이들은 늙으면 섹스를 졸업해도 별 신경 안 쓸 거라고 생각하지만, 사실은 신경을 쓴다. 당연히 쓴다.

#

"둘이 보다 하나가 죽어도 모르겠어요!" 실비아가 거실로 돌아온 밀리에게 말한다. "전 그냥 온종일 여기서 바깥을 내다보기만 하라면 할 수 있을 것 같아요. 아일랜드가 너무 좋아요. 전 아일랜드성애자예요." 실비아가 생긋 웃으며 묻는다. "그런 단어가 있나요?"

"사실 하이버노파일(Hibernophile)이라는 단어가 있죠." 케빈이 대꾸한다. "비록 실제로 그 말을 쓰는 사람은 못 본 것 같지만요. 엄마, 실비아한테 엄마의 매일 스케줄이랑 그런 유용한 것들을 알려주시면 좋을 것 같은데요?"

케빈이 그렇게 말하고 재빨리 집 안쪽으로 사라지자, 뒤에 남은 밀리는 마지못해 누가 봐도 세탁이 절실히 필요해 보이는 타탄 담요를 제외하면 홀로 방의 냉기에 맞서 싸움을 벌이고 있는 난로 앞 소파를 손가락으로 가리킨다.

"저 애는 나한테 이래라저래라하길 좋아한다니까." 밀리가 말한다.

"아이고! 너무 살가우신 것 같은데요." 실비아가 말끝을 길게 늘인다. "분명히 아드님은 어머님을 정말 사랑하는 거예요."

실비아가 난롯가에서 손을 데우며 말한다. "케빈한테 듣기로는 어쩌면 약간 조정이 필요할지도 모른다고 하던데요? 스케줄 면에서… 그러니까 제가 이틀은 아침에 오고 이틀은 저녁에 오는 식으로? 전

아홉 시에 와서 아침을 차려 드릴 수 있어요."

"그건 너무 이르지. 난 아직 침대에 있을 텐데."

"그럼 열 시는요?"

"그건 좀 늦고."

"아, 알겠어요. 좋아요. 딱 맞는 시간대를 찾을 수 있을 거예요. 자, 이러면… 아침으로 뭘 즐겨 드세요?"

"아침을 먹기엔 내 나이가 좀 많지."

실비아는 마치 다쳐서 도랑에 쓰러져 있는 동물이라도 보듯 측은해하는 눈초리로 밀리를 물끄러미 본다.

"제가 뭐 좀 여쭤봐도 돼요?"

비록 밀리는 아무런 반응도 하지 않지만, 실비아는 말을 잇는다. "제 느낌엔 약간, 이게 부인이 진심으로 원하신 일이 아닌 것 같아요, 맞죠? 제가 여기 들어와서 도와드리는 거 말이에요." 실비아는 앞으로 몸을 숙이고 마치 두 사람이 함께 음모를 꾸미는 것처럼 목소리를 낮춘다. "전적으로 이해해요. 믿어 주세요. 분명 저라도 정확히 똑같은 심정일 거예요. 하지만 이건 알아주세요. 제가 제일 중요하게 생각하는 게 솔직함이에요. 아시겠어요? 제가 어떡하길 바라는지 말씀해주시면, 더도 말고 덜도 말고 딱 부인께서 원하시는 만큼만 할게요. 부인이, 뭐랄까… 주도권을 잡으시게 할게요. 괜찮으세요? 그러면 괜찮을 것 같으세요?"

밀리는 약간 마음이 누그러져 고개를 끄덕인다. 실비아는 터무니없이 불쾌하거나 선불리 남을 평가하거나 마음씨가 나쁜 사람 같지 않다.

"커피 한 잔 타 드릴 걸 그랬네."

"한 잔 주시면 저야 너무 감사하죠." 실비아가 말한다. "저도 같이 가서, 부엌 좀 구경해도 될까요?"

손님의 시각으로 부엌을 보면서, 밀리는 모든 표면이 또 다른 더 더러운 표면으로 뒤덮여 있음을 백 년 만에 처음으로 날카롭게 인식한다. 이쪽엔 양고기와 으깬 감자 조각이 눌어붙은 접시 하나, 저쪽엔 딱딱하게 굳은 티백이 든 머그잔 하나. 미국인들이 보기엔 비참해 보일까? 심지어 문 닫힌 찬장에 든 주발들과 접시들도 더 자세히 살펴보니 싱크대나 마지막으로 작동한 지 한참 된 식기세척기에 쌓인 것들 못지않게 설거지가 필요하다. 시큼한 악취, 불이 나간 전구, 알 수 없는 모종의 이유로 늘 축축한 카펫. 4구짜리지만 하나만 작동하는 가스레인지 위에는 탄 우유로 가득 찬 옛날옛적의 냄비가 얹혀 있다. 밀리는 냄비 앞으로 가, 근처에 나뒹구는 스패너를 지렛대로 사용해 유일하게 작동하는 버너를 켠다.

실비아는 눈 하나 깜짝하지 않고 "정말 공간이 넓네요"라고 말한다. "우리가 묵고 있는 곳의 주방을 보셔야 해요. 코딱지만 하거든요."

"결혼은 하셨나?"

실비아는 짖음에 가까운 웃음소리를 낸다. 거의 모든 치아에 빠짐없이 박힌, 놀랍도록 번쩍이는 은 충전재가 드러난다. 마치 보드게임의 전함 함대 같다. "아, 맙소사, 아뇨! 한 번 갔다 돌아왔어요. 아뇨, 아니에요. 전 조카, 그러니까 언니 아들하고 같이 살아요."

"그런가? 애가 몇 살인데?"

"열일곱 살요."

"그래? 어이구, 사실 난 아주 예쁜 손녀딸이 둘 있는데 공교롭게도 나이가 열여섯이라우."

"쌍둥이라고요? 말도 안 돼. 애들을 서로 소개시켜 줘야겠어요. 우리 조카는 사실 이곳에 아는 사람이 아무도 없다시피 하거든요."

밀리는 인스턴트커피 병을 가지러 갔다 다시 가스레인지로 서둘러 돌아오는 동안 저도 모르게 콧노래를 흥얼거리고 있음을 깨닫는다. 부엌에서 벽감으로, 그리고 다시 부엌으로, 마치 멈추면 실비아가 사라질까 봐 겁이라도 나는 양 쉴 새 없이 분주하게 돌아다니고 있다. 쿵쿵거리며 다시 복도로 들어오는 케빈의 발소리가 들린다. 게걸음으로 부엌 문간에 다가온 아들은 실비아에게 눈을 찡긋해 보이고는 마치 왈츠 출 때처럼 어머니를 붙잡고 뒤로 눕힌다. 밀리는 질 수 없다는 듯 왼발을 가볍고 명랑하게 차올린다.

다들 가고 나자 밀리는 피터의 방으로 가 카디건과 블라우스와 브래지어를 벗는다. 까맣게 잊고 있던 실비아의 여행가방 태그가 바닥으로 떨어진다.

12

에이딘의 학년인 5학년은 숙소 건물인 페어 하우스, 다른 말로 "페어" 2층의 직사각형 기숙사방 네 개를 점유한다. 사감은 눈에 띄게 큰 키와 평범한 얼굴에 버튼 블라우스를 입은 자동 로봇 블리클랜드이다. 의족을 완전히 가려 주지 못하는 블리클랜드의 긴 체크무늬 치마는 끝없는 뒷소문의 먹잇감을 제공한다. 뭔가 못마땅한 것이 있으면 어조는 거의 변하지 않는 대신 각 문장의 로봇 같은, 확연히 오르락내리락하는 억양을 통해 전달된다. 음식 금지, 껌 금지, 단것 금지 규칙을 귀에 못이 박히도록 반복하지만 자신은 종종 민트를 씹고 있는 모습이 포착되는 블리클랜드는 웃음은커녕 심지어 즐거워하는 기색 한 번 보여주지 않는다.

페어 하우스의 각 기숙사 방은 각기 다양한 정도의 향수병, 스트레스, 피로, 섭식장애, 변비, 또는 전반적 불만에 시달리는 십 대 여덟 명을 수용한다. 알고 보니 기숙사생 중에는 아일랜드인이 아닌 학생도 적지 않다. 진이 쏙 빠지는 입학 첫날이 다 갈 무렵, 에이딘은 자기 기숙사의 어떤 아이와도 거의 대화를 나누지 않았지만 적어도 스페인인 네 명, 노르웨이인 한 명, 그리고 아시아인 두 명을 봤다. 거기에 더해 짐바브웨와 남아프리카에서 온 백인 여자애들도 몇 명 있는 듯하다. 부모님이 해외 대사거나 거물 사업가거나 아무튼 이 비인간적인 시설에 자기 아이를 버릴 수 있는 형편이 되는 부유한 외국인일 거라고, 에이딘은 추측한다.

에이딘에게 배당된 하잘것없는 적재 구역인 서랍 한 칸과 찬장 하나는 둘 다 잠그지 못하게 되어 있어서, 에이딘의 급선무는 벌써부터 괜히 가져왔다고 후회 중인 밀수품을 숨기는 것이다. 우선 들킬지도 모른다. 둘째로, 비록 자신을 포함해 전체 기숙사생의 절반이 취하기에 충분한 알코올을 소지하고 있긴 하지만, 사실 에이딘의 음주 경험은 샴페인 반 잔이 전부고, 그것도 얼마 전 엄마의 생일 파티에서였으니 거론할 것도 못 된다. 그렇게 금세 방향감각을 잃어버리는, 유체이탈하는 느낌이 썩 마음에 들지 않았다. 에이딘이 클린컷을 존경하는 수많은 이유 중 하나는 캘리포니아 투어를 마치고 귀향한 클린컷이 "스트레이트 에지"(금주, 금연, 약물 금지)를 공언했다는 것이다. 비록 그 때문에 나중에 언론에서 엄청 두들겨 맞긴 했지만. 아일랜드에서 스트레이트 에지라고? **씨발, 농담이시겠지!** 어쨌든, 기숙사 여학생들 앞에서 보드카 병을 꺼내려면 현재의 에이딘으로서는 전혀 갖고 있지 못한 유형의 자신감이 필요할 것이다.

저녁 소등 후, 에이딘은 다들 잠들기를 기다려 슬쩍 복도로 빠져나가 드넓은 화장실 한 구석에 놓여 있는 거대한 쓰레기통에 보드카 병을 버린다. 병이 바닥에 떨어지면서 내는 쿵 소리는 충격적일 만큼 크다. 아직 이름을 모르는 아래 학년 학생 하나가 반쯤 졸면서 발을 질질 끌고 지나가던 길에 맥주캔 몇 개를 움켜쥐고 있는 에이딘을 본다. 에이딘은 아이가 지나갈 때까지 기다려서 나머지 밀수품을 쓰레기통

안에 조심조심 집어넣는다.

각 샤워칸 양쪽 끝에 상당한 빈틈을 남겨 두는 조잡한 비닐 커튼 때문에 에이딘은 아직 밀번에서 한 번도 샤워를 하지 않았다. 이것은 또 다른 문제다. 욕실에 프라이버시가 부족하다는 것. 교도소 같은 침대 구역도 마찬가지다. 옷을 갈아입으려면 화장실에 가는 수밖에 없다. 그리고 에이딘은 자신보다 훨씬 발육이 좋은 암늑대 무리에게 자신의 통탄할 납작 가슴을 들킬 위험을 감수할 생각은 결코 없다. 그 결과로 에이딘은 이상하게 보는 눈길을 적잖이 접했고, 친근한 눈길은 별로 받지 못했다. 밀번의 모든 여학생들은 몇 년째 함께 지냈다. 암내가 나고 확실히 이상한 구석이 있고(여자애들이 친구를 고르는 데 있어서 외양은 무엇보다도 더 중요하다), 아웃사이더인 신입생과 굳이 친구가 되고 싶어 하는 학생은 그다지 많지 않다. 그렇다, 에이딘은 부정할 수 없는 아웃사이더다.

일주일이나 지났건만, 에이딘은 페어의 기숙생들을 난폭하게 잠에서 깨우는, 고막을 찢는 긴 종소리에 아직도 익숙해지지 못했다. 다들 졸린 눈을 하고 찢어져라 하품을 하며 옷을 대충 걸친다. 창을 통해 사선으로 들어오는 흐릿한 새벽 빛줄기 속에서 무리를 지어 튀긴 소시지의 악취가 맴도는 식당으로 터벅터벅 발을 끌고 간다. 배급 식량은 어제와 동일하다. 적외선 조명을 받아 고무 같은 광을 내는 구운 삼각형 빵조각, 주스(희석한 오랑지나) 병, 그리고 토스트와 마찬가지로 끈끈하고 역겨운 데다 모양도 엉망인 반숙 달걀 프라이.

“차라리 똥을 먹지.” 뒤쪽에서 누군가가 내뱉는다.

에이딘은 플라스틱 쟁반을 움켜쥐고 슬금슬금 대열로 다가가 귀를 쫑긋 세운다. 같은 목소리가, 이번에는 더 크게 내뱉는다. “내 씨발놈의 비글도 이걸 주면 토하고 말걸.”

에이딘은 목소리의 주인이 누구인지 알아내려고 돌아본다. 예상했던 대로 에이딘의 옆옆옆 침대에서 자는 브리짓 크로다. 엄청 예쁘고 섹시하지만 약간 무서운 5학년생. 소등시간 후의 수다를 주도하는 브리짓은 자신이 처녀가 아니며 대마초를 살짝 해봤다고 대담하게 떠벌리고 다닌다. 바로 이 식당에서 밤에 이루어지는 고문 같은, 침묵의 3시간짜리 자율학습 시간에 과장되게 코 고는 소리를 내서 블리클랜드에게서 한바탕 꾸중을 들은 것도 브리짓이다. 잡담을 막기 위해 각 학생은 테이블 하나를 혼자 차지하지만, 교묘한 쪽지 전달 작전이 전력으로 펼쳐진다. 끼루룩거리고 코를 골고 울부짖고 왁자지껄 떠들고 울고 자위하고 꼼지락거리는 낯선 아이들로 가득한 방 안에서 어떻게든 잠들려고 애쓰는 밤 시간을 제외하면, 자율학습은 아마도 에이딘의 마음이 가장 약해지는 시간일 것이다. 이 시간이면 눈을 질끈 감고 엄마와 아빠와 키아란과 심지어 원수가 뭘 하고 있을지 궁금해하지 않으려 안간힘을 써야 한다.

자신이 주말 클럽행을 위한 가짜 신분증을 구할 수 있다고 한바탕 자랑을 늘어놓은 브리짓은 가짜 손톱을 붙인 네 손가락(엄지는 아마 떨어진 모양이다)으로 푸크시아색 브리지를 넣은 긴 금발 머리카락을 배배 꼰다.

에이딘은 수줍은 미소를 지으며 "그렇구나"하고 대꾸하는 게 고작이다. "난 주로 그냥 차나 마시고 있었는데."

"담배 한 대가 너무 간절하다." 브리짓이 말한다. "아침 먹고 나갈래?"

담배를 피우긴커녕 냄새조차 질색하는 에이딘이지만, 그럼에도 이게 자신에게 날아온 최초의 초대장임을 떠올리며 고개를 끄덕인다.

"하키 경기장?" 브리짓이 짓궂게 씩 웃자 양 뺨에 깊고 건방진 보조

개가 쑥 파인다. "6년 동안 내 무대였지." 그러고는 에이딘을 스스럼없이 뜯어보며 묻는다. "이름이 뭐라고 했지?"

에이딘이 과연 백주 대낮에 교장선생님을 포함해 학교 사람 누구나 볼 수 있는 경기장에서 보란 듯 담배를 피워도 되는가를 놓고 고민 중인데 아래 학년 학생 하나가 주춤거리며 다가오더니 블리클랜드 선생님이 에이딘을 사무실로 호출했다고 알려준다.

"아, 씨발." 브리짓이 연민과, 어쩌면 존경심이 담긴 말투로 내뱉는다. 존경심은 그저 에이딘의 희망사항일지도 모르지만. "너 좆됐나 봐."

"에이딘."

"뭐라고?"

"내 이름은 에이딘이야."

13

9시. 지난 일주일 내내 그랬듯 실비아가 케빈에게 받은 열쇠로 혼자 문을 열고 들어오는 소리가 들린다. 실비아는 시간을 칼같이 지킬 뿐더러 능률적이며 뭐든 혼자 알아서 척척이다. 9시 반이면 쟁반을 들고 피터의 방문을 부드럽게 노크한다. 그리고 그때부터 밀리는 빙하의 속도로 옷을 입는 의식을 시작한다. 의식 도중 브라와 넝마 같은 팬티 차림으로 침대에 앉아 날씨와 자신의 양말 상태 및 세계 평화에 관한 상념을 혼잣말로 늘어놓는다. 하지만 실비아는 절대로 재촉하지 않는다. 인내심이 아주 천사 저리가라다.

오전 늦게, 날씨가 괜찮으면 두 사람은 동네 길을 따라 산책을 할 테고 밀리는 이웃 사람들을 상대로 잡담을 시도할 것이다. 아주 열을 올려가며 새로운 미국인 친구 '실비' 또는 어제 그랬듯 그냥 '실'을 소개할 것이다. 두 사람은 함께 개들, 유모차에 탄 걸음마쟁이들과 말도 안 되게 어린 엄마들, 또는 좀 쌀쌀맞거나 어리둥절해하는 외국인 보모에게 인사를 건넨다. 때로는 모르는 사람들도 마주치지만 주로 마주치는 것은 보헤미아계인 오리어리 자매다. 평생 독신으로 함께 사는 이 상냥한 자매는 매일 거르지 않고 산책을 한다.

어느 춥고 습한 오후, 그날 들어 두 번째로 함께 나선 산책길에, 두 여자는 해변가 산책로를 향해 걷고 있다. 밀리는 광범위한 화제를 두서없이 늘어놓는다. 초콜릿 케이크 위에 얇게 썬 아몬드를 왜 반드시 얹어야 하는가, 에이딘이 새 학교에서 어떻게 지내고 있는가, 연락 한 번 없다가 돈이 필요할 때만 엄마한테 전화를 하는 JJ의 아들에 관해, 류머티즘에 관해, 밀리의 브라 사이즈에 관해. 이런 독백이 이어지는 내내, 실비아는 주의를 집중하고 진심 어린 관심을 보이며 열심히 귀 기울여 듣는다. 밀리는 그 점에서 실비아에게 사실상 홀딱 반해 있다.

짧은 내리막길에서 실비아는 밀리가 비틀거리지 않게 팔을 잡아준다. 앞쪽에서 아직 보이지 않는 이층 버스가 좁고 포장이 제대로 되지 않은 굽은 길을 따라 속도를 높여 다가오는 소리가 들린다.

"벽으로!" 밀리가 고함친다. "운전기사가 미친놈이야."

두 사람은 스스로 만든 긴급상황에 깔깔 웃으며 재빨리 길 가장자리로 가 고대의 석벽에 연극적으로 몸을 납작 붙인다. 밀리는 바다를 얼핏 바라본다. 일렁이는 파도가 아름답고도 야만적이다. 거대한 버스가 옆으로 지나쳐 돌진할 때, 밀리는 고개를 돌려 운전사가 자신에게 손을 흔드는 걸 보고 답례 인사를 한다.

"제 생명의 은인이세요!" 실비아가 깔깔 웃으며 말한다. "자, 그건 그렇고 우린 그만 돌아가야 해요. 제가 준비한 깜짝 선물이 있어요."

#

그 깜짝 선물은 밀리가 기대한 것이 전혀 아니다. 화분도, 실비아가 여기 온 첫날 가져온 라이스 크리스피 과자 깡통도 아니다. 아니, 아예 선'물'이 아니다. 실비아는 밀리를 부엌으로 데려가 싱크대 옆 찬장을 연다.

"짜잔!"

찬장은 못 알아볼 지경이다. 맨 아래 선반은 박박 문질러 닦은 후 파란색 습기방지 매트 같은 것을 깔아 놓았고, 그 위에는 밀리가 소유한 모든 찻잔과 받침과 머그잔을 광이 날 만큼 깨끗이 닦아 한 무리로, 질서정연하고 말끔하게 놓아두었다. 위쪽 선반에는 티끌 하나 없이 깨끗한 샐러드 접시 더미가 똑같이 깨끗한 정찬용 접시 더미와 나란히 놓여 있고 그 밑에는 역시 파란색 시트가 깔려 있다. 질서, 압도적이고 논리정연하고 충격적인 질서가 군림한다.

연극적인 몸짓과 함께 실비아는 그 옆 찬장 문을 연다. 여기는 술잔을 보관하는 자리인 모양이다. 그리고 그 옆은, 이전에는 잡동사니를 처박아 놓았던 곳인데 지금은 밀리의 베이킹 용품들이 수납돼 있다. 용품들은 심지어 아름다워 보인다. 밀가루와 설탕은 더는 종이 팩에 담겨 있지 않다. 실비아는 각각을 인테리어 잡지에서나 보았을 법한 코르크 마개가 딸린 기다란 유리병에 담아 놓았다. 다음은 향신료들, 파스타와 쌀, 깡통 식재료들 그리고 기타 등등….

실비아는 밀리의 부엌을 해부했다.

밀리는 엄청난 충격에 사로잡혀 부엌 한복판에 멍하니 선 채 맹렬하고 모순적인 감정에 이리저리 끌려 다니고 있다. 실비아는 밀리의 물건들을 허락도 예고도 없이 샅샅이 뒤지고 다니고 그렇게 급격한 변화를 일으킬 권리가 없다. 자기가 도대체 누구라고 생각한 거지? 기껏해야 그저 세금도 안 내는 돈을 받고 일하는 고용인인 주제에. 여기 온 지 겨우 한두 주밖에 안 됐으면서. 게다가 이 청하지 않은 대변신을 볼 때 실비아는 밀리를 어떻게 평가하고 있는 것일까? 밀리의 부엌이 돼지우리였다고? 밀리가 엉망진창이라고? 어쩌면 실비아가 결국 자신을 이해하지 못한다는, 어쩌면 동정할지도 모른다는 데 생각이 미치자 밀리의 가슴에는 이상할 정도로 큰 슬픔이 치민다.

동시에, 밀리는 밀려드는 감사를 느끼고 있다. 이 여자는 오로지 밀리를 기쁘게 하겠다는 유일한 목적으로 이 프로젝트에 몇 시간이나 쏟아부은 게 분명하다. 비록 완전히 성공하지는 못했을지언정 좋은 의도에서 한 일이었다. 그리고 밀리의 모든 찬장과 모든 서랍(서랍들 역시 개조를 겪었으므로)이 훨씬 기능적이 됐고, 그렇다, 심지어 전보다 우월해졌다는 데는 부정할 여지가 없다.

“이걸 언제 다 했수?” 밀리가 마침내 입을 연다.

“아이고, 이런! 마음에 안 드세요?”

“그게 아니라…”

“야금야금 하고 있었어요. 오늘 아침에 쉬시는 동안 마무리했어요.”

밀리는 맨 앞 찬장으로 다가가 샐비어 덩굴을 타고 오르는 연한 색의 섬세한 장미들이 그려진 컵과 컵받침 세트를 놀라움 가득한 시선으로 응시한다.

“이것들은 어디서 찾아냈대?”

“아, 그것들요.” 실비아가 생긋 웃으며 대답한다. “위층의 한 침실에 있던데요. 침대 밑에 처박혀 있더라고요. 쇼핑백 같은 비닐에 싸여 있길래 처음에는 쓰레기인 줄만 알았지 뭐예요.”

“난 이 세트를 몇 년 만에 처음 봤어.”

“이렇게 예쁜데요! 우리 이걸로 차 마셔요.”

“평소에는 도저히 못 쓰겠더라고.”

“왜요? 기왕 차를 마실 거면 가지고 있는 것 중에 가장 좋은 잔으로 마셔야 하지 않아요? 그럴 자격이 충분하신데요.”

"내가?"

"부인보다 더 자격 있는 사람은 없어요." 실비아는 어리둥절한 건지 부아가 난 건지 알 수 없는 표정으로 밀리를 자세히 뜯어본 후 흔히 그러듯 일종의 모순적인 진실을 불쑥 내뱉는다. "부인은 자신한테 너무 가혹하세요. 그거 아세요?"

그 말이 밀리의 마음을 움직여, 배은망덕했던 첫 반응을 도로 주워 담고 싶은 열의를 불러일으킨다.

"다 하는 데 백만 년은 걸렸겠어. 정말이지 끝장나게 멋져 보여." 실은 진심이다. 밀리는 심지어 이 절대적인 사랑둥이를 집에 데려와 준 데 대해 케빈에게 감사할 수도 있을 것 같은 심정이다.

"정말 마음에 드시는 거예요?" 실비아가 묻는다. "전 이런 일 하는 걸 너무 좋아하거든요. 다른 방들도 몇 곳 정리하려고 했는데… 그래도 괜찮을까요?"

"내가 도대체 왜 이걸 침대 밑에 집어넣어 놨는지 모르겠네. 무슨 생각을 한 거람?"

실비아는 섬세한 찻잔 몇 개를 집어 들어 쟁반에 올린다. "골동품 같아요."

"나처럼."

"그만!" 실비아가 킥킥대며 말을 끊는다. "정말이지. 하지만 부인은 좋은 것들을 너무 많이 가지고 계세요." 주전자 스위치를 켜고는 창턱에 놓인 프랑스풍 란세트 시계를 가리키며 말한다. "이것도 그렇고요. 저희 어머니도 이거랑 똑같은 시계가 있었어요. 값어치가 분명 꽤 나갈 것 같아요."

"**저게?** 도둑도 안 가져갈걸. 늘 최소한 10분은 늦는데."

"그거야 고치시면 되죠. 다음번에 시내에 가실 때 제가 대신 가져가

드릴까요? 부인이 얼마나 많은 돈을 깔고 앉아 계신지 절대 모르실 거예요. 〈앤틱 로드쇼〉라는 프로그램 아세요? 여기서도 방영하나 모르겠네? 아무튼, 그러니까 매주 사람들이 집에 있던 물건들을 가져와요. 이런 시계 같은 것들이나, 아니면 램프나 지하실에서 찾아낸 화병 같은 것들을요. 그런 다음엔 막, 전문가들이 그게 값어치가 얼마나 나가는지 말해주는 거죠. 가끔은 1800년대나 막 그런 시대의 그림을 믿을 수 없을 만큼 비쌀 거라고 믿고 가져왔는데, 알고 보니 가짜고 한 푼어치도 안 나갈 때도 있어요."

"하!" 밀리가 말한다. "내 얘기겠군."

실비아는 수다를 떨면서 다기들을 식탁으로 가져오고, 두 사람은 자리에 앉는다.

"그런가 하면 또 어떤 사람은 샹들리에를 가져온 거예요. 완전히 쓰레기라고 생각하면서요." 실비아가 말을 잇는다. "아니면, 한번은, 어떤 여자가 엄마 장신구함에서 귀고리를 발견했는데, 알고 보니 막 5만 달러짜리인 거죠."

"흐음, **그거라면** 나도 갖고 있지. 내 약혼반지. 가보야. 절대 끼고 다니진 않지만. 그걸 낀 첫날 잃어버렸었거든. 그거 알우?"

밀리는 정확성은 보장할 수 없어도 지극히 상세한 전설을 들려주기 시작한다. 볼스브리지의 한 술집 앞이었나 아니면 킬스터의 어느 들판이었나 그도 아니면 더블린의 다른 어디에서 피크닉을 하던 중이었나, 하여튼 피터와 같이 있던 밀리가 풀밭에 그 에메랄드 반지를 떨어뜨렸고, 두 연인은 강둑을 이 잡듯 뒤진 끝에 결국 포기했다. 하지만 정말 예상치 못하게도 올리브 키어라는 환경미화원 여자가 쓰레기통이었나 아니면 어느 상점 앞의 포장도로에서였나 그도 아니면 어떤 카페 테이블의 설탕 그릇 밑에서였나, 하여튼 그 반지를 찾아냈다. 여자는 **분실 반지 습득**이라는 전단지를 붙였고, 이튿날 마지막으로 한 번 더 찾아보려고 돌아갔던 피터가 그 전단지를 보고 반지를 찾아 왔다. 그리고 밀리는 키어 부인을 애프터눈 티에 초대했다. 스콘과 연어 샌드위치를 함께 먹었다. 셸번에서.

"우와." 실비아가 말한다. "다시 찾으셨다니 정말 하늘이 도우셨나 봐요. 하지만 전 이해가 안 가요. 그니깐, 왜 절대 안 끼고 다니세요?"

"그야 손가락이 붓거든."

"아, 네. 음, 전 부인이 그걸 안전금고나 뭐 그런 안전한 데에 두셨으면 좋겠어요."

"플로리다에서는 그렇게들 하나?"

"음, 네, 값어치가 많이 나가는 거면요. 값어치가 나간다고 하셨죠?"

"엄청. 하지만 아니야. 난 은행가들을 믿지 않아. 너무 깜찍하지. 난 그걸 여기 마르게이트에 보관해." 밀리가 대꾸한다.

"하지만 만에 하나 부인 댁에 강도라도 들면요?"

"걱정할 것 없어. 잘 잠가놨으니까. 양탄자 속의 벌레처럼 아늑하게." 오래전 이 거리에 연쇄 강도 사건이 일어났을 때 피터가 귀중품 보관용 금고를 집에 들여놓았다. 즐거운 제시카의 벨벳 같은 모노그램 파우치에 고이 넣어둔 밀리의 반지는 밀리가 성가심을 무릅쓰고 신경 써서 보관하고 있는 얼마 안 되는 소지품 중 하나였다. "그리고 열쇠도 안전히 숨겨놓았고."

"아, 그거 잘됐네요. 정말 현명하세요." 실비아는 묻지도 않고 밀리의 차에 설탕 한 티스푼을 넣은 후 잘 저으며 말한다.

14

케빈은 찻주전자와 설탕 그릇과 우유 주전자와 수란과 버터 바른 토스트와 파라세타몰 두 알을 얹은 쟁반을 내가고 있다. 쟁반은 이 사랑스러운 집의 계단을 한 칸씩 올라갈 때마다 덜그럭거린다. 주택 시장이 지금처럼 미쳐 날뛰기 한참 전에 이 집을 매입한 건 현명한 처사였다. 케빈은 아침 조깅의 이슬에 젖어 여전히 눅눅한 운동화 앞코를 문틈에 찔러넣어 문을 열고, 아내가 어딘가에 누워 있을 어질러진 침대로 다가간다.

"당신의 병을 고쳐 줄 약을 가져왔어." 쟁반을 아내 옆에 내려놓으며 케빈이 말한다.

"이걸 고쳐 줄 약은 세상에 없어." 그레이스의 목소리와 함께 시트 저 밑에서 검은 머리카락 한 다발이 바깥을 빼꼼 내다본다. 그 후 아내가 몸을 드러낸다. 자기 전 지우지 않은 마스카라 때문인지 콜 아이라이너 때문인지 눈꺼풀은 끈적거리고 눈 밑에는 그림자 진 웅덩이가 있다. 바다에서 건져 올린 익사체의 피부색이다. 그럼에도 여전히 섹시하다.

"맙소사, 이 아가씨야, 어젯밤 도대체 무슨 **짓을** 한 거야?"

케빈은 애써 쾌활한 말투를 꾸며내지만 어쩌면 약간의 불만이나 질투 또는 뭔가 음험한 것이 끼어들었을지도 모른다.

"이 착한 남자야." 그레이스는 그렇게 말하고 흐릿한 달걀노른자 얼룩이 아직 확연히 남아 있는 침대 머리판에 기대어 앉는다. 케빈은 그 얼룩을 볼 때마다 아직도 약간의 분노를 느낀다. 부부는 에이딘의 극렬한 반달리즘 행위에 어떻게 대처하는 것이 최선인가를 놓고 딸의 고통을 이해하고 싶은 마음과 혹독하게 처벌하고 싶은 마음 사이에서 갈팡질팡하면서 말다툼을 벌였다. 그 문제는 아직 해결되지 않은 상태고, 어쩌면 계속 그 상태일지도 모른다. 어쨌거나 지금으로서는 그렇다.

"내가 또 나가려고 하면 못하게 해줘." 그레이스는 이불을 목까지 끌어올리고 관자놀이를 빠른 동작으로 원을 그리며 문지른다. 케빈은 수선을 피우며 그레이스를 챙겨주는 시늉을 한다. 베개를 팡팡 쳐서 부풀리다 못해 베개와 실제로 싸움을 벌인다. 있는 쿠션은 몽땅 다 그레이스의 등 뒤에 쑤셔넣은 후 예전에 그랬듯 그레이스의 머리를 양손으로 붙잡고 마사지한다. 그레이스는 감사 대신 신음을 토한다.

"아… 이거 너무 좋다. 안 돼, 제발! 좀 더! 나 죽을 것 같아."

"몇 시에 들어왔어?" 몰라서 묻는 게 아니다. 케빈은 그레이스가 새벽 2시 한참 넘어 비틀대며 현관으로 들어와 해장 간식이랄까, 흔적으로 미루어 짐작하건대 구운 치즈와 토마토 샌드위치를 게걸스럽게 먹어치운 후 입은 옷 그대로 부부 침대에 쓰러져 즉시, 그리고 거칠게 코를 곤 것을 너무나 잘 알고 있다.

"전혀 모르겠어. 1시?" 그레이스는 덜덜 떨리는 손으로 찻잔과 잔받침을 입가로 가져간다. "이런 젠장." 그레이스가 움찔하자 찻물이 철벅 튀긴다. "젠장. 깜빡했다. 어제 늦게 밀번에서 우리 사무실로 전화가 왔다는데 무슨 일인지 확인 전화하는 걸 잊었어."

"술 드시느라 좀 바쁘셨겠어요…" 케빈은 농담이라는 걸 보여주려고 싱긋 웃고는 얼굴을 찌푸린다. 예전에는, 아아 그렇다, 거의 20년 전, 두 사람이 아직 번식을 시작하기 전의 말도 안 되게 태평하던 그 시절에는 농담이라는 신호를 따로 줄 필요가 없지 않았나? 케빈은 그냥 곧장 농담을 하곤 했다. 하지만 요즘에는 한쪽 눈썹을 치켜 올리거나, 어깨를 으쓱하거나, 하여튼 뭔가 사랑하는 사람들이 자신의 말을 오해하는 일이 없도록 설명하거나 말을 덧붙이거나 뾰족한 모서리를 둥글리거나 해야 할 필요를 느낀다.

"내가 처리 중이야." 케빈이 말한다. "여왕 폐하께서 온갖 종류의 화장품을 요구하고 계셔. 헤어젤이랑 윤활유랑."

"말도 안 돼." 그레이스가 그렇게 대꾸하고는 차 찌꺼기와 함께 알약을 꿀꺽 넘긴 후 포크를 모로 눕혀 달걀을 자른다. "이거 너무 맛있겠다."

케빈은 자신의 거짓말이 통했다는 게 거의 믿기지 않을 정도다. 외모를 꾸미는 데 공격적일 정도로 무관심한 에이딘은 한 번도 화장품을 사 달란 적이 없고, 앞으로도 절대 그럴 일은 없을 것이다. 진실은 에이딘이 참 빨리도 말썽을 일으켰다는 것이다. 하지만 블리클랜드는 학부모가 나쁜 소식을 접수하는 광경을 직접 목격하는 데서 희열과 고소함을 느끼는 부류의 가학적인 교사인지라, 케빈이 아무리 졸라도 전화로는 그 어떤 정보도 주려 하지 않았다. 그저 아침 제일 이른 시간에 만나자고 단호하게 잘랐다. 케빈은 이 작은 잉걸불을 아내 모르게 직접 끄고야 말겠다는 의지가 확고하다. 그림이 망가진 지 얼마나 됐다고, 이런 아수라장 시작이 벌써부터 닥쳐온다면 스트레스 수치는 더한층 치솟을 것이다. 적어도 케빈은 그런 이론으로 자신의 부정직함을 내적으로 정당화하고 있다. 물론 거기엔 다른 동기들도 작용하고 있지만.

"뭔지 모르지만 금요일까지 미뤄도 될까?" 그레이스가 말한다. "당신 괜찮아? 피곤해 보여."

"괜찮아. 사실 내가 오늘 거기 가기로 했어. 어차피 시내에 가야 할 일도 있고."

"그래?"

"믹이 일자리 건수를 줬어." 케빈은 말한다. "승산이 높은 건 아냐. 나랑은 거리가 먼 디지털 어쩌고 하는 헛소리야."

"강의 같은 걸 들어보면 어때?"

케빈은 쏘아붙이고 싶은 마음을 간신히 억누른다. 그레이스가 그런 지나치게 단순한 조언을 제시한 건 이번이 처음도 아니니까.

"어쨌든 전망이 있으니 좋네." 그레이스가 말한다. "하지만, 당신도 알지? 시간이 좀 걸릴 수도 있어."

"이미 시간이 좀 지났지."

"걱정할 것 없어. 있잖아." 그레이스가 말한다. "내 저녁은 안 차려도 돼. 오늘 밤엔 늦을 거야."

"또?" 케빈은 참지 못하고 내뱉는다.

"어쩔 수가 없어." 그레이스가 얼굴을 찌푸리며 대꾸한다. "내 말 믿어. 나야말로 집에 있고 싶은 마음이야."

"그래?"

"진심으로 묻는 거야?" 그레이스는 궁금한 건지 당황한 건지 애매한 미소를 짓고는 샤워실로 향한다.

#

케빈은 가장 좋은 바지를 다림질한 후 하나뿐인 벨트를 찾아 나선다. 그 서글프게 낡고 닳은 물건은 10분을 찾아 헤맨 끝에 결국 키아란의 침대 난간에서 발견되는데, 곰인형을 교수형에 처하는 밧줄로 쓰였다. 맙소사, 이제 이 집 안에 내 물건은 하나도 없는 건가? 케빈은 화장실에서 언젠가 아이들 중 누군가한테서 생일선물로 받았는데 아직도 밀봉 상태로 놔 둔 홀리스터 제이크 향수를 한번 칙 뿌릴까 하다 그만둔다. 너무 속보이는 짓 같아서. 아아, 정말이지 동네 바보 형이 따로 없다. 자신은 이미 그만하면 만족스러운 결혼생활을 누리고 있는 중년 유부남이 아닌가? 그런데 멍청하게도 자신보다 적어도 사반세기는 늦게 태어난 여자를 위해 이토록 몸단장을 하다니. 그 여자는 어쩌면 결혼했을지도 모르고, 아마도 케빈의 존재 따위는 의식조차 하고 있지 않을 텐데. 심지어 오늘 로즈 버드를 마주칠 수 있을지 어떨지의 확률은 차치하고라도. 케빈은 페어 하우스에서 블리클랜드와 만나기로 약속했고, 버드의 사무실은 학교 본관에 있다. 하지만 그런 거리조차 케빈이 버드를 흡입할 수 있도록 본관 사무실에 들르기 위한 뭔가 그럴싸한 핑계거리를 지어내려 아침 내내 머리를 쥐어짜는 것을 막지는 못했다. 윗입술 북동쪽 구석의 검은 점 하나, 펜슬 스커트 아래 감춰진 풍만하고 굴곡진 엉덩이, 약간의 장난기를 담은 촉촉한 눈동자.

행운인지 케빈의 무의식적인 의지가 우주를 움직인 것인지, 블리클랜드의 사무실 앞에 앉아 그 앞 벽에 붙어 있는 세 대의 전화기를 곰곰이 살펴보는 척하던 케빈의 눈에 로즈 버드가 들어온다. 욕망의 대상은 아무것도 모르는 채 케빈을 향해 성큼성큼 걸어온다. 캠퍼스 건물들 사이의 짧은 거리를 오가느라 뺨이 붉게 상기된 채, 단단히 움켜진 상당히 큰 파일 폴더 더미를 훑어보고 있다. 이전에는 보지 못한, 고양이를 연상시키는 섹시한 검은 테 안경을 쓰고 몸매를 감추는 동시에 드러내는 파란 랩 드레스를 입고 있는데, 케빈은 즉각 그 드레스가 로즈의 몸에서 슬로모션으로 흘러내리는 모습을 상상한다. 발에는 더블린의 모든 여자들과 마찬가지로 무릎까지 올라오는 검은 가죽 부츠를 신었는데, 부츠는 발목에서 장딴지 중앙까지 올라오는 지퍼와 두꺼운 은색 쇠고리들로 장식돼 있다. 저 지퍼를 내가 내릴 수만 있다면 얼마나 좋을까. 다리에서 벗겨내고 그 아래에 있는 것에 손이 닿을 수만 있다면 얼마나 좋을까. 타이츠? 멜빵? 아니면 맨다리일까?

"고가티 씨." 로즈가 갑자기 멈춰 서며 말한다.

자신을 향한 웃음으로 벌어지는 여자의 입술을 보자 케빈의 뺨에는 색이 돌고 고환에는 피가 돈다. 열네 살 때로 돌아간다. 무심한 듯 정중한 태도를 보이려 애쓰지만, 실제로는 로즈 버드를 향해 멍청하고 얼빠진 시선을 보내고 있다. 마치 엑스터시를 한 알 삼킨 듯한 기분이다. 이 여자에게는 케빈의 혈류에 불을 지피는 뭔가가 있다. 케빈은 기분이 **좋다.**

"버드 선생님, 잘 지내셨어요?" 케빈은 인사예절을 놓고 고민한다. 한 번 끄덕이는 것은 너무 냉정하게 느껴진다. 입맞춤? 맙소사. 아니, 입맞춤은 아니지. 작은 손짓? 이젠 상대가 바로 앞까지 와 버렸으니 너무 어색할 것이다. 케빈은 악수로 마음을 정한다.

"앗." 로즈가 말한다. "얼음장 같아요!" 허스키한 웃음소리가 뒤를 잇는다.

그러나 로즈는 그렇지 않다. 로즈의 손은 따뜻하다. 아니, 뜨겁다. 그리고 밀번의 행정 담당 로즈 버드와의 이 첫 신체 접촉은 순수한 성적 전류, 어쩌면 기절할 것 같은 성적 전류다. 아찔한 번개가 케빈의 전신을 꿰뚫고 지나간다.

"에이딘은 어떻게 지내고 있나요?" 로즈가 묻는다.

그때 케빈은 갑자기 로즈 뒤편으로 마귀할멈 같은 블리클랜드가 말도 안 되게 크고 위엄 있는 척하는 자신의 소굴에서 나와 절뚝대는 걸음걸이로 이쪽으로 오는 걸 알아차린다. 기회는 몇 초뿐이다. 놓칠 수 없다.

"아주 잘 있죠." 케빈은 그렇게 대꾸하고는 마치 엄청난 비밀이라도 털어놓으려는 듯한 태도로 로즈 버드를 앞쪽으로 인도하며 말한다. "있죠, 여기 일이 끝난 후에 말씀 좀 나눌 수 있을까 해서 그러는데요?" 그리고 마치 블리클랜드와 마주한다는 생각만 해도 공포에 사로잡힌다는 듯 눈을 희극적으로 휘둥그레 뜨고 말을 잇는다. "그냥 학교 일 관련해서 상의를 좀 드리려고…."

"네?" 로즈의 사랑스러운 얼굴이 당황한 듯 케빈을 향해 갸웃한다. 순간 값비싼 사향내가 케빈의 코를 훅 찌르고, 케빈은 브라운 토머스와 점심시간을 이용해 유혹의 비기를 구하러 그곳을 찾는 여자들 그리고 그 여자들이 지나갈 때 향수를 칙칙 뿌려 대는 직원들을 떠올린다. 버드는 더는 아무 말도 하지 않고 연신 고개를 갸웃대고 있다. 그 성실하고 호기심에 찬 표정에, 케빈은 저도 모르게 핑계랍시고 헛소리를 주워섬긴다.

"용돈을 어떻게 정해 줘야 하나 싶어서요. 에이딘이 방과 후에 필요한 용돈 계좌 같은 거요. 그 애 말로는 아이들이 스파에 가서 디저트를 사 먹는다던데요." 그 후, 로즈의 시선에 안절부절 못하던 케빈은 로즈의 존재로 인해 평소 자신의 말을 거르는 필터를 잃어버리고 대담하게 덧붙인다. "아마 걔들이 사는 게 그게 전부는 아닐 것 같지만요."

도대체 무슨 개소리를 하고 싶은 거지? 아니, 좀 더 핵심을 찌르자면, 사랑스러운 B 선생이 케빈의 말을 도대체 무슨 뜻으로 **상상해야** 하지? 어차피 편의점일 뿐인데, 거기서 뭔가 이상하거나 불법적인 걸 팔기나 할까?

"아, 담배 말씀하시는 거죠?" 로즈는 이해한다는 듯 고개를 끄덕인다. 케빈은 로즈의 침착한 태도를 예리하게 의식한다. 그 수많은 장점에 더해, 로즈는 유연하다. 그리고 케빈은 다시금 붕 뜨는 기분을 느낀다. 악수를 나눴을 때 로즈의 세포들 역시 짜릿함을 느꼈을까? 궁금해진다. "하지만 사실 그건 블리클랜드 선생님의 영역일 거예요." 로즈가 말한다. "페어 하우스의 모든 문제는 그분이 전부 관리하시거든요. 마침 여기 오셨네요."

"맞아요." 케빈은 더듬거리며 대답한다. 그리고 파티클 보드 조각처럼 납작하고 속을 알 수 없는 얼굴을 한 할망구의 손이 문손잡이에 놓이는 것을 보며 스크램블드 에그처럼 뒤죽박죽이 된 머릿속으로 로즈 버드를 한 번 더 만날 다른 타당한 이유를 떠올리려 안간힘을 쓴다. 그것도 곧. 빠를수록 좋다.

"사실, 여쭤보려던 게 있었어요." 자리를 뜨기 전 마지막으로 케빈을 돌아본 로즈가 느슨해진 귀고리를 조이려는 듯 귓불을 만지작거리며 말한다. "신입생 환영 키트 받으셨어요? 제가 발송한 줄 알았는데 오늘 아침에 책상 위에 하나가 놓여 있지 뭐예요. 이번 학기 우리 학교 신입생은 에이딘뿐이니까 아마 제가 깜빡한 것 같아서요."

"제가 나가는 길에 들러서 챙겨 가죠." 케빈이 승리감에 허공에 주먹질을 하고 싶은 충동을 억누르며 말한다.

"아, 그러실 필요 없어요. 학생을 시켜서 보내드릴게요. 걱정 마세요."

"고가티 씨." 그 어떤 인간성의 흔적도 찾아볼 수 없는 부루퉁한 표정으로 블리클랜드가 말한다. "들어오시죠."

"이따 잠깐 들를게요." 케빈이 말한다. "어차피 에이딘한테 인사도 하고 싶고요."

"아이들은 지금 수업중이에요, 고가티 씨." 블리클랜드가 나무란다. "수업이 끝나기 전에는 면회를 할 수 없어요."

케빈은 마귀할멈의 머리통을 박살 낼 수도 있을 듯한 심정이다. 하지만 그때 로즈 버드의 말이 케빈을 충격과 열락의 상태에 빠뜨린다. "혹시 면담 끝나고 들르고 싶으시면 본관 사무실로 오세요. 자료를 가지고 기다리고 있을게요." 로즈는 미소 띤 얼굴로 그렇게 말하고는, 블리클랜드가 뒤돌아보는 틈을 타 혀를 내밀고 케빈에게 윙크를 한다. **케빈에게. 윙크를. 한다.**

케빈 고가티는 실제로 춤을 추며 블리클랜드의 사무실로 들어간다.

"준비됐으면 시작하시죠." 케빈이 말한다.

#

문 닫힌 사무실 안에서 블리클랜드가 뚝뚝 끊어지는 기묘한 스타카토 풍으로 쏟아낸 파편들을 조합해 파악한 사연은 대략 다음과 같다. 댁의 따님이 댁에서 썩 괜찮은 보드카 한 병을 포함해 어마어마한 양의 술을 훔쳐 학교로 몰래 들여왔다는 것이다. 케빈은 그게 없어진 걸 자신이 눈치채지 못했다는 사실이 믿기지 않는다. 처음 떠오르는 생각은 다음과 같다. 이건 솔직히 내가 사춘기 때 부렸을 법한 유형의 말썽인데. 비록 나라면 대체로 요령이 좋아서 들키지 않았겠지만. 놀라운 부분은, 블리클랜드의 설명에 따르면, 술이 발각된 것은 **에이딘**

이 그걸 처분하려 했기 때문이었다. 에이딘이 술을 안 마시고 버리는 걸 다른 학생이 목격했다! 에이딘은 확실히 우리 집안 애들 중에서 가장 속을 모를 애라고, 케빈은 생각한다.

"우리 페어 하우스에서는 술에 대해 엄격한 금지 규칙을 두고 있고 관용은 절대 없어요. 그 이유는 말씀 안 드려도 아실 테고요. 이 규칙이 깨지면, 어떤 학생이…" 이 대목에서 블리클랜드의 목소리가 흔들린다. "…술을 기숙사 건물로 가져오면, 그건 아주 심각한 문제가 됩니다."

"블리클랜드 부인…"

"선생님이라고 불러주세요."

"죄송합니다, 블리클랜드 선생님. 사실, 에이딘은 착한 아이입니다. 정말로요. 무척 배려심이 많은 아이지만 요즘 좀 힘든 시기를 보내고 있어요. 쌍둥이 언니가 있는데 둘 사이가 좀… 다툼이 있었어요. 그리고 그 애 오빠는 요전에 집을 떠났고요. 대학교에 갔는데, 그 애는 제 오빠를 보고 싶어 해요. 그리고 제일 친한 친구는 작년에 스코틀랜드로 이사 갔고요. 저기, 제 생각엔 이 일 전체가 그냥 일종의 상징적 반항인 것 같습니다. 아시죠. 그 애는 기숙학교에 오고 싶어 하지 않았어요. 여기 적응하는 데 어려움을 겪고 있고요. 아마도 그게 도움이 될 거라고 생각했나 봅니다. 애들한테 멋있어 보이고 싶어서. 한심한 생각이었죠, 네."

블리클랜드의 얼굴은 어떤 식으로든 조금도 변화를 보이지 않는다. "밀번이 에이딘에게 적합한 학교가 아닐지도 모르겠군요, 고가티 씨. 그 애가 유일하게 사귄 친구가 5학년에서 가장 골칫거리인 여자애라는 사실을 아마 모르셨을 것 같네요. 귀가가 거의 금지된 학생요."

케빈은 조금도 놀라지 않았지만 "정말 놀랍네요"하고 대꾸한다. "저기요, 그 애는 그저 아직 적응을 못해서 그런 거라고 말씀드리고 싶습니다. 기회만 주시면 그 애는 여기서 아주 잘해 낼 수 있을 겁니다."

"그 애가 말씀하시는 대로 반항심으로 말썽을 피운 거였든, 아니면 실제로 보드카 한 병과 라거 몇 캔을 몽땅 마실 작정이었든…" 이 대목에서 블리클랜드의 목소리는 다시금 동요된다. "…거기에 대해서 학교는 책임을 다해야 할 겁니다. 아시죠, 규칙은 규칙이니까요."

"이해합니다. 정말입니다. 당연하죠." 그렇게 말하지만 케빈의 속마음은 이렇다. **씨발, 쫓아내기로 작정하셨군.** "하지만 그 애가 그걸 안 마시고 버렸다는 사실을 감안해 주실 수 없을까요? 결국은 분별을 찾았다는 거니까요. 자기가 한 일을 후회하고, 약간 늦은 건 인정합니다만, 옳은 일을 하기로 마음먹지 않았습니까. 술을 마시지 않겠다고, 다른 여자애들과 같이 나눠 마시지 않겠다고요. 잘못된 일을 하지 않기로 결심한 거죠." 케빈은 이곳에 온 첫날 차에서 내리던 에이딘의 모습을 생생히 기억하고 있다. 아마도 옷에 똥을 지릴 만큼 겁에 질렸겠지만 그럼에도 용감하고 꿋꿋했다. "제발 그 애의 첫 실수가 아니라 그 점을 바탕으로 판단을 내려 주십시오. 그 애는 더 잘할 겁니다. 약속드립니다."

15

더는 잡화를 사러 도넬리로 갈 수 없게 된 밀리는 음식 쇼핑에 목숨 거는 사람들을 위한 현대판 골리앗, 즉 무시무시한 대형 마트로 향한다. 세기 초의 의기양양하던 시절에 세워진 상점은 번잡한 로터리 바로 바깥에서 무심하게 깔보듯 거리를 굽어본다. 장엄한 자동 이중문들 옆에는 광이 나는 대칭형 카트들의 함대가 도열했고 으리으리한 무인 유료주차장은 반투명한 껍데기에 싸여 있다.

"우리 동네에서 주차비를 받다니." 밀리는 못마땅하게 내뱉는다. 밀리가 일주일치 식료품을 사러 온 것은 몇 달 만, 아니 몇 년 만이다. 예전에 연어 1파운드(항구에서 건져올린 게 다인!)의 가격표를 입을 쩍 벌린 채 멍하니 보다 마트 직원에게 의기양양하게 선포했듯, 밀리는 그 상점에 상처받았다. 그리고 솔직히 말하자면(사실 **솔직하지 않을** 때도 꽤 많다) 필요 이상으로 많은 먹을 것과 마실 것으로 터지기 직전인 비닐봉투를 바리바리 집으로 들고 오는 따위의 허세스러운 도덕적 타락에 철학적인 반감이 있다. 밀리 고가티는 생존자다. 아일랜드공화국 시민으로서 시련을 극복한 승리감을 느끼며 전시에 배급

된 갈색 배급책을 움켜쥐었던 어머니의 딸이다. **임시변통**의 철저한 신봉자다. 밀리는 일주일 기준, 우유 1파인트, 식빵 한 덩어리, 라셰르(얇게 저민 베이컨-옮긴이) 그리고 버터와 차, 잼 한 병과 오래된 달걀로 임시변통한다.

"조심하세요!"

상념에서 퍼뜩 깨어난 순간, 밀리의 믿음직한 르노가 주차장을 두른 콘크리트 벽을 엄청난 힘으로 들이받고 만다. 밀리와 실비아는 요란한 금속성 충돌음과 입을 맞추어 비명을 지른다. 반동 때문에 뒤로 튕긴 차체는 지나가는 오토바이를 곧장 겨냥한다.

"조심하세요!" 실비아가 고함친다. "멈춰요!"

밀리는 브레이크를 밟을 생각이었지만 발이 액셀에 있다.

"차를 멈춰요!"

실비아가 주차 브레이크를 잡아당긴 덕분에 차는 즉시 멈춘다. 오토바이 운전자는 방향을 홱 틀다 하마터면 균형을 잃을 뻔하지만 간신히 자세를 바로잡고 밀리에게 가운뎃손가락을 들어 보인다.

"씨발 등신아!" 남자가 목청껏 지르는 고함에 근처로 빈 카트를 돌려놓으러 가던 쇼핑객들이 이쪽을 돌아본다. "빌어먹을, 길에서 꺼져!"

"아이고 맙소사." 실비아가 말한다. "괜찮으세요?"

지루함을 날려주기만 한다면 그 어떤 사건도 마다하지 않을 밀리 같은 사람에게도 이런 상황은 버겁다. 아드레날린이 폭발할 듯 솟구치고, 왼손이 기어 스틱에 용접된 느낌이다. 온 힘을 다해 쥐고 있던 주먹에서 손가락을 하나하나 차례로 푼다. 좋은 소식은 몸에 통증이 없다는 것이다. 발가락, 사지, 손가락, 모두 확인했다.

"고가티 부인?"

"난 괜찮아." 밀리가 말한다. "자기도 괜찮아?"

이번은 밀리가 최근 들어 세 번째로 일으킨(비록 누구에게도 그 사실을 알릴 마음이 없지만) 경미한 접촉사고다. 그리고 밀리는 그때마다 잠시 정신이 나가는 듯한, 자신의 육신이 허물어지고 있다는 초조한 기분을 느꼈다. "이건… 아이고 맙소사." 실비아가 말한다. "차가 얼마나 망가졌는지 확인해야겠어요."

밀리는 덜덜 떨면서 르노에서 내리고, 두 여자는 차 앞에 서서 살펴본다. 범퍼는 엄청나게 휘었고 앞 왼쪽 등은 절단 났다. 투명한 플라스틱 조각들이 타맥 위에 흩뿌려져 있고 앞에 서 있는 벽에는 그래피티를 휘갈긴 흔적 같은 검고 난폭한 흠집들이 나 있다.

"정말 괜찮으신 거 맞아요?" 미국인이 묻는다.

밀리는 고개를 끄덕이지만 머릿속은 이미 저만치 앞으로 달려가 이 일의 후환을 그려 보고 있다. 가장 먼저 처리해야 할 문제들을 명확히 정리하려 애쓴다. 이 일을 어떻게든 무마시켜야 해.

"들어봐." 밀리가 말한다. "케빈이 이 일을 알면 안 돼. 난 안 그래도 충분히 난처한 상황이거든."

"별로 큰일도 아닌데요, 뭐." 실비아가 말한다. "그저 사소한 손상을 좀 입었을 뿐이에요. 적어도 아무도 다친 사람은 없잖아요."

"하지만 그 애는 이걸 나한테 불리하게 이용할 거야. 줄곧 나한테서 차 열쇠를 빼앗겠다고 위협해왔는걸."

배달 트럭이 고집스러운 후진 경적을 울리며 짐 싣는 곳으로 후진해 들어오고, 쇼핑객들은 짐이 잔뜩 실린 카트를 미니밴을 향해 밀고 간다. 주위의 세계는 계속 움직이고 있다.

실비아가 말한다. "이러면 어떨까요…? 우리 우선 어디 가서 커피 한잔해요. 지난주에 갔던 그 예쁜 카페는 어떠세요?"

"아무 잘못 없는 사람도 뭔가를 들이받을 수 있어, 알지? 즐거운 제시카의 차도 남 못잖게 찍히고 파이고 했는걸. 심지어 케빈도."

"그럼요. 저 같으면 정말이지 걱정 안 할 거예요."

"제발." 밀리는 실비아를 응시한다. "그 애한테 말 안 하겠다고 나한테 약속해줘야 해."

"그게… 전… 그분한테 매주… 그러니까, 보고를 하거든요. 아시죠? 무슨 일이 있었는지, 어딜 갔는지, 뭘 드셨는지 하는, 뭐 그런 것들요."

밀리는 코웃음친다. 보고에 관해 들은 건 이번이 처음이다. 종이에 적힌 것들은 항상 말썽을 불러오는 법.

"그걸 좀 봤으면 싶은데." 밀리가 말한다.

"아, 아니에요, 그런 게… 그냥 전화 통화예요. 제 말은, 5분쯤 전화 통화하는 게 전부예요."

이때 처음으로 밀리는 실비아에게 의혹의 시선을 돌린다. 이 여자는 내 감시역으로 온 건가? 온갖 종류의 뒷담을, 그걸 절대 알아서는 안 되는 바로 그 인물한테 보고하고 있는 거야?

"케빈은 그냥 부인이 잘 지내시는지 알고 싶을 뿐이에요."

"확실히 말해두는데, 그건 전혀 아니야." 밀리가 말한다. "내 생각에 그 애는 날 요양원에 넣고 싶어 해. 알지, 그 애는 내가 혼자 사는 데 반대하는데, 이 일은 그냥 그 애한테 힘을 더 실어 줄 뿐이야."

"알겠어요, 잠깐만요." 실비아는 말한다. "그냥 잠깐만 생각 좀 해볼게요." 이어진 침묵 속에서, 밀리의 패닉은 점점 커진다.

"좋아요, 제가 케빈한테 말하지 않는다고 치죠."

"그래, 그래!"

실비아는 고통스러운 표정을 짓는다. "들키면 전 해고당할 거예요."

"그럴 일은 없어. 그 애는 절대 못 알아낼 테니까."

"모르겠어요…"

"내가 돈을 더 줄게."

실비아는 놀라서 고개를 홱 젓힌다. "네? 아니에요. 그럴 순 없어요. 그렇게는 절대 못 해요."

"아, 그런데 아니다…." 밀리가 말한다. "자기가 그 애한테 말을 안 하더라도… 그 애는 그래도 알아낼 거야, 안 그래? 차가 진입로에 없는 걸 보면 알겠지. 수리하는 데 며칠은 걸릴 테니까."

"그렇게 큰 손상도 아닌데요. 며칠까지는 안 걸릴 거예요."

"여긴 아일랜드야." 밀리가 말한다. "뭘 하든 며칠은 기본이라고."

"만약 우리가… 아니, 아니에요."

"뭐?"

"아이고 맙소사." 실비아가 얼굴을 찌푸린다. 심지어 얼굴을 찌푸리고 있어도 꽤나 매력적이다. "어, 그냥 해 본 생각인데… 케빈한테 제가 그랬다고 말하면 어떨까요? 제가 운전하고 있었다고?"

잠시 후, 이 제안에 담긴 친절함과 충심, 그리고 이타심을 고스란히 이해한 밀리가 되묻는다.

"정말 그래 주겠어?"

"이러는 게 마음이 아주 편하지는 않아요…."

"정말 영리한 생각이야."

"그렇게 생각하세요? 그게 통할까요? 하지만 이건 우리끼리만 알고 있어야 해요."

"내 심장을 걸고 맹세할게." 밀리는 가슴에 한 손을 얹고 말한다.

실비아는 말한다. "제 말은, 부인은 요양원에 가시면 안 돼요. 그건 미친 거죠. 그리고 이 경미한 자동차 사고에 관해 알려줌으로써 케빈에게 힘이 실린다면, 우리가 굳이 그럴 필요는 없잖아요?"

밀리는 실비아를 양팔로 끌어안고 목에 진한 감사의 입맞춤을 하고 싶지만 간신히 참는다. 그 대신 실비아의 어깨에 대고 말한다. "내가 뭘 그리 잘했길래 자기 같은 사람을 만났지?"

실비아는 밀리에게 안긴 채로 말한다. "바보같은 말씀 마세요." 그 후 밀리의 어깨를 잡고 아주 직설적으로 말한다. "부인은 굉장해요. 굉장한 분이에요. 절대 그걸 잊지 마세요. 하지만 이건 최고 기밀이에요, 아시죠?"

"내가 입을 뻥긋이라도 하면, 자기가 날 시청 광장으로 끌고 가서 나한테 돌팔매질을 해도 돼."

"시청 광장이라뇨!" 실비가 깔깔 웃는다.

"금요일 날 저녁에 올래? 조카 데리고."

"아이, 그러시지 않아도 돼요."

"꼭 와!"

차는 나중에 수리공한테 전화해서 가져가라고 하면 되니까, 밀리는 실비아와 팔짱을 끼고 시장으로 향한다. 저녁 메뉴가 이미 머릿속에서 어렴풋이 형체를 띠고 있다. 로스트 비프, 매시드 포테이토, 그린 빈.

16

케빈의 면접 장소는 영국의 엔터테인먼트 및 미디어 제국의 아일랜드 지점인 스타자 닷 컴이다. 사무실은 그래프턴 스트리트를 바로 벗어나 있는 파산한 은행의 2층을 점유한다. 케빈은 삐까번쩍한 대기 구역에 앉아서 아직 완연히 중년 같아 보이지는 않는 머리를 문지르고 있다. 기다린 지 거의 한 시간이 돼 가는 지금, 손은 땀이 축축이 배고 입에서는 갈수록 악취가 풍긴다(전체 상황을 감안해 충치 치료는 우선순위에서 가장 아래로 밀려났다). 이 일자리… 무슨 같잖은 부편집장인지가 됐다고 쳤을 때 미래는 안 봐도 뻔하다. 1인 직원(말 그대로), 가정생활이라는 게 불가능한 근무시간, 쥐꼬리만 한 예산, 운전기사 노릇에 합평회 그리고 필자명을 올리는 대가로 무료 노동을 제공하는 무급 인턴 작가들. 그건 날림 작업을 뜻하고, 그건 다시 써야 한다는 뜻이고, 그건 업무량이 는다는 뜻이고, 그건 이 일이 거지같다는 뜻이다.

그럼에도. 믹이 알기로 전국에서 편집자를 구하는 건 오로지 여기뿐이고, 케빈은 그 일에 매우 적임자다. 케빈은 업계를 속속들이 안다. 매력적인 헤드라인을 쓰는 것부터 심드렁해하는 스타들을 상대로 다채로운 인터뷰를 얻어내고, 신문 가판대에서 가장 눈에 띌, 지금 가장 핫한 커버 인물들을 고르는 것까지. 케빈은 이 모든 재주를 오늘 선보여야 한다. 자화자찬에 대한 평소의 혐오감을 극복하고 스타자를 탄복시켜야 한다. 아무리 민망할 정도로 속 보이는 짓이라도, 도시 뒷골목에 눅눅한 종이 상자를 깔고 앉아 동전을 구걸하며 오전을 보내는 것만큼이나 비참한 기분이 들더라도.

케빈에게 동료를 만난 듯한 편안한 기분을 주는, 초췌하고 수염 난 얼굴의 건축노동자 한 명이 왔다 갔다 하는 걸 제외하면 이곳에 22살보다 더 먹어 보이는 사람은 아무도 없다. 색색의 스키니진을 입고 회색 스카프를 친친 감고 도서관 사서풍의 두꺼운 네모 안경을 낀 힙스터들이 무심한 듯 시크한 패션으로 마치 온 세상이 저희 것인 양 이리저리 흘러다닌다. 아니면 어쩌면 한 힙스터가 계속 들락날락하는 것인지도 모른다.

접수 데스크를 차지한 여자도 바로 그런 패셔니스타다. 검은 레이스 브라 위에 검은 망사 셔츠, 아무것도 바르지 않은 관능적인 입술, 두 개의 얇은 디스크가 관통하는, 커피색으로 물든 혀. 여자는 한눈에 봐도 미니밴 1년치 할부금과 맞먹을 법한 파도 무늬가 들어간 수제 명품 러그를 "좋은" (괴사가 시작된) 구두로 두드리며 번쩍거리는 디자인 잡지들을 훑는 척하는 케빈에게 이따금씩 텅 빈 눈길을 보낸다.

말도 안 되는, 엉덩이를 무감각하게 만드는 플라스틱 성형 의자들과 말끔한 대칭을 이루며 나란히 걸려 있는 똑같은 연노란색 나무 액자에 든 텅 빈 캔버스들이 있는 이 방에서 60분간 기다리는 동안 케빈이 새벽에 정장(그것도 유행에 한참 뒤쳐진)을 차려입고 카푸치노 한 잔을 타며 느꼈던 희망과 의기양양함은 적잖이 새어나갔다. 마침내 데스크의 여자가 우스꽝스러운 전화 헤드셋을 벗고 자리에서 일어나더니 따분해 죽겠다는 듯한 동작으로 손가락 두 개를 까딱해 케빈을 호출한다. 근처 어딘가에서 드릴인지 바닥 연마기인지 모를 어떤 기계가 엄청난 음량으로 윙윙거린다. 이곳 전체가 공사 중인 것처럼 느껴진다. 말하자면 현재 마치 자신이 철거되고 있거나 적어도 슬로모션으로 일상적인 해체를 겪고 있는 것처럼 느끼는 케빈의 상황과 날카롭게 대조된달까.

포트폴리오의 손잡이를 단단히 움켜쥐자 그 존재감과 무게가 케빈에게 안도감을 준다. 주말 내내 그레이스 없이(팀 단합대회를 위해 아일랜드 서부 지역으로 떠났다) 혼자 아이들의 카풀과 식사를 준비하는 틈틈이 20년의 경력을 담은 사진들을 눈부시게 반짝이는 한 줌의 파일로 압축해, 닳아서 부드러워진 검은 피렌체산 가죽 두 장 사이에 끼워넣었다. 그 포트폴리오를 마무리하는 것은 백만 년 만에 처음으로 한 창조적 노동이었다(불륜에 대한 실없는 백일몽을 꾸는 것을 제외하면).

케빈은 처음부터 연예 저널리즘 분야에 종사할 계획은 없었지만 어찌어찌하다 보니 그쪽으로 가게 되었다. 대학 졸업 후, 자신이 어떤 분야에 관심이 없는지는 확실히 알았다. 은행, 법, 의약, 세일즈. 하지만 어떤 분야에 관심이 있는지는 전혀 오리무중이었다. 대학을 졸업한 직후 그레이스와 함께 런던으로 이사 왔을 때, 다시 한 번 스탠드업 코미디언으로서 운을 시험해보려 애썼다. 자신이 거기에 필요한 인내심과 허기가 모자라다는 사실을 곧 깨닫게 됐지만 꽁트를 쓰는 건 좋았다. 글 쓰는 게 좋았다. 이미 당시부터 브리티시 에어웨이에서 사다리를 착착 올라가고 있던 그레이스가 출근하고 나면 케빈은 클래펌 사우스에 있는 채광 좋은 아파트에서 유리병에 담긴 프렌치 프레스드 커피와 20 말보로를 앞에 놓고 앉아 글을 쓰고 지우고 처음부터 다시 쓰곤 했다. 몇 번이고 반복했다. 글이 더는 형편없지 않을 때까지, 실제로 괜찮은 글이 될 때까지 더 낫게 고치려고 애쓰다 보면 어느 새 옆에 놓인 유리병이 비어 있곤 했다. 케빈은 적어도 글쓰기에서 마주치는 문제들은 자신이 해결할 수 있다고 느꼈다.

그레이스는 케빈의 첫 독자이자 유일한 독자였다. 브리티시 에어웨이의 마케팅과 프로모션 부서에서 혜성처럼 승진하는 그레이스를 케빈이 뒷받침했듯, 그레이스 역시 케빈을 말도 안 될 정도로 든든하게 지지해주었다. 두 사람은, 비록 직접적으로 그렇게 말하지는 않았지만 한 팀이었다. 그레이스는 케빈에게 문학잡지들에 글을 보내 보라고 채근했고(하지만 케빈은 따르지 않았다) 근교의 작가 독서 모임에 참석하라고 채근했다(이건 따랐다). 여름 주말이면 고기 사모사와 로제 한 병을 상점에서 사서 빌려온 데크 체어를 들고 공원에 가서 저녁 어스름이 깔릴 때까지 이야기를 나눴다. 그레이스는 〈타임 아웃〉지의 기사를 소리 내어 읽고, 두 사람은 다음 주말을 위한, 그리 비싸지 않은 한두 가지 일정을 고르곤 했다. 국립 초상화 진열관(무료입장)을 한 바퀴 돈 다음 세인트 마틴 인 더 필즈 교회의 고대 지하실에서 커피 마시기, 또는 브릭스턴 포에츠 슬램(2파운드)이나 도시 이곳저곳으로 장소를 옮겨 가며 열리는 실험극 관람. 케빈이 기억하기로 마지막 본 연극은 킬번 공동체 센터에서 상연된 입장료 5파운드짜리 〈총잡이의 그림자〉였는데, 향수를 자극하는 공연이었다.

그러는 동안, 둘이 같이 아는 대학 동창 하나가 오스트레일리아로 이민을 떠나면서 케빈에게 자기 일자리를 넘겼다. 당시 최고의 욕받이로 손꼽히던 어느 타블로이드지의 사실 확인 담당기자라는 모순적인 직함이었다. 케빈은 그것을 시작으로 이런저런 가십 전문 잡지사들에서 끝도 없이 애걸하고, 회유하고, 머리카락을 쥐어뜯고, 브레인스토밍을 하고, 퇴근 후에는 근심걱정 없는 과음을 즐기면서 여러 해를 보내게 된다. 케빈은 그 일을, 그리고 업계 종사자들 사이의 동료애를 어마어마하게 즐겼고, 정확히 창조적 글쓰기는 아니었지만 어쨌거나 글쓰기이긴 했다. 그리고 월급이 나오는 직장이었고. 그 후로 거의 20년쯤 지나, 아일랜드라는 돛대 꼭대기에서 16개월간 눈앞이 어질어질한 외줄타기를 한 후, 예산 삭감 때문에 즉결처분으로 정리해고 당하면서 케빈의 커리어는 끝났다.

온 사방에서 눈에 띄는, 마치 내장처럼 축 늘어져 속을 드러낸 산업용 쓰레기봉투들의 존재는 이곳 전체에 확연히 불안한 분위기를 드리우지만, 그럼에도 사무실의 젖빛 유리 문에는 이미 커다란 활자가 인쇄된 보스의 명판이 매달려 있다. **발행인 로이스턴 클라이브**. 지금은 사라졌지만 한때 케빈이 몸담았던 잡지 〈태틀 테일스〉에 실릴 법한 악의적인 뒷소문에 따르면, 클라이브는 좀 재수 없긴 해도 다재다능하고 명석한, 런던 준교외 지역의 여왕이다. 트위터 팔로어가 수십만 명에 이르고, 메이페어에 지나치게 사치스럽기로 유명한 더블 타운하우스를 가지고 있다. 벽에 걸린 스크린을 향해 옆으로 쓰윽 그으면 소파가 엉덩이를 따뜻하게 데워준다나 뭐라나.

케빈은 한숨을 내쉬고는 커다란 안락의자를 플러그에 연결하거나 쿠션을 충전하는 미래의 손주들을 상상한다. 이 모든 허튼 짓거리는 이미 케빈의 집에도 구석구석 스며들어, 케빈의 시대의 핵심 지표들을 지워버리고 있다. 칠면조가 다 구워졌는지 확인하는 온도계, 자전거 타이어에 바람을 넣는 펌프 같은. 이제는 심지어 포도주 코르크 따개도 배터리가 들어가서 코르크가 올라올 때 마치 무슨 지구에서 이륙하는 UFO처럼 빛을 발한다. 모든 소소하게 짜증나는 것들과 불편함이 어째서 반드시 극복되어야 하고 실리콘 밸리의 어느 사무실에서 그 해결책을 제시해야 하는가. 고도의 교육을 받은, 응석받이인 데다 세상이 제 것인 줄 아는 조숙한 스무 살짜리 공돌이 한 무리가 머리를 맞대고 시제품을 제작하고, 시장 조사를 하고, 자본을 끌어모으고, 제품을 "쏟아내고…." 케빈의 머리로는 도저히 이해할 수 없는 일이다. 간단한 문제를 상식으로 해결하는 도전과 즉흥성은 어디로 가버렸지? 엉덩이가 차갑다고? 담요를 가져오든가, 불에 벽돌을 넣든가 하면 될 것 아닌가. 물론 그보다 더 나은 건 살아 있어서 추위를 느낄 수 있음에 감사하면서 침대로 가는 거지만.

그때 문이 휭하니 열리고 왜소한 체구와 둥그런 코에 턱수염을 기른, 자라다 만 남자가 밖으로 나온다. 파파스머프가 이십 대 때 저랬을까 싶은 모습이다.

"케빈? 제가 기다리게 했나요? 대단히 죄송합니다. 로이스턴 클라이브입니다. 부디 들어오시죠." 클라이브는 웃음을 짓지만 케빈은 그 웃음에서 지울 수 없는 불안함의 흔적을 읽는다. "부디 앉으시죠. 우리 작은 깍쟁이는 벌써 도망쳤나요? 아, 젬마!"

데스크의 여자, 젬마가 돌아온다.

"전화는 전부 미뤄둬. 테드가 아니면. 테드면 부디 가서 똥구멍에 녹슨 막대기나 쑤셔넣으라고 전해줘."

클라이브는 요란한 웃음을 터뜨리고, 케빈은 치미는 역겨움을 숨기려 애쓰며 짝퉁, 아니 어쩌면 진퉁일지도 모를 검은 임스 가죽의자에 자리를 잡는다. 남자치고는 큰 키가 아닌데 여기서는 난쟁이 굴에 들어온 거인이 된 기분이다. 로이스턴은 거대한 책상 뒤편의 회전의자에 털썩 주저앉더니 의자를 빙그르르 돌려 매끈한 은색 노트북의 자판을 두드리기 시작한다. 그리고 고개를 전혀 들지 않은 채 케빈에게 말한다. "그래서 케빈 고가티, 뭐가 당신을 움직입니까?"

"뭐라고 하셨죠?"

"어떤 미국인… 아니 실은 다소 유명한 영화감독이… 누군지 아시죠? 전에 어떤 할리우드 힐스 맨션에서 열린 디너파티에서 그렇게 묻더군요. 상상이 갑니까? 전 이렇게 말했죠. '따분한 질문을 하지 않는 디너파티 손님요.' 커피 드실래요? 젬마!"

젬마는 다시 나타난다. 지루함 그 자체인 어른들의 대화를 계속 듣고 있을지 아니면 자리를 뜰지 결정 못한 우울한 청소년처럼 문설주에 몸을 기대고 있다.

"커피 두 잔, 얼른. 그리고 잼 비스킷인가 그것도 좀 가져와. 사실 난 정말이지 그러면 안 되지만. 하지만 난 오늘 5시에 데이비랑 만나야 하잖아, 안 그래?"

젬마는 인상을 팍 쓰며 어슬렁어슬렁 자리를 뜬다. 클라이브는 책상 가장자리에 몸을 밀착했다 반동으로 다시 밀어낸다. 세계 종말 상황이 아니고서야 굳이 포장을 뜯고 먹을 일이 없을 듯한, 인간이 먹으라고 만든 게 아닌 쓰레기(말린 과일 쿠키와 꿀 바른 피스타치오)로 가득 찬 선물 바구니를 빙그르르 돌아 지난다.

이윽고 의자를 멈춘 털북숭이 졸부는 네모난 니코렛 상자의 포장을 벗기며 말한다. "그래서, 저한테 한번 말씀해 보시죠. 위대한 잡지를 만드는 건 뭘까요? 10단어 이하로요."

"전 아일랜드인입니다." 케빈이 애교스러운 미소를 띠며 말한다. "뭐가 됐든 10단어 이하로 설명하라는 건 도저히 불가능한 미션이죠."

"한번 시도라도 해보시죠."

마치 탑텐 리스트를 뽑으면 전체 업계가 간단히 정리되기라도 하는 줄 아는지. 전형적으로 멍청하고 답이 없는, 머리에 피도 안 마른 새끼. 섬세한 뉘앙스나 겸손함 같은 건 알지도 못하는, 제가 세상 만물을 다 아는 줄 알고, 모르는 게 있으면 그건 알 가치가 없다고 일축해 버리지. 인생에 반드시 존재하는 복잡다단함과 좇같음을 이해하지 못하고 단순화해서 마침표를 찍어 버리거나 희석해버리는 이 전지구적 경향은 도대체 뭘까. 케빈은 이 경향이 어렴풋이 미국 탓이나 영국 탓이라고 느낀다.

"어디 봅시다…." 케빈이 말한다. "눈길을 확 끄는 사진. 흥미로운 인터뷰… 최고의 유명인사들… 당연히 거물들에의 접근력, 홍보력…."

"이런! 말이 다 떨어졌네요."

케빈은 책상 너머로 팔을 뻗어 우스꽝스러운 산타클로스 수염을 기른 로이스턴 클라이브의 건방진 면상에 왕복 따귀를 날리고 싶다. 군데군데 성기게 난 그 털은 출판계 거물이라기보다는 골웨이의 생선장수를 연상시킨다. 300파운드짜리 정장 셔츠와 번뜩이는 족제비 눈을 보면 알 수 있다. 놈은 바텐더에게 신용카드를 내던지며 오늘 술값을 자기가 다 낸다고 요란하게 선포하고는 들리는 거리 안에 있는 모든 사람에게 자신이 얼마나 통이 큰지를 밤새도록 떠벌리는 유형의 재수 없는 개자식이다.

"농담입니다. 하지만 당신은 사실 한 가지를 빼먹었어요." 클라이브가 말한다.

"그랬나요?"

"눈알요."

"뭐라고 하셨죠?"

"광고를 보는 사람들이 얼마나 많은지요."

"아, 그렇지만 그건 정말이지 제…" 케빈은 목소리에서 거만함을 빼려고 애를 쓴다. "그건 당신 영역에 좀 더 가깝지 않습니까? 교회니 국가니 하는 것들 전부요."

"아니죠." 클라이브는 짓궂게 눈을 희번덕대며 대답하고는 휴대전화를 만지작거리기 시작한다. 도무지 가만 앉아 있지를 못하는 것 같다. 어쩌면 뭔가 약이라도 한 게 아닐까. 이 세대는 늘 뭔가를 하고 있으니까. "여기서는 아니에요." 클라이브는 휴대전화 화면을 두드리더니 빽 소리를 지른다. "씨발, 콩을 손으로 하나하나 고르기라도 하는 거야?" 그리고 다시 화면을 두드리며 케빈에게 동조를 구하는 웃음을 지어 보인다. "광고가 없으면, 당신의 미디어 콘텐츠를 뭐로 지탱하겠습니까?"

미디어 콘텐츠! 씨발 좀 꺼져줄래? 그 난쟁이 똥자루는 케빈에게 윙크를 하고는 이제는 딱딱해진 퍼티 같은 시멘트 색의 껌 덩어리를 입에서 빼더니 지난 세기 중반에 제작된 책상의 아름다운 티크 표면에 붙이는데, 이제 보니 거기에는 다른 껌도 다닥다닥 붙어 있다. 버려진 니코렛 광산이 마치 전쟁의 폐허를 연상케 한다.

로이스턴 클라이브는 그 후 10분간 머리 뒤에 양손을 깍지 낀 채로 성공적인 연예 뉴스 블로그라는 '칵테일'을 만드는 '원료들'에 관한 장광설을 늘어놓는다. 그리고 다음에는 자신의 전설적인 성공담이 뒤따르는데, 겸양 따위는 조금도 찾아볼 수 없다. 대부분은 철저한 개소리로, 왕년의 유명인사들(스파이스걸스 중 하나와 공작부인)을 민망한 줄도 모르고 엮어넣으며 온갖 호언장담을 지껄인다. "퍼기는 전에 어떤 왕실의 마부를 비롯해 자신의 앙투라지 스무 명을 데리고 사진 촬영을 하러 와서는 펄펄 끓는 모로코 민트차와 생 망고를 달라고 하더군요. 씨발 풀햄에서요!"

케빈은 클라이브에게 진지하고 관심 있는 표정을 지어 보이려 애쓰지만, 자신이 실제로 얼마나 간절한지 확신이 서지 않는다. 매일 아침 실제로 이곳으로 출근해 이런 왕재수 대마왕을 위해 일할 수 있을까? 젬마가 찻주전자와 찻잔과 잔받침과 재미 도저스가 얹힌 접시를 들고 돌아온다.

"내가 커피라고 했잖아!" 클라이브는 고함을 치고 책상을 쾅 때린다.

"아." 젬마가 말한다.

"넌 해고야, 이 레즈야!" 클라이브는 빽 소리를 지르고는 깔깔 웃는다. 젬마는 눈동자를 희번덕거리고는 방을 나간다.

"좋아요, 진지하게 말씀드리죠. 그게, 이런 겁니다." 클라이브는 손톱 다듬는 줄을 집어 들고 투명 반짝이 바니시가 칠해진 엄지손톱을 사포질하기 시작한다. "난 당신의 취향에 조금도 관심이 없어요."

클라이브의 휴대전화가 울린다.

"그 리얼리티 쇼에 나오는 앤드류예요. 일자눈썹 섹시남, 알아요? 그 친구 엉덩이를 봐야 하는데."

케빈이 킥킥대는 웃음소리를 억지로 짜낼 때, 클라이브는 휴대전화를 옆으로 밀어놓는다. "저기요, 난 당신 작업을 알아요. 친숙해요. 난 팬이에요."

"그렇게 말씀해 주셔서 감사합니다." 케빈은 그렇게 대답하고 자신의 포트폴리오를 향해 손을 뻗지만 속으로는 할리에서 상의를 벗고 기름칠을 한 몸으로 우울한 시선을 비스듬하게 보내고 있는 데이비드 베컴의 흑백 스튜디오 사진을 빼놓은 자신을 저주하고 있다. 그것 하나만으로 여기 일자리를 손에 넣고도 남았을 텐데, 이제는 너무 늦은 깨달음이다. "샘플을 좀 준비해 왔는데요…."

"문제는…." 클라이브가 손톱 다듬는 줄을 옆으로 팽개치고 자기 잔에 차를 따르며 말한다. "당신이 디지털 경험이 부족하다는 거예요."

"맞아요. 음, 네. 저도 실제로 그 부분을 해결하고 싶었습니다. 맞는 말씀인 게, 제 경력은 대부분은 인쇄매체가 중심이었습니다. 하지만 〈태틀 테일스〉는, 아시다시피, 웹사이트가 같이 있었고 정말 무척 잘 됐습니다. 제가 그 론칭을 이끌었죠."

"주간 고유 방문자 2,000명. 이런 식으로 말할 수 있겠네요. 클라미디아(성병의 일종-옮긴이) 닷컴을 눈팅하는 사람이 더 많을 거라고."

케빈은 이 정신 나간 자식에게 가짜 웃음을 지어 보인다. 하지만 놈의 말에는 일말의 진실성이 있다. 케빈은 애초부터 디지털 분야를 반대했다. 월급은 그대로인데 온라인 업무까지 추가로 떠맡아야 하느냐를 놓고 격렬한 논쟁을 벌이다 하마터면 잘릴 뻔했다.

"인쇄매체와 온라인 사이에는 큰 차이가 있어요." 클라이브가 유들대며 말을 잇는다. "나는 한 달이나 하다못해 보름 만에 한 번씩 기사를 쏟아내는 걸 말하는 게 아니에요. **하루 종일** 기사를 쏟아내는 걸 말하는 거죠. 완전히 다른 짐승이에요. 그리고 정말이지, 당신은 나보다 인쇄매체에 관해 훨씬 많이 알죠. 난 출판 쪽에서 일해본 적은 한 번도 없어요." 마치 출판이 방금 새로 깐 라운지 카펫에 얼룩을 남긴 수북한 개똥 더미라도 되는 듯한 말투다. "하지만 출판은 확실히 훨씬 느리죠. 출판은, 뭐죠? 기삿거리 하나를 개발하는 데 시간을 3주, 아니 한 달은 주잖아요. 그런 건 **뉴스를 쏟아낸다고** 할 수가 없죠. 내 말은, 이제 뉴스는 헐값이고… 아니, 공짜죠, 씨발! 난 어떤 저물어 가는 가수의 가슴 삽입물이 실내복 밑으로 빠져나와 바닥에 떨어졌다거나 할리우드의 대표적 이성애자인 줄만 알았던 영화배우가 알고 보니 베벌리 힐스에 있는 자택의 수영장 관리하는 남자애한테 똥구멍을 핥아주는 서비스를 받고 있다는 이야기를 사이트에 올립니다. 그러면 20분 후에는 이미 옛날 이야기가 되고 여기저기 다 깔리죠. 바이럴 이야기를 하고 싶어요? 그냥 제이미 그로스넌스 난장판을 봐요."

제이미 누구? 케빈은 불편함에 배 속이 울렁거리는 걸 느끼지만 짐짓 무슨 말인지 아는 척 고개를 끄덕인다. 그러나 사실 지난 한두 달 동안 케빈은 유명인사 뉴스 판에서 다소 멀어져 있었다.

"한 잔 마셔도 될까요?" 케빈은 찻주전자를 향해 손을 뻗으며 묻는다.

클라이브는 사악하게 킥킥거린다. "내 말은, 난 뭐가 불법이고 합법인지 따질 자격이 가장 없는 사람이에요, 알죠? 하지만 그날 밤은 선을 넘었죠. 그리고 그 문자 메시지는? 그런 건 주작이 불가능해요."

거짓말로 상황을 대충 모면한 후 집에 가서 연예계 소식을 벼락치기로 공부해야 할까? 누알라나 에이딘하고 20분만 잡담을 하면 충분할 텐데. 아니면 무슨 말인지 잘 모른다는 걸 사실대로 인정할까? 그러면 구직의 전망은 확실히 박살날 게 뻔한데? 케빈은 웃음을 짓는다. "소설은 저리가라죠."

"좋아요, 그래서 당신이 편집자고, 그로스넌스 이야기가 들어왔는데, 그걸 60초 안에 바로 올려야 해요. 헤드라인을 뭐라고 쓸 건가요?"

케빈은 짐짓 침착한 척하려 애쓰지만 머릿속은 미친 듯 돌아가고 있다. 제이미 그로스넌스가 영화배우일까, 리얼리티 프로그램 출연자일까 아니면 유튜버나 팝스타일까? 머리에 총구를 갖다 대고 대답하라면 음악으로 가 보겠지만 넘겨짚는 건 너무 위험하다. 세상 얼간이가 될 위험을 피하려면 가능한 한 두루뭉술하게 가야 한다.

"어쩌면 뭔가 마약이랑 관련해서… 뭔가 '제이미, 또 약 빨았나' 하는 식으로요."

클라이브는 면접 대상에게 슬쩍 조소의 빛을 내비친다. "하지만 코카인 가루가 아니었어요. 메스암페타민 알약이었죠."

"아, 그렇죠." 케빈은 웅얼댄다. "이러면 어떨까요…." 눈을 깜빡인다. "신사는 마약을 좋아해."

1000분의 1초 만에 지어낸 것 치고는 썩 나쁘지 않은 것 같은데, 클라이브는 확실히 시큰둥한 눈치다. 휴대전화를 집어 들고 자판을 두드리기 시작하더니 입을 연다. "저기요, 이렇게 와준 건 감사하지만, 우리가 찾는 적임자는 아니신 것 같네요."

그게 다야? 고작 임기응변으로 지어낸 헤드라인 하나가 독창성이 없다는 이유로 구직의 기회가 그냥 이렇게 날아가 버린다고?

"시간을 주시면 확실히 뭔가 더 나은 걸 떠올릴 수 있을 겁니다."

"괜찮아요." 클라이브는 자리에서 일어서지만 앉았을 때와 별 차이 없어 보인다.

케빈 역시 꼬았던 다리를 풀고 일어선다.

"이해합니다." 케빈은 말한다. "가는 길에 이거 하나 챙겨 가도 괜찮겠죠?" 그러고는 마지막 남은 재미 도저를 향해 손을 뻗는다.

클라이브는 의아함과 연민이 뒤섞인 시선을 보낸다.

"그러세요."

케빈은 비스킷을 입에 집어넣는다. 클라이브는 이미 젬마를 고함쳐 부르고 있다. 케빈이 문간에서 작별인사 대신 고개를 까딱 하는 순간, 면접관이 씩 웃으며 말한다. "개인적 감정은 없는데요, 친구분. 하지만 난 이쪽 일에 완전히 빠삭한 사람이 필요해요. 제이미 그로스넌스는 신사가 아니에요. 아, 그런 의미가 아니라, 여자거든요."

17

금요일 땅거미 질 무렵, 손님들이 오기로 한 시간을 앞두고 밀리는 차고에 웅크리고 앉아 몰래 꿍쳐둔 담배를 찾는 중이다. 누구한테 안 들키려고 숨겼는지는 물론이고 굳이 그런 귀찮은 짓을 애초에 왜 했는지조차 가물가물하다. 실비아에게는 흡연 문제를 털어놓지 않았다. 미국인이니 발암물질에 관해 청교도적인 태도를 가지고 있을 거야 안 봐도 뻔한 사실 아닌가. 밀리는 케빈에게도 자신의 죄악을 감추고 있다. 자기는 이제 끊었다고 그 문제를 가지고 어머니를 어찌나 지긋지긋하게 들볶았는지. 거기다 2년 전 종양이 생기는 바람에 한바탕 난리를 친 다음부터는 한층 더 심해졌다(턱에 호두만 한 보기 싫은 살덩어리가 불룩 튀어나왔는데, 크기는 컸지만 양성이었다).

밀리는 10년에 한 번씩 홈통에서 물때를 걷어내는 데 쓰는(고작 **그 일에** 200실링을 쓰는 건 말도 안 되지) 위태위태한 발판사다리를 눈으로 가늠한다. 그리고 맨 위 칸까지 조심조심 올라가 저 위의 잔뜩 어질러진 선반을 장님인 양 더듬는다. 어디다 뒀는지 기억이 가물가물한 건 담배만이 아니다. 한번은 금 라이터와 함께 오븐에 들어 있는 담뱃갑을 발견하기도 했다. 던힐 20을 가스레인지에 넣다니, 도대체 무슨 생각을 했길래!

더듬더듬 간신히 전등 스위치를 찾아 켜자 온 사방의 쓰레기 더미에 흐릿한 빛이 드리워진다. 굳은 지 한참 된 엔진 오일 깡통들, 해골만 남은 시체마냥 수십 년째 바닥에 퍼질러 누워 있는 자전거 프레임… 길 건너편 사는 피츠제럴드네 아이들 중에 이걸 탈 만한 녀석이 있으려나? 체인이 다 벗겨지고 녹슬고 앙상한 몸체 위에 안장이 덜렁 놓여 있는 몰골이 영 형편없지만 그렇다고 쉽게 단념할 밀리가 아니다. 하지만 다시 생각해보면 밀리는 그 집에서 그저 확장 재건축이라는 시건방지고 과시적인 행위를 한답시고 인부들이 밤낮으로 쾅쾅 두들겨 대고 드릴질을 해 대는 데 살짝 화난 상태다. 그렇긴 해도 어쩌면 로라 피츠제럴드에게 전화해서 남는 자전거를 주겠다고 제의할 가능성이 없는 건 아니다. 뭐라 해도 그 사람은 맛있는 햄과 버터 샌드위치를 만들 줄 아니까.

밀리는 담뱃갑 측면에 굵은 글자로 적힌 **흡연은 수명을 단축시킵니다**라는 경고 문구를 무시한다. 난 늙었고 담배를 피우지만 안 죽었어. 연기를 후우 내뿜는데 문간으로 다가오는 발소리와 목소리가 들린다. 디너 손님들이 일찍 온 모양이다. 밀리는 실비아의 인생사에 관해 어렴풋하게밖에 알지 못한다. 조카를 데리고 당시 남자친구였던 아이리시타운 출신 드럼 연주자와 함께 지방 공연 매니저 일을 하러 최근 아일랜드에 왔다는 것. 남자친구는 알고 보니 변덕이 심하고 우울하고 까다로운 성격이었다는 것. 밴드는 결국 쪼개졌지만 실비아와 조카인 션은 집이라고 할 만한, 돌아갈 곳도 없었다는 것. 그 이후로 가능한 한 생활비를 아껴 쓰고 마음을 정리하려고 노력하면서 잡다한 일들로 생계를 꾸려 왔다는 것. 실비아는 션이 젊어서 비명횡사

한 언니의 아들이라고 말했었다. 듣자하니 말수는 적은 편에 싹싹하고 예술적인 기질이 있지만 내성적인 아이인 듯하다. 아마도 외로움을 타거나 고향이 그리운 모양이지. 머릿속에 반짝 불이 들어온 밀리는 에이딘을 초대해 놓았다.

직접 만나본 션은 단신에 온화한 생김새와 이마가 좁고 꿰뚫어보는 듯한 촉촉한 눈빛을 가졌으며 피부는 허여멀건한 이모하고는 전혀 다르게 파리한 올리브색이다. 확실히 에이딘의 마음에 들 거야. 밀리는 생각한다. 마구 뒤엉켜 자란 울창한 잡초밭 같은 머리카락을 보니 에이딘이 홀딱 반해 있다는 그 덥수룩한 아일랜드 남자애랑 썩 다를 것도 없지 싶다. 어떤 냉소적인 음악계 거물이 청춘의 모든 희망적이고 마음 아픈 것들을 표상하도록 심혈을 기울여 골라 데뷔시킨 상품. 션은 중간에 단추 두 개가 떨어진 체크무늬 셔츠에 블랙진을 잔뜩 내려 입었는데 청바지 위로 허리선 위로 네온색 팬티 고무줄이 슬쩍 엿본다.

눈을 가늘게 뜨고 아이의 얼굴을 들여다본 밀리는 거기서 예전에 잃어버린 어떤 무언가를 발견한다. 아이는 고개를 까딱 하고 정중하게 안녕하세요 하고 인사하지만, 수줍음을 타는지 눈은 줄곧 복도 카펫에 못 박혀 있다. 실비아가 자신이 가져온 포도주병을 따는 동안 밀리는 구식 사이펀으로 뽑은 탄산수에 오렌지 시럽을 타서 아이에게 줄 스쿼시를 준비한다. 손주들이 오면 내주는 별미다.

"이 먼 곳까지 와 주다니 고맙기도 해라." 밀리가 말한다. "너희 엄마한테 듣기로는 학교에 안 다닌다며?"

"이모예요." 아이가 부드럽게 바로잡아 준다. "네, 저는 GED를 공부하고 있어요. 그러니까 말하자면 고등학교 검정고시 같은 거예요. 거의 다 했어요."

"션은 책을 엄청 읽어요." 실비아가 말한다. "항상 책을 읽고 있어요. 그것도 막, 심각한 책을요."

"전 시민권이 없어요." 아이가 말한다. "아마 여기 학교에 다니는 건 불가능할걸요?"

"그러니?" 밀리가 말한다. "음, 어차피 네가 아일랜드 역사와 아일랜드어를 배울 필요는 없지. 그걸 어디다 써 먹겠니? 나한테 뭔가 이야기 좀 들려주렴. 비밀 이야기를."

션은 곰곰이 생각해본 후 대답한다. "제가 무신론자라는 거요?"

밀리는 양손을 마주 잡으며 말한다. "나도 무신론자란다. 동지를 찾았네!"

션이 씩 웃으며 말한다. "잘됐네요. 전 사람들이 개한테 어린애한테 하는 투로 말하는 게 싫어요."

"난 개가 싫어!"

"그건 아니죠." 아이가 웃으며 반박한다. "개를 어떻게 싫어해요."

"네 말이 맞다. 확실히 개는 아무 죄가 없지."

"개는 너무 헌신적이에요. 사람을 그냥 너무 좋아하죠."

"더블린에서 가장 마음에 드는 곳이 어디니? 내가 세상에서 뭔가 아는 게 단 하나라도 있다면… 사실 난 아는 게 거의 하나도 없지만!" 밀리는 킥킥대며 말을 잇는다. "내 더블린은 확실히 안단다." 사실 밀리는 요즘 어쩐지 더블린이 '내 더블린'이 아닌 것처럼 느껴진다. 넘쳐나는 주택 개발과 쇼핑센터와 복합상업지구들, 그리고 한때는 희망의 상징이었던 그 수많은 크레인들이 이제는 도시의 스카이라인을 가로질러 마치 혜성이 충돌하기 직전까지 오직 풀을 뜯느라 여념이 없던 목 긴 공룡들이 저랬을까 싶은 모습으로 몽땅 허공에 얼어붙어 있다.

션이 전망창 너머 켜졌다 꺼졌다 하는 빛의 점들이 북쪽으로 저 먼 하우스까지 말편자 모양을 이루는 풍경을 가리키며 말한다. "제 생각엔 바로 여기가 정말 예쁜 것 같아요."

밀리의 얼굴은 이제 환한 빛을 발하고 있다. "난 바로 저 길 아래에서, 킬리니에서 자랐단다. 너 거기 가본 적 있니? 내가 사진을 보여줄게." 밀리는 선반을 뒤진 끝에 션에게 사실은 자신이 자란 집이 아닌, 액자에 든 다른 집의 사진을 보여준다. 밀리의 집은 이미 백만 년 전에 아파트를 짓는다고 헐려버렸으니까. 하지만 그만하면 충분히 비슷하다. 밀리의 집처럼 **느껴진다.**

"실비아한테 듣자하니 넌 음악가라면서." 밀리가 말한다. "정말이니?"

"음, 그건 좀…."

"우리 손녀딸이 곧 여기 올 거야. 그 애는 대중음악을 좋아한단다. 음, 확실히, 너희야 다들 그렇겠지만. 불이 죽어가고 있구나. 조개탄 몇 개만 더 집어넣으렴, 션. 그렇지, 착한 녀석."

션이 조심스럽게, 체계적으로, 조개탄을 세 개를 삼각형으로 배치하고 불쏘시개로 빈틈을 메우자 불길이 금세 화르르 타오른다. 그때 에이딘이 소리도 없이 슬그머니 거실로 들어오자 션은 동작을 멈춘다. 에이딘은 미국인들에게 인사를 하고 밀리를 힘없이 포옹하지만 손을 내저어 할머니의 과도한 입맞춤을 제지한다.

"말씀하신 대로 예쁘네요, 고가티 부인." 실비아가 말한다. "안 그러니, 션?"

션은 얼굴을 붉히며 대답한다. "네, 이모." 그 말에 다들 웃음을 터뜨린다. 션은 난로 근처에 허락도 없이 옮겨 붙은 잉걸불을 부젓가락으로 모아 다시 불길 속으로 집어넣은 후 꼬마 빗자루로 그을음과 재를 삽에 쓸어 담고 그 모든 걸 벽난로에 도로 가져다 둔다. 그리고 더는 할 일이 없어지자 유일하게 비어 있는 에이딘 옆자리에 가 앉는다. 몸을 쭉 펴자 팔이 공중으로 올라가면서 배의 거무스름하고 납작한 맨살과 배꼽을 향해 선정적으로 타고 오르는 검은 털의 꼬리가 얼핏 에이딘의 눈에 들어온다.

"네가 와서 정말 좋구나." 밀리가 손녀딸에게 말한다. "왜 그런지 아니? 션은 음악을 좋아하거든."

"아, 제발." 에이딘이 말한다.

"왜, 뭐가 문젠데?" 밀리는 신이 나서 대꾸하고는 션을 본다. "너, 너희 이모가 언젠가 날 여행 가방에 넣어서 미국으로 밀항시켜 준다고 약속한 거 아니? 이것 좀 보렴, 하루에 손님이 세 명이나 왔어! 내가 늘 말하는 대로라니까. 여기는 파티 아니면 가뭄, 둘 중 하나라고. 안 그래, 실? 일주일 내내 여기 아무도 안 왔는데…."

"음," 실비아가 말한다. "케빈이 들렀었고…."

"그리고 오늘은 자기랑 션이랑 거기다 에이딘까지 있지." 밀리가 벌써부터 포도주 술기운이 올라오는 걸 느끼며 말한다. "뭔가 섹시한 이야기 좀 해줘 봐."

"할매!"

밀리는 에이딘을 위아래로 훑어본다. 얼굴이 짙게 물든 듯한 이 아이는 밀번에 가더니 어째 전보다도 더 마른 것 같다. "새 학교는 어떤지, 그 이야기 좀 해보렴."

"거지같아요." 에이딘이 말한다.

"정말이니?"

에이딘이 고개를 끄덕인다.

"음식은 어때?"

"거지같아요."

"어디가 어떻게 거지같은지 좀 자세히 말해보렴." 밀리의 말에 션은 웃음을 터뜨린다. 밀리는 션이 꽤 마음에 들기 시작한다. "차 시간에는 뭘 주던?"

"소시지 롤요. 역겨워요. 아니면 콩을 올린 토스트요."

"하지만 콩을 올린 토스트라면 누구나 좋아하지 않니?"

"이런 콩이 아니에요." 에이딘이 말한다. "이런 토스트도 아니고요."

"우리 딱한 오리새끼. 자, 넌 지금 여기 있잖니. 중요한 건 그게 전부란다."

"그래서, 넌 학교에서 사니?" 션이 에이딘에게 직접 말을 거는 건 이게 처음이다. "막 커다란 기숙사 방 같은 데서?"

"응." 에이딘이 말한다. "하지만 주중에만이야. 난 그러니까, 주말은 내내 집에서 보내."

"난 군대 막사를 상상하고 있는데."

"그보단 정신병원에 더 가까워."

션이 씩 웃으며 묻는다. "정말?"

"음, 막 어떤 여자애가 있는데… 걔는 매일 밤 향수병에 시달려. 정말 슬퍼. 아무한테도 들키기 싫어서 막, 베개에 대고 울어. 불쌍하지. 그리고 하나 더 있는데… 그 애 부모님은 그 애한테 맨날 돈이랑 값비싼 선물 같은 것들을 잔뜩 보내지만 절대 만나러 오지는 않아. 그 애는 크리스마스랑 여름에만 집에 가. 여섯 살 때부터 쭉 학교에서 살았대."

"난 거지나 다름없어." 밀리가 말한다. "아, 그러니까 생각났다… 실비아, 혹시 뭔가 수표 들어온 것 봤어? 해마다 이 무렵에 배당금이 들어오는데."

"네, 한두 장쯤 들어왔어요. 아마 수요일엔가 은행에 넣은 것 같아요. 이런, 제가 영수증 드리는 걸 깜빡했나요?"

"아, 까맣게 몰랐네. 분명 그랬겠지. 신경 쓸 것 없어. 이런 일들은 끔찍하게 성가시다니까. 안 그러니, 션? 젊은 사람들은 돈 이야기를 할 필요가 없지."

션은 정중하게 고개를 젓고는 에이딘을 돌아보며 웃는다. "그래서, 너도 음악을 좋아한다고?"

18

할매네 집을 나온 에이딘은 붕 뜬 기분으로 자전거를 타고 검게 물든 아일랜드해와 흐릿한 가로등이 띄엄띄엄 서 있는 검은 도로를 따라 날듯이 달린다. 야만적인 돌풍이 얼굴과 귀와 손가락을 마구 채찍질하지만 에이딘은 개의치 않는다. 씨발 내가 이 길의 주인이다! 사유지에 속한 도로로 접어든 에이딘은 비명을 지르고 미치광이처럼 웃으며 페달에 얹은 발을 차 올린다. 내리막길은 완전히 미끄럼틀이다. 클린캇의 '오늘 밤 널 보면 정말 좋겠어'가 귓전에서 쾅쾅 울려 퍼진다. **하지만 따뜻한 바람 한 줄기가 별들을 이리저리 흩날리고 있어/그리고 난 오늘 밤 널 보면 정말 좋겠어.** 에이딘은 션의 나이를 머릿속으로 가늠해본다. 열일곱? 열여덟? 아무러면 어때. 그 애는 록스타 같은 머리를 가졌다. 가죽 재킷을 입었다. 섹스는 해 봤을까? 섹스에 관한 에이딘의 기초 지식은 기껏해야 흐릿한 수준이다. 비록 페어하우스의 밤 수다 때마다 브리짓이 온갖 다양하고 역겨운 세부사항을 으스대며 떠벌리긴 하지만. 콘돔 끝을 꼬집어 공기 빼기, 근처에 타월 갖다 두기, 아프니까 미리 알아둘 것.

앞쪽에 개를 산책시키고 있는 노인네가 보인다. 평소답지 않게 "안녕하세요!"하고 외치며 남자와 개를 지나치는 에이딘의 머릿속에서는 방금 할매의 거실에서 일어난 장면이 몇 번이고 반복 재생되고 있다. 앞으로 일주일은 족히 그러게 될 것이다. 혼자서도, 그리고 밀번으로 돌아가서 브리짓을 상대로도. 다시 체험하고, 해체하고, 반복하고.

실비아와 밀리가 저녁식사를 준비하러 자리를 비운 즉시, 잔뜩 긴장한 에이딘은 난로 앞으로 자리를 옮겨 조개탄을 뒤적이기 시작했더랬다.

"너희 할머니는 짱이셔." 션은 그렇게 말했다.

"그거 좋은 거야?"

"어 그럼, 당연하지. 정말 재미있으시잖아. 그렇게 생각 안 해? '션은 음악을 좋아해!'"

"너 아일랜드 억양 진짜 흉내 못 낸다."

션은 웃으며 다시 시도했다. "저기 펍에서 한잔하고 싶네."

"그만!" 에이딘은 저항하는 척 양 귀를 손으로 막았다. "방금 그거 진짜 형편없었어."

션은 에이딘을 보며 웃었다. "그래서 넌 무슨 음악을 **좋아하는데**?"

"아, 난 클린컷이 좋아." 에이딘이 말했다. "제일 좋아해. 실제로 만난 적도 있어. 막, 네 번쯤."

"클린컷?" 션은 뒤로 물러나서는 마치 전염병이라도 막으려는 듯 양손을 들어 올려 손바닥으로 얼굴을 가린다. "그 수염 기른 멀대 같은 아저씨 말이야? 막, 죄다 커버곡만 부르는?"

에이딘이 만난 다른 누군가가 그런 반응을 보였다면(그리고 실제로 그런 적이 있었다) 에이딘은 당장 다다다 쏘아붙였을 것이다. 하지만 션은 에이딘을 친근하게 놀리려고 그러는 것 같았다. 그리고 에이딘이 아주 조금이라도 적의를 내보인다는 것은 물론 있을 수 없는 일이었다.

“자작곡도 있어.” 에이딘은 그렇게 대꾸하고는 션의 얼굴을 올려다보았다. 감정이 풍부한 눈과 아름다운, 에이딘보다도 더 풍성하고 윤기 도는 머리카락을 가진 이 남자애를 똑바로 바라보는 일은 불가능할 뿐만 아니라 거의 고통스럽기까지 했다. “사실 알고 보면 굉장한 사람이야. 정말 소탈하고, 있지, 팬들한테 잘해줘.”

“아, 정말? 그건 멋지다. 하지만 그래서? 온종일, 24시간, 7일 동안 클린컷만 들어? 다른 음악은 안 듣고?”

에이딘은 아니라고 대답할 수 없다는 사실이 갑자기 유감스러워졌다. “너는 어떤데?”

“난 여러 다양한 것들을 좋아해. 온갖 종류의. 지금은 옛날 음악이 정말 좋아. 소닉 유스, 너바나, 푸가지. 원하면 내가 플레이리스트 만들어줄까?”

에이딘은 이 대화(이런 대화는 처음이었다)가 자신의 전체 존재를 팽창시키는 것처럼 느꼈다. 마치 자신도 모르는 사이 평생 그냥 이어폰을 한쪽만 꽂고 있었는데, 지금 이렇게 이 남자애하고 이야기하고 있으니 갑자기 다른 쪽 이어폰에서 음악이 쾅쾅 울려나오는 그런 느낌이랄까. 션이 자기 휴대전화를 찾으러 간 사이 에이딘은 콧대에 밴 기름기를 미친 듯 급히 닦아내고 양손으로 가르마를 매만졌다. 이윽고 션이 돌아오는 소리가 들리자 땀이 밴 양손을 청바지 앞쪽에 문질렀지만 손은 곧장 다시 축축해졌다. 혹시 션이 악수를 청하거나 손가락을 만지려고 하면 어떡하나 하는 생각에 두려움이 에이딘을 사로잡았다. 또 모르잖는가. 혹시 무심결에라도 그런 일이 일어날지. 그리고 축축한 손을 잡게 된 션은 에이딘을 만난 것 자체를 후회하게 될지도 모른다. 에이딘이 지금 가장 간절히 바라는 건 션에게 호감을 얻는 거였다.

"링크를 좀 보내줄게." 지금 상황은 현실이었다. "혹시 마음에 안 들면, 음, 그럼…" 션은 고개를 젓자 덥수룩한 머리카락이 흔들렸다. "우린 친구가 될 수 없어."

에이딘은 웃음을 터뜨렸다. 우리가 **친구** 사이라고? 이 남자애를 만난 지 겨우 한 시간밖에 안 됐는데.

한때 녹색 눈동자를 가진 남자애가 있었지
보이밴드를 진심으로 경멸하는
그 애가 내게 플레이리스트를 만들어 준대
내가 키스를 받을 수 있을까?
그 애가 날 보고, 난 얼어붙네.

션은 손에 든 휴대전화를 내려다보며(하느님 감사합니다, 안 그랬으면 에이딘은 얼굴이 불타오르다 못해 기절했을지도 모르니까) 물었더랬다. "번호 좀 알려줄래? 그리고 이메일도."

이제 에이딘은 다시 한 번 허공을 향해 해방감의 고함을 내지른다. 있는 힘껏 페달을 밟는다. 집이 너무나 멀게 느껴진다. 얼른 브리짓한테 문자 메시지를 보내지 않으면 가슴이 터져버릴 것만 같다.

집에 도착한 에이딘은 부모님의 감시망을 피해 곧장 방으로 가려 하지만 실패한다.

"에이딘?" 아빠가 거실에서 부른다. "이야기 좀 할 수 있을까?"

"저 진짜 피곤해요."

"금방 끝날 거야."

에이딘은 한숨을 쉬며 신발 끝으로 문을 밀어 열고 시큰둥한 태도로 문간에 가 선다. "늦어서 죄송해요."

"너 외출금지 상태인 거 알잖니."

"할매 집도 못 가요?" 에이딘이 눈동자를 희번덕대며 묻는다.

"아니, 당연히 할매는 예외지. 하지만 주말 내내 자유롭게 돌아다닐 수 있다고는 생각지 마라."

"알아요. 하지만 전 그 술 한 방울도 안 마셨어요. 버리러 갔던 거라고요."

"있잖아, 우리 그냥… 그냥 들어와서 잠깐만 앉아보렴. 넌 아빠한테 학교 이야기는 입도 뻥긋 안 했잖니. 거기서 지내는 건 좀 어떠니?"

그때 에이딘의 휴대전화에서 문자 수신 알림음이 띵 하고 울린다.

"좋아요. 제 말은, 너무 싫지만, 그래도…"

"할머니는 어떠시던?"

"잘 계세요."

"그래? 이야기 좀 해보렴."

에이딘은 엉덩이에 한 손을 얹는다. "좋아요, 멀쩡해요. 주로 도우미 분이랑 이야기하고 계셨어요."

"실비아?"

"네."

"두 분이 사이 좋아 보이던?"

"네."

"할머니가 마음에 들어 하시고?"

"네."

케빈은 로봇 같은 목소리로 에이딘의 대답을 흉내 낸다. "네. 네. 네. 이제 제 전원을 꺼주십시오."

“저 피곤해요, 아빠.” 띵 하는 알림음이 다시 한 번 울린다. 에이딘은 뒷주머니에서 휴대전화를 꺼내어 비밀번호(원수가 혹시나 염탐하지 못하도록 걸어둔)를 누른다. 낯선 발신번호와 함께 화면에 뜬 메시지는 에이딘의 심장을 멎게 만든다. “노래를 좀 보냈어. 싫어할 수 있으면 싫어해 봐.”

“아빠 생각엔 실비아랑 잘 맞으실 것 같구나.” 에이딘의 인생이 방금 돌이킬 수 없게 바뀌어버린 것을 까맣게 모르는 아빠가 말한다. “그분이 너희 할머니한테 꽤나 빨리 호감을 산 모양이야.” 아빠가 키득대며 말을 잇는다. “비록 그분은 여기서 운전하는 데는 서툰 것 같지만.”

너무 빨리 도착한 메시지는 너무 많은 걸 암시한다. 에이딘은 위층으로 올라가고 싶은 마음이 간절하다. 하지만 감정을 숨기는 데는 이미 통달했음에도 어찌 된 일인지 억누를 수 없는 수줍은 미소가 새어 나오고, 호기심이 동한 아빠가 눈을 가늘게 뜬다.

“**그건** 뭐니?”

“아무것도 아니에요.” 에이딘은 아빠에게 자신의 기쁨을 더 들키기 전에 재빨리 빠져나와 노래하는 투로 “안녕히 주무세요” 하고 내뱉는다. 그리고 계단을 뛰어 올라가다 심지어 지나가는 쌍둥이 언니에게 끙 소리와 함께 안녕 하는 인사를 내뱉는다.

19

케빈은 자신의 체취를 맡아 본다. 아까 목과 상체에 뿌린 유로-트래시 코롱은 광고에서 구린내 나는 새끼를 방금 골프장에서 돌아온 무심하고 자유로운 신사로 변신시켜준다고 약속했다. 조금이라도 운이 따른다면 그건 케빈에게서 유독성 불안, 지독하게 추운 오늘 날씨에도 아랑곳없이 겨드랑이를 살짝 축축하게 적시는 불안의 증거를 감춰줄 것이다. 이는 조심스레 처음 시도해보는 불륜에 그닥 이상적이지 못하다. 그리고 케빈은 이 기회를 이상적으로 만들 생각이다.

이 빌어먹을 은행 대기열이 줄어들기만 한다면 1시간 후에는 강 북쪽의 굽고 좁다란 뒤안길에 자리한 식당에 로즈 버드와 마주앉아 있을 것이다. 랜드 오브 더 영. 이 첫 밀회를 위해 케빈이 직접 고른, 요즘 핫한 작은 맛집이다. 어렸을 때 아일랜드 신화의 오신과 니어브 이야기에 매혹된 적 있는 케빈은 자신이 선택한 식당의 상징성에 다소 어리석은 희열을 느낀다. 그 이야기에서 니어브는 순진한 오신을 젊음, 아름다움, 그리고 쾌락이 지배하는 지하세계인 젊음의 땅으로 데려간다. 로즈는 확실히 아름다움과 젊음을 제공할 수 있고, 케빈은 기꺼이 쾌락을 제공할 것이다. 아싸라비야. 이 썸이 시작된 이후로 줄곧 케빈은 사춘기로 돌아간 기분이었다. 그레이스와의 연애 시절처럼 강렬한 건 전혀 아니지만 말이다. 말 나온 김에, 그건 하고많은 곳 중에 펍도 디스코장도 술 파티도 아닌, 대학 도서관에서 시작되었다. 케빈은 도서 정리 아르바이트를 하고 있었고 그레이스는 늘 와서 창가 자리에 앉아 있었다. 시험 기간은 아직 한참 멀었는데 무슨 공부를 그리도 열심히 하는지, 존 레논을 연상시키는 안경이 콧대를 따라 조금씩 귀엽게 흘러내렸다. 그레이스는 아름다웠다. 반짝이는 검은 눈동자, 두드러진 광대 위로 가볍게 흩뿌려진 주근깨, 당시에는 훨씬 길었던 칠흑 같은 머리카락은 어느새 케빈에게 스며들었다. 케빈은 그레이스를 찾아 두리번거리기 시작했고, 무슨 책을 읽는지 엿보았다(늘 역사 교과서였다). 말을 붙여보려고 했다. 어림도 없었다! 하지만 쉽지 않은 상대라는 게 오히려 더 좋았다. 어느 날, 그레이스가 자리를 뜰 때까지 기다렸다 책에 시를 적은 쪽지를 슬쩍 끼워넣었다. 사랑 시는 아니었다. 오랜 시간을 들여 고른, 비참한 알코올중독자였던 영국 시인이 실연을 소재로 쓴 시였다. 시 아래에 케빈은 이렇게 썼다. "같이 술 한잔해 주지 않으면 나도 이 꼴이 되고 말 거예요."

현금카드로 지갑을 톡톡 두드리며 휴대전화를 확인한다. 월요일 점심시간인데 어떻게 창구 담당 직원이 한 명밖에 없을 수가 있지. 귀중한 시간을 이런 식으로 빼앗기다니 너무나 짜증스럽다. 하지만 발끈해서 뒤집어엎을 수 있는 상황도 아니다. 펍에서 신용카드를 쓸 생각은 물론 전혀 없다. 케빈이 정리해고를 당한 이후로 가족이 파산에서 그리 멀리 떨어져 있지 않다고 확신하게 된 그레이스는 청구서를 전보다 더 상세히 살펴보기 시작했다. 빈곤까지 수표 한 장 거리를 남겨두고 있달까. 비록 정확한 묘사는 아니라도 불가능한 건 아니다.

약속 시간에 단 1분만 늦어도 로즈를 놓치고 말 거라는 불합리한 불안감이 케빈을 좀먹고 있다. 그런 일이 일어난다는 생각만 해도 도저히 못 견딜 것 같다. 이제껏 엄격히 지켜온 도덕적 기준과 이따금씩 위기를 겪긴 하지만 근본적으로 제대로 잡혀 있는 행동강령이 놀랍도록 강력한 유혹과 엎치락뒤치락하고 있다. 예컨대 케빈은 오늘은 절대 포도주를 주문하지 않겠다고 결심했다. 오찬 위스카데 한 잔은 딱 한 잔만 더, 딱 한 잔만 더로 이어질 테고, 셋째 잔을 마실 무렵이면 케빈이 간신히 붙들고 있던 그 어떤 남은 자제력이나 판단도 사라지고 말 것이다. 나약한 도덕적 의지의 뗏목이 떠내려 가는 것이다. 로지 B가 눈짓만 보낸다면, 그리고 아주 약간이라도 술에 취한다면, 두 사람이 어느새 침대나 차 뒷좌석이나 골목길이나 심지어 그래야 한다면 스티븐스 그린의 거대한 오크나무의 거친 나무뿌리 위에서 뒹굴고 있으리라는 것을 알 만큼 케빈은 자신을 잘 안다.

머릿속으로 이런 더러운 불장난을 저지르고 있을 때 가장 놀라운 것은 자신이 자연적으로 기만적인 성향을 타고났다는 깨달음이다. 알고 보니 케빈은 몰래 뭔가 하는 데 재주가 있었고, 그 재주는 심지어 학창시절부터(엄마는 어쩔 수 없이 남편의 병마와의 오랜 싸움에만 집중해야 했으니) 그다지 갈고닦을 필요조차 없었다. 예컨대 케빈은 오늘 오후의 밀회 약속을 의도적으로 아내가 온종일 미팅을 한 후 그곳의 명문대 총장과의 정찬을 위해 리머릭에 가 있을 시간으로 잡았다. 그레이스가 남편이 뭔가 교활한 꿍꿍이를 꾸미고 있다는 낌새를 전혀 채지 못했다는 사실은 아내의 관심이 딴 데 가 있다는, 애정이 식어 가고 있다는 케빈의 커져 가는 믿음을 뒷받침한다. 결국, 두 사람은 너무 오래 함께 살았다. 들으란 듯 내쉬는 한숨 한 번, 무심결에 내뱉은 말 한 마디에도 무슨 뜻이 숨어 있는지 다 안다. 읽어 내기 너무 쉬운, 척하면 척인 사이. 굳이 말을 할 필요조차 없다. 한쪽 눈썹을 치켜 올리는 건 상대를 무시하며 이렇게 말하는 것이다. "개소리." 침대 옆 램프를 향해 몸을 돌리는 의미. "꺼져. 넌 더는 내게 매력적이지 않아."

어쩌면 그냥, 공존을 도모하기 위해 가장 저항이 적은 방식을 기꺼이 받아들이는 게 더 단순하고 더 평온한 방법일까? 그레이스는 귀가하면 부츠를 벗고 가방을 복도에 내팽개친 후 아이들에 관해 의무적인, 알아야 하는 것들을 묻는다. 아무도 다치지 않았으면, 피를 보거나 누가 죽은 게 아니면, 그레이스는 알 필요를 전혀 느끼지 않는다. 유일한 성인으로서 집 안에 틀어박혀 썩어 가는 긴 아침과 오후에서 그레이스에게 알려주기 위해 소상한 사연을 얼기설기 쏟아 놓는 이른 저녁까지, 케빈이 하루 동안 겪은 고난들은 대체로 침묵 속에 남겨진다. 그레이스는 끝까지 알아차리지 못하거나, 모르는 척한다. 한편 아내는 스트레스 가득했던 하루의 자세한 일과를 굳이 케빈에게 털어놓을 필요성을 전혀 못 느끼는 듯하다. 아직 저녁을 안 먹었으면 케빈이 가스레인지로 따뜻하게 데워둔 음식을 먹고 커다란 잔으로 술을 마신다. 오랜 시간의 미팅에서 지쳐버려서, 스타킹을 벗고 형편없는 프로그램이 나오는 텔레비전 앞에 쓰러질 기운밖에 남지 않은 것이다.

하지만 케빈은 이 모든 걸 알고 있다. 알지 못하는 건 로즈의 저녁 시간이다. 아무런 특별한 이유도 없이, 어수선한 보헤미아풍 선반들이 널린 소박한 아파트에서 마늘과 링귀니 면과 조개를 뒤적이는 로즈의 모습을 상상한다. 또는 어릴 적부터 치던 피아노 앞에 앉아 사티를 연주하거나 눈을 감고 있는 모습을. 짧은 실크 로브의 앞섶이 벌어지고….

키아란이 학교에서 체육시간에 신을 운동화를 갖다 달라고 전화하지만 않았어도 지각할 일은 없었을 것이다. 케빈은 자신의 아이들을 세상에서 가장 사랑하지만, 토막잠에서 테니스 시합과 밀회의 기회까지, 아이들이 의도치 않게 아버지의 인생에서 즐거움이나 현실 도피의 가능성을 철저히 짓밟는 능력은 전혀 재미있지 않고 사실 죽을 것 같다. 타이멕스 손목시계가 맞는지 확인하려고 벽의 디지털 시계를 올려다보며 나직하게 "젠장맞을" 하고 내뱉는 순간, 은행 창구의 현재 고객이 눈에 들어온다. 어머니의 도우미인 실비아 뭐시기다.

실비아는 유리 가림막 밑으로 종이 한 장을 밀어넣고는 반복적으로 "인출요"라고 말한다. 마치 여기가 영어권 국가가 아니라 무슨 크로아티아나 포르투갈이라도 되는 것처럼. 마침내 창구 직원이 지폐다발을 세어 내밀고, 분홍색으로 염색된 악어가죽 부츠를 신은 실비아가 이쪽으로 걸어오기 시작한다.

마주치지 말아야 한다는 생각에 케빈은 머릿속이 하얘진다. 실비아가 자신의 얼굴을 보기만 해도 어디로 가려는지 직감적으로 알아차릴 것만 같다. 몸을 살짝 반대쪽으로 틀고 따끔한 죄의식을 느끼며 휴대전화를 들여다본다. 당연히 인사를 해야 한다. 그리고 어머니의 안부를 물어야 한다. 명예의식 좋아하네. 밀리 고가티를 매일같이 견뎌주는 인간이라면 그 누구를 막론하고 최소한의 감사 인사를 받을 자격이 있다. 하지만 은행 창구에 한 걸음 더 가까워졌다는, 따라서 밀회에 한 걸음 더 가까워졌다는 사실은 케빈의 생각을 도로 로즈 버드에게로 끌어당긴다. 로즈가 에이딘의 신입생 환영 키트에 자신의 전화번호를 태연하게 적고는 어떤 질문이든 "전혀 상관없으니까" 질문 있으면 직접 연락하라고, 전혀 사무적이지 않은 어조로 말한 순간이 다시 떠오른다.

로즈와 주고받은 짧고 아찔한 문자 메시지를 캡처한 사진들을 불러온다. 현명하게 메시지 앱에서는 지워버렸지만, 어쨌거나 그 대화는 이미 케빈의 동물적인 뇌에 낙인처럼 새겨졌다.

점심 어때요?

누구?

어이쿠.

당했죠! 안녕 케빈.

케빈은 바다에 투신하러 갔어요. 나중에 연락해요.

무슨 점심요?

플라토닉한 종류요. 당신의 끔찍한 아동기와 미뤄놓은 꿈에 관해 내게 말해주고, 난 내가 당신한테 하고 싶은 일을 속으로 생각만 하는 거죠.

어디가 플라토닉하다는 건지.

"케빈?" 실비아다. 실비아가 앞에 와서 손을 흔들고 있다. "안녕하세요."

케빈은 짐짓 가볍게 놀란 표정을 짓는다. "실비아, 어떻게 지내요? 우리 어머니도 같이 오셨어요?" **젠장 제발 아니길, 난 할머니 은행 강도나 산책로에서 벌이는 가짜 중풍 연기 따위를 상대해줄 시간이 없어.**

"집에 계세요. 전 그냥 잠깐 심부름 좀 하러 왔어요."

"아, 잘됐네요. 그럼 별일 없는 거죠? 차는 수리 끝났어요."

"네, 제가 그걸 몰아도 될지는 잘 모르겠지만요." 실비아가 깔깔 웃는다.

대기열이 마침내 움직이기 시작한다. 케빈은 앞으로 걸음을 옮기며 예의바르게 킥킥 웃는다. "우리 어머니보다야 낫겠죠. 날 믿어요."

#

크리스마스 이후 세일의 떠들썩한 흥청망청 분위기로, 오늘 타운은 마치 아일랜드 전체가 지난 몇 주간 주고받은 그 엄청난 양의 쓰레기로는 아직 부족하다는 듯 북적대고 있다. 목적지를 바로 앞두고 좋은 입 냄새가 간절히 필요한 케빈은 민트나 껌을 찾아 재킷 주머니에 손을 집어넣지만 껌 대신 손에 닿은 것은 부드럽고 단단한 직사각형 모양의 물체다. 잃어버린 줄만 알았던 아이팟이 여기 들어 있었다니. 작년에 그레이스가 사려 깊게도 케빈이 가장 좋아하는 클래식록 곡들로 가득 채워서 선물한 것이다. 남자로 하여금 자기 앞에 있는 사람이 **내** 사람임을 다시금 깨닫게 해주는 그런 종류의 선물이었다.

아직 너무 늦은 건 아니다. 주차장에 세워둔 미니밴으로 돌아가 차를 몰고 집으로 가면 된다. 스테이크와 괜찮은 포도주를 한 병 사서 불을 피우고 아이들을 방으로 몰아넣은 후 긴 옛날이야기로 정담을 나눌 수 있다. 앞으로의 이야기를 해도 좋으리라. 예컨대 태국 여행 일정을 짜거나, 버려진 시골 오두막을 사서 고치거나. 차를 몰고 아내가 있는 집으로 돌아가면 된다.

하지만 그 대신 케빈은 이어폰을 양 귀에 깊숙이 찔러넣고 전원버튼을 누른다. 뜻밖에도 전원이 들어온다. 닥터 마틴에 오토바이 재킷 차림으로 투박한 워크맨을 동반자 삼아 시내 중심가를 어슬렁거리던 시절 이후 처음으로 다시 느끼는, 빵빵 울리는 휴대용 록음악이 제공하는 감전된 듯 강렬한 즐거움에 케빈은 새삼 놀라고 만다. 스치는 행인들은 알지 못하는, 내가 주인공인 영화 속 세상에서 내 테마곡이 흘러나오는 느낌. 마치 재빠르고 흡족한 파괴력의 가라테 촙 같다. 휠을 빙빙 돌려 경멸하는 크리던스와 클랩턴과 도어스를 넘기고 (그레이스는 케빈이 팬인 줄 오해했지만 케빈은 차마 삭제할 용기가 없었다) 생각할 수 있는 가장 세고 멋진 노래를 튼다. 제플린의 〈디 오션〉이다.

곧장 쾅쾅 울려나오는 음악이 케빈이 지금 뭔가 역겨운, 자신이 가장 사랑하는 사람들에게 끔찍한 상처를 줄지도 모를 짓을 막 하기 직전이라는 사실을 머릿속에 때려 박는 듯하다. 가사는 바로 이 순간을 말하고 있다. **짐을 꾸릴 시간이 없어, 난 이미 문간을 나섰거든/데이트가 있어, 지각은 안 돼**… 케빈은 로버트 플랜트를 따라 고함을 지르며 헤드뱅잉을 하고 싶은 충동을 억누르고 그 대신 중년답게 차분하고 열의 없는 립싱크로 타협한다.

브리지가 잦아들고 노래가 다시금 고조에 이르러 아름다운 소음이 되는 순간 깨달음이 찾아온다. 어쩌면 지금 이게 사실상 내 인생에서 드물게 완벽한 순간 중 하나일지도 모른다는. 걸음을 늦추고 작은 기적에 대한 달콤한 기대를 만끽한다. **멋진 여자가 나를 기다리고 있어.** 미끄러지듯 탤벗 스트리트를 지나친다. 예전에 학교 친구들이랑 같이 바로 이 길 끝의 쓰레기통에 누군가가 숨겨놓은 상당한 양의 하이네켄을 발견한 기억이 떠오른다. 바로 그들 같은 어떤 미성년자 무리가 아마도 경찰한테 딱 걸리는 바람에 나중에 되찾으러 올 생각으로 노획물을 두고 갔을 것이다. 고맙기도 해라! 나중에 마지막 버스의 2층에서 친구들과 함께 서로를 무자비하게 놀리던 기억이 떠오른다. 밤새도록 공짜 가글을 하면서 즐겁게 집으로 향했지.

'랜드 오브 더 영'은 더블린 최초로 모든 식재료가 유기농이면서, 농장에서 식재료를 바로 공급받는 새로운 음식점 중 하나다. 메뉴판은 노끈으로 테두리를 두른 작은 흑판으로, 몽당분필 하나가 달려 있다. 아무도 입을 대지 않은 반짝반짝 광이 나는 그래니 스미스 사과가 바구니마다 가득 들어 있고, 반짝이는 흰색으로 옻칠된 우묵한 그릇 안에는 라임 여러 개를 피라미드 모양으로 공들여 쌓아 놓았다.

로즈 버드는 그곳에서 가장 은밀한, 안쪽을 향한 벽감 자리에 앉아 있다. 케빈은 거기에 어떤 의도가 있는 게 아닌가 하는 질문을 떠올릴 수밖에 없다. 그리로 향하며 짐짓 자신감 있는 척 손을 흔들지만 옥스퍼드 아래에서 쿵쿵 뛰는 심장을 들키고 말까 봐 겁이 난다.

"안녕, 안녕. 여기는 금방 찾았어요?"

실크 같은 연노란색 옷을 입은 로즈가 일어선다. 한줌 허리를 가린 늘어진 탑과 케빈의 딸들이 주말에 입는 것과 그리 다르지 않은 잉크처럼 진한 파란색 스키니 청바지(진지하게, 난 여기서 도대체 **뭘** 하는 거지?), 그리고 값비싸 보이는 검은색 통굽 앵클부츠 차림이다. 양 귀에는 가느다란 금귀고리를 했다.

로즈 버드는 케빈 고가티와 눈을 맞추지만, 케빈은 그 눈빛에 담긴 메시지를 해독할 수 없다. 웃음을 지으려 벌어지는 로즈의 아랫입술에서 약간의 떨림을 본 것도 같지만, 희망사항인지 사실인지 자신이 없다. 로즈가 내민 손을 마주잡고 힘을 준다. 자신의 입술을 갖다 대는 건 아직 너무 이르고 너무 속보이는 짓인 것 같다.

"안녕하세요." 로즈가 말한다. "아, 맞다. 저 여기 알아요. 하지만 제가 듣기로는 임대 계약을 갱신할 돈이 없대요. 이달 말에 닫는대요."

이 뜻밖의 정보에 케빈은 동네 바보가 된 기분이다. 알고 보니 **핫한** 장소를 고른 게 아니었다. 숨을 고르며 그저 로즈가 이 일로 자신을 판단하지 않기만을 속으로 빈다. 이 장면의 진실이 언뜻 케빈의 뇌리를 스쳐 가지만 케빈은 이내 떨쳐버린다. 상대는 자기보다 훨씬 나이가 어릴 뿐만 아니라 자기 딸의 학교 행정 직원이고, 자신은 그 여자를 상대로 자신이 예전에 얼마나 멋지거나 흥미로운 사람이었는지 절박하게 증명하고 싶어 하는 유부남이라는 진실을.

케빈이 웨이터를 불러 세우고, 로즈는 샴페인을 제의한다. 술을 마시지 않겠다던 맹세 따위는 아랑곳없이 케빈은 이전에 받던 월급의 대략 1/18에 맞먹을 샴페인 한 병을 주문한다.

"그래서…." 케빈은 앉는 즉시 사각팬티를 엉덩이에 끼게 만드는 투명 의자에 자리를 잡으며 입을 연다. 온갖 사소한 것들에 대한 로즈의 의견을 듣고 싶다. 정치적 견해에서 차를 어떻게 타는지까지. 로즈에 관한 게걸스러운 궁금증을 느낀다.

웨이터가 각자의 샴페인 잔을 채워주고 물러난 뒤 케빈은 말한다. "그대를 위해." 두 사람은 잔을 맞부딪치고 케빈은 탐욕스럽게 한 모금 만에 자신의 잔을 비운다. 주문을 마치자 로즈는 앞으로 몸을 숙인다. 앙증맞은 양 주먹 사이에 섬세한 턱을 고이고 팔꿈치를 테이블에 얹은 채 말한다. "에이딘이 학교에서 얼마나 잘 적응하고 있는지 궁금해서 절 만나자고 하신 거죠?"

진정성 넘치는 그 태도에 케빈은 일순 숨이 멎는 굴욕감에 사로잡힌다. 어쩌자고 로즈의 의도를 오해한 것일까. 그냥 상냥하게 대해준 것뿐인데 추파로 오해하고 말았다. 로즈 버드는 1초쯤 더 포커페이스를 유지해 케빈을 괴롭힌 후 악마 같은 웃음을 터뜨리며 고개를 뒤로 젖힌다. 케빈은 로즈가 그런 포효하는 듯한 웃음소리를 낼 수 있을 거라고는 상상도 하지 못했다. 마침내 웃음을 멈춘 로즈가 냅킨으로 눈을 문질러 닦고 냉정을 되찾은 후 안심하라는 듯 케빈의 팔을 다독인다.

"그 표정이라니!" 로즈가 마침내 말한다. "정말 끝내줬어요!"

아주 오랜만에 모든 가식을 벗고 두려움과 흥분에 사로잡힌 케빈은 더는 기다릴 수 없다. 자신이 원하는 것은 너무도 투명하고, 로즈의 농담은 비록 약간 잔인하긴 했지만 케빈의 자신감을 끌어올려 거부당할지도 모른다는 공포를 잊게 했다. 케빈은 팔을 뻗어 양손으로 로즈의 턱을 잡는다. 거의 도전하는 듯한 미약한 웃음기를 제외하면, 로즈의 얼굴은 더는 웃고 있지 않다. 로즈가 고개를 살짝 왼쪽으로 기울이자, 케빈은 아까 하고 싶었던 방식으로 인사를 한다. 두 사람의 길고 육욕에 찬 키스(다른 어떤 손님들도 서로의 얼굴을 흡입하고 있지 않은 고급 레스토랑에서 대낮에 이루어진)는 몇 초간 지속된다. 마침내 두 사람은 자연스럽게 몸을 떼고 뻣뻣이 굳은 채 믿기지 않는다는 표정으로 서로를 본다.

"방금은 실수였어요." 케빈은 자신도 모르게 내뱉는다. "난 유부남이에요."

"쉬이잇." 로즈가 말한다. "알아요."

20

치즈 수플레는 황금색으로 부풀어 오르는 중이고, 밀리는 샤블리 병을 차게 하려고 냉동실에 넣어두었다. 온종일 걸려 2층 정리를 마친 실비아는(어쩜 저렇게 단호한 사람이 다 있을까!) 고가티 가족의 집에서 다시 한 번 저녁식사를 하자는 초대를 수락했다.

실비아가 오기 전에 밀리는 제대로 된 식사란 무엇을 말하는가에 관해 거의 생각도 해본 적이 없었다. 아주 추운 날 아침식사? 고집 센 개를 목줄로 끌고 다니듯 코드를 쥐고 이 방에서 저 방으로 질질 끌고 다니는 실내 난방기 옆에서 바나나 하나 까 들고 어슬렁거리기. 아니면 괜히 설거지거리 만들 필요 없이 그냥 부엌 조리대에 기대어 토스트(버터가 있으면 발라서)를 꿀떡꿀떡 베어 먹기. 그것도 아니면 (우유가 있다고 치면) 콘플레이크 한 그릇 뚝딱. 이건 저녁식사다. 피터가 밀리의 일요일 로스트와 셰퍼드 파이와 폭찹을 그토록 오랜 세월 칭송했건만, 피터가 가고 나서 밀리는 부엌을 버렸다. 요리를, 특히 어느 한 요리를 지독히 경멸하게끔 되었다. 83세가 된 지금은 거기에 어떤 자학적 경향이 있음을 느끼고 있지만, 자신의 이미 부정할 수 없는 고독을 스스로 떠올리게 하는 것들과는 선을 긋는다.

하지만 실비아가 찾아온 이후로 밀리는 다시금 요리의 부름을 느낀다. 매일, 아니 매시간 실비아에 대한 애정은 더 커져만 간다. 심지어 도우미의 유별난 버릇들조차 매혹적이다. 마치 상상의 겨울바람이 입술을 맹공격하기라도 하는 것처럼 입술에 바셀린을 끊임없이 바르는 것, 길쭉한 일회용 포장지에 든, 비소를 연상시키는 노란 스플렌다(설탕 대용품으로 쓰이는 저칼로리 감미료 브랜드-옮긴이)를 차와 커피에 뿌려 마시는 것, 버터를 그냥 접시에 담아 찬장에 두는 아일랜드식 보관법을 매번 보고도 매번 놀라는 것, 코털 족집게에서 자물쇠 수리공 그리고 아일랜드 법까지 모든 것에 관한 바닥 모를 호기심과 서슴없는 질문들, 우유를 따르기 전에 아주 수상하기 짝이 없다는 듯 킁킁 냄새를 맡는 것, 광고에서 더블린 억양만 나오면 우스워 죽으려고 하는 것, 그리고, 무엇보다도, 태양 아래 모든 게 다 자기 것인 듯하고 뭐든 못 할 게 없다는 듯한 그 티없이 실무적이고 자신감 넘치며, 신선하고 절대적으로 비아일랜드적인 방식. 마치 목표와 꿈이란 타당하고 손에 넣을 수 있는 대상이며, 골칫거리는 투덜대거나 카펫 아래에 슬쩍 집어넣으면 끝인 게 아니라 직접적이고 효율적이며 현명하고 실용적인 상식으로 해결할 수 있는 뭔가라고 믿는 듯하다.

예컨대, 지금 이 순간 실비아는 며칠 전 밀리에게 선물한 시들어 가는 모란꽃을 되살리기 위해 설탕과 표백제와 미온수를 섞어 만든 용액을 세면대에 붓고 휘젓는 중이다.

밀리는 양손에 티 타월을 한 장씩 들고 펄펄 끓는 냄비를 부엌 식탁으로 나른다.

"이 망할 놈의 것이 폭삭 주저앉기 전에 얼른 와 앉아서 먹어."

"전 수플레를 먹어 보는 건 태어나서 이번이 처음이에요." 실비아가 자기 자리에 앉기 전에 먼저 밀리를 자리로 인도하며 말한다.

두 사람이 각자 자기 스푼을 접시에 담그는데 실비아의 휴대전화가 울린다.

"아, 잠깐만요. 이건 꼭 받아야 해요." 실비아는 복도로 나간다. "네, 저예요."

도우미에게 짜증을 느끼는 일이 거의 없는 밀리지만, 이번 일에는 실제로 기분이 살짝 상한다. 수플레는 누가 뭐래도 까다롭기로 악명 높다. 한바탕 뒤집어엎을까 고민하는데(아마 실제로 그러지는 않을 것이다. 실비아는 한바탕하기엔 전반적으로 너무 상냥하니까) 도우미가 옆방에서 "맙소사" 하고 외치는 소리가 들린다.

충격 때문인지 흥분 때문인지는 판단이 서지 않지만 뭔가 큰 소식을 들은 것만은 분명해 보인다. 자리에서 일어나는데 의자가 끼익 소리를 내는 바람에 밀리는 그만 움찔한다. 핑계거리로 소금과 후추를 재빨리 집어 들고 문으로 살금살금 다가간다.

"확실해요?" 실비아의 목소리다. "맙소사. 좋아요, 잠깐만요. 잠깐만 기다려 주시면 펜을 가져올게요."

실비아가 황급히 뭔가 적을 도구가 필요하다는 몸짓을 하며 돌아오는 순간 밀리는 재빨리 자기 자리로 몸을 날린다. 실비아의 저 표정은… 뭐지? 들떴나? 신났나? 걱정거리가 있나? 실비아는 밀리가 건네준 펜을 움켜쥐고, 입모양으로 "고마워요" 하고는 서둘러 복도로 돌아간다. 밀리는 실비아가 반쯤 열어 놓고 간 문 앞에 다시금 자리를 잡는다.

"얼마 정도 들까요?" 실비아는 목소리를 잔뜩 낮추어 묻지만 밀리는 가까스로 알아들을 수 있다. "그러니까, 비용 부분에서, 어느 정도 선으로 예상하면…? 아, 맙소사, 정말요? 무슨 말을 해야 할지… 좋아요 네. 그럼 가능한 한 빨리 전화 드릴게요… **너무** 고맙습니다."

실비아가 돌아왔을 때, 밀리는 다시금 태연히 자리에 앉아서 자신의 뜨거운 요리를 호호 불고 있다.

"무슨 일 있는 건 아니지?"

"네. 죄송해요."

"뭔가 중요한 일 같던데?"

대답하려는 듯 입을 여는 실비아를 보고 밀리는 설명을 하거나 아니면 어떤 식으로든 감정을 표출할 거라고 확신하지만, 아니다. 생각이 바뀌었는지 실비아는 그예 고개를 젓고 만다.

"네, 괜찮아요, 괜찮아요." 실비아는 그렇게 대답하지만 밀리는 안다. 거짓말이다. "방금은 죄송했어요. 이제 드세요."

21

아침식사 시간. 덜 익혔지만 그럼에도 버석거리는 달걀의 역겨움에 브리짓은 대열에서 이탈해 단식 투쟁(점심 때 급식 아주머니들이 커스터드를 내놓으면 조용히 끝나겠지만)을 하겠다고 공식 선포한다. 에이딘이 눅눅한 시리얼을 앞에 두고 앉아 션에게 보낼 아침 문자 메시지를 공들여 작성하고 있는데 짙은 속눈썹과 눈부신 미모를 가진 바르셀로나 출신 엘레나 안토니아가 언제나처럼 뒤늦게 식당으로 뛰어 들어온다. 엘레나는 평범하지 않다. 늘 욕설을 입에 달고 살고, 깜짝 놀랄 만큼 낮은 알토 음성으로 닐 다이아몬드의 노래를 부르며 "불감증"인 아일랜드 룸메이트들을 놀린다.

"오늘은 어떤 똥이 먹으라고 나왔어?" 엘레나가 묻는다.

"평소랑 똑같지 뭐." 에이딘이 대꾸한다. "브리짓은 단식투쟁에 들어갔어."

"너 걔랑 친해?"

에이딘이 고개를 끄덕이며 되묻는다. "왜?"

"아무것도 아냐."

"뭐야?"

"네가 아는지 모르겠지만 브리짓은 작년에 여기 어떤 애랑 친구였어. 정말 착한 애랑. 그리고 그 애는 학교를 떠났어. 잘못한 건 브리짓이었는데."

에이딘이 방 안을 둘러보는데 마침 두 사람을 향해 성큼성큼 걸어오는 브리짓이 보인다. 엘레나가 자리를 뜨는 것과 때맞춰 브리짓이 에이딘 옆에 철퍽 주저앉는다. "걔한테 문자 보내는 거야?"

에이딘은 션 길모어에게서 꽤 많은 문자를 받았다. 대부분은 짧고 단도직입적이었지만, 에이딘은 모든 연애가 순수하게 시적이어야 하는 건 아니라고 결론 내렸다. 모든 남자애들이 클린컷처럼 입만 열면 노래가사가 나오는 건 아니다. 그러고 보니 클린컷은 지금 동아시아 투어를 도느라 더블린의 열성팬들을 까맣게 잊어버렸는지 아일랜드를 떠난 이후로 팬들에게 보내는, 또는 팬들에 관한 트윗을 한 번도 하지 않았다. **헛소리**.

션의 첫 메시지("들어봤어? 어떻게 생각해?")는 어쩌면 그냥 곧이곧대로의 의미일지도 모르지만, 에이딘과 브리짓은 거기에 관해 긴 논의를 나눴고, 그 문자가 오전(9시 18분)에 발송됐다는 사실은 두 번의 담배 타임(담배는 브리짓 혼자 피웠고, 에이딘은 브리짓의 반복된 권유를 신중하게 사양했다)에 걸쳐 대단히 흥미로운 논쟁의 불을 당겼다. 그 시간대가 시급함을 암시하는가? 에이딘이 그랬듯, 션 역시 아침에 눈 뜨자마자 에이딘을 생각한 것일까?

그렇든 아니든, 오늘 받은 메시지는 에이딘이 전혀 생각지도 못한 내용이었다.

너 면회 허락되니? 아니면 거기서는 남자가 눈에 띄었다 하면 바로

총살형이니?

에이딘과 브리짓은 서로 마주 보고 꺄악 비명을 지른다. 에이딘이 한 번도 낸 적 없는 소리다. '기함하다'는 에이딘이 제일 좋아하는 단어 중 하나인데, 에이딘은 놀라서 완전 기함할 지경이다. 아찔하고 멍한 머리로 휴대전화를 응시하며 션이 우르릉거리는 오토바이를 타고 굽이진 학교 진입로로 들어와(션이 오토바이를 타긴 하나?) 불붙은 담배꽁초를 주차장에 던지는(담배를 피우긴 하나?) 광경을 그려본다. 이제 션은 에이딘의 허리를 잡고(에이딘은 이 백일몽 속에서 자신이 뭘 입고 있는지 모른다. 다만 학교 교복은 **확실히 아니다.**) 휭하니 안아 올려 이곳에서 데리고 나간다. 에이딘 없이 더는 한 순간도 버틸 수 없기 때문이다.

마지막 종이 찢어지는 소리를 내자 젖은 머리에 부은 얼굴을 한 학생들이 폴더와 교과서와 연필을 손에 든 채 발을 질질 끌며 안마당을 지나간다. 끝없이 길고 지루한 학업의 하루가 앞에 펼쳐져 있다. 블리클랜드 선생님은 민트와 공책을 단단히 쥔 채 느림보들을 감시하기 위해 발을 질질 끌며 식당으로 향한다. 학교 규칙에 대한 그 어떤 사소한 위반이라도 절대 놓치지 않고 몽땅 적어버리겠다고 작심한 모습이다.

에이딘은 재빨리 자판을 두드린다.

남자는 친척 아니면 허락 안 돼. 오랫동안 못 만난 사촌?☺

"완벽해." 브리짓이 말한다.

"에이딘 고가티." 블리클랜드의 무자비한 목소리가 떨리면서 높아진다. "세 번째 종이 쳤다."

브리짓은 에이딘의 양손을 휴대전화에서 떼어낸다. 심지어 다리가 부러져서 바보같아 보이는 안경을 쓰고 기름진 하얀색 수도크림을 덕지덕지 바르고 있어도, 브리짓은 무슨 재주를 부렸는지 여전히 마녀처럼 보인다.

오늘 4시에 친구랑 같이 외출 허가를 받아서 학교 맞은편 강가 늘 가는 곳으로 갈게 거기서 봐.

브리짓은 에이딘에게 질문하듯 눈썹을 치켜올린다. 에이딘은 망설이다 고개를 끄덕여 동의한다. 브리짓이 화면을 두드린다. "전송."

"에이딘 고가티! 브리짓 크로! 오늘 너희의 외출 허가를 취소하고 싶지는 않구나."

"안 돼요, 블리클랜드 선생님." 에이딘이 말한다. 그때 거의 즉시 띵 소리가 울린다.

"지금 가요." 브리짓이 말하고는 속삭임으로 덧붙인다. "이 멍청한 씨발년아." 에이딘은 새로 도착한 메시지를 확인한다. 더는 분석이 필요치 않다.

좋아, 그럼 4시에 봐.

#

3시 반에서 티타임까지 캠퍼스를 벗어나고 싶은 5, 6학년 기숙사생들은 커다란 가죽 명부에 이름을 적어야 한다. 한 쌍의 나무 날개 위에 아빠의 〈옥스퍼드 영어사전〉처럼 펼쳐진 이 장부는 블리클랜드의 소굴, 다른 말로 사무실 앞에 놓여 있다. 유리벽으로 된 그 감시탑에서 블리클랜드는 늘 자신의 갈고닦은 비인간성으로 아무것도 모르는 어떤 피해자를 폭격할 기회만 노리고 있다. 에이딘은 블리클랜드 선생님의 흉포함을 경멸한다. 누가 들어오고 누가 나가는지, 누가 누구랑 같이 어디로 가는지, 누가 향수병에 시달리는지, 누가 화장실에서 먹은 걸 게워 내고 있는지는 물론이고 깜빡하고 열어놓은 창문에서 고장 나서 물이 계속 내려가는 변기까지 페어 하우스의 사소한 움직임 하나도 놓치지 않는 블리클랜드는 그 책 역시 매의 눈으로 감시하고 있다.

오늘, 에이딘과 함께 학교를 나선 브리짓은 블리클랜드의 뒷모습을 향해 가운뎃손가락을 들어 보이고 두 사람의 예산을 한데 모은다. 10.54파운드다. 두 아이는 철문을 통과해 스파를 향해 걸음을 떼놓는다. 자유다! 어쨌거나 한 시간 반 동안은. 브리짓은 상점에 도착해서 계산대를 지키고 있는 늙은 남자에게 윙크를 하고는 이 나라의 담배 브랜드 중 자신이 가장 고급으로 친다던 실크컷퍼플 열 개비를 산다. 두 아이는 길을 건너 강 근처의 엄격히 금지된 구역으로 향한다. 이곳을 "강"이라고 부르는 것은 사실 대단히 부적절하고, 그보다는 물줄기 정도가 적당하리라. 하지만 두 아이는 우연히 사람 없는 오솔길을 발견했더랬다. 그 아래에는 강이 있었는데 울창하고 제멋대로 자란 나뭇잎들에 가려져 있었다. 아이들은 낙서가 잔뜩 된 다리 아래에 앉아 눈에 띄지 않고 잡담을 나눌 수 있었다.

자리를 잡고 앉자 브리짓이 말한다. "토요일 밤에 더 피크에서 코너랑 만나기로 한 거 내가 얘기했니? 너 개 사진 봤던가?" 휴대전화를 스크롤한다. "완전 훈남이야."

브리짓의 말을 따르자면 못 생긴 남자애들은 그냥 남자애들이지만, 귀여운 애들은 '훈남', '핫가이', 또는 궁극적으로, '섹시남'이다. 그리고 더블린에서 20세 이하의 모든 섹시남은 브리짓 크로의 팬티 안으로 들어오려고 서로 싸우고 있는 모양이다. 친구가 말하는 걸 들으면 사우스사이드 이편과 저편의 모든 남자애들은 노상 브리짓한테 들이대고 있다. 버스에서 브리짓의 엉덩이를 더듬거나 승객들로 미어터지는 다트 경전철에서 일부러 가슴을 밀착시키거나. 말하는 투로 보건대 브리짓은 아주 좋아 죽는 게 분명하다. 그리고 브리짓이 그 다음으로 좋아하는 건 술 마신 자랑이다. 무슨 쇼핑이라도 한 것처럼 자기가 마신 술 이야기를 줄줄 늘어놓는다. 지난 금요일 밤에는 3시간도 안 걸려 서던 컴포트 앤드 레즈 네 잔과 칼스버그 3파인트에다 뭔가를 한 잔 마셨고 "그 무렵에는 절대적으로 꽐라가 됐다"나 뭐라나.

"에이딘?"

션이다. 도대체 어떻게 이렇게 빠르고도 수월하게 찾아냈는지 에이딘으로서는 도무지 짐작도 가지 않지만, 어쨌거나 여기 있다. 스웨이드 재질 같은 매끈한 베이지색 재킷에 골 지게 짠 흰색 속셔츠 위에 목깃이 빳빳한 파란 셔츠를 받쳐 입었다. 에이딘은 션의 쇄골에 납작하게 눌려 있는 철사 같은 검은 터럭들을 몰래 엿본다. 션은 에이딘을 향해 직통으로 살인미소를 날려보낸다. 훈남, 핫가이, 그리고 섹시남이다.

"안녕… 아 젠장." 션이 웃음을 터뜨리며 내뱉는다. "잠깐만 눈 가려봐."

하지만 에이딘은 그러지 않는다. 계속 션을 바라본다. 션은 양손을 컵처럼 한데 모아 강 반대편에 있는 남자를 향해 고함을 친다. 검은 머리의 중년 남자다.

"어이!" 강 건너편의 남자는 긴 검은 외투자락을 벌려 놀랍도록 매력 없는, 창백하고 허연 몸뚱이를 드러낸다. 알몸이다. 바바리맨은 자기가 원하는 어떤 구체적 부위를 보여주기엔 너무 멀리 있다. 에이딘이 알아볼 수 있는 건 검고 부숭부숭한 음모가 전부다.

"아 세상에!" 에이딘은 충격을 받아 어린애처럼 그렇게 내뱉고는 굴욕을 느낀다.

브리짓이 고함친다. "작아서 안 보여!" 션과 브리짓은 함께 배를 잡고 깔깔 웃는다.

남자는 재빨리 코트 벨트를 여미고 잡초와 흙더미에 걸려 비틀거리고 넘어질락 말락 하면서 험준한 강둑을 올라간다. 이 나무에서 저 나무로 쏜살같이 건너뛴다.

"덜렁이가 더 커지기 전에는 돌아올 생각 마!" 브리짓의 고함에 션은 오줌을 지릴 듯 폭소를 터뜨린다. 난 왜 브리짓을 데려왔을까? 브리짓은 재치 있고 거칠고 물정에 밝다. 에이딘은 둔한 인형이다. 말 그대로 무생물이다.

"너희가 왜 여기서 노는지 이제야 알겠다." 션이 말한다.

브리짓은 깔깔 웃고는 자신을 소개한 후 말한다. "변태 짓을 하기에 오늘은 날이 너무 추운데."

션은 그 말에 다시금 낄낄댄다. 에이딘이 둑에서 강으로 뛰어들어 "살려줘"라고 비명 지르며 떠내려가도 두 사람은 아마 알아차리지도 못할 것이다.

"네 재킷 마음에 든다." 브리짓이 말한다.

에이딘은 친구의 장난기 어린 얼굴에 깊이 파인 보조개가 갑자기 눈에 거슬린다. 마치 아기 배꼽 두 개를 짜부라뜨려 눌러놓은 것 같다.

"혹시 브뤼셀에 다니니?" 브리짓이 묻는다. "거기서 널 본 것 같아서."

"아니." 션이 말한다. "난 위조 신분증이 없어."

"아, 나랑 같이 가면 들어갈 수 있어. 내가 바텐더인 조너선이랑 알거든. 그 남자는 늘 나한테 공짜 술을 줘. 저번에 거기 갔을 때는 기네스 두 잔을 줬어."

"멋진데." 션이 말한다.

"난 이번 주말에 거기 갈 거야. 너도 같이 데려가줄까?"

에이딘은 너무 멍청했다. 션은 당연히 브리짓을 더 좋아한다. 브리짓은 멋지다. 신분증을 위조한다. 펍에서 술을 마신다. 오럴을 해 준다.

션의 눈길은 에이딘에게 고정돼 있다. "너, 거기 갈 거야?"

에이딘은 션의 눈동자 색깔만으로도 소네트 한 편을 뚝딱 써낼 자신이 있다. 애달픈 녹색 눈동자. "난 사실 펍에는 안 다녀." 에이딘이 말한다.

"그럼 어디 다니는데?" 션이 웃음 띤 얼굴로 묻는다. "클린컷 콘서트 말고?"

"우리 앉을래?" 브리짓이 말한다.

션이 에이딘 옆에 앉자 두 사람의 무릎이 맞닿는다. 에이딘은 션이 그대로 언제까지나 움직이지 않았으면 좋겠다.

"그래서…." 션이 입을 연다. "넌 음악 어땠어? 너무 시끄러웠어?" 짐짓 풀죽은 표정을 짓는다. "너무 빨라? 너무 요란해?"

"어쩌면 좀 너무."

"좀 너무면 괜찮네. 최악은 아니니까. 그중 **뭐라도** 마음에 들었어? 응? 제발!"

"일부 가사가 마음에 들었어. 그러니까, 그 노래, 〈페퍼〉" 에이딘이 말한다. "약간 시 같더라."

"지금까지 벗홀 서퍼스에 관해 그렇게 말한 사람은 세상에서 너 하나뿐일 것 같은데." 션은 호기심 어린 표정으로 에이딘을 보고 있다. "라몬즈는? 마음에 들었어?"

"아, 걔네 끝내주지. 나 라몬즈 진짜 좋아해." 브리짓이 말한다. 전문가처럼 담배연기를 내뿜는 입꼬리가 에이딘의 눈에 거슬린다. "그래서 넌 무슨 술수를 부렸길래 학교에 안 다니는 거야?" 브리짓은 담배꽁초를 던져버리고는 곧장 또 한 대를 피워 문다. 세 보이고 싶은 거다.

"이사를 좀 다니다 보니까 그렇게 됐어." 션이 말한다. "난, 그니까, 검정고시를 따려고 공부 중이야."

"운 좋은 새끼. 너희 엄마한테 배우는 거야?"

"아니. 이모가. 약간 감독 같은 걸 해 주셔."

"그럼 너희 엄마는 어디 계시고?" 브리짓이 묻는다.

"돌아가셨어." 션이 대답한다.

"아, 미안, 너무 슬프겠다." 브리짓이 말한다. "아프셨니?"

"브리짓!" 에이딘이 말한다.

"그냥 물어보는 거잖아." 브리짓이 어깨를 으쓱한다. "맙소사."

"아냐, 괜찮아." 션이 말한다. 몸을 살짝 움직이자 션의 무릎이 에이딘의 무릎을 떠난다. "아니, 사실 약물 과용 때문이었어."

"아, 씨발." 브리짓이 말한다.

"있잖아, 굳이 설명 안 해 줘도 돼." 에이딘이 말한다.

"괜찮아." 션이 말한다. "누가 그 이야기를 물어본 게 정말 너무 오랜만이야."

"몇 살이셨는데?" 브리짓이 묻는다.

"서른여섯."

"젠장." 브리짓이 내뱉는다.

"그치."

에이딘과 브리짓은 표정을 교환한다.

"그럼 엄마랑 너, 단둘이었어?" 브리짓이 묻는다.

이제는 션은 눈을 감는다. 고개를 끄덕인다.

자신이 말주변이 좋다고 남몰래 생각하는 에이딘이지만, 뭐라고 말하면 좋을지 단 한 단어도 떠올릴 수 없다. 그런 건 없다. 용기를 끌어내 손을 뻗어 션의 어깨를 두드린다. 어색하다. 약간 오그라든다. 하지만 그때 션이 에이딘의 손을 꼭 붙든다. 비록 브리짓이 두 사람과 함께 앉아 있고 시내 중심가에서 불량소녀들이 파티를 열 거라는 둥 누가 좋은 대마초를 가져올 거라는 둥 지껄이기 시작하지만, 마치 거기 존재하지도 않는 것 같다.

22

케빈은 몸의 물기를 닦으며 관 모양의 매끈한 호텔 욕조를 뜯어보고 거기 들어가 있는 로즈 버드를 머릿속으로 그린다. 거기 로즈가 있다. 열대풍 무늬가 그려진 비키니를 입고 비누거품 속에서 멱을 감고 있다. 양쪽 가슴은 섬의 소라고둥으로 부끄러운 듯 가린 채. 왜 하필이면 열대풍이지? 알 턱이 있나. 그냥 원래 그런 식이다. 부부가 함께 배꼽을 잡게 만드는 그레이스의 성적 판타지에 예외 없이 모직 모자를 쓰고 시골 억양을 가진 거대한 호텔 포터가 등장하듯, 원래 그런 식이다.

하지만 로즈에게로 돌아가자. 로즈가 거의 몸을 가려 주지 못하는 상의 끈을 풀자, 골 진 조개껍데기로 만들어진 그것은 딸그락 소리를 내며 바닥에 떨어지지 않고 물에 둥둥 떠 간다. 케빈 역시 그저 떠 가고 싶다. 로즈는 가슴에 비누칠을 시작한다. 부드럽고 넓은 윤곽선을 빙 둘러 감질 나는 원을 그리기 시작한다. 손가락들은 소용돌이 근처로 갈 때마다 속도를 높인다. 로즈가 신음하는 대목에서 슬레이트 타일 위에 놓인 케빈의 휴대전화(미래의 정부, 또는 아내가 전화할 것에 대비해 손 닿는 곳에 놓아두었다)가 매애 하고 울기 시작한다. **어머니**라는 글자가 반짝인다. 그리고 다시. 또 다시.

케빈은 오늘 어머니의 전화를 세 통째 수신 거부했다. 이쯤되면 아무리 음성 사서함을 불신하는 어머니라도 실제로 메시지를 남길지도 모른다. 노망난 노인네. 어머니가 귀찮음을 감수하고 실제로 뭔가 메시지를 남길 경우, 그 내용은 아들의 성질을 돋우는 데 절대 실패하지 않는다. "케빈, 돋보기가 어디로 사라졌는데 내 정신도 같이 사라진 것 같아. 아, 그리고 리모컨도. 그리고 내 차 열쇠는 또 어디 갔을까? 미용실에 가서 그곳 사람들을 몽땅 돌아버리게 만들어야 하는데." 아니면, "케빈, 부탁인데 우유 좀 사다 줄래? 그리고 내 생각엔 정원사가 내 과일 상자를 또 가져간 것 같아. 나무들이 좀 헐벗은 것 같아 보이거든."

케빈은 옷을 입고는 멋진 전망을 가진 흠 잡을 데 없는 침대 위에 몸을 쭉 뻗은 채 동료 더블린 시민들이 리피 강을 가로지르는 하페니 브리지를 건너는 광경을 구경한다. 그들의 목적의식이 부럽다. 부디 누가 알려줬으면 좋겠다. **내** 목적은 뭐지? 돈 많은 외국인들이 주요 고객인 호텔에서 딸의 학교 행정 직원을 자빠뜨리는 것?

로즈는 이제 거의 한 시간째 지각이다. 케빈은 텔레비전을 켠다. 모든 채널이 개똥같음 그 자체다. 미니바에서 맥주 두 병을 연달아 꺼내 마시며 끊임없이 휴대전화를 확인한다. 로즈에게 보낼 메시지의 초안을 잡았다 삭제하고, 다시 초안을 잡아 마침내 발송한다. **왔어요. 난 왔는데, 당신도 올 거죠?** 처럼 냉정하게 들렸으면 좋겠다. 답신은 없다. 뭔가 급한 일이 생긴 걸까, 아니면 무통보 취소일까. 케빈은 이리저리 궁리하고 다음 행보를 고민한 끝에 자기거세 행위(이런 말이 있긴 하나?)가 아닐까 또는 스토킹처럼 보이지 않을까 하는 생각이

들어 더는 메시지를 보내지 않기로 결심한다. 지금 빤한 상황을 혼자만 못 보고 있는 건가? 몸을 뺄 기회, 이 으스대는 호텔에서 이기적인, 가정을 박살내려는 몸뚱이를 끌고 나올 기회인데. 안 그래도 수북한 골칫거리를 깔고 앉아 있는 상황에 가족이 모르는 신용카드 빚까지 추가한다면 불에 기름을 붓는 격일 것이다.

그리고 그 순간, 똑 하는 노크 소리.

케빈은 노크 소리가 더 커지고 횟수가 늘어나는 데에 소소한 만족감을 느낀다. 로즈 버드는 들어오고 싶어 한다. 케빈은 문간으로 가 렌즈 구멍을 통해 왜곡된 클로즈업을 본다. 그런데도 여전히 예쁘다. **맙소사**.

케빈은 문을 아주 살짝 빼꼼 연다. "무슨 일이시죠?"

"에이, 미안해요!" 로즈는 킥킥대며 두 사람 사이의 공간에 얼굴을 밀어넣는다. "아 이런, 당신 여기 오래 있었어요?"

"방금 가려던 참이었어요."

"아, 그건 곤란하죠."

로즈는 발을 지렛대처럼 문틈에 끼우고는 케빈을 밀치고 방 안으로 성큼 들어선다. 위태위태한 발걸음과 휘둥그레 뜬 눈에, 뭔가 병 같은 것의 윤곽이 어렴풋이 드러나는 커다란 캔버스 가방을 들고 있다. 로즈는 균형을 잡지 못하고 뒤돌더니 다시 앞으로 휘청한다. 케빈의 얼굴에 맥주 냄새 나는 더운 입김이 파도처럼 밀려온다. 로즈는 이내 몸을 바로한다.

로즈 버드가 멀쩡할 때 모습이 어떤지도 모르는데 고주망태가 된 모습부터 보게 되다니.

"방 좋네요." 로즈가 말한다. 그 말에 미처 뭐라고 반응할 틈도 없이, 로즈의 입술이 케빈의 입술을 덮친다.

술에 절어 있음을 감안하면 놀랍도록 공격적이지 않은 입맞춤이다. 로즈가 자제하고 있다는 생각이 들자 케빈은 마음의 상처가 누그러지는 기분이다. 마치 자신이 더 많은, 더 멋진 재주를 숨겨 두고 있다는 걸 보여주고 싶어 하는 것 같지 않은가. 케빈은 긴장을 풀고 로즈에게 키스로 화답한다. 실내에서 아내가 아닌 여자와 이런 짓을 하고 있다니. 뭔가 자연스러운 동시에 이상한 괴리감이 든다. 곧 케빈은 몸에 딱 달라붙는 로즈의 청바지 허리춤에 바이스처럼 단단히 눌린 블라우스를 벗겨내기 시작한다. 양손이 로즈의 벨벳 같은 등을 슬금슬금 기어오른다.

잠시 후, 로즈는 헉 하면서 케빈을 놓아준다. 케빈이 눈을 뜨자 로즈는 으스대는 듯한 미소를 지어 보이고는 점잖지 못하게 트림을 한다. 양 다리를 배배 꼰다.

"오줌 마려워 죽을 것 같아요."

로즈가 화장실을 향해 비틀비틀 걸어간다. 이윽고 열린 문 너머로 폭포처럼 맹렬하게 쏟아지는 오줌발 소리가 들린다. **섹시하군.**

"이 씨발놈의 욕조 좀 봐!" 로즈가 고함친다. "이거 월풀인가?" 물소리가 들린다. 수도꼭지를 틀었나?

이 만취한 여자아이는 깔끔하게 정리된 침대에서 혼자 쓰러져 있게 두고, 케빈은 지갑을 집어 들고 곧장 이곳을 나가 돌이킬 수 없는 잘못을 저지르기 전에 집으로 돌아가야 마땅하다. 이 모든 상황을 중년의 위기로 인한 민망한 에피소드로, 자신의 결혼생활을 위기에서 구해낸 전환점으로 흘려보내야 마땅하다.

쿵쿵거리는 발소리와 함께 로즈가 도로 방으로 돌아온다. 블라우스의 중간 버튼들을 만지작거리고 있다. 벌어진 틈새로 얼핏 보이는 산호색 레이스가 감질나게 만든다. 케빈은 너무 나약하다.

"저기요." 케빈이 말한다. "당신 괜찮아요?"

"아 거 참 말도 많네." 로즈는 복잡한 금속 장식이 주렁주렁 달린 갈색 스웨이드 앵클부츠 두 짝을 차 던진다. 한 짝이 케빈의 정강이를 아프게 때린다.

"아, 잠깐! 나 샴페인 가져왔어요!" 로즈가 큰 소리로 말한다. "내가 가방을 어디다 뒀더라?"

"로즈." 케빈은 아이들이 땡깡 부릴 때, 오로지 피로나 배고픔으로 입에 게거품을 물기 직전일 때만 쓰는 엄한 아버지 말투로 입을 연다. "저기요, 우리 아무래도 다음번을 기약해야 할 것 같아요. 당신은 좀 맛이 갔어요."

"아니, 난 아닌데요." 로즈가 외치자 침이 튄다.

"당신이 내일 아침에 깨어났는데 내가 얼마나 말도 안 되게 절륜했는지 전혀 기억 못 하는 건 싫거든요."

"난 절륜한 거 좋아요."

케빈은 이걸 포기해야 한다는 아픔에 거의 움찔한다.

"아무리 내가 당신을…." 케빈은 민망함에 말을 잇지 못하고 입을 다문다. 지난 2주일 내내 이 여자에게 발정 난 작업 문자들을 보냈건만, 이제 여자가 눈앞에 있으니 어떤 노골적인 표현을 하기에 케빈은 너무 소심하다. "아무리 내가 당신을 매력적으로 느끼더라도요." 침을 삼키고 생각한다. 지갑, 문, 집. "나도 모르게 자꾸 당신 생각이 나요. 자주요." 케빈은 일어선다. "그렇긴 하지만, 오늘 밤은 그냥 여기서 끝내는 게 좋을 것 같아요."

"좆 까." 로즈가 덤벼든다. 케빈의 짧은 연설이 아무래도 역효과를 발휘해, 로즈를 더 자극하기만 한 모양이다. 약하고 악한 자여, 그대 이름은 남자로다! 내적으로는 저항하고 있지만, 케빈은 이 현실에 저항할 수 없다. 모든 게 이미 시작돼버린 듯하다. 매력적인 젊은 여자가 케빈을 매끈한 킹사이즈 침대로 밀어붙이고 있다. 유부남답지 않은 상황, 할리우드적 상황이다. 로즈는 재빨리 다리를 벌려 케빈을 깔고 앉는다. 약간 씨름한 후 간신히 블라우스를 벗더니 스트립쇼에서 하듯 집게손가락에 올가미처럼 감아 공중에 높이 휘두른다. 족히 너덧 번은 빙빙 돌다 마침내 방 저편으로 날아간 블라우스는 플로어 스탠드의 전등갓을 때린다. 둘 다 거친 웃음을 터뜨린다.

"당신 정말 후회하지…"

"쉬잇." 로즈가 말을 끊는다. 케빈의 입술에 손가락을 갖다 대려 하지만 조준이 엇나가 그만 왼쪽 콧구멍을 찌르고 만다. "종알종알 말도 참 많네."

로즈는 케빈에게 머리를 베개에 내려놓으라는 몸짓을 한다. 그러고는 케빈의 허리띠에 손을 뻗는다. **케빈의** 허리띠에.

"진정해요." 로즈가 말한다. "긴장 풀어, 자기." 케빈은 그 말에 따른다. 마음을 진정시킨다. 그리고 케빈의 바지를 벗기려 하지만 뜻대로 되지 않는 로즈를 도와주려고 몸을 비틀어 스스로 바지에서 빠져나온다. 바지를 벗고 바닥에 엎드린 채 로즈가 자신의 팬티를 내린다는 기적을 경험한다.

로즈는 자신의 뜨겁고 젖고 취한 몸으로 케빈을 덮치려 한다. 허리를 숙여 케빈의 사타구니 바로 위에 자신의 사랑스러운 얼굴로 그림자를 드리운다. 케빈은 바로 발사할 준비가 되어 있다. 흥분을 가라앉히려 애를 쓴다. 눈을 감고 머릿속을 비운다.

갑자기 로즈가 몸을 뒤로 확 빼고는 숨죽인 "악" 소리를 낸다. 진정한 공포에서 나오는 꺅 소리다. 마치 방금 악취 풍기는 쓰레기통의 찌꺼기 속에서 꿈틀대는 구더기 떼를 보기라도 한 것처럼.

"뭐예요?" 케빈이 고개를 든다. "왜 그래요?"

"아, 맙소사." 로즈는 몸을 홱 틀어 엉덩이를 깔고 뒤로 기대앉는다.

온갖 끔찍한 가능성들이 동시다발적으로 케빈의 머릿속에 밀려든다. 그중 가장 핵심은 **이 여자가 내 페니스에 토할 참인가?** 이다. 케빈은 일어나 앉는다.

"토할 것 같아요?"

"씨발 좆나!" 로즈가 케빈의 골반께를 흘끗 보고는 격렬한 폭소를 터뜨린다. "아 맙소사! 당신 거시기 털에 새치 있는 거 알았어요?"

로즈는 고개를 뒤로 젖히고 큰 소리로 어린아이처럼 낄낄거린다. 그 잔인한 웃음소리는 죽는 날까지 케빈을 따라다닐 것이다. 케빈은 아무 말도 하지 못하고 재빨리 침대 시트를 끌어당겨 자신의 명백히 노쇠한 부위를 소심하게 가린다.

"아니, 아니, 그러지 말아요." 로즈는 더듬거리며 시트를 잡아당긴다. "미안해요… 아니, 아니, 아니, 도로 누워요, 도로 누우라고. 오히려 귀여운데, 뭐. 난 신경 안 써요." 로즈는 다시금 케빈의 몸 위로 올라오려 한다.

케빈은 차마 로즈와 눈을 마주치지 못하고 철저히 광대가 된 기분으로 고개를 돌려 외면한다. 침대 옆의 디지털시계는 9시 48분을 나타내고 있다. 아직은 시간이 있다. 아니, 잔뜩 남아돈다. 시터는 아직 2시간은 더 있어야 케빈을 찾기 시작할 것이다. 문득 로즈가 방금 전 욕망에 불타 급히 벗어 팽개친 자홍색 와이어 브라가 케빈의 시야에 들어온다. 침대 옆의 램프등에 비춰진 태그에는 이렇게 씌어 있다. "던스 상점."

케빈의 딸들 그리고 아내가 속옷을 사는 곳이다.

케빈은 얼마 전 던스에서 벌어진 에이딘과 그레이스의 말다툼을 떠올린다. 그레이스는 탈의실에서 무심코 에이딘에게 창피를 주었다. 뭔가 가게 점원과 관련된 일이었다. 잔뜩 속상해서 집에 돌아오던 그레이스의 모습이 떠오른다. 즐거웠어야 할 외출인데 망쳐 버리고 말았다고.

케빈은 "젠장" 하고 내뱉고는 시트 아래 로즈 버드의 따뜻한 몸에 깔린 몸을 뺀다. "난 가야 해요."

23

비록 비밀이 만연한 페어하우스지만, 그곳의 관리자들은 비밀을 절대 권장하지 않는다. 그리하여 프라이버시에 대한 의심과 혐오감은 이곳 삶의 모든 면면에 스며들어 있다. 예컨대 학생들은 소지품이 든 찬장이나 서랍을 잠글 수 없다. 6학년생 중 일부는 펍에 가서 곤드레만드레가 되어도 합법적인 나이인(그리고 실제로 그렇게 한다) 18세임에도 말이다. 집에 전화해서 이곳에 관한 격렬한 불평을 늘어놓고 싶은데 휴대전화를 어디다 뒀는지 기억이 안 나는 학생들은 공중전화 뒷줄에서 엿듣는, 역시 징징대는 기숙사생 무리의 존재를 감수해야 한다. 에이딘 역시 일요일마다 부모 형제에게 억지로 고별인사를 하고 여기 떨궈진 뒤, 한두 시간쯤 후면 이 천애고아의 애절한 주말 의식을 치른다. 그러나 흥미로운 이야기는 바로 이 순간 에이딘이 페어하우스의 2층 욕실에 앉아 있다는 것이다. 비록 새벽 두 시가 가까운 시간이지만 전등은 환히 불타고 있는데, 표면상으로는 화장실에 가야 하거나 목이 마른 사람들을 위해서라고 하지만 실은 모든 것에 감시의 조명을 비추기 위해서임을 에이딘은 알고 있다.

하지만, 아이고 맙소사. 에이딘은 방금 얼마나 비밀스러운 30분을 보냈는가! 확실히 에이딘의 얼굴만 봐서는 그 누구도 엄청난 일이 일어났음을 알아차리지 못할 것이다. 상기되어 살짝 따끔거리는 얼굴 피부 말고 다른 신체 부위에서는 생전 처음으로 연인 간 애무에 깊이 탐닉한 흔적을 전혀 찾아볼 수 없다. 하지만 심장은 어떨까? 그건 이야기가 전혀 다르다.

에이딘은 화장실 다섯 칸 중 셋째 칸의 변기 위에서 발을 몸 밑으로 접어넣은 채 원래는 엉덩이를 닦는 용도인 싸구려 반투명 종이를 내려다보고 있다. 머릿속으로 자신의 대본을 마지막 한 번 더 리허설한 후 변기 손잡이를 내린다. 그리고 예상대로 거의 즉시 파블로프의 발소리가 들린다. 마치 칼스버그 맥주캔을 따는 팟 소리와 뒤이은 치직 소리에 축구 훌리건이 즉시 달아오르듯. 잠갔던 문을 연 순간, 아니나 다를까, 놀랍도록 푹신한 아쿠아마린색 로브 앞섶을 같은 색 벨트로 단단히 매듭지어 여민 블리클랜드가 서 있다. 말 그대로 필드하키 심판의 스타팅 자세다. 다리는 남자처럼 쩍 벌렸고 발은 표백한 바닥 타일에 아예 뿌리를 내린 듯하다. 파리한 회색 얼굴에서 부루퉁한 눈빛이 기세등등하게 노려보고 있다.

"어디 있었니?"

자칫 잘못하면 곤경에 처할 수 있는 위험한 상황임을 알면서도, 블리클랜드의 모직으로 짠 노란색 오리 슬리퍼에 눈길이 꽂힌 순간 에이딘은 이 상황을 심각하게 받아들이기가 힘들다. 새의 부리는 털로 뒤덮여 있고 검은색과 흰색 플라스틱으로 만들어진 눈동자는 사팔뜨기로 바닥을 내려다본다. 에이딘은 거세게 치밀어 오르는 웃음을 억누른다.

"뭐라고 하셨죠?" 에이딘은 눈을 크게 뜨고는 되묻는다. 짐짓 **왜 그**

러시는지 전혀 모르겠네요! 하는 표정으로 코에 주름을 잡는다.

"우린 널 찾고 있었어." 늙은 뾰족뒤쥐가 식식거린다. "넌 어디 있었니?"

"몰랐어요…."

에이딘은 마치 방금 그 정보를 접한 척, 당황한 척하며 말끝을 흐린다. 마치 블리클랜드가 그 거지같은 통나무 다리를 2층으로 끌고 올라와 적의 병영을 침탈하는 군인인 양 기숙사 방문을 하나도 빠짐없이 차례로 열고 닫는 소리를 못 들은 것처럼. "전 여기 변기에 앉아 있었는데요." 에이딘은 헛기침을 하고는 눈을 내리깐 채 회심의 일격을 가한다. "생리 중이라서요."

블리클랜드의 낯빛이 핼쑥해진다. 페어하우스의 대다수 학생들처럼, 에이딘은 아무리 모호하게라도 여성 생식기와 관련된 이야기를 입에 올리기만 하면 이 우락부락한 70대 노인이 쌩하니 도망가버린다는 사실을 알고 있다. 아마도 자신이 성기를 가졌다는 사실을 평생 한 번도 인정해본 적이 없을 것이다.

"난 여기도 찾아봤었는데." 블리클랜드가 격렬한 짜증이 고스란히 드러나는 어조로 말한다. 하지만 에이딘은 거기서 안도감을 감지한다. 블리클랜드는 에이딘이 실종됐다고 생각했던 것이다. 바로 그때 양호교사인 플린이 재빨리 들어오더니 곧장 두 사람이 있는, 여섯 명의 여자애들이 매일 동시에 양치질을 하고 씻고 헹구는 세면대 맞은편으로 온다. 파리한 팬케이크 같은 플린의 얼굴에 미처 억누르지 못한 사악한 미소가 엷게 떠오른다. 블리클랜드와 플린은 '트위들디와 트위들덤'(〈거울 나라의 앨리스〉에 나오는 기묘하게 생긴 쌍둥이-옮긴이)이다. 따분한 야간 자율학습 시간에 에이딘이 숙제를 마치고 몰래 숨겨둔 대중음악 잡지를 뒤적이고 있을 때, 플린은 이따금씩 손쉬운 뮤즈

역할을 한다.

브레이에서 온 사디스트가 있었네
기숙사 여학생들을 매일 괴롭혔지
겉으로만 챙겨주는 척
확 잘렸으면 좋겠네
플린은 확실히 절대 처녀야!

"여기 있었구나!" 평소처럼 식기세척기 색의 유니섹스 잠옷을 차려입은 부사령관은 양서류 같은 눈을 가늘게 뜨고 에이딘을 본다. "어디 있었니? 경찰에 신고할 뻔했어."

"내가 찾아냈어요, 플린. 고마워요. 이제 가서 잠자리에 들어요."

"하지만 넌 도대체 어디…."

"깨워서 미안해요." 블리클랜드가 전혀 미안한 기색이 없는 투로 말한다. "잘 자요."

정말 경찰에 신고하려 했을까? 에이딘은 소리 없이 숨을 내쉰다. 추궁의 기세가 잠시나마 누그러진 틈을 타 생각이 다시 아까 그 순간으로 돌아간다. 겨우 20분 전이지만 벌써 초현실적으로 느껴지는, 전설로 자리매김한 그 순간, 션이 이렇게 말한 순간으로. "넌 정말 예뻐." 가뜩이나 보드카랑 맥주 사건 직후다 보니 퇴학당한다 해도 이상할 게 없는 상황이지만, 에이딘의 입 꼬리가 저절로 올라가 엄청나게 얼간이 같은 미소를 지으려 한다.

"죄송해요." 에이딘이 말한다. "속이 정말 너무 안 좋은데 선생님을 깨우고 싶지 않았어요."

"깨웠어야지."

"약이 없어서 찾아봤는데…."

"무슨 약?"

"그냥, 아니던요."

"페어하우스에는 종류를 막론하고 약은 절대 금지야!"

"생리 양이 정말 너무 많고 경련이 심했어요…. 그래서 여기로 돌아와서…."

"당장 침대로 가라." 유감스럽게도 에이딘의 해명이 전혀 효과가 없는지, 블리클랜드는 못 믿겠다는 표정으로 눈동자를 희번덕대며 부르짖는다.

"죄송해요." 에이딘은 아첨하듯, 측은하게 어깨를 으쓱하며 다시금 가냘픈 목소리로 말한다.

블레이크는 한 손으로 배를 단단히 누른 채 발을 질질 끌며 자리를 뜨려 하는 에이딘을 노려보며 말한다.

"다음번에 또 몸이 안 좋으면 내 방으로 와라. 학생들은 약을 혼자 챙겨 먹으면 **안 돼.** 학생들은 소등 후에 복도를 쏘다니면 **안 돼.**"

도대체 블리클랜드는 왜 자다 일어난 걸까? 에이딘은 궁금하다. 에이딘과 션이 비품 창고에 있는 기척을 들었을 리는 없다. 그랬다면 에이딘의 인생에는 똥 폭풍이 휘몰아쳤을 테니까. 틀림없이 자기 코 고는 소리에 놀라 깬 김에 순찰을 돌다가 에이딘의 빈 침대를 알아차렸을 것이다. 에이딘은 자신의 어리석음을 저주한다. 흥분해서 서두르는 바람에 이불 밑에 베개를 심어 두는 걸 깜빡했다.

살그머니 침대로 돌아간 에이딘은 다양한 가능성과 시나리오들을 검토한 다음 의심을 벗어났다는 데서 오는 만족감을 즐긴다. 도대체 어떻게 그런 찰나의 순간이 그렇게 인생을 바꿀 수가 있지? 에이딘은 이제 그 사실을 대놓고 인정하는 겨우 두세 명밖에 안 되는 기숙사생들처럼 애무를 경험했다. 이제 난 **남자친구**가 있는 여자가 된 건가?

며칠에 걸쳐 이어진 문자 메시지 플러팅을 통해 션과 에이딘은 자세한 사항을 논의했다. 시간은? 자정. 건물 안에서 같이 있다가 들키면 어떻게 하지? 사촌이라고 둘러댄다. 션이 잔디밭에서 붙들리면 어떻게 하지? 미친 척하고 도망간다. 늘 그렇듯, 에이딘은 직접 만나 이야기할 때보다는 문자를 주고받을 때 더 자유롭고 더 영리하고 더 재미있는 사람이 된 기분을 느낀다. 직접 만나서 하는 대화는 썩 자연스럽게 잘 흘러가지 않지만, 문자로는 영리하게 재담을 나눌 수 있다. 있는 그대로의 자신을 보여주려면 사전 준비가 필요하다.

두 아이는 그 접선을 자정 작전이라고 명명하고 계획을 짰다. 원래는 션이 에이딘의 방 창문에 돌멩이를 던지기로 했지만 뒤늦게 안 사실은 캠퍼스에 돌멩이가 없다는 거였다. 그래서 션은 결국 "빌라봉"이라고 새겨진 자신의 무거운 은색 키링을 던져야 했다. 그러나 자정이 지나도록 유리창에는 아무 소리도 들리지 않았다. 에이딘은 아무리 작은 소리도 놓치지 않으려고 귀를 쫑긋 세운 채 꼿꼿하게 누워 있었지만 사방은 온통 조용했다. 나중에, 베갯잇에 젖은 침의 웅덩이를 만들며 곯아떨어진 후에 비로소 철컹 하는 소리가 에이딘을 깨웠지만, 기다렸던 소리라기엔 너무 멀리서 들리는 것 같았다. 이윽고 에이딘은 션이 다른 기숙사생인 캐롤라인의 방 창문을 과녁으로 삼고 있음을 잠결에 깨달았다. 캐롤라인은 건강염려증이 있고 특히 체육시간이 있는 날에는 헉헉대며 천식 발작을 일으키는 몹시 신경질적인 아이지만, 다른 한편으로는 2A에서 가장 곤히 자는 아이이기도 했다. 에이딘으로서는 구사일생이었다.

에이딘은 천둥 치는 가슴을 안고(밤 시간 방문이니 션은 확실히 어떤 기대를 품고 왔을 것이다) 침대 위에 올라서서 아래를 내려다보았다. 가죽 재킷과 크고 무거운 부츠 차림으로 벌벌 떨면서 양손을 입가에 둥글게 모아 입김을 호호 불고 있는 션 길모어가 보였다. 션을 향해 수줍게 손을 흔든 후 이중문 방향을 가리켰다. 그리고 후줄근한 잠옷 차림으로 아무도 몰래 재빨리 복도로 빠져나가 계단을 내려갔다. 에이딘은 평범한 티셔츠와 줄무늬 파자마 바지를 입기로 마음을 정한 후 브라를 입을지 말지를 놓고 고민했다. 당연히 꼭 입어야 하는 건 아니었다. 원래도 필요 없었으니까. 하지만 브라를 입지 않으면 션이 헤픈 애라고 생각할지도 모른다. 하지만 다시 생각해보면 잠자리에 들 시간에 브라를 입고 있는 걸 이상하다고 생각하지는 않을까? 하지만 과연 그걸 알아낼 일이나 있을까? (결국 브라를 입기로 했다. 션한테 헤픈 애로 보이는 것보단 차라리 특이한 애로 보이는 편이 나으니까.)

에이딘은 연기 같은 공포가 배 속에서 뭉게뭉게 피어오르는 걸 느끼며 블리클랜드의 사무실로 몰래 숨어 들어갔다. "명예와 리더십 그리고 학문적 성취" 고리에 걸린 앞문 열쇠를 낚아챘다. 브리짓이 지금 내 모습을 봤어야 하는데! 에이딘 앞에는 자신이 개인적으로 아는 가장 핫한(클린컷은 빼고) 훈남이 서 있었다. 그 훈남이 한밤중에 **날** 만나려고 이 먼 길을 왔다!

"안녕." 션이 말했다.

강렬한 순간이었다. 에이딘 고가티가 하이쿠를 쓰든, 5행 회시나 자유시를 쓰든, 아니면 문자메시지나 트윗을 쓰든, 그 단 한마디 말과 에이딘 앞에 서 있는 이 남자애보다 더 아름다움의 본질을 더 치밀하게 포착할 수는 없을 것이다. 헝클어진 갈기 같은 머리카락, 재킷 아래에는 빛바랜 힙스터풍 블랙 베티 티셔츠를 입고 무엇보다도 두꺼운 눈썹에 에이딘의 오빠가 가진 흰색 낚싯바늘을 닮은 창백한 상처를 가진 남자애. 그것만으로도 충분했을 텐데, 그게 다가 아니었다.

"우리 다음번에는 라푼젤 식으로 할까?"

벌써 다음번 만남 이야기를 하다니! 그 말에 대담해진 에이딘은 양손으로 션의 꽁꽁 언 손을 잡았다. 션은 에이딘의 손가락을 자기 입가로 가져가 정중하게 입맞춤했다. 아니 정말이지, 이게 실제로 바로 지금 여기, 밀번 학교 기숙사 입구에서 에이딘 고가티에게 일어나고 있는 일이라고? 그리고 이제 션은 에이딘에게 키스하고 있었다. 에이딘은 둔하고 의심 많은, 에이딘이 치실질을 했다고 아무리 말해도 절대 믿지 않는 눈치인 치과의사 말고는 그 누구에게도 입 안을 탐사당한 적이 없었다. 에이딘의 입 안으로 밀고 들어온 션의 뱀장어 같은 작은 혀는 마치 길을 잃은 듯 앞뒤로 쏘다녔다. 이건 에이딘이 그동안 보고 연구한 수백 편 영화 속의 그 어떤 키스와도 달랐다. 그것들은 모두 밖에서 시작해 안으로 들어갔는데. 션의 혀는 어딘가로 가려 하고 있었다. 서두르고 있었다. 정확히 어떻게 화답해야 할지 알 수 없는 에이딘은 어쩔 줄 몰라 바보가 된 심정으로 입을 어색하게 쩍 벌린 채서 있는 게 다였다. 자신의 혀가 잘못된 과녁에 도착할까 봐 두려웠다. 실제로 처음에는 그랬다. 션의 입술이 만나는 마른 구석에. 그 다음엔 션의 코밑에 두 줄로 파인 홈에. 축축하고 어색했다.

"우린 여기 있으면 안 돼." 에이딘은 그렇게 말하고 앞장서서 휴게실을 나갔다. 유치한 인테리어와 고체 지우개로 지우는 칠판에 손으로 쓴 굴욕적인 기숙사 규칙들이 수치스러웠다. 두 아이는 에이딘을 보면 늘 웃음을 지으며 "아, 신은 너를 사랑하신단다"라고 말하는 상냥한 청소부 패커 아주머니가 대걸레와 빗자루와 먼지떨이를 보관하는 커다란 창고 벽장에 들어갔다. 선반 사이 틈새가 꽤 넓어서 두 아이가 벽에 등을 기대고 바닥에 나란히 앉기 충분했다. 엄밀히 말해 편안하다고까지는 할 수 없어도 그 정도면 썩 나쁘지 않았다.

두 사람은 다시 키스를 했다. 션의 혀는 약간 침착해져 다소 유유자적하면서 탐사하듯 거닐었다. 어째서인지 이건 에이딘이 상상한 정확히 그대로이면서 동시에 상상과 전혀 달랐다. 에이딘은 자신이 점차 자신감을 얻으면서 반응하고 있음을 깨달았다. 오래지 않아 두 사람은 숨을 몰아쉬고 있었다. 에이딘은 지금 일어나고 있는 이 모든 상황을 처리하기 위해, 그리고 머릿속을 핑핑 도는, 블리클랜드나 심지어 땅딸막하고 다정한 패커 아주머니가 들이닥치는 끝없는 상상을 거부하려고 용맹하게 투쟁했다. 갑자기 앞문 열쇠를 어디다 놔뒀더라 하는 생각에 가슴이 철렁했다. 문에 그대로 꽂아뒀나? 아니면 주머니에 집어넣었나? 션이 흥미를 잃거나 심지어 실망할까 봐 겁이 난 에이딘은 생각을 돌리려 애쓰며 션의 양손을 자신의 가슴 위에 놓았다. 그런데 그때 이런 생각이 떠올랐다. **내 가슴에는 아이스팩 두 개가 있어** 그러자 킥킥 웃음이 나왔다. 션은 에이딘의 가슴에서 즉시 손을 뗐다.

"미안." 에이딘이 말했다.

"아냐, 내가 미안해." 션이 말했다.

둘은 자리에 앉았다. 에이딘은 어쩌면 그냥 손을 뻗어 션의 사타구니에 척 얹어버릴까 하는 대담한 생각을 했다. 그러면 어떤 느낌일지 궁금했다. 물컹한 카니발 소시지? 아니면 썰물 때 물가에 흩어져 있는, 개한테 물어오라고 던져주는 그런 앙상한 나뭇가지? 어둠 때문에 에이딘은 션의 윤곽밖에 볼 수 없었다. 션의 손이 부드럽게 자신의 머리에 내려앉는 게 느껴졌다.

"나 오늘 너희 그랜마(grandma) 만났어. 우리가 그분한테 점심을 가져다 드렸거든."

"그랜마!" 에이딘은 좋아서 미쳐 날뛸 것 같은 기분으로 션의 말을 되풀이했다. "그건, 막, 완전 미국식이야."

"딱한 밀리 고가티 할머니. 난 그분이 안됐어. 그 집에서 아무도 없이 혼자라니."

"알아, 나도 그래. 하지만 그분은 정말이지 모든 사람을 완전히 돌아버리게 만드는 재주가 있으셔."

"그분을 보면 우리 엄마가 살짝 떠올라. 막, 그때처럼. 그분이 막 버럭버럭 고함치면서 정신이 나간 것 같은 소리를 하실 때 말이야. 알아? 우리 엄마도 좀 그런 식이었어."

"넌 엄마가 정말 보고 싶겠다."

아무 대답이 없는 션에게 에이딘이 말했다. "할머니는 머리가 이상하지만 마음은 착하셔. 한번은 정말이지 클린컷 표를 살 돈이 필요했는데…"

"또 그 얼간이 얘기야!"

"이젠 아일랜드 표현이 입에 붙었네."

"내 앞에서 그 남자 이름을 꺼내는 건 금지야."

맙소사, 션이 너무 좋아.

바로 그때 션이 에이딘에게 예쁘다고 했다.

"내 얼굴이 보이지도 않으면서."

"네 얼굴은 내 머릿속에 있어." 션의 대꾸에 두 사람은 함께 웃었다.

션의 손길이 에이딘의 드러난 맨팔을 쓸자 에이딘은 오싹 몸서리를 쳤다. 그때 위층에서 문 닫히는 소리가 들렸다. 에이딘은 즉시 션에게서 몸을 떼고 펄쩍 뛰어 일어났다.

"넌 가야 해."

에이딘은 션의 손을 잡고 벽장에서 문까지 발끝으로 살금살금 걸어갔다. 몸을 숨길 수 있는 곳이 없는 바깥은 위험하기 그지없었다. 맙소사, 열쇠를 문에 **그대로 놔뒀잖아.** 에이딘은 미친 듯 허둥대며 잠긴 문을 열고 션을 건물 밖으로 밀어냈더랬다. 그때 생각이 다시 떠오르자 자신도 모르게 웃음이 터진다. 하지만 션은 떠나기 전에 도저히 참을 수 없다는 듯 에이딘에게 마지막으로 키스를 했다. 심지어 에이딘이 션을 찰싹 때려 떼어 내고 문 밖으로 밀어내는데도. 에이딘은 열쇠를 제자리에 돌려놓으려고 블리클랜드의 사무실로 달려갔다. 고리를 찾으려고 더듬거리는 양손이 벌벌 떨렸다. 계단을 오르기 전에 뒤돌아보니 션은 이미 넓고 시든 잔디밭을 거의 지나 달빛도 없는 어둠 속으로 달려가고 있었다.

24

차의 전구를 교체하러 카센터에 갔던 케빈은 순전히 우연으로 어머니의 르노가 박살 났을 때 운전대에 앉았던 사람이 실비아가 아니라 어머니였음을 알게 됐다. 케빈이 건네는 현금을 받은 수리공이 이렇게 말한 것이다. "이런 말씀 죄송하지만 그분은 요즘 제게 가장 귀중한 고객이세요."

케빈은 수리공에게 짐짓 명랑한 척 감사를 표하지만 깊은 분노가 치민다. 어머니가 도로 위의 잠재적 살인자인 것으로도 모자라, 어머니를 안전하게 지켜줘야 할 바로 그 사람이 어머니의 꼬드김에 넘어가 내 면전에서 뻔뻔하게 거짓말을 했다니. 카센터를 나온 케빈은 길가에 차를 세우고 휴대전화에서 실비아의 연락처를 찾는다.

"이제 더는…." 케빈은 실비아의 "안녕하세요"를 무시하고 차갑게 쏘아붙인다. "와 주실 필요 없어요."

"뭐라고요?"

"당신은 잘렸다고요."

"무슨 말씀이신지…."

"오늘 자로요."

"하지만 뭔가가… 뭔가 구체적인…."

"암요, 있죠. 당신이 나한테 거짓말을 했다는 거. 댁은 어머니가 사고를 냈을 때 댁이 운전했다고 말했지만 아니었죠. 안 그래요?"

"아, 그거요." 실비아의 목소리에는 전혀 동요한 기색이 없다. "미안해요. 그건 **제가** 실수했어요. 하지만 그분이 아드님 반응을 너무 걱정하셔서요. 엄청 겁먹으셨더라고요. 아드님이 차 열쇠를 빼앗아 갈 거라고 하셨어요."

"잘 가요, 실비아."

"하지만 잠깐만요…." 실비아의 말에 케빈은 잠시 기다린다. 당연히 나와야 할 진심 어린 사과를, 애걸을 기대하지만 그렇다고 마음을 바꿀 생각은 없다. "내 돈은 어쩌고요? 난 아직 이번 주의 3회 근무에 대한 돈을 못 받았어요."

케빈은 전화를 끊고 슈퍼마켓으로 향한다. 오늘은 일찍 귀가한 그레이스를 위해 식사 준비를 평소보다 거창하게 할 생각이다. 양심을 좀먹기 시작한 죄의식을 달래기 위한 간절한 노력이다. 잘못을 보상할 필요가 있다. 농산물 통로에서 말라비틀어진 당근을 한 줌 쥔 채 절대 두 번 다시 로즈 버드에게 연락하지 않겠다고 굳건히 다짐하는데, 그때 누군가가 케빈의 카트를 거칠게 들이받는다.

어머니다.

"나도 불러 줄 거니?" 어머니가 케빈이 고른 포장 분쇄육을 흘끔대며 묻는다.

"학부모 하키 정찬에요? 엄마가 오실 자리가 아니에요."

"뭘 그렇게 부루퉁해 있어? 내가 오늘 우리 집에서 차 한잔하자고 하면 올래? 실비아는 쉬는 날이야."

“아뇨, 하지만 엄마랑 얘기를 하긴 해야 돼요.”

“그래?”

“여기서는 말고요.”

“왜 여기서는 안 되는데?”

“왜냐하면 슈퍼마켓 한복판에 서서 한바탕 소동을 벌이고 싶지는 않거든요.”

“난 우리가 소동을 벌이게 될 줄 몰랐는데.”

“저기요, 이따 10분 뒤에 커피 가판대에서 봬요, 네?”

#

케빈은 20분째 엄마를 기다리고 있다. 엄마는 아마도 살구를 슬쩍하고 있거나 딱한 푸주업자에게 도대체 이따위 고기를 어떻게 팔 수가 있느냐며 시비를 걸고 있을 것이다. 마침내 어머니가 나타나자 케빈은 말한다. “실비아를 해고했어요.”

모자는 종이컵에 담긴 쓴 커피가 놓인 작은 바 테이블을 가운데 두고 등받이 없는 스툴에 걸터앉아 있다. 발치에는 비닐 쇼핑백 더미가 수북하다.

“그럴 수밖에 없었어요, 엄마. 절 그런 눈으로 보지 마세요.”

“도대체 무슨…?”

“달리 도리가 없었어요.”

“하지만 그 사람은 바로 어제도 집에 왔었는걸.”

“네, 안됐지만 그게 실비아의 마지막 날이었어요.”

“도무지 네가 무슨 소릴 하는 건지 모르겠구나. 집에 가자마자 실비아에게 전화를 해 봐야겠다.”

“제가… 그냥 잠깐만 앉아 계세요. 제가 설명할게요.”

"실비아는 내일 오기로 돼 있어."

"아뇨, 그렇지 않아요. 더는 안 와요."

"네 마음대로 그럴 순 없어!"

"엄마는 애초에 도우미를 들이는 걸 원하지도 않으셨잖아요?"

"내가 뭘 원하는지 네가 알기나 하니?"

"저기요, 그냥 좀 앉으세요. 진정하세요. 맙소사, 제가 파인애플 근처에서 이 얘길 안 한 게 다행이네요."

엄마는 웃지 않는다.

"저한테 감추시는 게 있죠."

"네가 무슨 소릴 하는지 도무지 모르겠다." 엄마가 대꾸한다.

"엄마가 또 차 사고를 내셨잖아요, 아니에요?"

밀리가 아무것도 아니라는 듯 어깨를 으쓱하자 케빈은 부아가 치민다. "설마 살짝 부딪친 그거 가지고 그러는 건 아니지? 여기 주차장에서? 아이고 제발. 케빈, 좀 진정하렴, 그건 그냥…."

"반 년 만에 세 번째 사고였어요. 그건 위험 신호라고요."

"그게 실비아랑 무슨 상관인데?"

"저한테 거짓말을 했잖아요. 무슨 일이 일어나는지 저한테 알려줘야 할 사람이…."

"날 감시하라고!"

케빈은 한숨을 푹 내쉰다. "아뇨, 당연히 아니죠. 전 연락망이고 실비아는 이런 사건이 일어나면 저한테 알려줄 의무가 있어요."

엄마가 콧방귀를 뀐다. "사건!"

"엄마가 뭐가 됐든 책임감이라는 개념을 하찮게 생각하신다는 건 저도 알아요. 하지만 팩트는, 실비아가 저한테 사실대로 말하지 않은 건 무책임함 그 자체였다는 거예요. 그건 용납할 수 없어요. 전 이제 그 사람 못 믿어요."

"음, 난 그 사람을 믿고, 중요한 건 그거야. 그리고 어쨌거나 잘못은 나한테 있고. 왜냐하면 실비아한테 입을 다물어달라고 부탁한 게 나니까. 너한테 괜한 걱정 끼치고 싶지 않아서 그랬다. 아무것도 아닌 걸 가지고 이 난리 피울 필요 없어. 실비아는 계속 일하는 거다."

"아니에요."

"맞아."

케빈은 고개를 젓는다. "저기요, 죄송하지만 끝났어요. 어쨌든, 끝난 일이에요."

#

한편 가정이라는 전선에서는 그보다 더한 가족 드라마가 케빈을 맞이한다. 이 극은 일상적이고 죽음과 관련이 있다. 수족관에 둥둥 떠 있는 두 개의 뻣뻣한 몸뚱이로 미루어 키아란의 물고기인 피카와 츄가 아무래도 돌아오지 못할 길을 떠난 모양이다. 짙은 석탄색 물때가 돌과 동물 모형과 녹슨 보물선을 불길하게 한 겹 뒤덮고 있는 수조의 끔찍한 상태를 감안할 때, 케빈이 깜짝 놀랐다고 하면 거짓말일 것이다.

케빈은 머릿속으로 다양한 공연 목록을 훑어 내린 후, 즉흥 공연으로 가기로 마음먹고 외친다. "키아란, 우리 아들. 이리 좀 와볼래, 응?"

가장 말 잘 듣는 아이인 키아란이 빨간 운동복 바지와 **이제 너가 술래야**라고 적힌 티셔츠를 입고 깡총깡총 뛰어 들어온다. 그 문법적 오류는 매번 케빈의 신경을 긁는다. 중국에서는 티셔츠를 발송하기 전에 검수하는 사람이 아무도 없나? 아니면 사회 질서를 교란시키기 위한 의도적인 오타인가? 아무래도 케빈이 이제 쿨함과는 오래전에 이

별했다는 사실을 온 우주가 알려주려고 하는 것 같다.

"일이 좀 생겼네." 키아란의 송아지 같은 속눈썹 그리고 부모와 닮지 않은 파란 눈동자는 고가티 집안 모든 아이들의 공통된 특징이다. 그래서 그레이스가 우유 배달부와 바람을 피웠다는 것이 부부 사이의 오랜 농담거리다. "피카와 츄가 죽었단다."

키아란이 얼마나 금세 울음을 터뜨리는지, 케빈은 놀라고 만다. 마치 케빈이 아이에게 달린 "슬픔"이라는 버튼을 누르기라도 한 것 같다. 좁은 어깨가 축 처지고 눈물이 줄줄 흐른다.

"유감이구나." 케빈의 말은 진심에서 우러나온 것이다. 어린 아들을 끌어안는데 자신의 목에서 단단한 덩어리가 오르내리는 바람에 케빈은 그만 놀라고 만다. 꿀꺽 삼킨다. 낭패다. 형편없다.

다시는 로즈 버드에게 전화도 메시지도 하지 않겠다고 속으로 맹세했고, 아직은 그 맹세를 지키고 있다. **그런** 남자는 되지 않을 것이다. 그 일은 그저 잠깐의 허튼 짓에 불과했고 지금은 이미 지나간 과거다. 고작해야 대수로울 것 없는 키스 몇 번이 다였으니까(비록 마음을 뒤흔들었고 에로틱했으며 열망과 가능성으로 가득했지만). 물론 절대 하지 말았어야 할 키스였지만, 그래도 더 나쁜, 더 먼 선은 아직 넘지 않았고 넘을 생각도 없다.(그러나 그로부터 2시간 후, 케빈은 **우리 만날 수 있어요? 착하게 굴게요, 약속해요**라는 로즈의 문자를 무시하고 삭제하라고 자신을 몰아세우면서 처참하게 박살 난 기분을 느끼게 될 것이다.)

케빈은 키아란의 등을 어루만지며 위로의 말을 웅얼거린다. 고통이라면 콧방귀를 뀌던 여자의 아들로 자란(아무리 속상한 마음을 하소연해도 밀리는 엉덩이를 두드리며 "다 금방 지나갈 거야!"하고 말할 뿐이었다) 케빈은 쉽지 않은 주제를 선불리 건드리지 않으려 애쓴다.

"알지." 케빈이 말한다. "아빠가 아는 한 피카와 츄는 무척 행복한 한 쌍이었을 거야. 엄밀히 말해 영리하지는 않았지만 분명 행복해서 어쩔 줄 몰랐을걸. 있잖아, 걔들은 늘 빙빙 원을 돌며 헤엄치고 있었어. 방금 한 바퀴 돌았다는 걸 까먹고 말이야. '어이, 잠깐 기다려! 좋은 생각이 났다! 우리 헤엄쳐서 한 바퀴 돌자.'"

"아빠!" 키아란이 반쯤 울고 반쯤 웃으며 나무란다.

"바보같은 녀석들. 하지만 진실은 피카와 츄가 늘 함께일 거라는 거야. 좋은 일이지. 다른 물고기 친구가 있다는 건. 그리고 네가 와서 수조에 꼬리꼬리한 냄새 나는 사료 가루를 살짝 털어넣잖아? 그러면 녀석들의 세계는 온통 환히 빛나는 거야. 녀석들은 정말 즐겁게 살다 갔어." 케빈은 잠시 뜸을 들였다 덧붙인다. "뒤지도록." 케빈은 움찔하지만, 아들은 아버지의 실언을 눈치채지 못한 모양이다.

키아란은 케빈의 가슴에 묻었던 고개를 들고 말한다. "정말 그럴까요?"

"그럼."

"걔들은 다시는 살아 돌아오지 못하잖아요."

"음." 케빈은 잠시 뜸을 들인다. "녀석들은 천국에서 함께 있을 거야." 사실 천국이니 종교니 신이니 하는 소리를 믿지 않게 된 지 오래라 그렇게 말하면서 마음이 썩 편치 않다. 하지만 아버지로서는 어쩔 수 없이 이런 신화들에 대한 믿음을 지켜 줘야 할 필요가 있다.

"안녕 엄마." 키아란이 말한다.

케빈은 전혀 기척을 못 들었는데, 아내가 어느새 귀가한 모양이다. 그레이스는 외투를 그대로 입은 채 케빈을 향해 성큼성큼 다가온다.

"무슨 일 있었니?" 그레이스는 곧장 키아란을 향해 묻는다.

케빈은 동반 사망 사건을 말없이 전달하기 위해 수족관을 향해 눈동자를 희번덕댄다.

"아이고 이런. 아유, 안됐네. 딱한 것."

아이는 엄마의 품으로 기어오르고, 엄마는 아이를 살살 어른다. 이런 광경을 볼 때마다 케빈은 엄청난 감동을 받는다. 모든 걸 털어놓고 싶은 강력한 욕구가 치민다. 아내는 늘 케빈이 제일 먼저 흉금을 털어놓는 상대였다. 케빈의 삶에서 일어나는 사건들은 아내에게 이야기한 후에야 비로소 현실감을 띠게 된다. 그레이스에게 로즈 이야기를 할 수만 있다면 얼마나 좋을까!

키아란이 일어나 앉으며 묻는다. "정원에 묻어 줘도 돼요?"

"그보단 수장을 하는 게 더 낫지 싶은데." 케빈이 말한다. "걔네가 처음 온 곳인 바다로 슝 하고 보내줄 수 있어. 엄마가 몇 마디 연설을 하면 어떨까?"

"안 돼요, 아빠가 해야 해요." 키아란이 말한다.

"맞아." 그레이스는 맞장구를 치지만, 케빈은 그런 아내의 얼굴이 아주 잠시나마 흐려지는 것을 포착한다.

"아니야." 케빈은 아내에 대한 절절한 애정이 솟구치는 걸 느끼며 말한다. 아무것도 모르는 나의 피해자. "엄마는 늘 연설을 하잖아. 아빠를 믿으렴. 그 일에 더 걸맞은 사람은 없어."

#

고가티 가족은 그 세월 동안 변기에 얼마나 많은 구피들을 흘려보냈는지 기억할 수도 없다. 하지만 아무리 의례다워 보이지 않는 의례라도, 아이들은 어쩔 수 없이 감동을 받는다. 변기 앞에 선 키아란 역시 예외가 아니다. 하지만 키아란은 꿋꿋한 아이다. 사실 케빈의 아이들은 모두 그렇다. 그리하여 티타임 무렵, 키아란은 노트북 자판을 두드리고 있다. 우울증의 흔적 따윈 사라지고 없다.

“스타자에서 무슨 소식 없었어?” 나중에 잠자리에서 그레이스가 묻는다.

케빈은 똥망 그 자체였던 구직 인터뷰 상황에 관해 완벽하게 모든 이야기를 하지 않았다. 그 이후로 머릿속을 떠나지 않은, 나오는 길에 비스킷을 가져가겠다고 말한 가장 민망한 순간을 비롯해 세세하고 중요한 부분들을 생략했다.

“아직 없어.”

“음, 당신을 고용하지 않으면 멍청한 건 그쪽이지 뭐.” 그레이스가 자기 쪽 등을 끄면서 말한다. 케빈은 의도적으로 자신의 등을 아내에 대한 벽으로 삼아 모로 누운 채 휴대전화를 스크롤한다. 하지만 그레이스는 무시하고 남편의 등을 껴안는다. 이불 밑으로 남편의 허벅지를 더듬어 찾고 손가락으로 훑는다. 케빈의 몸은 얼어붙어 호응하지 않는다. 아니, 호응할 수 없다. 도저히 불가능하다. 그레이스는 남편의 어깨를 한번 꽉 쥔 후 결국 포기하고 도로 자기 쪽으로 떨어져 눕는다.

25

요사이 실비아의 호감을 사기 위해 비용 상승을 감수하면서 풀가동 중인 마르게이트의 보일러가 큰 소리로 덜커덕거리고 있음에도 집 안은 무자비하게 춥다. 밀리는 오븐을 최고 온도로 맞추고 문을 열어 놓는다. 서둘러 잡은 실비아의 방문 약속 시간까지 적어도 부엌만큼은 따뜻하게 데울 수 있을 것이다.

실비아는 한 번도 누른 적 없는 초인종을 누르고는 조용히 열쇠를 건넨다.

"이건 다 제 잘못이에요." 실비아가 말한다.

"그렇지 않아. 잘못은 내가 저질렀지."

"제가 케빈한테 사실대로 말했어야 했어요."

"전혀 그렇지 않아. 내가 그러지 말아달라고 애걸했잖아." 밀리가 말한다.

"도대체 어떻게 알아냈을까요? 완전범죄인 줄만 알았는데."

"그 애 친구 엄마의 동생이 카센터에서 일하거든." 밀리가 한숨을 쉰다. "더블린이란 동네가 원래 그래."

실비아가 말한다. "그냥 작별 인사랑 감사 인사를 하고 싶었어요. 함께했던 시간이 진심으로 그리울 거예요. 부인은 제 고객 중 가장 멋진 분이었어요."

"케빈한테는 이 일에 대한 결정권이 없어. 내가 전부 해결할 거야. 이리 와 앉아요."

실비아의 눈에 눈물이 차오르는 것을 보자 밀리는 두려움에 사로잡힌다. 친구가 이처럼 부정적 감정에 사로잡힌 모습을 보이는 건 이번이 처음이다. 지금껏 실비아가 보여준 감정은 오로지 다양한 방식의 밝음만이 전부였다. 즐거운 환성에서 숨 가쁜 감사까지.

"케빈이 뭐랬어? 심하게 굴던가?"

"아뇨, 아니에요. 괜찮았어요. 그렇지 않았어요." 미국인은 약간 목이 졸리는 듯한 소리를 낸다.

"실?" 그때 실비아의 가느다란 손목에 감긴 눈에 확 띄는 커다란 터키석 뱅글이 밀리의 눈에 들어온다. 밀리는 도우미가 하고 다니는 집시풍 장신구들이 궁금하다. 특히 검지와 중지를 마치 물갈퀴나 인어 다리처럼 하나로 붙여놓는 반지도 그렇고.

"혹시 저희 엄마가 예전에 저를 그렇게 부르셨다고 제가 말했었나요?" 실비아가 말한다.

"우는 거야?"

"아니에요." 실비아는 미동도 없이 앉아 있다 다시 말한다. "맞아요."

밀리는 숨을 한 번 들이켜고 묻는다. "혹시 누가 아프기라도 한 거야?"

"네? 어떻게…"

"엿듣는 건 나쁘지만 어쩔 수 없었어…. 자기 아픈 거야? 실? 나한테는 다 말해도 돼."

실비아는 고개를 저어 부인한다.

밀리가 숨을 내쉰다. "하느님 감사합니다. 내 보기엔 확실히… 요전 날 밤에 자기가 의사랑 이야기하는 것처럼 들려서 말이지…. 저녁식사 때."

"죄송해요. 이건, 막, 전혀 프로답지 못한 짓이에요." 실비아는 슬픔에 가득한 눈을 손등으로 비빈다. 산후안인지 산퀜틴인지 하여튼 뭔 산 어쩌고에서 했다는 심장 모양의 작은 회색 타투가 언뜻 비친다. 실비아는 면 튜닉의 팔락거리는 소매로 얼굴을 훔친다. "전 괜찮아요. 멀쩡해요."

"혹시 내가 도울 일이라도?"

실비아는 밀리와 잠시 눈을 마주친 후 고개를 홱 돌린다. "아니에요."

"나한테는 말해도 돼. 도대체 뭐야?"

실비아는 천장을 올려다보고 떨리는 양손을 주먹으로 감아쥔다. 고통에 찬 비명을 지른다. "아아악!"

"무슨 일 있었어? 겁나게 왜 이래."

실비아는 양 손바닥에 무너지듯 얼굴을 파묻는다. "부인이 엿들으신 그 전화요. 그건 저 때문이 아니었어요."

"뭐라고?"

"전 아프지 않아요." 실비아가 말한다. "아픈 건 션이에요."

"예수님, 마리아님, 그리고 요셉님." 그런 고백을 들을 준비가 전혀 돼 있지 않던 밀리는 그만 경악하고 만다. "설마 자기 조카를 말하는 건 아니겠지? 그 애는 내가 본 사람 중에 제일 건강해 보였는데? 어떻게 그럴 수가…"

"알아요, 저도 알아요. 믿기 어렵죠. 하지만 사실이에요." 실비아는 얼굴을 닦아 내지만 흐르는 눈물은 멈출 줄 모른다.

"어디가 얼마나 아픈데?"

"희귀병인데 자가면역질환이래요. 발병한 건 몇 년 전인데 평소엔, 그러니까 잠복기라 지금까지는 괜찮았어요. 그런데 여기 와서 몇 차례 재발했어요."

"병명이 뭔데?"

"간이에요. 간단히 말해 나쁜 세포가 좋은 세포를 먹어치우는 거죠. 아일랜드 의사들은 아무것도 몰라요." 실비아가 잠시 멈칫한다. "죄송해요. 기분 나쁘시라고 한 소린 아닌데. 그런 뜻 아닌 거 아시죠? 하지만… 여기는 너무 달라요. 지난주만 해도, 그 애는 수혈이 필요했는데 은행 공휴일이라 화요일까지 전문의가 병원에 없었어요."

"여기 병원 중에는 정말 형편없는 곳들도 있지. 그 애는 어디 있어? 어느 병원에… 보몬트?"

실비아가 멈칫한다. "병원이란 병원은 다 입원했다 퇴원했어요."

"이를 어쩌누." 밀리가 말한다. "왜 진작 말하지 않고?"

실비아는 가방에서 작은 티슈 팩을 꺼내어 코를 푼다.

"부담 드리고 싶지 않아서요."

전반적으로 남을 돕는다는 생각을 좋아하는 밀리는 이 일을 해결하고 싶은 강력한 욕구를 느낀다. 고개를 주억거리며 실비아의 손을 어루만지는데 뜬금없이 이게 사람을 위로하는 방식이 맞나 하는 의문이 든다. 누군가를 위로할 일이 있었던 적이 하도 한참 전이라 기억이 가물가물하다.

"병원에서는 아무것도 못 해준대? 틀림없이 뭔가 할 수 있는 일이 있을 텐데."

"그게 문제예요. 있어요." 실비아가 말한다. "그때 그 전화는… 어떤 새로운 치료법이 확실히 있다는데, 실험적인 치료래요. 줄기세포."

"아이고, 너무 잘됐네!"

"음, 맞아요. 하지만 그건… 이건 될 일이 아니에요!" 실비아는 양손을 내팽개치듯 뻗는다. "심지어 여기도 아니고 뉴욕에서예요. 어쨌든, 됐어요. 이렇게 우울하게 구는 건 여기까지만 하죠. 제가 차를 타 올게요."

"차고 나발이고. 왜 불가능한데? 치료법이 있다면서?"

"그 애는, 아니 우린 뉴욕으로 가야 해요." 실비아가 말한다. "병원이 거기 있거든요. 컬럼비아 장로교 병원." 그리고 덧붙인다. "이 병 치료는 거기가 전문이에요."

"그건 좋은 소식 맞지?"

"그렇겠죠. 우리가 돈만 낼 수 있다면요. 음, 수술은… 그게 가장 어려운 부분인데, 무슨 최첨단 어쩌고라서 병원에서 공짜로 해 주겠대요. 말하자면 그 사람들한테는 그 애가 기니피그가 되는 거죠. 하지만 그런다 해도 우린 비행기 표니 호텔비니 식대니 하는 온갖 것들이 필요해요. 수천 달러는 들 거예요. 어떻게 하면 거기 갈 수 있을까 해서 몇 주 전부터 머리를 쥐어짜는 중이에요. 하지만 가망이 없어요."

#

실비아가 떠난 뒤, 밀리는 차고로 향한다. 알루미늄 문짝을 비틀어 열고 들어가자마자 도로 문을 닫아 자신을 어둠 속에 가둔다. 좁은 헛간 안으로 숨을 내뿜으며 망할 놈의 집 상태를 해결하는 데 쓸 연장을 찾아 온 사방을 둘러본다. 수리공을 부른다는 건 어림도 없는 일이다. 적어도 그전에 라디에이터를 어설프게라도 직접 손보고 말 것이다.

기왕 온 김에 작은 발판 의자에 앉아 축하하는 의미로 담배 한 대를 피워 물기로 한다. 즉시 역겨운 화학약품 맛이 훅 들어오지만 참고 계속 빨아들인다. 한 번 더 들이마시고, 또 한 번 들이마시자 긴장이 풀리고 근육이 이완되기 시작한다. 실비아에게 수표를 건네준, 아니 건네줬다기보다는 억지로 떠넘긴 순간을 몇 번이고 그려보며 그 순간의 기쁨을 다시 만끽한다. 실비아의 안도와 감사에 전염됐는지 밀리 자신도 눈물이 날 뻔했다. 만일의 사태를 대비해 꿍쳐 두었던 비상금 3만 파운드. 알고 보니 실비아가 밀리의 만일의 사태였다. 미국인은 몇 번이고 거듭 사양했지만, 덕분에 실비아와 션이 그걸 받을 자격이 있다는 밀리의 확신은 더욱 굳어지기만 했다. 그건 옳은 일이었다. 결국 실비아는 공짜로는 절대로 받을 수 없으며 빌려주는 거면 받겠다 했다. 심지어 그 자리에서, 밀리의 부엌 식탁에서 바로 차용증을 써주었고 둘 다 거기에 서명했다.

밀리는 담배 연기 너머로 차고 창문 밖을 내다보며 병원에서 션이 건강한 모습으로 깨어나는 모습을 그려본다. 그리고 뒤이어 몇 시간쯤 있으면 유아차를 밀면서 마르게이트 앞을 지나갈, 모퉁이에 사는 괴짜 거식증 환자 모린 맥마혼을 떠올린다. 하키 스틱 같은 빼빼 마른 다리에 매일 아침식사로 건포도 한 줌을 먹는(믿을 만한 소식통에게서 들은 사실이다) 그 여자가 도대체 무슨 수로 아이를 낳았는지, 세기의 불가사의다. 그래도 시들어 쪼그라든 과일이나 채소 같은 노인네들로만 가득한 이 동네에서 그 엄마와 아이는 반가운 젊은 공기를 가져다 주는 매일의 활력소다. 몇 집 건너에 사는 피놀라 오리어리와 메리 오리어리 자매는 시든 나뭇가지 다발이다. 새로 지어진 단층집들 중 하나에 사는, 마른 입술에 코를 질질 흘리는 소름끼치는 홀아비 변호사인 노엘 크라우닝은 절뚝거리는, 지저분한 감자다. 그리고 밀리 고가티는? 잠시 생각에 잠겼던 밀리는 아무도 없는 차고 안에서 큰소리로 선포한다. "대추지. 쪼그라들었지만 그래도 아직 과육이 남은."

다시 집 안으로 들어왔는데 연기 냄새가 난다. 밀리는 어리둥절해서 담배 냄새 밴 손가락을 코에 갖다 대고 거실과 식당의 밸브들을 시험 삼아 열었다 닫았다 하며 마침내 부엌까지 이른다.

부엌에서는 눈앞을 흐리게 하는 회색 연기의 베일이 밀리를 맞이한다. 오븐은 불지옥이다. 화염이 적어도 60센티미터는 될 듯 높이 치솟고, 부엌 입구에서 연기가 풍선처럼 거칠게 부풀어 오른다. 너무 짙다. 그리고 뜨거운 기름 냄새가 코를 찌른다. 화재 경보는 전혀 울리지 않았지만, 그럼에도 밀리의 부엌은 화재가 난 게 분명하다.

밀리는 비명을 지르며 뒷걸음친다. 문을 닫고 공포에 질려 마비된 채 1초쯤 그대로 가만히 서 있다. 도움을 요청할 시간이 없다. 지금 당장 끄지 않는다면 방 전체, 아니 어쩌면 심지어 집 전체가 재가 돼 버릴 수도 있다. 밀리는 장롱식 건조기로 달려가 타월 더미를 낚아채 서둘러 부엌으로 돌아와 화염을 누그러뜨리려 한다. 하지만 타월은 아무 소용도 없다. 마치 모닥불에 물 1티스푼을 부은 격이다. **물.** 밀리는 싱크대로 몸을 틀고 불을 피해 기침을 하기 시작한다.

밀리는 미친 듯 허둥대며 남은 타월을 수돗물에 적신다. 적신 타월로 오븐과 불이 옮겨 붙기 시작한 주위 찬장을 때리자 지글지글 끓는 소리가 들린다. 효과가 있다. 아니, 그런 것처럼 보인다. 오븐에 더 가까이 다가가자 폴리에스테르 재질인 로브의 오른손 소매에 곧장 불이 옮겨 붙는다. 어찌나 열중했는지, 밀리는 심지어 불길이 살갗에 닿을 때까지도 그 위급한 상황을 눈치채지 못한다.

26

에이딘은 클린컷의 최신 오리지널 곡인 '베이비 베이비 베이비 베이비'를 스크롤해서 넘기고 션의 최근 곡들 중 크램프스를 선택한다. 에이딘의 귀는 션의 선곡을 대체로 거부하는 경향이 있다. 너무 거칠고 역동적이고 맹렬하다. 하지만 가사는 들어줄 만하다. 에이딘은 브리짓의 마스카라를 살살 바른 후 빌린 더플백에 주말에 필요한 물건들을 챙긴다. 엄마가 준, 금고리와 퀼트 스티치 뒤범벅에 크기는 피자 한 판만 한 번쩍이는 가방을 들고 갔다가는 션에게 전혀 멋져 보이지 않을 것이다. 물론 엄마는 좋은 마음으로 준 거지만, 그건 에이딘이 현재 추구하는 스타일에서 몇 광년은 떨어져 있다.

페어하우스의 다른 기숙생들에게 이 시간, 즉 금요일 네 시 직후는 일주일 중 가장 재미있는 시간이다. 지긋지긋한 제도적 속박에 얽매인 매일로부터 풀려나 누리는 아찔한 자유. 이 방을 마지막으로 나선 아이들은 에이딘의 룸메이트, 애비게일과 페이다. 두 아이는 킬데어행 기차를 타고 집으로 돌아가 아이리시콥종 말의 털을 빗질하거나 쇼 포니를 타고 배수로와 담장을 뛰어넘을 것이다. 그 둘은 어떤 암말의 갈기의 풍성함이나 꼬리 길이를 놓고 언쟁을 벌일 때가 많은데, 이런 사소한 언쟁들이 에이딘은 사실 좀 재미있다. 비록 브리짓은 따분하다고 생각하지만, 에이딘은 두 여자아이가 갈수록 마음에 든다.

기숙사 방문이 예고도 없이 벌컥 열려 민트색으로 도색된 콘크리트블록 벽에 부딪친다.

"재수 없어, 씨발!"

브리짓이다. 사나운 욕설을 내뱉으며 호텔 식탁보 두께의 검은색 불투명 타이즈에 최근 템플 바(아일랜드 더블린의 강변 지역-옮긴이)에서 산 고동색 닥터 마틴을 신은 발로 바닥을 쿵쿵 구른다. 에이딘은 친구의 변덕에 익숙하다. 브리짓은 맹렬한 속도로 화를 냈다 다시 기분이 좋아지곤 한다. 하지만 이처럼 슬퍼하는 건, 얼굴에 고통이 더없이 선명히 드러나고 여자아이스러운 속상함을 드러내는 건, 이런 건 처음이다.

"무슨 일 있었어?"

브리짓은 자기 침대에 배낭을 던진다. 경험상 이런 문제는 감정이 상할 가능성이 있음을 잘 아는 에이딘이 용의주도하게 침대 교환을 협상한 끝에, 두 아이는 지금 서로 옆 침대에서 잔다. 이제 브리짓은 반쯤 피우다 만, 악취 나고 눅눅해진 담배를 청바지 주머니에서 꺼낸다.

"내가 외출 허락을 받으러 갔거든? 가방도 전부 꾸려 놨고. 그랬는데 그년이 들어와선…."

"블리클랜드?"

브리짓은 고개를 끄덕이고 입술 사이에 담배를 물고는 불안한 손길로 라이터를 찾아 주머니를 뒤진다. 커다란 창문 앞으로 간다.

"너 돌았어?"

브리짓은 "알 게 뭐야"하고 대꾸하지만 조금 있다 방 반대편으로 가 가득 찬 세탁물 바구니를 문 앞에 대 놓는다.

"너 그러다 쫓겨나!"

"그게 목적이야."

"진심이야?"

브리짓은 불을 붙이고 완벽한 'O'자 모양 연기를 쌀쌀한 공기 속으로 연달아 날려보낸다. 비록 연기 구름 대부분은 방 안으로 도로 들어오지만.

"그래서 내가 외출 신청을 하고 있는데 그 여자가 내 펜을 손가락으로 막으면서 멈추라고 하는 거야. 난 막, 씨발 뭐야? 싶었지. 근데 알고 보니까… 믿어져?" 브리짓은 맹렬한 기세로 흐르는 새 눈물을 데님셔츠 소매로 거칠게 닦아낸다. "알고 보니까 우리 아빠가 전화를 해서는 날 내보내지 말라고 했다는 거야. 근신이라나."

"무슨 소리야?"

"그게 내가 한 말이야. 내가 이랬거든. '아뇨, 전 이번 주말에 나가도 된다는 허가를 받았어요. 3주 만이라고요.' 내 말은, 오늘 밤 타이니 트리클에서 브라이언이랑 만나기로 했단 말이야." 에이딘은 19세의 피자 배달부 겸 마약 거래상인 브리짓의 새 남자친구 브라이언을 아직 만나 보지 못했다. 하지만 브리짓은 남자친구와 함께 약을 하면 끝내주게 재미있다는 둥, 별 대수롭지도 않은 거로 거의 오줌을 지릴 지경으로 웃었는데 3분 후면 뭐가 그렇게 웃겼는지 하나도 기억이 안 난다는 둥 하는 이야기를 신이 나서 늘어놓곤 했다. 에이딘에게는 전부 좀 어리석게 들렸다.

"그거 좀 끄면 안 될까?" 에이딘은 친구의 실크 컷 퍼플의 굽은 끝부분에서 창턱 위로 위태위태하게 흔들리며 매달려 있는 긴 재를 바라보며 말한다.

"그러니까 우리 아빠가, **그 재수 없는 씨발놈이** 학교에다 날 부활

절까지 집에 보내지 말라고 했다는 거야!"

재가 떨어져 온 사방으로 흩어진다. 에이딘은 다가가서 재를 훅 불어 날리면서 자신의 아버지를 떠올린다. 비록 함께 있는 시간의 절반은 짜증을 유발하지만, 절대 가혹한 아버지는 아니었다.

"하지만 어째서?"

"아마도 자기 모델들을 몽땅 집에 데려와서 자빠뜨리려나 보지." 사진작가인 브리짓의 아버지를 에이딘은 사진으로만 보았는데, 검은 피부와 날렵한 윤곽에 노련해 보이는 인상으로, 스타일리시한 모자를 찡그린 눈 위로 내려 쓰고 있었다. 브리짓의 부모는 브리짓이 아직 아기일 때 이혼을 했고, 양육권은 아버지가 단독으로 가져갔다.

"심지어 그 이야기를 나한테 직접 할 배짱도 없었어. 이건 **그 사디스트 똥덩어리**가 알려준 거야."

"네가 아빠한테 전화하면 안 돼?"

"이미 어떤 큰 행사가 있어서 로스앤젤레스행 비행기에 탔대. 그리고 어차피 아빠는 마음을 바꾸지 않을 거야. 그런 적은 한 번도 없으니까."

에이딘은 아무런 도움이 될 만한 말도 떠올리지 못한다.

브리짓은 에이딘의 더플백을 흘끔거리며 묻는다. "넌 지금 걔 만나러 갈 거야?"

자신이 곧 맞이할 즐거움이 브리짓을 더한층 속상하게 할 것을 아는 에이딘은 심각한 얼굴로 고개를 끄덕인다.

"어, 그럼 가. 버스 놓치겠다."

#

번화가는 붐비고 있다. 어두워지는 하늘과 당장이라도 비가 쏟아질 듯 궂은 날씨에, 상점가와 창문들은 모두 불이 켜져 있다. 에이딘은 걸음을 멈추고 오래된 포장도로 위를 또각거리는 리드미컬한 구두굽 소리, 요란한 웃음소리, 왁자지껄한 잡담 소리, 으르렁거리는 버스 엔진 소리, 자동차 브레이크 소리, 과일과 우산 그리고 짝퉁 코치 지갑을 파는 행상들의 호객 소리에 귀를 기울인다. 제라드한테 크리스마스 선물로 받은 커다랗고 터프한 멋이 있는 올세인츠 뜨개 장갑을 꺼낸다. 지나가는 길에 있는 펍들은 늦은 오후부터 모여든 사람들로 이미 창에 김이 서렸다. 다들 활기차게 주말을 축하하고 있다. 한 펍의 문이 열리고 엄마가 가장 좋아하는 밴드인 워터보이스의 노래가 새어나온다. **난 오랫동안 세상을 방랑했지/ 네가 그저 방 안에만 틀어박혀 있을 때.** 더블린은 온통 흥청망청 분위기다. 신사숙녀 여러분, 어서 옵쇼!

이제 꽤 큰 무리의 여자들이 에이딘을 향해 한 덩어리로 다가온다. **이년은 결혼한대요**라고 라인스톤으로 수놓은 흰색 후드티를 입은 예비 신부가 상당히 큰 진줏빛 페니스 모양 고무풍선으로 머리를 얻어맞고 있다. 금발로 염색한 이십 대 영국 미녀 무리가 벌써부터 만취해서 신나게 거리를 행군하며 영국 상류층을 흉내낸 말투로 지나가는 독신 남자들을 놀린다. "당신, 친절한 신사분! 바지를 벗으시죠, 신사분!"

에이딘은 그래프턴 스트리트에 들어선다. 이곳의 맥박은 뭔가 본능적이고 전염성이 있다. 번화가에 올 때면 늘 밀번의 무기력한 걸음걸이를 버리고 속도를 높이게 된다. 엄마를 따라 토요일마다 오던 곳이다. 영화 한 편 보고 나서 햄버거와 칩스. 둘만의 외출. 이곳은 달키와는 완전히 딴판이다. 달키는 그 어떤 곳도, 심지어 가장 외딴 벼랑, 망할 허허벌판 한가운데의 가장 사람 없는 흙길조차 남의 눈길로부터 안전하지 못하다. 한번은 딜론의 공원 한구석에 은밀히 모여 핀 침엽수 아래에서 달키 섬의 험준한 야생의 아름다움을 구경하며 점심을 먹고 있는 우체부를 마주친 적도 있을 정도다.

“안녕, 에이딘.” 입을 쩍 벌린 채 자신을 보고 있는 에이딘의 모습에 놀란 우체부가 말했다. “감자칩 좀 먹을래?”

뷸리에 도착하자 에이딘은 가능한 한 무심한 태도로 상점 창에 몸을 기대고 웅장한 유리문이 흔들려 열릴 때마다 돌풍처럼 쏟아져 나오는 풍미 넘치는 아라비카 향을 들이켠다. 동료 시민들이 서로 지나치고 만나고 인사를 하고 실내로 들어가는 광경을 지켜본다. 짐짓 지루한 표정을 지으려 애를 쓴다.

4시 40분, 에이딘은 더는 참지 못하고 스티븐스 그린과 아래쪽 트리니티를 향해 몰래 고개를 든다. 그곳은 언제나처럼 미친 듯 북적거린다. 들어가서 테이블을 잡아야 하나 생각한다. 하지만 오늘 아침 정한 약속은 바로 이 자리에서 만나자는 거였다.

4시 48분, 에이딘은 주의를 딴 데로 돌리려고 근처 커플을 살펴본다. 젊다. 아마도 18살쯤? 남자는 여자친구에게 다가가자마자 진한 키스를 한다. 벌건 대낮의 길고 진한 키스. 에이딘이 지켜보는 가운데 남자는 여자에게 작은 쇼핑백을 건네고, 안을 들여다본 여자는 꺅 비명을 지른다.

4시 59분, 에이딘은 션에게 문자메시지를 보낸다. **오는 중?**

5시 55분, 에이딘은 마침내 포기하고 미어지는 심정으로 그곳을 떠나는 인파에 합류한다. 다트 역으로 가서 기차표와 몬스터 먼치 한 봉을 산 후 가판대로 가 실크컷퍼플 10개비와 성냥갑을 산다. 왜인지는 자신도 모른다. 그냥 좆 까라는 심정일까. 기다리면서 담배 두 개비를 태운 후 달키행 기차에 오른다.

27

케빈은 오른팔을 붕대로 감고 슬링으로 고정한 어머니를 자신의 미니밴 조수석에 조심스럽게 앉힌다. 어머니는 그 가당찮은 미니밴이 전 세계의 인구과잉 문제에서 고가티 집안이 얼마나 큰 몫을 담당하는지를 대놓고 전시하는 꼴이라며 자주 깔보는 웃음을 짓곤 했다. 하지만 오늘은 아니다. 오늘, 아들이 모는 차를 타고 더블린의 젖은 도로를 달려 로스데일 요양원으로 가는 길에, 어머니는 분노에 찬 침묵을 지킨다.

"화상이 나을 때까지만이에요." 케빈은 준비하고 짐을 꾸리는 내내 온갖 다양한 사탕발림으로 그 상황을 무마하려 했다. "임시방편", "일시적 방편." 전날 저녁, 모자는 케빈이 이제껏 가 본 응급병동 중 가장 암울한 곳에서 길고도 우울한 시간을 보냈다. 그곳은 벌겋게 물든 얼굴에 멍들고 피를 흘리는, 몸도 제대로 가누지 못하면서 보이지 않는 적들에게 웅얼거리는 알코올 중독자들로 득시글거렸다. 양손에 얼굴을 파묻고 우는 자그마한 중년 여성도 한 명 있었는데, 왼쪽 눈이 석양이 번진 듯한 색깔로 부어올라 있었다.

응급실 의사는 밀리에게 상처의 드레싱을 매일 새로 갈아야 한다고 설명했다. 쉬면서 안정을 취해야 하고 보살펴주는 사람이 있어야 한다고. 데인 팔을 감싸 쥐고 검게 그을린 부엌 카펫 위에 앉아 기침하면서 몸을 흔들고 있는 어머니를 발견했을 때 케빈은 깊은 충격을 받았다. 그동안 어머니의 죽음에 관한 생각을 의식적으로 억눌러왔는데, 거기에 가장 가까운 모습이었다. 공포에 사로잡힌 케빈은 생각할 겨를도 없이 딱한 어머니를 상처가 쓸리지 않도록 아주 조심스럽게 안았다. 그리고 어머니의 입술에 물잔을 대준 후 자신의 차로 인도했다.

"금방 마르게이트로 돌아가실 수 있어요." 케빈은 어머니를 달래며 와이퍼 작동 레버를 교묘하게 조작하지만, 와이퍼의 움직임은 사나운 빗줄기를 깨끗이 닦아내기에는 너무 변덕스럽고 느리다. "그러면 다시 옆집을 염탐하고 열쇠를 잃어버리실 수 있어요."

침묵.

"세면용품은 챙기셨어요?"

침묵.

"돋보기는요?"

그때 케빈은 칩스 가게 앞 연석에 차를 대 놓고 테이크어웨이 커피잔을 호호 불면서 휴대전화로 뭐라고 수다를 떨고 있는 옛날 동창생 토미 오드와이어를 발견한다. 손을 흔들어 인사한 후 다시 자신이 처한 곤경으로 돌아온다.

"로스데일에서는 보살핌 받으면서 편안히 지내실 수 있을 거예요." 케빈은 말한다. 이 말은 사실이다. 직원들이 노련하고 세심한 전문가들로 이루어졌다고 하는 로스데일은 평판이 좋은 요양원이다(임신한 간호조무사와 귀털이 부숭부숭한 발정 난 당뇨병자 영감이 그곳의 임시 예배당 앞좌석에서 그 짓을 하다 들켰다는 몇 년 전의 씁쓸한 찌라시 기사를 제외하면). 어머니의 상처를 제대로 관리해주고, 때맞춰 진통제와 식사를 제공할 것이다. 그리고 솔직히, 언젠가는 결국 겪게 될 일을 한번 시험 삼아 맛보기에 최악의 방식은 아니다.

"그냥 너희 집에 묵으면 왜 안 되는데? 집에 나랑 같이 있어 줄 필요도 없어."

전에는 기품 있던 어머니의 얼굴은 화재 이후로 바닥 모를 그림자에 뒤덮인 바위가 되었고, 눈동자는 그 속으로 까마득히 꺼진 듯 보인다. 지금은 모래밭 속으로 무력하게 가라앉는 두 개의 번들거리는 검은 자갈 같다.

"애들이 들락날락하는 걸 보면 얼마나 좋을까. 나한테는 그냥 물 한 잔이랑 빵 껍질만 줘도 아무것도 더 바라지 않을게."

빵 껍질!

케빈은 한숨을 푹 쉰다. "그렇게 간단한 문제가 아니잖아요."

"네가 모든 걸 복잡하게 만들지."

"그렇다 쳐도, 어머니는 꽤 심각한 2도 화상을 입으셨어요. 어머니가 배가 고픈데 집에 아무도 없으면 어쩌라고요? 화장실을 가셔야 하면 어떡해요? 목욕은 어떻게 하시게요?"

옆 차선에서는 시내버스가 요란한 소리를 내며 달린다. 버스 측면은 눈을 휘둥그레 뜬 채 자파 티케이크에 완전히 넋이 나간 엄마아빠와 주근깨투성이 아들과 딸 밑에 '자파 타임!'이라고 적힌 광고로 완전히 도배돼 있다. 케빈은 추월할 생각으로 속도를 올리지만 전면의 도로는 굽어 있어서 앞쪽을 전혀 볼 수 없다. 발을 페달에서 떼고 그 행복한 가족이 영원히 기대감에 사로잡힌 표정을 지은 채 조롱하듯 앞으로 나아가는 것을 지켜본다.

케빈은 마음이 좋지 않다. 어머니는 이제 더 나약하고 더 위태롭고 외로워 보인다(케빈은 안다). 다른 한편, 어머니는 좀도둑(방화범?)이고 사람을 싫어하는 불평분자이며 엄청난 허풍쟁이고, 제정신인 아들에게도 모친 살해의 생생한 백일몽을 꾸게 만드는 사람이다. 케빈은 심호흡을 한다. 오른편에는 대양이 있다. 썰물 때라 해변이 넓게 드러나 있다. 노랗고 왠지 야한 느낌을 주는 뒤엉킨 해조들이, 마치 바다가 덥석 삼켰다가 이건 아니다 싶어 덩어리째 몽땅 도로 토해 놓기라도 한 양 사방에 널브러져 있다. 왼편 창밖으로는 예전에 상종가를 쳤던 해안가 부동산, 펍 몇 곳, 엄마가 물어보지도 않고 헤어컨디셔닝 크림 값으로 3파운드나 바가지를 씌웠다며 보기 흉한 말다툼을 벌이기 전까지 단골로 다니던 미용실이 차례차례 휙휙 지나간다. 이스트 피어의 등대 꼭대기에서 브레이 헤드까지, 케빈은 사실상 밀리가 일으킨 소동을 해결하러 가야 했던 굴욕의 현장들을 중심으로 남쪽 부분의 지도를 그릴 수도 있다.

외따로 떨어진 큼지막하고 별 특징 없는 주택 앞에 차를 세운다. 두 쪽짜리 이중문에서 포장도로까지 휠체어 경사로가 이어져 있다. 케빈은 정중한 미소를 띤 아들과 얼굴을 잔뜩 찌푸린 채, 어머니는 푹신한 다홍색 운동복을 입은 살집 있는 스물몇 살짜리의 안내를 따라 로스데일 요양원으로 들어선다. 실내는 으레 예상되는 역겨운 냄새가 아니라 일요일 저녁식사, 양고기 스튜와 어쩌면 마늘 소스 감자 요리를 연상시키는 냄새를 풍긴다. 비록 케빈의 어머니는 그 사실을, 아니 그 무엇도 결코 인정하지 않겠지만.

공용 라운지는 살짝 허름할지는 몰라도 나쁘지 않아 보인다. 제각각인 세간과 가구는 대부분 십 년은 더 묵은 게 분명해 보이지만 구식으로 관리가 잘 돼 있다. 마호가니 가구들은 모두 둔탁한 광을 발하며 소나무를 연상시키는 바니시 향을 어렴풋이 풍긴다. 커버나 카펫에도 크게 찢어지거나 토사물을 비롯한 역겨운 분비물로 검게 변색된 흔적은 눈에 띄지 않는다. 라운지 정중앙에는 친츠 소파, 커버가 씌워진 흔들의자 등 종류가 제각각인 의자들이 나란히 놓여 있어서 마치 아이들의 의자 앉기 놀이가 막 시작되려는 것처럼 보인다. 한 흔들의자의 납작 눌린 쿠션에 **다 그런 거지**라는 글귀가 자수로 수놓여 있다. 가스불이 활활 타오르는 빅토리아풍 맨틀 위에는 누군가가 크리스마스 카드 수십 장을 테이프로 붙여 놓았다. 말구유에 누운 아기 예수, 하늘의 천사 합창단, 좋은 소식을 알리는 찬송가를 부르는 사람들. 케빈은 어머니가 그런 종류의 종교적인 것들을 얼마나 거슬려 하는지 잘 안다.

"고가티 씨 가족이시죠?"

케빈이 지난 열두 시간 동안 온라인상으로 온갖 아양을 떨어 댄 로스데일의 원장 실라 슬래터리는 평소 같으면 어머니가 홀딱 반할 딱 그런 유형의 지나치게 친근하고 호들갑이 심한 여자다. 즐거운 제시카의 더 젊은 버전이랄까.

"슬래터리 부인." 케빈은 아버지가 생전에 공식적인 자리에 나설 때 흔히 애용하던, 유산으로 물려받은 모자를 벗으며 인사한다. "저희 어머니, 고가티 부인을 소개하고 싶습니다. 마지막 남은 한 자리를 저희에게 허락해주셔서 대단히 감사합니다, 슬래터리 부인."

"너나 그렇겠지." 엄마가 말한다.

슬래터리 부인은 방금 엄마가 드러낸 적의를 전혀 느끼지 못한 것처럼 두 사람을 향해 환히 웃어 보인다. 앞니 사이에 프라이버시를 위해 검은 차양을 내린 화장실 창문 같은 널찍한 틈새가 드러난다. 케빈은 그것만으로도 어머니가 이 여자한테 홀딱 반하게 만들 수 있지 않을까 하는 희망을 품는다.

"좋아요. 그럼 이제 서류는 모두 제대로 정리된 것 같군요. 우선 방을 먼저 보여드릴게요, 고가티 부인. 그래도 괜찮으시겠어요?"

일행은 엘리베이터를 타고 3층으로 올라가 잘 정돈된 복도를 따라 걷는다.

"다 왔어요." 슬래터리 부인이 말한다. "여기가 부인이 쓰실 방이에요."

케빈과 밀리와 슬래터리 부인은 반달 모양 금속 고리로부터 천 커튼이 늘어져 있는, 작은 복숭아색 방 문턱 앞에 서 있다. 오른편에는 주인 없는 트윈 사이즈 병원침대, 소박한 서랍장, 독서등과 성경책이 놓인 협탁이 있다.

"이건 필요 없을 것 같은데." 어머니가 그렇게 말하면서 성경을 밀자 성경은 곧장 타일 바닥으로 떨어진다. 어쩌면 그렇게 세게 밀 생각은 없었을지도 모른다. 물론 아닐 수도 있지만.

"엄마!"

케빈은 성경을 집어 들어 협탁 위에 도로 올려놓는다.

"전혀 염려하지 않으셔도 돼요." 비록 슬래터리 부인은 그렇게 말하지만, 케빈은 성경을 공격적으로 밀친 행위가 부인을 놀라게 해 자신의 어머니를 확실히 비호감으로 재평가하게 만들었음을 알 수 있다. 아마도 그런 재평가는 결국 피할 수 없었겠지만, 적어도 자신이 차로 돌아갈 때까지는 미룰 수 있기를 바랐던 것이다. 케빈은 요양원 측에서 마음을 바꿀까 봐 겁이 더럭 난다. "저희가 실수를 했네요!" 이렇게 나오면 어떡하지. "당장 도로 데려가세요!"

슬래터리 부인은 "소개해 드리고 싶은 분이 있어요"라고 말하며 커튼을 젖힌다. 케빈과 어머니는 화들짝 놀라고 만다. 90대에 접어든 지도 한참 지난 것처럼 보이는, 머리카락도 거의 없고 조그맣게 쪼그라든 여자가 코마 상태인 듯 깊이 곯아떨어져 있다. 누군가가 빛바랜 상아색 침대보 밑에 그 딱한 영혼을 아늑하게 집어넣어 주었다. 편안히 자리 잡은 여자를 보며 케빈은 이전 세기에 만들어진 여자아이용 인형을 떠올린다.

"이분은 제임슨 부인이에요." 슬래터리 부인이 말한다. "새로운 룸메이트죠."

28

그 후로 일주일 내내, 밀리는 마치 반숙한 달걀흰자 같은 흐릿하고 텅 빈 눈동자로 자신을 보는 제임슨 부인 앞에서 혼자 조바심치며 떠들어댄다.

“좋은 아침이에요.” 어느 날 밀리가 주절대기 시작한다. “아니면 좋은 오후라고 해야 하나? 부인은 화요일 이후로 쭉 자고 있는 것 같아요. 내가 어느 직원한테 물어봤어요. ‘내 룸메이트가 혹시 동면 중인 건 아니죠? 곰을 가리키는 말이 어사인(ursine)이던가요? 아니면 루파인(lupine)이던가요?’ 그렇게 자는 사람은 처음 봤어요.” 숨을 돌리려고 말을 멈춘 밀리는 깊은 호기심에 사로잡힌 채 지금 즐거워하고 있을지, 당황스러워하고 있을지, 또는 어쩌면 소변줄로 물을 빼고 있을지 알 수 없는 이 여자의 껍데기를 굽어보며 어정거린다.

누군가가 로스데일의 입주자들을, 예컨대 기업 모델 유형에 따라 분류한다면 제임스 부인은 단독사업자일 것이다. 세상의 그 누구도 부인에게 엽서를 보내지 않는다. 휴대전화가 울린 적도 없고, 면회객도 없다. 혼자다. 물론, 밀리는 딱히 자신이 대기업이라고는 생각지 않는다. 다정한 고가티 가족 일동이 밀리를 위로하러 들이닥친 적은 없다. 케빈하고는 거의 말을 안 하고 있어서, 마지못해 찾아오는(실직 상태인 주제에 마치 처리해야 할 볼일이 수십 가지는 있는 척) 케빈의 방문 시간을 고행으로 만들고 있다. 케빈은 와 있는 내내 도우미들에게 차단막을 걷거나 침대용 쟁반을 닦아달라고 부탁하지 않으면 젊은 간호사 한두 명(그중 몇 명은 밀리보다 더 상태가 별로거나 적어도 살은 더 쪘다)에게 말을 거는 것이 전부다. 혈액공포증이 있는 주제에 지역 병원에서 잠깐 동안 자원봉사를 했는데 아무 도움도 안 됐다는 케빈의 예전 경험담에 사람들은 재미있어하며 웃음을 터뜨린다.

어제, 기습공격처럼 찾아온 케빈은 호들갑 떨며 "좋은 오후예요"라고 인사한 후 어머니의 기진맥진한 이마에 거창한 입맞춤을 했다. 밀리의 솔직히 말해 유치한 행동은 철저히 무시당했다. 밀리는 헛기침을 하고(**그래 봤자** 뭘 할 수 있는 것도 아니지만) 입을 삐죽 내밀고 아들을 노려본 후 분홍색 벽을 향해 턱을 쑥 내민 채로 미동도 하지 않았다. 그 모든 것은 어마어마한 의지력을 필요로 했다. 속으로는 돌처럼 차갑고 귀지 색깔인 커스터드와 맛없는 루바브와 열대풍으로 꾸며진 방과 거만한 의사들과 사람을 어린애 취급하는 간호사들과 무관심한 도우미들과 끝없이 긴 밤과 목에 걸리는 알약과 바로 등 뒤에 도사린 듯한 죽음이 얼마나 견디기 힘든지 투덜대고 싶어서 죽을 지경이었으니까. 하지만 밀리는 이런 것들에 대해 한 마디도 하지 않았고, 아들이 두 번째 거창한 입맞춤으로 방문을 마무리할 때 뜨거운 덩어리가 목을 긁으며 힘겹게 내려가는 것을 느꼈다.

"정말 즐거운 대화였어요." 케빈은 한쪽 눈을 찡긋하며 그렇게 말하고 떠났다.

"제임슨 부인, 내가 당신이라면…" 밀리는 말을 잇는다. "나라면 제일 먼저 핸드백을 확인했을 거예요."

제임슨 부인은 뜻을 읽을 수 없는 물기 가득한 시선을 밀리에게, 아니 적어도 그쪽 방향을 향해 돌린다.

"괜히 걱정하게 만들려는 게 아니라… 케빈, 내 아들 보셨죠. **그 애는** 걱정이 아주 하늘을 찌른답니다. 자기 무릎도 걱정하죠. 그 애는 운동을 하거든요, 왜. 테니스를 무척 잘하죠. 얼마나 우아한지 몰라요. 그리고 거기다, 아, 제라드의 시험도 있지! 그 애는 케빈의 맏아들이랍니다. 그 애가 떨어질까요? 그 애가 좋은 여자를 만날까요?"

밀리는 분노에 찬 동작으로 양손을 들어 올려 자신의 독백에 마침표를 찍는다. 제임슨 부인의 연한 피부 주름과 쭈그러든 목과 손으로 만든 아일렛 커버를 뜯어본 밀리는 부인이 뭔지 모를 병에 걸려 침대에 매인 몸이 되기 전에는 창의적인 기질과 짓궂은 유머감각을 지닌 너그러운 여자였을 거라고, 좋은 달걀(Good Egg)이었을 거라고 판단한다.

"내가 잠에서 깼더니 그 못된 간호사가 보이지 않았겠느냐고요. 내 말은, '야한 간호사'가 아니고요." 밀리는 낄낄댄다. 말 없는 룸메이트의 이점, 아무 말이나 자유롭게 할 수 있다는 이점이 슬슬 마음에 든다. "매니큐어를 곱게 칠한 양손을 깊숙이 집어넣고 부인의 소지품을 약탈하고 있더라니까요. 내가 말해두는데…" 밀리는 누군가의 가방 안을 엿보는 시늉을 한다.

제임슨 부인이 하품을 한다.

"그건 그래요."

"뭐라고요?" 밀리가 말한다.

제임슨 부인이 쯧쯧 소리를 내고는 웃음을 짓는다.

"난 정말 부인이 그럴 수 있을 줄 생각도 못 했는데… 난 그런 줄도 모르고 여기서 부인 면전에서 아무 소리나 주워섬기고 있었으니… 부인이 누워서 잠들어 있는 사이에 내가 온갖 생각을 다 한 거 모르죠. 난 부인의 일평생을 머릿속으로 그려봤어요. 혹시 궁금하면 들려줄까요?"

"그건 그래요."

"뭐라고요?"

"그건 그래요."

제임슨 부인이 양파 껍질처럼 위아래 입술을 짝 붙이고는 혀를 내밀어 위 잇몸을 핥고 파르르 떨리는 눈꺼풀을 감은 순간, 밀리의 침대 옆 전화가 울린다.

"여보세요?"

"고가티 부인?"

"난데!"

"저 누구게요?"

"실? 자기야?" 밀리는 송화구를 손으로 덮고 룸메이트에게 선포한다. "내 미국인 친구예요. 알아두시라고."

"고가티 부인? 듣고 계세요?"

"아이고 깜짝이야! 날 어떻게 찾아냈어? 케빈이 내가 여기 있다고 그래?"

"음, 제가 가장 좋아하는 아일랜드 여자를 어떻게 그냥 잊어버리겠어요. 안 그래요?"

"아, 그 녀석이 날 이곳에 집어넣었어. 누구한테 내 소식 들었어?"

"부인 댁에 여러 번 전화를 했는데 전화벨만 계속 울리더라고요. 그래서 케빈의 집에 전화를 했더니 그분 딸이 받아서, 뭐, 화재가 있었다고 하던데요?"

"아, 우린 오래 이야기하면 안 돼. 이건 국제전화잖아. 그냥 자기 숨소리만 듣게 해 줘."

"뭐라고요?"

"너무 멋지다."

"무슨 일 있었어요?" 실비아가 말한다. "화재가 났나요?"

"아이고, 끔찍했지. 하마터면 죽을 뻔했어. 못 들었나? 케빈이 들어와서 부엌에 있는 날 발견했지. 하지만 그건 신경 쓸 것 없고. 말해봐, 우리 환자분은 어떠신가? 수술은 언제야?"

"며칠 전에 받았어요."

"그거 빠르네."

"지금은 회복 중이에요. 아직까지는 좋아요."

밀리는 제임슨 부인을 향해 말한다. "수술이 엄청난 대성공이었대요!"

"의사들이 그러는데 회복이 오래 걸릴 거래요. 우리 생각보다 더 오래요. 부인이 그 애를 보셔야 하는데… 기계에 꽁꽁 묶여서 젤로만 먹고 있어요. 그래도 씩씩하게 이겨 내고 있답니다."

"너무 기쁜 소식이네." 밀리가 외친다. "둘 다 너무 다행이야. 너무 기뻐."

"모두 부인 덕분이에요."

"아, 그건…"

"얼마나 마음을 놓았는지 몰라요. 말도 못 한다니까요. 하지만 부인은 어떠세요? 거기 얼마나 오래 계셔야 하는 거예요?"

"이건 자기랑 나, 그리고 제임슨 부인만 알고 있어야 하는데, 난 아무래도 여기서 오래 못 버틸 것 같아."

"제임슨 부인요?"

"예전에 우리가 수다 떨던 때가 그리워, 실. 정말이야."

"아 저도요." 실비아는 말한다. "부인이 얼른 집에 오셨으면 좋겠어요. 거기 몇 주쯤 계실 것 같으세요?"

"음, 부엌이… 자기가 지금 보면 이게 대체 어딘가 싶을 거야. 한밤중처럼 시커매져서."

"아이고 맙소사."

"자기가 해 줬으면 하는 일이 있어. 곧장 비행기 표를 예매해서 여기로 와서 내 탈출을 도와주는 거지. 자유의 땅으로 날 데려가줘!"

실비아는 코웃음 소리를 내고 대꾸한다. "그러면야 얼마나 좋겠어요? 아 젠장, 그만 끊어야 해요. 의사들이 경과를 들으라고 부르네요."

"다시 전화해줄 거지? 시간이 좀 생기면?"

"당연하죠."

"아니면 내가 전화를 걸 수 있게 번호를 알려주면?"

"아, 그래야죠." 실비아는 기다란 숫자를 냅다 읊어 대고, 밀리는 종이쪽지에 급히 받아 적는다.

"더블린에는 언제 돌아오는 거야?" 밀리가 그렇게 물은 순간 갑자기 선이 죽는다. 연결이 끊어진 모양이다.

29

케빈은 저녁식사를 하는 동안 혹시라도 차를 도난당하는 불상사를 방지하고자 억울함을 꾹꾹 눌러 삼키며 10파운드를 지불하고, 스무 번째 결혼기념일을 축하하기 위해 멀버리 가든을 향해 휘적휘적 걸어간다. 월급이 나오는 직장이 있고 가정 생활이 어느 정도 자리를 잡은 듯 보이던 시절, 케빈과 그레이스는 결혼기념일에 어디로 낭만적인 여행을 떠나면 좋을지 상의하곤 했다. 은행 휴일에 맞춰 코르시카로 떠나거나 아르헨티나에서 사치스러운 2주일을 보내거나. 탱고도 배울 생각이었다. 개인용 해먹에서 긴 오후를 활기차게 보내고, 레콜레타의 작은 고급 호텔방에서 머리 위에서 빙빙 돌아가는 고리버들 부채의 서늘한 바람을 맞으며 더없이 행복한 낮잠에 곯아떨어질 것이다.

하지만 그런 쾌락을 즐기기에는 돈이 모자랐고, 부에노스아이레스 해먹(가능하기나 할지?)에서든 어디서든 그레이스는 케빈과 자는 데에 싫증이 났다. 꿈의 여행에 관한 모든 이야기는 흐릿해졌다. 얼마 동안, 그레이스는 집에서 하는 파티를 상상했다. 시그니처 칵테일을 곁들인 파티와 정식 초대장. 아이들이 연습한 촌극으로 부모를 장난스럽게 놀리고(이런 상투적인 공연은 케빈의 감성에는 너무 감상적이지만, 아이들이 그런 공연을 얼마나 좋아하는지 알기 때문에 아무 말도 하지 않는다). 그것은 다시 가까운 지인들만을 초대하는 가벼운 저녁 파티로 한 단계 하락했다. 그편이 돈과 품은 덜 들고 더 재미있으니까. 그리고 그 계획은 다시 이것으로 수정됐다. 그냥 부부 둘이서만 도니브룩에서 만나 식사를 하는 것으로.

그레이스는 아직 도착 전이다. 케빈은 진 토닉을 홀짝이며 휴대전화를 확인한다. 어제 로즈 버드의 연락처를 지웠다. 가끔 떠올리면 가슴이 아프긴 하지만 다른 때, 특히 지금 같은 때는 감사와 안도감을 느끼게 만드는, 돌이킬 수 없는 행위였다. 운명은 이미 결정되었다.

아내가 들어와 주인에게 도착을 확인하는 모습이 보인다. 근처 테이블의 한 남자가 아내를 눈여겨보는 걸 보니 기분이 좋아진다. 케빈은 휴대전화를 재킷 주머니에 집어넣고는 부유한 동료 손님들을 훑어본다. 자신을 살펴보는 것보다는 더 나으니까. 하지만 결국 자아성찰이 머릿속을 파고든다. 설령 빈사상태인 우리 업계에서 갑자기 괜찮은 일자리가 나타난다 해도, 솔직히 내가 그걸 원할까? 케빈은 잡지 업계에서 상상할 수 있는 모든 경험을 해보았다. 끝까지 가 보았다. 케빈이 생각하기에 자신에게 필요한 것은 뭔가 다른 것, 날개를 펼 수 있는 무언가다. 요즘 들어 케빈이 손을 대기만 하면 뭐든, 또는 누구든 다 똥으로 변해버리는 것 같다. 아니, 더 정확히 말해보자. 엄마는 로스데일을 혐오하고, 투덜거림으로 아들의 매일을 망쳐버리는 일을 절대 그만두지 않을 것이다. 에이딘은… 인정하자. 경멸하는 재능을 타고난 에이딘은 자신의 가족을 경멸해 마땅한 혐오스러운 개새끼들로 본다. 하지만 그레이스가 다가오는 동안 케빈이 가장 생각하고 싶지 않은 것은 20년 결혼생활이 무슨 의미인가, 또는 무슨 의

미여야 하는가이다. 우리가 이 시점에서 사랑을 충성과 혼동하고 있는 건 아닌가, 부부 사이의 접착제 역할을 해온 아이들이 이제 그 용해제로 변하고 있지는 않은가 또는 (이건 너무 냉소적인 생각이란 걸 스스로도 알고 있지만) 두 사람이 그저 이제는 뿌리박힌 게으름 때문에 같이 사는 건 아닌가 하는 생각을 깊이 파고드는 건 피하고 싶다. 어수선하고 복잡한 가정을 해체하고 너무도 오랜 세월에 걸쳐 축적해온 교외 삶의 모든 쓸모없고 민망한 허섭스레기를 그만 처분해야 한다는 혐오감. 랩톱, 손톱 다듬는 줄, 찻주전자… 이것들이 부부를 하나로 이어붙여 주는 회반죽일 리는 절대 없다.

이제 20년간 함께한 아내가 케빈 앞에 서 있다. 케빈은 성대한 기념일의 밤에 하품을 억누르는 그레이스의 모습이 암울하고 우습다고 생각한다. 아내를 맞이하려 일어서는데 불안감에 갑자기 열이 오른다. 케빈은 재킷을 벗는다.

#

음식이 도착하자 그레이스는 실내장식에 감탄하며 말한다. "그레셤 근처의 그 새 가게에 예약을 잡고 싶어. 그 유기농 식당 있잖아. 이름이 뭐더라?"

"응?"

"당신이 거기 가본 줄 알았는데? 셰프가 코크 출신인…."

"포도주 좀 건네줄래?"

그레이스는 케빈의 잔을 채워주고 연한 색의 감자 그라탱을 쿡 찌른다.

"답답해 미치겠네…." 그레이스가 말한다.

"아, 그 식당? 믹이랑 얼마 전에 거기서 저녁 먹었어."

"믹?"

"그래 믹."

"당신은 믹하고 식당에 안 가잖아."

"믹은 스타우트 말고 양분도 가끔은 필요해."

"당신 가자미 좀 먹어 볼게."

"얼마든지 드시죠." 케빈은 싱긋 웃어 보이려 애쓰지만 찡그림처럼 느껴진다. 다정한 남편이 아니라 약에 취한 광대가 된 기분이다.

그레이스는 테이블 너머로 손을 뻗어 케빈의 쐐기꼴 모양 생선을 쿡 찌른다. "오늘 아이들은 어땠어?"

"권투 경기라고 해야 하나." 케빈은 말한다.

"누알라랑 키아란? 아, 이거 너무 맛있다." 케빈은 언제나처럼 그레이스가 음식을 씹는 방식이 말도 안 된다고 느낀다. 마치 무겁고 젖은 모래를 한 입 가득 물고 씹는 것 같다. 결국 앞니에 모래알이 끼고 말겠지만, 그레이스는 알아채지 못하거나 침대에 들 때까지 굳이 그걸 빼내지 않을 것이다. 케빈은 예전에 자신이 그레이스의 아름다움 앞에 그토록 기가 죽었다는 걸 가끔 믿기 어려울 때가 있다.

"약간 다툼이 있었어. 대체로 키아란의 잘못이었지."

"그래?" 케빈은 이 이야기 때문에 아내가 기분이 나빠진 걸 눈치챈다. 자신이 낳은 아이들에 대한 험담을 듣고 싶지 않은 것이다. 그래서 어쩔 수 없이 아이들의 잘못된 행동에 관한 이야기를 몽땅 쏟아내고 싶은 생생한 욕구가 치민다. 아마도 자신이 온종일 무슨 일을 했는지, 평화를 유지하기 위해 가끔은 얼마나 호된 고생을 하는지를 아내에게 보여주고 싶은 것이겠지.

"그 애가 개빈에 관해 알게 돼서 제 누나를 무지막지하게 놀렸어. 정말이지 꽤 악마같았어. 귀여운 꼬마 악마긴 하지만."

하지만 그레이스는 더는 듣고 있지 않다. 교수의 레이저 포인터처럼 허공에 얼어붙어 있는 포크와 혼동된 표정을 보자 케빈의 머릿속에 경보가 울린다.

"뭘 알아내?" 그레이스가 묻는다. "개빈에 관한 거라니, 뭔데?"

"아, 아무것도 아냐. 바보같은 이야기야. 그냥 그 애들이 지금 사귀고 있으니까, 왜. 공식적으로 말이야. 개빈이 그 애한테 목걸이를 줬어. 사실 꽤 다정하지." 케빈은 잔을 들어 올린다. "내가 말 안 했던가?"

"안 했어. 그리고 더 중요한 건, **그 애**가 나한테는 말 안 했다는 거야."

"분명 할 거야."

그레이스는 다시 우적대기 시작한다. "음, 공평하게 말하면 내가 어젯밤 늦게 들어왔으니 사실 말할 기회가 없었지." 그레이스는 안타까움을 드러낸다. "첫 진짜 남자친구라니! 그래도 그 애는 꽤 괜찮아 보이던데. 안 그래? 언제 그렇게 된 거야?"

케빈은 거짓말할까 고민한다. 하지만 그래봤자 무의미하다. 누알라는 입을 맞춰 주지 않을 것이다. 케빈의 아이들은, 어쨌거나 네 아이 중 셋은 범생이들이다. 아마 아버지보다 훨씬 양심적이지 않을까.

"나도 몰라. 에이딘이 밀번에 처음 들어갔을 무렵부터인 것 같아."

그레이스는 포크와 나이프를 차례로 내려놓고 양손에 머리를 파묻는다.

"자기…." 케빈이 말한다. "제발 속상해하지 마. 그 애는…."

"그 애가 뭐?"

"그 애는 사생활에 아주 민감하니까…."

"그 애는 **사생활에 민감**한 게 아니야." 그레이스가 말을 끊는다. "난 그 애 엄마야. 엄마한테 사생활 어쩌고 하는 건 말이 안 돼."

"이걸 개인적으로 받아들일 필요는 없을 것 같은데."

"난 이걸 당연히 개인적으로 받아들일 수밖에 없어!"

"그 애가 당신한테 말할 때가 됐다고 생각하면 말하겠지."

"날 어린애 취급하지 마, 케빈. 그리고 어쨌든, 왜 **당신은** 말 안 했는데?"

"대수로운 일도 아니야. 나도 몰라. 정말이지 생각이 안 났어."

"생각이 안 났다고? 그런 기념비적인…."

"그렇게 연극조로 굴지 마."

"나한테 어떻게 굴라고 하지 마."

"이걸 내 잘못으로 몰아가는 거야?"

"난 당신 잘못이라고 한 적 없어."

"확실히 내 잘못이라는 것처럼 느껴져."

"어쩌면 우리의 소통이 내 생각보다 더 심하게 망가졌나 보지."

"그 애는 남자친구가 생겼어!" 케빈의 목소리는 의도보다 더 크다. 아내는 손가락으로 입술을 사납게 찔러 케빈을 조용히 시키고 피에 굶주린 표정을 지어 보인다. 음, 케빈은 이제 조용히 하지 않을 것이다. 강력한 진실이 표면으로 치고 올라오는 걸 느낀다. 총은 발사됐고, 말은 마구간에서 발을 구르고 있다. 그리고 케빈은 그레이스에게 상처를 입힐 비밀을 쥐고 있다. 무겁게 지고 있던 짐을 내려놓고 진실을 향해 더듬더듬 나아가고 싶은 충동은 무시하기엔 너무 쾌감이 크다.

"당신이 모르는 사이에 많은 일들이 일어나고 있어." 케빈이 말한다. "당신은 거의 집에 없었잖아."

"그건 사실이 아니야."

"사실이야."

"흠, 그렇다면 그건 내가 직장이 있기 때문이지."

"당신한테는 가족도 있어."

"아, 제발 좀." 그레이스가 남편에게 칼날 같은 눈빛을 쏘아 보낸다. 그때 케빈의 귀에 나직한 문자 메시지 수신음이 들린다. 설마 로즈가 보낸 건 아니겠지?

그레이스는 술잔을 들어 올리고 마치 모르는 사람을 보듯 눈을 가늘게 뜨고 케빈을 보며 말한다. "당신은 그거 모르지."

케빈은 아내가 여기서 뭔가 위험한 전략을 사용하기 직전임을, 아내에게 이 소소한 만족감을 주지 말아야 한다는 걸 안다. 하지만 자신을 억누를 수 없다. 케빈은 거의 모든 주제에 관한, 특히 케빈 자신에 관한 그레이스의 통찰력을 늘 갈망해왔다. 그레이스는 생각이 깊고 사려 깊으며 현명하고 낙천적인 사람이다. 그 오랜 세월 동안 그레이스의 사무실을 거듭 찾아와 문을 닫고 고민이나 문제를 털어놓은 후 한결 마음이 가벼워져서 돌아간 직장 동료들과 아랫사람들, 심지어 상사들이 얼마나 많았던가?

"뭘 모르는데?"

그레이스는 케빈에게 차가운 시선을 보낸다. "당신이 일자리를 잃은 그날부터 자기 연민의 웅덩이, 아니, 웅덩이가 아니라 자기 연민의 바다에 뒹굴고 있다는 걸. 모든 것 하나하나를, 아이들, 당신 어머니 그리고 나까지 모든 대상을 유독하기 짝이 없는 렌즈로 필터링하고 있다는 걸 말이야. 당신은 이제 예전과는 다른 사람이야. 당신은 투덜이가 됐어."

케빈은 이건 반칙이라고 외치고 싶다. 아내의 주장에 반박하고 싶다. 앙갚음하고 싶다. 자신이 상처 입은 만큼 상처 주고 싶다. 한심한 건 당신이라고 말하고 싶다. 난 멀쩡하다고, 그냥 이해가, 지지가 필요할 뿐이라고 말하고 싶다. 비명을 지르고 싶다. 뭔가에 주먹질을 하고 싶다. 식탁을 치고 싶다. 위스키를 마시고 싶다. 도망치고 싶다.

그레이스의 입술이 살짝 벌어지자 포도주 때문에 보라색으로 물든 이가 드러난다.

"자, 그럼, 우리 결혼 기념일에 건배." 건배하는 시늉을 하며 잔을 들어 올리는 케빈의 말투에는 악의가 가득하다. 휴대전화 수신음이 다시 울린다.

"봐 봐, 케빈, 내 말뜻은 그저…."

"잠깐 실례." 케빈은 자리를 뜨고 싶은 간절한 마음에 허둥대며 일어나 냅킨을 식탁 위에 내팽개친다.

"우린 지금 대화 중이야."

"아, 이게 대화였어? 난 또 기습공격인 줄 알았네."

"앉아서 이야기 좀 하지? 제발."

"걱정 마." 케빈이 말한다. "그동안 재장전하고 있으면 되잖아."

케빈은 씩씩대며 남자화장실로 간다. 그 오랜 세월이 지난 지금도 아내가 여전히 고통스러운(그리고 진실인?) 백만 볼트짜리 공격을 명중시킬 수 있다는 데에 좆같이 분노가 끓어오른다. 아무것도 분간이 안 가는 하얀 동굴 같은 공간으로 들어선다. 아무런 붙박이도, 수도꼭지도, 제대로 된 개수대도 보이지 않고 오로지 도자기로 된 구유가 전부다. 타월도 손 건조기도 눈에 띄지 않는다. 방향감각을 잃은 느낌이다. 칸막이 문이 매달려 있어야 할 곳에는 부엌 조리대 넓이의 거대한 성에 낀 유리가 있다. 하지만 손잡이는 보이지 않는다. 양손으로 여기저기를 밀어 본다. 역겨움을 느끼며 돌아서는데 어깨가 벽을 스친 순간, 보이지 않는 매끈한 문이 위잉 소리와 함께 열려 변기를 드러낸다. 그나마 다행히 변기는 정확히 변기다운 생김새를 하고 있는 듯하다.

변기 뚜껑에 철퍽 주저앉아 휴대전화를 꺼내려 손을 뻗는데 퍼뜩 뒷주머니에서 빼서 재킷에 넣어둔 기억이 난다. 재킷은 의자 등받이에 걸려 있으니, 휴대전화는 지금 이 순간 아마도 아내에게서 1미터도 안 떨어진 곳에서 끊임없이 매애매애 울고 있을 것이다.

케빈은 다가오는 파멸의 예감에 솟구치는 메스꺼움과 히스테리를 진정시키려 애쓰며 말도 안 되는 화장실을 박차고 나온다. 아드레날린이 어찌나 치솟는지 단 한 번 펄쩍 뛰어 식당 저 안쪽에 있는 테이블까지 갈 수도 있을 것 같다. 그레이스가 보이지 않는다. 나가 버렸나? 그러면 괜찮을 것이다. 그건 해결 가능할 것이다. 해결할 수 있을 것이다. 딸의 첫 남자친구 때문에 벌어진 이 말도 안 되는 싸움에 대해 사과할 수 있을 것이다. **고작 2분 전에는 그게 어떻게 그렇게 중요한 일처럼 느껴졌지?** 하지만 아니다. 그레이스는 케빈이 떠날 때 있던 정확히 그 자리에 앉아서 몸을 숙인 채 휴대전화를 들여다보고 있다.

"후디니도 여기 화장실에서는 앞뒤 분간을 못 할 거야."

케빈은 의자에 도로 앉아 재킷 주머니에 손을 넣고 불안을 가라앉혀 줄 휴대전화의 묵직함을 찾는다. 하지만 전화는 거기 없다. 양옆 주머니도 뒤져 보지만 둘 다 비어 있다. 이윽고 그레이스를 본다. 그레이스의 얼굴은 큰 슬픔에 잠겨 리넨 조각처럼 구겨져 있고, 케빈은 아내가 **자신의** 휴대전화를 들고 있음을 깨닫는다.

하지만 케빈의 휴대전화에는 아무런 볼 것도 없다. 범죄 증거는 전혀 남아 있지 않다. 얼마 전 로즈의 문자를 몽땅 지웠으니까. 연락처 정보도 지웠다. 하지만 그레이스는 케빈을 외면한다. 휴대전화 화면을 옆으로 밀자 제라드와 케빈이 부엌에서 장난치는 사진이 뜨고, 다시 옆으로 밀자 역시 부엌에서 그 1초 뒤에 찍은 제라드와 케빈의 사진이 있다. 그레이스는 케빈의 문자 메시지를 넘겨 보고 있지 않다.

사진 앨범을 넘겨 보고 있다.

사진 캡처.

아내는 한때 꽃을 피웠지만 이제는 모든 의미를 잃고 끝나버린 초기 대화, 선정적이고 불완전한, 외부인은 이해할 수 없는 내부자 간의 대화를 읽고 있다. "그레이스." 케빈이 입을 연다.

그레이스는 얼마 동안 남편의 얼굴을 보는 것조차 거부한다. 하지만 마침내 보았을 때, 눈동자는 살의를 띠고 있다.

"그레이스."

그레이스는 몸을 일으키며 금속 재질 클러치에 손을 뻗는다.

"기다려!" 케빈은 황급히 의자에서 일어난다. "잠깐만 기다려줘. 내가 설명할게."

그레이스는 이제 의자에 걸어 둔 숄을 집어 든다.

안 그런 사람이 있을까마는, 두 사람의 결혼생활에는 어느 정도 갈등이 있었다. 자금 압박, 자녀 양육관 차이, 암이라는 끔찍한 공포(종양은 양성으로 판정됐다), 불공평한 가사노동 분담에 관한 말다툼을 비롯해 짜증을 유발하는 평소의 일상적인 수백 가지 갈등들. 그것들은 모두 예전에 해결되고 심지어 웃음으로 잊혔다. 신혼 초 어느 날 밤 런던에서 두 사람은 대판 싸웠고 케빈은 연극적으로 거칠게 침대에서 일어나 추리닝 바지에 다리를 쑤셔넣고 아파트 문을 쾅 닫고 집을 나섰다. 나중에 케빈이 집에 돌아와 **그레이스의** 바지를 입고 집을 나갔던 것을 알게 되자 두 사람은 집이 떠나가라 웃음을 터뜨렸다.

하지만 스무 번째 결혼기념일을 기념하는 이 순간까지, 두 사람이 화나서 내뱉은 말이 크게 위험하거나 돌이킬 수 없다고 느껴진 적은 한 번도 없었다.

이제 그레이스는 문을 나서고 있다.

30

누알라의 도로시 의상은 아무리 건전한 깅엄 체크 무늬로 되어 있어도, 누알라가 입고 있으니 섹시해 보인다. 심지어 도로시는 그 소설에서 가장 확실한 범생이 중 하나인데도. 그 한 시간 전에는 누알라가 무대 데뷔를 기회로 신으려 했던 루비 구두를 둘러싸고 말다툼이 있었다. "난 난잡한 여자야"라고 소리치는 것 같은, 아빠가 절대 안 된다고 한 5센티미터 높이의 플랫폼 스틸레토.

"난 단호히 반대야." 케빈은 바보같이 낄낄거리며 말했다. 다들 날카롭게 경멸하는 시선으로 아빠를 보았다.

금요일 저녁 〈오즈의 마법사〉 상연을 앞두고 고가티 가족이 공연 장소인 학교 강당에 도착했을 때, 엄마는 한쪽 끝에 앉았고, 아빠는 에이딘을 할머니 옆에 앉히고 자신은 다른 쪽 끝에 앉았다. 로스데일에서 저녁 외출 허가를 얻어 나온 할머니는 다소 부담스럽게 질척거리고 있다. 이처럼 공적인 상황이 아니었다면 에이딘은 할머니가 대놓고 전시하는 불안감을 더 잘 참아주었을 것이다. 혼란스러워하는 것은 확실히 이해할 수 있다. 하지만 에이딘은 A) 혼란스러운 상태고 B) 에이딘을 거의 무시하는(한 번도 아는 척한 적 없는) 못된 여자애들 패거리가 있는 예전 학교 강당의 둘째 줄에 앉아 있다. 그 애들이 무슨 생각을 하든 조금도 신경 쓰고 싶지 않지만, 80대 할머니에게 족쇄로 매여 있는 모습을 들키면 그다지 쿨해 보이지 않을 게 분명하다.

얼마 지나지 않아 날림으로 재연된 캔자스 회오리바람 때문에 도로시의 세계가 무너진다. 아무리 멍청한 관객이라도 커다란, 뻐밖에 없는 양손이 무대 뒤에서 뻗어 나와 헨리 아저씨와 엠 아주머니의 오두막을 흔드는 걸 모를 수 없을 것이다. 우습긴 하다. 에이딘은 깔깔 웃으며 할머니에게 저것 좀 보라고 손가락질한다.

할머니도 웃으며 속삭인다. "난 네가 정말 좋다."

에이딘은 할머니에게 한 팔을 두른다. 할머니의 어깨는 공기와 뼈로 이루어진 듯, 실체감이 하나도 느껴지지 않는다.

아까 집을 나서기 전, 언제나처럼 징징대고 끙끙대는 아이들 가운데서(그날 밤의 문화 향유를 기대하고 있는 건 누알라 혼자뿐이었다), 아빠는 에이딘과 팔짱을 꼈다.

"잠깐 이야기 좀 할까? 있잖아, 할머니는 지금 상황이 안 좋으셔. 가뜩이나 소외되고 버려진 기분인데 화상까지 당했으니… 좋은 상황이 아니라는 걸 너라면 충분히 이해할 거야. 아빠는 알아." 케빈이 이 순전한 개소리를 주절대는 동안 에이딘은 창 너머 자갈길 진입로에서 할머니가 허리를 숙여 뾰족한 골프우산 끝부분으로 뭔가를 두들겨 패는 걸 보았다. 할머니는 만족했는지 옆으로 움직여 덤불인지 뭔지를 향해 활짝 웃으며 서 있었다. 아니면 어쩌면 모든 걸 향해서 일까? 어쩌면 그냥 할머니는 다른 사람들이 못 보는 걸 볼 수 있을지도 모른다.

"난 그냥 할머니가 잘 보살핌 받으셨으면 좋겠어." 아빠가 말했다. "우리 아주아주 상냥하게 대해 드리자."

"농담하세요? 젠장 내가 그걸 모를까 봐요, 아빠. **내가** 할머니한테 얼마나 **상냥한데.**"

"말 좀 예쁘게."

"빌어먹을."

고가티 가족은 공공장소에 출동하면 방 한 칸, 좌석 한 줄 또는 엘리베이터 하나를 몽땅 차지하기 일쑤다. 굴욕적이다. 그러니까 이렇게 **과잉생산하는** 부모님이 또 있나? 뭐, 달키에는 꽤 많은 편이다. 사실 길 저쪽 끝에 사는 브롤린네는 아이가 일곱이다. 전부 열두 살 이하인데 그중 넷은 쌍둥이고 거의 볼 때마다 늘 때 탄 옷이나 겨울 날씨에 어울리지 않는 가벼운 재킷을 입고 있다. 그럼에도 에이딘은 자기네 식구가 너무 많은 것이 당황스럽다. 아빠가 자기 가족에 관해 자부심이 있고 쉽게 발끈한다는 걸 안다. 마치 자기가 사랑하고 자신을 사랑하는 사람들이 왕창 있다는 것처럼. 에이딘은 사람들이 아이를 낳는 게 그 때문 아닐까 하는 생각을 한다. 사랑을 다량으로 확보하는 것. 에이딘은 엄마를 본다. 웬일로 조용하다 했더니 엄마는 무대 위의 누알라한테 홀딱 빠져 넋을 놓고 보는 중이다. 젖은 눈으로 티슈를 움켜쥐고 딸의 노래를 단 한 음조까지 놓치지 않으려 집중한 모습이다. 〈오버 더 레인보우〉가 시작될 무렵 엄마는 그야말로 통곡하고 있다.

에이딘은 쌍둥이 언니가 예상보다 잘한다는 사실을 부정할 수 없다. 정말이지 잘한다. 한눈에 봐도 무대 위의 모든 연기자 중 가장 자연스럽고, 삑사리를 내지 않는 얼마 안 되는 목소리 중 하나다. 하지만 연극 자체는 하품 나오게 지루하고, 그 미국적인 분위기에 에이딘은 션 생각이 떠오른다. 도대체 내가 뭘 잘못했다고 그렇게 말 한마디

없이 사라져 버렸을까.

처음에는 영문을 몰라 어리둥절했다. 휴대전화를 잃어버렸나? 길을 잃었나? 아팠나? 몇 번이고 문자를 보내 봤다. **션? 괜찮아? 왜 대답이 없어?** 하지만 아무 소용 없었다. 주말 내내 기다렸지만 아무 소식도 없었다. 마치 죽음과도 같은, 이해할 수 없는 침묵. 바람 맞은 지 꼬박 일주일이 지나서야 에이딘은 비로소 션이 자신을 차버렸음을 깨달았다. 처음에는 잘 몰랐겠지만, 이제는 에이딘이 못생기고 멍청하고 따분하고 자기한테 모자라며 납작가슴에 왕발에다 무릎은 딱지투성이인, 쿨하지 못한 아이임을 알아버린 것이다. (역설적이게도, 그동안 유일하게 에이딘을 위로해 준 것은 션의 음악이었다. 알고 보니 실연과 너바나는 찰떡궁합이었다.)

거기다 로비는 먼치킨(〈오즈의 마법사〉에 등장하는 난쟁이들로, 의상은 주로 파란색으로 이루어져 있다-옮긴이)들의 바다로, 온갖 푸른 색조로 넘실댄다. 팬티스타킹, 화장, 모자, 바지 그리고 점퍼스커트, 오버롤. 강당 안은 쇼가 끝난 후의 찌릿찌릿한 에너지로 가득해 에이딘을 한층 더 불안정하게 만든다. 들떠 있는, 또는 들뜬 척하는 사람들이 너무 많다. 몇 분마다 한 번씩 무대 문이 열리고, 학생 공연자가 불안하고 어쩔 줄 몰라 눈을 껌뻑거리며 종이에 싼 꽃과 캐드버리 장미 상자를 들고 온 어머니들과 군중을 엿본다.

할머니가 슬금슬금 자리를 뜬다.

씨발 아니나다를까 마지막 배우인 누알라가 칠흑 같은 머리카락에 붉게 상기된 얼굴로 등장하자 군데군데에서 가벼운 박수 소리가 일고 아빠가 외친다. "만세, 만세!" 그리고 키아란이 화답한다. "만만세!" 엄마는 마치 연인들이 잇따른 오해들을 극복하고 재결합하는, 감동적이고 재미있으면서도 아슬아슬한 영화의 결말처럼 누알라에게 달려간다.

"너무 멋졌어, 우리 딸!"

고개를 돌리고 방 안을 천천히 둘러보던 에이딘은 잠시 후 꽤 멀리까지 가 있는 할머니를 발견한다. 아내나 남편이나 똑같이 평범한 생김새에 안경을 쓰고 파카를 입은 중년 부부에게 들러붙어 있는데, 할머니가 자신의 붕대 두른 팔을 가리키자 부부의 얼굴에 얼핏 불안함이 스쳐 간다. 그 후, 할머니의 다른 손은 근처의 모르는 먼치킨에게 슬그머니 팔짱을 끼고, 확고히 그 자리를 지킨다.

고가티 가족은 이제 환영 대열을 이뤘고, 누알라는 완전한 신부 파티 급으로 모든 식구들에게서 개별적으로 칭찬을 받고 있다. 에이딘 앞까지 오자, 누알라는 흰색 탑에서 가슴골이 삐져나올 만큼 몸을 앞으로 숙이고는 속삭인다. "너한테 할 말이 있어."

"네가 돌았다고?"

"뭐라고?"

에이딘은 어깨를 으쓱하며 대꾸한다. "아무것도 아냐."

"하지만 여기선 안 돼." 누알라가 더 가까이 몸을 기울이자 에이딘의 입술 사이에 비단 같은 머리채가 와 닿는다. 역겹고 빽빽한 헤어스프레이 냄새가 훅 풍긴다. "오늘 밤 내 방으로 와. 다들 잠든 후에."

"뭐라고?"

"중요한 일이야."

#

그날 저녁 열한 시를 살짝 지난 시각, 고가티 집안의 미니밴이 로스데일 앞에 와 선다. 케빈이 엔진을 끈다. 앞문 위에 달린 외알 전구의 환한 빛이 유일하게 이곳에 사람이 살고 있다는 인상을 주는 놋쇠 노커를 비춘다. 길은 놀라우리만치 조용하고 어둡다. 가로등도 없고, 지나가는 차 한 대도, 소음도 없다. 문득, 에이딘은 할머니가 바닷소리를 그리워하지 않을까 하는 생각을 한다.

"됐다." 케빈이 말한다. "다 왔어요."

"난 마르게이트에 들러야 해. 가져올 서류가 있거든." 밀리가 콧방귀 뀌며 선포한다.

케빈은 미니밴에서 뛰어내려 뒷좌석 문을 옆으로 밀어 연다.

"셋까지 셉니다." 케빈이 말한다.

"유언장을 훑어봐야 해. 고칠 것도 좀 있고." 어머니가 방금 에이딘에게 **윙크한** 건가? 날이 어두워 잘 보이지는 않지만 밀리가 호락호락하지 않은, 뭔가 꿍꿍이가 있는 표정을 짓고 있는 것만은 확실하다.

"아침에 일어나자마자 전화 드릴게요." 케빈은 그렇게 말하고 어머니의 몸 위로 손을 뻗어 안전벨트를 푼다.

"전화를 해?" 밀리는 버클 위에 놓인 아들의 손을 붙든다. "난 여기 들어온 이후로 전화 한 통 받은 적이 없다."

"그건 명백히 진실이 아니죠." 케빈이 받아친다. 어머니의 우산을 차에 기대 놓고 어머니에게 양손을 내민다. 하지만 밀리는 그런 아들을 무시하고 한숨을 푹 내쉬고는 난롯가에서 하듯 몸을 느긋하게 뒤로 기댄다.

"뭐, 사실 전화를 받은 적이 있긴 하지. 실비아한테서."

에이딘이 움찔한다.

"누구요?" 묻는 케빈의 목소리에 짜증이 묻어난다. "아, 그 사람요."

"실비아가 전화했어요?" 에이딘이 묻는다.

"그것도 무려 미국에서."

"그것 참 굉장하네요." 케빈이 말한다. "밴에서 내리시게 제가 도와

드려요, 엄마? 자… 안 다친 손을 이리 주세요."

밀리는 발끈한다. "난 집에 가고 싶어."

"가시게 될 거예요. 완쾌하시는 즉시요." 케빈이 대꾸한다.

"실비아가 미국에 있다고요?" 에이딘은 있는 힘을 다해 아무렇지 않은 척 묻는다.

"수술 성공했대."

에이딘이 묻는다. "무슨 수술요?"

"엄마, 시간이 늦었고 키아란은 잠자리에 들어야 해요. 이 이야기는 내일 하면 안 돼요? 제발, 그냥 안 다친 손을 이리 주세요."

밀리의 얼굴에 구름이 낀다. "잠깐 기다려… 내가 말을 안 했나…? 안 했나 보네."

"그분이 수술을 받아야 했대요?" 에이딘이 말한다.

"아, 아니야. 실비아가 아니야." 할머니가 말한다. "실비아는 건강 그 자체야. 상상할 수 있는 가장 건강한 미국인이지."

케빈이 한숨을 푹 쉰다. "그 사람이 수술했다고 방금 말씀하시지 않았어요?"

"아니, 실비아가 돌보고 있는 그 남자애 말이야. 조카. 너 한 번도 못 만났니? 플로리다 출신인데."

"도대체 무슨 말씀을 하고 계시는 거예요, 엄마?"

"션, 실비아가 보살피고 있는 아이." 밀리가 마치 뇌사자를 대하듯 인내심 있게 말한다. "걔가 목숨이 위험한 병이 있거든."

"션이 누구예요?" 누알라가 묻는다.

이 폭로가 이루어지는 동안 에이딘은 감히 숨조차 쉬지 못한다. 이 갑자기 밀려든 정보를 받아들이려 애쓰고 있다. 어둠 덕분에 자신의 충격을 숨길 수 있다는 사실과, 아울러 션이 자신의 언니를 한 번도 못 봤다는 사실이 얼마나 고마운지 모른다.

"말이야 바른 말이지…." 밀리가 말을 잇는다. "정 궁금하다면 말해 주는데, 그 애는 죽기 일보직전이었어. 실비아랑 같이 우리 집에 몇 번 왔었어. 말해두는데, 날 엄청나게 도와줬단다. 어마무시하게 도와 줬지." 이 대목에서 밀리는 아들을 똑바로 쏘아본다. "내가 해결하려고 고생하던 온갖 잡다한 일들을 말이야. 부엌 전구도 갈아 줬고."

"무슨 말씀이세요? 션이… **아프다니**." 에이딘이 묻는다. "제가 보기엔 그렇지 않아 보이던데요?"

"너도 그 애를 아니?" 그레이스가 묻는다.

에이딘은 불분명한 웅얼거림으로 긍정의 뜻을 전한다.

"아이고, 그 병 이름이 뭐였더라…." 밀리는 모자를 벗고 부스스한 뒷머리를 거칠게 긁적인다. "어떤 지독한, 목숨을 위협하는… 뭐라고 했는데. 암은 아니고 뭔가… 암의 사촌격이랄까. 지어낸 소리처럼 들리지? 그런 거, 들어 본 적 있니? 어쨌든, 두 사람은 미국으로 날아갔어. 그랬다니까. 내가 말 안 했니?"

#

이윽고 안전한 자기 방으로 돌아온 에이딘은 미니밴에서 이루어진 그 대화를 잘게 토막 내어 한 조각 한 조각을 곰곰이 곱씹는다. 션은 아프다. 그렇다는 건, **하느님 맙소사.** 그 애가 아프다니, 도대체 무슨 병이지? 혹시 죽는 건가? 아일랜드로 돌아오긴 할까? 그리고 왜 나한테는 그런 말을 한마디도 안 했을까? 이건 최악의 소식인 동시에 최고의 소식이다. 남자친구가 미국 어느 병원의 병상에서 목숨을 건 싸움을 하고 있을지도 모른다는 사실은 최악이지만, 그러면 에이딘을 왜 그렇게 냉담하게 차 버렸는지가 설명된다. 틀림없이 에이딘이 불리 앞에서 기다린 그날 갑자기 병세가 악화됐거나 말없이 괴로움에 몸부림치고 있었을 것이다. 용감하게, 투덜대지 않고, 영웅적으로.

똑똑 하는 나지막한 노크 소리에 뒤이어 언니의 뽀얀, 티끌 한 점 없는 얼굴이 문간에 나타난다.

"뭐야?"

"쉬잇! 아까 내가 내려오라고 했잖아."

원수는 문을 소리 없이 꽉 닫고 방바닥에 내팽개쳐진 반바지 더미를 타넘어 침대에 앉으며 한숨을 푹 내쉰다. 그 완벽하게 앙증맞고 우아한 동작에 에이딘은 언니를 방 밖으로 던져버리고 싶은 충동이 든다. 어쩜 이렇게 예쁠까. 맑고 빛나는 눈동자, 활처럼 휜 짙은 눈썹, 무엇보다도 끌로 매끈하게 다듬은 듯한 뺨.

"엄마 아빠가 엄청 싸웠어, 막. 엄청나게."

"뭐 때문에?"

"나도 몰라."

"모른다고?"

"잘은 몰라. 엄청 늦은 시간이었어. 난 자고 있었는데 고함 소리에 깼어."

"그게 언젠데?"

"결혼기념일이니까 화요일이었나? 두 분 다 고함치고 있었어. 막, 고래고래. 그렇게 큰 소리는 처음 들었어. 그리고 그 다음에 아빠가…" 에이딘은 원수가 아직도 가끔씩 부모님을 엄마 아빠라고 부르는 게 싫다. 어린애 시늉을 해서 관심을 받으려는 속셈이다. 더한층 귀염 받고 얌전한 푸들처럼 쓰담쓰담 받기 위한 노골적인 전략. **착한 강아지 누알라, 가서 물어와.** 사실 에이딘은 "엄마"와 "아빠"라는 호칭에서 "그레이스"와 "케빈"이라는 호칭으로 넘어갈까 생각 중이었다.

"울지 마. 씨발."

누알라는 입술을 한데 꾹 붙이지만 그럼에도 떨림은 멈추지 않는다. 에이딘은 이 작은 전투가 왠지 용감하게 느껴진다. 너무 감동받은 나머지 말도 안 되는 짓을 하고 만다. 언니의 등에 한 손을 얹은 것이다. 이러면 안 되는데. 그러자 누알라는 기다렸다는 듯 완전히 무너져 내린다. 이런 상태가 되자 누알라의 매력은 갑자기 어디론가 사라진다. 콧구멍이 벌름거린다. 붉어진 눈에서 엄청난 눈물이 줄줄 흘러내려 끌로 다듬은 듯한 뺨에 흐릿한 흔적을 새로 남긴다. 하지만 남들 앞에서 그 어떤 진짜 감정도 내보이길 혐오하는 에이딘과 달리, 누알라는 양손을 들어 얼굴을 가리는 대신 무력하게 어깨를 들썩이며 동생의 품 안으로 무너진다. 잠시 얼어붙었던 에이딘은 이윽고 누알라를 보듬어 안는다. 예전에는 어색함이나 망설임 없이 자주 이랬는데. 쌍둥이 언니에게 연민을 느낀다.

"괜찮아." 에이딘이 말한다. "괜찮아질 거야."

"아니, 안 그럴 거야."

"다들 싸워. 특히 결혼한 사람들은."

"이렇게는 아니야. 난 두 분이 이혼하려는 것 같아."

"말도 안 돼! 아무도 이혼 안 해. 왜 그런 소릴 하는 거야? 두 분이 그런 말을 했어? 그 말이 실제로 나왔어?"

"아니 하지만, 내 말은, 두 분은 거의 말도 안 해. 그리고 아빠는 그 이후로 줄곧 지하실에서 주무셔."

"씨발, 그만 좀 해!"

"두고 봐."

"개소리."

"넌 집에서 무슨 일이 벌어지고 있는지 모르잖아. 내가 가르쳐주는 거야. 아빠는 우리가 다들 침대에 들 때까지 기다렸다가 지하실로 내려가셔. 찬장에 시트들이 커다랗게 뭉쳐져 있는 걸 내가 봤어. 내 말이 안 믿기면 네가 직접 가서 보든가." 두 아이 다 아무 말 없이 앉아 있다가, 이윽고 누알라가 말한다.

"네가 계속 여기 있었으면 좋겠어."

31

로스데일 거주자의 절반은 티타임을 즐기기 위해 공용 휴게실까지 오지 못한다. 쟁반을 방까지 배달해 주거나, 아니면 코를 통해 강제급식을 해야 한다. 아니, 어쩌면 배꼽이나 엄지발가락을 통해서일지도 모르지. 밀리는 생각한다. 측은한 것들. 바퀴를 굴리거나 휘적휘적 걷거나 하여튼 이런저런 방식으로 들어온 환자들, 아니 이편이 낫다면 '고객들'은 대부분 텔레비전 라운지를 향한다. 그리고 텔레비전 소리가 안 들린다고 투덜거린다(현실은, 그 음량이면 베테랑 트롬본 연주자라도 귀를 먹고 말 것이다). 밀리는 평소 제임슨 부인을 상대로 수다를 떨며 저녁 시간을 보낸다. 그 관계는 다소 일방적이라고 할 수 있지만, 그럼에도 밀리는 룸메이트가 꽤나 마음에 들었다. 하지만 때때로 밤이면, 예컨대 오늘 같은 밤이면 그 침묵 속에 앉아 있을 걸 생각하니 벌써부터 공허한 절망감이 찾아든다.

밀리는 같이 어울리자고 말을 걸어 볼 만한 대상을 찾아 꾸물꾸물 움직이는, 몸은 늙고 약하지만 정신은 멀쩡한 사람들을 눈여겨본다. 하지만 다들 밀리는 안중에도 없는 듯하다. 에라 말자. 밀리는 최근에 얻은 페이퍼백, 〈욕망의 멘토〉를 다치지 않은 쪽 옆구리에 끼고 다소 수줍게 혼자 간다. 소독한 거즈로 매일 겹겹이 싸이고 남색 캔버스 해먹에 부드럽게 안긴 반대쪽 팔은 점점 늘어나는 쓸모없고 욱신대는 신체 부위의 대열에 합류했다. 굳어버린 어깨, 망가진 무릎, 보기 흉한 티눈 한 쌍.

밀리가 덜 안락한 안락의자(늑장 부린 대가) 중 하나에 자리를 잡고 관능적인 시카고 출신 인형극 교수와 숨 막히게 섹시한 사우스다코타 출신 농장 노동자 사이의 억지스러운 로맨스에 다시금 몰두하려는데 갑자기 누군가의 시선이 느껴진다. 애나다. 남편과 사별한, 소심하고 관절염에 시달리는 여자. 전에 밀리의 대화 시도를 퇴짜 놓은 적이 있다. 애나는 황금빛 램프등 아래에서 웃통 벗은 건장한 남자가 네모 안경을 쓴 풍만한 여자 뒤에 우뚝 서 있는, 너무나 우스꽝스러운 에로티시즘의 묘사에 영원히 박제된 두 남녀를 그린 밀리의 책 표지를 대놓고 관찰 중이다.

밀리는 콧방귀를 뀐다. 젊은 것들은 지들이 무슨 섹스를 처음 발명하기라도 한 줄 안다니까. 아무도 감히 **밀리**를 내숭쟁이라고 부를 수는 없다. 밀리와 피터는 예전 어느 숲에서 점심식사 시간에 타탄 무늬 담요를 깔고 그 짓을 했다. 점심식사 시간에! 숲속에서! 그래도 밀리의 삶에서 있었던 성적 에피소드의 대다수가 이제는 실제적으로 또는 구체적으로 회고하기 쉽지 않다는 것은 개운치 못한 사실이다. 전부 남편과의 관계였고 너무 오래전이었다.

"조금만 소리 내서 읽어주면 안 될까, 밀리?" 애나가 말한다. "난 그냥 이야기에 너무 목말라서 그래."

안 될 리가 있나! 애나가 자기 이름을 안다는 사실만으로도 이미 우쭐해진 밀리다. 마치 저녁식사 파티를 주최하기라도 하는 것처럼 옆

자리의 먼지를 터는 시늉을 하면서 애나를 옆으로 부른다. 그리고 썩 어울리지 않는 커플이 부콜릭 에이커스에서 막 뜨겁게 불타오르려 하는 장면으로 뛰어든다.

몇 문단쯤 읽은 후, 밀리는 비록 소수지만 열정적인 청중을 확보한다. 그럭저럭 정신이 멀쩡해 보이는, 하얀 코털 다발이 콧구멍에서 반달을 그리며 삐져나온 동료 하나, 한데 뭉뚱그려 메리 S즈(메리 설리번과 메리 스미스)로 불리는, 따로 다니는 법이 거의 없는 무해한 자매.

"로베르타는 자신이 행크를 원한다는 걸 알았다." 밀리는 낭독한다. "전에는 한 번도 그토록 날카롭게 느껴본 적 없는 욕망을 느꼈다. 행크가 건초를 모으거나 경운기 엔진을 손보거나 거대한 거세마인 러스티를 보살피다 잠시 쉬는 틈에 걸레로 자신의 반짝이는 식스팩을 닦는 것을 보면 몸은 전율했고 심장은 마구 뛰었다."

"아, 그래서 그 여자가 원하는 건 남자의 거대한 거세마라는 거야?" 애나가 말한다.

밀리와 조그만 무리는 이 예상치 못한 야유에 신나게 웃는다. 이 방에서 이런 일탈이 벌어지는 것은 흔치 않은 일이고, 다들 더한층 편하게 자리를 잡은 듯 보인다. 오늘 저녁 시간이 약속하는 즐거움에 몰두하면서 웃음소리는 편안하게 잦아든다. 다들 귀를 쫑긋 세우고 있다.

"그쪽 좀 조용히 해 줄 수 있을까?" 어둠 속에서 여자의 고함소리가 들린다. "난 텔레비전을 좀 보고 싶은데."

방 안에서 텔레비전과 가장 멀리 떨어진 곳에 자리 잡은 엘리자베스 콜딩이다. 만성 피지선 염증으로(알코올 중독임이 틀림없다) 누더기가 다 된 얼굴이 이쪽을 노려보고 있다. 이곳에서 그다지 인기가 없는 전직 경찰 콜딩은 정맥이 불끈불끈 돋은 스테이크 같은 얼굴에 늘 생선 소스 같은 기묘한 악취를 달고 다닌다.

밀리는 애나를 향해 짓궂게 한쪽 눈썹을 치켜올린다. 이제 청중도 생기고 했으니 얼마쯤 혁명가가 된 기분을 억누를 수 없다. 밀리는 목소리를 전혀 낮추려 하지 않고 계속 읽어내려 간다.

"로베르타는 행크의 조각 같은 식스팩을 향해 한 손을 뻗었다. 행크의 얼굴에 화들짝 놀란 표정이 언뜻 스쳤다. 로베르타는 거기 있는 그 숱 많은, 남자다운 털을 쓰다듬었다. 매니큐어를 완벽하게 바른 손톱을 행크의 커다랗고 번쩍이는 허리띠 버클로 가져가…."

"아 젠장, 좀. 뉴스가 안 들리잖아."

"혹시 그런 생각은 못 해봤어?" 밀리는 냉랭한 태도를 꾸며 짐짓 근엄하게 대답한다. "텔레비전에 더 가까이 간다거나?"

"이건 텔레비전 라운지지 독서실이 아니야, 얼간아!"

"누가 얼간이인지 모르겠네." 한 영감의 대꾸에 밀리는 엄청난 만족감을 느낀다.

"…손톱으로 적갈색 수풀을 부드럽게 갈퀴질…."

"무례하잖아!" 콜딩이 말한다. "그만하라고!"

방 건너편 어딘가에서 무릎뼈가 뚜둑 하는 소리가 들리고, 또 다시 뚜둑 소리가 들린다. 아마도 콜딩이겠지. 소파의 깊은 어둠 속에서 그 흐느적대는, 해골 같은 뼈대를 일으키기 시작한 모양이다. 다른 쪽에서 한 환자가 요란하게 하품을 한다. 밀리는 지금 상황을 영화의 한 장면으로 그려본다. 다만 이 희비극의 배우들은 주름이 자글자글하고 정신은 깜빡깜빡하며 쪼그라들고 고집 세고 발이 붓고 심장이 나쁘고 귀가 잘 안 들리고 뼈가 삭고 근육이 욱신대고 눈이 어두운, 기억상실증 환자들이다.

이제 위협적인 태도로 밀리 일행에게 다가오고 있는 콜딩의 움직임은 늙은이 치고는 놀랍도록 날렵하다.

"무례하기도 해라." 애나가 속삭인다.

"이 이기적인 할망구." 콜딩이 한 손가락을 흔들며 외친다. "내가 몸소 댁을 닥치게 해 주지."

밀리의 대응은, 나중에 직원이 묘사한 것과는 달리 어처구니없거나 폭력적인 행위이라기보다는 흔해빠진 형제 간 옥신각신에 더 가깝다. 밀리는 〈욕망의 멘토〉를 멀쩡한 팔로 집어 들어 콜딩 쪽을 향해 내던진다. 콜딩이 심지어 몸을 움츠리지도 않는 걸 보면 오랜 세월의 음주 때문에 감각이 둔해진 게 분명하다. 그리고 로베르타와 행크는 콜딩의 발 근처에 맞고 한 번 튕긴 후 소프트포르노 표지를 위로 해서 바닥 타일 위에 착지한다.

그후 긴장으로 팽팽한 침묵 속에서, 밀리가 코쟁이 코널이라고 명명한 한 영감이 뜬금없이 내뱉는다. "누구 손톱깎이 있는 사람?"

콜딩은 마구 고함치기 시작한다. "난 환자용 12A 양식을 제출할 거야." 그러더니 갑자기 멈춘다. 얼굴에 강렬한 색색깔의 얼룩들이 꽃을 피운다. 바닥에 펼쳐진 책을 가리키며 묻는다. "저건 어디서 났지?"

"우리 손녀딸한테서."

"거짓말! 이건 어제 내 방에서 없어진 거야. 간호사!"

로스데일의 참견꾼들이 달려 들어와 매서운 눈초리로 심문을 시작한다. 그러고는 마치 평정을 잃은, 진정시켜야 하는 사람이 밀리인 것처럼 진정하라고 웅얼대며 밀리를 라운지에서 끌고 나간다. 밀리는 슬래터리 부인의 사무실로 끌려가 부인이 올 때까지 기다린다. 이윽고 적절한 행동과 로스데일의 규칙에 관한 지루한 강의와 벼락공부가 이루어진다. 슬래터리 부인은 밀리에게 다른 로스데일 거주자들과 라운지에서 함께 저녁 시간을 보내는 건 당분간 금지라고 고지

한다. 그게 밀리가 이곳에서 하루 중 가장 힘든 시간을 보내는 데 얼마나 중요한 역할을 하는데. 이 처벌은 너무 악랄하다. 과도한 동시에 쩨쩨하다. 밀리는 그 말을 듣자마자 벌떡 일어선다.

"그건 말도 안 돼!"

"고가티 부인, 부디 앉으세요. 괜찮으니까, 좀. 제발, 앉으세요. 우리 차분하게 이야기를 나눠보죠."

"내가 얼마나 오래 방 안에 혼자 처박혀 있어야 하는데?"

"혼자 처박혀 계시긴요. 엠마 제임슨도 같이 계시고…."

"지금 농담해요?"

"이건 단지 임시적인 제한이에요. 며칠 저녁만요."

"며칠 저녁이 나한테 남은 전부일지 어떻게 알아."

"부인은 책으로 하마터면 거주민을 맞히실 뻔했어요." 슬래터리 부인이 말한다.

"페이퍼백이지."

"시간이 늦었네요. 내일 다시 이야기하죠, 네? 그때쯤이면 상황이 더 좋아 보일 거예요. 푹 자고 나면요. 그렇게 생각 안 하세요?" 슬래터리 부인은 양 손뼉을 한데 마주친다. "자, 그럼 이만 가시기 전에 뭐 더 하실 말씀 있나요?"

"있어요." 밀리가 말한다. "나 집에 언제 가요?"

정신이 또렷하고 머리회전도 빠르지만 머리가 하얗게 세고 파킨슨병의 초기 증상인 듯한 수전증을 보이는, 자신도 이곳의 거주자가 되기까지 그리 멀지 않은 듯한 슬래터리 부인이 한숨을 푹 내쉰다. 밀리를 이리저리 가늠해보는 눈치더니 마침내 입을 연다.

"부인한테 완전히 터놓고 말씀드릴게요. 저는 부인의 넘치는 기운이 감탄스러워요. 그 기백. 정말이에요. 멋지다고 생각해요. 부인을 보면 저희 마거릿 숙모가 떠올라요. 그분은… 그분은 강인한 분이셨죠. 부인이 그 투쟁심을 잃지 않으시는 건 좋아요. 하지만 동시에, 현실을 좀 똑바로 보실 필요가 있어요. 모래 속에 고개를 처박는 건 그만하시고요, 고가티 부인. 그건 부인한테 득이 안 돼요. 진실은… 나이를 먹어 가면서 우리는… 육체적 시련과 부상 그리고 병을 향해 가게 되죠. 아시겠지만. 그리고 그게 현실이고요. 그게 부인이 여기 계신 이유예요. 부인이 다시 일어서려면 저희의 도움이 필요하니까요."

32

동네의 다른 남자들이 미사를 보러 가거나 늦잠에 취해 있는 일요일 아침, 케빈은 레이스 커튼에 가려져 안쪽이 전혀 보이지 않는 어느 집 문 앞에 서 있다. 그 길로 10분만 더 가면 있는 케빈의 집은 짐작건대 잠든 아이들로 가득할 것이다. 물론 작별 의식이나 자비 또는 눈물도 없이 집에서 쫓겨난 후로 이제 그쪽 상황은 알 수 없게 됐지만. 그레이스는 케빈에게 말 그대로 꺼지라고 했다. 성급하게 굴고 싶지는 않았다고 했다. 며칠 동안 생각을 해봤고, 남편의 배신을 용납할 수 있기를 바랐다고. 하지만 〈오즈의 마법사〉 공연 도중 줄지어 앉은 아이들 너머로 남편의 얼굴을 본 순간, 자신이 그 얼굴을 주먹으로 치고 싶어 한다는 것을 깨달았다. 그리고 그 충동은 가라앉지 않았다. 그렇게 말할 때 어조가 어땠느냐고? 한결같고 고르고 중립적인, 은행 출납계원에게 소액 인출을 하고 싶다고 말할 때나 쓸 법한 어조였다. 한편 케빈은 철저히 감정적이었다. 당장 공황을 일으켰다. 해명하고 다짐하고 용서를 구걸해 보았다.

"정말이지 아무 일도 없었어! 맹세할게." 케빈은 더듬거리며 내뱉었다. "한두 번쯤 키스를 했지만 우린 절대… 절대 최종장에 이르지는 않았어. 난 당신 사랑해. 이러지 마."

소름끼치게 차분한 그레이스와 열에 들뜬 케빈 사이의 이 대화는 그레이스의 뜻에 따라 아이들이 듣지 못하도록 정원 뒤쪽에서 이루어졌다. 케빈이 "최종장에 이르다"는 표현을 입 밖에 냈을 때 마침내 그레이스는 감정을 드러냈다. 그 이글대는 눈빛… 그 단어가 유독 지독하게 느껴진 모양이었다. 심각한 상황에서 어휘력 자랑을 하는 케빈의 역겨운 버릇을 그레이스는 늘 참아주기 힘들었다. 그냥 평범한 단어면 충분한데 그렇게 보란 듯이 과시를 해야 하나. 그때부터 그레이스는 케빈에게 말할 기회를 주지 않았다. 양손으로 귀를 막고 눈을 감은 채 "아니, 아니, 아니"라고 되풀이했다. 그러고는 당분간 현실적으로 필요한 조치들을 줄줄 늘어놓았다. 작은 차와 은행 카드 사용에 관한 것들. 하지만 케빈이 알아들은 말은 그레이스가 시간을 좀 갖고 생각을 정리할 때까지 아이들에게 연락해서는 안 된다는 것뿐이었다.

"진심은 아니겠지? 애들은 누가 보살피고?"

"내가 알아서 할 거야."

"그 애들을 학교에 데려다 주고 밥을 차려 줄 사람을 돈 주고 쓸 생각이잖아. 그건 말이 안 돼. 난 아래층에서 자면 돼. 상황이… 우린 이 문제를 해결할 수 있어. 아이들한테 필요한…."

"그냥 가." 그레이스가 말했다. "난 당신을 보는 것조차 참을 수 없어."

케빈은 자신이 울음을 터뜨리기 직전임을 깨달았다. 마지막으로 운 건 결혼식 때였는데. 그리고 그건 기쁨의 눈물이었다. 두 사람이 남편과 아내가 되어 통로를 걸어 나오고 손님들이 모두 아직 교회 안에 있을 때, 새 신부는 새 신랑을 돌아보고 말했다. "저질러버렸네."

"저질러버렸지."

"그럼… 무르기엔 이제 늦은 거지?"

케빈에게 다른 여자는 없었다.

하지만 정원에서의 그날 밤, 그레이스는 얇은 가디건 차림으로 떨면서 케빈에게 등을 돌리고 터벅터벅 집으로 걸어갔다.

"하지만 그레이스, 지금 이건 내 잘못을 가지고 아이들한테 벌을 주는…."

"아니야." 그레이스는 걸음을 멈추고 돌아보았다. "난 당신을 벌주는 거야."

#

그 후, 케빈이 급하게 꾸린 짐을 가지고 자갈을 밟으며 진입로를 나올 때 아이들은 잠들어 있었다. 하지만 마지막으로 자신의 집을 보려고 뒤를 돌아보니 위층 침실 창가에 사랑하는 키아란의 조그만 모습이 눈에 띄었다. 케빈은 그 자리에 얼어붙었다. 설마 아버지가 유배 가는 길임을 아들이 어떻게 해서인지 직감한 것일까? 하지만 키아란은 심각한 사태를 전혀 모른 채 마냥 신난 듯 아버지를 향해 손을 흔들어 보였다. 케빈은 애간장이 녹았다. 억지로 웃음을 지으며 마주 손을 흔들어 보이고는 걸음을 옮겼다. 어쩌면 계속 움직이면 이 시간을 빨리 지나 보낼 수 있을 거라고 생각했던 것일까.

머릿속이 텅 빈 상태에서 정신을 차려 보니 어느새 어릴 적 살던 집으로 차를 몰고 있었다. 집은 비어 있었지만 어쨌거나 케빈은 혼자 있고 싶었다. 어머니를 로스데일에 집어넣은 것은 비록 힘들긴 했지만 확실히 올바른 행보였다. 어머니는 안전한 곳에서 보살핌을 받고 있다. 회색 돌이 비에 젖어 가뜩이나 더 우울해 보이는 마르게이트로 들어서는데 본격적으로 개축 공사에 돌입한 이웃집들이 눈에 띄었다.

거대한 구멍 옆에 인부들이 타고 온 승합차 두 대와 굴착 트럭 한 대가 서 있었다. 이곳의 모든 것이 평화와는 까마득히 거리가 멀었다. 엄마가 하마터면 부엌을 날려버릴 뻔했는데, 현실적으로 이 집이 얼마나 살 만한 곳이겠는가? 차 한 잔 타거나 냉동 피자를 해동시키는 것조차 불가능할 테고, 포도주 저장고는 빈곤하거나 텅 비어 있을 확률이 높다. 이곳에서는 평온을 찾지 못할 것이다. 케빈은 앞문에 열쇠를 꽂기도 전에 차로 돌아갔다.

늘 힘이 되어주는 믹은 케빈이 전화해서 하룻밤만 묵게 해달라고 부탁하자 아주 신나서 껄껄 웃음을 터뜨렸다. 케빈은 자신이 쫓겨나긴 했지만 실제로 배신을 저지른 건 아니라고 설명했다. 그러니까 완전한 배신은 아니었다고.

"난 정신적으로 바람을 피웠어." 케빈이 그 말이 자신의 입을 떠날 때 남성성을 거세당한 듯한 굴욕감을 느꼈다. 하지만 아내가 틀리지 않았다는 건 알고 있었다.

"어이구야." 케빈 때문인지 그레이스 때문인지는 몰라도, 믹은 자못 역겹다는 투였다. "당연히 우리 집에 와 있어도 되지. 너무 좋아. 하지만 난 이제 시내에 아파트가 없어."

"없다고?"

"이야기가 길어."

"음… 그럼 어디 있는데?"

잠시 침묵. "사실 엄마 집으로 다시 들어왔어."

이제는 케빈이 요란한 웃음을 터뜨릴 차례였다. 똥을 지릴 듯한, 발작하는 듯한 웃음이었다.

"그런 주제에 나한테 그 지랄을 했냐?"

"좆 까." 믹이 말했다. "좀 있다 봐."

33

에이딘은 302호 앞에 서 있다. 할머니가 제임슨 부인의 열린 찬장 옆에 쪼그려 앉아 '로스데일'이라고 찍힌 베갯잇에 사과 두 개와 물 한 병을 욱여넣는 모습을 구경하는 중이다.

"**뭐 하시는** 거예요?" 에이딘이 묻는다.

"에이딘! 들어오렴. 얼른. 문 닫고."

밀리는 룸메이트의 뭉쳐진 카디건 밑에 가방을 숨기려는 모양이다.

"그거, 칼이에요?" 에이딘이 묻는다.

밀리는 자신의 슬링에서 튀어나온 식기 끝을 내려다본다.

"잘했다. 어디 갔나 찾았는데." 밀리는 칼을 베갯잇에 쑤셔넣으며 묻는다. "과일 좀 먹으련?"

밀리는 삶은 자두가 든, 손도 대지 않은 그릇을 가리켜 보인다. 마치 눅눅한 작은 뇌가 담긴 배양 접시 같다. 에이딘은 콧방귀를 뀐다.

"있잖니, 네가 와 줘서 얼마나 신나는지 모르겠다." 밀리가 말한다. "너한테 부탁할 게 있어."

"할머니, 금요일 밤 차 안에서 할머니가 실비아 이야기 하신 거 기억하세요? 누알라 연극 끝나고 나서요. 션이 아프다면서, 실비아가 그 애를 미국으로 데려갔다고 하셨잖아요. 미국 어디로 갔어요?"

"뉴욕. 거기에 전문 병원이 있어."

"하지만 그러니까, 어디요? 그러니까, 어느 병원요? 실비아가 정확히 뭐라고 했는데요? 언제 전화했어요?"

"내 안부를 물으려고 전화했더라. 내가 보고 싶은가 봐. 우린 아주 친해졌거든, 알지."

"하지만 **션**에 관해 뭐라고 했는데요?"

"너도 션을 아니?"

"당연히 알죠!" 에이딘은 흥분해서 콧김을 내뿜는다. "할머니 집에서 만났잖아요. 기억 안 나세요?"

"네가 그 애랑 친해졌는지 몰랐구나." 밀리의 말에 에이딘은 고개를 떨구고, 그들의 막 꽃 피우려던 로맨스와 난데없이 닥쳐온 종말을 간략히 설명한다.

"아무한테도 말하면 안 돼요. 약속하죠? 엄마 아빠가 별로 좋아하지 않으실 거예요."

밀리는 알겠다는 듯 끙얼댄다.

"하지만 그 애는 이제 괜찮은 거죠, 맞죠? 병원에 간 게, 그니까, 잘됐다고 하셨죠?"

"아, 그럼." 밀리가 대꾸한다. "두 사람은 곧 돌아올 거야."

에이딘은 낙심한 한숨과 함께 밀리의 침대에 주저앉는다. 이마에 고랑을 짓고 양손 손가락을 꼼지락거린다. "왜 저한테는 아프다는 말을 안 했을까요?"

"나야 모르지, 에이딘. 어쩌면 널 걱정시키고 싶지 않았던 게 아닐까. 실비아한테 전화 한 번 걸어 볼래? 전화번호가 여기 어디 있을 텐데."

"맙소사, 할머니." 에이딘이 즉시 얼굴을 환히 빛내며 말한다. "그냥 그 이야기부터 해주지 그러셨어요?"

밀리는 실비아의 번호를 적어놓은 것은 확실히 기억하고 있다. 하지만 그걸 도대체 어디에 뒀는지는 전혀 기억하지 못한다. 그리하여 에이딘은 할머니의 허락 하에 302호 수색에 들어간다. 할머니의 얼마 안 되는 소지품을 재빨리 하나하나 확인하고, 시설에서 주는 침구들을 뒤지고 다양한 잡동사니들을 찾아낸다. 모든 게 할머니답다. 빵부스러기, 딱딱하게 굳은 호텔 수면용 마스크. 매트리스를 들어 올린 에이딘은 몹시 기묘하게도 그 아래에서 도시 버스 지도책을 발견한다.

그러는 와중에 할머니는 분리용 커튼을 젖히고 옆 침대의 소름끼치는 늙은이를 대상으로 실황 중계를 시작한다.

"우리는 실비아의 전화번호가 어디 갔는지 찾느라고 정신이 하나도 없어요. 우리 피터는 늘 내가 물건을 찾기보다는 잃어버리는 데 더 재주가 있다고 했지요. 에이딘이 아주 작심한 게 보이죠? 왜냐하면… 내가 제임슨 부인한테 전체 이야기를 해도 되니? 아니면 하지 말까?"

할머니는 미친 게 분명하다.

마르게이트의 악취는 심지어 이곳에도, 서랍장에도 배어 있다. 할머니가 가진 모든 옷과, 냄새를 흡수할 수 있는 모든 물품들에 빼놓지 않고 스며든 특유의 석탄 태우는 듯한, 찝찌름하고 고약한 해초 냄새. 마치 아일랜드해가 수십 년 동안 할머니의 방에 철썩철썩 물결쳐 들어온 것처럼. 머지않아 에이딘은 아직 조사하지 않은 마지막 구역에 도달한다. 문 근처에 놓인 조그만 플라스틱 쓰레기통이다. 할머니에게 거부당한 이것들 역시 고약한 냄새를 풍긴다. 귀지가 잔뜩 묻은 면봉, 갈색으로 변한 사과 속심… 이윽고 쓰레기통은 에이딘의 손가락

사이로 맥없이 미끄러져 떨어진다.

"아무래도 버려버리신 것 같아요." 에이딘이 마침내 포기한다.

"다시 전화가 올 거야. 걱정 말렴. 그러면 네가 션하고 통화하고 싶어 한다고 알려줄게. 하지만 있지, 가기 전에 이리로 좀 와 보렴. 너 혹시 현금 좀 가진 것 없니, 아가?"

에이딘은 어깨를 으쓱하고는 휴대전화 케이스에 들어 있던 접힌 5파운드 지폐를 꺼낸다. "제가 가진 건 이게 전부예요. 가지세요."

밀리의 얼굴이 감상에 젖어 일그러지기 시작한다. "넌 정말이지…."

"됐어요. 그냥 제발, 그 번호를 어디 딴 데 놔 두신 건 아닌지 생각해 봐 주실래요?"

"보석이야. 그거 아니? 넌 최고로…."

"근데 그건 도대체 어디 쓰시려고요?"

밀리는 목소리를 잔뜩 낮추고 연극조로 속삭인다. "이건 내일 필요할 거야." 슬링을 흔들어보인 후 인상을 쓴다. "내가 꿍쳐 둔 것 봤니?"

"칼 말씀이세요?"

"바로 그거야. 내 몸을 스스로 지켜야 할 경우에 대비해서."

"버터나이프로요?"

"내 공급품을 전부 한데 모으자마자 여기서 체크아웃할 거야. 그 사람들은 날 휴게실에도 못 가게 해. 매일 이 방 안에 가만 처박혀 있는 건 이제 질렸어. 그리고 네 아빠는 날 언제쯤 집으로 보내 줄 작정인지 말해 줄 생각이 없고. 또 모르지. 여기서 나가려면 네 아빠의 서명이 필요할지도. 아무래도 그 애가 날 여기 영원히 처넣은 것 같은 의심이 든다."

"아빠가 그러실 리가 없잖아요."

"그렇든 아니든, 넌 아무한테도 말 안 할 거지? 절대 안 할 거지?"

"전 고자질쟁이 아니에요." 에이딘은 엄숙하게 고개를 젓지만 그저 할머니의 비위를 맞추고 있을 뿐이다. 이 계획은 확실히 제정신이 아니고 성공할 리 없다. "어쩌면 돈을 더 가져다 드릴 수도 있지만 다음 주말이나 돼야 가능해요."

"〈해적의 설득〉." 할머니는 혼자 중얼거리고 있다. 룸메이트의 침대 옆 협탁에 쌓인 페이퍼백 더미를 쓱 훑어보더니 한 권 한 권씩 들어 올려 책장을 후루룩 턴다. 마침내 종잇조각 하나가 바닥으로 나풀나풀 떨어진다.

"짜잔!"

"농담이시겠죠."

할머니가 환히 웃는다. "내 머리가 맛이 가고 있는 걸까, 에이딘? 깜빡했지 뭐니. 난 제임슨 부인한테 책을 읽어 주고 있었어. 내 생각엔 우리가 짐작하는 것보다 더 의식이 있는 것 같거든. 또 모르는 거잖아, 안 그러니? 의사들은 자기들이 뭐든 다 안다고 생각하지만."

하지만 에이딘은 듣고 있지 않다. 종이 쪼가리를 낚아챈다. 할머니가 떨리는 손으로 급히 적은 숫자 열 자리. 에이딘은 폰을 꺼내어 즉시 번호를 두드리기 시작한다.

"제가 전화를 걸 테니 할머니가 말씀하세요, 네?" 에이딘은 공포에 사로잡혀 말한다. 하지만 몇 초만 있으면 설명을 들을 수 있을 거라는, 슬픔과 이 끔찍한 궁금증에서 풀려날 수 있을 거라는 확신이 든다. 곧 모든 게 명확해질 것이다. 첫 시도는 실패다. 국가 코드를 입력하는 걸 잊은 것이다. 하지만 세 번째로 시도했을 때, 짧은 침묵에 뒤이어 긴 미국 전화 연결음 소리가 들린다. 에이딘은 할머니에게 몸짓으로 알리고 자신은 마음을 다잡으며 귀를 기울인다. 두 번의 연결음 후에 딸깍 소리가 들린다. 그리고 그 후.

"지금 거신 전화는 없는 번호입니다. 확인하시고 다시 걸어 주십시오."

"희한하네." 할머니가 말한다.

"젠장." 에이딘이 내뱉는다.

34

케빈이 노크하는 도중에 기척도 없이 문이 벌컥 열리더니 믹의 엄마인 메이브가 나타난다. 한 손에는 불이 붙은 긴 여성용 담배를, 다른 손에는 리모컨을 든 메이브는 인상을 잔뜩 쓰고 고개를 앞뒤로 불만스럽게 흔들며 쯧쯧거린다.

"이런, 이런, 이런."

"안녕하세요, 메이브."

"믹은 안에 있다." 메이브는 두툼한 입술에서 케빈이 있는 방향으로 굵은 연기를 뿜은 후 문을 간신히 비집고 들어올 수 있을 정도로만 열어 둔 채 뒤돌아선다. "네 자리는 소파야."

케빈은 바로 그 자리에서 그 후 며칠 밤을 보내게 된다. 밤이면 믹과 함께 기름진 포장음식을 먹고 가스난로 옆에 앉아 라거 캔을 따고 노닥거린다. 메이브는 비좁고 어수선한 방들을 연기처럼 홀연히 드나든다. 볼 때마다 1층짜리 집 안의 이 구석 저 구석에서 몸을 웅크리고 컴퓨터나 휴대전화 화면을 들여다보고 있는데, 아무래도 온라인 하트 게임에 위험한 수준으로 중독된 듯하다. 케빈은 아침이면 면빌

로드 재질 소파에서 요통과 함께 잠에서 깨어 길고 만족스러운 아침 소변을 본 후 곧장 소파로 돌아가 미래에 대한 그 모든 생각(과 계획)을 피하려고 텔레비전이나 노트북을 켠다. 제라드에게 전화를 걸어 보지만 아들녀석은 어째 항상 부재중인 것 같다. 제라드가 떠나기 전의 그 며칠 밤이 그립다. 아들에게 제2차 세계 대전, 숀 오케이시(아일랜드의 극작가-옮긴이) 그리고 아일랜드 경제에서 관광이 차지하는 비중에 관해 퀴즈를 냈었지. 다른 아이들에게는 아내를 존중하는 의미에서 연락하지 않으려고 참고 있다. 하지만 아이들에 대한 그리움 때문에 가슴이 저미는 것만 같다. 구직 사이트 검색은 때려치웠다. 온라인 하트 게임을 시작했다.

매일 아침, 친구가 출근하고 나면 끔찍한 비참함이 내려앉는다. 천애고아가 적의 영토에 혼자 남겨진 심정이 이럴까. 학창시절 어머니가 뭔가 중요한 볼일이 있어서 몸이 안 좋은 자신을 친구 집에 온종일 맡겨뒀을 때가 떠오른다. 나중에 그 집 소파에서 깨어난 케빈은 자신이 담요 위에 작은 토사물 분화구를 만들어놓은 걸 보고 강렬한 수치심을 느꼈다. 엄마를 향한, 집에 가고 싶은, 거의 육체적 열망을 겪었더랬다.

믹의 엄마 집에서, 케빈은 메이브의 발걸음 소리에 귀를 쫑긋 세운 채 보내는 시간이 지나치게 많다. 메이브와 단 둘이 있게 되는 상황을 피하기 위해서다. 집이 퍽 좁은 편이라 메이브의 위치를 파악하는 방법은 금세 터득할 수 있었다. 힘겹게 화장실을 자주 들락날락 할 때 들리는 침실 문의 삐걱거림, 저녁식사 후 짜증이 잔뜩 묻은 커튼 치는 소리, 베이컨 샌드위치와 차를 가지러 부엌으로 향하는 발 끄는 소리.

다섯째 날 아침 믹이 출근한 직후, 케빈은 메이브가 길 위쪽 미용실(메이브가 지역 소문이라는 귀중한 통화를 거래하면서 중년 손님의 머리를 염색하고 다듬는 곳)에 갔다고 믿고 부엌의 주전자로 향한다.

그래서 메이브가 노트북도 없이, 온라인 하트 게임도 하지 않고 오로지 벤슨 앤 헤지스 한 갑과 성냥갑 그리고 문간까지 냄새를 풍기는 지저분한 재떨이만 앞에 놓은 채 식탁에 앉아 있는 걸 발견하자 그만 놀라고 만다.

"아, 나가신 줄 알았어요." 케빈이 말한다. "차 한잔 드릴까요?"

"저 개수대 보여?" 메이브가 니코틴으로 얼룩진 통통한 손가락으로 접시와 컵 더미를 가리키며 묻는다. "세제는 바로 저기 있어. 여기서 당장 쫓겨나고 싶은 게 아니라면 좀 눈치 있게 구는 편이 좋을 거야."

"네, 죄송합니다. 당연하죠. 그 동안은 제가 미처…."

"그리고 월세를 내야 해. 믹은 자네한테 말 못 했겠지만 난 거리낄 게 없어. 그리고 난 바보가 아니야. 우리 지금부터 150으로 시작하자고."

케빈은 지갑의 잔고를 머릿속으로 계산한다. 대략 23파운드쯤.

"자네 집 상황이 어떻게 돌아가는 건지 대충 알 것 같은데, 케빈."

"제 생각에 그건 이 일과 관련이 없…."

"애는 넷이나 낳아 놓고…." 메이브는 차갑게 내뱉고는 새 담배에 불을 붙인다. "자네도 알지. 믹의 아빠가 바로 똑같은 짓을 했어."

"그건 달라요." 케빈은 그 지저분한 이야기를 안다. 모르는 사람이 있긴 할까. 비록 믹은 한 번도 그 이야기를 꺼내지 않았지만.

"믹이 겨우 16개월일 때 젊은 것하고 살겠다고 집을 나갔지. 당시 내 뱃속엔 디어드레가 있었고. 걔들은 지들 아비를… 그러니까… 12년 동안 못 봤어. 자네도 그러고 싶은 거야? 그래?"

"당연히 그러고 싶지 않죠. 전 **아내한테** 쫓겨났어요."

"내가 자네라면 시무룩하게 상처나 핥고 있는 대신 자기 탐구를 좀 하겠어." 케빈을 빤히 보던 메이브가 이윽고 설핏 웃음 비슷한 것을 떠올린다. "이제 그 차나 좀 마셔."

35

이곳에서 달아난다는 밀리의 계획은 아직 구체화된 건 아니지만 생각만 해도 짜릿하고, 계획을 세운다는 것 자체가 따분한 나날에 형태와 목적을 주었다. 밀리는 자신의 은닉물 더미를 꾸준히 늘려 왔다. 지사제(혹시 만에 하나 도중에 뒤가 급해질 경우에 대비해) 한 병, 졸피뎀 한두 알, 그리고 연푸른색 직사각형 알약 네 개(감시가 느슨한 약품 보관함에서 대담하게 슬쩍했다). 후자는 항우울제나 항불안제겠지만 어느 쪽이든 상관없다. 밀리는 A) 돈을 충분히 긁어모아 택시를 타거나 B) 타야 할 버스 노선을 알아내거나(어둠을 틈타 떠나야 할 것이고 야간 버스는 거의 없으므로 엄밀히 말하면 이건 그다지 유용하지 않을 것이다) C) 히치하이킹을 하거나(위험하지만 무작정 배제할 생각은 없다) D) 걸어갈 계획이다. 마르게이트까지는 거리가 꽤 머니, 마지막 계획은 가장 바람직하지 못하다. 거기까지 걸어가려면 양분이 추가로 더 필요할 것이다. 그리고 물도. 가는 길은 그만큼 더 무거워질 것이다.

"그냥 먼저 털어놓을게요." 밀리는 302호실의 두 침대 사이를 갈라놓은 커튼을 향해 입을 연다. "혹시 부인은 종교적인 사람인가요? 난 늘 교회를 싫어했지만, 그 수많은 싫은 이유 중에서도 특히 고해가 너무 무서웠어요. 생각해보면 우스꽝스럽지 않아요? 새까만 칸막이 안에 무릎을 꿇고는 마치 평생 한 번도 죄 지은 적 없는 것처럼 구는 남자한테 내 죄를 몽땅 고백하다니. 어쩌면 상대가 여자라면, 어쩌면 여성 사제라면…" 밀리는 한숨을 쉰다. "아 좋아요. 부인도 알다시피 난 현재 무일푼이고 부인이 그럴 수만 있다면 날 도와줄 거라고 믿어요. 집에 도착하자마자 당신한테 수표를 보낼게요."

하지만 밀리가 커튼을 젖혔을 때 제임슨 부인의 침대는 비어 있다. 302호에서 처음으로 혼자가 된 밀리는 이 상황이 과연 어떤 불길한 의미인가를 궁리한다. 가족이 면회를 왔나? 그런 적은 한 번도 없었는데. 의학적 문제? 가능하다. 문 너머에서 멀리 떨어진 곳에서 발 끄는 소리가 들린다. 밀리는 불안감을 떨쳐 버리고 룸메이트의 양산품 서랍장으로 다가가 중간 서랍 안쪽 구석에서 어제 발견했지만 차마 겁나서 약탈하지 못한 자수 놓인 동전지갑을 찾는다.

거기 든 현금을 꺼낸다. 45파운드, 그거면 충분하다. 밀리는 호출 버튼을 누른다.

#

더없이 심란했던 에이딘의 면회 이후로 며칠이 지났다. 밀리는 의혹과 서사의 퍼즐 조각들을 이리저리 맞추는 데 몰두해서 그 며칠을 보냈다. 우선 하나로, 실비아에게 연락하기가 왜 그렇게 힘든지 도무지 이해가 가지 않는다. 미국 전화번호로 두 번 더 걸어 본 후, 밀리와 에이딘 고가티 둘 다 다음 두 명제 중 하나는 참이라는 것을 도저히 부정할 수 없었다. 밀리가 번호를 잘못 받아 적었거나 실비아가 가짜

번호를 줬다.

둘 다 너무 이상했다. 아니면 지독히 끔찍했다. 아니면 무고하고 설명 가능했다. 의심스러운 편린들(그처럼 갑작스럽게 미친 듯 서둘러 떠난 것이나 션이 한 번도 아파 **보이지** 않았고 굳이 따지자면 꽤 건강해 보였다는 사실)을 곱씹어 볼 때마다 밀리는 실비아의 성품에 생각이 미치게 된다. 사려깊고 착하고 이타적인. 수수께끼 같고 속을 모른다고 해도, 어차피 우리 모두 분명 그렇지 않나? 밀리가 누굴 알겠으며, 굳이 말하자면 케빈과, 무덤 속의 피터를 제외하면 누가 밀리를 알겠는가?

에이딘은 맨해튼의 모든 병원 이름을 확인했지만(알고 보니 그 좁은 섬에 20곳도 넘었다) 그중 단 한 곳에도 현재 션 길모어라는 이름의 환자는 없었다. 하지만 밀리가 추론하기에 미국인들은 정보에 관해 인색하기로 유명하다. 병원에서 환자 개인의 소재나 상태를 아무에게나 함부로 알려줄 리는 없지 않은가. 어쩌면 아일랜드에서는 누가 전화를 받느냐에 따라, 어떤 수다스러운 간호사가 내 이웃의 사돈의 사촌과 아는 사이라거나 하면 또 모를 일이지만, 미국에서는 그렇지 않다. 그러니 실비아의 말이 사실일 가능성도 있다.

밀리는 두 번째, 세 번째, 네 번째로 호출 버튼을 누른다. **아무도 안 오는 거야?**

의심이 다시금 고개를 듦과 더불어 가장 끔찍한 불안감이 배 속을 마구 휘젓지만, 밀리는 비장의 카드를 떠올리며 자신을 달랜다. 카드란 마르게이트 어딘가에 존재할 그 차용증이다. 밀리뿐만 아니라 누군가의 운명이 종이쪽지 한 장에 매달렸던 적이 얼마나 많은가? 심지어 실비아가 서명을 가짜로 했다 쳐도(밀리는 그렇다고는 도저히 믿을 수 없지만) 왜 필요할 경우 법적으로 추궁할 근거가 되는 문서를 평소에 지니고 다니겠는가.

"드디어 오셨군." 밀리는 마침내 들어온 여자, 마사에게 말한다. "내 룸메이트는 어디 갔어? 별일 있는 건 아니지?"

마사의 근엄한 표정이 밀리에게 답을 알려준다.

"이런 말씀 드리게 돼서 유감이에요, 고가티 부인. 하지만 제임슨 부인은 어젯밤 돌아가셨답니다." 마사는 밀리의 어깨에 앙상한 손을 다정하게 얹으며 말한다. "부인은 그분을 좋아하셨죠. 알아요. 딱하신 분, 하지만 신은 그분을 사랑하신답니다. 그분은 이제 신과 함께 계세요. 신이 축복하시길. 아시다시피 그분은 지금까지 오랫동안 고통 받으셨어요."

"아이고, 안 돼." 갑자기 며칠 동안 한숨도 못 잔 듯한 피로감이 밀려든다. 문득 제임슨 부인의 침대를 보니 친구가 누워 있던 자리가 여전히 움푹 들어가 있다. 그 침대에는 그 어떤 딱한 영혼이 누워 있었을 수도 있었다. 내일은 새로 온 딱한 누군가가 누워 있겠지. 밀리는 이런 상실감이 결국 자신을 무너뜨릴 것만 같은 두려움에 사로잡힌다. 그리고 그 다음으로 떠오르는 생각은 **'난 죽은 여자한테서 도둑질을 했어'**이다.

그때 마사가 밀리의 어깨를 문지르기 시작하고, 밀리는 그 손을 찰싹 때리고 싶어진다.

"그 사람이… 더 나았을 때도 알고 지냈나?" 밀리가 묻는다.

"아, 네. 그랬죠. 여기 오래 계셨거든요."

"좋은 사람이었나? 내 짐작엔 그랬을 것 같은데. 뭐랄까, 상냥하고 엄마 같은 타입이었을 것 같아."

"농담이시겠죠!" 마사가 깔깔 웃는다. "당신이 시바의 여왕인 줄 아는 분이었어요. 늘 모두에게 '서비스'란 어때야 한다는 일장연설을 늘어놓으셨죠. 마치 우리가 그분의 망할 하녀라도 되는 것처럼요. 예전에는 무척 부유하셨대요. 어쨌거나 전 그렇게 들었어요. 더 좋은 삶에 익숙하셨죠. 고인을 두고 안 좋은 소릴 하긴 그렇지만, 제임슨 부인이 왕재수였다는 건 사실이에요."

#

마사가 나중에 확인하러 들렀을 즈음, 밀리는 마음을 정했다.

"저녁 드시러 가실 시간이에요, 고가티 부인." 마사가 말한다. "준비되셨어요?"

아무렴 준비됐고 말고. 내일 아침, 점심, 그리고 티타임까지 이곳을 최대한 즐길 것이다. 하지만 그 다음엔 페달을 밟을 것이다. 비유적으로 말해서.

36

아침식사(게르빌루스 쥐똥을 닮은 건포도 같은 게 떠 있는 젖은 콘크리트 죽) 시간에 브리짓은 식당의 한쪽 구석에 있는 두 사람의 지정석에 쟁반을 쨍그랑 하고 내려놓는다. 정강이 중간에서 팔랑거리는 교복 치맛단은 긴 올이 풀려나와 있다.

"나쁜 년." 브리짓이 내뱉는다.

언제나처럼 브리짓의 쟁반에는 음식이 잔뜩 쌓여 있다. 기름진 소시지 네 개, 달걀 프라이 두 개, 바싹 마른 콘플레이크 한 그릇. 브리짓은 마른 몸매에도 불구하고 대식가다. 심지어 디저트 메뉴에 루바브 크럼블이 나올 때는 자신과 에이딘 몫을 따로 남겨두기로 상냥한, 기름진 얼굴의 주방 아주머니인 브라운 부인과 밀약까지 맺었다.

"무슨 일 있었어?" 에이딘이 묻는다.

"우리를 감시하고 있어." 브리짓은 이쪽을 노려보는 블리클랜드를 똑바로 마주보고 과장되게 다정한 미소를 지으며 대담하게 손을 흔든다.

"괜히 주의 끌지 마." 에이딘이 말한다.

"난 좆도 상관없어."

"뭐라고 했는데?"

"또 내 침대를 염탐하다가 담배를 찾아냈지. 오늘 아빠한테 전화할 거래."

"이런, 안 돼."

"날 괴롭히는 데 환장한 거야."

"좀." 에이딘이 말한다. "다음은 과학 시간이야."

5학년 생물 과목에서는 현재 지렁이와 개구리를 해부하고 있다. 시체를 적극적으로 뒤적거리는 데 별 흥미가 없는 에이딘은 관찰과 기록 담당을 선호한다. 인생에서도 그렇듯. 한편 브리짓은 만족스럽게 일회용 메스를 휘둘러, 코를 찌르는 포름알데히드 냄새를 내뿜은 것 말고는 아무에게도 해코지한 적 없는 납작하게 펼쳐놓은 개구리의 놀랍도록 선명한 노란색 창자를 찌른다. 브리짓은 외출 금지를 어기고 수업 후 몰래 빠져나가 피자집 남자를 만나러 갈 거라며, 에이딘에게 뒤를 봐달라고 한다.

"좋아, 그래서 만약 마녀가 날 찾으러 오면 넌 뭐라고 한다고?" 브리짓이 묻는다.

"똥 싸러 갔다고?"

"두 시간 동안!"

두 아이는 깔깔 웃지만 무시무시한 블리클랜드 앞에서 거짓말을 주워섬길 걸 생각하니 에이딘은 더럭 겁이 난다.

"숙녀분들, 혹시 따분하면 기꺼이 학습 과제를 추가로 내 드릴 수 있는데." 라일리 선생님이 교실 앞쪽 책상에서 말한다.

두 아이는 다시 표본을 들여다보고, 에이딘은 비통함을 느낀다. 살해당해 유리판 위에 펼쳐진 채 역겨워하는 여자애들의 손에 여기저기 쿡쿡 찔리는 신세라니. 라일리 선생님이 복도로 나가자, 브리짓은 생선 눈알이 든 병에 손을 뻗더니 에이딘의 가방에 슬쩍 집어넣는다.

"뭐 하는 거야?"

"내가 방금 죽여주는 아이디어를 하나 떠올렸거든."

37

원치 않게 요양원에서 지내는 경험에 관해 뭔가 말할 만한 게 있다면 인내심이라는, 흔히 과대평가되는 미덕을 얻게 된다는 것이다. 밀리를 비롯한 동료 거주자들은 기다림이라면 도가 텄다. 모양이든 맛이든 매번 이전 식사와 신기할 정도로 동일함을 유지하는 식사를 기다리거나, 이따금씩 화장실에서 필요한 굴욕적인 도움을 기다리거나, 알약과 물이 오길 기다리거나, 함께 시간을 보낼 누군가를 기다린다. 밀리는 여기서 마지막이 될 기다리는 행위에 봉착했다. 붕대를 풀고 에이딘에게서 빌린 배낭을 꾸린 후 3층 전체의 등이 꺼지기를 기다린다. 마침내 10시 30분에 기다림이 끝난다. 주위가 완전히 침묵에 잠기자 밀리는 침대 옆에 놓인 전화기를 집어 든다.

"택시를 예약하고 싶은데요." 밀리는 속삭인다.

"잘 안 들립니다, 손님." 걸걸한 목소리. 밀리가 가장 좋아하는 더블린 토박이의 목소리다.

"택시를 예약하고 싶은데요. 새벽 3시에요. 그런데 차가 여기 모퉁이까지 와 줄 수 있어요? 초인종은 절대 누르면 안 돼요. 무슨 일이 있어도."

"장난전화인가요?"

"아뇨, 장난전화 아니에요. 난 50유로 가지고 있어요."

"아, 그러세요? 흠, 가시는 곳이 어디인데요?"

"집요. 하지만 초인종을 누르면 곤란해요. 그럼 다들 깨고 말 테니까."

"그렇군요. 알겠습니다. 주소는 어디로 찾아가면 될까요?"

"로스데일 요양원요. 어디냐면…."

"어딘지 압니다. 그리고 가시는 곳은요?"

"기사님한테 알려줄게요."

"규정상 적게 되어 있어요. 예약을 하려면요."

"기사님이 여기 오면 말할게요."

남자는 한숨을 푹 내쉰다. "좋습니다. 그럼, 성함이?"

"이름은 없어요."

"그렇군요. 그럼, 없어요 씨께서 3시에 어딘지 모를 곳으로 가신다는 거죠?"

"바로 그거예요."

"그리고 당연히 전화번호는 물어보면 안 되겠죠?"

"그리고 문 앞으로 오면 안 되고요. 제발, 기사님한테 꼭 잊지 말고 전해줘요."

"혹시 고가티 부인이신가요? 던리어리의?"

밀리의 낯빛이 핼쑥해진다. "누구세요?"

"제가 아는 목소리 같았어요. 고가티 부인, 안녕하세요? 저는 존입니다. 퀵 택시에서 일하는."

"존?"

이제 밀리 역시 생각이 난다. 검은 턱수염과 땅딸막한 몸매를 가진 존은 즐거운 제시카와 같은 길에 사는데, 바퀴 달린 쓰레기통을 항상 집 앞에 내놓는 버릇이 있다. "안녕, 존."

"극비 임무라도 수행 중이신 것 같네요, 고가티 부인."

"극비는 무슨." 밀리는 짐짓 태연한 척 말한다.

"완전 극비 그 자체인데요."

"내 친구 제시카는 어떤가?"

"제가 알기로는 아주 잘 계실 겁니다. 듣기로는 조카딸을 만나러 다음 달에 브루클린에 가신다던데요."

"그래?" 밀리는 속으로 **잘됐네** 하고 생각한다. JJ가 그립다. 만나면 할 이야기가 아주 많을 것이다. 하지만 밀리는 전화를 걸 수 없다. "그거 아주 잘됐네."

"그럼 곧 보내드리도록 하겠습니다."

#

야간에는 한 층당 간호사가 한 줌에서 한 명으로 줄어드는데, 오늘 밤 담당은 명랑한 폴란드 출신 이민자인 아가타이다. 머리는 반만 밀었고 매부리코 끝에는 봉화처럼 깜빡거리는 은색 징 하나가 박혀 있지만 지금은 〈나시 글로스〉에 가려져 보이지 않는다. 〈나시 글로스〉는 아가타가 바르샤바 출신의 오전근무 간호사와 같이 읽는 신문이다.

"아직 안 주무세요?" 아가타가 말한다.

"오늘 밤은 지독히도 으슬으슬하네, 아가타. 뜨거운 물병 좀 갖다 줄 테야?"

"담요 있으세요?"

"있어. 그런데 뭔가 지독한 게 오려는 것 같아."

"어제 소식, 너무 슬프시죠? 속상하시죠?"

"아무렴."

"아. 네." 아가타는 마지못해 모국의 소식을 접어놓는다. "가져다 드릴게요."

"착하기도 하지." 밀리가 말한다. "고마워."

밀리는 발을 동동 구르고 싶은 것을 간신히 참는다. 아가타가 심부름을 간 덕분에 3층 복도를 느긋하게 지나갈 수 있다. 비록 온갖 잡동사니가 들어찬 에이딘의 배낭이 허리 아래쪽에 무겁게 매달려 있지만. 계단통까지는 수월하게 도달한다. 층계참 두 개만 내려가면 그 후론 식은 죽 먹기다. 밀리는 무슨 닌자라도 된 것처럼 계단 세 칸을 내려갈 때마다 걸음을 멈추고 벽에 바짝 붙어 서서 귀를 쫑긋 세운다. 마치 텔레비전 연속극에서 어떤 변태를 뒤쫓는 경찰관처럼. 1층까지 내려오자 가진 용기를 모두 짜내어 마지막 모퉁이에서 고개를 삐죽 내밀고 거기서 중앙 데스크를 지키고 있는 털북숭이 남자를 염탐한다. 전에 한 번도 본 적 없는, 무지막지하게 큰 소시지 같은 남자다. 전에도 경비원이 이곳을 지키고 있는 걸 본 적이 있기 때문에 예상치 못한 일은 아니다. 예상치 못한 것은 문 옆 벽에 붙어 있는, 붉은 빛을 깜빡거리는 최첨단 보안 키패드다. 평소 스스로 꽤 관찰력이 예리하다고 자신하는 터라, 밀리는 자신이 그 빌어먹을 기계의 존재를 이제야 알아차렸다는 사실이 당황스럽다. 자신에 대한 재평가의 필요성을 절감하며 가장 가까운 침실로 슬그머니 숨어든다.

그곳은 어두운 싱글 룸으로, 밀리의 방보다 좁긴 하지만 그 점을 제외하면 동일한 청사진을 바탕으로 배치돼 있다. 한쪽 구석에서 소리는 죽인 채 화면만 켜놓은 텔레비전이 담요 아래에서 코를 고는 주인에게 빛의 파편을 드리운다. 밀리는 문 근처에 선 채로 숨을 고른다. 내가 터무니없는 헛수고만 하고 있는 것인가? 생각, 생각을 하자. 보안 코드는 프런트데스크 어딘가에 붙어 있거나 인쇄돼 있을 게 틀림없다. 아니면 서랍. 아니, 그보다는 컴퓨터 모니터 옆에 테이프로 붙여 놨을 가능성이 더 높겠지. 심부름 보낸 아가타는 얼마 안 있어 돌아올 것이다. 다만 밀리는 영리하게도 화장실 불을 켜고 문을 닫아 놓았다. 아가타가 만에 하나 성가시게 굴 경우를 대비해서. 혹시 아나? 그 여자가 어쩌면 그냥 물병을 침대 옆에 놔두고 도로 신문을 읽으러 갈지.

방 안으로 더 들어가서 침대에 가까이 다가간 밀리는 한때의 앙숙인 엘리자베스 콜딩 경관을 알아보고 입을 쩍 벌린다. 잠들어 있으니, 비록 평생 술꾼답게 잠에 취한 코고는 소리를 내고 있어도 상냥하고 다정해 보인다. 한쪽 발이 마치 강보에 싸인 조산아인 양 침대 밖으로 튀어나와 있는데, 괴저에 걸린 기괴한 모양의 발가락 두 개가 바깥을 빼꼼 엿본다. 연철 침대(집에서 가져온 이 침대는 엘리자베스 콜딩의 의심스러운 정신 상태를 가장 확실하게 보여준다)를 빙 둘러 스테인드글라스로 만든 장식물 수십 개가 콜딩의 몸 위로 대롱대롱 매달려 있다. 강아지, 별, 유니콘, 심장 모양…. 공예품점에서 볼 법한, 그리고 그런 취미가 있는 할머니들이 흔히 오븐으로 구울 법한 종류다.

아이고, 저 사람 좀 봐.

급박한 임무에 쫓기고 있음에도 불구하고 마음이 움직인 밀리는 늙은 알코올중독자를 향해 다가가다 그만 실수로 유리 천사 모형 두 개가 서로 부딪쳐 진동하게 만든다. 노란 새끼고양이가 생강빵 집에 쨍그랑 부딪치고, 집은 다시 도미노처럼 일직선으로 놓인 모든 다른 장식물들을 서로 부딪치게 한다. 밀리는 비명을 내지르고는 양손으로 진동을 멈추려 허둥댄다. 엘리자베스 콜딩은 몸을 부르르 떨지만 아직 걱정할 정도는 아니다. 밀리는 방 안이 다시 잠잠해질 때까지 한참을 기다린다.

방을 나서려고 문에 손을 대는 순간, 비명이 밀리의 귀를 찌른다. 몸을 홱 돌리자 콜딩 경관이 빅토리아 시대의 미친 유령 같은 모습으로 침대에 일어나 앉아 있다. 핏기가 몽땅 빠져나간 창백한 얼굴, 배관청소라도 한 듯 봉두난발인 머리카락, O자로 쩍 벌어진 입. 휘둥그레 뜬 좀비 같은 눈을 보자, 소름과 혼란과 공포가 뒤섞인 감정이 밀리를 엄습한다. 앞으로 일어날 일들이 주마등처럼 눈앞을 스쳐간다. 1인실의 병원 침대에 잊힌 채로 혼자 누워 횡설수설하는, 돈을 받고 보살펴주는 사람을 제외한 모든 이의 기억에서 오래전에 깨끗이 사라진 자신의 모습.

"간호사!" 콜딩이 꽥꽥거린다.

"쉬잇." 밀리가 애원한다. "사람들이 깨겠…."

"간호사!"

"난 당신을 해치려는 게 아니야."

"간호사!"

"그래, 맞아. 내가 당신 책을 가져갔어. 고백할게. 하지만 그냥 빌린 거야. 정말로 돌려줄 생각이었어. 사실, 그 책은 내 방에 있으니까 거기 가서…."

"간호사!"

밀리는 문간을 나서 다시 복도로 나온다. 어딘가, 어디라도 좋으니 숨을 곳을 찾아야 한다. 오른쪽에는 복도랑 방문들 말고는 아무것도 없다. 왼쪽에는 프런트데스크가 있고 이미 경비원의 의자가 삐걱대는 소리가 들린다. 미친 제인 에어의 포효를 듣고, 무슨 일인지 알아내려고 곧장 이쪽으로 오는 중이다. 밀리는 어쩌면 발가벗겨진 거나 다름없는 상태인지도 모른다. 완전히 노출돼 있다. 밀리와 경비원 사이에는 아무런 물리적 장벽도 없다. 몸을 숨길 곳이 없다. 경비원은 대번에 밀리를 붙잡아 곧장 위층으로 올려 보낼 것이다. 밀리는 거기서 아무런 할 일도 없이, 엘리자베스 콜딩의 전철을 밟을 때까지 속절없이 기다리기만 해야 할 것이다. 아니, 그 정도면 차라리 다행이지. 어쩌면 엠마 제임슨의 전철을 밟게 될지도 모른다.

밀리를 숨겨줄 수 있을 법한 유일한 물체는 다 죽어 가는 양치식물 화분뿐이다. 아마 어떤 거주자의 멀리 사는 친척이 죄의식을 달래기 위해 보낸 것을, 관리할 여력이 없는 도우미가 구석으로 밀어 놓았으리라. 비록 밀리의 남색 재킷은 녹색과는 거리가 멀지만, 주위에 다른 건 아무것도 없으니 그 뒤에 숨어서 제발 들키지 않기를 비는 수밖에 없다.

밀리는 몸을 숨긴 지점에서 자기 쪽으로 한 걸음, 두 걸음, 세 걸음 다가오는 남자의 지친 발자국 소리에 귀를 기울인다. 말라비틀어진 가지 사이로 한쪽 귀를 쫑긋 세운 남자의 모습이 보인다. 기껏해야 30센티미터도 안 되는 거리를 사이에 둔 두 사람은 긴 침묵을 공유한다. 그 후, 이런 상황에서 으레 그렇듯, 그리고 밀리가 오래전부터 품고 있던 확신을 다시금 굳건히 다져주려는 듯, 밀리의 저주받은 몸뚱이에서 때를 가리지 않고 누구도 말릴 수 없는, 그리고 조용하지 않은 가스 분출이 이루어진다. 변명을 할 틈조차 주지 않고, 남자는 이미 밀리 앞에 와 있다. 그 놀라움에 찬 표정을 보니 밀리를 화분 식물에 대고 방귀나 뀌는 정신질환자로 생각하는 게 분명하다.

"이런, 이런." 남자가 말한다.

밀리는 그 자리에 얼어붙는다.

남자가 얼굴을 가까이 들이대고 묻는다. "혹시… 음… 화장실 찾으시는 건가요?"

아무래도 밀리가 똥을 쌌을 거라고 생각하는 모양이다. 밀리는 마음 한구석으로는 그 굴욕적인 오해를 바로잡아 주고 싶지만, 더 영리한 부분, 어떤 대가를 치르더라도 생존해야 한다는 임무를 담당하고 있는 부분은 여기서 헛짓거리를 하면 안 된다는 걸 알고 있다. 이렇게 멀리까지 왔는데(음, 실은 두 층과 복도 두 곳이지만 상징적으로는 오디세이나 다름없다). 완력이 아니고서는 그 무엇도 밀리를 302호로 강제로 돌려보낼 수는 없다.

밀리는 참았던 숨을 내쉬고 양손을 기도하듯 마주 붙인 채 낼 수 있는 가장 가냘픈 팔세토 음성으로 말한다. "아빠?"

쏙 들어간 다정한 눈을 한 중년 남자인 경비원이 묻는다. "왜 그러니, 아가?"

밀리는 몸을 웅크려서 되도록 작고 겁에 질린 것처럼 보이려 애쓴다. 그리고 수줍어하는, 소녀 같은 포즈로(밀리는 나중에 이것이 자신의 가장 인상적인 공연이었다고 생각한다) 고개를 들고 남자를 올려다보며 말한다. "포니 때문에 오신 거예요?"

"뭐…?"

"마구간에?"

"뭐라고?"

밀리는 가장 정신이 나가 보이는 미소를 짜낸다.

"자, 여기서 나가자. 네 방으로 도로 데려다줄게. 아, 외투를 입고 있네?"

"간호사!" 엘리자베스의 방에서 찢어지는 비명이 터져 나온다. 기회가 있었을 때 그 늙은 것의 숨통을 막아버리는 건데. 이제 밀리는 한바탕 소동이 난 것을 들을 수 있다. 어쩌면 3층의 아가타일까. 위층에서 문 닫히는 소리에 이어 발걸음 소리가 들려온다.

"자, 거기서 나오렴. 내가 간호사를 불러서 같이 널 도로 방으로 데려다 줄게."

남자는 도와주려 팔을 뻗지만, 이 드라마 속 자신의 배역에 열정적으로 깊이 빠져든 밀리는 마치 팔에 불이라도 붙은 것처럼(적어도 **이건** 실제 경험에서 끌어낼 수 있다) 고통스러운 끽 소리를 지르며 발끈해서 남자의 팔을 떨쳐버린다. 남자는 뒤로 물러나 뭔가 "아가타" 비슷한 소리를 내고는 데스크 쪽을 돌아본다. 거기서 간호사를 부르면 10초 만에 여기까지 내려올 것이다.

밀리는 연거푸 가벼운 기침 소리를 내지만 남자는 못 들은 척하고 계속 인터콤 쪽으로 간다. 그러자 밀리는 마치 창자가 튀어나와 두 사람 사이의 바닥에 떨어져 박살날 것 같은, 엄청난 골초의 구역질로 수위를 높인다.

"물." 밀리는 자기 목을 가리키며 말한다. "그냥 물 딱 한 잔만 마시고 싶어요."

남자는 밀리의 요청을 저울질하는 표정이다. 만약 타이밍이 더 좋았다면, 밀리는 확실히 이 매력적이지는 않지만 친절한 신사와의 소소한 밀당이 싫지 않았을 것이다. 하지만 목적에 집중해야 해, 아멜리아. 피터라면 그렇게 말했겠지.

"알겠어." 남자가 고개를 끄덕인다. "아무 걱정할 것 없어. 우리가 물을 갖다 줄게. 좋지?" 여봐란 듯 공손하고 조심스러운 태도로 남자는 다시금 정중하게 한 팔을 뻗는다. 이미 명연기로 그 무대를 씹어먹은 밀리는 숙녀답게 남자의 팔에 팔짱을 낀다. 마치 남자가 다음 왈츠를 함께 추기 위해 웅장한 무도회장으로 밀리를 에스코트하고 있는 것처럼.

밀리는 간헐적으로 기침을 하며 남자에게 이끌려 라운지로, 몇 주 전 자신과 케빈이 슬래터리 부인을 기다렸던 곳으로 향한다.

"금방 올게. 가만 앉아 있어야 해."

밀리는 남자의 말에 넋이 나간 듯한 미소를 지어 보이고, 남자가 부엌을 향해 발을 끌며 걸어가는 소리에 귀를 쫑긋 세운다. 그 후 프런트데스크로 달려간다. 책상 위에는 서류들과 파일 폴더 무더기, 김이 오르는 커피 잔, 전화기 한 대, 소형 텔레비전, 그리고 컴퓨터가 있다. 노란 포스트잇들이 책상 위에 덕지덕지 붙어 있지만 암호 비슷한 숫자열이 적힌 것은 눈에 띄지 않는다. 밀리는 서랍과 캐비닛을 서둘러 연다. 심지어 어쩌면 책상 밑에 보안 코드를 붙여놓았을지 모른다 싶어 책상 밑으로 기어들어가기까지 한다. 하지만 없다.

이제 부엌 쪽에서 인기척이 들린다. 남자는 당장이라도 돌아올지 모른다. 밀리의 눈길이 남자의 커피 잔에 닿은 순간, 한 가지 생각이 떠오른다. 사악하고 정신 나간 생각이라고 해야 할까, 영리한 생각이라고 해야 할까. 밀리는 에이딘의 가방 깊숙이 손을 집어넣어 몰래 빼돌린 알약을 찾는다. 졸피뎀 병을 꺼내어 알약 하나를 커피 잔에 떨어뜨리자 진흙탕 같은 수면에서 거품이 지글거린다. 발걸음 소리가 가까워진다. 두 알을 더 넣고 비로(Bíró) 볼펜으로 휘젓자 작은 요술콩들은 그을린 오렌지색으로 용해된다.

#

밀리는 이번에 새로 발견한 지식을 언젠가 쓸 일이 있을까 하는 한가로운 궁금증을 떠올린다. 졸피뎀 알약 세 알이면 대략 12분 만에 소시지 덩어리 하나가 침을 질질 흘리며 곯아떨어지게 만들 수 있다는 것. 밀리는 라운지 문 뒤에서 귀를 쫑긋 세운 채 남자가 책상으로 돌아와, 미친 여자가 어디로 사라졌는지 의아해하다 결국 다시 의자에 자리 잡고 앉는 모습을 지켜보았다. 기다리는 순간은 고문과도 같았지만, 경비원은 마침내 약 탄 커피 찌꺼기를 들이켰다.

이제 서둘러야 한다. 너부데데한 샐러드접시 같은 이마를 아래로 나른하게 끄덕거리는 경비원 옆을 쌩하니 지나쳐 곧장 앞문으로 간다. 덩치 한번 엄청나네. 밀리는 생각한다. 머리에 떠오르는 온갖 흔한 숫자 조합을 닥치는 대로 입력하기 시작한다. '1234', '1111', '007'. 하지만 그 점멸하는 멍청한 불빛은 계속해서 밀리를 약 올린다.

밀리는 노쇠한 다리가 허락하는 가장 빠른 속도로 뒷문을 향해 복도를 질주한다. 뒷문을 나가면 정원, 다른 말로 "운동장"이 있다. 이게 몇백 년 만의 달리기인지. 곧바로 폐가 활활 타오르지만, 신기하게도 몸은 가볍다. 마치 다시 소녀 시절로 돌아간 것 같다. 질척거리는 해안선을 뛰어다니며 오빠에게 비린내 나는 고무 같은 젖은 해초 덩어리를 던지던 시절로. 남매는 노상 사납게 싸웠다. 하지만 밀리는 뒷문 앞에서 우뚝 멈추고 만다. 거기서도 징글징글한 불빛이 밀리를 조롱하듯 깜빡이고 있다.

거기다 이제 설상가상으로 누가 앞문을 두드리고 있다. 택시다. 내가 노크하지 말라고 분명히 말했을 텐데? 밀리는 보안패드를 살펴본다. 다시 노크 소리가 들린다. 저러다 경비원이 깨고 말겠어. 책상에서 전화가 매애매애 울기 시작한다. 밀리가 포기하고 알 게 뭐냐 하고 망할 놈의 문을 벌컥 잡아당기는 순간, 보안패드 밑바닥에 '해제'라고 표시된 미세한 빨간 버튼이 눈에 띈다.

버튼을 누르자 불빛이 즉시 깜빡임을 멈춘다. 손을 뻗어 문손잡이를 돌리자 가볍게 돌아가고, 뒤이어 얼음장 같은 밤공기가 마치 얼음

벽을 들이받기라도 한 양 훅 밀려든다. 밀리는 덤불을 피해 느릿느릿 정원을 가로지르지만 의도치 않게 화단을 짓밟고 만다. 건물에서 멀리 떨어지지 않도록 주의하며 건물 모퉁이를 어정거린다. 진입로로 나섰다간 혹시라도 사람들 눈에 띌까 봐 겁이 난다.

하지만 결국 건물 탈출에 성공했다는 생각에 용기를 내어 앞 정원으로 서둘러 간다. 그리고 도착한 순간, 밀리가 부른 택시가 차도로 후진하는 것이 보인다. 양팔을 허공에 높이 들어 올려 손을 흔들지만 차는 속력을 내어 가버린다.

주위는 이제 몹시 춥고 적막에 싸여 있다. 앞으로 어쩌면 좋을지 아무런 생각도 떠오르지 않지만 그럼에도 움직여야 한다는 것만은 안다. 왼쪽으로 방향을 틀어 이웃집 정원을 지나 다음번 집으로 향한다. 네 집을 지나 길모퉁이에 도달해서야 아드레날린이 빠져나가기 시작한다.

옆구리가 아프게 쑤시고, 배낭은 벌써 70킬로그램쯤 되는 듯 느껴지고 들뜬 기분도 가라앉았지만 상관없다. 중요한 건 밖으로 나왔다는 것이다.

#

밀리의 계획은, 계획이랄 것까지도 없지만, 바로 그 집, 글렌 그라운드 49번지를 **세 번째**로 마주쳤을 때 비로소 형태를 띠기 시작한다. 그 집은 정원에 망가진 빨간 자전거 헬멧이 나뒹굴고 있다는 사실을 제외하면 길가의 다른 연립주택들과 구분이 가지 않는다. 밀리는 방향감각을 잃게 만드는 교외의 미로에서 길을 잃은 채 공식적으로 원을 그리며 돌고 있다. 자갈로 단장된 베이지색 주택들, 예고도 없이 나타나는 막다른 골목들, 밀리 같은 이방인들의 접근을 가로막는 특징 없는 돌담들. 요양원을 탈출한 이후로 지나가는 차를 한 대도 보지 못했다. 불이 켜진 창은 하나도 없다. 모두 커튼과 블라인드가 내려져 있는 것 같다. 사람들은 안에 있다. 밀리는 밖에 있다. 그리고 중요한 건, 밀리는 숨이 가쁘다. 옆구리가 갈수록 더 쑤시고, 땀에 젖은 양말이 왼발의 뼈 부분에 쓸리는 통증이 느껴진다(건막류는 말할 것도 없고). 그건 물집이 잡히고 있다는 뜻이고, 그건 현실적으로 오래는 걷지 못하리라는 뜻이다.

자신이 있는 곳이 어딘지 도무지 감이 오지 않는다. 이 거리를 벗어나 집으로 가야 하는데. 밀리는 고민한다. 헬멧이 있는 집 문을 두드리고 전혀 위험하지 않은, 도움이 필요한 길 잃은 여자 연기를 해야 할 것인가? 밀리는 다정한, 비록 잠이 덜 깨긴 했지만 그래도 예의 바르고 공감력 있는 집주인에게 시골에서 집으로 돌아가는 중이었다고 말하는 자신의 모습을 상상한다. 기왕이면 상류층처럼 들리도록 킬데어라고 하는 게 좋겠지. 베드 앤드 브렉퍼스트(숙박과 아침식사를 저렴하게 제공하는 숙박 시설-옮긴이)를 운영하는 오빠를 만나고 돌아가는 길이라고. 아니, 언니라고 하는 게 낫겠다. 오빠하고는 늘 사이가 나빴고 그 적개심이 연기에 영향을 미칠지도 모르니까. 차에 펑크가 나서요. 음, 길에서 못을 밟았거든요. 밀리는 상상 속에서 설명을 이어간다. 차는 바로 길 아래에 있어요(하지만 여기서는 너무 멀어서 보이지 않음). 혹시 택시를 부르게 전화 좀 빌려 쓸 수 있을까요? 그 대목에서, 집주인 남자는 밀리를 던리어리의 집까지 태워다 주겠다고 제의할 것이다. 왜 남자냐면 밀리가 상상하기에 그쪽이 한밤중에 문을 열어줄 가능성이 더 높기 때문이다. 남자는 하관이 발달한 온화한 얼굴을 가졌고 무해해 보이는 수염이 듬성듬성 났으며 중년 남자답게 배가 나왔을 것이다. 가는 길에 남자는 밀리에게 차는 어디 있느냐고 물을지도 모르지만, 밀리는 그건 걱정할 필요 없다고 안심시킬 것이다. 아침에 수리 트럭을 불러 견인하게 할 거라고.

놋쇠 노커를 더 자세히 들여다본 밀리는 그게 그 슬픔에 가득한 얼굴로 유명한 애나 리비아 복제품임을 간파한다. 가짜 크리스마스 화환이 3월 중순인 지금까지 문을 장식하고 있다는 것은 집주인이 꼼꼼한 성격이 아니라는 뜻이고, 이는 밀리에게 상서로운 징조다.

한편으로, 밀리는 이 계획이 모호하고 위험하고 잘못됐고 무모하며 현실성이 낮고 망할 가능성이 높다는 것을 안다. 하지만 다르게 보면, 씨발 달리 무슨 방법이 있지? 로스데일의 경비원이 어쩌면 갑자기 깨어났을지도 모른다. 아가타가 밀리가 없어진 걸 경찰에 신고했을지도 모른다. 어쩌면 경찰이 출동했을지도 모른다. 밀리는 그 아수라장을 상상하며 자부심으로 가슴 한구석이 부풀어 오르는 것을 느낀다. 하지만 이 시나리오가 현실로 펼쳐진다면 문제가 될 것이다. 요양원에서는 케빈에게 전화를 할 거고, 밀리보다 앞서 곧장 마르게이트로 갈 것이다. 그리고 강제로 밀리를 다시 데려갈 것이다.

문고리에 손을 뻗는 순간 자동차 소리가 들린다. 멀리서 들려오는 소리지만 절대 잘못 들었을 리는 없다. 경찰일까? 밀리는 본능적으로 생울타리 뒤에 숨는다. **오늘 밤엔 도대체 이 망할 놈의 덤불을 얼마나 많이 맞닥뜨려야 하지?** 소리로 보아 자동차는 아직 거리 하나쯤 떨어져 있는 듯하고, 밀리는 도로로 나가 차를 얻어 타야 할지 아니면 이 집을 상대로 운을 시험하는 게 더 나을지 고민에 빠진다. 주어진 선택지들을 저울질하고 있는데 거친 덤불 뿌리들 사이에서 오래된 찢어진 초콜릿 바 포장지가 언뜻 눈에 띄고, 이윽고 리본이 나뭇가지 사이에 끼어 대롱대롱 매달린 유아용 모카신 한 짝이 보인다. 신발에는 닳아서 해진 베이지색 털이 둘러져 있는데, 너무 작아서 유아라 해도 오래 신지는 못할 것이다. 기껏해야 몇 주쯤 신을 수 있을까. 밀리는 아주 옛날 자신의 아기를 떠올린다. 모린. 고작 몇 달이라는 짧은 생애의 대부분을 배내옷 속에서 보낸 모린에게는 슬리퍼가 전혀 필요 없었다. 아니, 기왕 말 나온 김에, 안경도 핀셋도, 체도, 운전면허증이나 남편도 필요 없었다. 그런데 밀리가 가지고 있는 그 많은 신발들을 생각해보면! 목이 조여 오고 날카로운 압박이 가슴을 내리누른다. 밀리는 너무나 오랜 시간을 들여 그런 생각들을 꽁꽁 가두고 멀리 치워버렸건만, 그 생각들은 사라지지 않았다. 새로운 파괴력으로, 마치 방금 도륙당한 동물처럼 여전히 피투성이로 맥박치고 있다.

그 조그만 물건을 들어 올려 뒤집어보니 밑창에 0-3개월이라고 찍혀 있다. 모린은 아름다운 아기라고, 다들 입을 모아 말했었다. 그 말을 가장 많이 하고 가장 자랑스러워하는 사람은 물론 피터였지만. 밀리와 피터와 케빈은 티타임 후에 항구 주변을 산책하곤 했다. 밀리는 그 유모차, 마치 어가 같은 4륜의 그 거대한 철제 기구를 밀었다. 케빈은 작은 손으로 종종 그 손잡이를 독차지했다. 아기는 이런 산책도 좋아했지만, 엄마 품에 안겨 있을 때 가장 행복해했다. 아이고 세상에. 밀리가 안아주지 않을 때면 그 조그만 것은 엄청난 분노를 터뜨렸다! 마치 그 장면이 뜨거운 열정을 요구하든 아니면 섬세한 미묘함을 요구하든 상관없이 절대 톤을 낮추는 법 없이 대사를 씹어 뱉는 연극배우처럼 적의에 차서 이글거렸다. 그들은, 밀리와 피터는 그 이야기를 하며 웃었다. 모린은 꼬마 마님이라고 불렸다. 두 사람은 늘 모린에 관해 이야기꽃을 피웠다. 그리고 그 후로는 한 번도 모린에 관해 이야기하지 않았다.

어느 겨울날 아침, 밀리는 언제나처럼 모린의 우유를 가스레인지에 데웠다. 그러나 요람에 가 보니 심지어 아기에게 손끝 하나 대지 않고도 아기에게서 뿜어 나오는 열기를 알 수 있었다. 모린은 불타오르고 있었다. 밀리는 피터를 외쳐 부르고 아기를 들어 안았다. 아기의 몸에는 생기가 없었지만 가장 끔찍한 건 눈이었다. 멍하니 허공을 보고 있는 그 눈. 밀리는 그냥 배내옷만 벗기면 아기의 열이 식을 거라는 말도 안 되는 생각을 했다. 하지만 기저귀 하나만 차고도 모린은 똑같았다. 이틀 후, 밀리의 아기는 병원에서 마지막 힘든 숨을 내쉬었다. 마치 늙고 병든 환자가 임종의 침상에서 내는 가래 끓는 숨처럼.

그 후로 밀리의 머릿속은 끝없는, 벗어날 수 없는 고리에 갇혀버렸다. 내가 우유병을 안 챙기고 그냥 바로 갔다면, 병원에 더 일찍 데려갔다면, 피터가 차를 더 빨리 몰았다면, 내가 간호를 했다면? 그리고 다른, 그보다 더 고통스러운 질문들. 모린은 자신이 사랑받는 걸 느꼈을까? 그걸 알았을까 아니면 알지 못한 채 지상을 떠났을까? 이제 밀리는 모카신을 손가락으로 어루만지며 모린을 땅에 눕혔을 때, 그 닳아서 반들반들해진 비누 조각처럼 말도 안 되게 부드럽고 기적 같은 콩팥 모양의 발에 무엇을 신겼을지 상상하려 해본다. 절대 알 수 없을 것이다. 보지 못했다. 밀리는 볼 수 없었다.

조금 전 소리를 낸 차는 이제 글렌 그라운드로 접어들고 있다. 밀리는 모카신을 손에서 놓고 신발의 지저분한 리본이 가지를 향해 다시 둥글게 말리는 것을 지켜본다. 경비원은 아니다. 회색 모리스 마이너, 피터가 전에 몰던 것과 같은 차다. 모종의 징조일까? 밀리는 포장도로로 나서서 손을 흔든다.

차는 마치 밀리를 기다리기라도 한 듯 즉시 날카롭게 덜컥 멈추고, 운전자는 어둠 속에서 조수석을 향해 손을 뻗더니 단번에 잠금을 풀고 문을 연다. 마치 밀리가 도망이라도 칠까 봐 겁나는 것처럼.

"히치하이킹은 하면 안 돼요. 아시죠."

밀리는 안을 엿본다. 보아하니 60대쯤으로 보이는 남자 운전자의 눈은 피로 때문인지 술 때문인지 벌겋게 충혈됐다. 남자가 조수석 의자를 두드린다.

"농담이에요, 농담. 추운데 있지 말고 타세요. 네, 얼른 타세요."

남자는 그렇게 말하면서 대시보드에서 조수석으로, 그리고 다시 대시보드로 눈동자를 재빨리 움직인다. 그 움직임은 이상하게 엉큼해 보이고, 그것은 밀리를 멈칫하게 만들 만큼 기묘하다.

"위험한 남자들이 마구 돌아다니죠." 남자가 말한다. "하지만 제가 말씀드리는데 저랑 있으면 안전하세요. 절대 안전. 어디 가세요?"

밀리는 장점(길에 차가 없으니 더하고 빼서 12분 안짝이면 마르게이트에 도착할 수 있다)과 단점(납치, 괴물, 연쇄 살인범)을 저울질한다.

"던리어리요."

38

앰뷸런스가 굉음을 울리며 진입로로 들어오고 에이딘의 하루가 어두운, 돌이킬 수 없는 쪽으로 방향을 틀기 전, 흡연자들이 아침 휴식시간마다 모이는 하키 경기장 북동쪽 구석에서 오가는 대화의 중심은 코앞으로 닥쳐온 모의고사다. 곧 실제 시험을 치르게 될 6학년생들은 단체로 잔뜩 쫄아 있다. 개중에는 이런 15분의 자유 시간을 이용해 담배를 최대 세 대까지 빠는 아이들도 있다. 이아고의 배신이나 북유럽의 어업 유형에 관한 머리에 쥐가 나게 만드는 에세이나 50가지 대과거 활용 암기 따위로 괴로워하며 투덜대는 게 아무래도 인생의 낙인 듯한 아름다운 골초 또라이 무리. 에이딘과 브리짓을 비롯한 5학년생들은 존중과 공감으로 언니들 무리를 둘러싸고 언니들의 불만과 불안과 쿨함을 흡수한다. 시간이라는 달콤한 사치를 소유한 그들은 아직 별 생각 없다. 열여섯이나 열일곱 살짜리들에게, 지금으로부터 1년 후는 머나먼 미지의 세계다. 아직 봄과 여름이 한참 남아 있다. 커피, 춤추기, 쇼핑, 음악, 맥주, 남자애들, 여행. 가능성은 넘친다.

이 한데 모인 신경질적인 무리의 바깥쪽 테두리에서 말없이 어정거리던 에이딘은 브리짓에게 껌을 내민 후 자신도 하나 꺼내 씹는다. 브리짓이 먼저, 에이딘은 그 다음. 시작이 언제인지는 알 수 없지만, 언제인가부터 에이딘은 대사 없는, 기다리는 여자 역에 캐스팅됐다. 에이딘은 산파이고, 브리짓은 그들의 모험과 야단법석, 가십과 전설을 낳는 여신이다. 브리짓은 자신이 대장이라는 확신을 가지고 친구를 아무렇지 않게 자기 편할 대로 조종하고, 에이딘은 그 사실에 씁쓸함을 느끼는 한편으로 자신이 선택됐다는 사실에 감사한다. 예컨대 눈알의 경우도 마찬가지다. 심지어 에이딘은 블리클랜드의 민트 용기를 훔친다는 우스꽝스러운 계획에서 자신이 맡은 역할에 대해 내심 반감이 있었지만, 그럼에도 그걸 훔쳤다. 마치 물어 온 것을 신나서 주인의 발치에 떨어뜨리는 강아지처럼. 비상등은 끄고 사이렌만 켠 구급차가 경기장에 모인 그들 모두를 지나치고 주차장과 마당을 쏜살같이 지나 학교 본관 앞에 끽 멈춰 섰을 때, 에이딘은 그 사실을 머릿속에서 불편하게 이리저리 굴려보고 있다.

"씨발, 뭐야?" 누군가가 말한다.

"머피 선생님이 마침내 꼴까닥한 거 아닐까." 이렇게 말한 건 브리짓이다. 다른 아이들은 깔깔 웃는다. "딩동, 마녀가 죽었다."

"못됐긴." 어떤 아첨쟁이가 말한다. 에이딘이 보기에는 브리짓 또한 인정받고 싶어 하지만, 그 사실을 감추는 데 더 능하다. 아니, 아예 통달했다.

여자애들은 들키지 않도록 먼 위치를 전략적으로 점유한 채 침묵 속에서 차량의 양편에서 두 남자가 나오는 걸 지켜본다. 잠시 후 그 둘이 학교 건물을 나와 페어 하우스로 달려간다. 이제 셋째 남자가 차 뒤편에서 뛰어내리는데, 그것을 보자 에이딘은 서커스가 떠오른다.

얼마나 많은 사람들이 타고 있을까?

저 멀리에서, 많은 사람들 중에서도 하필이면 하키 스틱과 무릎보호대, 마우스피스와 골키퍼 마스크로 하키를 하겠다는 확연한 목적의식 없이는 하키 경기장에 한 번도 나타난 적 없는 아이, 피오나 팰런이 갑자기 다른 아이들과 확 구분되는 그 어색한 걸음걸이로 이쪽을 향해 뛰어오는 모습이 보인다. 어릴 적에 어떤 심각한 엉덩이 부상을 당한 후유증이라나. 그 생각이 떠오르자 에이딘은 그 아이에게 연민을 느낀다. 피오나는 거칠게 양팔을 흔든다. 뭔가가 잘못된 게 틀림없다. 그리고 다시 대화를 시작했던 아이들은 피오나가 가져올 뭔지 모를 소식을 기다리면서 침묵에 잠긴다.

마침내 가까이 온 피오나는 얼굴이 땀에 젖어 번들거린다. 멈춰 서서 몸을 숙이고 가쁜 숨을 몰아쉰다.

"무슨 일이야?" 한 여자애가 묻는다.

"블리클랜드." 피오나는 숨을 들이켠다.

"뭐? 무슨 일인데?"

"쓰러졌어. 병원으로 실려갔어."

이 말을 들은 순간, 에이딘은 일종의 이명을 경험한다. 아이들이 동시에 흥분해서 쏟아놓는 그 수많은 말들. 응급상황에서 흔히 그렇듯 갑자기 모두가 친밀해지고 공기가 전류로 찌릿거린다. 온갖 감탄사와 욕설과 질문들이 멍청하게 반복된다. 하지만 에이딘에게는 모두 그저 뜻이 통하지 않는 잡음일 뿐이다. 에이딘에게 들리는 건 오로지 귀를 먹먹하게 만드는 윙윙대는 소음이 전부다. 여자애들이 하는 말은 전혀 들리지 않지만, 마침내 고개를 들고 다시 현실로 돌아올 용기를 냈을 때, 자신을 똑바로 응시하는 브리짓 크로의 얼굴이 보인다. 패닉을 얼굴 표정으로 만든다면 바로 저런 표정일까.

다른 아이들이 꽁초를 비벼 끄고 흥분해 웅성거리며 한 덩어리로 학교를 향해 급히 돌아갈 때, 브리짓은 에이딘을 보고 무언의 명령을 내린다. **그냥 있어.** 두 아이가 텅 빈 경기장에서 아무 말 없이 서로를 얼빠진 듯 응시하다가, 마침내 브리짓이 말한다. "그게 사람을 그렇게 아프게 만들 줄 누가 알았겠어?"

"아 맙소사, 브리짓."

"블리클랜드가 정말 그걸 먹었을까? 더 크다는 걸 못 봤을까? 아니, 더 축축하다는 걸?"

"아, 맙소사."

"아니면 역겹기 짝이 없는 냄새가 난다는 걸? 진짜로?" 브리짓이 못된 웃음소리를 낸다. "생선 눈알을 입에 넣고 빨았다는 거야?"

"어쩌면 그냥 아픈 걸지도?" 에이딘이 말한다. "어쩌면 뇌졸중이 온 거고, 이건 그 일과 아무 상관이 없다거나?"

"씨발, 그렇게 멍청하게 굴지 좀 마. 당연히 상관이 있지."

처음에는 션, 그 다음엔 아빠가 집을 나가더니, 이젠 이런 일이.

"진정해. 다들 실험실에 있었으니 그건 그중 누구라도 가져갔을 수 있어. 그리고 우리가 블리클랜드의 사무실에 들어간 건 아무도 못 봤어. 아무도 우릴 못 봤다고. 그 사람들은 아무것도 증명할 수 없어. 우린 그저 입만 다물고 있으면 돼."

에이딘은 머릿속에서 이 순간으로 이어진 사건들을 하나로 연결시키려 애를 쓴다. 아니 그보다, 친구가 어젯밤 그 비린내 나는 병에 둥둥 떠 있는 미끄덩한 죽은 눈알 세 개를 핀셋으로 끄집어내어 기숙사 사감의 민트 통에 떨어뜨린 순간으로 돌아간다. 공장에서 그 눈알들을 생선에게서 뽑아내고 신경을 자르고 분리하는 일을 해야 했을 딱한 인간들에 관해 생각했던 게 기억난다.

"죽으면 어떡해?" 에이딘이 속삭인다.

"고작 생선 눈알 때문에?"

"아, 맙소사."

"씨발, 그 소리 좀 그만할래? 안 죽어. 괜찮을 거야."

"애초에 여기 오는 게 아니었는데." 에이딘이 말한다.

"이렇게 생각해 봐. 블리클랜드는 심지어 자신이 뭘 먹었는지도 모를 거야, 알아? 그냥 아파서 병원에 간 거야. 절대, 민트 생각은 전혀 떠올리지도 못할 거야."

"우린 말해야 해." 에이딘이 말한다.

"너 정신 나갔니?"

"하지만 만약…."

"난 한마디도 안 할 거야." 브리짓이 이글거리는 눈빛으로 쏘아본다. "그리고 너도 마찬가지고."

"우린 그냥 이대로 잠자코 있을 순 없어."

"진정해. 네가 그러는 걸 본 사람은 아무도 없어."

에이딘이 몸이 차갑게 식는다. "**내가** 그러는 걸 본 사람이 없다고?"

"우리. 내 말뜻 알잖아."

에이딘은 브리짓에게, 그리고 자신에게 역겨움을 느낀다. 친구, 아니 이젠 옛 친구를 똑바로 볼 수조차 없다. 그리고 앞으로 자신의 행보를 확실히 말하기에는 마음이 너무 불안정하다. 브리짓은 에이딘을 막으려고만 할 것이다. 에이딘은 아무 말 없이 그곳을 떠난다. 경기장에서 더 멀어질수록 걸음은 더 빨라진다. 이윽고 에이딘은 페어하우스를 향해 달려가고, 브리짓은 뒤에서 무의미하게 외쳐 부르고 있다.

39

〈아이리시 데일리 스타〉가 케빈의 어깨를 때린다. 가벼운 손길이지만 짜증스럽다.

"어이. 잠자는 미녀."

곧바로 시야에 들어오는 메이브의 익살스러운 표정(왜곡하고 확대하는 플라스틱 안경, 분홍색 연필로 테두리를 그린 흡연자의 주름진 입술)과 동시에 들린 "미녀"라는 단어의 거슬리는 부조화는 케빈을 간절히 다시 돌아가고 싶은, 하지만 곧장 사라져버리는 관능적 꿈으로부터 떼어놓는다. 노브라로 헐렁한 꽃무늬 원피스를 입고 있는 메이브를 보니 아침 발기 따윈 저 멀리 사라져버린다.

"전화통에 불이 나던데."

케빈은 일어나 앉아 머리를 긁적인다. 이 미용사의 집에 혹시 이가 있는 건 아닐까. 그렇다면 실로 역설적인 상황이다. 케빈은 줄곧 근지러움을 느끼고 있다. 이 어수선하고 지저분하며 이국적인 가축우리에, 옛날 학교 친구의 저속한 모친 집에 얹혀살기 시작한 이후로 줄곧 이질감을 느끼고 있다. 메이브는 늘 케빈의 아침 목욕재계를 방해한다. 어제는 기다란 가짜 금발 세 가닥이 도브 바에 친친 감겨 있었고, 또 다른 날 아침에는 케빈이 메이브가 방금 나온 화장실에 들어갔는데, 메이브는 물 내리는 걸 잊었다. 그 악몽이란. 매일의 시금석이 되어주는 아이들을 잃고 유배당한 케빈은 갈수록 붕 떠 있는 듯한 기분을 느낀다. 정신 차려 보면 어느새 실없는, 쓰레기 같은 걱정들에 몰두해 있다. 애들이 치실질을 잘 하고 있나? 그레이스가 키아란을 위해 하키 경기를 예약했나? 지난 일주일 동안 고가티 식구들 입에 채소가 들어가긴 했을까?

메이브가 코웃음친다. "샤워를 하는 게 좋을 것 같은데, 귀염둥이."

"고맙습니다."

"그냥, 알려주는 거야." 메이브는 한숨을 푹 내쉬고 케빈과 믹이 어젯밤 커피 테이블에 피라미드 모양으로 쌓아놓은 빈 캔 더미를 가리킨다. 믹은 코스타리카에서 어떤 새 콘도가 개발 중인데 거기에 투자하고 싶다는 둥 하는 개소리를 주절대며 저녁을 마무리했다. 두 남자가 떠드는 것은 모조리 한바탕 개소리에 불과하다. "그런 냄새를 풍기면서 애들 학교에 가고 싶지는 않을 거 아냐."

"학교요?"

메이브는 케빈의 휴대전화를 케빈의 손에 밀어넣는다. 로스데일 요양원에서 부재중 전화 두 통, 밀번 학교에서 세 통.

#

"밀번 여학교입니다. 좋은 아침입니다."

"로즈, 나예요."

"케빈." 로즈의 목소리에 힘이 빠진다. "아, 맙소사."

의심의 여지가 없다. 케빈은 미약한 서글픔을 감지한다. 아무리 수치스러우니 어쩌니 했어도, 극히 미미하나마 자존감이 솟는 게 느껴진다. 로즈 버드가 나를 그리워한다. 나이가 내 절반밖에 안 되는. 내가 반쯤 벗은 채로 호텔 침대에 두고 온, 너무나 간절하고 또 간절한 이 경이로운 생물체가.

"있죠, 로즈. 미안한데 난 당신이 알아들은 줄 알았어요."

"뭐라고요?"

"내 처지가 달랐다면…." 케빈이 다정하게 말한다. "하지만 난 도저히 그럴 수 없어요."

"아 맙소사. 당신은 도대체 왜 **그러는** 거예요?"

케빈은 욱신 쑤시는 아픔을 느끼며 방어적으로 얼굴이 확 달아오른다. 하지만 그렇게 묻는 것도 무리는 아니다. 자신도 일주일 내내 그 질문을 머릿속 한구석에 품고 살았으니까. "아침 내내 전화했어요?"

"아니요! 여기서 지금 무슨 일이 벌어졌는지, 당신 알기나 해요? 학교 사람 아무하고도 통화 안 했어요?"

"무슨 일로요?"

"이디스요."

메이브가 언제나처럼 케빈이 통화중인 것 따윈 아랑곳없이 방 안으로 뒤뚱뒤뚱 걸어 들어온다.

"케빈." 메이브가 부른다. "빵이랑 버터 좀 사오지 않을래?"

케빈은 손을 흔들어 물리치고 휴대전화를 가리킨다.

"닭다리 살이랑, 그리고 쌀도 한 봉지만."

케빈은 전화기에 대고 말한다. "잠깐만 기다려 줄래요?" 그리고 집의 안주인에게 말한다. "네, 그럼요. 필요하신 건 다 말씀하세요. 다만 잠깐만 기다려주세요."

메이브가 순교자 같은 태도로 수선을 피우며 라거 캔들을 한데 모으기 시작하자 곧장 피라미드가 무너진다.

"제가 할게요." 케빈의 말투에 짜증이 묻어난다. "저 좀 잠깐만…?" 그리고 휴대전화를 향해 눈을 희번덕댄다. "그냥, 사적인 통화라서요."

"아, 난 신경 쓸 것 없어. 내 거실이지만 내가 자리를 비켜 줄게. 그러면 되지?" 케빈은 메이브를 향해 양손 가운뎃손가락을 들어 보이고 싶은 충동을 억누른다.

"여보세요?" 로즈가 말한다.

"미안해요. 무슨 이야기 하고 있었죠?"

"이디스가 병원으로 이송됐어요."

"이디스가 누군데요?"

"이디스 블리클랜드요. 페어 하우스 사감."

"뭐라고요? 무슨 일이 있었는데요?"

"중독 증상으로요."

"그거 정말 놀라운 소식이군요."

"케빈…." 로즈가 말한다. "사람들 말로는 에이딘 짓이래요."

#

그래서 케빈이 지금 확실히 알 수 있는 사실은 이거다. 아니다. **절대** 그럴 리 없다. 이디스 블리클랜드가 위세척을 받고 지금 이 순간 병원 침대에 누워 목숨을 건 사투를(아 맙소사) 벌이게 만든 사람이 자신의 딸(욱하긴 해도 무고하고 선의가 있는 아이)이라니. 블리클랜드는 입에 튜브가 연결됐고, 따뜻한 수액이 투여되고 배출되었다.

케빈은 그레이스의 휴대전화에 세 차례 연락을 시도했다. 그리고 세 번 다 거부당했다. "좆 까!" 케빈은 휴대전화에 대고 비명을 질렀다. 비록 케빈은 거실에, 메이브는 부엌에 있었고 닫힌 문이 둘 사이를 가로막고 있었지만, 케빈은 메이브가 어떻게 된 일인지 엿들으려고 게임과 흡연과 심지어 호흡까지 멈추고 집중하는 걸 느낄 수 있었다. "당신도 좆 까!" 케빈은 그렇게 고함치고 싶은 마음이 간절했다. 아이들에게 접근하지 말라는 그레이스의 명령 따윈 개의치 않고 문을 꽝 닫고 집을 나왔다. 메이브는 어이없게도 사 올 물건들의 목록을 적어 가지고 케빈의 차까지 따라왔다.

학교까지 어떻게 갔는지 전혀 기억이 없다. 정신을 차려 보니 어느새 철문을 지나 본관 건물까지 걸음을 재촉하고 있었다. 이렇게 극도로 다급함을 느끼는 건 몇 년 만에 처음이다(로즈와 욕망에 차서 엎치락뒤치락했던 것 따윈 이제 먼 과거처럼 느껴진다. 아니, 전생의 일 같다). 케빈은 마치 앞길에 놓인 모든 것을 밟아 뭉개는 둔해 빠진 동화 속 거인처럼 학교를 향해 성큼성큼 걸음을 떼놓는다. 가슴에는 죽음 같은 침묵이 내려앉았다. 아이들은 틀림없이 수업 중일 것이다. **케빈의** 아이도 수업 중일까? 도저히 이해할 수 없는 그 소식을 들은 후로, 케빈은 에이딘이 지금 뭘 하고 있을지를 상상해보려 하지만 잘 되지 않는다. 그냥, 자신이 들은 말이 도저히 이해가 가지 않는다.

로즈의 사무실 문을 노크하자 내연녀가 될 뻔했던 여자는 너무나 프로페셔널한 태도로 케빈을 맞는다. 그 태도를 보고 케빈은 교장선생님이 곧 오겠구나 하고 짐작하는데, 그 짐작이 적중한다. 가지를 연상시키는, 구부정하고 핼쑥한 머피 선생님이 로즈 뒤에서 나와 이글이글 타오르는 눈초리로 케빈을 노려본다. 마치 케빈이 이 모든 사건을 일으킨 장본인이기라도 한 양. 뭐, 문제의 인물을 **낳긴** 했으니까, 그렇다. 이건 어쩌면 케빈의 잘못이다. 어쩌면 케빈이 욕망에 사로잡혀 인정머리 없는 주정뱅이의 꽁무니를 쫓아다니지 않았더라면, 끝까지 좋은 남자로 남았더라면 여기 이렇게 올 일은 없었을지도 모른다. 그리고 내 딸은 지금 어디 있지? 튀었나? 무슨 상습 전과범마냥 어떤 끔찍한 작은 방에 갇혀 있는 건가? 그리고 내 아내는 어디 있지?

그래도 인정해 줘야 할 것이, 머피는 끔찍한 사건의 세세한 내용을 전달하는 데서 기쁨을 누리는 부류가 아니다. 로즈에게는 문을 닫고 나가달라고 부탁하고, 케빈에게는 앉으라고 청한 후 그날 아침의 끔찍한 사건을 풀어놓는다. 블리클랜드는 1학년 학생들을 대상으로 문간에 서서 손에는 공책을 든 채 자신이 맡고 있는 아이들을 내려다보며(늘 **아래를** 내려다보지) 아침 훈시를 하는 중이었다. 말을 하던 도중에 갑자기 정신을 잃고는 아무런 예고 없이 공책을 떨어뜨리고 고꾸라졌다. 블리클랜드는 다시 일어나려 했지만 그러지 못하고 비명을 질렀다. 배를 움켜쥐고 몸을 접은 채 구역질을 하기 시작했다. 여자애들은 비명을 질렀다. 다행히 한 아이가 침착하게 어른을 부를 생각을 했고, 구급차가 호출됐다.

"하지만 그분은… 회복됐나요?" 케빈의 질문에는 가냘픈 희망이 담겨 있다. 마치 방금 눈앞에서 고양이가 차에 깔린 걸 본 아이가 "고양이는 괜찮나요?"하고 물을 때처럼.

"그분은 빈센츠 병원에 있어요. 의사들이 위세척을 실시했죠. 위의 내용물을 다 꺼냈어요."

그 말에 케빈은 어쩐지 의사가 농구공에 바람을 넣을 때 쓰는 수동 펌프의 손잡이를 온 힘을 다해 누르는 광경을 떠올린다. 한 발은 밑동의 양 끝을 밟은 채, 들어 올리고 내리누르고.

"독이 몸에 흡수되기 전에 가능한 한 빨리 이뤄져야 하죠."

독! 케빈은 움찔한다. "전 도무지…."

"포름알데히드는 해독제가 따로 없어요, 아시겠지만. 그래서 다른 선택지가 없어요. 오로지 그 방법뿐이죠. 다행히도 독소는 성공적으로 세척됐어요."

로즈와의 첫 통화 이후로 케빈은 줄곧 가슴에 위험한 수준의 압박감을 느끼고 있었다. 이제야 긴장이 약간이나마 느슨해진다. 목과 팔의 근육이 사르르 풀리는 듯하다. **성공적으로**는 아름다운 단어다. 이제 케빈이 가장 좋아하는 단어가 되었다. 그 후 문득 생각이 떠오른다. **포름알데히드라고?** 16살짜리 아이가 어떻게 포름알데히드를 손에 넣었을까? 아니, 이건 틀림없이 뭔가 잘못된 거다. 착오다.

"제 딸은 어디 있죠?"

"하지만 합병증이 있습니다."

"에이딘한테요?"

"아뇨, 고가티 씨, 에이딘한테가 아닙니다. 블리클랜드 선생님한테요." 단순히 신랄한 어조와 사나운 눈길의 조합만으로 어마어마한 역겨움을 선명히 표현하는 머피의 능력을 목격한 케빈은 머피가 왜 그토록 유능한 교장인지 비로소 이해한다. "위세척 과정에서 일부 입자가 폐로 들어갔을 가능성이 있습니다. 흡인성 폐렴이라고 하죠. 치료는 가능하지만 지금으로서는 그것 말고는 전혀 알 수 없습니다."

"그게 무슨 뜻이죠?"

머피가 노려본다. "지금으로서는 그것 말고는 전혀 알 수 없다는 뜻입니다."

케빈은 고개를 떨군다. "하지만 도대체 어쩌다 이런 일이 일어났을까요? 전 이해가 안 갑니다. 에이딘이 도대체 어떻게… 에이딘이 한 짓인지 도대체 어떻게 아시죠? 그 애는 남에게 해코지를 할 애가 아니에요. 그 애는…."

"고가티 씨, 저희가 파악한 바로 귀하의 따님과 다른 학생 하나가요 며칠 전에 화학 실험실에서 생선 눈알 몇 개를 훔쳤고, 블리클랜드 선생님의 브레스민트 통을 손에 넣어서… 네, 믿기 어렵다는 건 이해합니다. 제가 여기 온 지 27년째인데 이런 일은…."

케빈은 속이 한바탕 뒤집히는 걸 느낀다.

"블리클랜드 선생님은 눈알을 민트로 착각하고 먹었습니다," 교장 선생님은 말을 잇는다. "확실히 그게 핵심이었습니다. 부디 진정하세요, 고가티 씨."

"이해가 안 갑니다. 그 애 짓인지는 어떻게 아세요?"

"그 애가 직접 양호교사인 플린한테 털어놨습니다. 그걸 알면 구급 의료원에게 도움이 될 거라고 생각해서요."

"이런, 맙소사." 케빈이 말한다. "전 에이딘을 봐야겠습니다."

40

한편 던리어리에서, 밀리는 집 뒤쪽 정원에 서서 창문으로 집 안을 들여다보며 곰곰이 생각 중이다. 숯덩이가 된 부엌에서 그을린 팔을 대충 키친타월로 둘둘 감은 채 아들에게 구조된 지 몇 주가 지났다. (상처는 나았지만 꽤 큰 흉터가 남았다. 볼품없는 팔목에 마치 스포츠 시계처럼 약 2.5센티미터 길이로 걸쳐져 있는 근지러운 연분홍색 조직.) 여분의 열쇠가 없는 지금, 밀리는 마르게이트에 진입하려면 역시 인습에 어긋나는 방식을 쓸 수밖에 없다는 사실을 깨닫는다. 케빈의 옛날 방 창문으로 기어오르는 수밖에.

밀리는 낡은 나무 상자가 잘 버텨줄지 확인하려고 발로 몇 차례 밟아 본 후 집 뒤편 벽에 상자를 바짝 붙여 높이를 맞추고 그 위에 올라선다. 약간 고생하긴 했지만 결국 부스러지는 벽돌들 사이의 작지 않은 틈새에 오른발을 디딘다.

정말이지 그동안 집을 너무 방치했다.

두 번 실패하고 세 번째 시도에 밀리는 비로소 반대쪽 다리를 꽤 볼썽사납게 휘둘러 창틀로 몸을 끌어올리고 창을 밀어 여는 데 성공한다. 하지만 밀리의 운이라면 뒤로 자빠져 골이 깨지고 뇌진탕에 기억상실인 채로 발견되어 로스데일로 돌려보내질지도 모른다. 이 지옥 같은 사이클을 영원히 반복할 운명. 밀리는 창틀을 강철처럼 단단히 붙들고 방 안으로 기어오르지만, 앞으로 기우뚱해 결국 카펫에 대자로 엎어진다.

밀리는 잠시 지렁이의 시점에서 케빈이 어릴 때 쓰던 방을 관찰한다. 네 벽은 모두 귀퉁이가 접힌 종이들로 뒤덮여 있다. 이제는 세월에 바랜, 썰매에 올라탄 남자애들이 서로에게 손을 흔들며 눈 위를 미끄러져 가는 그림이 그려진 얇은 하늘색 리넨 천. 천장 구석은 온통 거대하고 복잡한 거미줄에 점령당했다. 잠깐 쉬려고 눈을 감았던 밀리는 금세 부르르 몸서리치며 눈을 뜬다. 방이 원래 이렇게 추웠나?

집 안은 고요하다. 밀리는 거실로 가서 불을 켜고 리모컨을 찾는다. 그 무엇보다도 진짜 집에 돌아왔다는 기분을 느끼게 해주는 무릎반사 작용이다. 리모컨은 소파 쿠션 밑에서 발견되지만, 전원 버튼을 누른 순간 텔레비전이 없다는 걸 깨닫는다.

텔레비전은 가버렸다. 처음 떠오른 생각은 '수리점에 보냈나?'이다. 하지만 아니다. 케빈이 이미 수리했다. 그리하여 밀리는, 최종적인, 불가피한 결론에 도달한다. 텔레비전을 도둑맞았다.

그렇다 함은 집에 도둑이 들었다는 것.

밀리는 자신에게 세상 그 어느 곳보다도 더 익숙한, 결함투성이지만 사랑스러운 이 공간을 전에 없이 의심스러운 눈길로 훑어본다. 누군가가 분명히 여기 있었다. 물건들이 **엉망이다**. 오래전 아들이 선물로 준 CD플레이어, 그 매끈하고 신비로운 장치가 오랫동안 놓여 있던 책장에서 사라지고, 빈자리에는 감탄이 나올 정도로 두툼한 직사각형 먼지만이 남아 있다. 밀리의 작은 책상은 열려 있다. 경첩으로 여닫을 수 있는 상판은 종이와 팸플릿과 가족사진과 영수증과 크리스마스 카드와 목록들로 뒤덮여 엄청난 난장판이다. 일부는 바닥의 짝퉁 페르시아 러그 위로 쏟아졌다.

밀리는 실비아의 차용증이 있을 가능성이 가장 높은 곳이 책상임을 떠올리며 커져 가는 불안감 속에 네 발로 바닥에 엎드린다. 다른 공식 서류들이 눈에 띈다. 기한이 지났지만 몇 년마다 한 번씩 다시 꺼내 읽어 보는 피터의 유언장. 옛날에 피터가 밀리를 얼마나 사랑했는지를 보여주는 일종의 증거물이다. 그 묵묵한 헌신. 계속 찾고 있지만 시간이 흐를수록 그 종이에 서명한 기억은 더욱 흐려지고 급기야 밀리는 **내가 상상한 건가?** 하는 생각마저 들기 시작한다. 하지만 아니다. 실비아가 눈물의 작별인사를 하기 직전, 화재가 일어나기 전에 밀리와 실비아는 부엌에 서서 차용증에 서명을 했다.

밀리는 하마터면 앞문의 우편물 더미에 발이 걸려 넘어질 뻔한다. 그동안 받지 못한 그 수많은 우편물 생각은 거의 잊고 있었다. 흥미를 끌 만한 것은 없다. 그저 요금 청구서 한 움큼과 아일랜드 은행에서 온 봉투 두 장이 전부다. 처음 집어 든 봉투는 밀리에게 당좌 예금 잔고가 마이너스 200파운드임을 알려준다. 이건 확실히 잘못됐다. 밀리의 구좌에는 넉넉잡고 3,000파운드는 들어 있었다. 다음 봉투를 뜯어 연다. 월간 내역서다. 그로써 즉시 첫 봉투의 의문이 풀린다. 두 달 전부터 지금까지 이 마을과 그 외 지역에 위치한 각각 다른 현금인출기에서 1일 약 2회씩, 최소 40파운드에서 최고 80파운드에 이르는 금액이 총 17회 인출됐다. 마지막 인출은 더블린 공항에서 이루어졌다.

밀리는 비명을 지른다.

실비아 페닝이 그 풍성한 머리를 하고 라운지에 서서 손톱으로 탁자 표면을 요란하게 따각따각 두드리는 모습이 밀리의 머릿속에 선하게 그려진다. 달콤한 냄새가 확 풍기는 포도맛 껌을 딱딱 씹으며 다정하게 담요를 들고 옆에서 알짱거리다 어차피 자신은 상점에 가는 길이라 전혀 성가실 것 없으니 은행에서 현금을 찾아다 주겠다고 교활하게 제의하던 실비아의 모습이 떠오른다. 이제 와 돌이켜보니 그 관심 어린 태도는 거짓이었던 게 너무나 명백하고, 심지어 경멸마저 담겨 있었다. 아, 더러운 배신자!

밀리는 교묘하고 교활한 사기에 당했다. 단지 17회의 몰래 이루어진 현금 인출이 다가 아니라, 아이가 죽게 생겼다는 말에 빌려준 거금까지! 알고 보니 처음부터 케빈이 옳았던 것이다. 밀리는 무능력자다. 금치산자다. 그리고 바보다. 늙은 금치산자, 무일푼이 된 바보.

자신과 "친구"가 주인공인 지난 일화 열몇 편이 밀리의 머릿속에 한꺼번에 떠오른다. 각 일화는 이 새로운, 비도덕적 필터를 통해 재구성되고, 이제 동료의 음침한 동기들, 그 범죄 계획은 가장 초기 시절까지 거슬러 올라가 모든 좋은 기억들을 더럽힌다. 예컨대 슈퍼마켓에서 작은 차사고가 있었을 때 밀리를 그렇게 적극적으로 보호하려고 나선 것도 당연했다. 케빈에게 차 이야기를 하지 않겠다고 약속한 것은 밀리의 호감을 사기 위해서였다.

차.

밀리는 앞문을 열고 문간을 지나면서 강제 침입의 흔적이 없음을 확인한다. 당연히 없겠지. 실비아 페닝은 그냥 춤추며 들어왔을 것이다. 아무 때나 편한 시간에, 넷째 타일 밑에 놔둔 열쇠로. 실비아는 바보가 아니다. 바보는 **밀리**다. 밀리는 허리를 숙이면 안을 들여다볼 수 있을 만큼만 차고 문을 위로 올린다. 하지만 차는 여전히 거기 있다.

하긴 실비아가 미국으로 튀었다면 차는 필요 없었을 것이다. 그럼에도. 악독하고 무시무시한 것! 밀리 고가티는 얼마나 멍청한가? 그 모든 걸, 그 관심과 미국 간식과 싸구려 아침을, 그 여자가 활개치고 돌아다니며 차를 차려 주고 아픈 발을 문질러 주고 (아마 분명 밀리의 돈으로 샀을) 작은 꽃다발과 페이스트리들을 가져다주는 걸 얼씨구나 덥석 받다니. 늘 안 해도 되는 집안일을 스스로 하겠다고 나서고. 찬장을 전부 정리정돈하겠다고 결정했을 때처럼. 아마도 범행 계획을 세우는 것이, 더 많은 보물을 발견하는 것이 목적이었겠지.

밀리는 차갑게 굳는다.

다시 책상으로 달려간다. 그 난장판의 의미는 이제 놀랍도록 명확하다. 실비아는 아마도 차용증을 가져가려고 책상을 뒤졌을 것이다. 책상의 수많은 수납칸 중 하나에서, 밀리는 '긴장을 풀어주는 클래식 50곡'이라는 제목의 카세트테이프를 찾아낸다. 잔뜩 긴장된 손으로 케이스를 열어본다. 그러자 피터의 금고 열쇠가 눈에 들어온다. 마치 인형의 집 열쇠처럼 조그마한, 구리로 만들어진 그것은 오랫동안 보관해 온 바로 그 자리에 있다.

"됐어." 밀리는 중요한 소지품, 실비아가 그 더러운 손을 대지 못한 가장 귀중한 한 가지가 남아 있다는 사실에 안도해서 중얼거린다.

열쇠를 들고 피터의 방으로 간다. 반지를 직접 손에 쥐고 싶은 욕구가 강렬하다. 현재의 재정적 상황을 감안하면 아마도 당장 시내로 들고 가서 감정을 받아야 할 것이다. 비록 죽은 남편의 반지를 전당포에 맡긴다는 생각만으로도 함께한 세월이 떠오르며 엄청난 고통이 밀려오더라도.

잠시 후, 밀리는 피터의 벽장에서 자기 신발 옆의 빈자리를 보며 입을 쩍 벌리고 서 있다. 실비아가 왜 열쇠를 가져가지 않았는지 이제야 이해한다. 필요가 없었던 것이다. 실비아는 망할 놈의 금고를 통째로 들고 튀는 방법을 택했으니까.

41

“에이딘?”

케빈은 문을 부드럽게 두드린다. 그 노크는, 말로 하자면, **우리 다정하게 대화 좀 나누자, 내 사랑**으로 번역할 수 있다. 다정하고 사랑 넘치는 아버지로서 다정하고 사랑 넘치게 에이딘을 꼬셔서 수납 벽장에서 나오게 만드는 것이 케빈의 목표이기 때문이다. 옆에서 부루퉁하게 서 있는 교장선생님을 포함해서, 다른 사람들의 시도는 모두 실패했다. 오늘 아침의 파국, 중독 상태로 병원 침대에 누운 직원과 사춘기 소녀의 신경질적인 고백 그리고 그 뒤를 이은 자발적 유배 및 침묵에 대한 교장의 인내심은 슬슬 바닥나고 있는 듯하다. 설상가상으로 로즈 버드까지 옆에 있다. 에나멜 펌프스에 솜털 같은 흰색 앙고라 점퍼 차림의 더없이 자극적인 모습으로 캠퍼스를 헤집고 왔다. 케빈은 무자비하게 박살 난 자신의 결혼생활에도 불구하고 그 부드러운 털을 쓰다듬고 싶은 욕구를 느낀다.

케빈의 노력은 침묵만을 마주한다. 망할 놈의 벽장 문짝을 뜯어내고 통제가 안 되는 딸을 끄집어내어 달키의 집으로 데려간 후 평생 거기 가둬 두고 싶다. 하지만 케빈 고가티는 이 일을 차분하고 성숙한 방식으로 처리할 작정이다. 부녀 간의 애정을 이용할 것이다. 대걸레와 양동이와 소독약들로부터 밖으로 꾀어 내고야 말 것이다. 당근을 쓰든 채찍을 쓰든.

케빈은 목청을 가다듬고 다시 한 번 똑같이 부드러운 노크를 하지만, 소용 없다. 목소리를 낮추고 교장을 돌아본다.

"저희 둘만 있으면 에이딘이 대화에 응할 가능성이 더 높을 것 같은데요."

현재 처한 곤경이 부모로서 케빈이 얼마나 실패했는가를 명백히 알려주고 있음을 감안하면 매우 아이러니하게 들릴 수 있는 말이다. 늙은 교장은 케빈을 노려본 후 몸을 돌려 발을 끌고 자리를 뜬다. 교장이 한 걸음 한 걸음 떼놓을 때마다 굽 낮은 신발이 숨을 몰아쉬며 구해달라고 애원하는 인질 같은 소리를 낸다.

"고가티 씨." 문턱을 넘어 복도로 나가려다 말고 교장이 말한다. "이 상황이 무마될 수 없다는 건 아시죠."

"당연하죠." 케빈은 고개를 끄덕이고 짐짓 자신감 넘치는 미소를 지어 보인다. 마치 칵테일파티에서 방금 만나 새로 사귄 친구를 배웅하듯이.

"몇 분쯤 시간을 드리죠. 하지만 그 후엔 저희 쪽에서 조치를 취할 겁니다."

"알겠습니다. 감사합니다."

교장이 멀어져갈 때, 케빈은 감히 로즈를 쳐다볼 엄두도 내지 못한다. 안 그래도 불편하고 어지러운 케빈은 로즈의 존재 때문에 더한층 불편함과 어지러움을 느낀다. 마치 빈 위장에 낮술로 샴페인을 몇 잔 집어넣기라도 한 것처럼.

"버드 씨." 머피가 로즈를 부른다.

케빈은 아무 말도 없이 이대로 로즈를 보내서는 안 된다는 생각이 든다. 도대체 무슨 말을 해야 할지는 몰라도. 자신은 아무렇지도 않으며(거짓) 두 사람 사이에 있었던 모든 일은 이미 지나간 일이고, 다정하게 대할 수는 없어도 예의는 지킬 것임을 알려주는 어떤 제스처를 보일 필요가 있다.

"버드 선생님?" 케빈이 말한다.

로즈는 뭐라 형언할 수 없는 표정으로 케빈을 돌아본다. 어쩌면 갈망일지도 모르지만, 상냥함으로 가늘게 뜬 눈에는 적어도 슬픔과 연대감과 우정 또한 담겨 있다.

"우리 얘긴 씨발 아무한테도 하지 말아요." 로즈가 속삭인다. "아니면 내가 맹세코 당신 부숴버릴 테니까."

케빈은 움츠러든다.

그 가늘게 뜬 눈은 아마도 악당의 눈초리에 더 가까웠을 것임을, 케빈은 뒤늦게 깨닫는다. 갈망이라고 착각한 건 혐오였고. 나중에 이 순간을 다시 돌이켜본 케빈은 새삼 깜짝 놀라며 경이로움마저 느끼게 된다. 그 의미와 그 타이밍이라니! 그리고 자신의 판단력이 얼마나 형편없는지에 대해서도.

로즈가 멀어져 간다. 속사포처럼 딸깍거리는 로즈의 뒷굽 소리 사이사이에 교장의 느릿느릿한 발소리가 희극적으로 점을 찍는다. 엄청난 한 쌍이다. 케빈은 그 무서운 여자들을 등지고 자신의 어린 딸을 돌아보고는 더 시급하게, 연달아 노크를 한다. 총 여섯 번. 진동이 느껴질 정도로 충분히 세게.

"에이딘." 케빈이 잇새로 식식거린다. "당장 이 문 열어. 지금 당장. 이건 절대적으로… 맙소사, 이건… 그래, 이건 아주 형편없는 선택이야, 에이딘!"

딸이 안에서 뭘 하고 있을지 그려보려 한다. 소리 없이 울고 있을까, 아니면 조용히 꼼지락대고 있을까? 어쩌면 그냥 엿 먹어라 하고 선반에 걸레질이나 하고 있을지도 모른다. 관심을 즐기면서. 누가 알겠는가. 집에서 그 난리가 나고 메이브와 믹의 집에 얹혀살게 된 이후로 케빈은 요즘 딸에게 관심을 많이 주지 못했다.

"네가 그 벽장 안에 있는 시간이 1분 1초 더 늘어날수록 이 일은 더 심각해지기만 할 뿐이야. 넌 이미 지금도 충분히 곤란한 상황이고, 당장 나오지 않으면 지금보다 더 곤란한 상황에 처하게 될 거야. 무슨 일이 있었는지 말해. 당장!"

이 헛된 독백 내내 딸은 한 마디도 하지 않고, 케빈은 권력 관계가 확연히 변화하는 것을 느낀다. 맙소사, 예전에는 감정적으로 불안정한 사람과 협상하는 데 능했다. 고급 잡지를 찍어내고 유명인사의 따까리들을 설득하고 허락을 얻어 그들의 주인에게 접근하는 일을 그만둔 얼마 전부터 지금까지, **이 일**은 뭐랄까 케빈의 본업이 되었다. 아이들의 이야기를 들어주고 방향을 잡아주는, 아무도 알아주지 않는 허둥대는 부모 노릇. 주의를 딴 데로 돌리고 웃음을 끌어내고 이야기를 들려주고 지지해주되 부드럽게 쿡 찔러 아이들이 도덕적으로 올바르고 실리적인 선택을 하도록 이끌어주면서 아이들의 고통을 공감하는, 그리고 전반적으로, 아이들이 덩치만 다 자란 천치가 되지 않기를 희망하는, 아니 간절히 바라는 것.

"봐, 아빠는 네가 이런 일을 일으킬 생각이 전혀 없었다는 걸 잘 알아. 그야 아빠는 네가 누구한테 해코지 같은 걸 할 애가 아닌 걸 아니까. 이건 도저히 네가 할 만한 일이 아니야. 아빠 말은, 너랑 누알라가 서로 실갱이하는 건 달라. 그건 정상적이지만 이건…."

주머니에 든 휴대전화가 울린다. 꺼내 보니 화면에 "아내"가 반짝인다. 오호라, **이제야** 시간이 나셨어? **이제야** 관심이 생기셨어? 그토록 전화를 걸었는데, 케빈은 여기 현장에 있고 그레이스는 확실히 저기에 있다. "수신 거부"를 누른다.

"아마 네 친구가 그러자고 했을 것 같은데? 친구 이름이 뭐니? 그 애가 그걸 넣었니, 아니면…." 심지어 입도 떨어지지 않는다. "너였니? 있잖아, 네가 이 일에 관해 네 입으로 말해주지 않으면, 난 그 애한테 물어봐야 할 거야. 그 애 부모님한테 전화를 해야 할 거라고."

케빈은 한숨을 푹 내쉬고 말을 잇는다. "넌 옳은 일을 한 거야. 블리클랜드 선생님이 뭘… 드셨는지를 바른대로 말한 것 말이야. 하지만 넌 정확히 무슨 일이 일어난 건지 아빠한테 말해줘야 해, 에이딘. 나와서 정당한 벌을 받아야 해. 그리고, 있잖아, 아빠도 너랑 같이 그 벌을 받을게."

케빈은 시계를 본다. 교장 선생님이 지금쯤 중앙사령부로 돌아갔을까? 거기서 곧장 이 심각한 문제를 해결하기 위해 하수인들을 불러 모으려나.

"어쨌거나 넌 절대 거기서 영원히 있을 수는 없어. 첫째로, 넌 언젠가 화장실에 가야만 할 거야, 안 그래? 그리고 그 후엔 배가 고파질 거고. 목도 마르겠지. 지치고 말걸. 손톱도 깎아야 할 테고. 안 그러면 넌 〈기네스북〉의 그 이상한 여자같이 되고 말아. 기억하지? 내 기억엔 알바니아인이었던가? 손톱이 휘어졌었지. 세상에서 가장 손톱이 긴 여자 말이야. 2미터는 되는, 끔찍한 갈고리손톱. 너, 그 여자가 그 손톱 때문에 아무것도 못 하는 거 알지? 누군가랑 악수만 해도 상대가 갈기갈기 찢어질 테니까. 문자 메시지도 못 보내. 끔찍하지! 사실, 그 사람이 할 수 있는 건 그저 부엌 식탁에 앉아서 매년 〈기네스북〉 촬영

직원들이 찾아오기를 기다리는 것뿐이야. 넌 정말 그 사람이 되고 싶니?"

계속되는 침묵. 케빈은 문을 두드린다.

"그럼 됐어. 흠." **생각해.** 케빈은 자신에게 명령한다. 그저 딸의 속을 알 수 없는 영혼을 들여다보고 싶은 것뿐인데, 그게 그렇게 무리한 요구인가? 케빈은 일종의 관계의 매듭을, 아빠와 딸 사이에 다리를 놓아줄 가장 작은 공통분모 같은 것을 찾아 자신의 과거를 파헤친다. 자신의 십 대 시절 일탈 행위를 돌이켜본다. 미성년자 음주 및 흡연, 나가면 안 될 때 몰래 나간 것, 들어가면 안 되는 곳에 몰래 들어간 것, 여자애들을 몰래 내보내고 들어오게 한 것, 무면허 운전. 이 상황에서 공감대 형성에 도움이 될 만한 건 하나도 없다. 지금까지 살면서 겪은 절망스러운 순간들을 찾아 기억을 헤집어본다. 런던에서 했던 스탠드업 공연을 떠올린다. 펍의 남자 손님들을 소재로 짧은 공연을 했다. 스툴에 올라가 펄쩍펄쩍 뛰면서 시장에서 집으로 가는 영감을 흉내 냈다. 당황한 표정을 짓고 양손으로 앞주머니를 뒤적이면서 "자두? 난 자두를 산 기억이 없는데"라고 말했다.

흠, 비록 케빈의 가장 훌륭한 공연은 아니었지만, 그 철저한 침묵은 너무 가혹했다. 어두운 방 안을 응시하며 느꼈던 공포감을 떠올린다. 자신을 향해 눈부시게 번쩍이는 스포트라이트 속에서 케빈이 알아볼 수 있는 것은 사람들의 윤곽선이 전부였다. 공간을 가득 채운 컴컴한 덩어리들. 전속력으로 달아나고 싶은 충동이 솟구치고, 출구가 왼쪽인지 오른쪽인지 분간하려 애쓰며 서 있는데 안쪽 어딘가에서 친숙한 웃음소리가 들려왔다. 그레이스였다. 그레이스가 거기 있었다. 그레이스는 자두를 싫어하지 않았다.

"아빠 여기 있어, 에이딘. 좋아, 우리 그냥 이걸 말로 해결할 수 없을까?"

에이딘이 콧방귀를 뀐다.

"아, 말로 해결할 수 없다고?" 케빈은 말한다. "우린 이제 친구 아니야?"

"친구! 제발 좀. 아빠는 날 이곳으로 보냈을 때 나랑 말하고 싶어 하지 않았잖아요."

에이딘이 자세를 바꾼 듯, 부스럭거리는 소리가 들린다.

"난 처음부터 여기 오기 싫었어요." 에이딘이 북받치는 목소리로 말한다. "하지만 아빠는 듣고 싶어 하지 않았죠. 싸울 때마다 매번 누알라 편만 들었잖아요. 그리고 아빠는 아무것도 몰라요, 쥐뿔만큼도 모른다고요. 심지어 들으려고도 하지 않았죠."

누알라? 이게 무슨 멍청한 헛소리야?

"아빠는 절대 들어주지 않아요."

"그건 사실이 아니야."

그게 사실인가? "좋아, 어쩌면 일부는 사실일지도 몰라. 아빠가 그동안…." 케빈은 자아성찰을 위해 잠시 말을 멈췄다가 다시 입을 연다. "그래, 네 말이 맞을지도 몰라. 미안하다. 그리고 있잖아, 어쩌면 넌 네 엄마와 나 사이의 문제 때문에 스트레스를 받았을지도 모르겠다. 하지만 이건 일시적이야. 네가 걱정할 일은 아무것도 없어."

문 뒤에서, 나지막하게 코 훌쩍이는 소리와 우는 것처럼 헉 하고 숨 내쉬는 소리가 들린다.

"어휴, 에이딘."

에이딘은 목이 메어 흐느끼는 듯하다. "난 그런 일이 벌어질 줄 몰랐어요, 아빠! 그냥 장난이었어요. 멍청한 장난요. 심지어 하고 싶지도 않았다고요. 난 그냥 선생님 가방에서 민트를 꺼낸 게 다예요. 그걸 넣은 건 내가 아니에요. 그것 때문에 선생님이 그렇게 아프게 될 줄은 몰랐다고요."

"넌 선생님을 아프게 만들 생각이 없었구나." 케빈은 엄청난 안도감을 느끼며 말한다.

"없었어요! 선생님은 괜찮으실까요?"

케빈은 한숨을 푹 쉰다. "몰라. 그랬으면 좋겠구나."

휴대전화가 매애 운다. '아내'다. 또 다시.

케빈은 그레이스와 통화하고 싶은 마음이 너무나 간절하다. "에이딘이 사감 선생님의 독살을 사주했어. 당신이 보고 싶어. 내 새 룸메이트는 골초에 잔소리꾼 할멈이지만 참 재미있는 게, 그렇게 이상한 사람은 아니야. 집안 곳곳으로 날 쫓아다니면서 아주 못마땅해 죽겠다는 듯 당신을 역성드는 말들을 미사일처럼 쏘아댄다니까. 그 사람은 당신이 세상에서 제일 훌륭하다고 생각하는 것 같아. 에이딘은 아주 개판을 쳤어. 하지만 그 애는 못된 마음을 먹고 그런 게 아니었어. 당신이 여기 있었으면 좋겠어. 당신 지혜가 필요해. 당신은 가장 훌륭한 사람이 **맞으니까.**"

케빈은 문을 향해 말한다. "1초만 기다려 줘, 에이딘." 그리고 전화를 받아 속삭인다. "여보세요?" 케빈은 전화를 건 사람이 엄마인 걸 에이딘이 알게 되면 어떤 무언의 신뢰 같은 게 깨질 거라고 느낀다.

"여보세요? 안 들려. 케빈?"

케빈은 문 앞을 떠나 탁구대와 도중에 중단된 게 분명한 백가몬 보드를 지난다. 다음 수는 무엇이었을지, 이젠 아무도 알 수 없을 것이다.

"나 학교에 있어." 케빈이 나지막이 말한다.

"뭐라고?"

케빈은 복도로 나와서 말한다. "학교에 있다고."

"어느 학교? 방금 3시간짜리 미팅을 마치고 나와 보니 당신이 건 전화가 다섯 통이나 와 있잖아!"

"난 학교에 있어." 케빈은 세 번째로 되풀이한다. "밀번에. 문제가 있었어. 기숙사 사감 선생님이…."

"잠깐, 기다려."

그레이스 쪽에서 숨죽인, 웅웅 울리는 잡담 소리가 들린다. 케빈은 영혼을 말살하는 기업 호텔 회의실에서 한 무리의 야후와 함께 있는 그레이스의 모습을 상상한다.

"금방 가요." 그레이스가 말한다. 케빈은 전화기 저편에서 오가는, 해독할 수 없는 대화에 귀를 쫑긋 세운다. 이윽고 아내가 전화기에 대고 말한다. "젠장, 벌써 다시 들어오라고 난리야. 끊어야겠다. 한 시간 후에 내가 전화할게. 에이딘은 괜찮은 거지, 맞지?"

케빈은 아무 말도 하지 않지만 머릿속에는 수많은 감정이 몰아친다. 끊어진 전화를 뒷주머니에 도로 집어넣고, 고개를 수그린 채 발을 끌고 휴게실로 돌아간다. 그리고 자신이 그토록 간절하게 원했던 일이 실제로 일어났음을 깨닫는다. 벽장문이 열려 있다. 하지만 그 비좁은 공간을 향해 다가섰을 때, 딸은 이미 그 안에 없다.

42

웨스트모어랜드 스트리트까지 버스를 타고 피어스 스트리트 역에서 기차로 갈아타 동네에 도착해 잠깐 걸은 후, 마침내 에이딘은 집 앞이다. 적막하고 텅 빈 방들이 낯설게만 느껴진다. 요 얼마 전의 단조로운 아침으로 돌아갈 수만 있다면 뭐든 다 내놓을 텐데. 원수의 머리를 스매싱하고 허공을 향해 "나 나감!" 하고 소리 지르며 앞문을 쾅 닫고, 한 손에는 버터 바른 토스트 한 쪽을 든 채 학교로 향하는 그런 아침.

에이딘은 곧장 구글 검색창에 '더블린 병원들'을 입력해 밀번과 가장 가까운 병원을 찾는다. 메인 데스크에 전화를 걸어 할 수 있는 한 가장 사무적인 어투로 말한다.

"환자 상태를 확인하고 싶은데요. 블리클랜드 씨라고."

"어느 병동이죠?"

"어… 응급?"

전화는 무한 대기 상태에 들어가고, 에이딘은 핵심적인 몇 분(계획을 세우고 짐을 싸야 하는)이 지나가는 것을 느끼며 초조해한다.

마침내, 다른 여자가 전화를 받는다. "니콜라입니다. 어떻게 도와드릴까요?"

"블리클랜드 씨 상태를 확인하고 싶은데요. 아침에 들어온 분요."

"전화 거신 분은 누구신가요?"

"조카 저스틴입니다."

"저스틴…?"

"…블리클랜드요."

"아, 그렇군요. 저희는 전화로는 환자분의 상태에 관한 정보를 알려드리지 않습니다, 블리클랜드 씨." **블리클랜드 씨라고!** 에이딘은 움찔 놀란다. "저희 병원 접수처로 오시면…."

"하지만 그럴 수가 없어요! 저는 멀리 살거든요. 제발, 정말 중요해요. 저는 그냥 숙모님이 괜찮으신지만 알면 돼요. 제발, 그냥 말씀해주시면 안 돼요?"

잠시 침묵이 이어진 후. "숙모… 라고 하셨죠?"

"네."

"환자분의 성 말고, 이름을 말씀해 주실 수 있나요?"

자욱한 담배 연기 속에서 강가에서 노닥거리며 보낸 셀 수 없이 많은 오후들, 옆 이층침대의 룸메이트랑 한밤에 사담을 나눌 때, 점심시간 식탁에서, 그리고 휴식시간에 수다를 떨 때, 에이딘과 브리짓을 비롯한 기숙사 여자애들은 페어 하우스의 수장을 지독한 별명들로 조롱했다. 그리고 잔인한 5행 희시를 짓거나(이건 에이딘), 늙은 여자의 절룩대는 걸음걸이를 과장되고 악랄하게 흉내 내기도 했다(이건 브리짓). 하지만 에이딘은(그리고 아마 예전 친구도) 그 여자의 이름이나 실제 인생에 관해 궁금해했던 기억 따윈 전혀 없다. 실제 인간이라는 측면에서는 블리클랜드를 한 번도 생각해보지 않았던 것이다. 그런데 이제 그 실제 인간이 에이딘 때문에 심각하게 다쳤다. 어쩌면 죽었을지도 모른다.

"몰라요!" 에이딘은 미친 듯 머리를 쥐어짠다. "앤?"

"누구세요?"

"전 그분을 블리클랜드 숙모님이라고 불러요. 제발요, 전 그분이 너무 걱정돼요."

"죄송하지만 안 되겠…."

"그분은 돌아가시는 건가요?" 에이딘은 엄청난 괴로움을 담아 불쑥 내뱉는다.

"그건 제 재량으로…."

"씨발!"

에이딘은 전화기를 받침대에 쾅 내려놓고 바닥에 축 늘어진 채 치솟는 감정에 몸을 맡긴다. 몽땅 다, 몽땅 다 완전히 좆됐다는 건 부인할 수 없는 팩트다. 그리고 그게 자신이 벌인 짓이라는 것도.

"제발 죽지 않게 해주세요." 에이딘은 자신도 모르게 연거푸 중얼대고 있다. 애원이고 주문이다. 호흡이 간신히 진정되자 바닥에서 일어나 소매로 얼굴을 문지른다. 신속히 행동할 필요가 있다. 정확히 어디로 가지? 머릿속이 텅 비었다. 그냥 멀리 가자. 에이딘은 우선 지하실로 내려간다. 곁눈질 한 번 하지 않고 엄마의 바퀴 달린 올리브색 여행 가방을 곧장 찾아내어 계단까지 굴린 후 쿵쿵 부딪치며 1층으로 끌고 올라간다. 계단을 한 칸 한 칸 올라갈 때마다 조그만 먼지 구름이 피어오른다. 좀 있으면 누알라와 키아란이 학교에서 집으로 올 테고, 그 다음엔 엄마도… 엄마가 얼마나 화를 내실까. 아니, 그보다 더 나쁜 건 실망하고 수치스러워하는 거다. 그리고 딱한 아빠도… 에이딘은 여전히 자신의 이름을 부르며 밀번 근처를 헤매고 있을지도 모를 아빠의 모습을 떠올린다.

이 방 저 방 돌아다니며 도망자한테 가장 필요할 법한 물건들을 찾아 나선다. 휴대전화, 충전기, 이어폰, 과자. 물론 정말로 필요한 건 돈이다. 하지만 그건 손에 넣을 수 없는 한 가지다. 아빠 서재로 가 책상을 뒤져 보지만 동전 한 줌이 전부다. 이것 가지고는 간신히 버스비만 내만 끝일 텐데. 사실 평소 같으면 할머니한테 찾아가 봤겠지만, 최근 할머니가 오히려 **에이딘에게** 돈을 빌려달라고 했다. 어쨌든 할머니는 로스데일에 있다. 그건 할머니 집이 비었다는 뜻이다. 그러니 적어도 얼마 동안은 마르게이트에 있을 수도 있을 것이다. 거기 잠깐 머물면서 계획을 다시 세우고, 심지어 하룻밤 묵을 수 있을지도 모른다. 그 생각을 하면 좀 소름이 끼치긴 하지만.

동전을 주머니에 슬쩍 집어넣고 마지막 서랍을 뒤지는데 우연히 가족들의 여권이 든 파일이 눈에 들어온다. 얄상한 버건디색 책자 여섯 권. 자신의 것을 펼치니 노려보는 시선이 보이고, 그걸 보니 그 사진을 찍으러 온 가족이 함께 사진관에 갔던 날이 떠오른다. 자신이 얼마나 비협조적이고 뚱하게 굴었는지도. 참 짜증 나게 굴었다.

에이딘은 여행 가방에 자신의 여권을 집어넣는다. 어쩌면 션을 만나러 미국에나 가 볼까? 이 공상은 금세 구체성을 띤다. 에이딘은 션의 병원 침상에서 션과 손을 마주 잡고 있는 자신의 모습을 자주 그려 보았다. 플로리다로 이주해서 미국 학생이 되는 거야. 학생들이 뜬금없이 노래를 부르는 것이 일상인, 벽돌 건물로 된 연기학교에 다니는 거야. 어쩌면 그곳의 어떤 선생님이 내 시를 인정해줄지도 몰라. 넓은 강당과 수천 개의 사물함, 그리고 손에 폼폼을 든 채 출입구에 몸을 기대고 있다가 사랑에 푹 빠진 션과 에이딘이 지나가면 양쪽으로 갈라서는, 매력적이고 무시무시한 치어리더들.

물론, 그 공상은 에이딘이 빈털터리에 미성년자라는 것만으로도 충분히 현실성이 없다. 심지어 그런 대담한 행보를 실제로 취한다 해도, 아빠가 당장 쫓아와서 도로 집으로 끌고 올 것이다. 아버지의 여권은 파일 맨 밑에 깔려 있다. 사진 속의 아버지는 실제보다 더 젊고 이목구비도 더 선명해 보인다. 살짝 올라간 입술 왼쪽 구석이 약간 치기 어린 자의식 비슷한 것을 담고 있는 듯하다.

한 가지 생각이 점점 형체를 갖춘다. 여권이 없으면 아빠는 에이딘이 어딜 가든 쫓아올 수 없다. 만약 에이딘이 어딘가로 간다고 하면.

감히 그럴 수 있을까?

하지만 그건 도둑질이고 잘못이며 범죄임을 아는 에이딘은 그 대신 방해되지 않도록 그 여권을 어딘가에 숨겨놓기로 마음먹는다. 그냥, 혹시 모를 경우를 대비해서 시간을 좀 벌기 위한 수법이다. 그러면 아무 때나 제자리에 도로 갖다놓으면 되니까. 에이딘은 아빠의 꽉 찬 책장들을 둘러보다 〈로제 유의어 사전〉(에이딘이 여전히 제일 좋아하는)과 심하게 낡은 〈더블린 사람들〉 사이에 그 얇은 책자를 끼워 넣는다. 그리고 혹시 모를 목격자를 방지하기 위해 던리어리의 뒤안길을 택해 집을 나선다.

43

밀리가 던리어리 가르다 경찰서의 이 불쾌한 취조실에 처음 온 후로 못 본 사이 오코너 경사는 부숭부숭한 수염을 담요처럼 길렀다. 더블린의 젊은 남자 둘 중 하나는 하고 다니는 스타일이다. 전과 똑같은 싸구려 의자들, 전과 똑같은 긁히고 흠집이 난 슬라브 탁자. 하지만 이번에는 밀리 쪽에서 스스로 이 사적인 공간을 찾았다. 혹시라도 케빈이 창밖을 지나가다 제정신이 아닌 어머니를 보게 될까 봐 두려워서였다. 가능성이 낮긴 하지만 불가능한 시나리오는 아니니까. 밀리가 로스데일을 스스로 나온 것을 알게 되면 케빈은 썩 유쾌해하지 않을 테고, 거기다 사기를 당한 걸 알면 본격적으로 바보 취급할 것이다. 그것도 마약에 취한 십 대나 집시 무리도 아니고 말끔한 포니테일에 집 열쇠를 가진 교활한 미국인에게 당한 걸 알면.

어쩌면 밀리가 사기꾼의 표적이 된 건 놀라운 일도 아니리라. 밀리는 대다수 더블린 사람들보다 나이가 훨씬 많고 혼자 산다. 손님이 찾아오는 건 어쩌다 한 번뿐이고, 동년배는 거의 전부 오래전에 무덤에 들어가 있으며, 이제는 그 우울한 목록에 제임스 부인의 이름까지 더해졌다. 그렇다고 밀리가 외로운 건 아니다. 그저 버려져서 양피지처럼 바짝 말랐을 뿐. 마르게이트가 조용한 건 아니다. 그냥, 창턱에서 밀리를 향해 다가왔다 다시 멀어져 가는 파도를 구경하는 걸 제외하면 아무런 생명의 흔적도 보여주지 않을 뿐. 밀리는 '우리 피터'가 문간으로 들어서서 복도 탁자 위에 모자를 벗어 던지거나, 케빈이 정원에서 숫자를 세며 팔굽혀펴기를 하거나, 매주 브리지 게임을 같이 하던 친구들이 레몬케이크와 진을 들고 진입로를 걸어오는 광경을 마치 어제 일인 양 선하게 떠올릴 수 있다. 실비아는 마르게이트를 다시금 그때와 뭔가 비슷하게 만들어 주었더랬다. 마치 다시금 좋은 일들이 일어날 것 같은 희망을 품게 했다.

밀리는 그동안 자신의 삶의 현실이 자신을 얼마나 취약하게 만들었는지 전혀 깨닫지 못하고 있었다. 자신이 동반자를 얼마나 절실히 필요로 했는지, 그리고 그 절실함이 그토록 빤히 드러나 보였다는 것도. 이건 빌어먹을 밀리 자신의 잘못이다. 밀리의 순박함과 어리석음, 민망할 정도의 간절함, 허세 가득한 자의식, 무슨 수를 써서든 손님을 붙잡아 놓아야 한다는 위기감이 불러온 커다란 대가. 심지어 누가 시키지도 않았는데 자신이 금고 열쇠를 얼마나 꽁꽁 숨겨 놓았는지를 실비아 앞에게 뻐기기까지 했으니!

밀리는 앞서 경찰서에 전화를 했지만, 전화를 받은 여자는 직접 오셔야 한다고, 신고는 대면으로 해야 한다고 말했다. 차 열쇠가 아무리 찾아도 안 보여서 이웃의 자전거를 '빌릴' 수밖에 없었다(1층 불이 전부 환히 켜져 있다는 건 피츠제럴드 가족이 집을 비웠다는 확고한 증거였으니, 해될 건 없다). 축 늘어진 모자를 쓰고 청록색 실크 스카프를 두른 밀리는 자신의 변장에 확신을 가지고 비틀비틀 페달을 밟았다. 길모퉁이를 돌 때마다 거센 바람 때문에 도로와 해안지구를 갈라놓은 고대의 벽으로 날아가버릴 것만 같은, 무릎이 꺾이거나 근육이 결리거나 자신도 모르게 돌을 밟고 대자로 엎어질 것만 같은, 동네 사람들 절반에게 자신의 물 빠진 팬티를 번쩍 보여주고 말 것만 같은 급박한 위기감이 찾아왔다. 그 생각은 밀리로 하여금 더 열심히 페달을 밟게 만들었다. 경찰서가 마침내 지평선에 나타나자 밀리는 안도했다.

더 신중한 사람이었다면 이런 행보를 극도로 위험하게 여겼을 것이다. 로스데일을 탈출한 것이 고작 몇 시간 전 일이고, 아들에게 도피행각을 들키기 전에 확실한 계획을 세울 시간이 빠듯함을 감안하면(시간은 여느 때처럼 밀리의 뒤를 쫓아오며 똑딱거리고 있다) 말이다. 하지만 아들이 모르는 사이에 이 모든 일을 끝까지 파헤칠 작정이라면(그리고 밀리는 확실히 그럴 작정이다) 오코너 경사가 유일한 실마리일 것이다.

경사는 김이 펄펄 오르는 커피가 담긴 종이컵을 들고서 세월아 네월아 걸어온다. 밀리에게 커피를 권하지만 밀리는 고개를 저어 사양한다. 그런 사소한 짓에 낭비할 시간이 없다. 경사는 의자를 탁자 가까이 끌어다 놓고 밀리에게 권했던 커피를 홀짝거린다. 밀리로서는 도무지 알 수 없는 이유로, 경사는 어쩐지 웃음을 억누르고 있는 것처럼 보인다.

"아이고 이런, 그런 일이 있으셨다니 유감이네요. 어떻게 된 일인지 자세히 말씀해주시겠어요?"

경사는 양 손뼉을 한데 마주치고는 불편한 접이식 금속 의자에 최대한 안정적으로 엉덩이를 걸친다.

"여기서 말한 게 밖으로 새어나가지 않는다는 경사님 말씀을 믿어도 되겠지?"

"네, 뭐, 그러실 바라신다면요. 하지만…."

"난 아무도 이 일을 알기를 바라지 않아. 내 아들은 나름대로 꿍꿍이가 있거든." 밀리는 덧붙인다. "그냥 거기까지만 말해 두지."

"그렇군요." 오코너는 교묘하게 숨겨진 어깨 주머니에서 작은 검은색 공책을 꺼내고 볼펜을 딸깍 누른다.

밀리는 생각을 집중하고 사실적인, 일관적인 서사를 만들어 내려 애쓴다. 사기꾼을 머리로 이길 작정이라면, 하느님 맙소사, 밀리 자신이 영리해지지 않으면 안 된다.

"그 기록들이 보고 싶은데, 왜 내가 그때…." 밀리의 뺨이 곧장 타는 듯 달아오른다. "내가 체포됐을 때 기록 말이야." 밀리는 자신이 좀도둑질하다 붙들린 이야기를 지금까지 한 번도 입 밖에 내지 않았다. 그게 사실임을 인정하는 건 고사하고. 하지만 이제 했다. 그런데 여전히 숨 쉬고 있지 않은가?

"부인은 사실 체포되신 건 아니죠."

"맞아, 우린 우리끼리… 조정을 했고… 그 조건은… 가정 도우미가 주중에 우리 집에 오는 거였지. 음, 그 사람이 알고 보니 완전히 썩은 달걀 같은 사람이었어."

"가정 도우미요?" 경사의 고개가 한쪽으로 살짝 갸웃한다.

"그 애가 그 사람을 어디서 찾았는지 난 전혀 몰라."

"그 애요?"

"내 아들 말이야. 무슨 돌 밑이라도 뒤져서 찾아냈는지. 그것도 아주 미끄러운 돌 밑에서." 밀리는 씁쓸하게 킬킬 웃는다. "아마도 컴퓨터로, 무슨 서비스를 통해서 알았으려나? 자세한 설명은 난 못 들은 것 같아. 그냥, 그 애가 어느 날 그 사람을 데리고 나타났어. 그리고 그게 내가 여기 오게 된 연유야. 물론 그 도난 사건에 대해 뭐 공식 어쩌고를 제출하고 싶지만, 거기다 실비아의 연락처 정보도 얻고 싶어."

"도난 사건요?"

"그 사람이 내 여벌 열쇠로 집에 들어온 것 같아."

"누가요?"

"실비아 플레닝, 케빈이 날 도와주라고 고용한 사람. 이름 듣고 뭐 떠오르는 것 좀 없나?"

"그리고 부인은 칸토웰 경관에게 전화로 그 사람이 미국인이라고 말씀하셨죠?"

밀리는 고개를 끄덕인다. 오코너는 공책에 뭐라고 끄적인다. "잠깐만요, 고가티 부인. 그냥 제가 확실히 정리를 좀 할 필요가 있어서 되짚어볼게요. 부인은 저번에 여기 오셨을 때 협상 비슷한 게 성사됐다고 말씀하셨는데요…."

"그래, 12월에, 기억 안 나나?"

"네, 기억납니다. 하지만 부인은 기소 대신 요양원에 가기로 하셨다고…."

"그리고 난 뉴욕 여행을 부득이하게 미뤄야 했지. 즐거운 제시카랑 같이."

"즐거운…?"

"하지만 알고 보니 내 가정 도우미는 그리 도움이 되지 못했어. 오히려 나한테 도둑질을 했지. 음, 처음부터 그런 건 아니고. 처음에는 얼마나 잘해 줬는지 몰라. 하지만 그 후 내게 도둑질을 했지."

"잘해 줬다니, 무슨 뜻이신가요?"

"설마 그 사람이 나한테 피노 그리조를 대접했다는 뜻이라고 생각하는 건 아니겠지." 밀리가 분노에 찬 웃음소리와 함께 내뱉는다. 이 경관은 아무래도 좀 멍청한 거 아닌가 싶다. "내 말은, 은유적으로 그렇다는 거야."

"아하. 우리… 이 사람의 근무 일정이 어땠죠? 그 사람이 부인 댁으로 매일 찾아뵀나요?"

"거의. 그리고 청소를 해주고 식사를 차려줬어. 사실 매력적이기 짝이 없는 카르보나라를 만들었지. 크림이 좀 너무 많긴 했지만. 하지만 그 사람은 완두콩을 추가로 넣었어. 로마에서 완두콩을 넣었다가 들키면!"

"저 개인적으로는 완두콩에 별 불만 없습니다만." 경사가 씩 웃으며 대꾸한다. "그래서 용의자는 무척 친절하고 사려 깊었군요, 그렇죠?"

잔뜩 흥분해서 굳게 마음먹었음에도, 친구에게 이런 식으로 낙인을 찍으려니 잠깐이지만 마치 배신행위처럼 느껴진다. "용의자, 그래."

"정확히 그 사람이 부인한테서 뭘 훔쳐 갔습니까?"

"안 훔친 게 뭐냐고 물어야지!" 밀리가 외친다. "그 사람은 아일랜드 은행의 내 예금계좌에서 몇천 유로를 빼 갔어. 마지막 반 페니까지."

오코너가 휘파람을 휘익 분다. "그게 어떻게 가능했죠? 부인의 은행 카드를 빼돌렸나요?"

"음 그렇지. 하지만 처음엔 아니었어. 그 사람이 하는 일 중에는 내 심부름도 있었거든, 왜. 하루는 우리 둘이 내 르노를 타고 가는데, 주차 자리를 찾을 수가 없는 거야. 이곳의 주차 상황이 끔찍한 건 자네도 알 테지. 사실 여유가 좀 생기면 그 점에 관해 공식 진정을 제기할까 하는 생각도 하던 참이야."

"그래서, 부인이 주차 자리를 찾고 계셨는데요?"

"그래서 우리가 주위를 둘러보고 있었는데, 그러다 그 사람이 나더러 딱지 안 떼이려면 그냥 차에 있는 게 어떠냐고 하더라고. 그리고 난 오호 좋은 생각인데 싶었지. 그래서 내 은행카드를 건네줬고."

"그리고 비밀번호도 알려주셨고요?"

그 말에 밀리는 움찔하고, 경사가 말한다. "사기당해서 여기 오신 건 부인이 처음이 아니에요, 고가티 부인. 이건 무척 흔한 범죄거든요. 이 사람들은 숙련된 전문가들이죠. 온갖 종류의 순진한 사람들을 먹이로 삼는 법을 정확히 알아요."

"그 사람은 거의 딸 같았어."

오코너는 또 다른 숨겨진 주머니에서 접힌 티슈 뭉치를 꺼내어 밀리에게 한 장 건넨다. 다음에는 또 뭘 꺼낼까. 입에서 다양한 색색깔 손수건들을 묶어 만든 밧줄을 끝도 없이 꺼낼까? 하지만 경사는 친절하다. 특히 짭새치고는 정말 그렇다. 이보다 더 착한 경관을 요구할 수는 없을 것이다.

"그리고 말씀하신 그 날에…" 경사가 말을 잇는다. "그 사람이 혹시 영수증을 주었는지 기억나십니까?"

"바로 그거야! 내가 말한 것보다 1페니도 더 가져가지 않았지."

"흐음. 그리고 부인은 그 이후로 그 사람을 믿기 시작하셨군요?"

"오코너 경관, 난 그 순간부터는 한 번도 영수증을 확인하지 않은 것 같아… 알아, 나도 알아."

"아닙니다. 좋아요, 그리고 가택 절도에 관해 말씀해 주시겠습니까? 그 사건은 언제 일어났죠?"

"몰라. 그냥 오늘 아침에 알게 됐어. 난 화재 때문에 로스데일 요양원에 있었고… 우리 집에 불났던 건 아시나?"

"네, 들었습니다."

"자네가 우리 집 부엌을 봐야 하는데. 자네 모자처럼 시커멓지 뭐야. 그리고 내 팔에도 불이 붙었지." 밀리는 소매 단추를 풀기 시작한다.

“큰일을 겪으셨군요.” 상처 부위를 드러내 보여주려는 밀리를 만류하며 경사가 말한다. “정확히 뭘 가져갔나요? 노트북? 휴대전화? 그런 것들?”

“몽땅 다. 전자제품들. 심지어 고데기도 안 보여.”

“그렇군요.” 경사는 헛기침을 하고는 탁자로부터 의자를 밀어낸다. “그리고 또 다른 게 있었습니까? 신용카드? 집 안의 현금?”

밀리는 고개를 축 늘어뜨리고 땅바닥의 아주 작은 먼지 한 점을 뚫어져라 보며 말한다. “실은 내가 돈을 좀 빌려줬어.” 그리고 션과 그 가짜 수술에 관해 설명한다.

오코너는 거의 연민에 가까운 표정을 지으며 열심히 귀를 기울인다. 입술을 소심하게 일자로 다문다. “그건 악랄한 범죄로군요, 고가티 부인.” 경사는 부드럽게 말한다. “돈을 얼마나 빌려주셨습니까?”

“3만 유로.”

“맙소사.” 오코너는 진정 동정심 어린 표정으로 밀리를 본다. “그리고 그 사람이 아일랜드를 떠났다고 말씀하시는 거죠?”

“그래. 그 직후에 뉴욕에서 전화를 했더군.”

“그 사람이 여전히 여기, 아일랜드에 있지 않다는 걸 어떻게 아시죠?”

“몰라. 하지만 그 여자는 미국에서 전화하는 거라고 했어. 종종 거기로 돌아갈 생각인데 모아둔 돈이 모자란다고 했지.”

경사는 손가락으로 테이블을 드럼처럼 두드린다. “음, 이런 일이 일어나서 저로서는 정말 유감이고, 저희는 이 일을 샅샅이 조사할 겁니다. 부인께서는 공식 진술을 해주셔야 하고요. 여기서 말씀하신 것 전부를요. 그리고 저희는 없어진 물건들을 모두 기록할 겁니다. 그 지점에서 조사를 시작할 겁니다.” 경사는 일어난다. “하지만 솔직히 말씀

드려서, 고가티 부인, 그 사람이 아일랜드를 이미 떠났다면, 제 생각엔 아무래도 저희가 할 수 있는 일이 그리 많지는 않을 것 같습니다."

"잠깐만." 밀리는 주섬주섬 일어선다. "난 그 파일을 꼭 봐야 해, 제발."

오코너는 몇 걸음 떨어져 있지 않은 출구를 간절한 눈초리로 바라본다.

"제발…." 밀리가 말한다.

"좀 여쭙고 싶은 게 있는데요, 고가티 부인." 오코너가 말한다. "그 정보로 뭘 하실 생각이세요?"

밀리는 자신이 하려는 일을 적어도 어렴풋하게나마 알고 있다. 실비아가 날 똑바로 쳐다보게 만들어야지. 내 물건들을 되찾아야지.

"제발, 나한텐 무척 중요한 일이야. 그 사람은 내가 요만큼이라도 관심이 있는 유일한 물건을 훔쳤는데, 그건 공교롭게도 값이 꽤 나가는 물건이거든. 반지야. 내 남편이 준."

"잠깐 앉으시죠." 경사가 탁자로 돌아와 앉더니 밀리의 손을 토닥이며 말한다. "제가 말씀드려야 할 게 있습니다, 고가티 부인. 그리고 부인이 마음을 굳게 먹으셨으면 좋겠습니다. 그러실 수 있죠?"

밀리는 고개를 끄덕인다.

"파일은 없습니다."

"무슨 말인가?"

오코너가 한숨을 푹 내쉰다. "음 그러니까, 부인이 기억에 착오가 있으셨는지, 아니면 처음부터 뭔가 잘못 아셨는지는 모르겠습니다. 하지만 여기서는 그 누구와도 어떤 협상도 이루어지지 않았습니다. 저희는 애초에 그런 걸 하지 않거든요. 그런… 해외여행을 금지하고 가정 도우미를 부르게 하는 그런 건… 저희에겐 그런 식의 권한이 없습니다. 그런 일은 절대 일어났을 리가 없습니다."

"서류 절차가 없었다고? 법원과의?"

"서류 절차는 없었습니다." 경사가 대꾸한다. "협상도 없었고요."

그 상황의 진실이 이해되기 시작하면서 밀리는 경사를 향해 입을 쩍 벌린다.

"제 생각에 이 모든 걸 부인에게 설명해 준 분은 아드님이었던 것 같은데요?"

#

밀리는 가벼운 부슬비 속에서 페달을 밟아 약탈당한 집으로 돌아간다. 주체할 수 없는 에너지를 진정시키려고 어수선한 방들을 서성인다. 또 속았다. 이번에는 망할 놈의 아들한테. 이 모든 건 그 녀석의 잘못이다. 녀석은 아무것도 모르고 범죄자를 마르게이트로 불러들였다. 그리고 이 모든 조정이 애초부터 거짓말이었기 때문에 심지어 실비아의 소재를 파악하는 것조차 불가능하다. 밀리는 알거지가 되고 말 것이다. 생존을 위해 좀도둑질을 시작해야 할 것이다. 이웃집 계단에서 우유병을 훔치고(은유적으로 그렇다는 것이다. 비록 우유 배달이 있던 시절이 여전히 그립긴 하지만), 소맷자락에 잼 병을 슬쩍 집어넣고. 어쩌면 다 포기하고 메인 로드로 나가 엄지를 세우고 히치하이킹을 해서 도로 로스데일로 돌아갈지도 모른다.

피터가 스트레스를 받으면 으레 그랬듯 위스키를 잔에 따라 꿀꺽꿀꺽 넘겨 보지만, 조금도 마음이 진정되지 않는다. 어쩌면 목욕이나 할까. 그리고 또 다시 한 모금. 밀리는 옷을 몽땅 벗고 술잔을 가지고 욕실로 들어간다. 퇴폐적이다. 이내 물에 몸을 담그고 약간이나마 진정된 기분으로 **미국**을 생각한다. 실비아는 틀림없이 미국에 있겠지.

욕조가 거의 가득 차서 수도꼭지를 잠그는데 삐걱 소리가 들린다. 감이 멀긴 하지만 잘못 들은 건 아니다. 밀리는 똑바로 일어나 앉아 욕조 양 가장자리를 꽉 붙든다. 발걸음 소리는 이제 집 뒤편에서 들려오고 있다. **나를 향해 오고 있어.** 마르게이트에 누군가가 불법 침입했다. 집시나 마약 중독자, 아니 어쩌면 실바아일지도 모른다. 밀리에게 그나마 남은 물건들을 약탈하려고 돌아온 걸까. 발걸음 소리는 바로 욕실 문 밖에서 머뭇대듯 멈춘다. 밀리는 욕조에서 조심스레 살금살금 나온다. 지금 넘어져선 곤란하다. 타월 걸이에서 뻣뻣한 타월을 낚아채 몸에 감는다. 문 말고 다른 출구는 없다. 고양이라면 하나뿐인 창문으로 간신히 빠져나갈 수 있겠지만, 밀리는 창문 오르기라면 오늘 하루 충분할 만큼 했다. 늙은 숙녀에게 더 이상은 무리다. 백만 년은 된 욕실 청소용 솔을 한 손에 쥐고 다른 손으로는 헤어스프레이 깡통을 쥔다. 틀림없이 섬뜩해 보일 것이다. 머리엔 분홍 샤워캡이 얹혀 있고, 성긴 녹색 타월은 거의 몸을 가려주지 못한다.

밀리는 검은 두건을 쓴 건장한 거한이나 비쩍 마른 여드름투성이 마약중독자를 상상하며 살금살금 문으로 다가간다. 그때 문고리가 천천히 아래로 내려가고, 밀리는 비명을 지른다.

"할머니?"

"에이딘?"

"저예요."

문이 휭하니 열리는 순간, 밀리는 무기를 떨어뜨린다. 어찌 된 일인지, 밀리 앞에 서 있는 것은 여행 가방을 든 손녀딸이다.

"여기서 뭐 하는 거니? 왜 밀번에 있지 않고?"

"할머니는 왜 로스데일에 안 계신데요?"

눈을 가늘게 뜨고 손녀를 바라보던 밀리는 이윽고 완전히 넋이 나간 눈초리로 여행 가방을 응시한다. 기억의 한 장면이 밀리의 머릿속을 번뜩 스친다. 할렐루야다.

에이딘이 말한다. "끔찍한 일이 일어났어요."

"여행 가방 꼬리표!" 밀리는 그렇게 외치고 손녀딸을 밀치고 복도로 나간다.

44

케빈은 어렸을 때 몇 번인가 가출을 했다. 짧고 대수롭지 않은 일탈이었다. 그래서 에이딘의 실종에 대해서도 처음에는 그리 크게 우려하지 않았다. 수납 벽장에서 나온 에이딘은 케빈과 마주치든가(그런 일은 없었다) 아니면 곧장 밖으로 나가야 했을 것이다. 케빈은 멸망의 하늘 아래 페어하우스 주변을 여유롭기 그지없는 걸음으로 어슬렁거리며, 드넓은 잔디밭과 피크닉용 테이블과 뜰과 하키장을 훑으며 에이딘의 이름을 부른다. 하키장에서는 여학생 두 명이 보란 듯 담배를 피우고 있다. 케빈은 생각한다. 적어도 에이딘은 저렇지는 않지.

휴대전화에 세 번째로 전화를 걸어 보지만 받지 않는다. 기숙사 방을 재빨리 확인한 후(이 시간에 학생은 한 명도 없다) 다른 방들을 하나씩 둘러본다. 제일 처음은 6학년생부터. 그 후 식당. 학교 로비. 체육관. 사물함. 화장실… 머리를 무슨 군인처럼 빡빡하게 잡아당겨 땋은 어린애 하나가 불쾌하다는 눈빛으로 케빈을 쏘아본다.

"여성 전용이에요!" 아이가 나무란다.

내 인생 전체가 그렇지. 케빈은 생각한다.

불안감이 점차 커진다. 딸을 못 찾을까 봐 겁나는 건 아니다(찾을 테니까). 시간이 촉박한 게 문제다. 지금 상황에서 가장 달갑잖은 것은 에이딘의 소소한 실종 마술에 관해 학교 측에서 알게 되는 것이다. 에이딘은 이미 충분히 좆됐고, 이번만큼은 케빈도 학교 당국을 달랠 수 없을 것이다.

케빈이 밀번 강당들을 싸그리 훑어보고 났을 때, 휴대전화 화면에 '로스데일'이 깜빡거리며 뜬다. **이건 또** 뭐람? 설마 엄마가 어두운 구석에서 어떤 영감이랑 그 짓거리라도 했나? 아니면 휠체어에 탄 어떤 노부인을 감금하고 이 동네에서 주차비를 받는다는 게 얼마나 말이 안 되는 짓인가에 대한 일장연설이라도 늘어놨나? 케빈은 늘 하던 대로, 통화를 급히 음성사서함으로 돌린다.

이제 어디선가 갑자기 나타난 머피 교장이 이쪽으로 바삐 다가오지만, 케빈은 당황하지 않는다. 마치 방탄유리를 쐐기꼴로 자른 것처럼 보이는 그 여자의 이중초점 렌즈로는 바로 코앞에 오기 전까지는 아무것도 보지 못할 게 분명하기 때문이다. 케빈은 학교 정문 문틈으로 손쉽게 빠져나간다. 에이딘의 소소한 숨바꼭질 놀이는 이제 본격적으로 재미없어졌고, 한 구역 한 구역 수색을 마칠 때마다 더 재미없어진다. 케빈은 머릿속의 온갖 소음과 잡생각을 떨쳐버리려고 걸음을 멈추지만, 딸이 어디로 갔을지 도무지 짐작도 가지 않는다. 점점 커져가는 불안감 속에서 딸의 기숙사 방을 시작으로 왔던 길을 되짚어 보기로 한다.

놀랍지 않게도 딸의 침대는 엉망이다. 표준 규격 매트리스가 깔린 침대 여덟 개 중에서 뭉쳐진 이불이 침대 밖으로 대롱거리고 있는 유일한 침대다. 시트는 네 귀퉁이를 한꺼번에 잡아당겨 벗긴 듯한 꼴이다. 잠을 잔 게 아니라 레슬링을 했다고 해도 믿겠다. 딸의 사물함을 열어본다. 분사형 데오드란트, 거대한 철제 아이섀도 팔레트, 샘플 사이즈의 이터너티 오 드 퍼퓸. 에이딘 치고는 꽤 여성스러운 소지품들이라 의외다. 시트를 도로 침대에 펼쳐놓은 후 좌절감에 납작해진 베개에 주먹질을 하는데, 베갯잇 속에 든 단단한 직사각형의 뭔가가 케빈의 주먹을 맞이한다.

꺼내 보니 스프링 노트로, '프라이빗'이니 '극비'니 하는 문구가 겹겹으로 적혀 있다. 딸의 머릿속에서 도대체 무슨 일이 일어나고 있는지는 몰라도, 적어도 그걸 정리해 둘 곳이 있었다는 사실에 케빈은 약간이나마 마음이 놓인다. 도로 베갯잇에 집어넣는데 종이 몇 장이 빠져나와 나풀나풀 침대로 떨어진다. 케빈은 그것을 일종의 계시로 받아들인다.

한때 그레이스라는 엄마가 있었지
다정하고 아름다운 얼굴을 가진
떠나는 그이를 지켜보네
마치 죽은 이를 애도하듯
내 삶이 수치인 것도 당연하지.

딸의 시는 케빈을 어리둥절하게 만든다. 어떻게 보면 고전적인, 문학소녀의 자못 예술가연하는 고뇌 같지만, 그럼에도 돌이킬 수 없는 비운의 징조가 담긴, 그 성숙하고 냉소적인 분위기에 케빈은 마음이 아프다. 그리고 슬프다.

에이딘이 슬퍼하고 있나?

케빈은 다음 장을 집어 든다.

내게 작은 배가 있다면
바다에 띄우리
화려하지 않고 평범했으면 하네
나를 위한 것이니.
내 언니는 해안에 남으리
내가 매듭을 푸는 동안
난 노로 배를 밀어내리
그후 외치리. 안녕!

더할 나위 없이 명확한 그 메시지에 케빈은 거의 현기증을 느낀다. 자신의 딸, 괴짜이고 영리하고 고집스러운 에이딘은 이미 작가이거나, 작가가 되어가는 중이다. 그것도 좋은 작가가. 케빈이 한때 그랬듯, 아이는 진실을 향해 총구를 겨누고 있다. 이 깨달음에 정신이 팔린 케빈은 방 안의 에너지 변화를 미처 감지하지 못한다. 헝클어진 교복을 입은 여자애가 어느새 방 안에 들어와 있다. 줄무늬 사탕 포장지처럼 핫핑크색 줄이 간 금발 고수머리가 주근깨들이 수없이 흩뿌려진 날카로운 얼굴을 에워싸고 있다.

아이는 케빈을 조금도 알은척하지 않고 케빈이 서 있는 침대 구역으로 다가와 에이딘의 바로 옆 침대로 간다. 케빈은 충격적인 깨달음을 준 종잇장들을 공책에 도로 끼워넣은 후 원래 있던 곳으로 치운다.

헛기침 소리를 낸 후 말을 건다. "난 에이딘 고가티를 찾고 있단다. 그 애 혹시 못 봤니?"

아이는 염색한 머리카락을 흔들고는 자기 침대 밑 서랍을 당겨 꺼낸다.

"넌 에이딘이랑 친구니?"

아이는 잠시 말이 없더니 이윽고 대꾸한다. "그런 편이죠." 그리고 한데 뭉친 상의를 한 장 한 장씩 챙기기 시작한다. 그 무기력한 태도에는 어쩐지 슬픔이 배어 나오는 듯하다. "걔 아빠세요?"

"그래. 그리고 난 그 애를 꼭 찾아야 한단다. 혹시 못 찾으면 그 애는 지금 처한 것보다 훨씬 더 난처한 상황에 처하게 될 거야."

아이가 어깨를 으쓱한다.

"지금 수업시간 아니니?"

아이에게서 아무 대답도 듣지 못한 케빈은 등을 돌린다. 다시 수색을 시작해야 하지만, 완전히 길을 잃었다. 이제 밀번 학교에서 학생이 갈 수 있는 곳은 모두 헤집어 보았다.

어린 숙녀의 냉랭한 표정에도 아랑곳없이, 몸에 밴 예의는 케빈에게 작별인사를 하라고 종용한다. 아이는 자기 찬장 문 안쪽에 달린 거울로 자기 모습을 살펴보느라 여념이 없다. 튜브에서 나온 끈적거리는 누드색 액체로 눈 밑을 톡톡 두드린다. 그때 거울 윗부분에 붙어 있는 스티커에 케빈의 눈길이 머문다. 무지개색 풍선 모양 서체로 "브리짓"이라고 씌어 있다.

"브리짓 크로?"

아이는 아연실색한 표정을 짓더니 고개를 끄덕인다. 그리고 콤팩트들과 막대형 립글로스들을 잽싸게 가방에 줄줄이 집어넣는다.

"아…." 케빈이 아이를 더 자세히 뜯어보며 말한다. 이제 보니 주근깨들이 아까보다 반항적으로 보인다. "넌 네 무덤을 팠어."

브리짓은 콧방귀를 뀐다.

믹이 보낸 문자가 휴대전화 화면에 뜨고, 케빈은 무심결에 읽는다.

우리 엄마가 오늘 아침에 너희 엄마가 자전거 타고 우리 집 앞을 지나가는 걸 봤다고 맹세하는데??

노망인가 봐.

즉시 둘째 메시지가 따라온다.

우리 엄마 말이야. 오늘 밤 맥주?

케빈은 휴대전화를 주머니에 집어넣는다. "어디 가려나 봐?"

"네, 다음 똥구덩이로요."

하지만 아무리 반항적으로 굴어도, 아이의 목소리는 떨리고 있다. 케빈은 딸이 왜 이 애한테 끌렸는지 이해가 간다. 얘 사연이 뭐랬지? 에이딘은 집에 돌아온 첫 주말에 그 애의 이름을 입에 달고 다녔지만, 케빈은 그 애 아버지가 뭔가 잘나가는 직업을 가지고 있다는 것 말고 상세한 내용은 하나도 떠올릴 수 없다.

"퇴학당했니?"

"아니요."

그렇다면 어쩌면 내 딸 또한 위험을 벗어났을지도 모르겠군. 케빈은 추론한다. "그런데 떠나는 거야?"

"그 사람들이 우리 아빠한테 전화했어요. 아빠는 이곳이 거지같다고 생각해요. 충분히 엄하지 않다고. 쥐뿔도 몰라서 하는 소리지만."

"저기, 우린 너희 여자애들이 생각하는 만큼 그렇게 다들 뭘 모르지 않는단다. 우리가 미친 짓을 할 때는 보통 이유라는 게 있어."

"우리 아빠는 여기에 한 번 와 보지도 않았다고요."

"학교에?"

"한 번도."

"첫날에도?"

"그리고 마지막 날에도요." 아이는 가방 지퍼를 올리고 문간으로 간다.

"흠." 브리짓 크로가 자신의 딸에게 얼마나 끔찍하고 지나친 영향력을 발휘하는지 알고 있으면서도, 아이에 대한 연민이 케빈의 가슴을 아프게 찌른다. "있잖아, 그럼 행운을 빈다."

아이는 문 앞에 가서 돌아본다. "강에 한 번 가 보세요."

"뭐라고?"

"강 건너, 다리 아래요. 우린 학교 끝나고 가끔 거기 가거든요."

45

할머니가 모는 차가 지나가는 택시 사이드 미러와 충돌할 뻔한 위험을 간신히 넘기고 M-50 고속도로를 찢어발길 듯 달리는 동안, 에이딘은 밀리 고가티에게서 차 열쇠를 빼앗아야 한다는 아빠의 커가는 믿음을 선명하게 떠올린다. 한 손으로는 문손잡이를 꽉 붙들고, 다른 손으로는 딸을 찾지 못해 패닉을 일으킨 부모님이 연거푸 보내는 문자 메시지를 밀어 지운다. 이건 아빠가 방금 보낸 것이다.

당장 전화 받아 어디니

아빠의 문자 메시지가 전부 대문자라는 사실보다 에이딘을 더 우려하게 만드는 것은 마침표의 선명한 부재다. 그 어떤 상황에서도 문법을 내팽개치지 않는 사람이 아빠다. 이는 상황이 막장으로 치달았다는 뜻이다.

앞서 마르게이트에서 에이딘은 할머니가 주워섬기는 수많은 핑계들에 기어이 무릎을 꿇었다. 할머니는 이렇게 시작했다. 엄마 아빠는 네가 어떤 결정도 스스로 내리게 해 주지 않지, 안 그러니? 암, 그렇고 말고. 사실 널 마치 어린애처럼 취급하지 않니? 넌 무려 열여섯 살인데. 할머니는 그 나이에 실제로 결혼한 여자애들을 알았다. 그건 모두 용납할 수 없는 어린애 취급이란 걸, 에이딘은 알아야 한다. 할머니 역시 그와 정확히 동일한 방식으로 취급당했다. 경찰과의 거래를 했다는 거짓말이나 하고, "고객들"이 항상 골골거리지 않으면 헛소리나 찍찍 뱉어내고 온갖 쓰레기 같은 잡동사니를 모으는 공포의 집에 집어넣고. 어쩌면 이제는 에이딘이 스스로 결정을 내릴 때일지도 모른다. 에이딘이라면 충분히 그럴 만큼 영리하고도 남으니까.

그런 말은 전혀 설득력이 없었다. 할머니는 나아가 심지어 션과 우연히 만날 가능성이 희박할지언정 있을지도 모른다고 말했다. 그리고 이렇게 덧붙였다. 단 어쩌면 그 애도 사기에 가담했을지도 모르지만.

"전 그렇게 생각 안 해요," 에이딘은 대꾸했었다. "말도 안 돼요. 하지만 어쨌든, 그 애는 절 보고 싶어 하지 않아요."

"그거야 모르지."

마침내 할머니는 휘둥그레 뜬 눈으로 에이딘을 똑바로 보고 말했다. 일부러 낮춘 목소리는 효과가 있었다. "나 혼자서는 도저히 이 일을 해낼 자신이 없구나."

방 안은 조용해졌고, 할머니의 간절함에 압박을 받은 에이딘은 일시적으로 더블린에서 도망치는 상상을 하기 시작했다. 온 사방에서 골칫거리가 압박해오는 이곳에서 도망쳐 비행기에 올라 미국으로 가는 거다. 에이딘은 미국에 가본 적이 없었다.

"우린 며칠밖에 안 가 있을 거야." 할머니는 말을 이었다. "그냥 딱 경찰서에 방문할 만큼만, 알지? 그리고 보렴. 난 네 엄마 아빠한테 내 생각이었다고 말할 거야."

"하지만 우린 심지어 그 사람들이 어디 있는지도 모르잖아요. 말도 안 돼요! 우리는 그 사람들이 **뉴욕**에 있다는 것밖에 모른다고요."

"그럴 리가 있겠니? 그건 그저 실비아의 또 다른 거짓말이었을 뿐이야. 왜냐하면 큰 병원들은 전부 거기 있으니까." 할머니는 라운지에서서 그 몇 주 전에 실비아에게서 쌔빈 갈색 여행가방 태그를 흔들었다. "실비아는 고향으로 갔어, 에이딘. 난 확신한다. 아마도 어디선가 미슐랭 별 세 개짜리 식사를 욱여넣고 있을 거야…." 밀리는 눈을 찡그려 꼬리표를 들여다본다. "뭐라고 씌어 있지?"

"클리어워터요."

"클리어워터에서 바로 이 순간, 내 덕분에."

"전 모르겠어요…." 에이딘은 망설였다. "이건 제정신이 아니에요. 돌았다고요. 그리고 전 안 그래도 이미 너무 곤란한 상황이에요."

"바로 그거야." 할머니는 마치 이로써 논쟁이 끝났다는 듯 양손을 비비며 말했다. "이러면 다들 잠깐 시간을 가지고 머리를 식힐 수 있을 거야. 그리고 정말이지, 결론적으로 네가 잃을 게 뭐가 있니?"

#

두 사람이 함께 수행한 첫 임무는 할머니의 차 열쇠를 찾아내는 거였는데, 에이딘은 원래 있어야 할 자리인 바로 그 고리에서 열쇠를 발견했다. 이로써 에이딘이 이 일에 필수불가결한 존재라는 것이 일찌감치 입증되었다. 그 다음 임무는 짐을 꾸리고 깨진 그릇과 보풀투성이 바지 주머니와 동전 지갑 등을 뒤져 얼마 안 되는 현금을 한데 모으는 거였다. 거기에 냉장고에 숨겨져 있던 20유로 두 장도 추가됐다. 다 합쳐 보니 거의 300유로에 이르렀고, 할머니가 예전에 후버를 사는 데 썼던 비자 카드도 발견됐다.

하지만 이제 허락받지 않은 해외여행을 위해 공항으로 향하는 길에, 에이딘은 비로소 생각할 시간이 생겼다. 자신이 이전과는 비교도 할 수 없는 깊은 똥구덩이에 빠질 거라는 사실은 도저히 부정할 수 없었다. 할머니가 아무리 모든 책임을 떠안겠다고 장담해도.

어디 간 거니
엄마한테 전화해

엄마 전화가 뜬다. 세 번째이고 앞으로도 계속될 것이다. 에이딘은 망설인다. 여기서 포기하면 적어도 그 사실만큼은 정상 참작될 것이다. 할머니를 건너다보니 양손은 운전대를 꽉 붙들고 눈은 앞의 도로에 못 박혀 있다. 에이딘은 겁나서 똥을 지리기 직전인데, 할머니는 무서운 게 없는 듯하다.

두 사람은 장기 주차장에 르노를 버린다. 얼마나 오래 있어야 할까. 에이딘은 걱정이 된다. 할머니는 스르르 열리는 자동문을 통과하면서 주차표 쪼가리를 쓰레기통에 던진다. 에이딘은 그 행동이 무엇을 의미하는지 가늠이 안 되지만, 너무 겁난 나머지 직접 물어볼 엄두도 내지 못한다.

"여기서 가장 빠른 길은 휠체어를 타는 거야." 할머니가 이쯤은 일상이라는 투로 선언한다. 휠체어를 확보한 후, 에이딘은 할머니를 굴리며 에어 링구스 매표창구 앞에 늘어선 기나긴 줄을 곧장 지나친다. 할머니는 전에 여행을 취소할 때 반환된 크레딧을 티켓 값에서 차감하려 시도하지만 그러려면 절차가 너무 복잡하고, 두 사람은 시간이 없다. 밀리는 벌겋게 상기된 가슴이 마치 풀무처럼 수직으로 밀려 올라와 있는 네크라인 깊숙한 곳에서 비자 카드를 꺼낸다. 할머니와 손녀는 다행히도 플로리다로 가는 다음번 항공편, 마지막 항공편을 천문학적 가격을 지불하고 손에 넣는다. 이내 탑승이 시작된다.

에이딘은 이미 악몽 같은 여독에 절어서 소란스럽게 말다툼을 벌이고 있는 거대한 가족들의 무리 옆으로 할머니를 굴려 간다. 보딩 패스를 손에 쥐고, 보안구역의 VIP 전용라인으로 호출된다. 한 경관이 할머니를 몸수색한다. 할머니는 엄숙한 치한 때문에 불편한 기색을 노골적으로 드러내면서도 한순간도 멈추지 않는 현장 중계로 주변의 관심을 한 몸에 독차지한다. 말할 필요도 없지만 에이딘은 이 모든 일에 끔찍한 민망함을 느낀다.

에이딘은 할머니가 완전 민망한 사람이라는 걸 까먹고 있었다.

하지만 이건 어쩐지… 재미있다. 터미널을 통과하고, 탑승 시각과 게이트 번호가 맞는지 모니터를 몇 번이나 거듭 확인하고(휠체어 수법을 제외하면, 할머니는 항공여행 절차에 관해 거의 문외한인 것 같다), 서류(할머니가 고객서비스 창구와 숙녀 화장실 사이의 어딘가에 떨어뜨린 게 분명하다)와 놀라울 정도로 빈약한 액수의 현금이 든 돈지갑을 챙기는 것. 에이딘은 십 대지만 그럼에도 300유로로는 오래 갈 수 없다는 것을 잘 알고 있다.

그럼에도. 모퉁이를 하나 돌 때마다 할머니는 어린 아이들에게 손을 흔들고, 무빙워크로 올라서면 길 가던 사람들이 성경 속 이야기처럼 양쪽으로 갈라선다. 할머니는 세계와 상호작용하는 나름의 방식이 있다. 심지어 세계가 할머니를 노골적으로 묵살하더라도. 그 방식은 에이딘에게 스며들기 시작한다. 에이딘은 생각한다. **쩐다.**

문자 받는 대로 전화해 제발 걱정돼

이제 두 사람은 새로 단장한 거대한 면세 쇼핑 구역에 있다. 고삐 풀린 광기로 온갖 것들을 사들이는 동료 여행자들의 모습에, 할머니는 못마땅해 하며 목소리를 높인다. 향기로운 바디로션, 워터포드 크리스털 화병, 대용량 페레로 로셰, 셰브론 줄무늬가 들어간 휴대전화 케이스, 양 무늬가 찍힌 동전지갑, 토끼풀 무늬로 뒤덮인 벨릭 도자기. 할머니는 그 모든 것을 킁킁대며 냄새 맡더니 "라이츠 오브 하우스"의 전시용 냉장고를 가리킨다.

"플로리다에는 이런 게 없지." 밀리가 진공포장된 훈제 연어를 집어 들며 말한다.

"플로리다에 생선이 없다고요?" 할머니의 휠체어 뒤에서 에이딘이 눈알을 희번덕대며 묻는다.

"아일랜드 생선은 없잖니, 새끼오리야."

"할머니…." 에이딘이 말한다. "우리가 이걸 어디서 먹어요? 부엌이 있긴 해요?"

그때 할머니의 표정을 본 에이딘은 뱉은 말을 도로 주워 담고 싶어진다. 진심으로 심사가 꼬여서 한 말은 아니었다. 그저 곧 닥쳐올 미래가 전혀 그려지지 않을 뿐이다. 모텔? 고층 건물? 해변의 텐트? 에이딘에게 플로리다란 할리우드와 인터넷을 통해 꾸준히 공급받은 정보가 뒤섞여 만들어진 상상 속 공간일 뿐이다. 로스앤젤레스나 샌디에이고나 애틀랜타라고 해도 다를 게 없다. 켄터키 프라이드치킨. 수염이 텁수룩한 얼굴에 잠수복을 입고 가슴이 딱 그만큼만 보이도록 지퍼를 내린 서퍼들. 디즈니랜드. 버드와이저 쿨러 옆에 차를 세워놓고 금색 사슬을 두른 뚱뚱한 남자들. 테니스 차양을 쓰고 네온색의 힙색을 찬 뚱뚱한 여자들. 비행기에서 내리면 에이딘과 할머니는 도대체 뭘 할까? 경찰서에서 비웃음 당하며 쫓겨날까? 휠체어를 훔쳐서 클리어워터에서 사립탐정 놀이를 하나? 방을 예약하고 안쓰러운 현금 잔고가 바닥날 때까지 훈제 연어로 목구멍에 기름칠을 할까?

"그럼 그래요." 에이딘이 말한다. "호텔에서 먹으면 되니까, 그죠?"

"아, 넌 정말 보물이야."

"소시지는요? 그것도 같이 좀 사면 좋을 것 같아요."

"아, 그건 됐다. 이미 좀 가져왔거든."

"휴대용 가방에 소시지를 넣으셨다고요?"

"아니! 소시지는 핸드백에 넣어 갈 수 없어. 아마 내 생각엔 안 될 거야, 예쁜아."

"저도 알아요, 할머니. 하지만 기내용 가방에도 넣으면 안 돼요. 제 말은, 무엇보다, 그냥 역겹잖아요. 그러면 안 돼…."

"솔직히 말하면 난 라쉐르(얇게 저민 베이컨-옮긴이)가 더 걱정이다."

"달걀도 가져오셨어요? 게이트에서 베이컨 달걀구이를 하면 되겠네요."

할머니는 목을 쭉 뽑고 주위를 둘러보더니 씩 웃는다. "그렇게 말하는 걸 보니 네 아빠를 쏙 빼 닮았구나." 머리 위에서 쏟아지는 조명 속에서 할머니의 눈동자가 감정을 담고 반짝인다. 비록 이제는 늙어버린 얼굴 속에 깊이 파묻혀 있지만, 에이딘은 할머니의 눈이 얼굴에서 가장 인상적인 부분이라고 생각한다.

예전에 한 발칙한 늙은 여자가 있었네
가족은 그 여자를 길들이려 애썼지….

"들어보렴, 에이딘. 듣고 있니?"

"우리 비행기가 곧 탑승을 시작해요, 할머니. 서두르는 게 좋겠어요."

"그럴 거야. 하지만 있잖니, 넌 아직 엄마나 아빠한테 말하면 안 돼. 도착해서 자리를 잡을 때까지 시간을 벌어야 하니까. 우리가 무사하다고 알려주는 건 그 다음에 하면 돼. 그렇지? 아직은 실마리를 줄 수 없어, 알지. 그러니 문자 메시지는 안 돼. 전화도 안 되고. 네 아빠는 뚜껑이 열려서 플로리다로 첫 비행기를 타고 올 거고, 그럼 흔히 하는 말로, 그대로 쫑 나는 거야."

"아뇨, 그렇겐 안 될 거예요."

"아니, 그렇게 될 거야, 강아지야. 케빈이 어떤지 너도 알잖니. 그 애는 당장 들이닥쳐서 우리를 곧장 집으로 도로 데려갈 거야. 내 말 믿어도 돼."

"아뇨, 그럴 일은 없어요." 에이딘이 말한다. "그건 불가능해요."

"당연히 가능하지."

"제가 정말 못된 짓을 좀 했어요."

"네 아빠의 커피에 생선 눈알을 넣었니?"

에이딘은 할머니를 보고 입을 쩍 벌린다. 할머니의 머리를 뜯어먹을 수도 있을 것 같다. 눈알을 뽑을 수도 있을 것 같다.

"그 얘긴 재미 **없어요.**"

"미안하다, 아가. 네 말이 맞아. 미안하다. 내가 잠깐 정신이 나갔어."

"재미있는 것하고는 정반대예요."

할머니는 소심하게 바닥으로 고개를 떨구고, 에이딘은 휠체어 뒤로 간다. 두 사람은 침묵 속에 계산대로 향한다. 하지만 계산대에 거의 다 와서 에이딘은 어떤 이유에선지 할머니에게는 계속 화를 내기가 힘들다는 사실을 깨닫는다. 방금 건 비열한 농담이었다. 그렇다. 하지만 에이딘은 할머니의 질 나쁜 농담이 진실에 뿌리를 두고 있다는 걸 안다. 그러니 어쩌면 공평한 걸지도 모른다. 결국 에이딘은 아무런 타당한 이유 없이 한 여자로 하여금 병원 신세를 지게 만들었다. 엄청난 고통을 주었다.

"선생님은 괜찮을 거야." 할머니는 마구잡이로 뒤섞인 유로 동전들을 세면서 말한다. "위험은 벗어났으니까, 기억하지? 안정적이랬어." 앞서 마르게이트에서, 에이딘은 할머니가 밀번 학교 교장인 척 병원에 전화를 걸어 블리클랜드 선생님의 상태가 나아지고 있다는 정보를 알아낸 후에야 미국에 같이 가겠다고 결정했다. "안정적인 건 좋다는 뜻이지."

"병원에서 그렇게 말했어요?"

"바로 그거야."

두 사람은 생선을 사고 휠체어를 굴려 해당하는 게이트로 간다. 하지만 탑승 직전, 가까이에 아무도 없었고 아무도 신경 쓰지 않는데도 에이딘은 굳이 허리를 숙여 할머니의 귓전에 낮은 목소리로 아빠 여권의 행방을 속삭인다.

46

밀번을 가로질러 흐르는 강줄기는 길에서 보이지 않는다. 케빈은 잡초투성이 둑을 따라 걷는다. 콘돔 포장지와 찌그러진 스미스윅 맥주캔이 비쭉비쭉한 덤불 속에서 바깥을 엿보고 있다. 길고 숨겨진 통로를 따라가다 보니 이내 철도 아래 저쪽 끝에 여자애들의 은신처임이 분명한 장소가 나타난다. 아이들은 볼썽사나운 증거들을 산더미처럼 남겨두었다. 담배꽁초, 빈 성냥갑, 찌그러진 스프라이트 깡통들. 여기 없을 걸 알면서도 혹시나 싶어 딸의 이름을 불러 본다. 이곳 전체가 사람들에게 잊힌 느낌이다. 케빈은 바위에 등을 대고 땅에 주저앉는다. 아까 페어 하우스에서 로즈 버드는 케빈을 부숴 버리겠다고 위협했다. 상냥하지 않은 정도가 아니라 무시무시했다. 케빈은 말 그대로 딸을 잃었다. 은유적으로는 아내를 잃었다. 구직은 거의 가망이 없다. 현재 가정 수입에 기여 정도가 제로다. 옛날에 품었던 자신이 작가라는 생각은 어떤가? 연예인의 피트니스 요법이나 어떤 젊은 여자의 명품 핸드백 내용물과 관련이 없는 글을 마지막으로 쓴 게 언제였지?

여기서 얼마나 더 망가질 수 있을까?

휴대전화가 울리고, 케빈은 로스데일에서 온 전화를 수신 거부한다. 오늘 벌써 몇 번째인지 셀 수도 없다. 작은, 희망에 찬 마음속 한구석에서는 에이딘이 아주 잘 있을 거라고 굳게 믿고 있다. 그냥 잠깐 혼자 울러 갔거나 집에 가 있겠지. 하지만 더 원시적인 부분, 아이가 태어난 후부터 부모를 지배하는 부분은 공포에 사로잡혀 있고, 그야말로 말이 안 되는 시나리오로 케빈을 괴롭힌다. 아이는 다쳤다. 의식이 없다. 납치됐다. 강간당했다. 죽어가고 있다. 죽었다.

맞은편 둑은 울창한 숲을 이뤘다. 은색 자작나무 잡목림과 야생 덤불. 강 건너편에 한 남자가 나타난다. 처음에는 그냥 우비를 입은 취객이 엉망진창인 몰골로 숲을 헤치고 비틀대며 가는 줄만 알았다. 딱한 자식. 하지만 트렌치코트의 밑단과 신발 윗부분 사이로 드러난 창백한 피부는 케빈에게 알아야 할 모든 것을 알려준다. 길 건너편에는 여학교가 있다.

"어이!" 케빈이 고함친다.

고함의 효과는 거의 희극적이다. 남자는 마치 한 방 맞은 듯 움찔하더니 뒤돌아 너무나 잽싸게 그리고 전문적으로 튄다. 뒤에 남은 케빈은 에너지와 아드레날린으로 터질 것 같지만 그걸 아무 데도 흘려보낼 곳이 없다. 공포가 다시 고개를 든다. 세상의 모든 악, 그리고 쌍둥이 악마처럼 자신을 괴롭히는 후회와 열패감, 그리고 그 무엇에 대해서도 자신은 아무것도 할 수 없다는 사실. 케빈은 하늘로 고개를 치켜들고 엄청난 절망의 비명을 내지른다.

47

밀리는 코팅된 비상 착륙 카드의 엉성한 다이어그램을 뜯어보는 중이다. 구명재킷을 입은 가족이 명랑한 표정으로 바다 위에 놓인 거대한 노란 공기 주입식 매트리스 위로 뛰어내리고 있다. 피융! 밀리는 카드를 도로 좌석 뒤편 포켓에 쑤셔넣고 머리 위에서 쏟아지는 안내방송에 귀를 기울인다. 알고 보니 이 항공기의 화재경보기를 건드리거나 작동을 방해하거나 망가뜨리는 것은 연방 법으로 금지돼 있다. 그 말을 들으니 핸드백에 든 던힐 생각이 난다. 마르게이트에서 사치스러운 고동색과 금색 포장에 밀봉된, 포장도 안 뜯은 새것을 발견했더랬지. 밀리는 그 발견을 우주가 자신을 약간은 너그럽게 봐 준다는 신호로 받아들였다. 하고 싶은 대로 해, 그 담배는 밀리에게 그렇게 말하고 있었다. 넌 허락이 필요 없어. 그게 **정말로** 겨우 몇 시간 전 일인가? 밀리는 어떤 날은 하루가 그토록 풍요로울 수 있는데 또 어떤 날은 그렇게 삭막할 수 있다는 사실에 경이로움을 느낀다.

이륙 이후로 비행은 유달리 불안정했다. 기체가 난기류에 움찔대고 들썩일 때마다 밀리는 투렛증후군처럼 "젠장젠장젠장젠장젠장"

하고 연거푸 내뱉고 싶은 욕구를 억누른다. 손녀딸에게는 당연히 이 공포를 숨겨야 하지만, 에이딘은 어차피 쥐뿔도 눈치채지 못한다. 부럽게도 죽음의 공포에 영향받지 않는 에이딘은 보라색 쿠션이 달린 헤드폰을 쓰고 어떤 난폭하고 조잡한 영상물을 보고 있다. 납득할 수 없는 잦은 폭발, 공중으로 날아가는 사람들, 겨눠진 총구, 눈 깜짝할 사이에 지워지는 행성과 도시들. 밀리는 조용히 핸드백을 집어 들고 욕실로 가 곧장 접이식 문을 잠그고 던힐에 불을 붙인다. **아아.** 쾌감과 함께 연기가 폐를 날카롭게 찔러오는 걸 느낀다. 한껏 탐닉한다. 밀리가 마음을 진정시키는 동안 비좁은 칸 안은 연기로 가득 찬다. 하지만 경보는 전혀 울리지 않고, 잠복하고 있던 연방 요원이 휭하니 나타나는 일도 없다. 심지어 탐지기 같은 것도 눈에 띄지 않는다. 반쯤 의심했듯, 전부 개소리였다. 밀리는 그냥 흡연을 즐기고 있는 작고 연로한 숙녀일 뿐이다.

공항을 잘 아는 척 그처럼 허세를 부렸음에도, 밀리는 우주 정거장 같은 조종석을 (들여다보는 게 아니었는데) 들여다본 후 마지막으로 비행기에 타본 지 몇 년이 지난 지금 자신이 비행을 두려워하게 됐다는 사실을 깨달았다. 비록 통계적으로 비행기가 추락할 확률은 대략 아무 생각 없이 새벽 수영을 하러 갔다가 대백상어에게 팔다리가 물어뜯길 확률과 맞먹는다지만, 밀리는 이 보잉기가 그냥 하늘에서 뚝 떨어지는 게 얼마나 이치에 맞는가 하는 생각을 지울 수 없다. 그리고 7시간은 그런 재앙이 일어나고도 남을 만큼 긴 시간이다. 입을 쩍 벌린 파멸의 틈새. 동료 여행객 대다수와 마찬가지로 밀리는 이 강철 골리앗이 공중에 떠 있도록 뒷받침해 주는 과학적 원리를 전혀 알지 못한다. 단순히 거기 타고 있을 뿐이다. 일부러 알려고 하지 않거나 어리석고 희망에 차서. 그런데 잠깐만, 하고 밀리는 생각한다. 비행기의 원리는 날개 아래로(아니면 위였나) 바람이 활공하는 것과 뭔가 관련이 있지 않나?

밀리는 처음 들린 노크 소리를 무시한다. 하지만 상대는 포기할 기미가 없다. 마침내 밀리는 외친다. "좀 걸릴 것 같아요. 속이 안 좋아서!"

그런 정보를 접하고도 서둘러 들어오고 싶어 하는 사람이 있을까? 밀리는 던힐을 다 피운 후 소독된 변기물 웅덩이에 꽁초를 치익 눌러 끄고 꽁초가 강철 소용돌이 속으로 빙빙 돌며 사라지는 것을 지켜본다. 양손을 주의 깊게 씻는다. 이건 밀리가 평소 거의 하지 않는 일이다. 위생과 박테리아에 대한 현대인의 집착은, 현대인의 다른 대부분의 집착과 마찬가지로, 밀리에게는 불합리하다고 느껴지기 때문이다.

밀리는 적지 않은 연기구름의 호위를 받으며 화장실을 나선다. 바로 맞은편에는 머리를 팽팽하게 틀어 올린 여성 승무원이 깜짝 놀란 표정으로 서 있다. 검은 머리망에 달린 어울리지 않는 오렌지색 방울이 마치 궤도를 돌고 있는 세포핵 같다. 밀리는 고개를 끄덕여 보이고 여자를 지나친다.

"저기, 잠깐만요. 안에서 뭘 하신 거죠?" 이름표에 **캐런**이라고 씌어 있는 승무원은 코를 킁킁댄다. **저건 무슨 표정이람!** "방금 혹시…?" **믿을 수가 없군!** "담배 피우셨나요?"

캐런의 목소리는 어쩐지 실비아 페닝을 떠올리게 하는 구석이 있다. 단순히 미국인이라서만이 아니다. 불안정하고 이국적인, 엉뚱한 단어에 놓인 강세. 더블린 토박이인 밀리의 귀에는 너무나 거슬리는 오류다. 밀리는 그 자리에 얼어붙는다. 뭐라고 말하지? 그리고 그때 생각이 난다. 아무 말도 하지 말자. 벙어리인 척하자. 그러나 말을 못한다는 걸 어떻게 전달하나 하는 걱정이 바로 고개를 든다. 수화를 하는 법만 알았다면 귀머거리가 더 쉬울 텐데.

"부인?" 캐런은 손을 뻗어 밀리의 손목을 붙든다. "방금 저 안에서 **담배를 피우신** 거예요?"

복도 건너편 다른 화장실 문이 벌컥 열리더니 젊은 남자가 신발을 신지 않은 채로 나온다(공용 비행기에서!). 지저분한 회색 티셔츠 아래에서는 반투명한 색의 보기 흉한 뱃살이 비어져 나왔다. 허공을 킁킁대던 남자는 약간 흥미롭다는 듯한 표정을 짓고는 웅얼댄다. "맞네." 그러고는 가버린다.

밀리는 손가락을 엑스 자로 만들어 입을 막는다. 캐런은 그런 밀리를 무시하고 화장실 안으로 들어가는데, 남아 있는 연기가 날름대며 승무원을 맞이한다.

"젠장…." 승무원이 말한다. "그대로 계세요."

캐런의 반응을 본 밀리의 심장은 이제 진짜 공포로 쿵 내려앉고, 머릿속에는 끔찍한 상상이 밀려든다. 비행기에서 끌어내려져 건널 판자로 끌려 내려가는 상상. 수갑이 채워지고 체포되어 신문을 받고 몸수색을 당한 후 벌금을 맞고 구류당하다 이윽고 추방되는 상상. 여기서 이렇게 끝날 수는 없다. 앞으로 이런 여행을 할 일이 몇 번이나 더 있을까. 계속 늘어나기만 하는 '이젠 끝' 목록에 추가된 또 한 가지 항목. 해외여행은 이젠 끝. 이제 다들 해산. 아기는 생각도 마. 절대 침대를 같이 쓰지 마. 그리고 에이딘은 어떻게 되는 거지? 에이딘도 같이 추방당할까? 거기까지 생각이 미치자 도저히 못 견딜 것 같다. 이제 이렇게 길에 올랐는데 지금 와서.

두 사람 뒤편의 기내 주방을 훑어보던 캐런의 눈길이 벽에 부착된 빨간 전화기에 머문다.

"할머니?"

에이딘이 복도로 나와 이 작은 공연을 완성한다. 헤드폰은 이제 쌍둥이 포유동물처럼 손녀의 목에 걸려 있고, 양쪽에서 뭔가 팝음악이 울려나오고 있다.

"이분은 저희 할머니신데요." 에이딘이 말한다. "무슨 일 있나요?"

"너희 할머니라고?"

에이딘은 기묘한 표정으로 밀리를 응시한다. "너무 오래 걸리셔서 걱정이 됐어요."

"할머니가 말씀하실 수 있니?"

"네, 당연히 말씀하실 수 있죠! 할머니?"

밀리는 다음과 비슷한 내용의 메시지를 에이딘에게 텔레파시로 보내려고 안간힘을 쓴다. **우리 내가 말을 못 하는 척하자.** 하지만 에이딘은 그저 당황한 기색만 역력하다.

"음, 방금 이 분이 바로 저기 화장실에서 담배 피우시는 걸 내가 잡았단다. 그건 기본적으로, 세 가지 법을 어기는 행위야." 캐런의 얼굴이 상기되고 있다. "여기 있어." 캐런은 그렇게 명령하고 전화기 쪽으로 간다.

에이딘이 현장에 나타났을 때, 밀리는 놀랄 만큼 마음이 놓였다. 지원군이 있다. 하지만 확실히, 에이딘을 좀 보라. 아직 여자가 아닌 아이의 어깨(밀리는 따끔한 아픔과 함께 자신이 그 어깨에 심지어 더 무거운 짐을 지우고 있다는 사실을 깨닫는다), 가냘픈 손목에 채워진 두꺼운 고무 밴드, 티셔츠(라마 그림 밑에 **라마를 위해 드라마는 참아 줘**라고 적혀 있는)… 그건 나이어림과 경솔함을 말해주고 있다.

"잠깐만 기다려주세요." 에이딘이 외친다. "모르셔서 그래요. 저희 할머니는…" 에이딘이 밀리를 보며 재촉한다. "무슨 말이든 하세요!"

밀리는 머릿속에 유일하게 떠오르는 행동을 한다. 그것은… 윙크다. 더없이 사소하지만 더없이 위험한 제스처. 다행히도 캐런의 시선은 여전히 밀리의 손녀딸에게 고정돼 있다.

"할머니는, 그니까…." 에이딘은 정신이 나간 표정을 지으면서 눈동자를 데굴데굴 굴리고 손가락을 관자놀이 옆에서 빙빙 돌린다. 미쳤다고 말하는 만국 공통어. "노망이에요."

"네 말은, 이분이 알츠하이머나 뭐 그렇다는 거니?"

"네."

대단한데. 밀리는 속으로 감탄하지만 에이딘의 거짓말은 불안하다. 눈을 거의 마주치지 못하고 뺨은 불타고 있다. 도저히 숨길 재주가 없는, 아일랜드식의 활활 타는 붉은 기운.

"헷갈려하시고, 막, 여기저기 헤매 다니시고 이런 일을 가끔 하세요. 아마도 본인이 어디 있는지 잊으셨을 거예요." 에이딘은 밀리의 어깨에 부드럽게 양손을 얹는다. "저예요, 할머니. 저 누군지 아시죠, 네? 케빈의 딸 에이딘이에요. 할머니는 비행기에 타셨는데, 비행기에서는 담배를 못 피워요. 기억하시죠, 우리가 그 얘기 했던 거?"

밀리는 눈을 가늘게 뜨고 에이딘을 본다.

"아, 맙소사…." 캐런이 말한다.

에이딘의 연기에 밀리는 환희를 느낀다. 아니, 어쩌면 경탄한 걸까.

"네가 이분 보호자니?"

에이딘이 고개를 끄덕인다. "가끔은 제가 누군지도 까먹으세요. 제가 가장 가까운 사람인데도요." 두 문장 다 진실을 담고 있다는 것을, 밀리는 새삼 깨닫는다.

"넌 몇 살인데?"

"열여덟 살요." 에이딘이 다시 볼을 붉히며 말한다. "이 모든 일에 진심으로 죄송해요. 자요, 할머니. 우리 자리로 돌아가요."

밀리는 푹 죽은 개처럼, 로스데일의 그 딱한 사람들처럼 고개를 떨군다.

"잠깐만…." 캐런이 목소리를 낮게 깐다. "난 네 인적사항을 전부 파악해야 해. 이 일을 보고해야 하거든."

"아, 안 돼요!" 에이딘이 말한다. "제발 그러지 마세요. 실수였어요. **제** 실수였어요. 제가 졸았어요. 다시는 그런 일 없을 거예요. 약속할게요. 제가 착륙할 때까지 계속 커피를 마실게요, 맹세해요. 할머니와 1초도 빠짐없이 같이 있을게요. 담배도 뺏앗고… 할머니, 그 담배 이리 주세요."

"아, 아가." 캐런은 서글프게 고개를 젓지만, 매끈한 빵머리는 바윗돌인 양 조금도 흔들리지 않는다. "다시는 이런 일 없을 거 알아. 하지만 나도 어쩔 수 없단다. 이 일은 보고해야만 해. 전체 절차가 있어. 그렇게 걱정스러운 얼굴은 하지 말고. 기장님한테 상황을 알릴 거야. 타일러 기장님은 아주 좋은 분이셔."

"하지만 그럼 우린 어떻게 되는데요?"

"난… 솔직히 말하자면, 난 이런 일은 처음이야. 하지만 기장님은 서글서글한 분이라 내가 상황을 설명하면 분명히 이해하실 거야. 어쩌면 네가 올랜도에서 내리면 할머니와 이야기를 나눠야 할지도 몰라."

"네? 안 돼요…." 에이딘이 말한다. "아 맙소사. 안 돼, 제발요."

"하지만 이분은 나이가 많으시고, 알지… 제정신이 아니…."

"안 돼요! 그러시면 안 돼요! 몽땅 다 엉망이 되고 말아요…." 에이딘이 말한다. "제발, 실수였어요. 이렇게 빌게요. 이 여행은… 할머니는 미국에 가는 게 평생 소원이셨어요. 할머니의 꿈이었고 너무 오래 기다렸는데 이제는 이렇게, 알츠하이머에 걸리시는 바람에… 너무 끔찍했어요." 그 대목에서 정말 눈물 같은 반짝임을 본 밀리는 깜짝 놀란다. "그래서 우리는 그니까, 할머니한테 마침내 여행을, 마지막 여행을 미국으로 보내드리자 한 거였어요. 할머니의 꿈이었으니까."

그 말은 밀리에게 신호로 작동한다. "우리 미국 가요?"

#

그로부터 20분도 지나지 않아, 밀리는 위스키를 벌컥벌컥 마신 후 에이딘과 눈을 맞추려 하지만 실패한다. 캐런이 자기 시아버지가 알츠하이머로 고생했다는 이야기로 시작해 "아마 이건 현명한 결정은 아니겠지만"으로 끝나는 감동적인 연설과 함께 고가티 가족을 놓아준 이후로 에이딘은 한마디도 하지 않았다. 캐런이 승객 두 명과 동료 승무원 한 명의 앞길을 가로막고 한 길고 뜨거운 포옹은 에이딘과 밀리에게 심적 고통을 안겼다. 그건 **특별한** 순간이었다. 너무 감동받고 고마웠던, 미국식 공감과 열린 마음에 너무 감사했던 밀리는 즉각 자신이 꾸민 교활한 사기극을 자백하고 싶은 충동을 애써 억눌러야 했다.

에이딘은 노망난 딱한 할머니를 한 팔로 부축해 도로 두 사람의 좌석이 있는 통로로 안내하는 엄청난 연기를 펼쳤다. 명배우였다. 하지만 밀리가 안전벨트를 채우고 "명연기 그 자체였다, 새끼오리야"하고 말하자 오리는 할머니를 노려보았다.

에이딘은 이를 드러내고 말했다. "저한테 한마디도 걸지 마세요. 한마디도요." 그리고 눈을 감고 등을 기댔다.

비행기는 예고도 없이 거칠게 움직이기 시작한다. 처음에는 산발적이었지만 나중에는 완전히 드릴을 박고 있다. 창밖을 내다보니 마치 무한한 성긴 흰 구름 덩어리에 갇힌 것만 같다. 제임슨 미니보틀과 밀리의 플라스틱 텀블러와 에이딘의 스프라이트 캔과 컵이 접이식

탁자 위에서 덜덜 떨고 통통 튀어 다닌다. 다시 한 번 급작스럽게 비행기가 하강하자 밀리의 위장이 따라서 꿀렁 하고, 뒤이어 집단으로 헉 소리가 새어 나온다. 어딘가에서 아기가 울기 시작한다. 밀리는 자신의 손을 낚아채는 뜨거운 손길을 느끼고 손녀딸과 눈을 마주친다. 에이딘의 눈은 겁에 질려 휘둥그레하다. 아이가 그렇게 놀란 표정을 보이는 건 처음이다. 기껏 대담하게 미국 여행을 예약했는데 이 빌어먹을 대서양에서 죽게 되는 걸까? 우리 역시 노란 구명보트로 뛰어내리게 되는 것일까?

난기류가 악화된다. 누군가의 휴대전화가 밀리의 발에 부딪치고 누군가의 책이 통로로 떨어진다. 거대한 객실 안의 텔레비전 화면이 모두 동시에 지직거리고 정지된다. 수많은 정지된 이미지들. 한 화면에는 톰 행크스가 있고, 다른 화면에는 흐릿한 정원 꽃들이 보인다. 동요하지 않고 독서를 계속하는 승객들도 있지만 대다수는 고가티 가족처럼 호흡을 멈춘 듯하다. 지직거리는 소음과 함께 들리는 기장의 깊은 목소리는 모두의 연인인 양 기묘하게 친밀하다. 웅얼거리는 허스키한 목소리가 마치 자신의 가까운 친구인 승객들을 안심시키려는 듯하다.

밀리는 손녀의 손가락을 힘주어 쥐고 그 위에 다른 손을 얹는다. 첫 휘슬이 울리기 전에 한데 뭉치는 운동선수들처럼. 그리고 둘 다 손을 놓지 않는다. 몇 분이 지난 후, 비행기는 다시금 부드럽게 운항하고 있다. 구름은 사라지고 텔레비전은 다시 시작된다.

48

미국 토양에 처음으로 발을 디딘 에이딘은 올랜도 국제공항 내부에서 심문당하는 상상을 머리에서 억지로 몰아낸다. 할머니는 비행기에서 잠깐 담배를 피웠고, 아빠가 두 사람의 행방을 알아냈을지도 모른다. 거기다 몰래 들여온 소시지도 있다. 그중 무엇도 파국을 불러올 수 있다. 하지만 두 사람이 에어컨이 마구 돌아가는, 방향감각을 잃게 만드는 거대한 방들의 미로들을 헤쳐 나가는 동안 아무도 가로막지 않는다. 모든 것이 초대형이다. 무빙워크들, 미궁 같은 통로들, 간판들, 시민들. 미국은, 적어도 첫 몇 분간은 에이딘의 혼을 쏙 빼놓는다. 두 사람은 어디로 가야 하는지 다들 아는 듯한 군중을 조용히 순순히 따라간다.

마침내 두 사람은 멍한 얼굴의 비 미국인들이 서 있는 줄로 유입된다. 어쩐지 주눅이 든다. 단정한 제복을 입고 엉덩이에 검은 총을 찬 세관 직원들이 큰 소리로 지시하는 대로 출입 통제된 미로로 향한다. 마침내 두 사람 차례가 오자, 의자에 앉은 공무원이 사진과 얼굴을 비교하고 두 사람의 여권을 기계에 통과시킨다. 잇따라 삑삑 소리가 난다. 잠시, 에이딘은 좆됐다고 확신한다. 보안실에서 경보가 울렸다. 할머니는 유괴범으로 잡혀갈 테고, 에이딘은 똥구덩이에 빠지고 말 것이다.

"사업 목적이신가요, 여행 목적이신가요?"

할머니는 웃음을 짓고 한쪽 팔꿈치를 카운터에 올리고 그 위에 유혹하듯 고개를 얹는다.

"까다로운 질문이네."

직원은 멈칫하고는 밀리를 더 가까이 살펴본다. "뭐라고요?"

"여행에 약간의 사업을 더해서 왔지."

"뭐라고 하셨죠?"

"사업 아니에요." 에이딘이 재빨리 끼어든다. "할머니는 그냥…." 에이딘은 할머니가 하고 있는 짓을 설명할 단어를 찾는다. 짜증나게 군다. 멍청하다. 의도적으로 도발적이다. "그냥, 그니까, 농담하시는 거예요. 할머니 말뜻은, 도박이랑 그런 거요."

"디즈니에서요?" 남자가 묻는다. "디즈니에는 카지노가 없는데요."

"클리어워터요." 에이딘이 말한다.

"여기서 클리어워터로 운전해서 가시게요?"

"가깝지 않나요?" 에이딘이 말한다.

"음, 그렇긴 하죠. 그래도 탬파 공항으로 가는 게 나았겠지만요. 탬파는 클리어워터 바로 옆이거든요. 한 시간 반쯤 걸려요." 남자는 할머니를 자세히 뜯어보고 말한다. "아니면 두 시간 반이나. 운전 면허증 있으세요?"

"저희가 엉뚱한 공항으로 날아온 건가요?" 에이딘이 곁눈질로 할머니를 노려본다.

"아, 좋아." 밀리가 말한다. "우리가 알아서 해결하면 돼."

직원이 끄덕인다. "클리어워터의 호텔에서 묵으세요? 아니면 집을 빌리실 건가요?"

"네?" 에이딘이 말한다.

"입국신고서에 주소 란을 채우지 않으셨네요." 남자가 에이딘이 비행기에서 작성한 카드 아래쪽의 빈 공간을 톡톡 두드린다. "저희는 주소가 필요해서요."

"죄송해요. 저희는 주소가 없어요." 대답하는 에이딘의 목소리에는 당황한 기색이 역력하다.

"저는 주소가 필요합니다. 옆으로 잠깐 비켜 계시면…."

"바보 같이 굴지 말렴, 강아지야. 주소야 당연히 있지." 할머니는 이미 신묘한 가방 속을 뒤지고 있다. 마치 여기가 마르게이트의 난롯가인 것처럼, 물품들을 하나씩 꺼내어 카운터 위에 올려놓기 시작한다. 피인지 케첩인지 모를 얼룩이 길게 묻은 더러운 냅킨, 골프공, "설사"라는 단어가 비명을 지르고 있는 병.

"맙소사." 마지막 물품에서 도저히 참을 수 없었던 에이딘이 내뱉는다.

"여기서 이러시면 안 됩니다, 선생님."

"빙고." 할머니가 말한다. 실비아의 수하물 꼬리표를 의기양양하게 휘두르며 에이딘에게 받아 적으라고 내민다. 플로리다 클리어워터 2895 빅토리 타워스 208호.

"여기가 우리가 가는 곳이라우." 할머니가 에이딘에게 능청스러운 미소를 지으며 말한다. "오랜 친구인 실비아 페닝을 만나러 왔지."

#

일단 입국 절차는 끝났다. 뒷일은 어떻게 될지 모르지만, 에이딘은 그 생각을 최대한 피하려 애쓰고 있다. 고향의 모든 문제에서 한시나마 풀려나 자유의 몸이 된 두 사람은 다시금 움직이기 시작한다. 앞에는 거대한 불투명한 슬라이딩 도어가 입을 쩍 벌렸고 그 너머로 번잡한 도착 홀이 보인다. 최전방에는 간판을 든 남자들이 무리지어 서 있는데, 간판에 손으로 씌어 있거나 인쇄된 언어는 에이딘이 처음 보는 것들이다.

여기서 반바지를 입지 않은 사람은 에이딘과 할머니뿐인 듯하다. 바로 앞에서는 **고향으로 잘 돌아왔어 타냐! 사랑해**라고 씌어 있는 티셔츠를 맞춰 입은 시끄러운 대가족이 기쁨과 민망함으로 웃고 있는 (역시 반바지를 입은) 마른 금발 소녀인 타냐를 요란하게 부르고 있다. 타냐는 한 여자의 품에 안긴 아기를 가리키는데, 아기는 같은 라인스톤으로 같은 메시지가 더 작게 새겨진 조끼를 입고 있다. 가족은 타냐를 에워싼 채 한 무리로 점차 좁혀 오고, 마침내 타냐는 보라색 조리만 남기고 완전히 삼켜져버린다.

이글거리는 올랜도의 햇살이 거리로 이어지는 창문들과 투명한 회전문들의 벽을 달군다. 에이딘은 고향 생각을 하며 며칠 만에 처음으로 씩 웃는다. 이게 얼마나 비현실적인 상황인지, 얼마나 미친 짓인지. 엄마 아빠도 없이, 엄마 아빠의 허락도 없이 정말로 다른 나라에 와 있다니.

할머니가 걸음을 멈춘다. "렌트카가 어디 있을 것 같니?"

"렌트를 하는 건 아닌 것 같아요. 운전해 가기엔 너무 멀어요."

"저기 렌트라고 씌어 있지 않니?" 할머니가 택시라고 쓰인 간판을 향해 눈을 찡그리며 말한다.

"우린 길을 잃을 거예요. 결국 막, 유타 같은 데 도착하고 말걸요. 우린 아무것도 모르잖아요." 공항 가는 길에서 본 할머니의 무시무시한 운전 실력을 감안하면, 10차선 플로리다 고속도로에서 할머니가 모는 차의 조수석에 앉는다는 생각만 해도 에이딘의 심장은 공포로 철렁 내려앉는다. "그리고 할머니는 여기서 운전해보신 적 없잖아요."

"하지만 그게 핵심 아니니?" 할머니는 계속해서 주절주절 자신의 주장을 펼쳐놓는다. 자신은 60년간 운전을 해왔고, 운전대를 잡으면 그야말로 선수고, 우리 피터는 늘 나더러 평행주차의 명수라고 했고 어쩌고… 에이딘은 마침내 "알았어요, 좋아요, 좋아"하고 내뱉는다.

밀리는 에이딘이 시키는 대로 심카드를 파는 자판기에 신용카드를 긁는다. 휴대전화는 확실히 필요할 것이다. 하지만 렌트카 창구에 도착했을 때, 두 사람은 아무리 싼 차를 빌린다 해도 남은 현금을 몽땅 털어넣어야 한다는 사실을 곧장 깨닫는다.

"우린 현명하게 굴어야 해요." 에이딘의 고집에 따라 두 사람은 버스를 찾아 밖으로 나선다.

49

딸이 실종 마술을 부린 게 이번이 처음이었다면 케빈은 아마도 진정한 공포에 무릎을 꿇었을 것이다. 하지만 양키들 표현을 빌리자면 케빈은 이 로데오를 타본 적이 있었다. 에이딘은 전에 집안에서 뭔가로 다툰 후 너무 억울했던 나머지 오렌지 몇 개와 공책과 운동화를 가방에 싸 가서 거의 오후 내내 교회 고해실에 숨었던 적이 있었다. 패닉을 수치화하자면, 그 드라마는 초연이라 더 높은 점수를 얻었다. 또 한 번은, 별 문제 없어 보였던 저녁식사 시간에 에이딘은 뭐가 억울했는지 심사가 뒤틀렸다. 고가티 가족은 방금 전까지 식탁에 앉아 뇨키를 먹고 있던 에이딘이 갑자기 진입로를 쌩하니 나가 메인 로드로 향하는 것을 창 너머로 목격했다. 나중에 돌아온 에이딘은 불록 항구의 바위에 앉아 있으러 갔었다고 말했다. 그냥 혼자 있고 싶었다고. 생각하고 싶었다고.

뭐 그럴 수도 있지.

경찰서에 전화하는 건 아직은 지나치게 히스테리적인 반응으로 느껴진다. 아이는 틀림없이 여기 달키 어딘가에 있을 것이다. 케빈은 차를 몰아 불록 항구로 간 후 온 마을을 돌아다닌다. 자신의 동네와 피네건스 펍을 지나고, 한 줌의 구멍가게들과 카페들을 지난다. 패닉이 점차 커지고, 케빈은 속도를 높여 슈퍼마켓으로 가 유달리 말 많은 이웃 하나를 따돌리면서 청과물 코너와 유제품 코너와 냉동식품 코너를 쏜살같이 휩쓴다. 지난 논쟁 따윈 지금은 아무래도 좋다. 차를 몰고 아일랜드 끝까지라도 달려갈 것이다. 필요하다면 뭐든 할 것이다. 딸의 아름다운 면상을 당장 볼 수만 있다면, 그 애를 안을 수만 있다면. 케빈은 달키의 막다른 골목들과 좁은 골목들을 재빨리 훑고 메인 로드를 반복해서 오간다. 그리고 갑작스러운 변덕이 시키는 대로 에이딘의 이전 학교에 멈춘다. 케빈의 생각보다 에이딘이 더 똑똑한 게 아니라면, 그곳은 지구상에서 에이딘이 도망가서 숨을 만한 마지막 장소다. 하지만 케빈은 강당에서 누알라를 발견한다. 누알라는 말 그대로 무대 중앙에 서 있다.

마지막으로 케빈이 두려워하던 전화를 해야 할 순간이다. 아내와의 통화는 공식적으로 더는 미룰 수 없다. 그레이스는 이 일로 케빈을 탓할 것이다. 이번 일이, 정말이지 이 일 모두가 케빈의 잘못이라고. 어른의 책임이라는 짐은 왜 이리도 지독하고 가차 없는지. 뒷길에 차를 세운다. 하필이면 시궁창 중에서도 가장 깊은 시궁창에 빠진 날에 휴대전화에 정신이 팔리는 바람에 사고가 나는 그런 비극적인 사건만은 피하고 싶다.

그레이스가 첫 신호음에 전화를 받자, 케빈은 사무적인 어조로 소식을 전하려던 계획은 까맣게 잊고 불쑥 내뱉는다. "에이딘이 가버렸어! 못 찾겠어!"

"알았어. 알았어. 어디 보자."

그레이스는 압박하에서도 변함없이 차분하다. 어느 편인가 하면,

스트레스가 오히려 진정제 역할을 하는 것 같다. 정말이지 케빈이 어떻게 그레이스를 선택하지 않을 수 있었겠는가. 끔찍한 상황이 벌어질 거라는 전망을 기질적으로 거부하는 그레이스를. 걱정의 총 용량이 몹시 적은 여자를. 케빈의 평소 상태는 스트레스 그 자체인데.

"어디 어디 찾아봤는데?" 그레이스가 말한다.

"전부 다."

"그 애 기숙사 방에는 없어?"

"학교를 나갔어. 난 지금 달키야."

"뭐라고?"

"그 애는 그 망할 벽장에서 문을 잠그고 있다가 도망갔어. 우리가 전화 끊은 직후에. 내가 돌아갔더니 문이 열려 있더군."

팽팽하고 괴로운 침묵 이후, 케빈의 아내는 짜증을 유발하는 의도적으로 똑 부러지는 말투로 이렇게 말한다. "당신이 그 애를 거기서 내보내 줬군."

케빈은 속에서 불끈 치미는 걸 느낀다. "잘 모르겠어서 그러는데, 그레이스, 당신은 내가 넉넉잡고 한 시간은 닫혀 있던 문 앞에 내 몸으로 바리케이드를 치지 않았다고 뭐라고 하는 거야? 아니면 그 엄청난 위기 속에서 당신한테 소식을 전하지 말았어야 한다는 거야? 씨발, 난 에이딘이 아니야, 제발. 그 애가 거길 빠져나가는 걸 난 막을 재간이 없다고."

"확실히 그렇지."

"그게 도대체 무슨 뜻이야?"

"아, 아무것도 아니야, 케빈. 절대적으로 아무 뜻도 없어."

"그럼 이건 내 잘못이군."

"내 말은 그런 뜻이 아니야."

"당신 말은 늘 그런 뜻이지."

"내 말은, 난 직장에 있고 당신은 애들 학교 담당이잖아. 애들 학교 일은 당신이 책임지고 맡기로 했으니까. 난 그냥 그 이야기를 하고 있을 뿐이야."

"정말이야, 그레이스? 그게 맞아? 내가 책임을 진 게 맞아? 왜냐하면 혹시 잊었나 싶어서 말하는데, 당신은 날 집에서 쫓아냈거든, 기억 나? 당신은 내게 아이들하고 접촉하지 **말라고** 구체적으로 지침을 줬어."

"그리고 그 이유가 뭐였지?"

"씨!" 케빈은 "발"을 간신히 삼킨다. "그게 문제가 **아니잖아.**" 얼굴이 활활 타오른다. "당신은 엄청나게 다른 두 가지를 한데 뭉뚱그리고 있어. 우린 내 피우지도 않은 바람 이야기를 하는 게 아니잖아."

"아, 맞아. 우린 당신이 우리 딸을 잃어버린 사실을 논의 중이지."

"당신은 너무 고고한 척해. 당신도 알겠지만. 참 쉽지, 안 그래? **절대 집에 있는 법이 없는** 당신이 무슨 책임을 질 게 있겠어." 케빈은 마지막 세 단어를 휴대전화에 대고 천천히 잡아 늘여 말하면서 엄청난 해방감을 느낀다.

"난 집에 없지." 그레이스가 음울하게 말한다. "왜냐하면 난 내 가족을 먹여 살리고 있으니까. 난 빵을 식탁에 올리고 있어, 기억해? 당신은 해고됐고, 기억해? 우리가 물에 가라앉지 않게 지키고 있는 사람이 나야, 기억해?"

"그만하면 오늘치 내 탓은 다 한 것 같은데."

"내 딸의 학교에서 일하는 어떤 스무 살짜리 어린애랑 더러운 짓을 하고 있는 사람은 내가 아니야. 오늘 밀번에서 그 어린 친구는 만났어? 아마 그러다가 에이딘을 놓친 거겠지. 그쪽으로 정신이 팔리셔서…."

"아무 일도 없었어!"

"뜻대로 잘 안 됐나 봐?"

"저기 있잖아, 그냥 됐으니까, 그냥…." 저지를까? 그렇다. 저질러버리자. "그냥 좆이나 까."

케빈은 전화를 끊고 휴대전화를 옆 좌석에 던진다. 팔과 얼굴, 심지어 손조차 팽팽하게 긴장됐다. 숨을 몰아쉬고 있다. 아내한테 이렇게 화나서 버럭 내지른 적은 처음이다. 다시 상황을 돌이켜 찬찬히 생각해보고 싶지만, 싸움이 어떻게 전개됐는지 기억나지 않는다. 오로지 분노와 그 밑의 중심부에 자리한 패닉뿐. 그때 휴대전화가 울리기 시작하고, 화면에 뜬 그레이스의 이름에 케빈은 안도감으로 현기증을 느낄 지경이다.

"경찰에 전화해."

그레이스가 말한다.

"뭐라고?"

"경찰에 전화하라고."

"당신은 경찰에 전화해." 케빈은 자기 말투의 냉랭함에 스스로 충격 받는다. "난 내 딸을 찾을 거야."

아내의 전화를 먼저 끊어버린 것이 오늘 벌써 두 번째다. 케빈은 엔진을 켜고 집을 향해 내달린다. 모퉁이를 돌 때에도 거의 속도를 늦추지 않아 매번 타이어가 비명을 지른다. 신호등 때문에 어쩔 수 없이 멈춰 선 케빈은 주먹으로 운전대를 갈긴다. 마침내, 마침내, 집 진입로에 차를 세운다. 여전히 부글부글 끓고 있는 케빈의 눈에 두 인간의 형체가 보인다. 남자 하나와 여자 하나가 빗속에 서 있다. 이 양동이로 퍼붓는 빗속에서, 케빈의 집 앞 계단에. 잠시 케빈은 차를 빙 돌려 어딘가 다른 세상으로 내빼고 싶은 예리하고 원초적인 욕구를 느낀다. 어쩌면 코네마라로 가서 예이츠를 읽으면서 뿌리채소나 키울까.

차 소리를 듣고 두 사람 모두 케빈을 향해 돌아선다. 하지만 손을 흔들지도, 미소를 짓지도 않는다. 엄숙하고 심각한 기색인데, 여자는 뭐랄까, 마음이 급해서 조바심치는 듯하고 오버코트를 입은 남자는 거의 희극적으로 허리가 굽었다. 이번엔 어떤 뉴스를 접하게 될까? 이 인생에 또 무슨 일이 일어났을까?

케빈은 도저히 안정적이라고 말할 수 없는 방식으로 차를 세운다. 마치 운전대를 처음 잡아 기어를 바꾸려고 애쓰는 연수생처럼 돌발적으로 비틀댄다. 차가 멈추기도 전에 내리려다가 다시 돌아가 키를 뽑는다.

"안녕하세요?" 케빈은 두 사람을 향해 다가간다. 평소 의지하는, '나 무해해요'라고 말하는 웃음을 도저히 지을 수 없다. 그리고 그때 상대가 밀번 학교의 익숙한 얼굴들이 아님을 깨닫고 급히 멈춰 선다.

"고가티 씨." 여자가 말한다. 케빈은 이 표정에 익숙하다. 손질할 필요 없도록 짧게 깎은 머리, 듬성듬성한 눈썹. 뭔가 권위와 관련이 있는 사람이다.

그리고 그때 기억이 난다.

"무척 심각한 상황이 일어났습니다. 들어가도 될까요?"

케빈의 머릿속에서 합선이 일어난다. 에이딘 생각에서 벗어나지 못한 채 빙빙 도느라 반응이 느리다.

"저희는 하루 종일 선생님께 연락을 하려고 애썼습니다."

"무슨 일이신지?"

"어머님이 오늘 아침 방에 안 계셨습니다." 로스데일 요양원의 원장이 말한다. "저희 생각엔 가출하신 것 같습니다. 괜찮으세요, 고가티 씨?"

50

밀리는 수다스러운 옆자리 친구인 제럴딘 애덤스를 통해 곧 클리어워터에 도착할 것임을 알게 된다. 제럴딘은 건포도처럼 쪼글쪼글한 얼굴에 느린 남부식 말투가 매력적인 증조할머니다. 이웃에 사는 수고양이에 관한 요령부득인 이야기의 끝부분에 다다르고 있는데, 내용인즉슨 고양이가 자기 정원에서 볼일을 보고, 이유는 모르지만 그것 때문에 증손자의 심장병이 악화되고 있다고 한다. **맙소사,** 밀리는 생각한다. **내가 앞으로 이렇게 된다는 건가? 고양이 배변 문제로 20분을?**

플로리다 고속버스(고맙게도 연로시민 할인 혜택이 있었다)에는 나란히 앉을 수 있는 좌석은 남아 있지 않았다. 그래서 이 정신 나간 계획을 시작한 이후 처음으로 할머니와 손녀는 따로 앉아야 했다. 밀리는 손녀딸이 혼자 앉기엔 너무 어리다며 플로리다 주립대 후드티를 입은 두 명의 대학생을 장광설로 설득해 자리를 바꾸려 했다. 그러나 에이딘은 십 대의 자의식과 분노가 결합된 무시무시한 눈초리로 할머니를 노려보며 자신은 괜찮다고 쏘아붙였다. 그리고 밀리나 다른 학생들이 미처 뭐라고 하기 전에 버스 뒤쪽으로 사라졌다.

밀리는 창밖으로 지나가는 외국의 밤 풍경을 지켜본다. 창고들, 빌보드들, 일렬로 늘어선 상점가, 공터, 주유소, 야자수, 끝없는 길들. 생각은 즐겁게 둥둥 떠내려 간다. 스쳐가는 내러티브의 조각들. 그러다 제럴딘이 다시 주절대기 시작했음을 깨닫는다.

"…나한테 비프스테이크 토마토를 갖다주는데, 너무 고맙죠. 하지만 그 애 남편은 어디다 내놔도 부끄러울 인간이에요." 제럴딘은 근엄하게 고개를 저으며 말을 잇는다. "그 자식은 아마 지금 이 순간도 텔레비전 화면에 고함을 지르면서 대형 소파에 앉아 맥주캔을 따고 있을 거야."

"대븐포트라고요?"

"이런 거예요. 레너드는 잠들어 있거나 취해 있어요. 오직 그 두 상태 중 하나만 존재하지. 변동은 없어. 그 애가 남편을 어떻게 참아주는지, 난 도무지 이해가 안 간다니까. 머리를 아무리 굴려봐도. 기도도 해봤죠."

"듣자하니 그 남자는…."

"매일 밤 빅맥과 커다란 프라이를 입에 처넣고는 비틀거리며 문간에 들어서지. 혹시나 그걸 브렌다랑 나랑 나눠 먹으려고 집으로 가져왔다고는 생각지 말아요. 절대 그렇지 않으니까. 남자들은 나눠먹지 않아. 동료 인간을 생각하는 법이 없지. 그게 남자든 여자든. 그 자식이 실제로 나한테 집세를 받는 거 알아요?"

"말도 안 돼! 그 남자는…."

"하지만 들어 봐요. 그 바보와 나 중 마지막에 웃는 건 내가 될 거야. 그 자식은 내가 어마어마한 돈을 깔고 앉아 있고, 내가 죽으면 물려받게 될 줄 알고 있거든. 술에 취했을 때마다 그 얘기를 하면서 이러쿵저러쿵 주절댄다니까. 내가 레너드 로울러에게 돈을 물려주기라도 할까 봐! 내가 얼마나 바보라고 생각하는 걸까?"

"그래서 부인한테는 엄청난 돈 더미가 **없다는 건가요?**"

제럴딘은 무슨 말도 안 되는 소리냐는 듯 킥킥 웃는다.

"이렇게 말할 수 있겠죠." 제럴딘은 말한다. "난 내 물건은 전부 다 달러 스토어에서 산다고(염가 판매점-옮긴이)."

밀리는 그 표현을 구체적으로 알아듣는 건 아니지만 대략적으로는 이해한다. 자신도 유로 숍의 열혈 팬이니까.

"아마 오래전에 내게 존슨앤존슨 주식이 좀 있었던 것 때문에 그렇게 생각하는 모양이에요. 거기서 일했거든요. 그리 많지는 않았지만 어쨌든 당시에 팔았어요. 그 돈으로 아름다운 크루즈 여행을 다녀왔지. 하지만 레너드는 그걸 몰라요. 그리고 내가 그 인간의 오해를 바로잡아줘야 할 이유도 없고."

"확실히 없죠." 밀리가 말한다. 아주 어렴풋한 발상이 싹을 틔운다. 뭔가, 사망 후 물려받는 유산과 관련이 있는 생각인데, 머리에 까치집을 진 에이딘이 슬그머니 통로로 나오는 바람에 그 생각은 흩어지고 만다. 밀리가 새 친구에게 손녀를 자랑스럽게 소개하는 순간, 운전기사가 스피커에 대고 기침 같은 한마디를 내뱉는다. "클리어워터."

51

에이딘이 캐스트어웨이스 모텔에 도착해서 처음 한 시간 동안 한 일은 수영장 옆 자판기에 1달러 지폐를 납작하게 펴넣으려 애쓴 것이었다. 자판기는 모든 상품에 제각각 이국적이기 짝이 없는 이름이 붙은, 휘황찬란한 정크푸드의 컬렉션을 자랑한다. 1,000만 달러 바. 딩동. 미국의 다른 이름은 다양성, 무한한 선택이다. 미국은 눈부시다. 에이딘은 F-2를 두드리고 너터 버터인가 하는 것이 앞쪽으로 밀려와 아래로 떨어지는 것을 지켜본다.

53달러짜리 "정원 뷰" 방에 다른 손님들은 불만이 있을지 몰라도(쌕쌕대는 에어컨, 깨진 발밑 타일, 광 나는 커튼), 할머니는 환히 웃으며 말했다. "여기가 딱이네." 그로부터 삼십 분도 안 되어 딱한 할머니는 킹사이즈 침대에서 코를 골고 있었고, 침대를 같이 써야 하는 에이딘은 썩 즐겁지 않다. 할머니가 하도 기운이 넘치는 바람에 에이딘은 할머니가 얼마나 오랫동안 이 세상을 헤매고 다녔는지 잊곤 한다.

에이딘은 드물게 조용한 순간을 이용해 줄어드는 자금을 확인했다. 대략 200달러였다. 할머니를 뜯어보며 아름다웠다고 들은 할머니의 젊은 시절을 상상하려 애썼다. 긴 속눈썹, 높은 광대뼈, 엉덩이까지 곧게 내려오는 매력적인 머리카락. 하지만 할머니의 시들어버린 얼굴과 오래전에 색깔이 빠져나간, 짧게 잘린 머리카락이 에이딘의 상상력의 발목을 잡는다.

늙는다는 것은 좆된다는 것이다.

에이딘은 끈적끈적한 담요를 할머니의 어깨까지 끌어올려 어린애처럼 폭 감싸 주고는 그대로 놔둔다. 수영복을 미처 챙겨 올 생각을 못 했다. 챙겨온 물품 대부분은 이곳에서는 쓸모가 없다. 하지만 그래도 사람 없는 수영장 구역을 서성거려 본다. 수영하는 사람이나 일광욕하는 사람은 한 명도 눈에 띄지 않는다. 흰색 플라스틱으로 된 긴의자를 끌어다 놓고 앉아 혹시 션 길모어가 자신에 관한 마음을 바꿨을지도 모른다는 생각에 주머니에서 휴대전화를 꺼낸다(그렇다, 맞다. 에이딘은 집착하고 있다. **인정한다**.) 하지만 물론 션의 마음은 바뀌지 않았다. 그래도 이제 어쩌면 지리적으로 션과 가까이, 어쩌면 겨우 몇 킬로미터 이내에 있을지도 모른다는 사실이 에이딘에게 물리적 영향력을 발휘하는 듯하다. 조바심이 나고 속이 울렁거린다. 마치 뭔가 대담하고 공개적이고 두려운 일을 감행하기 직전에 레드불 여러 캔을 원샷 한 것처럼.

버스 정류장에서 여기까지 오는 택시에서 할머니와 에이딘은 팁이 얼마면 적절한가를 놓고 속닥속닥 말다툼을 벌였다. 할머니는 유로 코인 하나를 제시했다("어림 없어요." 에이딘은 이를 드러내며 달러 지폐 2장을 넘겨주었다). 에이딘은 이제 착륙했으니 엄마 아빠에게 연락해야 한다며 할머니에게 두 번째로 맞섰지만, 할머니는 이번에도 시간을 끌면서 받아 주지 않았다.

할머니한테야 쉽겠지. 부모님의 이름(그리고 이제는 제라드 오빠까지)으로 휴대전화 화면이 끝도 없이 폭격당하고 있는 사람은 에이딘이지 할머니가 아니니까. 비록 음성 사서함을 남기는 건 이제 포기한 모양이지만. 에이딘은 남겨진 음성 메시지들을 감히 들을 엄두가 나지 않지만 그렇다고 삭제하지도 못한다. 타고난 문서 기록자이기 때문이다. 증거를 파괴하는 일은 절대 있을 수 없다.

수영장은 쇠사슬 담장으로 둘러쳐져 있는데, 일광욕하는 사람들이 그 너머로 볼 수 있는 것은 눈부시다 못해 선정적인 가로등 빛이 쏟아지는, 대체로 텅 빈 주차장이 전부다. 대형 쓰레기통과 첨단기술에 대한 분노로 발작을 일으킨 누군가가 죽어라고 두들겨 팬 것처럼 보이는, 10년은 더 된 듯한 터키색 컴퓨터 한 대를 제외하면 말이다. 에이딘은 이 모든 광경이 꽤 멋지다고 느낀다. 마치 전에 본 수백 편의 영화나 지금까지 읽거나 쓴, 또는 쓸까 생각했던 시들에서 곧장 나온 광경 같다. 낡은 청바지를 입은 섹시한 20대 남자가 입에 담배를 물고 픽업트럭에서 뛰어내려 모텔 문을 두드리는 모습을 상상한다. 남자는 겉보기엔 무심해 보이지만 속마음은 그렇지 않다. 에이딘 같은 여자가 그 남자를 안으로 안내할 것이다.

한때 주차장 도시가 있었네
부서진 의자들과 꿈들이 넘쳐나던 곳
길가 모텔에서
호텔비는 낼 수 없는
션 길모어, 널 찾을 수는 있을까?

대양 건너편에 가족을 남겨두고 자신은 아름다울만치 따뜻한 플로리다의 저녁에 강낭콩 모양 수영장 가에 앉아 있다고 생각하니 너무 낯설다. 아니. 초현실적이다. 그게 에이딘의 다음번 5행 희시의 주제가 될 것이다. 독립, 자판기 과자, 모험. 휴대전화 폭격이 다시 시작됐다. 아빠. 아빠. 아빠. 벨소리가 한 번 울릴 때마다 에이딘은 아빠가 부엌에서 앞뒤로 서성이는 모습을 상상한다. 냉정을 잃고 양손으로 머리를 긁적이는 모습을. 아빠는 두 사람이 살아 있다는 걸 알 자격이 있지 않을까? 그리고 그게 무슨 해가 되겠는가? 에이딘은 "수신"을 누른다.

"에이딘!"

아빠의 목소리가 어찌나 가련하게 들리던지, 에이딘은 하마터면 다 털어놓을 뻔한다. 하지만 혀를 깨문다. 아빠는 할머니가 고집이 센 만큼이나 설득력이 뛰어나다. 에이딘은 오로지 자신의 숨소리가 아빠를 안심시킬 수 있기만 바랄 뿐이다. 그래서 숨을 쉰다. 아빠는 몇 번이고 에이딘의 이름을 되풀이해 부른다. 공포와 달콤한 안도감이 뒤섞인 그 목소리는 솔직히 에이딘을 감염시킨다.

"너니? 에이딘? 어디 있니? 에이딘?"

말하고 싶은 것을 참으려니 고통스럽지만, 에이딘은 아무 말도 하지 않는다.

"그냥 괜찮다고만 해 주렴."

갈라지는 아빠의 목소리를 듣자 에이딘은 한계에 다다른다.

"전 괜찮아요."

"아, 하느님 감사합니다! 하느님 감사합니다! 어디 있니?"

에이딘은 금방이라도 무너지려는 자신을 간신히 다잡는다. 두꺼운 총알을 억지로 삼키는 기분이다. 아빠의 한마디 한마디에서 느껴지는 엄청난 희열감에 무너지지 않으려고 안간힘을 다한다. 아빠가 내 목소리를 듣는 것만으로도 이렇게 다정하게 대해 주고 관심을 가져주고 전율에 떨고 감정을 드러낸 적이 있었나?
가출을 좀 더 자주 해야겠어.
"아가? 괜찮아. 우린 화 안 났어. 우린 너한테 화 안 났어. 그냥 정말 걱정했을 뿐이야. 우린 그러니까 전부 다 해결할 수 있어. 하지만 넌 집으로 와야 해."
에이딘의 입술이 짧지만 확연한 흐느낌을 허락도 없이 멋대로 내보낸다.
"살아 있어요?" 에이딘이 울며 묻는다.
"누구?"
에이딘이 얼굴을 문지른다.
"할머니?" 케빈이 말한다.
"블리클랜드 선생님요."
"아! 그분은 괜찮으셔. 그분은 괜찮으셔. 퇴원하셨어. 학교로 돌아가셨어. 너 혹시 그것 때문에… 너 어디 있니? 아빠가 데리러 갈게."
에이딘은 이 소식을 뇌리에 새긴다. 난 블리클랜드 선생님을 죽이지 않았어. 선생님이 퇴원했대. 선생님은 너무 멀쩡히 살아 있을뿐더러 이미 출근까지 했대!
"아빠가 데리러 갈게." 케빈은 반복한다.
에이딘은 전화를 끊기 위해 가진 힘을 몽땅 끌어 모은다. 그래도 쉽지 않다. 아니 몹시 힘들다. 그래서 끊기 전에 기어이 이렇게 덧붙이고야 만다. "전 완전 잘 있어요. 완전 잘 있어요, 아빠. 그냥 오늘 밤엔 친구 집에서 잘 거예요."
"친구 누구?"
"학교 친구. 집에서 다니는 애 있어요. 금방 집에 갈게요, 약속해요."
에이딘은 전화를 끊고 추가로 휴대전화 전원을 끈다. 난데없이 새

한 마리(펠리컨인가? 두루미인가?)가 휭하니 하늘에서 날아오고, 땅으로 하강하는 그 재빠르고 우아한 동작을 좇던 에이딘의 눈길이 수영장 표면에 떠 있는 똥 덩어리, 또는 어쩌면 야자수 이파리 조각에 머문다. 그것이, 그리고 블리클랜드가 회복했다는 소식과 자신이 지금 생각지도 못하게 도달해 있는 삶의 이 놀라운 순간이 어쩐지 에이딘을 웃게 만든다. 그리고 잠시 후 그 웃음은 눈물로 바뀐다. 비록 치유의 눈물이라고 확신하지만, 한편으로는 굴욕감도 느껴진다. 여기 앉아서 바보 천치처럼 엉엉 울고 있는 모습을 누군가에게 들키기라도 한다면.

될 대로 되라지. 할머니 말마따나.

52

케빈이 믹과 메이브의 집에 얹혀살기 시작한 지 이제 여드레째고, 아내를 다시 본 것도 역시 여드레째다. 그레이스가 집에 들어오자마자 카펫 위에 가방을 내팽개치는 건 케빈의 온화한 통치 원칙 따윈 굳이 신경 쓰지 않겠다는 뜻을 내비치는 행위로, 평소엔 케빈을 죽어라 짜증나게 만든다. 하지만 지금 케빈은 그 행위를 그저 있는 그대로 본다. 그레이스는 열심히 일했고 지쳤다. 그런고로 가방을 카펫에 던진다. 일자리를 잃은 이후로 케빈의 렌즈는 얼마나 작아졌던가. 케빈은 자기 입장만을 보았고 자기 생각만을 내세웠다. 그런데 누구에게, 그리고 무슨 목적을 위해서? 누가 이기고 지고를 반드시 따지고야 말겠다는 이 아집은 도대체 뭐지?

"방금 에이딘이랑 통화했어." 케빈이 불쑥 내뱉는다. "그 애는 무사해."

"아, 하느님 감사합니다. 하느님 감사합니다. 어디 있대?"

"친구네 집에서 자고 온대. 기숙생이 아닌 통학생이라던가… 밀번의."

"거짓말하는 것 같아?"

"아니, 그리고 목소리를 들으니까… 어떻게 말해야 할지 모르겠다. 부끄러워하고 걱정하고 뉘우치는 것 같았어."

"다른 애들은 잠들었어?" 그레이스가 묻는다.

케빈은 고개를 끄덕인다.

"경찰은 뭐래?"

"별 말 없어. 에이딘이 전에 가출했을 때 일이랑 얼마 만에 돌아왔는지 하는 것들을 꼬치꼬치 캐묻더라. 친구들한테 전화를 해보라 하고."

"그런데 경찰은 아무것도 **할** 수 없대?"

케빈은 일어나서 조심스레 아내에게 다가간다. "저번 일 기억나? 간식 한 봉지 챙겨서 고해실에 숨었던 거? 그 애는 머리를 식힐 필요가 있어. 난 방금 그 애랑 통화했고, 정말이지, 그 애는 괜찮아. 안전해. 내가 들은 목소리로는 확실히 무사한 것 같았어."

그레이스는 깊이 생각에 잠긴다.

"비록 낙심이 되긴 하지만…." 케빈이 말을 잇는다. "그 애는 내일 돌아올 거야. 난 확신해."

케빈이 아는 사람 중에 가장 꿋꿋한 그레이스가 그예 눈물을 보인다. 그토록 강건한 사람이 괴로움에 무너지는 모습을 지켜보기란 힘든 일이다. 위로해주고 싶은 마음이 간절하지만, 케빈은 자신이 그럴 권리를 잃었음을 안다.

그레이스는 정말이지 아름답다. 비록 창백한 피부가 평소보다 더 창백해져서 눈 밑의 섬세한 피부를 점령한 검은 그늘과 충격적인 대비를 이루지만, 그레이스의 아름다움은 도저히 부인할 수 없다. 팩트체크가 전혀 필요하지 않은 기정사실이다. 케빈은 아내에게 다가가 대담하게 양 팔로 아내를 감싼다. 다 좆 까라고 해. 이 빈약한 위로가 아내에게 퇴짜맞을지 모른다는 두려움 속에서도 케빈은 아내를 더 가까이 끌어당기고, 아내는 허락한다. 케빈은 강력한 평화가 내려앉는 것을 느낀다. 세계가 제자리로 돌아가는 느낌. 마치 경찰의 체포에 저항 없이 순응하는 평화 시위자처럼 힘을 쭉 뺀 채 한참을 그렇게 서 있던 그레이스는 마침내 화답하기 시작한다. 케빈에게 몸을 바짝 붙이고 점점 힘을 준다. 마침내 두 사람은 서로 동등하게 껴안고 있다. 케빈의 목에 닿은 그레이스의 코끝은 얼음처럼 차갑지만, 케빈의 팔에 외투 차림으로 안겨 있는 그레이스는 따뜻함을 느낀다. 성스럽다. 케빈의 머릿속이 맑게 갠다. 스트레스에 취약하고 노이로제 상태인, 직장은 물론이고 최근 집에서도 쫓겨난 네 아이의 아버지에게 이 순간은 고요한 지복의 순간이다. 아무리 찰나일지언정.

"내가 다 망쳐버렸어." 케빈이 말한다. 그레이스의 머리카락이 케빈의 목에 눌린다. "정말이지 내가 다 망쳐버린 거야."

그레이스의 몸이 굳는다. "그랬지."

"내가 정신이 나갔던 걸까?"

그레이스가 씁쓸하게 콧방귀를 뀐다. "내가 아나."

"그랬어. 난 정신이 나갔었어. 미안해." 케빈이 말한다. "용서해 줘." 케빈은 아내에게 그리웠다고 말한다. 진심이다. 심지어 이 모든 일이 시작되기 전부터, 두 사람이 같은 집에 살고 있었을 때조차 그랬다.

그레이스가 포옹을 푼다. "나도 알아. 그동안 당신 상황이…."

"아니야." 케빈이 말한다. "내 말 뜻은 그게 아니야."

케빈은 아내의 양 뺨에 입을 맞춘다. 그레이스는 완전히 받아들인 건지는 알 수 없지만 적어도 남편의 따귀를 때리지는 않는다. 케빈은 크게 안도한다. 어쩌면 내가 그레이스를 아직 영영 잃어버린 건 아닐지도 몰라. 두 사람은 입을 맞춘다. 케빈은 아내의 몸에서 힘이 살짝 빠지는 걸 느낀다. 아내의 얼굴 곳곳에 가벼운 입맞춤을 날리고, 그 후 목으로 내려간다. 이 경로는 그간 효과가 있음이 입증되었다. 아마도 진부하고, 지름길로 가느라 가끔 건너뛸 때도 있지만 믿음직하고 친숙한 경로다. 다만 지금도 그런 것은 아니다. 이번 여행길은 강렬하게 새롭다. 마치 두 사람 사이에 존재했던 스물몇 년간의 접촉이 사라져버린 것처럼 강력한 화학작용이 새롭게 일어난다. 케빈은 바로 이곳, 가족 소파에서 자신을 놓아버리고 싶지만 멈춘다. 그레이스에게 해야 할 다른 이야기가 있다. 그 생각에 하마터면 웃음이 터져 나올 뻔한 것을 참는다. 여기 선물이 있다. 잠들어 있던 열정의 잉걸불. 하지만 아이들과 어머니는… 심지어 이 망할 놈의 집이 텅 비어 있어도, 가족은 여전히 그 불을 꺼뜨리는 재주를 부린다.

"또 다른 문제가 있어."

그레이스가 몸을 굳히며 남편을 놓아준다. "아, 맙소사. 앉아서 들어야 하는 소식이야?"

"그래. 그리고 어쩌면 술 한 잔이 도움이 될지도 몰라."

그레이스는 곧장 반쯤 빈 붉은 색 병이 놓인 협탁으로 가서 잔 두 개를 채운다.

"좋아, 그래서 내가 무슨 일에 대해 마음의 각오를 해야 하는 거지?"

케빈은 큰 소리로 숨을 내쉰다. "엄마가 실종되셨어."

"아, 하느님." 그레이스는 고개를 젓고는 잔을 들어 길게 한 모금 마신다. "무슨 뜻이야? 요양원을 나가셨다고?"

"어떤 특정한 방식으로는, 맞아."

"무슨 방식?"

케빈은 조금 전 부부의 에로틱한 화해가 이루어졌던 바로 그 소파에 털썩 주저앉는다. 베킷이 나른하게 고르릉거린다. 긴 생강색 털들이 쿠션 세 개에 장려하게 흩뿌려져 있었다.

"정말이지 어디서부터 이야기를 시작해야 할지 모르겠다. 어쩌면 어머니가 어떻게 한밤중에 로스데일을 탈출하셨는가 하는 부분일까?"

"어젯밤?"

케빈이 고개를 끄덕인다. "그리고 어쩌면 히치하이킹을 하셨을 수도 있어. 아닐 수도 있고."

"뭐라고?"

"아니면 야간 경비원의 카페오레에 몰래 약을 탄 부분이 당신 마음에 더 들려나?"

"농담하지 마."

"이야기를 꾸며 내서 미안해. 실은 그냥 커피였어."

"맙소사, 도대체 무슨…."

"확실히 어머니가 세탁물에서 리넨을 조금씩 빼돌리거나 하는 치밀한 계획을 세우고 행동에 옮기신 모양이야. 타월들이 엄청 없어진 게 발견됐어. 아, 그리고 룸메이트에게서 45유로를 훔쳤고." 케빈은 극적인 효과를 위해 잠시 말을 멈춘다. "죽은 룸메이트에게서."

그레이스는 비명 같은 웃음소리를 낸다. "그만! 너무하잖아. 그만!"

"거기 사람들 생각엔…."

"그 사람들이랑 통화했어? 그 누구더라…."

"실라 슬래터리, 기억하지? 로스데일 원장. 그분이 조수인 콰지모도를 데리고 찾아왔어."

그레이스가 다시 폭소를 터뜨린다. "그만!"

케빈은 얼굴을 환히 빛내며 껄껄 웃는다.

"슬래터리 부인과 그 얼간이 같은 자식이 바로 우리 현관문 앞에서 잔뜩 겁에 질려 숨도 못 쉬고 벌벌 떨고 있더라고. 비록 겉으로는 티를 안 내려고 필사적으로 애쓰고 있긴 했지만. 아마 소송이 걱정된 모양이지. 알고 보니 엄마가 거기 전체 주민의 절반은 만나고 돌아다녔나 봐. 한 사람 한 사람한테 극적인 작별인사를 하고 자기 배낭에서 뜬금없는 물품들을 꺼내서 은밀하게 보여줬다나. 인용하자면, 엄마가 '도망칠 때' 쓸 물건이라면서."

그레이스는 발작하듯 웃고 있다. "예를 들면 어떤?" 거의 말도 제대로 하지 못한다. "배낭 안에 뭐가 들어 있었는데?"

"어디 보자." 케빈은 이 상황을 즐기고 있다, 그렇다. 이게 예전 모습이다. 케빈. 작은 실험실 출신 생쥐가 세계를 모험하고, 이야기 부스러기와 자기가 가 보고 만나본 장소들과 사람들에 관해 간결하지만 함축적인 견문록을 모으고, 다시 조그만 둥지로 돌아와 그것들로 그레이스를 즐겁게 해준다. "라거 캔 하나, 두루마리 화장지 하나." 케빈은 이제 웃다가 똥을 지릴 지경이다. "아, 그리고 이모디움(지사제-옮긴이) 한 통… 왜냐하면 도피 도중에 언제 지독한 폭풍 설사를 일으킬지 모르는 거니까."

그레이스는 이제 울부짖고 있다.

케빈은 마침내 냉정을 되찾는다. "하지만 아무도 어머니에게 전혀 신경을 쓰지 않은 모양이야. 그냥 헛소리를 하나 보다고 생각했지."

"난 솔직히… 난 도무지…."

"알아."

"계속해."

"새벽 시간에… 순서도 헷갈리는데… 어머니가 안내 데스크의 경비원을 살살 유인해서 그 사람 커피에 수면제를 탔대. 마치 영화처럼.

그리고 어떤 방에 숨어들어 웬 노인네를 공포에 질리게 만들었고. 알고 보니 두 사람 사이에 과거사가 좀 있었다나 봐. 뭔가 실랑이 같은 게. 나야 모를 일이지만. 엄마가 언제부터인가 공동휴게실 출입을 금지당했었대."

"난 도무지…."

"하지만 그건 내 잘못이야." 케빈이 고개를 돌린다. "로스데일에선 계속 전화를 했는데 내가 끝까지 전화를 안 받아서…."

"당신 잘못이 아니야."

하지만 케빈 잘못이다.

"어쨌든." 케빈은 아내의 다정한 위로를 일축한다. 하지만 그 위로에 끊임없이 목덜미를 달구는 열패감이 약간이나마 누그러뜨려지는 게 느껴진다. "아, 그리고 저항 부분도 말했었나? 말도 마. 남자 경호원이 어머니를 찾아냈을 때 어머니는 무슨 나무인가 식물인가 뒤에 숨어 있었대. 그리고 자기 아버지의 말 농장이 어쩌고 하면서 끝도 없이 주절대기 시작했다는 거야."

"무슨 말 농장?"

"내 말이."

그레이스는 여전히 눈물을 훔치고 있다. "아 맙소사. 난 포도주를 더 마셔야겠어." 그레이스는 두 사람의 잔을 모두 가득 채운다.

"그리고 이 모든 쇼가 끝난 후에…." 케빈이 말한다. "어머니는 뒷문으로 몰래 빠져나가셨어."

그레이스가 코웃음친다. "거긴 보안도 없대?"

"무슨 비번 시스템 같은 게 있나 본데 후진 것 같아. 그 사람들이 알아보는 중이야."

"믿어지질 않는다. 지금은 어디 계시대? 집에 가셨나? 마르게이트는 확인해 봤어?"

"당연하지. 전혀 흔적도 없어. 하지만 차가 없어졌으니까 어디 가신 게 분명해."

케빈은 그레이스를 살펴본다. 그레이스는 갑자기 잠잠해져서 양손에 머리를 고이고 있다.

마침내, 그레이스가 말한다. "하지만 그게 어떻게 가능해? 어떻게 그 두 사람이 동시에 사라질 수가 있지? 너무 불합리하잖아."

방 안이 무시무시한 정적에 잠긴다. 베킷이 잠에서 깨어 기지개를 켜고는 혀를 날름거리며 자세를 바꾼다. 케빈은 벽시계의 분침이 차례로 3, 6, 9를 지나는 것을 인지한다.

"케빈?"

"어?"

"당신 설마 그런 생각 하는 거 아니지? 두 사람이…."

케빈은 그런 생각은 하지 않았다. 단 1초도, 언뜻 스친 적도 없었다. 어머니와 에이딘이 함께 있으리라고는. 그 두 사건이 어떤 식으로든 연결됐을 거라고는. 너무 허황되고 너무 주작 같은 이야기 아닌가. 우리 엄마가 감히 내 딸을 데리고 도망친다고? 나와 그레이스가 완전히 돌아버릴 걸 모르지 않을 텐데. 아무리 엄마라고 해도 그건 선을 너무 넘었다.

그러나 그 의혹이 아내의 입술에서 흘러나온 순간, 케빈은 인간이 태어나고 나이가 들고 죽는다는 원초적 진실을 알듯이, 에이딘이 자신에게 거짓말을 했고 실제로 밀리와 손을 잡았음을 깨닫는다. 당연히 그랬을 것이다. 케빈은 그레이스를 멍하니 응시하며 자신의 뒤죽박죽이 된 머릿속에서 이 사실이 서서히 처리되고 이 저주받은 날에 대해 자신이 세운 모든 가설 하나하나가 변화하는 것을 느낀다.

그 후 세 가지 생각이 케빈의 머릿속에 떠오른다. 첫째, 이번에야말로 빌어먹을 밀리 고가티의 골통을 박살 낼 것이다. 어머니를 다락방 찬장에 가두고 퀴퀴한 빵 껍질과 물과 설탕 안 탄 묽은 차만 가져다줄 것이다. 어떻게 그렇게 무책임할 수가! 사람을 그렇게 가지고 놀 수가! 그렇게 이기적일 수가! 둘째, 적어도 에이딘은 혼자 있지 않다. 제 할머니와 함께 있다. 셋째, 그 애는 제 할머니와 같이 있다!

53

반드시 짚고 넘어가야 할 사실, 그래서 밀리가 40분 동안 무려 세 번이나 언급한 사실은, 밀리가 밤에 잠깐씩밖에 쉬지 못했다는 것이다. 거기엔 몸을 뒤척일 때마다 낡아빠진 스프링들이 칼처럼 찔러대는, 고문기구 같은 모텔 매트리스 탓도 어느 정도 있었다. 거기다 황혼부터 새벽까지 하나뿐인 담요를 놓고 전투를 벌인 잠자리 친구는 말할 것도 없고. 두 사람은 마치 코미디에서 하듯 담요를 서로서로 잡아당기고 몰래 빼돌렸다. 하지만 지금은 아침이고 9시 반이 지났다. 그리하여 할머니와 손녀는 초현실적인, 이글이글 타는 태양 속을 걸어 실비아 페닝의 아파트로 향하고 있다. 밀리는 즐겁고 낙관적인 기분인데, 플로리다 주민들은 모두 그저 문간을 나서는 행위만으로도 매일 이런 명랑함을 느낄 거라고 믿고 있다. 문득 자신이 이런 곳에서 살 수 있을까 하는 의문이 고개를 든다. 습기와 비가 없고 회색빛이 아닌 곳에서 과연?

어제는 상황이 그리 밝아 보이지 않았다. 클리어워터 경찰서라는 커다란 장벽이 두 사람을 막아선 것이다. 밀리는 경찰이라기엔 너무

맵시 좋고 부티 나고 눈썹을 너무 많이 뽑았고 가짜 속눈썹을 풍성하게 붙인 여자 경관에게 실비아가 저지른 사악한 짓들을 놀랍도록 상세히, 하나도 빠짐없이 전달했다. 밀리가 다이아몬드 세팅이 된 에메랄드 반지를 즐거운 제시카가 직접 만든 주머니에 넣어서 보관해 둔 금고 이야기를 막 하려는 찰나, 경관이 끼어들었다.

"잠깐만요. 이 모든 게 아일랜드에서 있었던 일인가요?"

5분도 안 되어, 두 사람은 다소 좌절감을 느끼며 다시 포장도로에 나와 있었다. 클리어워터 경찰서는 자기네 관할권 밖에서, 또는 이런 경우처럼 해외에서 일어나는 범죄는 아주 드문 외국 범죄자 인도의 사례를 제외하고는 조사하지 않는다는 것이다. 밀리는 정의의 문이 재빠르게 닫히고 있는 것을 느끼며 일종의 "짜잔"하는 제스처로 짐 가방 꼬리표를 휘둘렀더랬다. 여기 그 사람의 연락처 정보가 있어요! 그냥 실비아 페닝이란 사람을 확인만 해줄 수 있을까요? 그 사람 집까지 차로 데려다 준다거나? 그 사람은 확실히 **이** 관할권에서도 온갖 종류의 수상쩍은 짓거리들을 꾸미고 있을 텐데? 하지만 경관은 이미 돌아서고 있었다.

캐스트어웨이 모텔에서, 두 사람은 에이딘이 가져온 게토레이 캔 두 개와 베이비 루스 초콜릿 바 하나를 가운데 놓고 쩍쩍 들러붙는 침대 커버를 깔고 앉아 다음번 행보에 관련해 브레인스토밍을 했다. 늦은 시간이었다. 둘 다 시차 때문에 피곤했다. 유일하게 남은 선택지가 실비아를 직접 찾아내서 대면하는 것이라는 데는 둘의 생각이 일치했다. 밀리는 그 과정에 관해 공상을 하고 또 했었지만, 막상 실제로 그럴 가능성이 눈앞에 다가오자 훨씬 무섭게 느껴졌다. 실비아는 이제 **실비아**가 아니었다. 결국 범죄자였다. 한편 에이딘으로 말하자면 할머니의 모험을 전적으로 지지하긴 하되, 션 길모어를 다시 보게 될지도 모를 상황에 무척 뒤섞인 감정을 품고 있었다. 그렇다. 션은 에이딘의 마음을 아프게 했다. 하지만 에이딘은 션이 자기 후견인의 범죄를 몰랐다는 데 퍽 확신이 있었다. 에이딘이 조금이나마 알고 있는 션의 본성에 잔인함은 없었다. 그냥, 없었다.

비좁은 방 안은 고가티 가족의 소지품으로 터져나갈 지경이다. 울룩불룩 불거져 나온 짐 가방들과 지도들, 그리고 에이딘이 로비에서 챙겨 온 돌고래 여행과 전세 요트를 홍보하는 반짝이는 브로셔들. 밀리는 제의했다. 어쩌면 그냥 며칠간 휴가를 즐긴 다음 집으로 돌아갈까. 아니면 우등버스를 타고 마이애미, 밀리가 숭배하는 골든 걸스가 이름을 날리게 된 바로 그 도시로 갈 수도 있고. 아니면 세인트피터즈버그의 미니 골프 코스는 어떠니?

칫솔질을 하러 갔다가 돌아온 에이딘은 침대 옆 등을 끄고 이불 속으로 기어들며 말했다. "우리가 골프나 치자고 여기 온 건 아니잖아요."

#

빅토리 타워스는 교통이 번잡한 대로변에 서 있는 거대한 3층짜리 복합건물이다. 그리고 그 208호 문 앞에 놓인 세발자전거는 그리 희망적인 신호가 아니다. 만약 페닝이 여기 살았다 해도, 이젠 이곳을 떠났을 거라고 밀리는 짐작한다. 그 짐작대로, 현재의 입주자는 두 사람에게 곧장 아래층 관리인의 아파트를 알려준다.

스크린 도어 옆에 붙은 명판에 따르면 관리인의 이름은 거스 스파크스다. 거스는 보수적인 복장으로 고가티 가족을 맞이한다. 마치 금방이라도 골프 샷을 날리려는 것처럼, 다림질한 베이지색 면바지에, 역시 다림질한 눈이 부시도록 하얀 폴로셔츠. 셔츠 단추 세 개 중 두 개가 꼼꼼하게 잠겨 있다. 가죽 샌들 밖으로 드러난 발톱은 깔끔하고 짧다. 밀리는 로스데일에서 나이 든 친구들의 발을 보고 거의 토할 뻔한 적이 있다. 마치 찐 콜리플라워를 연상시키는 울퉁불퉁하고 찌그러진 모양에, 심한 경우엔 기괴한 검푸른 색이나 니코틴 얼룩이 진 것처럼 둔한 노란색을 띤 발톱이라니.

"어, 안녕하세요." 스파크스가 말한다.

밀리는 헛기침을 하지만 갑자기 그걸 압도하는 격렬한 재채기가 터져 나온다.

"맙소사." 스파크스가 그렇게 말하고는 뒤이어 의무적으로 "블레스 유"라고 말하고 세 번 더 되풀이한다.

"실례합니다." 밀리는 가방 속을 뒤져 마치 크레이프 파티 장식용 색종이리본처럼 길고 구겨진 화장지 조각을 꺼내며 말한다. 그리고 눈물이 차오르는 자신의 늙은 눈에 대고 누른다. "지독해라! 미국 에어컨 때문인 것 같아요."

"어, 그럼…." 남자가 말한다. "미국을 대신해 제가 사과드리죠."

스파크스가 씩 웃는다. 따뜻해 보이는 얼굴이다. 갸름한 얼굴형에, 놀랍게도 턱 아래에 늘어진 살이 없다. 마치 고생은 했지만 누구도 탓하지 않는다는 듯, 평원처럼 확 트인, 어떤 고독한 다정함이 느껴진다.

"어디서 오신 숙녀분들이신가요?"

밀리보다 나이가 적어도 서너 살은 더 들어 보이는데도, 스파크스의 눈은 여전히 맑고 초롱초롱하다. 밀리는 코를 두드리며 거기에 뭔가가 대롱대롱 매달려 있지 않기를 빈다. 그리고 아일랜드에서 온 여행객이라고, 자신과 에이딘을 소개한다.

"혹시 예전에 이 건물에 살던 사람에 관해 저희에게 알려주실 수 있을까 해서요."

"제가 도와드릴 수 있다면 기꺼이 그래야죠." 스파크스는 이어 자신이 두 사람을 낙심시킬까 봐 걱정되는 듯한 투로 덧붙인다. "만약 그럴 수 있다면 말이죠. 잠깐 들어오시겠어요? 들어오세요." 스파크스는 고가티 가족을 위해 문을 잡아 주고 즉시 벽걸이 에어컨으로 가서 냉방을 끈다. 윙윙대는 소리가 잦아들다 사라지고, 세 사람은 어색한 침묵 속에 서 있다.

거스 스파크스의 집은 깔끔하다. 아니, 뭐가 거의 없다. 독신남의 딱 기본 필요들만 갖춰놓은 개방식 원룸이다. 회사 중역에게 어울릴 법한, 뼈대가 나무로 된 낮고 묵직한 안락의자 두 점, 책들(흘끗 보니 군사 관련과 대통령 평전들이다)이 작은 탑처럼 쌓인 투박한 식민지 시대풍 커피 테이블. 소형 텔레비전은 음량을 낮춰 놓았는데, 지금 거기서 들려주는 지역 뉴스보다는 그냥 말동무가 필요해서 틀어놓은 듯하다. 밀리는 공감할 수 있다. 비록 그 덕분에 실비아 페닝이 자신에게서 이 작은 즐거움마저 빼앗았다는 원망이 새삼 치밀긴 하지만 말이다.

방 반대편에는 침대 틀도 머리 받침대도 없는 트윈사이즈 침대가 있다. 하지만 그 자체로 완성품이다. 밀리는 평생 한 번도 침대 정리를 하지 않았던 '우리 피터'를 떠올린다. 반면 거스는 무슨 아침 점호라도 대비하는 양 시트와 커버를 병영 스타일로 매트리스 주위에 빡빡하게 집어넣었다. 개방된 조리실 스타일 주방에서 이제 끓기 시작한 커피 머신이 난폭하게 수증기를 토하는 소리가 들린다.

"여기요, 앉으세요. 부디." 거스는 한 의자에 놓인 접힌 신문을 찰싹 때려 치운다. "그냥 커피나 한잔 타려던 참이었어요. 한잔 드릴까요?"

"아, 아뇨, 폐를 끼칠 수는 없죠, 안 그러니?" 밀리는 에이딘을 보고 말한다, 에이딘의 표정은 어느 쪽으로든 아무런 감정도 드러내지 않는다.

"폐는요, 전혀 아닙니다. 막힌 싱크대를 뚫어달라고 오신 세입자는 아니신 것 같으니, 저한테는 반가운 선물이죠."

밀리는 얼굴이 붉어지는 걸 느끼며 혹시 그게 빤히 보이는 건 아닐까 걱정스러워진다. 예전의, 폐경과 함께 찾아온 좀 더 지독했던 홍조처럼. 그때는 몸이 아무런 예고도 없이 속에서부터 자연발화하곤 했다. 창문을 열고 가디건을 벗어 봤자 아무 소용 없다는 사실이 너무도 절망스러웠다. 그리고 시간이 지나면서 그냥 불이 저절로 꺼지기를 기다려야 한다는 것을 배우게 됐다.

"허세를 부리고 싶지는 않지만, 저는 사실 커피를 꽤 잘 탄답니다."

"음, 그러면 저희야 더할 나위 없이 좋죠. 안 그러니, 꼬마 오리야? 너도 이젠 커피를 마셔 볼 나이도 됐지."

"저 커피 마셔 봤거든요." 그 대꾸에는 강렬한 반발심이 섞여 있다.

"저 어린애 아니에요."

거스가 끼어든다. "몇 살이니?"

"열여섯 살요."

"아주 멋진 아이랍니다." 밀리가 말한다.

"아무렴요." 남자가 말한다. "그리고 운도 좋고요." 남자가 그 말을 하면서 밀리 고가티를 염두에 두고 있다는 데는 조금도 의심할 여지가 없다.

#

커피를 마시며 거스는 자신이 "직업 군인"이고, 다소 뜨내기 같은 삶을 살아 왔다고 들려준다. 독일, 중부 뉴저지, 오키나와, 캠프 펜들턴을 거쳐 이곳, 뭐랄까 자신의 출발점이라고 할 수 있는 곳에 자리를 잡게 됐다고. 형이 은퇴한 경관으로 "옆집에, 세인터피터즈버그"에 살고 있다고 한마디 할 뿐, 아내나 아이 이야기는 전혀 없다. 밀리와 에이딘이 우유와 설탕을 각자 잔에 붓고 휘젓는 동안 펼쳐지는 이 인생사는 뚝뚝 끊기며 전달된다. 마치 어떤 목록의 주요 항목들을 읽고 있는 것처럼, 약간 쑥스러워하는 것 같긴 해도 효율적이다. 그래도, 거스의 짧은 발표에는 매력이 있다. 겸손하게 몸을 사리는 느낌. 말을 마친 후 거스는 밀리 고가티에게 부드러운 눈길을 돌리는데, 밀리는 물론 기질적으로 간결함과는 거리가 멀다. 특히 이야기, 그리고 구체적으로 자기 이야기라면 더욱 그렇다.

밀리는 한참 멀리까지 거슬러 올라간다. 서른 살 때 더블린의 어느 버스 정류장에서 '우리 피터'를 처음 만난 날로. 그리고 버스에 오른 후 대화에 너무 몰두한 나머지 피터가 자기가 사는 거리를 저만치 지나쳐 버렸다는 것을. 아, 두 사람은 그 일을 가지고 나중에 얼마나 웃었던가! 밀리는 두 번째 만남에서 피터가 부인을 여의었다는 것을 알았다. 피터는 아들 사진을 보여주었다. 통통한 것이 매우 귀엽고 눈이 휘둥그레한 어린 소년이었다. 엄마 잃은 남자아이. 결혼한 후, 피터와 밀리는 더 많은 아이를 가질 생각으로 던리어리의 집을 샀다. 이 대목에서 갑자기 찾아온, 죽은 아기로 인한 환상통 때문에 망설이던 밀리는 한 번도 해본 적 없는 일을 한다. 알지도 못하는 타인인 거스 스파크스에게 아기 모린 이야기를 꺼낸 것이다. 정확히 어째서인지는 자신도 모른다. 그저 상대가 착한 사람이라는 직감 말고는.

"무척 암울한 시기였죠." 밀리가 말한다. "더없이 암울했어요."

"어휴, 할머니. 전 전혀 몰랐어요." 에이딘이 말한다. "너무 힘드셨겠어요."

"그랬답니다." 밀리가 거스를 향해 말한다. "어쨌든, 제가 하도 주절

거려서 틀림없이 엄청나게 지루하셨겠어요."

"아닙니다." 거스가 말한다. "전혀요. 가지 마시고 온종일 이야기를 들려주세요."

밀리는 얼굴에 올라오는 홍조를 가리려고 커피 잔을 입가로 가져간다. 이번이 두 번째다.

"음, 저희는 여쭤보고 싶은 게 있어요." 에이딘이 말한다. "우리 이 분께 우리가 왜 왔는지를 말씀드려야 하지 않을까요, 할머니?"

"아, 그래." 거스가 말한다. "이 건물에 아는 사람이 사니?"

"전에 여기 살았죠. 실비아 페닝이라는 여자요." 밀리는 말하고, 혹시 알아보는 기색이 떠오를까 싶어 거스의 얼굴을 자세히 들여다본다.

"하." 거스가 눈을 감았다 다시 뜬다. "아뇨. 그 이름은 전혀 떠오르는 게 없네요. 혹시 사진 있으세요?"

"없어요." 밀리가 말한다.

"하지만 여기 살았다고 생각하시는 거죠?"

"네, 하지만 정확히 언제인지는 몰라요." 밀리가 자신이 그토록 많은 시간을 함께 보낸 사람에 관해 얼마나 아는 게 없는지를 다시금 절감한다. 더 많이 들었어야 했다. 그 사람에게 더 주의를 기울였어야 했다. "자기 입으로 여행을 좀 했다고 하더군요. 왜 있죠, 더블린에 도착하기 전에. 그러니까 6개월 전? 10개월 전? 1년 전?"

"전 우리 건물 임대 계약서를 꽤 잘 정리해 뒀답니다." 거스가 겸연쩍은 미소를 아주 잠깐 지어 보인다. "그분하고 친구세요?"

"꼭 그렇다고 할 수는 없어요." 에이딘은 그렇게 대꾸하고 밀리가 고개를 끄덕이는 것을 허락으로 받아들이고, 거스에게 그 영웅담의 편집본을 들려준다. 이야기는 운이 따라주지 않았던 경찰서 방문으로 끝난다.

거스는 여전히 날렵한 턱을 이따금씩 움직이면서 열심히 귀를 기울인다. 에이딘이 말을 마치자 들고 있던 머그잔을 닻과 지구와 "미국 해병대"라는 글자로 장식된 검은 코스터에 내려놓는다.

"계약서들을 한번 뒤져 보겠습니다. 숙녀분들은 커피 좀 더 드시겠어요?"

둘 다 고개를 젓는다. 사실, 밀리는 그 머그가 어찌나 큰지 놀라 기절할 뻔했다. 이건 광기야! 하지만 입 밖에 내어 말할 생각은 없다. 거스가 책상을 향해 들을 돌리자 밀리와 에이딘은 흥분을 억누른 표정을 주고받는다. 거스가 셔츠 주머니에 손을 집어넣어 네모 모양의 철로 된 뭔가를 꺼내어 펴는데, 뭔가 했더니 돋보기다. 거스는 엄청나게 많은 파일들을 천천히 팔락팔락 넘긴다.

"이거 흥미롭군요. 여기엔 페닝과 관련된 건 전혀 없습니다."

"씨발." 에이딘이 말한다.

"에이딘!" 할머니가 말한다.

"죄송해요, 할머니." 에이딘은 이어 거스에게 말한다. "죄송해요. 아일랜드에서 원래 그 말을 많이 써요."

"아, 그래. 뭐 문화적인 차이라면…." 거스는 에이딘에게 한 눈을 찡긋한다. "어쩌면 이 사람이 결혼 전 성이나 아니면 가명을 쓴 건 아닐까?"

"조카랑 같이 있었을 거예요." 에이딘이 말한다. "저보다 몇 살쯤 더 많아요. 그 애는… 아, 잠깐만요! 저한테 그 애 사진이 있어요! 잠깐만요, 잠깐만요."

에이딘은 휴대전화를 스크롤하다 멈춘다. 강가에서 찍은 사진이다. 보도 위에서 눈을 찡그리고 에이딘을 바라보는 션은 완전한 핫가이 그 자체다. 옆에 환타 캔 하나가 뒤집혀 있다.

거스가 사진을 본다.

"아! 얘는 알겠네요, 네."

"아시겠어요?" 밀리가 일어서며 묻는다.

"이 아이를 잊고 있었네요. 이 애는 여기 **있었어요.** 하지만 꽤 됐죠. 어디 보자… 말수가 적은 아이였죠. 세탁실에서 몇 번 봤어요. 그게 아마… 1년 더 전인데, 아마."

에이딘이 묻는다. "션이… 그 애가 혹시 무슨 말을 한 적 없나요? 자기들이 어디서 왔는지 짐작할 만한 실마리라거나 어떤…?"

"솔직히, 기억이 안 나는구나. 예의바른 아이였던 것만은 확실히 기억나는데. 어떤 세입자들은 건조기에 얼른 집어넣지 않으면 세탁기에 든 남의 옷을 꺼내서 바닥에 내팽개쳐 버리지. 하지만 그 애는 그러지 않았단다. 그냥 세탁기가 비었나 다시 보러 오곤 했지. 착한 아이였어."

"맞아요." 에이딘이 말한다.

거스가 말한다. "고가티 부인?"

"밀리라고 부르세요."

"밀리." 거스가 살짝 떨리는 목소리로 말한다. "제가 한 가지 생각이 났는데요. 제 형이 은퇴한 경찰이라고 한 거 기억하세요? 형은 온갖 종류의 정보를 접할 수 있어요, 아시죠. 어쩌면 형이 부인을 도와드릴 수 있을지도 몰라요." 거스는 수줍게 고개를 돌리며 말을 맺는다. "우리를요."

54

케빈은 어머니 집 부엌의 기우뚱대는 전화 탁자 위에 거의 일평생 놓여 있던 어머니의 케케묵은 주소록을 샅샅이 뒤진다. 프란체스카 오브라이언, 네티 존스, 그레텔 시히. 맙소사, 케빈은 생각한다. 다들 죽었어. 케빈은 어머니의 궤도를 돌고 있는 막대한 수의 죽음에 그다지 익숙지 않았다. 어머니가 얼마나 많은 장례식에 참석했는지(미사를 싫어하기로 악명 높은 분이). 그 구슬픈 찬송가들. 매장이라는 서글픈 종지부.

마지막 페이지를 넘기자 제시카 월시의 이름이 적혀 있다. 제시카는 아직 살아 있다. 신이여 축복하소서. 케빈은 다이얼을 돌려 서둘러 가족의 안부를 묻는 의례를 거친다.

"저희 어머니한테서 최근에 전혀 연락 못 받으셨어요?"

"못 받았는데, 케빈. 이제 보니 몇 주는 됐구나. 안 그래도 너한테 전화하려고 했어. 내가 듣기로… 난 네 엄마 생각을 하고 있었단다. 우리 사이가 약간… 남들 말로는 그런 걸 좀 소원해졌다고 하던가? 네 엄마 사정으로 우리 여행을 미룬 이후로, 이젠 벌써 한참 전이지만,

네 엄마는 메시지를 남겨도 전화를 해주지 않더구나. 그냥 연락이 뚝 끊겼지. 무슨 이유에선진 몰라도 나한테 뭔가 섭섭한 게 있었나 봐."

"왜 여행을 미뤘는지 엄마한테 들으셨어요?"

"건강 때문인가 뭐 그렇다고 했는데…."

"그게 사실이 아닌 건 아시는 거죠? 그 일 들으셨…."

"들었다. 도넬리의 사촌네 아들이 바로 길 위에 사는데 그 애가 나 대신 허드렛일을 좀 해 주고 있어서, 밀리가 상점에서 약간 문제가 있었다고 들었다. 아무렴, 나더러 말하라면, 케빈, 그이는 그냥 외롭고 관심이 좀 필요한 것뿐이야. 너도 네 엄마가 어떤지 알잖니. 난 그 일을 그렇게 생각했다. 그냥 나한테 말해줬으면 싶을 뿐이지."

"엄마가 약간 수치스러우셨던 것 같아요."

"그래, 하지만 우린 학교 시절부터 친구였어."

"저도 알아요, 제시카. 그건… 하지만, 저기요. 아주머니는 그 이후로 저희 엄마를 만나거나 전화 통화한 적 없으신 거죠?"

"전혀. 크리스마스에 찾아갔었어. 늘 과일 케이크를 가져가거든. 알지? 하지만 대답이 없더구나. 문간에 놔두고 왔는데 그 뒤로 연락이 없더라. 그 후에 누군가한테 듣기로는 부엌에 불이 났고 로스데일 요양원에서 회복 중이라고 하더구나."

"맞아요."

"거기로 카드를 보냈는데 이번에도 아무 연락도 없었어. 괜찮은 거니, 케빈?"

"저도 몰라요. 분명 잘 계실 거라고 확신하지만, 아무도 며칠 동안 어머니를 만난 적도, 통화한 적도 없어요. 한밤중에 로스데일을 나오셨어요."

"말도 안 돼!"

"그리고 전 어머니가 에이딘도 같이 데려가신 것 같아요."

"네 딸 에이딘 말이니? 아니, 설마 그랬으려고! 밀리가 왜 그러겠니?"

"저도 모르죠. 모르겠어요. 아주머니 생각엔 어디… 아주머니는 혹시 어머니가 던리어리를 떠나면 어디 갈 만한 곳이라도 아세요?"

제시카가 아마도 가능한 곳들을 머릿속으로 떠올려 보는 사이 침묵이 흐른다.

"문자 메시지가 온 것 같아요." 케빈이 말한다. "혹시 뭔가 생각이 나시면…."

케빈은 전화가 어떻게 끊겼는지 기억이 없는데, 휴대전화에 도착한 문자가 데이터 사용량이 천문학적인 수준에 도달했다는 것을 경고하는 내용이기 때문이다. 현재 요금은 753유로라는 숨넘어가는 금액이다. 지금 상황에서 처리해야 할 복잡한 요식행위와 빚이 더 늘어난다는 건 절대 있을 수 없는 일이다. 케빈은 지금 어떻게든 온전한 정신을 붙들고 있으려고 발버둥치고 있는데, 이런 말도 안 되는 상황이 벌어진다면 그간의 노력이 수포로 돌아가고 말 것이다. 그렇지만 이건 즉시 해결해야만 하는 유형의 일이다. 기술을 저주하고 더 단순하고 덜 복잡했던 지나간 디지털 이전 시대를 그리워하면서, 케빈은 통신회사에 전화를 건다.

"우와." 전화를 받은 젊은 남자애가 키보드를 끝도 없이 두드린 후 말한다. "고객님이 데이터를 어마무지하게 쓰고 계셨나 본데요."

"아뇨, 전 안 그랬습니다."

"잠시 확인 좀 하겠습니다…. 7시간 데이터 이용 기록이 있는데요…. 어디 여기로 내려가 보면… 어… 새벽 2시 7분에요."

"말도 안 돼!" 케빈은 불쑥 내뱉는다. "뭔가 착오인 게 분명해요. 아니면 제 명의가 해킹을 당했거나요. 틀림없이 해킹당한 겁니다."

"저희가 알아봐 드릴까요?"

"그냥 다시 한 번만 확인해 주시겠어요?"

"잠깐만요. 혹시 이 명의에 연결된 다른 회선들이 있나요?"

이런, 그렇다. 있다. 넷이다. 그레이스. 제라드. 누알라. 에이딘.

"이런, 씨발."

"뭐라고 하셨죠?"

"아내랑 아들이랑 딸들요."

"그분들한테 확인해 보셨습니까? 왜냐하면 여기에 보이는 바로는 누군가가… 어디 보자, 우리가 보고 있는 문제의 회선이 과도하게 사용됐는데요. 지금 뜹니다…. 098번으로 끝나네요."

할렐루야! 케빈은 기술에 대한 거부감을 즉시 철회한다. 나는 기술을 **사랑해**! 기술은 나를 잃어버린 딸에게로 이끌어줄 거야.

"왜 그렇게 비싸죠?"

"잠깐만요. 좀 기다리셔야 합니다." 래그타임 재즈풍 곡이 케빈의 고막을 직통으로 때리지만 케빈은 듣고 있지 않다. 거의 인지하지도 못한다.

"고객님? 거기 계신가요?"

"전 아무 데도 안 갑니다."

"확인해보니 국제 요금입니다. 그래서 그렇게 비싼 거죠."

"외국에 있는 누군가한테 전화를 걸고 있는 건가요?"

"098회선 사용자분이요?"

"네, 098회선 사용자분이요." 씨발, 제발 좀. 25세 이하 인구 중에 뇌에 회백질을 일정 정도 이상 갖고 있는 사람은 아무도 없나?

"아뇨, 098회선의 데이터는 외국**에서** 사용된 데이터인데요."

"외국에서라고요?" 케빈이 묻는다. "무슨 말씀을 하시는 거죠? 그 애가 아일랜드에 없다고요?"

"저는 지금 누구 말씀하시는 건지 모르겠는데요."

"제 딸요."

"전화기가 분실되거나 도난당했을 가능성이 있나요? 전 모르겠습니다…. 저는 그냥 098로 끝나는 이 회선이 아일랜드가 아닌 곳에서 데이터를 쓰고 있다고 말씀드리는 겁니다."

"아 제발 좀." 케빈의 사기가 곤두박질친다. 친숙한 패닉과 스트레스의 영역에 다시 돌아왔다. "이 로밍 데이터 발생 지역이 어디죠? 알려주실 수 있나요?"

"그건 말씀드릴 수 있습니다…. 여기 보니까… 로밍 데이터는 클리어워터에서 발생하고 있습니다."

"뭐라고요? 그게 어디죠? 영국인가요?"

"아뇨, 플로리다입니다. 클리어워터, 플로리다. 미국요."

55

캐스트어웨이스 모텔에는 가스레인지가 있다. 음, 엄밀히 말하면 1구짜리 가스 버너에 가깝지만, 어쨌거나 에이딘은 그걸 켜는 방법을 도무지 알아낼 수 없다. 유감스러운 일이다. 달러 제너럴에서 파는 수프 값이, 그걸 데울 수 있는 작은 냄비와 마찬가지로 겨우 1달러이기 때문이다. 에이딘에게 이 나라는 수수께끼다. 어떻게 냄비 값이 캔 수프 값이랑 같을 수가 있지?

할머니의 컨디션이 썩 좋지 않아서, 에이딘은 영 자신 없는 간호사 역할을 떠맡게 됐다. 그래 봤자 티슈를 갖다 주고 화장실 세면대에서 마실 물을 받아오는 정도가 다지만. 에이딘의 나이에 걸렸다면 별것 아닐 수준의 병인데, 할머니는 된통 앓는 모양이다. 비참한 밤을 보낸 후, 할머니는 부르르 떨면서 깨어난다. 에이딘은 걱정스럽다. 어느 정도 열이어야 고열이고 도대체 체온은 어떻게 재는 거지? 여기엔 체온계가 없다. 에이딘은 엄마를 떠올리면서 할머니의 작은 이마에 손등을 댄다. 활활 타는 듯한 할머니의 살갗은 에이딘을 겁먹게 한다. 이 분야의 경험은 제로지만, 그럼에도 에이딘은 확신한다. 이건 열이다.

이게 당장 구급차를 불러야 할 수준의 위기상황인지 아니면 그냥 감기인지 에이딘은 전혀 판단이 서지 않는다. 아빠한테 전화하려고 휴대전화를 집어 든다. **할머니가 죽으면 어쩔 건데?** 할머니는 늙었고, 아프다. 늙고 아픈 사람들은 죽는다. 할머니가 여기서, 바로 이 방에서 쓰러지기라도 하면 어떡하지? 사망 신고를 하려면 어디다 전화를 해야 하지? 아빠한테 전화해서 이런 말을 어떻게 하지? "할머니랑 같이 플로리다에 있는데 할머니는 돌아가셨어요." 뭔가를 할 수도 있었을 텐데, 에이딘은 아무것도 모르는 어린 아이처럼 모텔에 가만히 앉아서 아무것도 하지 않았다.

"할머니?"

"으음."

죽지 않았어. 에이딘은 휴대전화를 도로 내려놓는다. 어쩌면 내가 과잉반응하는 걸지도 몰라. 어쩌면 이건 구급차를 부를 상황은 아닐지도 몰라. 집에 전화를 하면, 이 여행은 전부 수포로 돌아갈 테고 할머니는 영영 끝장 날 것이다. 증상들, 그러니까 재채기, 기침, 열 등을 검색창에 입력하고 여기저기 뒤져본 에이딘은 자기 앞에 놓인 이 상황이 그리 치명적인 건 아니라는 상당한 자신감이 생긴다. 침착할 필요가 있다. 게다가 어른인(아무리 유별나다고 해도) 할머니 자신이 이런 것쯤은 별것 아니라는 듯 굴고 있지 않은가. 자기는 아주 멀쩡하다고 군시렁거리면서. 에이딘, 그냥 내 화장품 가방 뒤져서 파라세타몰 두 개만 찾아다 줄래?

엄마 아빠라면 행동할 것이다. 나가서, 막, 뭔가 약이나 물약 같은 걸 살 것이다. **보살필** 것이다. 음, 하지만 잠깐만요, 에이딘은 아픈 또는 죽어가는 할머니를 간호하겠다고 자원한 기억이 없다. 하지만 이건 닥친 상황이다. 이토록 낯선 도시의 길거리를 헤맬 생각을 하니 암담하기 짝이 없지만, 그럼에도 에이딘은 20달러 지폐 두 장을 양말에 쑤셔넣고 운동화를 신고 약국을 향한다.

혼자 걷는 길은 곧 숨막힐 것 같은 고속도로로 이어진다. 보도는 눈에 띄지 않고, 에이딘은 거칠고 너무 높이 자란 덤불 같은 풀들을 조심스레 헤치며 걷는다. 이따금씩 나타나는 부랑자들을 빼면 다른 보행자는 전혀 없다(여기서 사람들이 **걸어다니긴** 하나?). 체크 셔츠를 허리에 감고 있거나 아예 웃통을 벗은 부랑자들의 가슴은 말도 안 되는 갈색으로 구워져 있다. 지금 그런 부랑자 하나가 에이딘을 향해 오고 있다. 땟국물이 진 마이애미 말린스(플로리다주 마이애미를 연고지로 하는 프로 야구팀-옮긴이) 모자, 주름진 가죽 같은 얼굴, 술에 찌든(아침 10시에!) 파란 눈. 오른 어깨에는 맥주 상자를 마치 옛날 영화에 나오는 휴대용 카세트 라디오처럼 매달고 있다. 에이딘은 불안해서 부랑자에게 넓은 공간을 주고 자신은 길가로 바짝 붙으려 애를 쓴다. 그러나 길이 그리 넓지 않아서 상대는 에이딘의 불안을 감지한다. 두 사람이 서로 지나칠 때 남자는 에이딘을 똑바로 보고 고개를 까딱한다. 에이딘도 부루퉁하게 마주 까딱하고는, 살아남아 계속 길을 간다.

이 거대한 차도에는 꾸준하고 요란한 차들의 물결이 흐른다. 다수가 빙하처럼, 희극적인 슬로모션으로 멈췄다 나아가기를 반복하고 있다. 블록마다 눈에 띄는 교통 신호들, 에이딘의 고향 더블린 사람들하고는 너무 다르다. 그 사람들은 구불구불한 길에서 가속을 밟고, **양보** 신호에도 거의 멈추는 법이 없는데. 에이딘은 숏 스트레이트 사격 연습장이라고 쓰인 황갈색 창고, 뭔지 알 수 없는 "모터 코트," 물막이 판자로 지은 펜테코스트파 교회, 베스트 바이 그리고 개인 상해 광고판 세 개를 지난다. 광고판 하나는 하버드에서 수련했다는 변호사를 광고하는데, 이렇게 씌어 있다. "상해는 개인적입니다." "정의는 돈이 됩니다."

월그린은 약국임에도 더블린의 슈퍼마켓처럼 커다랗고 번쩍거린다. 에이딘은 거대한 형광전구 불빛 아래 방향을 잃고 수많은 통로를 헤맨다. 전체가 오로지 섹스만을 다루는 코너가 눈에 띈다. 콘돔과 윤활제들은 그렇다 치고, 진동하는 탄환들과 진동하는 달걀들, 쾌락 고리라는 이름의 뭔가, 정력 증진 캡슐, 여성용 세정 티슈들. 어찌나 정신이 팔렸는지, 에이딘은 남자 직원 하나가 어느새 옆으로 다가온 것도 알아채지 못한다. 남자는 거들먹거리는 태도로 도움이 필요하냐고 묻는다. 남자는 잘생긴 것과는 한참 거리가 먼데도 에이딘의 얼굴은 새빨갛게 물든다. 남자는 루코자드(스포츠음료-옮긴이)가 어디 있느냐고 더듬더듬 묻는 에이딘의 얼굴을 멍하니 바라본다.

"약인가요?"

"아뇨, 음료예요. 맛은 좀 역겨운 맛이고요. 아플 때 마시는 그런 거요."

"아픈 게 장염 같은 건가요? 아니면 감기 같은?"

에이딘이 증상들을 줄줄 늘어놓자 남자는 에이딘을 빅스와 테라플루로 안내한다.

에이딘은 달러 제너럴에 잠깐 들른 후 캐스트어웨이로 돌아간다. 이젠 아까보다는 약간 더 자신감이 생겼는데 아쉽게도 길에서 단 한 명의 수상한 사람도 마주치지 않는다. 할머니에게 약을 주자 할머니는 의외로 꽤 고분고분하게 받아 먹는다. 이전에 복용할 약들이 도움이 되었는지, 더 이상 열이 펄펄 끓지 않는다. 에이딘은 안도감으로 침대에 털썩 쓰러진다. 어쩌면 난 이 일을 해결할 수 있을지도 몰라. 에이딘은 할머니에게 이곳의 약국을 설명하기 시작한다. 온갖 상품으로 가득 차 있고 쇼핑객은 하나도 없다니까요. 하지만 할머니는

"난 자야겠어…"하며 잠이 든다.

사람들은 할머니가 얼마나 웃긴 사람인지 도무지 모른다니까.

자신의 행보에 약간이나마 새로 자신감이 생긴 에이딘은 다시 길에 나서기로 결심한다. 이번에는 방향을 바꿔서, 선샤인 다이너로. 에이딘은 마구잡이로 처바른 버터와 끈적거리는 초대형 시럽 병이 딸려 나오는 팬케이크 더미 앞을 어정거린다. 몇 번인지 셀 수도 없는 공짜 커피 리필을 받으며 자신의 모험담을, 그 진동 달걀을 포함해 떠올릴 수 있는 만큼 상세히 일기장에 기록한다. 거스 스파크스(와 할머니가 그 사람에게 대놓고 반한 것)는 반 페이지를 차지한다. 할머니 나이대의 사람들이 막, 서로에게 홀딱 반할 수 있을 거라고는 한 번도 생각해보지 못했다. 할머니에게도 기회가 오다니! 에이딘은 자연스럽게 션을 떠올리고, 어느 기숙학교에서 한밤중에 청소용품 보관 벽장에 갇힌 남자애와 여자애에 관한 지어낸 이야기를 적는다. 밀번에 돌아가게 됐을 때, 아니 돌아간다면 벌어질 일에 관한 생각은 애써 하지 않으려 한다.

옛날 어느 학교에서 어떤 멍청한 여자애가
민트를 가지고 좀 꼴값을 떨면
자신이 꽤 멋져 보일 줄 알았지
그 이후로 줄곧 후회했지만
세상이 그 애를 못된 애로만 알게 될까?

점심 식사시간 무렵 에이딘의 몸은 커피로 가득 차고 손은 글을 쓰느라 피곤하고 머릿속은 텅 비어버린다. 치킨 수프 포장 주문을 하려고 웨이트리스를 수줍게 부른다. 웨이트리스인 윌로는 포트 로더

데일 출신의 싱글맘(이곳 사람들은 프라이버시라는 말은 들어보지도 못한 것 같다)인데, 요정처럼 짧게 친 백금발이 검은 뿌리와 선연한 대조를 이룬다. 에이딘이 갈망하는 스타일이다. '난 달라' 하고 고함치지 않으면서 다르달까. 윌로는 오전 내내 한 손에는 디카페인 커피가 든 유리 주전자를, 다른 손에는 일반 커피 주전자를 들고 부스들 사이의 익숙한 통로를 몇 번이고 왕복했다. 모든 고객과 친숙하고, 고객을 보통은 그냥 이름으로, 때로는 심지어 별명으로 부른다. 수프와 함께 계산서를 가져온 윌로가 웃으며 말한다. "좋은 하루 보내요." 에이딘은 할리우드 대중문화에 널린 이 표현을 항상 혐오했다. 양키식 가식의 최고봉으로 경멸했다. 하지만 그 말에 진심이 담겼을 때, 그리고 자신이 그 말을 들었을 때는 이야기가 다르다. 에이딘은 "그쪽도요"라고 대답하고, 그런 자신에게 스스로 놀란다.

#

에이딘이 모텔 방문을 열자, 그 안에는 전과 동일한 샌들에 셔츠만 칼라 달린 것으로 바꿔 입은 거스 스파크스가 방 안에 하나뿐인 의자에 앉아 있다. 방 안에서 못 보던 품격이 느껴진다. 에이딘은 거스에게 인사를 하고 침대에 일어나 앉아 있는 할머니에게 고개를 한 번 끄덕인다. 그러고는 **흐음, 이게 무슨 일이죠?** 라고 캐묻는 것처럼 한쪽 눈썹을 건방지게 들어 올린다.

"왔구나." 할머니가 요란스레 코를 풀며 말한다. 에이딘은 할머니에게 앞으로 거스 앞에서 공격적으로 코를 풀지 말라고 주의를 주겠다고 머릿속으로 다짐한다. "길을 잃은 줄 알았다."

"전혀 아닌데요." 에이딘은 그렇게 말하고 침대 옆 협탁에 간소한 식사를 차린다. 종이 냅킨, 플라스틱 숟가락, 김이 나는 수프.

"할머니를 잘 보살펴드리는구나." 거스가 말한다.

"이 아이는 참 괜찮은 녀석이랍니다."

에이딘은 기분 좋은 티를 내지 않으려 애쓴다. "좀 나아지셨어요?"

"100퍼센트는 아니지만 그래도 죽진 않을 거다, 새끼오리야. 뭐, 나야 이미 89살 아니니?"

"아뇨. 83살이세요."

할머니가 침대를 톡톡 두드린다. "여기 할미한테 오렴. 거스가 새 소식을 가져왔지만 난 네가 돌아올 때까지 한마디도 듣지 않겠다고 했단다. 아무렴. 내가 그러지 않았어요, 거스?" 할머니는 등에 받친 납작해진 베개 두 개를 부풀린 후 머리판에 다시 갖다놓고는 신중하게 수프를 한 스푼 가득 뜬다.

"음, 아직 확실한 건 아니란다." 거스가 말한다. "하지만 어쩌면 뭔가 알아냈을 수도 있어."

"거스는 우리의 영웅이에요." 할머니가 말한다.

"아, 아닙니다. 그런 치하를 받을 사람은 내가 아니에요. 다 밥 덕분이죠."

"밥은 그냥 톱니바퀴예요. 당신을 만나지 않았다면 우린 출발점으로 돌아갔을 거예요."

거스가 밀리에게 파일을 하나 건넨다. 에이딘은 그 손가락에서 처음 만난 날에는 미처 알아차리지 못한 떨림을 본다. 그리고 거스의 양손을 자세히 뜯어본 후, 사실, 두 손 다 떨리고 있음을 깨닫는다. 간질이나 당뇨병 같은 무시무시한 노인네들의 병에 걸린 건가? 아니면 혹시 할머니 때문일 수도 있을까?

"우리는 우선 지난 2년간 모든 여성 세입자의 임대 계약서를 검토해 봤어요. 그 후 밥이 자동차 면허판 번호를 전부 가져다가 컴퓨터로 확인해봤죠. 명단을 25세에서 45세 사이의 여성으로 줄였고요." 거스는 기다리며 할머니에게 웃음을 짓는다. "좋은 소식 듣고 싶어요?"

할머니는 수프를 삼키고 묻는다. "나쁜 소식도 있나요?"

"없어요. 정말이지 내가 왜 그런 식으로 말했는지 모르겠네요."

"어쩌면 당신도 우리처럼 들떠서?"

"확실히 무례한 세입자들의 변기를 뚫어주는 것보다는 이 일이 훨씬 낫긴 하죠." 거스는 씩 웃으며 말을 잇는다. "음, 좋은 소식은 조건에 들어맞는 여자가 세 명뿐이라는 겁니다." 거스가 자리에서 일어난다. "이 중에 찾고 계신 사람이 있는지 확인해 보시겠어요?"

에이딘은 숨을 참는다. 할머니가 폴더에 손을 뻗자 뭉쳐진 티슈 공 두 개가 소매에서 팔락이며 떨어진다.

"안경이 필요해."

"제가 봐도 돼요?" 에이딘이 묻는다.

"넌 젊어서 참 좋겠구나!" 할머니가 말한다.

할머니의 손에서 파일을 낚아챈 에이딘은 맨 윗장의, 심술맞게 노려보는 30대 중반 여자의 사진에서 그만 얼어붙는다. 실비아를 본 적은 몇 번 안 되지만, 그 여자는 쾌활하고 명랑하고 예뻤다. 그럼에도 이건 의심할 바 없이 실비아 페닝이다.

"아, 맙소사."

"그 여자니?" 거스가 말한다. "여기에 따르면, 그 여자 성은, 그러니까 남편 성은 실비아 웨스트야." 거스가 말한다. "페닝은 결혼 전 성이고."

"아하." 할머니가 말한다. "에이딘, 너 안경 좀 찾아 줄래? 내가 봐야겠다."

"어쩌면 제 안경도 될까요?" 거스가 앞으로 나서며 말한다. "이걸

써 보세요."

거스의 작디작은 철테 안경을 쓴 할머니는 지적이고 우울해 보인다. 과장되게 심각한 표정을 짓고는 눈을 가늘게 찡그려 실비아 페닝을 본다. 오랫동안 사진을 응시한다.

"우와." 감탄사에 콧물이 따라 나온다.

"그 사람이에요." 에이딘이 말한다.

"확실히 그 사람이야." 할머니가 말한다.

"나쁜 년." 에이딘이 말한다.

"확실하다면…." 거스가 말한다. "밥이 그 사람을 찾아볼 수 있어요. 납세 여부나 아니면 신용 점수를 확인했거나 주차 위반 딱지를 받았는지 같은 거로요. 운이 따라 준다면 그 사람의 현재 주소지를 찾아낼 수도 있을 겁니다."

"재미있네요." 할머니가 말한다. "이 안경도 통했네요. 우린 시력이 같아요. 안 그래요, 거스?"

56

케빈은 눈을 가늘게 뜨고 주방을 서성이며 도착 시간과 도시와 가격들의 복잡한 퍼즐을 머릿속으로 풀어나간다. 발권 담당자의 설명에 따르면, 가장 빨리 예약할 수 있는 플로리다행 비행기 시간은 모레, 점심시간이다. 아주 쉬운 일은 아닐 것이다. 하지만 가족은 하나로 뜻을 모았고, 케빈은 그 점을 생각하면 흐뭇하다. 그레이스는 현금을 뽑으러 동네 현금 인출기로 향했다. 달러화는 도시 중앙의 은행 몇 군데에서만 환전할 수 있는데 지금은 그럴 시간이 없기 때문이다. 케빈은 그냥 환전국의 착취를 감내해야 할 것이다. 제라드는 부탁하지도 않았는데 잠깐 집에 와서 동생들을 돌봐주겠다고 제의했다. 마법 같은 일이었다. 누알라는 머지않아 토론 연습을 마치고 돌아올 테고 키아란은 여권을 가져오는 일을 맡았다. 그런 임무를 맡았다는 것만으로도 잔뜩 들뜬, 사랑스럽고 어린 키아란.

그 후 어려운 문제. 문제의 항공편은 마이애미행인데, 클리어워터와는 몇 시간쯤 떨어져 있다. 이는 긴 밤 내내 남부 미국의 위협적인 고속도로와 샛길들을 달려야 한다는 뜻이다. 이런 상황이 아니었다면, 마이애미로 가족 여행을 가는 거였다면 얼마나 좋았을까. 가벼운 라틴 음악, 가벼운 술 한잔, 수영장 옆에서 마시는 모히토, 아이들은 태양 아래에서 물장구를 치고, 프로 선수에게 받는 단체 테니스 강습, 아침 뷔페와 보트 임대. 하지만 물론 지금은 **그런 상황**이 아니다. 담당자는 케빈이 하루 더(그러니까 총 이틀) 기다릴 수 있다면 애틀랜타로 날아간 다음 탬파로 비행기를 갈아탈 수 있다고 했다. 그쪽이 클리어워터에 더 가깝다면서. 케빈이 통화 대기 중에 구글 검색을 해보니 클리어워터는 사이언톨로지의 출발점으로 널리 알려진 곳이다. 한 블록 전체를 차지하는, 호화로운 '초거대 빌딩' 본부는 도시 중앙에 철퍼덕 주저앉아 있다. 어쩌면 어머니는 성격 검사와 영적인 부활의 약속에 이끌렸는지도 모른다. 그 생각을 하니… 사이언톨로지가 하필이면 밀리 고가티를 낚다니. 행운을!

아무리 머리를 쥐어짜도, 케빈은 자기 어머니와 딸이 왜 하고많은 곳 중에서도 하필이면 플로리다로 갔는지 알 수가 없다. 어머니가 혹서와 노인네들보다 더 혐오하는 것도 없는데. 그럼에도 어머니는 틀림없이 그곳에 있을 테다. 그래서 케빈은 지긋지긋한 대기 시간을 견디고 이 막바지 예약의 과도한 비용을 계산한 후 신용카드 번호를 넘겨준다.(이로써 이미 과로 상태인 케빈의 머리에 또 다른 재정적 근심의 씨앗이 뿌려진다.) 소재를 알아낸 후 에이딘에게 여러 차례 전화를 걸어 보았지만 매번 응답 없는 전화와 긴 미국 전화 연결음은 케빈을 미치기 직전까지 몰아갔다. 됐다 그래. 이제 무력함과는 이별이다. 널 잡으러 간다.

이 모든 소란의 한가운데에서, 집에 온 누알라는 기분이 처져 있다. 보아하니 토론 지도 교사에게 뭔가 지적을 당한 모양이다. 누알라는 일부러 과장하는 거 아닌가 싶을 정도로 지나치게 감정적이다. 키아란에게서 아빠가 미국에 간다는 이야기를 듣자, 아이는 얄상한 발로 마루 판자를 쿵 구른 후 아빠를 잡으러 간다.

"하지만 그러면 제 토론 대회에 못 오시잖아요!" 누알라는 격분했다. 감정을 과장하고 있는 게 맞다. "'역경은 인간의 본모습을 드러나게 만든다'는 주제예요. 아빠는 거기 오셔야 **한다고요**!"

케빈은 아이에게 쉿 하고는 귀에 갖다 댄 휴대전화를 손가락으로 쿡 찌른다.

누알라는 그 제스처를 무시하고 아버지의 피가 머리로 몰리게 하는 것이 목적인, 또렷하고 날카로운 징징거림을 무기로 채택한다. "이건 너무 불공평해요!"

"조용히 해!" 케빈이 이를 드러낸다.

누알라는 케빈이 담당자에게 감사를 표하고 약간의 안도감을 느끼며 전화를 끊을 때까지 줄곧 아빠를 노려보며 기다린다. 계획이 형태를 갖추고 있다.

"아빠!" 누알라가 따진다. "다음 주에 가시면 안 돼요?"

"이건 논쟁의 여지가 없어."

"에이딘 때문에 죄다 엉망이야!"

"내 말 들으렴." 케빈은 아이의 숨결에서 풍기는 소금과 식초 냄새가 느껴질 만큼 아이에게 바짝 다가간다. 그 후 머릿속으로 자신에게 진정하라고 말한다. 이건 누알라의 잘못이 아니다. 부수적 피해일 뿐이다. 케빈은 목소리를 낮춘다. "미안하다. 그리고 못 가서 미안하지만, 엄마는 가실 거야. 에이딘은 네 동생이고 그 애는 위험에 처해 있어. 네가 문제가 아니야. 오늘은 네가 문제가 아니라고. 알아듣겠니?"

누알라는 잔뜩 상기된 얼굴에 반항적인 표정을 띠고 아버지의 경고를 수신 거부한다. 두 사람은 서로 마주선 채 숨을 몰아쉬며 서로를 노려본다. 마치 시합 후반부에 지독한 난투전이었던 라운드를 끝낸 두 권투선수처럼. 어쩌면 더 오래 그렇게 서 있었을 수도 있었겠지만, 문간에서 들려온 키아란의 숨가쁜 목소리가 두 사람을 방해한다.

"아빠 여권을 못 찾겠어요. 몽땅 다 뒤져봤는데도요."

어이쿠. 그 후 서재를 뒤지느라 20분이 허비된다. 고가티 집안 여권은 모두 "여권"이라고 표시된 파일에 들어 있다. 단 에이딘과 자신의 것만 빼고. 케빈은 머릿속으로 그 사실을 안다. 그걸 아는데도 몇 번이나 파일을 다시 열어보고 소책자 더미를 뒤진다. 다섯 번? 열 번? 제라드는 다른 방들을 건성으로 확인한다. 실은 여권은 책상에 있어야 한다는 걸, 그리고 이것 역시 에이딘의 짓임을 다들 이미 알고 있는 것이다.

케빈이 진화하는 남자가 아니라면, 지금쯤 발작을 일으켰을지도 모른다. 단순히 심오한 좌절감과 불안감을 순간적으로 날려버리기 위해서만이라도. 도무지 뭘 하려고 해도 지속적으로 앞이 가로막히는 기분을 잠시라도 지워버릴 수만 있다면. 나이를 쉰세 살이나 먹고도 여전히 자신이 원하는 게 뭔지 모를 때가 많은데, 지금처럼 그게 뭔지 아는 드문 순간에, 목표가 완벽하게 명확하고 손닿는 곳에 있는 것 같았는데도 결국은 놓치게 되다니. 씨발. 이렇게 손발이 묶이고 말다니.

하지만 오늘만큼은 그런 개짓거리에 항복하지 않을 것이다. 오늘, 케빈은 진화를 계속해야 한다. 불안감 대신, 비관적인 사고 대신 문제해결을 위한 실용적 마음가짐을 채택할 것이다. 케빈은 거실에 앉아 눈을 감고 자신이 가진 선택지들을 주의 깊게 가늠한다. 온 집안을 체계적으로 뒤집어놓을 수도 있다. 긴급 여권 재발급을 신청할 수도 있다. 그러려면 적어도 이삼 일은 걸릴 것이다. 무슨 택배 서비스가 있다고 들은 것 같은데. 긴급이라는 이유로 요금을 엄청나게 받는. 케빈은 옆구리에 소포를 끼고 대사관 문을 뛰쳐나오는 헬멧 쓴 택배 기사를 상상한다. 하지만 그 방법으로는 다음 주까지 미국에 갈 수 없을 것이다. 에이딘의 마음이 약해질 때까지 계속 전화를 걸고 설득해서 할머니를 바꾸게 한 후 죽여버리겠다고 위협해서 두 사람이 다음 비행기를 타고 아일랜드로 돌아오게 만드는 방법도 있다.

"케빈?" 어느새 옆에 와 있던 그레이스가 케빈의 어깨에 조심스럽게 한 손을 얹는다. 마치 케빈이 몸통에 폭탄을 매고 있고, 그걸 터뜨리지 않도록 설득하려는 것 같다. "내가 갈게."

이 선택지는 애초부터 케빈의 머릿속에 없었다. 그게 도대체 무슨 뜻이지? 그건 케빈이 제 몫을 다하지 못하고 있다는 뜻이다. 아니, 더 정확하게는, 내 아이들의 어머니, 내 아내, 내 신부, 여전히 충실한, 여전히 내 사람인 이 여자가 짐을 나눠 들어주겠다고 제의했으니 거기에 성숙하게 대처해야 한다는 뜻이다. 하지만 심지어 안도감을 느끼며 그레이스를 돌아보는 순간에도, 케빈은 그 제의가 생각해볼 여지조차 없다는 걸 안다. 그레이스는 이틀 후 북부에서 중요한 일이 있다. 몇 개월 전부터 조율 중이던, 그레이스가 조타를 맡은 회담이다.

"벨파스트는 어쩌고?"

"빠지는 수밖에 없겠지."

"당신 잘리면 어떡해."

"안 잘릴 거야." 그레이스가 말한다. "그리고 당신이 일자리를 구하겠지. 곧."

"난 노력하고 있어."

"나도 알아."

"내가 할 수 있을까?"

"뭘 해?"

"취직 말이야."

"바보 같은 소리 마."

"그레이스…."

"응?"

지금 하려는 말을 떠올리니 약간 두렵고 민망해진다. 하지만 걱정으로 찌푸린 아내의 얼굴을 보니 자신감이 든다.

"난 어쩌면 글쓰기를 다시 한 번 시도해볼지도 몰라. 진짜 글쓰기 말이야."

그레이스의 얼굴에 놀란 기색이 떠오른다. "정말이야?"

"음, 메이브라면 이렇게 말했을 거야. 방아쇠를 당길 때도 됐다고."

그레이스는 잠시 곰곰이 생각에 잠긴다. "당신 아내가 20년간 그러라고 할 때는 안 듣다가, 메이브 루니와 보낸 일주일 만에 설득 당했다는 거야?"

케빈이 껄껄 웃는다. "내가 무슨 말을 하겠어? 그분은 지혜의 샘이셔."

"내 생각엔 아주 멋진 생각인 것 같아."

"그래?"

"그래. 뭐 해, 얼른 가서 시작해!" 그레이스는 집을, 아이들을 향해 모호한 몸짓을 한다. "하지만 그동안 이 일은 계속해야지?"

"난 이 일에 영 재주가 없나 봐."

"실은 그렇지 않아. 그냥 당신 혼자 그렇게 생각하는 거지."

"하지만 미국에 가는 쪽은 나여야 해." 케빈이 말한다. 그레이스는 제의를 해준 것만으로도 충분하다.

"하지만 당신은 그럴 수 없잖아. 어쩔 수 없지."

"**내** 어머니잖아."

"아, 난 그분은 데려오지 않을 거야. 플로리다에 그냥 두고 올 거야." 그레이스는 짓궂게 씩 웃으며 말한다. "항공사에 전화해서 표를 내 이름으로 바꿔."

그때 서재에서 키아란이 외치는 소리가 들려온다. "찾았어요!" 아이는 고함을 치고 있다. "제가 찾았어요!"

거실로 달려 들어온 키아란은 문간에 우뚝 서서 영웅처럼 유럽연합 여권을 흔든다.

"씨발, 뭐야?" 케빈이 말한다.

"아빠!" 키아란의 표정은 충격과 즐거움으로 이루 형언할 수 없다. "아빠가 씨발이라고 했어요."

"내가 그렇지 뭐." 케빈은 아들을 향해 다가간다. "그게 정말 내 거니?"

사진은 몇 년 전 찍은 것이다. 머리숱이 약간 더 많고 주름은 더 적고, 확실히 눈동자에 더 생기가 돈다. 하지만 케빈이 맞다. 줄곧 걱정하고 있던 만료 기한을 확인해보니 다행히 아직 몇 년은 더 남았다. 괜한 걱정을 했군. 난 늘 괜한 걱정을 하지.

"잘했다, 키아란. 어디 있었니?" 그레이스가 묻는다.

"서재에 책 두 권이 튀어나와 있었는데 그 사이에 있었어요."

"넌 멋진 친구야." 케빈은 그렇게 말하고 아들과 아내에게 차례로 입을 맞춘 후 누알라를 쫓아가 아이의 뺨에 가장 거창하고 가장 기분 나쁜 뽀뽀를 한다.

57

걸프만은 아일랜드해와는 냄새가 전혀 다르다. 어떤 강렬한, 뚜렷한 해초 냄새도 느껴지지 않는다. 짠 기가 덜한, 희석된 짠 내다. 해변 자체도 다르다. 말도 안 되게 고운 모래가 방대하게 펼쳐진 평지로, 거의 퇴폐적이라 할 정도로 광활하다. 고향의 흔히 거칠고 젖어 있으며 인적 없는 삐죽삐죽한 벼랑이나 이끼 낀 바위 그리고 수직으로 뚝 떨어지는 급경사면과 더 작은 모래밭과는 완전히 딴판이다.

조금 전, 거스는 손에 바구니를 들고 캐스트어웨이스 모텔로 찾아가 수영장 가의 일광욕 의자에서 아일랜드인의 창백한 피부를 햇빛에 굽고 있던 고가티 가족을 석양 만찬에 초대했다. 이제 밀리는 거스의 부축을 받아 해변으로 가고 있고 에이딘은 그 뒤를 따른다. 선탠에 목숨을 건, 몸에 기름을 잔뜩 바른 일광욕객들이 마지막 햇살을 붙들고 있거나 조깅을 하러 가거나 석양을 흡수하고 있다. 복잡한 장비들을 잔뜩 가져온 사람들도 많다. 우산, 바퀴 달린 쿨러, 해변용 리클라이너, 접이식 의자, 유아차, 꺼벙해 보이는 검은 선글라스를 쓴, 공기를 넣어 부풀리는 거대한 빨간 로브스터 하나. 에이딘은 두 사람으로

부터 떨어져 더 아래쪽 콘크리트 잔교 옆에서, 뒤집어놓은 양동이에 걸터앉아 낚시 중인 남자들에게 관심이 있는 척하면서 어정거리고 있다. 거스는 밀리를 모래에 심어놓은 피크닉 탁자로 안내한다. 밀리가 신을 벗자 거스는 얼빠진 표정으로 바라본다.

"짝이 안 맞는 건가요 아니면 꿰매야 하는 건가요?"

"둘 다요."

거스가 말한다. "당신은 보통이 아니군요."

"전혀 아니죠." 밀리가 전율을 느끼며 대꾸한다.

자신이 사랑하는 도시로부터 이 물을 건너 6,000킬로미터나 떨어져 있다니. 애나와 콜딩 부인을 비롯해 로스데일의 다른 사람들은 분명히 쿨쿨 잠들어 있겠지. 그리고 밀리는 여기 플로리다 외곽에 앉아 있다. 키아란과 누알라와 제라드를 그려본다. 밀리는 케빈이 지금의 제라드 나이일 때 진입로를 성큼성큼 걸어오면서 큰소리로 부르던 기억을 떠올린다. "집에 있어요, 엄마?" 그리고 집 안으로 쿵쿵대며 들어와 동네 소문이나 시내에서 겪은 재미있는 모험 이야기를 들려주어 자신을 즐겁게 해주던 기억을. 즐거운 시절이었지.

하지만 지금 역시 그렇다.

거스는 보온병 뚜껑을 열고 직접 만든 비프스튜를 준비해온 스티로폼 그릇에 따른다. 하늘은 색색으로 환히 빛나고, 태양은 막 바다로 가라앉고 있다. 이곳의 전부를, 세세한 것 하나하나를 모두 그대로 멈추고 싶다. 케빈과 그레이스에게 이 특별함을 반드시 들려주리라.

"장엄하지 않나요?" 거스가 묻는다. "이래서 제가 이곳을 자꾸 찾는 겁니다. 예전에는 서핑을 했죠. 펜들턴에 있을 때 배웠거든요. 캘리포니아에서."

"아직도 하세요?"

거스가 웃으며 대답한다. "지금은 그냥 구경만 하죠."

"좀 서글프지 않아요?"

"그다지요. 적응했다고나 할까요."

흥미로운 남자다. 지금껏 만난 어떤 남자와도 다르다. 그리고 단지 매너 있고 사려 깊은 것뿐만이 아니다. 밀리가 보기에 거스는 강인한 동시에 부드러워 보인다.

"당신 고향은 어떤지 들려주세요." 거스가 말한다. "그림으로 그리듯이요." 거스는 마치 자유롭게 말할 기회를 주려는 듯 밀리와 눈을 맞추지 않고 수평선에 눈길을 고정한다.

"난 바로 바다 옆에서 산답니다."

"운이 좋으시네요."

밀리는 생각을 거치지 않고 불쑥 내뱉는다. "꼭 놀러 와요." 뻔뻔하긴! 우리 피터가 어떻게 생각하겠어?

"그러고 싶네요."

밀리는 거스에게 납작 썬 아몬드를 넣은 초콜릿 케이크를 구워 주고 차를 따라 줄 것이다, 그리고 거스와 나란히 창턱에 걸터앉을 것이다.

"혹시 두 분이 여기 더 오래 머물 수 있을까요? 약간 휴가 같은 식으로 해서… 아직 못 보신 것들이 너무 많아요. 배를 빌려서 낚시를 가도 좋고요."

두 손자들과 달리, 밀리 고가티는 벌레나 날카로운 낚싯바늘 또는 낚시 여행의 핵심 요소인 듯한 지속적인 침묵을 좋아하지 않는다. 하지만 거스의 초대에 기분이 으쓱해진다. 혹시 나 좀 미친 사람처럼 보이는 건 아니겠지. 확실히 미친 것 같은 기분이긴 한데. 몇 년 전 브리지 친구가 소개해 준 갈고리처럼 생긴 코에 입냄새가 났던 모태솔로

선장과의 만남을 제외하면, 내 인생에 아직 로맨스가 남아 있을 가능성을 생각해본 적이 있었나?

"바로 대답하지 않아도 돼요. 그냥 잠깐 생각해보세요." 거스는 정중하게 헛기침을 한다. "그리고, 우리 사건에 진전이 하나 있었어요." 밀리는 에이딘을 가까이 부른다. 고가티 가족의 열띤 눈길 아래 거스는 웃음을 억누르려 애쓰며 이렇게 말한다. "너무 기대하게 만들고 싶지는 않아요. 이게 막다른 골목일 수도 있으니까. 하지만 저희 형이 실비아의 주소를 입수했어요."

밀리는 당연히 전율을 느끼고 절대적인 환희에 차오르지만, 한편으로는 조금 전 거스와의 대화에서 느낀 기쁨으로 생각이 자꾸 돌아간다. 거스는 내가 더 오래 머물기를 바라고 있어. 아일랜드로 나를 만나러 오고 싶대.

"어떻게 찾아냈대요?" 에이딘이 묻는다.

"그냥 이름을 입력했대요. 음, 결혼 전 성을요. 전산 시스템에. 그 사람이 작년 2월 면허증을 갱신했는데, 그러려면 주소를 등록해야 하거든요. 하지만 그 사람이 아직 거기 사는지 어떤지는…."

"우리 직접 찾아가 보죠." 밀리가 말한다.

"음, 잠깐만요," 거스가 말한다. "어쩌면 미리 대책을 세우는 게 좋을 수도 있어요. 만약 당신이 거기 가서 문을 두드린다고 생각해봐요. 그 사람은 문을 열어주고…."

"그리고 도로 쾅 닫겠죠." 에이딘의 말에 다 함께 웃음을 터뜨린다.

세 사람은 조용히 생각에 잠겨 앉아 있다. 파도가 점점 더 가까이 밀려오고, 바다와 한데 모인 사람들 사이의 모래밭은 더 어두워진다. 처음 불어온 저녁 미풍 한 줄기에 거스는 밀리 옆으로 더 가까이 다가앉아 얇은 담요를 어깨에 말없이 둘러 준다.

“만약 그 사람이 제 발로 캐스트어웨이스로 찾아오게 만들 수 있다면요?” 에이딘이 말한다.

거스는 고개를 젓는다. “나쁜 생각은 아니지만 좀 수상쩍어 보이겠지.”

“맞아요.” 에이딘이 말한다. “그리고 애초에 그 사람을 잡을 방법이 있긴 할까요?”

밀리는 머릿속에 며칠 전부터 은근히 신경 쓰이던 한 가지 생각이 있다. 두 사람에게 조용히 하라는 뜻으로 한 손을 들어 올린다. 집중해야 한다. 플로리다 고속 버스에서 만난 그 여자, 제럴딘과 나눈 이야기를 떠올린다. 그 노부인은 같이 사는 아무짝에도 쓸모없는 인색한 놈팽이가 유산을 노리고 자기가 죽기를 기다린다는 이야기를 했다. 밀리가 그 이야기를 토막토막 들려주자 세 사람 사이에서 하나의 계획이 형태를 잡기 시작한다. 달콤하고 불완전하고 위태로운, 아마도 밀리 고가티에게 딱 들어맞는 바로 그런 유형의 계획이다.

58

이튿날 아침, 삼인조는 거스의 납작한 갈색 포드를 탄 채 실비아 페닝의 아파트 건물(플로리다의 공장에서 찍어낸 듯 흔한 거대 건축물) 앞에서 잠복근무 중이다. 에이딘과 할머니는 뒤쪽의 1인용 좌석에 찌그러져 있고, 할머니는 내내 주절거리고 있다. 거스는 할머니의 입술에서 카오스적으로 쏟아져 나오는 모든 빌어먹을 수다를, 모든 사소한 어구 하나하나까지 사랑한다. 그리고 그 후, 할머니가 1984년에 겪은 팔꿈치 염증에 관해 열변을 토하는 와중에, 실비아의 아파트 문이 열리고 그 사람이 나타난다.

바로 거기에, 그 사람이 있다.

저 미국인을 다시 눈앞에서 보다니! 세 사람은 몹시 흥분해 숨까지 참으며 지켜본다. 한편 그들의 원수는 경쾌한 흰색 튜닉에 장딴지까지 올라오는 귀여운 금속 글래디에이터를 신고서 눈부신 햇살 속으로 발을 내디딘다. 에이딘은 맥박이 점점 빨라지는 걸 느끼며 혹시 션이 보일까 싶어 목을 쭉 빼지만, 그 끔찍한 독사는 즉시 등 뒤로 문을 닫아버린다. 실비아는 허리를 숙여 거스가 남겨둔, 환영 매트 밑에서 살짝 삐져나온 페덱스 봉투를 집어 가방에 넣고는 성큼성큼 걸음을 옮긴다. 앞문 두 층계 아래에 있는 외부 계단에서 번쩍번쩍 광이 나는 값비싼 은색 메르세데스 컨버터블(뚜껑이 열린)을 향해 가는 내내 휴대전화 화면을 두드린다. 차는 할머니 덕분인 게 분명하다.

"젠장," 에이딘이 말한다. "안 읽네요."

"걱정 마." 할머니가 말한다. "읽을 거야."

에이딘이 어젯밤 늦게 거스와 구글로부터 많은 도움을 받아 작성한 그 편지는 스테이플스의 두꺼운 용지에 인쇄됐다. 특히 발신자명을 누구로 할 것인가를 놓고 긴 토론이 이루어졌는데, 결국 거스는 지금은 작고한, 고등학교 때 미식축구 코치의 이름을 선택했다. 명예롭고 공정한 성품으로 평생 존경받은 사람이라고 했다.

실비아 페닝 씨

9857 사우스 메인 스트리트, 509호

클리어워터, 플로리다 33764

친애하는 페닝 씨

아일랜드 더블린 던리어리 시로드 마르게이트의 아멜리아 S. 고가티 씨의 유언 집행인께서 저희 사무실에 업무를 위임하셨습니다. 귀하는 작고한 고가티 씨의 유산 35만 파운드의 수령인으로 지정되셨습니다.

귀하의 유산 상속을 논의할 수 있도록, 부디 빠른 시일 내에 연락 부탁드립니다.

답신 기다리겠습니다.

감사합니다.

존 W. 하워드
신탁&부동산 전문 변호사
하워드 그룹, LLC.
탬파베이, 플로리다
727-850-3452

세 사람은 실비아의 차가 서 있던 곳에서 방향을 틀어 주차장을 가로질러 미끄러지듯 출구를 벗어나는 것을 지켜본다.

"이제 어쩌죠?" 에이딘이 묻는다.

"기다려야지." 밀리가 말한다. "그리고 미끼를 무나 봐야지."

에이딘은 그때 거의 처음으로 얼굴을 찌푸린 거스의 이마에서 길고 깊게 파인 도랑을 발견한다. "이제 찾아냈으니 말인데…." 거스가 말한다. "저 사람이 활개치고 다니게 놔둬도 될지 좀 걱정되네요."

할머니와 거스가 의미심장한 표정을 주고받는다. 지독하게 귀엽다. 거스는 할머니의 무릎을 부드럽게 두드린다. "미행하죠."

#

실비아는 클리어워터 외곽의 고급 게이티드 커뮤니티(자동차와 보행자의 유입을 엄격히 제한하는 주거 지역-옮긴이)인 벨비디어 에스테이트 앞에서 방향 표시등을 켠다. 철문 옆에 **호화 저택 매매중**이라고 적힌 현수막이 가벼운 미풍에 펄럭인다. 세 사람은 실비아가 키오스크를 지키고 있는 건장한 경비원에게 손을 흔든 후 게이트를 잇따라 통과해 나아가는 모습을 지켜본다. 거스는 알고 보니 대단히 신중한 운전자여서, 노란 신호등 앞에서 두 번 기다리느라 하마터면 실비아를 놓칠 뻔했다. 거스는 차를 세운다. 그리고 실비아의 차가 시야에서 사라진 한 박자 후, 키오스크로 차를 몰아간다. 한쪽 겨드랑이에 클립보드를 끼고 어기적대며 걸어 온 경비원은 둥글넙적한 얼굴을 차창에 갖다대고는 모델하우스를 구경시켜 줄 사람은 없지만, 차를 몰고 이곳을 둘러보는 건 얼마든지 환영한다고 말한다.

거스와 밀리와 에이딘은 다양한 가짜 유럽풍 디자인(지중해, 베르사유, 영국식 대저택)의 베이지색 맥맨션(건축 공법이나 속도가 효율적이고 빠른 대형 주택-옮긴이)들이 양 길가에 늘어선 거미줄 같은 차선들을 느릿느릿 기어간다. 일부는 빈집처럼 보이고, 조경은 모두 동일하다. 저택들 사이사이마다 귀여운 아기 야자수들이 넓은 간격으로 줄지어 심어져 있다. 공기에서는 비료 냄새와 타르를 굽는 냄새가 풍긴다. 개중 가장 큰 대저택 앞에 서 있는 실비아의 메르세데스가 눈에 띈다. 주소는 149 오션 레인이다. 오션(대양) 같은 건 아무데도 보이지 않지만 말이다.

집은 엄청나게 클뿐더러 숨이 멎을 만큼 못생겼다. 맨 아래층은 베이지와 흰색과 검은색 벽돌의 모자이크로 이루어져 있고, 2층은 버섯색으로 칠해져 있다. 차고 하나가 디스코텍 크기다. 에이딘은 엄청 큰 창 18개, 기둥 6개, 그리고 지나치게 크고 정교하게 세공된 나무 현관 두 개를 일일이 세어본다. 놋쇠 문고리는 그레이프프루트만 하다. 아빠라면 졸부라고 부르겠지.

거스가 휘파람을 분다. "누굴 만나러 왔는지는 몰라도, 돈이 아쉬운 사람은 아니겠군요."

일행이 차에 앉아 집을 바라보고 있는데 에이딘의 휴대전화에 아빠가 보낸 메시지가 핑하고 뜬다.

미국으로 간다. 지금 있는 곳에 그대로 있어.

에이딘은 공포에 질려 그 문자를 소리 내어 읽는다.

"네 아빠가 여권을 찾아낸 모양이구나." 할머니가 말한다. "그렇게 걱정스러운 표정 지을 것 없다, 아가. 캐스트어웨이스에 돌아가는 대로 내가 전화를 하마. 정말이야. 이제 그럴 때도 됐지."

20분이 지나자 따분함과 배고픔이 일행을 찾아오고, 거스는 여기 너무 오래 있으면 실비아가 그들을 알아차릴지도 모른다는 약간의 불안감을 드러낸다. 점심을 뭐로 할지를 놓고 토의가 한창 진행 중인데 우르릉 소리가 들린다. 차고 여섯 개중 하나의 문이 자동으로 올라가고, 중형 이삿짐 트럭이 모습을 드러낸다. 그리고 차고 안에서 실비아 페닝이 나타난다. 아주 커다랗고 납작한 상자를 들고 있는데, 힘을 잔뜩 준 자세로 미루어 보아 무척 무거운 모양이다.

거스는 할머니와 손녀에게 목을 움츠리라고 말하고 자신도 몸을 약간 더 낮춘 채 눈에 보이는 광경을 설명한다. 대단한 것은 없다. 실비아는 트럭 뒤편의 잠금장치를 풀고 트럭 문을 맨 위까지 올렸다.

"트럭 안에 뭐가 있어요?" 할머니가 속삭인다.

"보아하니… 잘 모르겠어요. 커다랗고 납작한 상자들이 쌓여 있네요. 몇 개는 이삿짐 담요들로 싸여 있고요…. 계속 숙이고 있어요, 숙녀분들. 저 사람이 문을 닫고 있어요."

#

나오는 길에, 경비원은 지나가라는 뜻으로 손을 흔들지만 거스는 키오스크 앞에서 차를 세운다.

"좋죠?" 남자가 말한다. "구경시켜 드릴 수 있어요, 아시죠. 그냥 미리 전화만 주세요."

"좋은 생각이네요." 거스가 말한다. "혹시 그 거대한 집이 매매 중인

가요? 149 오션 레인요."

경비원은 잠시 멈칫하더니 고개를 젓는다. "아뇨. 하지만 오션 레인에 매매 중인 저택들은 확실히 있어요. 제가 알아봐드릴까요?"

"아, 그거 유감이네요. 전 그 집이 이사 갈지도 모른다고 생각했거든요, 왜. 이삿짐 트럭이 있길래요."

"이삿짐 트럭이라고요?" 경비원이 어리둥절한 표정을 짓자 축축한 턱살이 찌그러지면서 물기 있는 반죽처럼 접힌다. "아, 아니요, 아닌데요. 페일 씨는 이사 안 가세요. 제 생각엔 아마 물건을 좀 처분하려고 사람을 고용하신 것 같아요. 그분은 거물 미술품 수집가시거든요. 어쨌든 예전에는요."

"예전에라고요?"

"예전이라고 하면 안 될 것 같고요. 제 말뜻은 그냥… 몸이 안 좋으세요. 무척 연로하시거든요, 왜. 아무래도 예전 같진 않으시죠."

실비아, 그 망할 것이 다음 번 먹잇감을 발견했음을 알려주는 이 유익한 대화는 차 안에서 나는 어떤 소리에 의해 거기서 끊긴다. 경비원에게 감사하고 그곳을 벗어나자마자 거스는 급히 포드를 길가에 댄다. 세 사람은 환호를 지르고 깔깔 웃다가 서로를 보며 손가락을 입술에 갖다 댄다. 그 이유는 거스의 새 일회용 플립형 휴대전화가 울리고 있고, 그 번호를 아는 사람은 지구상에서 하나뿐이기 때문이다.

59

부부 침대 발치에는 케빈의 기내용 가방이 놓여 있다. 가방은 사흘치 옷가지로 꽉 찼고 지퍼가 단단히 채워졌다. 케빈은 다시 여기서 지내도 된다는 그레이스의 허락을 받아 마음을 놓았고, 이제 메이브의 담배연기 속에서 깨어나지 않아도 된다는 감격과 흥분 때문에 잠을 이루지 못하고 있다. 그리고 노트북으로 뜬금없기 짝이 없는 일자리들을 검색하면서 불면증에 대처하고 있다. 소프트웨어 엔지니어, 트럭 운전사, 중독 전문 간호사. 급여지급 담당직원이 하는 업무가 뭘까를 곰곰이 생각하는 중인데 옆에 놓인 휴대전화가 울리고 화면에 딸의 이름이 뜬다. 케빈은 전화를 받으며 아내를 깨우려고 팔을 옆으로 뻗는다.

"에이딘?"

"케빈, 내 목소리 들리니?"

침묵.

"케빈?"

케빈이 충격으로 잔뜩 잠긴 목소리로 간신히 "엄마?"하고 내뱉는 순간, "내 목소리 들리니?"라고 묻는 엄마의 목소리가 케빈의 목소리를 삼킨다.

"엄마?"

"나다."

"에이딘도 같이 있어요?"

"그래, 그리고 안전해. 케빈, 난 그저…."

"그 애 바꿔줘요."

"음, 사실 지금은 여기 없어."

"어디 있는데요?" 케빈은 쓰디쓰게 내뱉는다. "지금은?"

"초콜릿 바를 사러 방금 나갔어. 알아. 넌 아마 무척…."

"초콜릿 바요?"

"모텔에 자판기가 있거든, 왜."

"무슨 모텔요?"

"캐스트어웨이스."

"농담하시는 거예요?"

"케빈, 내가 할 말이…."

"**엄마는** 어디 있는데요?"

"내가 그래서 전화한 거야. 에이딘이랑 나는 괜찮아. 우린 안전하니까 넌 여기 안 와도…."

"클리어워터예요? 엄마랑 에이딘은 아직 플로리다 클리어워터에 있는 거죠?"

"어떻게 알았니? 음, 우린 올랜도로 날아왔어. 여기서 북동쪽으로 차로 한 두 시간쯤…."

"지금 장난하세요? 엄마는 내 딸을 데리고 **외국으로** 갔어요. 그건 유괴…."

"아, 그건 말이다…."

"엄마는 내가 지리학 강의나 듣고 싶은 줄 알아요? 엄마는 감옥에 가야 할 판이라고요."

그레이스가 똑바로 일어나 앉는다. "무슨 일이야? 에이딘이야?"

케빈은 입모양으로 '엄마'라고 말하고 아내의 팔을 꽉 쥔다. "아직 클리어워터에 있대." 휴대전화에 대고 말한다. "에이딘 바꿔줘요."

"내일 전화하라고 할게."

"도대체 어디서부터 말을 해야 할지도 모르겠네요." 케빈이 입을 연다. "그냥 거기 계세요. 제가 그리로 갈게요. 전 내일 도착해요."

"그럴 필요 없어, 케빈. 우린 완벽하게 괜찮아. 실은 재미있게 지내고 있어. 일만 잘 풀리면 우린 모레 집으로 돌아갈 거야."

"일이 잘 풀리다니 무슨 말씀이세요? 전… 이러면 어때요? 도대체 왜 우리 딸을 플로리다로 데려갔는지 설명 좀 해 주실래요? 제 말은, 그냥 갑자기 휴가라도 가셨어요? 그냥 장난으로 아, 우리 손녀딸한테 볕 좀 쬐게 해줄까 하신 거예요?"

"그런 게 아니야."

"아무 말도 없이요? 우리한테 전화해야 한다는 생각이 안 드시던가요?"

"어, 그럼. 들었지. 있잖니, 에이딘이 매일 네게 전화하고 싶어 했는데 내가 허락하지 않았단다. 왜냐하면 넌 우리를 막으려고만 했을 테니까."

"씨발, 그야 당연하죠!"

아내와 어머니가 동시에 헉 숨을 들이켠다. 케빈이 그 욕설을, 어쨌거나 엄마를 상대로 사용한 건 전례 없는 일이다.

"그 애는 겨우 열여섯 살이라고요!" 케빈이 말한다. 그레이스가 남편 손을 힘주어 쥔다.

“진정해.” 그레이스가 속삭인다. “진정해.”

“그 애는 학교에 가야 해요!” 케빈이 말을 잇는다. “주중에 그냥 그런 식으로 데려갈 순 없다고요…. 전 도대체… 그리고… 아시죠, 그것 말고도… 좀도둑질에 거짓말에 연기에 씨발 요양원을 뛰쳐나오고….”

또 다시! 확실히 씨발이 비처럼 쏟아지고 있다.

어머니에게 당신이 얼마나 무책임하고 이기적인지, 그리고 아이가 죽은 건 아닐까 걱정하는 심정이 어떤 것인지 알기나 하냐고 따지기 직전에, 케빈은 모린을 떠올린다. 직접 기억하기에는 너무 어렸을 때 태어나서 죽은 여동생을.

“네가 속이 뒤집힌 거 알아.” 엄마가 사람 미치게 만드는 쾌활한 어조로 말한다. “네가 걱정한 것도 알고. 하지만 그 애는 괜찮아, 케빈. 엄청나게 잘 있어. 에이딘은 겨우 며칠 학교를 빠졌을 뿐이야. 그리고 네가 진실을 알고 싶다면, 나도 너한테 따질 게 좀 있다.”

“스피커폰으로 해.” 그레이스가 말한다.

어머니의 목소리가 어두운 침실 안으로 흘러 나온다. “넌 경찰이 내가 도우미를 두도록 지시했다고 했지만 그건 사실이 아니었어. 네가 그런 거지. 네가 지어낸 거야 몽땅 다.”

“그 미국인 여자?” 그레이스가 속삭인다.

케빈이 고개를 끄덕인다.

“그리고 네가 고용한 그 사람, 실비아 페닝이 실은 사기꾼이었다는 걸 넌 모르고 있을 것 같은데. 너 그거 알았니, 케빈?”

몰랐다.

“그 여자는 네 아버지 반지를 훔쳤어. 사실 금고를… 금고를 통째로 들고 갔다고. 그리고 텔레비전이랑 다른 것도 전부 다."

케빈의 머리가 이 새롭고 기묘한 정보를 처리하기 위해 느려지면서 적어도 일시적으로나마 분노가 누그러진다.

"무슨 말씀이세요? 다른 것도 전부 다라니." 케빈이 묻는다.

"그래서 내 생각엔 우리 모두 누가 더 잘했다 잘못했다 할 것 없이 똑같다고 본다. 그리고 어차피 걱정할 필요는 없어. 우린 엄청나게 잘 있고 안전하니까. 하지만 우린 무척 중요한 프로젝트를 준비 중이고 하루 더 있는다고 크게 달라질 것도 없을 거야, 그러니 괜히 아까운 돈 버려 가며 여기까지 올 필요 없다."

"엄마."

"우린 절대적으로 괜찮아, 케빈. 그레이스와 아이들에게 내가 사랑한다고 전해주렴, 응? 바이바이!"

60

실비아 페닝은 거스네 건물 4층의, 빈집이지만 가구를 갖춰놓은 상업용 원룸의 소파에 다리를 발목께에 얌전히 꼰 채 조신하게 앉아 있다. 거스와 실비아는 이미 실비아가 예전에 빅토리 타워스에 살았다는 인연에 관해 대화를 나눴다. 이제 실비아는 거스에게 자신이 가장 좋아하는 동네의 바비큐 집에 관해 이야기하는 중이다. 신분증을 건네고 거스의 가짜 서류(스테이플스에서 가져온 법적 유언장 양식)에 서명을 하면서, 핫 재지 조스의 매콤달콤한 윙을 추천한다. 밀리와 에이딘은 안쪽 침실의 어둠 속에서 실비아가 커피 탁자를 가로질러 연극적인 태도로 서류들을 밀어 보내는 모습을 지켜보고 있다. 마치 자신의 서명으로 팬들에게 축복이라도 내리는 듯한 태도다. 하지만 이윽고 이건 아니다 싶었는지 무릎을 내려다보고는 아쉽다는 듯 고개를 젓는다. 마치 갑작스럽고 엄청난 슬픔에 짓눌리기라도 한 것처럼.

"너무 슬픈 일이에요. 그렇게 멋진 여사님이."

사기꾼.

실비아는 비로 볼펜, 그러니까 거스의 볼펜을 자신의 헐렁한 오버

사이즈 가죽 토트백에 집어넣고 드레스의 작은 주름을 똑바로 편다.

"그럼 이제 끝난 건가요?" 실비아가 말한다.

"그렇습니다."

"흠, 간단하네요." 실비아가 소리 내 웃는다. "그럼 제가 어떻게 수표를 받죠?" 거스의 얼굴은 보이지 않지만, 밀리는 강렬한 역겨움을 감추고 있을 거라고 상상한다. "저한테 우편으로 오나요?"

"아. 여기 봉투가 있습니다."

이건 밀리에게 보내는 신호이고, 비록 자신이 등장할 순간이 눈앞으로 닥쳐왔음에도 밀리는 기다리며 지켜본다. 누군가가 자신의 죽음을 경쾌하게 받아들이고 치킨 윙이 어쩌니 잡담을 하면서 현금을 긁어 모으는 광경을 보고 있자니 눈을 떼기가 지독히도 힘들다.

"아, 그러면야 더 좋죠." 실비아가 말한다. "완벽해요."

검은색 양복과 타이로 차려입으니 꽤나 멋있어 보이는 거스는 놀랍도록 침착한 태도로 실비아에게 봉투를 건넨다. 봉투가 손에 들어오자 실비아는 한숨을 내쉬는데, 한결 긴장이 풀리는 눈치다. "부디 가족분들께 제 조의를 전해주세요."

"물론입니다."

"전 이 동네가 그리워요." 실비아가 말한다. "새로 개발되는 데가 눈에 띄더라고요. 파라다이스 파운드. 브로드웨이 거리 바로 아래, 거기 아세요?"

"잘 모르겠는데요."

"아, 거긴 죄다 새 콘도들이에요. 정말 고급이죠. 스팀샤워에 피트니스실에 올림픽 경기장급 수영장에… 정말 멋지죠." 실비아는 가슴골 앞에서 봉투를 움켜쥐고 천장을 올려다본다. "고마워요, 밀리 고가티!"

"흠." 비록 실비아는 눈치채지 못하지만 거스의 말투는 매우 냉랭하다. "순조롭게 진행돼서 기쁩니다."

실비아는 일어나서 거스에게 감사 인사를 하고 악수를 나눈다. 그래도 밀리는 움직이지 않는다.

"제가 이런 걸 여쭤봐도 될지 모르겠는데요." 실비아가 머뭇대며 말한다. "하지만, 전 혹시, 다른 사람들, 그러니까 유언장의 다른 수령인들에 관해 여쭤봐도 될까요?" 다시 자리에 앉으며 말을 잇는다. "션 길모어에 관한 언급은 혹시 없었나요? 그 애는 제 조카거든요. 제가 뭘 기대하는 게 아니라… 그냥… 음, 그냥 물어나 볼까 싶어서요. 왜냐하면 제가 그 애 보호자인 걸 모르실 수도 있어서, 그래서 무슨 서류 같은 게 있으면 저를 거쳐야 하거든요."

이 과도한 탐욕은 밀리를 자극해 움직이게 만든다. 솔직히 1초라도 더 견딜 수 있었을까? 밀리는 옆에 있는, 약간 메스꺼운 표정을 한 에이딘과 불안한 웃음을 주고받는다.

"쇼타임이야, 아기 오리야." 밀리가 속삭인다.

할머니와 손녀는 꽁꽁 얼어붙도록 추운 거실 안으로 대담하게 발을 들여놓는다. 에어컨이 폭발하기 일보직전이다. 네 사람이 있기엔 비좁은 공간이다. 이처럼 위대한 순간에는 터무니없이 좁다. 하지만 그거면 충분하다.

밀리는 실비아와 눈을 마주치고 그대로 정지한다. 평소에는 명랑한 원수의 얼굴을 스치는 강렬한 당혹감을(이 오랜 시간이 지난 후에야 마침내) 목격한 희열을 표현할 말이 과연 영어 전체를 통틀어 존재하기나 할까? 물론 한 단어도 없다. 실비아 또한 말을 잃는다. 밀리에게는 그 여자의 징그러운 머릿속 태엽들이 지금 눈앞에 펼쳐진 말도 안 되는 상황의 논리를 찾아 바삐 돌아가는 것이 선명히 보인다.

밀리는 죽지 않았고, 클리어워터의 이 콘도에 서 있다. 거스는 아일랜드 은행에 고용된 유언장 및 부동산 전문 변호사가 아니다. 봉투 안에 돈은 없다. 파라다이스 파운드는 잃어버린 낙원이 됐다.

"젠장, 뭐야?" 실비아가 웨지 샌들을 디디며 자리에서 일어나자 토트백이 마룻바닥에 뒤집혀 떨어진다. 휴대전화, 분홍 플라스틱 케이스에 든 소형 알약 보관함 하나, 그리고 현란한 코치 고리에 끼워진 열쇠들이 밖으로 쏟아진다. 밀리는 뭔가 범죄의 증거를 찾아 눈으로 훑는다. 위조 신용카드, 여권, 실비아를 철창에 넣을 수 있는 또 다른 증거를.

"이게 뭐죠?" 실비아가 새된 소리를 지른다.

"밀리 고가티의 유령이다." 밀리가 악마처럼 히죽 웃으며 대꾸한다. 에이딘은 나중에 이 이야기를 들려줄 때마다 그 웃음을 흉내 내게 될 것이다.

"여기서 **뭘** 하는 거죠?" 실비아는 상황이 믿기지 않거나 시간을 끌고 있다.

"꽤 명확한 상황인 것 같은데. 네가 내 유산을 상속하는 걸 보러 왔지." 밀리가 손으로 따옴표 모양을 만든다. "비록 네가 이미 그 대부분을 훔치긴 했지만."

실비아는 밀리와 에이딘과 실은 접힌 백지 한 장이 들어 있는 봉투를 번갈아 본다.

"이건 말도 안 돼."

실비아는 카펫을 손으로 갈퀴질하며 떨어진 소지품을 미친 듯 긁어 모으지만, 소지품들은 그럴수록 더 엉망으로 흩어진다. 무릎을 꿇고 엉덩이를 공중에 쳐든 채 소파 밑으로 탐욕스러운 손가락을 뻗어 그리로 들어간 20달러 지폐를 꺼내려 한다. 터키석 색 팬티 끄트머리가 밀리의 눈에 얼핏 들어온다. 실비아의 엉덩이로 곧장 올라가는 쐐기꼴 천조각. 아마 저걸 끈팬티라고 하던가. 밀리는 실비아에게 언뜻 스치는 연민을 느낀다.

하지만 언뜻일 뿐이다.

"넌 나한테서 꽤 많은 걸 훔쳐갔지." 밀리가 말한다.

"난 당신이 무슨 소리를 하는지 모르겠는데요." 실비아가 지폐를 손에 안전하게 꼭 쥔 채 바닥에서 일어서며 말한다. "그리고 난 여기 앉아서 이런 소리나 듣고 있을 이유가 없어요."

그때 밀리의 영리하지만 언제나 인정받지 못하는 손녀딸이 바닥에 떨어진 코치 열쇠고리를 낚아챈다.

"이리 내놔!" 실비아가 끼익 긁는 듯한 소리를 지른다.

에이딘은 전날 밤 청바지를 솜씨 좋게 잘라 만든 반바지 앞섶에 열쇠고리를 집어넣는다.

"너 **뭐** 하는 거야?"

"아줌마는 여기 앉아서 이런 소리를 듣고 있어야 해요. 왜냐하면 우리 할머니 말 아직 안 끝났거든."

"당장 열쇠 도로 내놔, 이 콩알만 한 년아. 아니면 경찰 부를 거야."

거스는 에이딘을 보호하려는 듯 앞으로 한 발 나선다. 미리 예측했어야 했겠지만, 더블린에서 그토록 다정하고 상냥했던 실비아가 껍질을 벗고 이 흉측하고 악의적인 거짓말쟁이 괴물로 변신한 것은 밀리에게 여전히 충격적이다.

"그거 멋진 생각이야." 밀리가 말한다. "우리 경찰을 부르자." 밀리는 이미 부엌 벽에 걸려 있는 베이지색 버튼식 전화기를 향해 가고 있다. 숫자 0을 누른다.

"여기서는 911이에요." 거스가 말한다.

"아, 그래요?"

실비아가 콧방귀를 뀐다. "경찰에 정확히 뭐라고 할 건데?"

"댁이 스스로 말하는 거랑 다른 사람이라고 해야지."

"아이고, 두 배로 서둘러 오겠네. 경관님, 이 여자는 스스로 말하는 거랑 다른 사람이에요!"

"그런 다음 네가 도둑이라고 할 거야. 내 은행 계좌에서 수천 유로를 빼 갔다고. 네 그 지독한 거짓말로 내게 사기를 쳐서 수표를 가져갔다고."

"당신은 정말이지 빙글 돌아버렸어. 그거 알아?" 실비아는 그렇게 말하고는 마치 동의라도 구하는 듯 거스를 향해 고개를 젓는다.

"죄목은 그러니까… 어디 보자…. 위조, 사기, 횡령." 밀리가 말한다. "내가 뭔가 빼먹은 게 있니, 에이딘?"

"그냥, 음, 절도요."

"자동차 절도." 거스가 말한다. "이 사람이 당신 차를 훔치지 않았나요?"

"안 훔쳤어!" 실비아가 말한다. "무슨 소리를 하는지 모르겠네. 이제 당장 열쇠를 이리 내놔. 장난하는 거 아니야."

"내가 정말 원하는 건 내 반지야."

"완전히 정신 나갔군."

"넌 그게 나한테 어떤 의미인지 알잖아. 난 최소한 그건 돌려받을 권리가 있어, 실비아. 난 너한테 잘해줬어."

"**나한테** 잘해줬다고? **당신이**?" 실비아가 코웃음 친다. "정신 차리시지! 난 당신이 끝도 없이 주절대는 걸 들어줬어. 아이고 우리 집은 외풍이 너무 심해! 내 안경 못 봤어? 화장실 휴지가 다 떨어졌네. 아무도 날 보러 오지 않아! 잉잉! 당신 아들이 하루걸러 한 번씩 찾아오는 건 까맣게 잊어버리고. 당신 가족들이 당신의 멍청한 짓을 참아주는 게, 그 사람들이 당신을 지하실에 처넣고 영원히 가둬 버리지 않는 게 얼마나 행운인지 당신은 몰라. 당신 장난해?" 실비아는 격분해 침을 튀기고 있다. "그건 내 노동의 대가였어."

"흠…." 밀리가 대꾸한다. "어디 경찰도 동의하나 보자고."

"안됐지만 내가 알려주겠는데, 클리어워터 경찰서는 다른 나라에서 벌어진 범죄 혐의에 대해서는 쥐뿔도 관심이 없어."

"그럴지도 모르지. 어쩌면 네 말이 맞을지도 몰라." 밀리는 그렇게 대꾸하고 방 안에 침묵이 내려앉기를 기다려 다시 말을 잇는다. "하지만 페일 씨에 관해서는 과연 경찰들이 어떻게 생각할지 궁금하네."

실비아의 눈에 그리 작지 않은 놀라움이 드러난다.

"경찰이 페일 씨의 최근 은행 계좌를 좀 확인해보면 뭘 알아낼지 궁금하군." 밀리는 일부러 침묵이 길어지게 놔두고 눈을 휘둥그레 뜬 실비아의 얼굴에 패닉이 휩쓰는 것을 구경한다. 그리고 이제야 생각났다는 듯 덧붙인다. "아니면 그분의 미술 수집품이나?"

그 순간, 실비아는 예고도 없이 에이딘에게 덤벼든다. 에이딘이 어찌나 요란하게 비명을 지르는지, 밀리는 이웃들이 뛰어 들어오지 않는 게 믿어지지 않을 정도다(그러고 보면 꽤 많은 사람들이 청각에 문제가 있을 가능성이 높다). 실비아는 에이딘의 팔을 꽉 움켜쥐었고, 에이딘은 팔을 빼려 애쓰지만 실비아가 훨씬 힘이 세다. 둘 다 힘을 쓰느라 끙끙 소리를 낸다. 거스가 두 여자 사이를 비집고 들어와 실비아를 에이딘에게서 떼어 놓으려 하자 세 사람이 한데 뒤엉킨다. 실비아가 거스를 세게 밀친다. 거스가 뒤로 쓰러지자 두개골이 뒤의 벽과 부딪치는, 소름끼치는 빠직 소리가 난다. 밀리가 거스에게 달려간다.

"거스? 거스? 거스?"

"씨발, 그 열쇠 내놔!" 실비아가 비명을 지른다.

"난 괜찮아요." 거스가 목소리를 쥐어짠다.

하지만 괜찮지 않다. 축 늘어져서 눈을 감은 채 거친 숨을 몰아쉬고 있다. 이젠 확실히 제 나이로 보인다. 밀리가 양손을 거스의 얼굴에 갖다 댄다.

"어디 다쳤어요, 거스? 구급차 부를까요?"

실비아는 이 상황을 무시하고 양 주먹으로 에이딘의 가느다란 손목을 단단히 감아쥐고 있다. 한 손을 풀더니 에이딘의 얼굴을 세게 후려친다. 에이딘은 아픔으로 비명을 지른다. 상황이 엉망이 되어간다. 그리고 너무 빠르다.

"난 괜찮아요." 거스가 거듭 말하고는 뒤통수에 손을 뻗어 상처를 더듬는다. 손가락에 피가 묻어 나온다. 밀리가 헉 소리를 내자 실비아와 에이딘은 잠시 멈칫하고 그쪽을 돌아본다. 에이딘은 그 유일한 기회를 놓치지 않고 실비아의 배를 팔꿈치로 날카롭게 찔러, 순간적으로나마 적을 무력화한다. 그러고는 몸을 날려 욕실로 뛰어가 말 그대로 그 안으로 다이빙한다. 문이 쾅 닫히고 자물쇠 돌아가는 소리가 들린다. 실비아는 에이딘을 뒤쫓아 달려가 문을 쾅쾅 두드리며 열쇠를 내놓으라고 비명을 지른다. 실비아는 문을 때리고 또 때리지만, 에이딘이 마침내 아주 침착하게 "당장 나가지 않으면 경찰에 전화할 거예요"라고 말한다.

아파트 안은 무거운 침묵에 잠기고, 그때 긴 전화벨 소리가 밀리의 귓가에 울린다. 에이딘이 스피커폰으로 전화를 걸고 있는 게 분명하다.

"9-1-1입니다. 어떤 응급상황인가요?"

"씨발, 미친 것들!" 실비아는 욕설을 내뱉고는 아직 바닥에 주저앉아 있는 밀리와 거스는 보이지도 않는 양 쿵쿵 발을 구르며 거실을 가로지른다. 토트백을 집어 들고 성큼성큼 세 걸음 만에 벌써 앞문까지 가 있다.

밀리는 지금쯤 복도를 달려가 엘리베이터를 타고 있을 실비아를 쫓아가고 싶다. 다시는 그 여자를 찾지 못할 게 분명하다. 어떻게 해야 할지 몰라 갈등하며 따라갈 준비를 하고 있을 때조차, 밀리는 자신이 그럴 수 없음을 깨닫는다. 거스가 피를 흘리고 있다.

“에이딘!”

“갔어요?”

“얼른 타월 갖다 줘.” 밀리가 말한다.

“갔어요?”

“그래! 그리고 구급차를 불러줘.”

에이딘은 욕실 문 자물쇠를 연다.

“아, 맙소사.” 거스를 본 에이딘이 속삭인다.

“얼른!” 밀리가 고함친다.

에이딘의 왼쪽 뺨에는 실비아의 손바닥 자국이 찍혀 있고 얼굴은 흠뻑 젖어서 엉망이 돼 있다.

“미안하다, 아가. 다그칠 마음은 없지만, 부디 서두르렴.”

61

에이딘은 자신을 둘러싼 가족들을 뜯어보며 어쩌면 의학을 배경으로 한 시를 쓰는 데 도움이 될 만한 임상적 단어들을 떠올리려 애쓴다. 알고 보니 클리어워터 응급실에는 에이딘 고가티에게 영감을 주는 물건들이 꽤 많다. 거스의 부상은 슬래셔 영화 수준의 피바다에는 못 미치지만 그래도 출혈이 꽤 심하다. 무섭다. 마치 방금 못된 생쥐가 휘두르는 주철 냄비에 얻어맞기라도 한 듯 머리통에 커다랗게 솟아오른, 만화처럼 다채로운 색의 혹 덩어리는 말할 것도 없고.

거스와 할매는 함께 녹색 문 너머로 사라진다. 아주 드물게만, 말하자면 한 시간에 두 번만 열리는 마법의 포털이지만, 그게 열리면 조용하고 꽉 찬 대기실의 사람들은 한 사람도 빠짐없이 그쪽을 향해 열성적으로 고개를 돌린다. 사람들은 기다린다. 몇몇은 휴대전화를 만지작거린다. 한 숙녀는 정신이 딴 데 가 있는 표정으로 "항문소양증: 원인과 치료법"이라는 제목의 소책자를 들고 부채질을 하고 있다.

아까 아파트에서 거스는 구급차가 필요 없다고 했고 밀리는 잠깐 실비아의 메르세데스를 몰고 갈까 생각했지만 결국 그들은 택시를 불렀다. 앞좌석에 앉은 에이딘은 할매가 몇 번이고 이렇게 되풀이하는 것을 들었다. "당신은 아무렇지도 않을 거예요, 거스. 당신은 그냥 아무렇지도 않을 거예요." 이 주문을 세 번째 들었을 때, 에이딘은 할머니가 거짓말하고 있음을 알았다. 할머니는 속으로는 무척 걱정하고 있었다. 거짓말도 때로는 필요하다. 아니, 어떤 거짓말은 때로는 숭고하다.

비록 분위기는 따분하고 소독약 냄새가 나고 실내는 지나치게 쌀쌀하고 의자들은 딱딱하지만, 이곳에는 어딘가 기묘하게 친밀한 구석이 있다. 확실히 지금까지 이 나라의 사람들과 함께했던 공간 중에 가장 개인적인 느낌이다. 고속도로를 홀로 걸었을 때나 약국이나 식당, 또는 션은 어쩌고 있나 궁금해 하면서 수영장에서 어슬렁거리던 때와는 전혀 다르다. (에이딘은 끝내 실비아에게 션에 관해 물을 기회를 놓쳤다. 상황이 지저분해진 순간 배는 이미 떠나버렸다.)

주변을 둘러보면 모든 사람들이 어딘가가 아프거나 적어도 불편하고 곤경에 처해 있는데, 이 사실이 사람들로 하여금 가식을 내려놓고 갑옷을 벗게 만드는 듯하다. 에이딘은 그 사실에 매혹된다. 에이딘은 가족 이외의 그 누구 앞에서도 절대 갑옷을 벗지 못하기 때문이다. 맞은편의 연한 소변색 플라스틱 의자에는 데님 레깅스를 입고 가느다란 금색 허리띠를 찬 상체 비만의 엄마가 지친 기색으로 아기를 안고 앉아 있다. 양쪽 귓불에 아주 작은 라벤더색 다이아몬드 귀고리를 단 어린 딸이 휘둥그레 뜬 물기 어린 눈으로 너무 진지하게 에이딘을 응시하는 바람에 에이딘은 뭔가 반응하는 것이 예의일 듯한 의무감을 느낀다. 손가락으로 세 번 수줍게 까꿍을 해보지만, 아기는 웃지 않고 그저 계속해서 학자처럼 냉정하고 무심한 시선으로 에이딘을 응시할 뿐이다. 에이딘은 어쩐지 웃음이 나는 것을 억누른다. 어쩌면 다음 시는 아기의 시점으로 쓰게 될지도 모르겠다.

드문드문 따뜻한 플로리다 저녁 바람과 함께 주차장 쪽 입구가 휭하니 열릴 때마다 에이딘은 부상당하고 아픈 사람이 들어오는 것을 목격한다. 보통은 가족들이 옆에 붙어 있고, 접수창구의 무미건조한 여자는 반대편 벽에 붙어 있는 컴퓨터 키오스크로 등록하라고 안내한다. 나이 든 사람들은 어쩔 줄 몰라 난처해하지만, 그럼에도 다시금 그리로 안내된다. 그 광경을 보고 있자니 에이딘은 짜증이 솟구친다. 빤히 사람의 간단한 도움이 필요한 상황인데 아무도 도와주는 사람이 없다니. 보라색 윈드브레이커를 입은 창백하고 주름진 피부의 작달막한 여자가 컴퓨터 화면 앞에 서서 어쩔 줄 몰라 하며 나지막이 중얼거리고 있다. 여자에게 그 기계는 비행기 계기판이나 타임머신이나 다름없을 것이다.

더는 참지 못한 에이딘은 전혀 평소의 자신답지 않은 일을 한다. 다가가서 이렇게 말하는 것이다. "도와드릴까요?"

에이딘은 자신도 모르는 사이 여자의 낡은 지갑을 뒤적여 비닐 창 안에 든 운전 면허증을 빼내고 있다. 그리고 여자를 도와 각 단계를 헤쳐나간다. 면허증이 붉은 선 아래에서 삑 소리를 낸다. 앞면 그리고 뒤집어서 뒷면. 다음 단계는 의료보험증 제시다.

"메디케어 말인가요?" 여자가 묻는다.

"전 잘 모르겠…." 에이딘은 말끝을 흐리며 여자에게서 코팅 안 된 작은 카드보드지를 받아 든다. 그런 중요한 용도의 물건이라기엔 너무 얄팍해 보이는 종이를 감지기 아래로 통과시킨다. 그러자 이제 일련의 질문과 확인과 인증을 거쳐 금식을 했느냐고 묻는 화면이 뜬다.

"에?" 여자가 묻는다.

"아주머니가, 그니까, 지난 12시간 동안 뭔가 먹거나 마신 게 있느냐고 묻는데요?"

"브랜 머핀 하나 먹었는데." 여자가 대답한다.

에이딘은 '아니요'를 누르고 계속해서 마지막 화면까지 나아간다. 여자는 에이딘에게 고맙다는 인사와 함께 1달러를 내밀지만, 에이딘은 정중하게 사양한다. 그 후 혹시 더 도움이 필요할 경우를 대비해 기계 근처를 어정댄다. 필요하다. 두 번 더. 마침내 녹색 문이 휭하니 열리고 할머니가 황급히 들어온다.

"거스는 괜찮아. 스테이플러 몇 방 박으면 된대." 할머니가 말한다. "그래서 그냥 잠깐 문방구 들러서 스테이플러를 사오려고." 그렇게 말하는 표정이 어찌나 진지해 보이는지 에이딘은 밀리를 잠시 멍하니 바라보지만, 할머니는 마침내 짓궂은 미소를 짓는다.

"맙소사!" 에이딘은 감탄사를 내뱉고는 깔깔 웃지만, 지금이 농담하기에 최고의 상황인지 최악의 상황인지 판단이 안 선다.

밀리는 엄숙한 방 안에서 비교적 한산한 구석으로 에이딘을 데려가 자리에 앉힌다.

"거스는 아주 괜찮을 거야, 오리새끼야. 하느님 감사합니다. 아니, 하느님 덕분은 아니지. 어쨌거나 의식은 또렷해. 말도 어찌나 잘하는지. 하지만 거스를 병원으로 이송시켜야 해. 여기서는 꿰매 주질 않거든." 밀리는 에이딘을 보고 말을 잇는다. "난 거스랑 함께 갈 거야."

"그럼 저도 갈래요."

"아니야." 밀리가 말한다. "굳이 그럴 필요 없…."

"난 할머니랑 같이 가고 싶어요." 할매의 블라우스에는 거스의 피가 아주 살짝 묻어 있다.

"난 여기 며칠 더 남아 있기로 결정했다. 어쩌면 한두 주쯤. 거스랑 같이. 뇌진탕을 당해서, 잠들었다 그대로 못 깨어나는 건 아닌지 지켜보면서 확인해줄 사람이 필요해."

"그분 형이 하면 안 돼요?"

"안 될 건 없지." 밀리가 말한다. "하지만 거스가 나한테 부탁했어. 그리고 어찌 됐든, 넌 집에 가야지, 에이딘. 난 네 아빠하고 약속했다. 네가 내일 비행기에 타지 않으면 그 애가 내 목을 따러 올 거야."

"저 혼자는 안 가요!" 에이딘이 대기실 동료들에게서 호기심을 자아내고도 남을 만큼 큰 소리로 내뱉는다.

"왜 안 가? 넌 이 동네도 아무 문제 없이 혼자 잘 돌아다니지 않았니?"

"못 간다고요."

"갈 수 있어."

"하지만 제 말은, 그게 다예요? 그게 다냐고요? 우린, 막, 끝난 거예요? 그러니까, 도대체 무슨 의미가 있었죠? 실비아는 벌도 안 받고 도망쳤고, 할머니는 돈을 되찾지 못했잖아요. 난 션을 만나지 못했고요."

할매는 짓궂은 미소를 띤다. "음, 실은 있잖니, 우리가 아무것도 못 얻지는 않았어."

"그건 이중 부정이잖아요."

"넌 아주 문법 박사구나, 에이딘."

1초 단위로 짜증이 더해지고 있는 에이딘은 이 대화도, 이 병원도, 이 짓거리도, 이 나라도 이제 지긋지긋하다.

"이리 오렴. 그럼 말해주마." 밀리가 말한다. "실비아의 체포 영장이 나왔어. 밥이 그러는데 거스가 당한 일은 폭행이 성립된대. 그이가 고소를 하면 말이야. 하지만 하지 않더라도, 우리가 페일 씨의 집으로 실비아를 미행한 건 아주 잘한 일이었어. 확실히 그분이 여기서 거물인가 봐. 적어도 예전에는. 무슨 레이저 제모 시스템에 투자하는 것과 관련된 일을 했다나. 그게 뭔지 너 혹시 아니? 어쨌든, 경찰이 사건을 수사 중이야. 여기 사람들은 노인 대상 사기를 가볍게 취급하지 않아. 그것만 전담하는 부서가 따로 있다는구나."

"실비아가 감옥에 가면 션은 어떻게 되는 거죠?" 에이딘은 사랑하는 사람이 또 다른 어떤 친척이나 그보다 심하면 모르는 사람들 집으로, 국가가 지정한 위탁가정으로 가서 살게 되는 광경을 상상한다. 아니면 시설일지도. 아니면 길거리일지도.

"음, 그 애는 거의 열여덟 살 다 됐지. 안 그러니?"

"5월에 그렇게 돼요."

"거 봐." 밀리가 말한다. "그 애는 아무 일도 없을 거야."

에이딘은 도저히 엄두조차 낼 수 없는, 너무 위험한 어떤 생각을 곱씹고 있다. 실비아의 아파트로 곧장 가서 문을 두드리는 것이다. 계단을 올라가는 자신의 모습을 상상한다. 심지어 문 앞에 도착하기 전부터 션이 듣는 음악의 원시적인 박동이 들리는 듯하다. 어쩌면 션은 방금 전까지 연주 중이던 기타를 몸에 매단 채로 문간에 나올지도 모른다.

"솔직히 말하면 나한테는 뭐가 제일 충격적인지 아니?" 밀리가 말하고 있다. "실비아가 겁을 먹었다는 거야. 잠깐이지만 거기서 진심으로 겁을 먹었다고."

"그랬죠."

"난 그게 무척 만족스러웠단다. 그렇다고 앞으로 사람들한테 겁주고 돌아다니겠다는 말은 아니야. 하지만 그랬다는 사실이…."

"네, 이해해요."

"내가 늙긴 했을지 몰라도…." 밀리가 말한다. "죽진 않았어, 망할."

"할머니는 짱이에요."

"그리고 넌 속바지에 열쇠를 집어넣었지!"

에이딘이 싱긋 웃는다. "그 사람은 그게 마음에 영 안 들었나 봐요." 에이딘은 할머니를 웃기려고 일부러 잔뜩 낮춘 목소리로 말하고, 두 사람은 이내 아까 겪은 말도 안 되고 충격적인 사건을 떠올리며 배를 잡고 웃는다.

"열쇠는 어떻게 됐니? 계속 거기 넣어둔 거야?" 밀리가 묻는다.

에이딘은 주머니에서 열쇠를 꺼낸다. "이걸 어떻게 해야 할지 모르겠더라고요."

"기념품으로 생각해." 밀리가 일어서며 말한다. "넌 지금 가서 네 물건을 챙겨야 해. 이따가 캐스트어웨이에서 보자."

"아, 할머니, 하지만 할머니 반지는요?"

밀리는 한숨을 푹 내쉬고는 양손을 한데 마주잡는다. "음, 지금으로선, 잃어버린 거지. 그건 인정할 수밖에. 네 할아버지가 나한테 청혼했을 때 난 서른한 살이었단다. 그거 알았니? 난 절대 그이의 얼굴을 잊지 않을 거야. 어찌나 겁을 잔뜩 집어먹었던지. 마치 오줌이라도 지릴 것 같았단다. 난 그 순간까지도 그이가 날 사랑한다고 믿지 않았던 것 같아. 그리고 그 반지는… 그건 그이 할머니의 반지였어. 난 그 일 이후로 반지를 하루도 빼놓지 않았단다. 그 첫날 빼고는. 내가 너한테 그 이야기를 한 번도 안 했니?"

그럴 리가. 에이딘 고가티는 그 이야기를 자기 이야기인 양 완벽하게 읊을 수 있었다.

"설마요."

아기를 데리고 있는 어머니가 두 사람을 예의 주시하고 있다. 방 안 사람 중 절반은 아마도 단지 지루함 때문에 엿듣고 있을 것이다. 밀리는 몸을 쭉 펴고는 이야기를 시작한다. 그날 더블린 날씨는 무척 쾌청했고, 반지가 너무 헐렁해서 손가락에서 저절로 빠져버렸지만 언제 어디서 그랬는지는 알 수 없었고, 혼약자는 무릎을 꿇고 잡초 밭을 뒤졌고(에이딘은 **씨발 "혼약자"가 도대체 무슨 뜻이야?** 하고 생각한다), 이튿날 분실물 광고를 봤고, 그 후 밀리는 그 반지를 찾아낸 숙녀와 셸번 호텔에서 함께 차를 마시며 샌드위치와 클로티드 크림을 곁들인 스콘을 먹었다.

"클로티드 크림요?" 디테일이 새로 추가된 것을 알아차린 에이딘이 묻는다. 이건 팩트일까 픽션일까. 아니, 애초에 그게 중요하긴 할까?

"그리고 딸기도 있었구나. 이제 생각해보니까."

62

비록 밀리 고가티가 할 수 있는 유용한 역할들이 세월이 흐르면서 줄어들고 있을지언정, 병원 침대에서 휴식을 취하는 거스 스파크스의 곁을 지켜주면서 명랑하게 조잘거리는 것보다 더 적절한 역할은 달리 없었으리라. 밀리는 엄청난 열정으로 자신의 맡은 바 임무를 다하면서 거스가 여기로 이전되기 전 응급 치료실에서 시간을 보내는 동안 (에이딘을 통해) 입수한 다양하고 다채로운 이야깃거리들을 들려준다. 어떤 남자는 매독 환자의 눈알을 가졌다는 둥, 그 꼴사나운 구두를 신은 간호사가 병원 어닝 밑에서 담배를 피우려고 자리를 뜨는 걸 두 번이나 봤다는 둥.

아직 밤은 아니고 저녁이라 거스의 꽤 널찍한 6층 창은 광활한 장밋빛 하늘을 그대로 보여준다. 비록 밀리는 감정적 충동을 자주 따르는 사람은 아니지만, 이 나라의 이 병실에서 바로 이 사람과 함께 있는 지금, 자신이 일종의 현기증을 경험하고 있음을 부정할 수 없다. 비록 그날 겪은 끔찍한 소동과 부상에도 불구하고, 밀리는 자신이 있어야 할 곳에 있다고 느낀다.

하지만 거스는 밀리가 자기 옆에 있어 주느라 에이딘을 혼자 두는 걸 염려하고, 밀리는 거스의 휴대전화를 빌려 손녀딸에게 전화를 한다. 그리고 캐스트어웨이스에 안전히 안락하게 도착한 에이딘이 문간에 여행가방을 놓고 침대에 누워 〈나인틴 키즈 앤 카운팅〉을 보면서 XXTRA 플레이밍 핫 치토스라는 것을 먹고 있음을 알게 된다.

이제는 기정사실이다. 에이딘은 미국인이 되고 말았다.

밀리는 거스를 놓고 마치 늙은 아내처럼 수선을 피운다. 침대용 쟁반에 놓인 물병에서 물을 따라 주고, 입가에 조심스레 빨대를 대 주고, 물을 마시는 동안 컵이 떨어지지 않게 잡아 준다. 뇌졸중을 일으킨 피터를 간호하던 기억이 떠오른다. 비록 그때는 훨씬 심했지만. 밀리는 피터에게 앉고 일어서고 밥 먹고 말하는 법을 처음부터 다시 가르쳐야 했다. **난 밀리야. 당신 아내야.** 피터가 거스를 봤다면 터무니없을 정도로 상상력이 없긴 하지만 그만하면 충분히 점잖은 친구라고 생각했을 것이다.

잠시 후 거스가 곯아떨어지자 밀리는 덜 유쾌한 다음 임무를 위해 마음을 다져먹는다. 휘갈겨 적은 번호를 가지고 조용한 복도로 나가 아들에게 다시 전화를 건다. 수년 전, 정원 긴의자 위에 축 늘어져 있는 피터를 발견한 사람은 케빈이었다. 모자가 얼굴을 가린 바람에 그만 귀중한 몇 분이 허비되고 말았다. 아버지가 심장 마비를 겪은 걸 몰랐던 케빈은 잠든 아버지를 깨우고 싶지 않았던 것이다. 병원에서 케빈은 아무나 붙잡고 되풀이했다. "전 잠드신 줄만 알았어요." 직원과 간호사와 의사에게, 그리고 케빈을 달래주기엔 자신도 두려움에 사로잡혀 아무 말도 할 수 없었던 밀리에게도.

위니 더 푸를 떠올리게 하는 연분홍색 간호복을 입은 간호사가 거만한 태도로 튜브들과 전선들이 마구 뒤엉켜 있는, 비행기 음료 카트처럼 보이는 복잡한 기계를 굴리며 지나간다. 밀리의 귓가에 "여보세요" 하는 케빈의 목소리가 울린다. 밀리는 아들에게 사랑한다고, 또는 심지어 고맙다고 마지막으로 말한 게 언제인지 떠올리려 애쓴다. 그리고 케빈한테 마지막으로 뭔가에 관해 솔직하게 털어놓으며 내 책임을 인정한 게 언제였더라?

밀리는 거스의 병실 안을 돌아다본다. 거스는 늙었지만 멋지고 잘생긴 얼굴을 밀리 쪽으로 향한 채 침구 밑에 누워 있다. 나중에 케빈이 밀리의 차 열쇠를 돌려주지 않으려 하거나 밀리를 멍청한 할망구 취급하는 순간이 오면 밀리는 지금의 결정을 후회할지도 모른다. 그리고 밀리는 자신이 권력을 넘겨주고 있음을 깨닫고 고통을 느낀다. 하지만 그럼에도 밀리는 케빈에게 미안하다고 말한다.

63

더블린 공항에 도착한 에이딘은 아빠를 향해 곧장 일직선으로 나아가고, 아빠는 딸의 끈 풀린 하이탑이 바닥에서 10센티미터는 떠서 대롱거릴 정도로 딸을 번쩍 안아 올린다. 케빈은 에이딘을 질식할 정도로 꽉 끌어안는데, 사춘기의 불안을 겪고 있는 에이딘에게 이것은 이제껏 대중 앞에서 겪은 가장 굴욕적인 애정 표현이다. 에이딘은 잠깐 해묵은 경멸감이 돌아오는 걸 느낀다. 내가 자기 포옹을 원한다고 생각하다니, 내가 그 문제에 아무 결정권이 없다니 '너무 짜증 나'.

동시에, 솔직히 털어놓자면 에이딘의 마음속 한구석은 홍수처럼 쏟아진 부모의 관심에 들떠 있다. 에이딘은 눈을 맹렬하게 깜빡여 눈물을 참고 있지만 한편으로는 기쁘기 그지없다. 집에 돌아왔다. 에이딘은 아빠가 짜증나고 고압적이고 미국식으로 말하자면 완전 **뚜껑 열리게 만들** 때도 있다는 걸 부정할 생각은 없다. 하지만 그래도 아빠다, 씨발. 언제부터였는지 잘 기억도 안 나지만, 에이딘은 어느 시점부터 부모의 사랑이라는 것에 의구심을 품었다. 하지만 이제 와보니 꽤나 멍청한 생각이었던 것 같다. 에이딘은 이 순간이 꽤 괜찮은 5행

희시의 소재들을 담고 있다고 생각하지만, 지금은 그럴 때가 아니다.

"너 알고 있지?" 주차장으로 가는 길에 아빠가 말한다. "네가 앞으로 4반세기 동안 가택 연금당할 거라는 걸."

사실, 어떤 벌을 받아야 할까? 에이딘은 기나긴 걱정의 연옥에 빠진 채 하늘에서의 9시간을 보냈다. 하지만 놀랍게도 학교와 관련한 지루한 이야기는 전혀 없었다. 에이딘은 퇴학당할지도 모르고, 전학을 가야 할지도 모른다. 밀번으로 돌아가 블리클랜드와 대면해야 할지도 모른다.

케빈은 달키의 집 앞에 차를 댄다. 에이딘이 여행자의 새로운 시각으로 본 집은 미국에서 본 신식 파스텔 건축물들에 비해 귀족적인 아름다움과 웅장함을 품은 듯하다. 문 앞에 나란히 앙상하고 아름다운 스크럼을 짜고 서 있던 누알라와 키아란과 제라드(오빠가 왔다!)가 돌계단을 내려온다. 이상하게 머뭇대는 눈치다. 마치 다들 무슨 말을 해야 할지, 뭘 해야 할지 모르는 것 같다. 제일 먼저 에이딘에게 다가간 제라드가 안타깝다는 듯 고개를 젓는다. "괜찮아?"하고는 에이딘을 껴안고 멍청이라고 부른다. 쌍둥이 언니 역시 에이딘을 끌어안고는 잔뜩 흥분해서 조잘댄다. 누알라는 미국에 가본 적이 없다. 남자애들은 어때? 여자애들은 몽땅 비키니를 입어? 꼬마 키아란은 조용히 에이딘의 손을 잡는다. 에이딘은 생각한다. 팬들이 다가올 때 클린컷이 이런 기분을 느끼는 게 분명해. 씨발, 록스타가 따로 없네.

에이딘은 차에서 가방을 집어 들고 다시 집을 돌아본다. 엄마가 문간에 서서 팔짱을 끼고 속을 알 수 없는 표정을 짓고 있다. 기쁨? 슬픔? 안도감? 아니면 전부 다? 입꼬리는 찡그렸을 때처럼 아래로 처져 있다. "너희는 내가 일하는 걸 구경하느라 참 피곤하겠다"라고 쓰인 아빠의 앞치마를 걸치고 있는데, 앞치마 밑단을 집어 들어 눈을 톡톡 두드린다. 어쩌면, 에이딘은 생각한다. **전부 다인가?** 에이딘은 완벽하게 냉정을 유지할 수 있다. 정말이다. 엄마가 에이딘을 이름을 부르며 팔을 벌리기 전까지는.

#

외출이 금지된 에이딘은 페어하우스의 휴게실에서 피오나 팰런과 탁구를 하고 토스트를 만들며 오후 시간을 보낸다. 피오나는 브리짓처럼 거친 회오리바람이 아니지만 그렇게 인정사정없지도 않다. 에이딘은 새 친구가 누가 봐도 스매시할 수 없는 공을 못 참고 스매시하고야 마는 게 감탄스럽고, 피오나가 들려주는 가족 농장의 수많은 닭들(각자 이름이 있는)에 관한 이야기들(비록 중구난방이긴 하지만)에 친밀감을 느낀다. 피오나가 아버지에게 트랙터를 파는, 송충이 눈썹을 가진 20살짜리 시골 남자애 윌리엄 러스에 대한 상사병으로 여위어 가는 것에도.

에이딘이 6점 앞서 있는데 블리클랜드가 유리벽으로 된 사무실에서 에이딘의 이름을 부른다. 두 여학생은 의미심장한 표정을 주고받는다. 재입학 조건으로 에이딘은 블리클랜드에게 손으로 쓴 사과 편지를 전달했지만, 조용히 살금살금 다시 기숙사 생활로 돌아온 이후로 블리클랜드와의 모든 대화 및 눈맞춤을 피해왔다. 그게 에이딘의 계획이었다. 앞으로 2년간 블리클랜드와 마주치지 않고 밀번을 계속 다니는 것.

피오나는 입모양으로 "뭐야?" 하고 묻고, 에이딘은 배 속에서 부글부글 솟구치는 멀미로 인해 어깨를 들썩이며 나무 주걱을 내려놓는다.

블리클랜드는 중앙 로비에 서서 대체로 어린, 향수병 말기인 외국인 학생들에게 날아든 그날의 우편물들을 작은 더미들로 나누는 중이다. 그 편지들은 아이들의 정신건강 유지에 큰 몫을 담당하고 있다. 블리클랜드는 아무 말 없이 에이딘에게 봉투 하나를 건네는데, 비록 그 둥글둥글한 글씨체는 에이딘의 눈에 낯설지만 반송 주소는 "플로리다주 클리어워터"라고 되어 있다.

거스.

에이딘이 빙 돌아 내빼려고 뒤꿈치에 힘을 주는 순간, 블리클랜드가 특유의 사람 돌게 만드는 무감정한 목소리로 "네 침대 옆 방열기에 널어놓은 게 혹시 네 팬티니?"하고 묻는다.

그럴 리가. 에이딘 고가티는 아무리 여자애들만의 공간이라고 해도, 뭇사람들 앞에 자기 팬티를 전시한다는 건 꿈도 꾸지 않을 것이다.

"방열기에 옷을 걸치면 화재의 위험이 있어."

"지금 가서 치울게요." 에이딘은 그렇게 말하고 이게 일종의 긴장 완화 조치가 아닌가 생각한다. 블리클랜드가 그렇게 사소한 잘못으로 에이딘을 야단치는 것. 그 일상성.

교사는 꿰뚫는 듯한 시선으로 에이딘을 빤히 본다. 에이딘은 고통스럽지만 간신히 블리클랜드와 눈을 맞춘다. 에이딘은 블리클랜드가 자신이 텔레파시로 보내려 하는 메시지를 알아들을 수 있기를 바란다. **용서해주세요.** 그 후 곧장 2층 화장실로 간다.

친애하는 에이딘,

이게 내가 태어나서 처음으로 쓰는 편지라고 하면 믿어줄래? (네 번호가 저장된) 휴대전화를 잃어버려서 이런 원시적인 소통방식에 의존할 수밖에 없게 됐어. 아마 너도 짐작했겠지만 우린 플로리다로 돌아왔어. 난 다시 학교에 다닐 거고 옛날 밴드를 다시 결성하고 있어. 하

지만 우린 베이스 연주자가 필요해. 난 새로운 노래를 하나 작업 중이야. 가사에 재미로 우리가 본 그 바바리맨에 관한 부분을 넣었어. 그거 기억해? 넌 어떻게 지내? 그 감옥에서 어떤 대우를 받고 있어? 그 파시스트 절름발이는 어때? 카페로 만나러 가지 못해 정말 미안해. 그 일을 생각하면 정말 마음이 안 좋아. 이야기가 길어. 쓸 게 너무 많아. 전화해줄래? 있잖아, 네 "그랜마"와 실비아 사이에 뭔가 안 좋은 일이 있었니? 이상한 말을 들어서 그래. 너 내 플레이리스트 듣고 있어?

난 더블린이 그리워. 그리고 너도.

전화해 줄래?

션 727 873 0980

마침내 션의 이름이 눈에 들어온 순간, 에이딘은 자신이 숨을 참고 있었음을 비로소 깨닫는다. 편지를 세 번 더 읽는다. 그 후 비로소 그 전율을, 그 두 단어가 주는 그 미친 듯한, 자유낙하의 기쁨을 마음껏 탐닉한다. 다른 학생들은 모두 외출했거나 하키장에 있거나 어딘가 자기들 늘 가는 곳에 간 터라 화장실은 텅 비어 있다. 에이딘은 마음 놓고 그곳이 떠나가도록 "예스!"하고 소리치고는 바보 같은 승리의 춤을 추다 팔꿈치로 화장실 휴지걸이를 들이받는다. **전화해줄래!**

64

밀리는 미국에서 제대로 된 구운 감자 요리를 만드는 데 필요한 파슬파슬한 감자를 끝내 찾지 못했다. 새로운 감자(너무 미끈거린다), 유콘 골드(점도가 틀렸다), 그리고 기타등등. 퍼블릭스에 있는 감자란 감자는 몽땅 시도해보았지만(아니 그런데 퍼블릭스 같은 이름은, 그것도 무슨 잡화점에 붙이기엔 너무 선정적이지 않아?) 자신이 머릿속에 품고 있는, 거스를 위한 아름다운 요리를 마법처럼 만들어낼 수 없었다. 평소 같으면 잔뜩 빼겨 놓고 실행에 옮기지 못했다는 사실 때문에 약간은 수치심을 느꼈을 것이다. 하지만 거스를 상대로는 그렇지 않았다. 거스는 뭐든 다 고마워하기 때문이다. 밀리가 어느 날 아침 거스의 탁자에 놓아 둔 미지근한 커피 한 잔에도, "조금 있다 올게요"라고 적어 둔 쪽지에도, 고래를 구경하러 간 여행에서 고래를 얼핏 본 것(또는 못 본 것)은 물론이고 심지어 덜 구워진 감자에까지. 아마 구운 소똥을 따뜻하게 차려 내놓아도 거스 스파크스라면 감사를 표할 것이다. 특히 거스가 얼마나 가진 게 없는지를 생각해보면 밀리는 경이로움까지 느낀다. 아내도 없고, 아이도 없고. 거기에 비해 자신이 온갖 것들로 속을 끓이고 있음을 생각하면 밀리는 자신의 고민이 얼마나 별것 아닌가 싶고 겸손해진다. 밀리는 어쩌면 이미 넉넉하게, 또는 충분하게 가졌는지도 모른다.

케빈과 에이딘은 이제 공식적으로 지각이지만 밀리에게는 오히려 잘된 일이다. 그 새로움에 거의 분노까지 느껴지는 새로운 압력솥의 사용법을 익히려 애쓰고 있기 때문이다. 밀리 고가티에게는 이 모든 화려한 가전제품이 필요치 않다! 하지만 보험사에서 수표가, 그것도 엄청난 거액의 수표가 들어왔고, 케빈은 매끈한 크롬으로 된 최고급 장비들을 왕창 주문해 놓았다. 밀리가 아무리 이런저런 핑계를 갖다 대며 저항해도 케빈의 뜻을 꺾을 수는 없었다. **밀리가** 그토록 완강히 고집하는 대로 마르게이트에 돌아가려면(타라 웨일런이라는, 철저한 신분확인을 마쳤지만 아직 어떤 사람인지는 알 수 없는 새 파트타임 도우미와 함께), 불타거나 망가지거나 너무 춥거나 지저분하지 않은 부엌이 필요하고, 밀리는 그걸 받을 자격이 있었다. 즐거운 제시카의 도움을 받아 고른 부엌 찬장이 설치된 날, 케빈은 밀리에게 은색 종이에 싸인 상자를 하나 갖다 줬다. 어찌나 번쩍번쩍 광이 나던지, 열어보기가 마음 아플 정도였다. 안에는 소화기가 들어 있었다.

압력솥에서 삑삑 하는 첨단기계음이 들리더니 평소에는 텅 비어 있는 검은 화면에 붉은색으로 "준비"라는 알림이 뜬다. 밀리는 마음의 준비를 마치고 쇠고기와 당근, 그리고 순무와 껍질 벗긴 감자를 집어넣는다. 그리고 새로 포장한 도로처럼 매끈하고 흠집 하나 없는 석영 조리대 상판에 분홍 샴페인 한 병과 크리스털로 된 길쭉한 샴페인 잔을 올려놓는다. 두 잔이 아니라 세 잔이다. 당연하다. 에이딘이 한 모금 하면 안 될 이유라도 있나?

거실에 피워놓은 불이 활활 타고 있다. 나중에 손님들이 모두 가고 나면 밀리는 평소 하던 시간에 맞춰 거스에게 스카이프 전화(밀리가 요즘 크게 의존하고 있는, 전기 주전자 이후로 가장 뛰어난 발명품인 신문물)를 걸 것이다. 거스의 여행 일정을 확정하기 위해서다. 다음 달 첫날, 독수리는 드디어 날아오를 것이다.

어제 통화 때, 거스는 페일 가족이 밀리와 거스가 알려준 사실에 너무 감사한 나머지 금전적 보상을 논의 중이라고 알려주었다. 미국인들은 매력적인 사람들이다. 그리고 상냥하다. 그중에서도 **밀리의** 미국인과 에이딘의 미국인은 특히 더. 행복한 재회를 누린 에이딘과 션은 전화 통화로 많은 이야기를 나눈 모양이다. 실비아 사건의 영웅담에 관해 서로 의견을 주고받기도 하고. 사실 이모가 저지른 범죄의 전말을 들은 션은 너무 경악한 나머지 이모와 크게 다투고 집을 나왔고, 당분간 친구네 집에 얹혀사는 중이다. 실비아는 션을 정말이지 새까맣게 속이고 있었다. 그 몇 주 전, 아일랜드를 갑자기 떠나기 위한 핑계로 플로리다에서 일자리를 제의받았다고 거짓말을 하고는 션의 휴대전화를 빼돌렸다고 한다. 미국으로 돌아온 후 에이딘에게 간절히 연락하고 싶었던 션은 이모에게 밀리의 연락처를 물었지만 실비아는 알려주지 않았다. 밀리가 미쳐서(말이 돼?) 더블린에서 실비아를 끔찍한 혐의로 고소했다고 둘러댔다. 고가티 가족은 속속들이 썩은 인간들이니 절대 연락할 생각도 하지 말라고. 하지만 선량한 션은 그 말을 믿지 않았다. 에이딘이 있는 밀번 학교로 전화를 해보았지만, 아무도 메시지를 전해주려고 하지 않았다. 그래서 션은 펜과 종이를 꺼내어 요즘 자신의 세대에서 거의 아무도 하지 않는 일을 했다. 에이딘에게 편지를 쓴 것이다. 실비아는 조카와 에이딘의 교류를 막으려 했다. 하지만 불가능한 일이었다. **사랑**은 막을 수 있는 게 아니니까!

이윽고 밀리의 가족이 문간을 들어서며 발을 구르는 소리가 들린다. 바다에서 불어 온 짭짤한 바람 한 줄기가 허락도 없이 따라 들어온다.

"들어와, 들어와." 잰걸음으로 복도를 지나 가족들에게 다가가며 밀리가 말한다.

케빈은 과장되게 코를 훌쩍이며 대꾸한다. "천국 같네요."

"내 열쇠를 돌려준 보람이 있지?"

케빈은 눈을 희번덕대고는 허리를 숙여 어머니에게 입을 맞춘다. "어째 월요일에 뵀을 때보다 더 작아지신 것 같아요. 여기 좀 어두운 것 같지 않아요?"

"저 전구를 좀 갈아야 해." 밀리가 말한다. "하지만 난 팔이 안 닿는구나."

"왠지 절 놀리시는 것 같은데요."

"계단식 걸상 좀 찾아줄래? 내 생각엔 차고에 있는 것 같아." 밀리는 그 후로 일어난 모든 일의 시발점이 된, 담배를 피우려고 거기 걸터앉은 날 이후로 계단식 걸상의 존재를 까맣게 잊고 있었다.

케빈이 문을 나서자마자 에이딘은 할머니를 붙들고 은은하게 광이 나는 새 주방으로 끌고 간다.

"눈 감으세요."

"뭐니?" 밀리가 묻는다.

"깜짝쇼예요. 그냥 눈 감으세요."

가만히 서서 멍한 눈길로 손녀딸을 응시하던 밀리가 말한다. "너 멋져 보이는구나. 그거 마스카라니?"

"할머니! 눈 감으시라고요!"

밀리는 마침내 명령을 따르지만, 어디까지나 명령하는 사람이 에이딘이기 때문이다. 뭔가 작고 부드러운 것, 벨벳 같은 것이 손에 와

닿는다. 즐거운 제시카가 직접 만든 파우치다. 그리고 그 안에는 뭔가, 작고 묵직한 물건이 들어 있다.

"좋아요, 이제 눈 뜨세요."

"오늘 아주 시키는 게 많구나, 우리 오리새끼."

"얼른요."

그래서 밀리는 그 말을 따른다. 눈을 뜬다.

감사의 말

내 영혼의 반쪽인, 재미있고 영리할 뿐만 아니라 상냥하고 믿음직한 리사 에르바크 반스에게 큰 빚을 지고 있다. 그리고 막대한 관심과 지혜로 이 소설의 방향을 잡아 주고 헤아릴 수 없을 만큼 더 낫게 만들어 준 대니엘라 웩슬러에게도.

아트리아의 부지런한 팀에게, 특히 론 리, 제이드 휘, 펠리스 제이빗, 칼라 벤튼, 케일리 호프먼, 교코 와타나베, 짐 티엘, 이사벨 다실바, 제나 란지, 그리고 페이지 리틀에게 대단히 감사드린다.

이 책을 열정적으로 밀어준 케이트 발라드에게, 그리고 에드 포크너와 앨런을 비롯해 언윈의 모든 친구들에게 감사한다.

원조 방랑자인 데버러 골드스틴과 C.J. 프린스에게, 그들의 격려와 혜안 그리고 웃음에 깊이 감사드린다. 다음은 여러분의 차례예요.

초고를 읽어 준 티나 돌, 마크 하디먼, 샬라 아나스타시오, 도리 라마티, 로저 로즌, 앨릭스 클리번, 그리고 벤 스트라우스에게 감사드린다. 아울러 지지와 격려를 보내 준 타라 저먼, 로빈 하디먼, 벤 하디먼, 보니 에스트, 피터 에이헌, 롭 돌, 로라 스미스, 타라 파커, 존 스털링,

제이미와 마크 커슈너, 빅토리아 로완, 다이앤 스페클러, 그리고 웬디 비후니악에게도 감사드린다.

내 헛소리를 참고 견뎌준 메리앤 브리그스와 진 스털링에게 각별히 감사드린다. 그리고 마이클 슬레작, 미첼 러스타드, 알렉시스 올레타, 그리고 수년간의 시달림을 참아 준 미친 퀸스에게 감사한다. 만세!

위대한 자연의 힘인 내 어머니, 페이션스 험프리와 내 형제인 벤 저먼에게 깊이 감사드린다. 그리고 누구보다도 GOATs에게 감사드린다. 디클랜, 잭, 사이먼 그리고 치열하게 지적이고 악마같이 재미있고 인내심 있고 상냥한, 속속들이 좋은 달걀인 내 남편, 알렉스에게.

옮긴이의 말

단순히 순간의 스릴을 위해 필요도 없는 것들을 슬쩍하는 좀도둑 기질과 자신이 무대의 주인공이 되지 않으면 심통을 부리는 짜증나는 버릇이 있고 그 어떤 가벼운 대화든 최소한 40~50년 전으로 거슬러 올라가서 시작하며 사회 안전을 위해 살살 달래든 다소 강압적 방법을 취하든 차 열쇠를 그만 빼앗아야만 할 것 같은, 아직 질풍노도의 나이인 83세의 밀리 고가티. 이런 연로한 시민을 뭐라고 부를까? 아, 노망 난 늙은이. 그렇다. 싫어하거나, 어쩌면 조금 취향이 특이하거나 마음이 지나치게 너그럽다면 좋아할 수는 있어도 무시할 수는 없는 사람. 그리고 물론 좋아하기보다 싫어하기가 훨씬 쉬운 사람. 책을 번역하는 과정은 어쩌면 마치 밀리 고가티와의 일방통행 애증관계를 차곡차곡 쌓아나가는 것과도 같았다. 한순간은 우습고 귀엽고 한순간은 안쓰럽고 짠하다가도 다음 순간엔 터무니없고 납득할 수 없는 행태에 갑자기 목덜미가 뜨끈해지는 느낌을 받곤 했는데, 이처럼 순간순간 바뀌는 엇갈린 감정에 다른 사람들의 반응이 궁금해 실제로 해외 서평을 찾아보기도 했다. 예상대로 밀리를 좋아하고 싶었지만 도저히 그럴 수 없었다며 괴로움을 토로하는 독자들의 간증이 결코 드물지는 않더라.

하지만 딱히 취향이 특이하거나 마음이 너그럽지 않아도 밀리를 미워할 수는 없을 거라고 내 딴에는 호언장담할 수 있는 사람들이 있는데, 말하자면 이런 사람들일 것이다. 옛날 어른들은 다 진짜 어른 같아 보였는데 왠지 내 정신연령은 10년 전이나 지금이나 좋은 쪽으로든 나쁜 쪽으로든 별로 변한 게 없는 것 같고, 오로지 몸만 늙어가는 것을 서글프게 실감하는 사람들. 무슨 말인지 알 거라 믿는다. (혹시 모른다 해도 머지않아 알게 될 것이다.)

물론 이 책에는 인생에서 도무지 어쩌면 좋을지 알 수 없는 난감한 나이에 처한, 미워할 수 없는 말썽꾼이 밀리 혼자만이 아니라 또 한 명 더 있다. 밀리의 손녀 에이딘 고가티, 모든 부모의 악몽을 그대로 형상화한 듯한 사춘기 여자아이. 밀리가 어떤 사람들에게 눈 돌릴 수 없는 민망한 미래라면 에이딘은 어떤 사람들의 지울 수 없는 민망한 과거다.

밀리와 에이딘은 비록 피가 섞이지 않았지만 세상에 못마땅한 것 투성이고 속칭 금사빠(금방 사랑에 빠지는 사람)에 항상 잘못된 결정을 내려 불필요한 재앙을 자초한다는 공통점이 있다. 하지만 뭐라 해도 가장 중요한 공통점은 마음만큼은 선의로 가득하다는 것이리라. 터무니없을 만큼 민감한 자의식을 가진 손녀 에이딘 고가티와 그와는 완전한 대척점에 서 있는 "완전 민망한 사람"인 할머니 밀리 고가티가 티격태격하며 서로를 더 잘 알아가는 한심하면서도 사랑스러운 과정은 정말 많은 사건이 일어나는 이 소설 안에서도 그야말로 백미라 할 수 있다.

그 두 여성 외에 작가가 애정을 듬뿍 담아 묘사하는, 자신의 나이를 썩 잘 받아들이지 못하는 또 다른 인물이 있으니, 밀리의 아들이자 에이딘의 아버지인 케빈이다. 다만 케빈에 대해서는 불만이 좀 있다. 자세히 말하자면 케빈과 그레이스가 다소 지나치게 빨리 화해하는 것인데, 여성 독자들이라면 적잖이 공감하지 않을까 싶다. 실직한 남편 대신 혼자서 대가족을 먹여 살리느라 집에도 못 들어오며 고군분투하는 아내를 두고 불만과 자기연민에 정신 못 차리고 허우적대다 급기야 '기회는 이때다' 하고 딸뻘의 젊은 여자와 만나 바람이나 피우려 하는 남자는 좀 더 많이, 아니 아주 많이 고생했어도 좋을 것 같은데 이런 식으로 은근슬쩍 봉합된다고? 어머니와 딸이 사고를 치지 않았으면 어쩔 뻔했담? 밀리가 좀도둑질을 하지 않았다면? 실비아를 고용하지 않았다면? 케빈으로서는 어머니와 딸의 일탈 덕분에 구사일생으로 살아난 셈이다. 하지만 그나마 위안을 찾자면, 앞으로도 어머니와 딸이 갑자기 개과천선해서 얌전히 살 일은 없을 테니 앞길이 마냥 순탄할 듯싶지는 않다는 것이다. 솔직히 밀리와 에이딘 고가티 콤비가 그 점에 있어서 좀 더 분발해주길 바라는 마음도 없지 않다. 사람이 갑자기 변하면 죽는다는 말도 있지 않은가. 이런 생각을 하는 내가 나쁜 달걀은 아니겠지.

하여튼 이런저런 이유로 밀리 고가티의 모험이 앞으로도 끝나지 않고 계속되었으면, 그리고 독자로서, 가능하다면 번역자로서 그 모험을 계속해서 지켜볼 수 있었으면 하는 바람을 품고 있다. 기회가 온다면 부디 다음번에는 좀 더 쉬워야 할 텐데.

이야기가 나온 김에 잠깐 투정을 부려 보자면, 아일랜드인은 이야기꾼이라는 말이 무색하지 않게 작업이 그리 쉽지는 않았다. 누가 의식의 흐름 기법으로 이름을 떨친 대문호 제임스 조이스의 동포가 아니랄까 봐, 주인공의 어떤 행위와 거기서 비롯되는 상념과 그 뒤에 숨은 사연 등등을 몽땅 한 문장 안에 꾸려넣어야 한다고 생각하는 듯한 작가의 고집(?) 앞에 가끔은 숨이 턱턱 막히는 느낌을 받기도 했다. 그런 까닭도 있고 해서 마음 넓으신 북로드 편집부 분들을 본의 아니게 너무 기다리게 해 드렸는데, 면목 없지만 그만큼 좋은 반응이 있어서 기다림에 대한 보답이 되었으면 좋겠다.

번역가의 두서없는 뒤풀이 수다를 마무리하며 약간의 직업의식을 발휘해 작중에서 밀리가 언급하고 영어판 원서의 제목으로도 쓰인 표현에 관해 설명을 잠깐 하고 넘어가려 한다. 원제목은 'good egg', 즉 좋은 달걀인데, 웹에서 찾아본 그 뜻은 다음과 같다. "좋은 달걀은 좋은 사람이나 상냥한 사람을 일컫는 친근하고 오래된 방식이다. 원래는 그 반대말인 나쁜 달걀, 'bad egg'가 먼저 만들어져 쓰였는데, 이 말은 1800년대에 그리 착하지 않은 사람을 가리키는 영국 학생들의 속어였다."

마지막으로 11장에 나오는, 밀리가 어린 시절부터 사 먹었다는 바닷가 아이스크림 노점, 테디는 실제로 존재하는 곳이다. 무려 1950년부터 영업을 시작했다고 한다. 혹시라도 아일랜드에 갈 일이 있는 독자분이라면 한 번쯤 들러서 70년의 세월이 증명해주는 시그니처 휩트 아이스크림 콘의 맛을 즐겨도 좋지 않을까 싶다.

83년째 농담 중인 고가티 할머니

초판 1쇄 인쇄 2022년 3월 10일
초판 1쇄 발행 2022년 3월 21일

지은이 레베카 하디먼
옮긴이 김지선
펴낸이 신경렬

편집장 유승현 **책임편집** 김이한 **편집** 최장욱 최혜빈
마케팅 장현기 **홍보** 박수진
디자인 박현경
경영기획 김정숙 김태희
제작 유수경

표지 및 본문 디자인 캠프

펴낸곳 (주)더난콘텐츠그룹
출판등록 2011년 6월 2일 제2011-000158호
주소 04043 서울시 마포구 양화로12길 16, 7층(서교동, 더난빌딩)
전화 (02)325-2525 | **팩스** (02)325-9007
이메일 book@thenanbiz.com | **홈페이지** www.thenanbiz.com

ISBN 979-11-5879-183-4 (03840)

Good
Eggs